紅樓夢 一

과 이별

나남
nanam

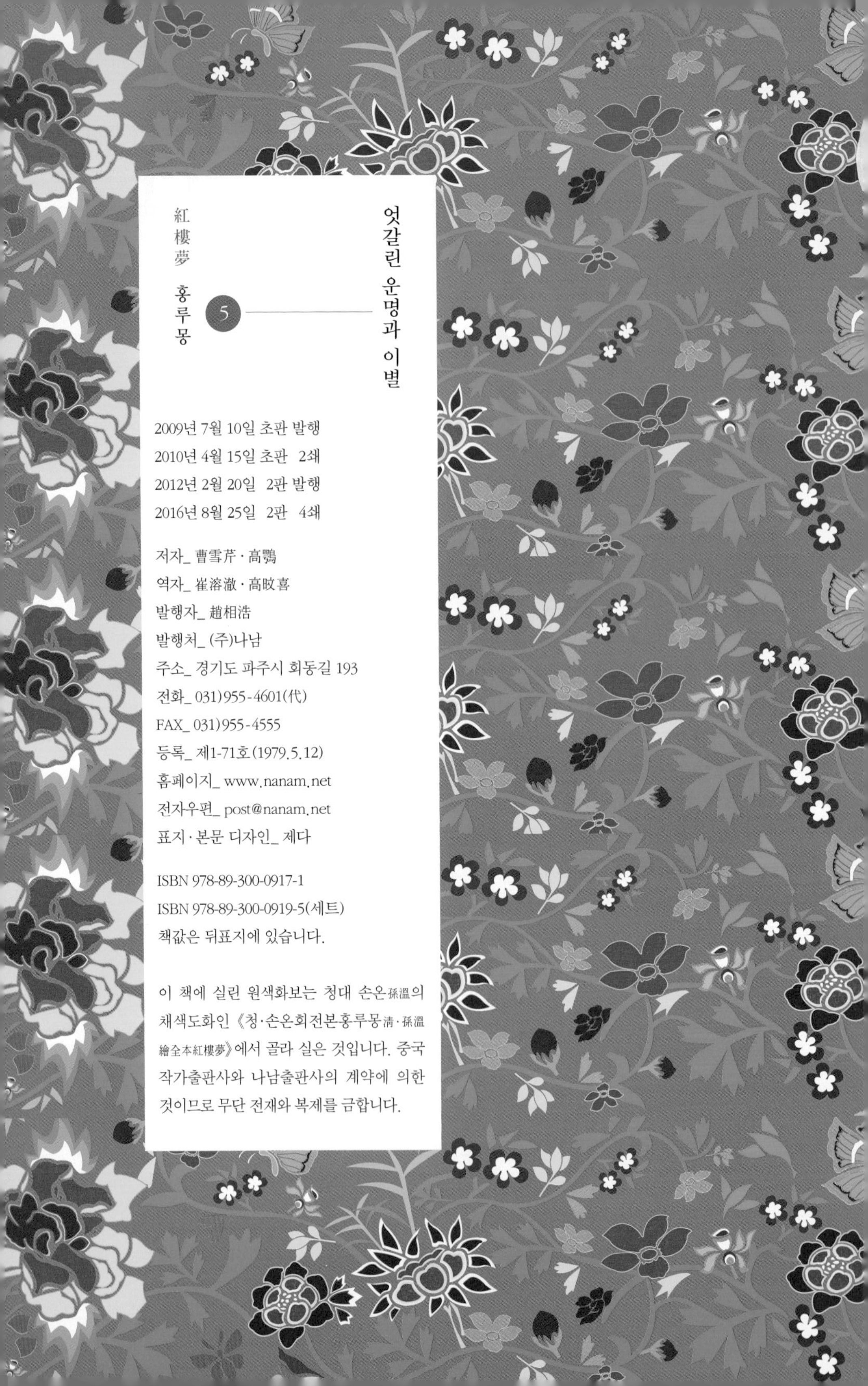

紅樓夢 홍루몽 5 엇갈린 운명과 이별

2009년 7월 10일 초판 발행
2010년 4월 15일 초판 2쇄
2012년 2월 20일 2판 발행
2016년 8월 25일 2판 4쇄

저자_ 曹雪芹 · 高鶚
역자_ 崔溶澈 · 高旼喜
발행자_ 趙相浩
발행처_ (주)나남
주소_ 경기도 파주시 회동길 193
전화_ 031) 955-4601(代)
FAX_ 031) 955-4555
등록_ 제1-71호(1979.5.12)
홈페이지_ www.nanam.net
전자우편_ post@nanam.net
표지 · 본문 디자인_ 제다

ISBN 978-89-300-0917-1
ISBN 978-89-300-0919-5(세트)
책값은 뒤표지에 있습니다.

紅樓夢

홍루몽 5

엇갈린 운명과 이별

조설근曹雪芹 · 고악高鶚 지음

최용철 · 고민희 옮김

나남 nanam

제
81
회

탐춘, 이문, 이기, 형수연이
낚시로 운수를 점치다.

제 82 회

보옥이 서당에서 경서를 풀이하다.

제
82
회

대옥의 꿈속에서 보옥이 자기의 마음을 보여주겠다면서, 칼로 심장을 도려내려 하다.

제
83
회

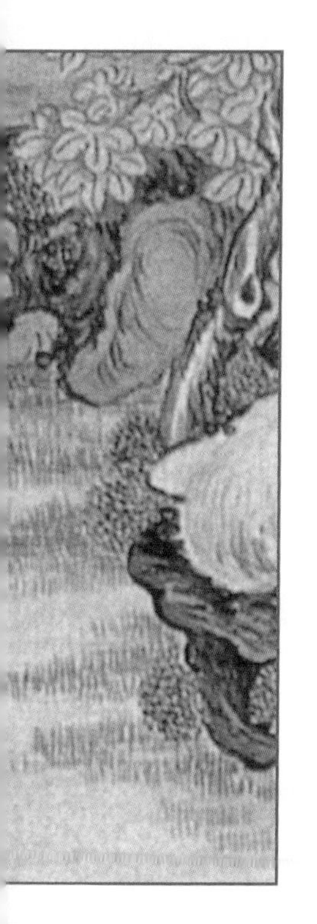

가모, 형부인, 왕부인, 희봉이 귀비의 병문안을 하다.

제
86
회

대옥이 보옥에게
금보(琴譜)를 설명해주다.

제
87
회

대옥은 사연있는 물건들을 보고,
보옥과의 옛일을 회상하며 눈물짓다.

제
89
회

보옥이 죽은 청문을 그리워하며 홀로 향을 사르다.

제
89
회

대옥이 보옥과 보차의 혼인말을 듣고, 몸져 자리에 눕다.

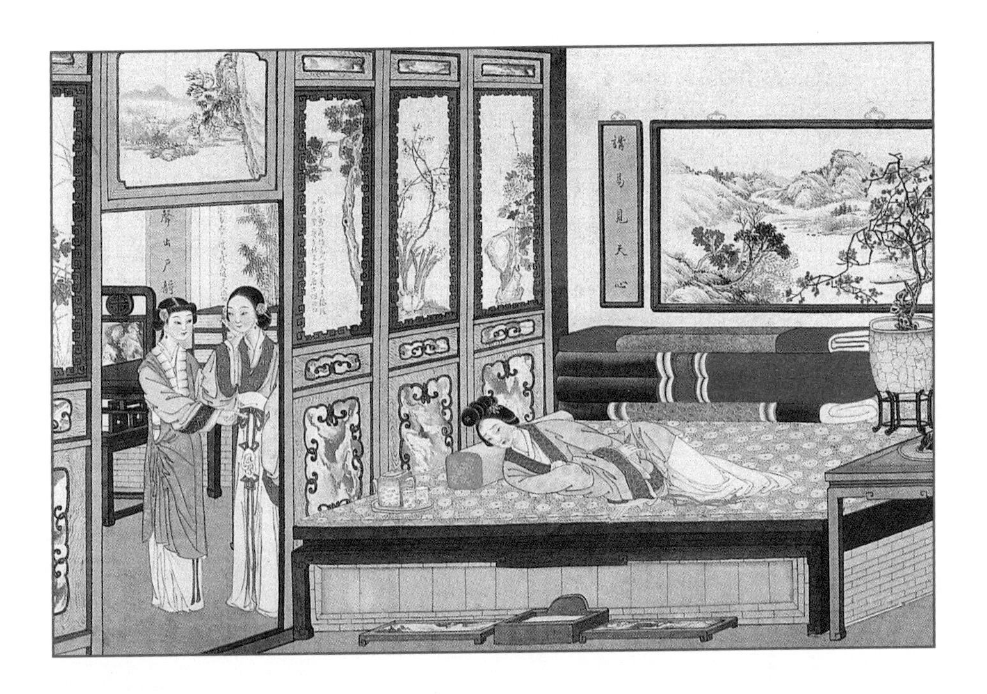

제 97회 대옥은 죽기 전에 손수건과 시고(詩稿)를 화로에 던져 불태우다.

囍
囍
囍
囍
囍
囍

제 97회 보옥이 보차와 혼례를 치르다.

제
99
회

보옥이 죽은 대옥의
영전을 찾아가다.

일러두기

이 책의 번역저본은 중국예술연구원 홍루몽연구소에서 교주校注하고 인민문학출판사에서 간행한 신교주본新校注本《홍루몽》을 사용하였다. 초판은 1982년에 나왔으나 이 책은 1996년에 나온 제2판 교정본을 사용하였다. 이 판본은 전80회는《경진본庚辰本》을, 후40회는《정갑본程甲本》등을 중심으로 교감한 새로운 통행본이다.

이 책의 권두 삽화는 청대 손온孫溫의 채색도화인《청·손온회전본홍루몽淸·孫溫繪全本紅樓夢》(작가출판사 간행)을 사용하였으며 따로 청말《금옥연金玉緣》판본의 흑백 삽화를 일부 활용하였다.

이 책은 매 20회씩 나누어 총 6권으로 하였으며 각권마다 별도의 부제를 붙여서 전체 줄거리의 변화를 보여주도록 하였다. 또 각 회의 회목은 번역문과 원문을 병기하였고 동시에 독자의 빠른 이해를 위해 따로 간편한 제목을 붙였다.

작품 속의 시사詩詞 등 운문에는 편리하게 대조할 수 있도록 원문을 병기하였으나 운문의 일부와 산문의 경우는 이를 생략하였다.

작품 속의 인명과 지명 등 고유명사는 한글의 한자음을 사용하였으며 처음 등장할 때 혹은 필요하다고 생각되는 곳에는 한자를 병기하였다.

홍루몽 5

엇갈린 운명과 이별

홍루몽 6권
다시 돌이 되어

占旺相四美釣游魚
奉嚴詞兩番入家塾

제81회

운수 점치는 낚시

한해 운수 점치려고 미인들이 고기 낚고
부친 엄명 받들어서 또다시 서당 가네

占旺相四美釣游魚 奉嚴詞兩番入家塾

영춘이 돌아가고 난 뒤 형부인은 아무 일 없던 것처럼 보였으나, 왕부인은 영춘을 직접 기른 정을 돌이키며 가슴이 아파 방 안에서 홀로 슬픔에 잠겨 있었다. 때마침 보옥이 문안드리러 왔다가 왕부인의 얼굴에 눈물 자국이 있는 것을 보고 감히 앉지도 못하고 곁에 서 있기만 할 뿐이었다. 그러다가 왕부인이 앉으라고 하자 보옥은 그제야 왕부인 곁의 구들 위로 올라앉았다.

왕부인이 보옥이 멍하니 한 곳을 응시하며 할 말이 있는 듯 망설이는 모습을 보고 물었다.

"너는 또 왜 그렇게 멍해 있느냐?"

"별일 아니에요. 다만 어제 영춘 누나의 처지를 듣고 보니 가여운 생각이 들어 견딜 수가 없어요. 할머님께는 말씀드릴 수 없지만 실은 이틀 밤이나 한숨도 못 잤어요. 우리 같은 가문의 규수가 어째서 이렇듯 억울함을 당해야 한단 말입니까? 하물며 둘째 누나는 누구보다도 마음이 약해서 여태껏 남들과 말다툼 한번 해본 적이 없건만, 하필이면 여자의 고충이라고는 조금도 모르는 저런 양심도 없는 인간을 만났는지 모르겠어요."

보옥이 눈에 눈물이 그렁그렁하였다.

"그래도 어쩔 수 없는 일이란다. 속담에도 '시집보낸 딸자식은 엎질러진 물과 같다'라고 하였듯이 나도 어찌해 볼 도리가 없구나."

그러자 보옥이 제 생각을 말했다.

"어젯밤에 한 가지 방도가 생각났어요. 우리가 할머님께 사실대로 말씀드려서 둘째 누나를 다시 집으로 데려오는 거예요. 그리고 예전처럼 자릉주紫菱洲에 살게 하면서 우리 형제자매들과 함께 지내며 같이 먹고 같이 놀게 하자고요. 그래서 손가孫家 같은 비열한 인간의 학대에서 벗어나게 해주자는 말이지요. 손가가 데리러오면 우리가 못 가게 막으면 되질 않겠어요? 할머님의 뜻이라고 하면 되잖아요. 그렇게만 되면 얼마나 좋겠어요!"

이 말을 들은 왕부인은 우습기도 하고 화가 나기도 하였다.

"너 또 멍청한 끼가 도졌구나. 무슨 헛소리를 하는 게냐! 어느 집이고 딸자식이란 언젠가는 부모 슬하를 떠나서 남의 집에 시집가게 마련이고, 그러면 친정에서는 간섭할 수 없는 법이지. 모든 것은 제 운명에 맡기는 수밖에 없단다. 좋으면야 좋지만 나쁜 상황에 봉착하더라도 도리가 없는 것이란다. '닭에게 시집가면 닭을 따르고, 개에게 시집가면 개를 따르라'는 말도 들어보지 못했느냐? 누구나 다 큰누나처럼 마마님이 되는 건 아니란다. 하물며 둘째 누나는 막 시집간 새색시이고 손서방도 아직 나이 어리니, 성격이 다른 남남끼리 만나서 처음 한동안은 안 맞는 면이 있게 마련이지. 몇 년 지나면 둘 다 서로의 성격도 알게 될 테고, 아이도 낳아서 기르다 보면 좋아질 게다. 그러니까 너는 할머님 앞에선 절대 입도 뻥끗해서는 아니 되느니라. 만약 내 말을 어겼다가는 가만두지 않을 테다. 여기서 헛소리 지껄이지 말고 얼른 가서 네 할 일이나 해라."

보옥은 더 이상 아무 소리도 하지 못하고 잠시 앉았다가 풀이 죽은 채 왕부인의 처소를 나섰다. 그러나 가슴속에 가득 찬 울분을 쏟을 데가 없자 대관원으로 돌아오자마자 곧장 소상관으로 향했다.

보옥이 소상관의 문턱을 넘어서면서 엉엉 목 놓아 울기 시작하자, 마침 단장을 막 끝내고 있던 대옥은 깜짝 놀랐다.

"어찌 된 일이에요? 누구랑 다투기라도 했나요?"

대옥이 연거푸 물어도 보옥은 탁자에 엎드려 머리를 파묻고 흐느껴 울기만 할 뿐, 우느라고 아무 말도 하지 못하였다. 대옥은 의자에 앉아 얼이 빠진 채 보옥을 바라보다가 잠시 후에 다시 물었다.

"도대체 누구와 다툰 거예요, 아니면 내게 화난 건가요?"

보옥은 손을 내저으며 말문을 열었다.

"아니야, 그런 게 아니란 말이야."

"그럼 왜 그렇게 마음이 상했어요?"

"난 우리 모두가 하루라도 빨리 죽는 게 낫다고 생각해. 산다는 게 정말 아무 재미도 없는걸!"

이 말은 들은 대옥은 더욱 놀라지 않을 수 없었다.

"그게 무슨 소리예요? 정말 제정신이 아닌가 봐!"

"나만 그런 게 아니라 내 말을 듣고 나면 대옥이도 마음 상하지 않을 수 없을 거야. 며칠 전 둘째 누나가 돌아왔을 때 했던 말과 행색을 대옥이도 모두 보고 들었지? 여자들은 왜 나이 먹으면 꼭 시집가야 하는 거야? 시집가서는 또 왜 그러한 고초를 겪어야 하는 거구? 우리가 처음 '해당사海棠社'를 만들었을 때, 모두들 시를 짓고 함께 놀며 얼마나 흥겨웠었어? 그런데 지금은 보차 누나도 집에 가고, 그래서 향릉이조차 올 수 없는 데다가, 둘째 누나도 시집가고 보니 서로 마음과 뜻이 맞는 사람끼리 한데 있지 못하고 이 지경이 되어버렸지 뭐야. 나는 내심으로 둘째 누나를 데려오자고 할머님께 말씀드리려고 했는데, 어머니께서 안 된다고 하시며 오히려 나더러 멍청하다느니 헛소리만 늘어놓는다느니 하시면서 야단만 치셔. 그래서 난 아무 말도 하지 못했어. 요즘 들어 대관원 사정이 크게 달라진 것을 대옥이도 알지? 여기서 몇 년 더 지나면 또 어떻게 될지 알 수 없는 일이야. 그런 생각을 하면 할수록 괴로워 죽겠어."

이 말을 듣고 나서 대옥은 고개를 슬그머니 떨어뜨리더니 뒷걸음질 쳐서 구들로 올라앉았다. 그리고는 한마디도 하지 않고 한숨지으며 벽을 보고 누워버렸다.

마침 자견이 차를 들고 들어오다가 보옥과 대옥이 둘 다 그러고 있는 것을 보고는 어리둥절해하고 있을 때, 습인이 찾아와서 보옥에게 말했다.

"도련님 여기 계셨군요. 노마님께서 찾으세요. 여기 계실 줄 알았다니까요."

대옥은 습인이 온 것을 보고 얼른 자리를 권했다. 대옥의 두 눈언저리는 울어서 온통 새빨개져 있었다. 보옥은 대옥을 향해 위로의 말을 건넸다.

"대옥 누이, 내가 방금 한 말은 멍청한 얘기일 따름이니 상심할 필요 없어. 내 말이 무슨 뜻인지 알겠으면, 누이 몸이나 더 잘 간수하는 게 좋겠어. 그리고 좀 쉬고 있도록 해. 할머님께서 부르신다니 얼른 다녀올게."

이렇게 말하면서 보옥이 밖으로 나가자 습인이 대옥에게 살짝 물었다.

"두 분께선 또 왜 그러세요?"

"보옥 도련님은 영춘 누나 때문에 상심해서 그런 것이고, 나는 방금 눈이 가려워서 비볐기 때문에 그런 거지 무슨 일이 있었던 건 아니야."

습인도 더 이상 묻지 않고 서둘러서 보옥을 따라 그곳을 나와 제 갈 길로 갔다. 보옥이 가모의 처소로 갔더니 가모는 낮잠을 자고 있었으므로, 하는 수 없이 그냥 이홍원으로 돌아왔다.

오후가 되어 낮잠에서 깨어난 보옥은 더욱 무료함을 느낀 나머지 손 가는 대로 책 한 권을 집어 들었다. 습인은 보옥이 책 읽는 것을 보고 얼른 차 시중을 들었다. 그런데 보옥이 집어든 책은 다름 아닌 《고악부古樂府》[1]였으며, 되는 대로 책장을 넘기다가 마침 조조曹操의 "술잔을 기울이며 노래 부르리. 인생이 길면 얼마나 길겠는가〔對酒當歌, 人生幾何〕"라는 구절이 눈에 들어왔다. 보옥은 그 구절을 보니 가슴이 찢어지는 것 같아서 책을 덮고 다시 한 권을 집어 들었다. 이번에는 진문晋文[2]이었다. 보옥은 몇 장을 넘기다가 갑자기 책을 덮고 턱을 고인 채 멍청하게 앉아 있었다.

습인이 차를 따르려고 왔다가 그 모습을 보고 물었다.

"왜 또 책을 안 읽고 계시는 거예요?"

보옥은 대꾸도 없이 찻잔을 받아 한 모금 마시고는 그대로 내려놓았다. 습인은 영문을 알 수 없었으므로 그저 곁에 서서 물끄러미 바라다볼 뿐이었다. 그때 별안간 보옥이 벌떡 일어나며 중얼거렸다.

"'몸 밖을 벗어나 자유롭게 노닐다'라니, 좋도다!"

듣고 있던 습인은 우습기는 하였지만 감히 묻지도 못하고 그저 타이를 뿐이었다.

"그런 책들이 읽기 싫으면 정원에 나가 산책이라도 하고 오세요. 그러면 갑갑증이 좀 풀릴 거예요."

보옥은 건성으로 대답하면서 넋이 나간 채 밖으로 나갔다.

---

1 고대 악부시를 모은 시집명.

2 《서진문기(西晉文紀)》를 말하며 서진의 문장들을 두루 모은 것.

어느새 심방정沁芳亭까지 왔으나 사람은 가고 집은 비어 쓸쓸하기 그지없었다. 다시 형무원蘅蕪院으로 향했지만 향기로운 풀은 예나 다름없으되 문이며 창문이 모두 굳게 닫혀 있었다. 발길을 돌려 우향사藕香榭에 이르니, 저 멀리 몇 사람이 요서蓼溆 부근의 난간에 기대어 있고, 어린 시녀들이 쪼그리고 앉아서 무엇인가를 찾고 있었다.

보옥은 살그머니 돌로 쌓아 만든 가산 뒤로 가서 그들의 동정을 살폈다.

"올라오나 안 올라오나 보자."

그때 누군가의 말소리가 들렸는데, 이문李紋의 목소리 같았다.

"아이쿠, 내려갔어. 올라오지 않을 거야."

웃으며 말하는 이는 탐춘이었다.

"그렇지만 언니, 움직이지 말고 기다려요. 어쨌든 올라올 거니까."

하나가 이렇게 말하자, 또 다른 하나가 이어서 말했다.

"올라왔다."

이들 두 사람은 이기李綺와 형수연邢岫烟이었다.

보옥은 마침내 참지 못하고 작은 벽돌 조각 하나를 주워서 물속으로 던졌다. 첨벙하는 소리에 네 사람은 소스라치게 놀랐다.

"누가 이런 장난을 하는 거야? 깜짝 놀랐잖아!"

보옥이 웃으면서 산 뒤쪽에서 불쑥 튀어 나왔다.

"재미있게들 놀면서 왜 나는 안 불렀어?"

탐춘이 말했다.

"내가 다른 사람이 아닌 장난꾸러기 보옥 오빠인 줄 알았다니까. 다른 말 필요 없으니 어서 물고기나 물어내요. 막 물고기 한 마리가 미끼를 물려고 했는데 오빠 때문에 놀라서 도망갔단 말이에요."

"나를 빼놓고 자기들끼리만 놀아서 내가 벌을 준 건데?"

보옥의 말에 모두들 한바탕 웃음꽃을 피웠다.

그러자 보옥이 다음과 같이 제의했다.

"우리 오늘 낚시질로 자신의 운세를 점쳐보는 게 어때? 고기를 잡으면 올 한 해의 운세가 좋은 것이고, 못 잡으면 안 좋은 것으로 하자. 누가 먼저 잡을래?"

탐춘이 이문에게 먼저 잡으라고 했지만 이문은 사양했다.

"그렇다면 내가 먼저 잡을 테야."

탐춘이 웃으며 보옥에게 다짐했다.

"보옥 오빠, 이번에도 또 물고기를 쫓아버리면 가만두지 않을 테야."

"아까는 너희를 놀래주려고 그런 거지만, 지금은 아니니까 안심해."

탐춘이 명주실로 된 낚싯줄을 물속으로 던져 넣고 열 마디 말을 주고받을 정도의 시간이 흘렀을까, 버들치 한 마리가 드디어 낚싯바늘을 삼켰다. 낚시찌가 아래로 처지자 때를 놓치지 않고 탐춘이 낚싯대로 낚아채서 땅에 내동댕이쳤고 물을 떠난 버들치는 땅바닥에서 마구 팔딱거렸다. 시서侍書가 팔딱거리는 버들치를 잡으려고 이리 뛰고 저리 뛰던 끝에, 겨우 잡아서 맑은 물이 담긴 작은 자기 항아리 속에 집어넣었다.

이번에는 탐춘이 낚싯대를 이문에게 건네자 그녀도 낚싯대를 물에 드리웠다. 그러나 명주실이 움직일 때마다 낚싯대를 들어 올렸지만 번번이 빈 낚싯바늘일 뿐이었다. 다시 낚싯대를 드리우고 한참 만에 찌가 움직이자 놓칠세라 또다시 휙 낚아챘으나 여전히 허사였다. 이문이 낚싯바늘을 손에 쥐고 살펴보니, 안으로 구부러져 있는 것이 아닌가?

이문이 웃으면서 말했다.

"어쩐지 잡히지 않더라니."

이문은 서둘러 소운素雲에게 낚싯바늘을 원래대로 고치게 해서, 미끼를 다시 끼우고 새로 갈대로 찌를 만들어 달았다. 낚싯대를 드리우고 잠시 지나자 갈대 찌가 물속으로 쏙 들어가기에, 황급히 낚싯대를 들어 올렸으나 고작 두 치쯤 되는 붕어가 물렸을 뿐이었다.

이문이 웃으며 보옥에게 말했다.

“이제 보옥 오빠가 낚으세요.”

“난 셋째 누이와 수연 누이 다음에 낚을래.”

보옥의 말에 수연은 아무 대꾸도 안 했으나, 이기는 거들었다.

“보옥 오빠가 먼저 낚으시래도요.”

그때 수면 위로 물거품이 뽀르르 올라왔다.

“사양할 필요 없어. 물고기들이 모두 셋째 동생 쪽에 몰려 있으니 셋째 동생부터 낚는 게 좋겠어.”

탐춘이 끼어들자 이기는 웃으면서 낚싯대를 받아들었고, 과연 탐춘의 말대로 낚싯대를 담그자마자 한 마리를 낚았다. 그 후 수연도 한 마리를 낚고 낚싯대를 탐춘에게 돌려주었는데, 탐춘은 그제야 보옥에게 낚싯대를 건넸다.

“나는 강태공姜太公이 될 테야.”

그러면서 보옥은 연못가의 바위로 내려가서 쪼그리고 앉아 낚시질을 하기 시작했다. 그러나 물속의 고기들은 사람의 그림자가 보이자 모두 달아나 버리는 것이 아닌가? 보옥은 낚싯대를 드리우고 한참을 기다렸으나, 낚싯줄은 미동도 하지 않았다. 마침 그때 물고기 한 마리가 물가에서 빼끔거렸지만 보옥이 낚싯대를 흔들자 놀라서 도망가고 말았다.

“나같이 성질이 급하디급한 사람이 저렇게 느려 터진 물고기를 어떻게 낚겠어? 착한 물고기야, 어서 오너라! 제발 날 봐서라도 좀 물어다오.”

그 말에 네 사람은 모두 웃음을 터뜨렸다. 그런데 보옥의 말이 채 끝나기도 전에 낚싯줄이 조금 움직이는 게 아닌가. 보옥은 너무도 기분이 좋은 나머지 힘껏 낚아챘다는 것이 그만 낚싯대가 돌에 부딪쳐서 두 동강이 났으며, 낚싯줄도 끊어지고 바늘도 어디로 갔는지 알 수 없게 되었다.

모두들 그 광경을 보고 배꼽을 잡고 웃기 시작했고, 탐춘이 그런 보옥을 놀려댔다.

"나는 지금까지 보옥 오빠처럼 이렇게 덜렁대는 사람은 처음 봤어."

그때 사월麝月이 허둥지둥 뛰어 들어왔다.

"도련님, 노마님께서 방금 깨셨는데 빨리 오라고 하세요."

그 말에 다섯 사람은 모두 가슴이 철렁했다.

"할머님께서 도련님을 왜 찾으신다더냐?"

탐춘이 묻자 사월이 대답했다.

"저도 모르겠어요. 다만 무슨 일이 발각되었다고 하시면서 보옥 도련님에게 물어보신다고 하셨고, 희봉 아씨도 함께 불러서 물어보신다고 하셨어요."

보옥은 놀라서 정신이 나갈 지경이었다.

"어느 시녀가 또 혼쭐나는 거 아닌지 몰라."

"무슨 일인지 몰라도 어서 가보세요. 전할 소식이 있으면 우선 사월이를 보내서 우리에게 알리도록 하시고요."

탐춘은 이렇게 말하면서 이문, 이기, 수연과 함께 돌아갔다.

보옥이 가모의 방에 와보니, 왕부인이 가모를 모시고 골패놀이를 하고 있었다. 아무 일이 없는 것 같기에 보옥은 그제야 마음을 반쯤 놓았다.

가모가 보옥이 온 것을 보고 물었다.

"재작년에 네가 크게 아팠을 때, 다행히 웬 미치광이 중과 절름발이 도사가 고쳐주질 않았었니? 그때의 증세가 어떠했느냐?"

보옥이 잠시 생각에 잠겼다가 대답했다.

"기억나요. 처음에는 가만히 서 있는데 등 뒤에서 누가 몽둥이로 내 뒤통수를 후려치는 것 같았어요. 얼마나 아팠는지 눈앞이 온통 깜깜해지고 이내 방 안 가득 검푸른 얼굴에 쑥 튀어나온 긴 이빨을 드러낸 악귀들이 칼과 몽둥이를 들고 날뛰는 것이 보였어요. 구들 위에 누웠지만 마치 조이는 형틀을 머리에 채운 것처럼 아파서 죽을 지경이었어요. 그리고는 얼마나 아팠는지도 모를 정도로 심하게 앓았지요. 병이 나을 만했을 때는 본채에서 나오는 황금빛 광선이 내 방까지 쫙 비추더니, 날뛰던 악귀들이 어디론가 도망가고 하나도 보이지 않았어요. 그러자 머리 아픈 것도 없어지고 마음도 편안해졌어요."

가모가 왕부인에게 말했다.

"그렇다면 증세가 비슷하구나."

그때 희봉이 들어와서 먼저 가모에게 인사를 드린 다음 왕부인에게도 인사를 올렸다.

"할머님께서 제게 뭘 물어보시려는 건지요?"

"네가 재작년에 몹쓸 병에 걸렸었지 않니? 그때 증상이 어땠는지 기억할 수 있겠느냐?"

희봉이 웃으면서 대답했다.

"분명하게 기억나지는 않아요. 하지만 몸이 마음대로 움직여지질 않았고요, 어떤 요괴들이 저더러 사람을 죽여야 한다고 마구 을러댔어요. 그래서 손에 잡히는 대로 집어 들고 보이는 사람들을 모조리 죽이려고 달려들었지요. 나중에는 말할 수 없이 지쳤지만 멈출 수가 없었어요."

"나을 만할 때는 어땠었느냐?"

"병이 나을 적에는 공중에서 누군가가 무슨 말인가를 몇 마디 하는 것 같았어요. 그렇지만 무슨 말이었는지는 기억나지 않아요."

"보아하니 그년의 소행임이 분명하구나. 두 애들이 앓던 증세와 지금 들은 이야기가 같으니 말이다. 그 늙은 년이 그렇게 흉악한 마음을 먹은 줄도 모르고 보옥이는 그년을 수양어미로 삼다니! 나무아미타불,

그 중과 도사가 보옥의 생명을 구해주지 않았더라면 정말 큰일 날 뻔했다. 그런데 보답도 하질 못했구나."

"할머님께선 왜 저희들이 병났을 때의 일이 생각나셨나요?"

"보옥 어미한테 물어 보렴. 나는 말하기도 귀찮구나."

"방금 대감님께서 돌아와서 하시는 말씀이 보옥의 수양어미란 년이 정말로 못돼먹은 나쁜 년이라고 하시는 게 아니겠니? 지금 그년의 소행이 들통 나서 금의부錦衣府에 붙들려 감옥살이하는데, 사형을 면치 못할 것 같다는구나. 며칠 전에 누군가에게 고소당했나 보더라. 고소한 이가 무슨 반삼보潘三保라고 하던가? 맞은편에 있는 전당포에 집 한 채를 팔기로 했는데, 시세보다 몇 배를 더 쳐준다고 했지만 반삼보는 더 받을 심산이었던 모양이야. 그렇지만 전당포에서 어디 순순히 그 말을 들어 주겠느냐? 그러자 반삼보는 이 나쁜 년을 매수해서 일을 꾸몄나 보더라. 그년이 평소 전당포에 자주 갔고 그 집 식구들과도 친한 사이였기 때문이지. 그년은 나쁜 수를 써서 그 집 안주인에게 몹쓸 병이 들게 하였다는구나. 그 바람에 집안이 발칵 뒤집혔겠지. 그래놓고는 그 집을 찾아가서 자기가 그 병을 고칠 수 있다면서 신마神馬[3]와 종이돈을 불살라 신에게 빌더란다. 그랬더니 정말로 병이 나았다지 뭐냐. 그런 후에 그 집안 식구들한테 은전 십여 냥을 받아서 챙긴 모양이야. 그렇지만 부처님의 눈은 속일 수 없는 법. 결국 탄로가 나고 말았지. 그날 그년이 서둘러 돌아가는 바람에 비단보자기를 떨어뜨리고 갔는데, 전당포 주인이 그것을 주워서 살펴보니 그 안에 종이 인형이 가득했고 향이 진한 환약 네 알이 들어 있었다는구나. 이게 다 뭔가 하고 의아하게 생각하던 차에 그 늙은 년이 비단보자기를 찾으러 되돌아 왔다지 뭐냐. 그래서 그 집 사람들이 그년을 붙잡아서 온몸을 뒤져보니, 몸 안에서

---

3 종이로 만든 신상(神像)을 말함.

작은 상자 하나가 나왔는데 그 안에 상아로 깎은 홀딱 벗은 남녀 마왕 한 쌍과 붉은 색의 수놓는 바늘 일곱 개가 있었다는구나. 그 즉시 그년을 금의부로 끌고 가서 문초한 결과, 수많은 관리나 대갓집의 마님과 딸네들의 비밀스러운 일들이 밝혀졌다는구나.

결국은 그년의 죄상이 영내에까지 고해져서 가택수색까지 하게 되었는데, 집안에서 진흙으로 빚은 액을 부르는 흉신 여럿과 냄새를 맡으면 혼미해지는 민향悶香도 여러 갑 나왔단다. 뿐만 아니라 구들 뒤에 붙은 빈방에는 칠성등七星燈이 걸려 있고 등불 밑에는 짚으로 만든 인형이 여러 개 놓여 있는데, 어떤 것은 머리를 아프게 조이는 테가 씌워져 있고, 어떤 것은 가슴에 못이 박혀 있으며, 어떤 것은 목에 쇠사슬이 묶여 있더란다. 그 밖에도 궤짝 안에는 종이 인형이 수두룩하고 그 밑에는 작은 장부책이 여러 권 있었는데, 거기에는 어느 집의 경우에는 효험이 있었으니 얼마간의 돈을 받아야겠다고 써있을 뿐만 아니라, 남들로부터 받은 기름 값이랑 향 값 등이 깨알같이 적혀 있었다는구나."

"그렇다면 보옥이와 제가 앓은 병도 틀림없이 그 늙은이의 농간 때문이었을 거예요. 그러고 보니 기억이 나네요. 저희들의 병이 다 나았을 무렵, 그 요망한 늙은이가 돈을 달라고 재촉하러 조이랑趙姨娘의 처소에 몇 번인가 찾아왔던 듯해요. 그러다가 제게 발견되자 이내 낯빛이 변하면서 원망스런 눈초리를 보내는 것 같았어요. 저는 그때는 왜 그럴까 궁리해 보았지만 도무지 영문을 알 수 없었어요. 오늘 이야기를 듣고 보니 다 까닭이 있었네요. 그나저나 저야 집안관리를 한답시고 사람들의 원망을 살 만도 하니까 죽이려는 이가 있을 법 하지만, 보옥 도련님은 남들과 무슨 원한이 있기에 그런 악랄한 일을 당한 거죠?"

희봉의 말에 가모는 다음과 같이 대꾸했다.

"내가 보옥이만 귀여워하고 환環이는 멀리 하니까 너희에게 그런 악랄한 일을 저질렀는지도 모르겠구나."

그러자 왕부인이 자신의 생각을 말했다.

"그 늙은이가 이미 잡혀 들어간 이상 그년을 불러 대질시킬 수도 없게 되었어요. 그리고 증거가 없으니 조씨가 순순히 자백할 리 만무해요. 이처럼 중대한 일을 잘못 터뜨렸다가는 집안망신 당하기 십상이지요. 자업자득이란 말도 있으니 스스로 자백할 때까지 기다리는 게 낫겠어요."

"네 말도 옳다. 이런 일이란 증거 없이는 밝히기 어려운 법이다. 그저 부처님께서 보살펴 주신 덕분에 희봉이나 보옥이가 오늘날 이렇게 별 탈 없는 것이 아니겠니? 그러니 그 일은 그냥 덮어두도록 해라. 희봉이도 지난 일은 더 이상 들추지 말도록 하고. 그리고 오늘은 보옥 어미랑 함께 내 처소에서 저녁이나 먹고 돌아가도록 하려무나."

가모는 곧 원앙鴛鴦과 호박琥珀에게 밥상을 차려오라고 했다. 그러자 희봉이 얼른 웃으며 말했다.

"할머님께서는 어쩜 그렇게 서두르세요?"

이 말에 왕부인도 따라 웃었다. 밖을 보니 몇 명의 어멈들만 시중들고 있기에 희봉은 얼른 어린 시녀에게 일렀다.

"나와 마님께서는 할머님을 모시고 여기서 저녁을 먹을 것이다."

마침 그때 옥천아玉釧兒가 와서 왕부인에게 고했다.

"나리께서 무엇인가를 찾고 계신데, 마님더러 노마님 저녁식사 시중을 드시고 나서 좀 찾아달라십니다."

"그럼 저녁 먹지 말고 가 보도록 해라. 무슨 급한 일인지도 모르니까."

왕부인은 가모의 분부에 따라 희봉에게 시중을 맡기고 물러 나왔다. 자기 방으로 돌아온 왕부인은 가정에게 물건을 찾아주면서 몇 마디 한담을 주고받았다.

"영춘이는 이미 돌아갔다면서? 시집에서 어떻게 지냈다고 합디까?"

"사위란 놈이 포악무도하기가 이루 말할 수 없답니다. 영춘이는 그저 울기만 하던 걸요."

그러면서 영춘이 했던 하소연을 가정에게 자세하게 들려주었다. 그러자 가정은 한숨을 푹 쉬었다.

"원래부터 기우는 혼사라고 생각했는데 형님께서 이미 정하신 일이라 어쩔 수 없었지. 그저 가엾은 영춘이만 고통을 당하게 되었구려."

"아직 새색시니까 앞으로 나아지기만을 바랄 수밖에요."

이렇게 말하면서 왕부인이 슬며시 웃었다.

"왜 웃소?"

"보옥이 때문이에요. 오늘 아침에 일부러 찾아와서 한다는 소리가 죄다 철부지 어린애 같은 소리만 하는 게 아니겠어요?"

"뭐라고 했소?"

왕부인은 보옥이 했던 말을 웃어가면서 전해주었다. 가정도 따라 웃으며 말했다.

"당신이 보옥이 얘기를 꺼내는 바람에 생각이 났는데, 그 녀석을 매일같이 대관원에만 두어서는 안 될 것 같소. 딸아이라면 좀 부족한 데가 있어도 결국은 남의 집 사람이 될 거니까 별 문제될 것이 없지만, 아들 녀석이 쓸모가 없다면 정말 큰일이 아닐 수 없소. 일전에 어떤 이가 내게 선생 한 분을 추천했는데, 학문과 인품이 매우 뛰어난 데다가 남방 사람이랍디다. 남방 사람은 성정이 온순한 반면 도시에서 자란 아이들은 하나같이 장난이 심하고 잔꾀를 부리지. 그런 애들을 다룰 수만 있다면 문제될 것이 없겠지만, 개중에 담이 제법 큰 놈이 있는 데다가 선생도 엄하게 하려 들지 않고 눈치만 본다면 종국에는 아이들 비위만 맞추는 격이 되질 않겠소. 그렇게 되면 허송세월하기가 십상이야. 그래서 웃어른들이 외지에서 선생을 청하지 않고 집안사람 가운데 비교적 나이 많고 학식 있는 이를 청해다 서당을 맡겼던 것이요. 가대유賈代

儒로 말할 것 같으면 학식은 비록 평범한 수준이지만 아이들을 누를 수 있으므로 대충 넘어가지는 않을 것이요. 내 생각으로는 보옥이가 저렇게 놀고만 있어서는 안 될 것 같으니 그 녀석을 서당에 보내 글을 읽히는 편이 나을 듯싶구려."

"당신 말씀이 옳아요. 당신께서 외지로 부임해 나가신 이래 그 녀석은 내내 병치레 하느라고 허송세월 했어요. 이제부터는 서당에서 글공부에 힘쓰는 것이 좋을 것 같아요."

그 말에 가정은 고개를 끄덕였다. 가정과 왕부인은 이어서 잡담도 나누었지만 그것에 대해서는 더 이상 이야기하지 않겠다.

다음 날 아침 보옥이 일어나서 세수와 몸치장을 마치고 있자니까 미슴아이들이 부리나케 달려와서 말을 전했다.

"대감님께서 도련님을 부르십니다."

보옥은 허둥지둥 옷을 갖춰 입고 가정의 서재로 갔다. 아침 문안 인사를 올린 보옥은 분부를 기다리며 서 있었다.

"너 요즈음 무슨 공부를 하고 있느냐? 글 몇 편을 지었다고는 하지만 그건 대수롭지 않아. 내가 보자니 요즈음 네가 지내는 꼴이 몇 년 전보다 한층 더 빈둥거리는 것 같구나. 게다가 네가 병을 핑계로 공부하려 하지 않는다는 소리가 매번 내 귀에 들리곤 한다. 이제 병이 거의 다 나았는데도 여전히 대관원 안에서 자매들과 어울려 웃고 떠들지를 않나, 심지어는 시녀들과도 시시덕거리면서 정작 힘써야 할 일은 늘 뒷전에 밀어 제쳐 놓고 있다는 것도 들어서 알고 있다. 시나 사 몇 구절을 지었다고 해도 뛰어나게 잘 쓴 것도 아닌 데다, 과거급제 하자면 아무래도 문장을 잘 써야 하지 않겠느냐? 지금까지 너는 그런 공부는 조금도 하지 않았으니 이제부터 내 말을 똑똑히 듣도록 해라. 오늘부터 다시는 시나 대구 같은 것은 짓지 말도록 하고, 오로지 팔고문八股文을 익히는

데만 힘쓰도록 해라. 일 년의 기한을 줄 테니 그때까지 좋은 결과가 없으면 다시는 공부할 생각도 하지 마라. 그때 가서는 나도 너를 자식으로 여기지 않겠다."

그리고는 즉시 이귀李貴를 불러 분부를 내렸다.

"내일 아침 일찍 배명焙明을 보옥에게 보내서 반드시 읽어야 할 책들을 전부 꾸려가지고 함께 내게 오라고 일러라. 내가 직접 이 녀석을 서당으로 데리고 가겠다."

이렇게 이르면서 가정은 보옥에게 호통을 쳤다.

"이제 가 보아라! 내일 아침 일찍 오도록 하고."

보옥은 한참 동안 아무 대답도 하지 못하고 있다가 이홍원으로 돌아왔다. 무슨 일인지 몰라서 안절부절못하던 습인은 가정이 책을 챙겨서 가져오라고 했다는 소식을 전해 듣고 도리어 기뻐했다.

그러나 정작 보옥은 즉시 할머니께 이 일을 알려 막아주기를 바랐다. 이 소식을 접한 가모는 보옥을 불러서 타일렀다.

"우선 겁내지 말고 시키는 대로 가기나 하렴. 아비 화를 돋우면 안 되느니라. 무슨 어려운 일이 있더라도 네 뒤엔 내가 있질 않니?"

보옥은 하는 수 없이 돌아와서 시녀들에게 일렀다.

"내일 아침 일찍 깨워 줘. 아버님께서 나를 서당에 데리고 가신다고 하셨거든."

습인 등은 알았다고 대답하였다. 사월과 습인 두 사람은 번갈아서 꼬박 밤을 새웠다.

다음 날 아침 일찍 습인은 보옥을 깨워서 세수를 시키고 옷을 갈아입힌 뒤, 어린 시녀를 시켜 배명에게 책과 다른 물건들을 챙겨 가지고 중문에서 기다리라고 전했다. 가기 싫은 보옥은 습인이 두 번이나 재촉해서야 마지못해 가정의 서재로 갔다. 그리고 서재에 있는 하인에게 물었다.

"대감님께서 건너 오셨느냐?"

"조금 전에 식객 한 분이 대감님께 드릴 말씀이 있다고 찾아왔는데, 안에서 말하기를 대감님께서 세수하고 계신다면서 밖에서 기다리라고 하셨답니다."

보옥은 이 말을 듣고 다소 마음이 놓인지라 서둘러서 가정이 있는 곳으로 갔다. 그때 마침 가정의 명을 받고 보옥을 부르러 나오는 하인을 만나 보옥은 그를 따라 안으로 들어갔다. 가정은 어김없이 보옥에게 몇 마디 설교를 늘어놓은 뒤, 배명에게 책을 들게 하고 보옥과 함께 가마에 올라 그 길로 서당으로 향했다. 그들이 도착하기 전에 누군가가 한 발 앞서 달려가서 가대유에게 알렸다.

"대감님께서 오십니다."

가대유가 몸을 일으키기도 전에 가정은 벌써 방 안으로 들어서서 인사를 하였다. 가대유도 가정의 손을 잡고 인사하며 가모의 안부를 물었다.

"노마님께서는 요즈음 평안하신지요?"

보옥도 가대유 앞으로 다가와 문안인사를 올렸다. 가정은 가대유에게 앉으라고 자리를 권한 뒤 그제야 앉았다.

"제가 오늘 이 녀석을 굳이 데리고 온 이유는 각별히 부탁드릴 일이 있어서 입니다. 이 녀석의 나이도 찼으니 이제는 과거준비를 해야 하지 않겠습니까? 입신양명의 포부를 마음껏 펼치려면 말입니다. 그런데 이 녀석은 요즈음 집안에서 아이들과 한데 뒤섞여 장난만 칠 뿐입니다. 비록 시사 몇 구절을 알고 있다고는 하나 이것저것 되는 대로 지껄이는 것에 불과하고, 잘 지었다 해도 음풍농월에 지나지 않으므로 일생 동안 힘써야 할 올바른 일과는 거리가 멀지요."

"제가 보기로는 훤칠하게 잘생겼고 총명한 것 같은데 어째서 공부는 하지 않고 제멋대로 놀기만 좋아하는지 모르겠군요. 시사 같은 것을 배우지 말라는 것이 아니라 학문에 힘써서 어느 정도의 경지에 이른 다음 배우면 되질 않겠습니까? 그래도 늦지 않으니까요."

"지당하신 말씀이지요. 바라옵건대 이제부터는 이 녀석이 글을 읽고 해석하고 문장 짓는 데만 몰두하도록 해주십시오. 만약 가르침을 순순히 따르지 않으면 엄하게 타일러서 이끌어 주시기 바랍니다. 그래야만 이 녀석 일생을 헛되이 보내지 않을 수 있으니까 말입니다."

말을 마치자 가정은 다시 일어나서 공손하게 읍하고 난 뒤 몇 마디 한담을 주고받은 후 작별인사를 하고 밖으로 나갔다.

"가시거든 노마님께 저 대신 안부 여쭤 주십시오."

가대유가 문밖까지 배웅하면서 이렇게 말하자, 가정은 그러겠노라고 대답하고 가마에 올랐다.

가대유가 들어와 보니 보옥이 서남쪽 구석의 창가에 이화목으로 만든 작은 탁자 하나를 가져다 놓고, 오른쪽에 낡은 책 두 질과 얇디얇은 책 한 권을 쌓아 놓았으며, 배명을 시켜 종이, 먹, 붓, 벼루 등을 서랍 안에 넣어두게 하고 있었다.

"보옥아, 듣자니 이전에 병이 났다고 하던데 이제는 다 나았느냐?"

대유가 이렇게 묻자 보옥이 일어나서 대답했다.

"완전히 다 나았습니다."

"이제부터는 내 말 잘 듣고 열심히 공부해야 한다. 네 아버님께서는 네가 훌륭한 인재가 되기를 간절히 바라고 계시느니라. 너는 당분간 이전에 공부했던 책들을 처음부터 다시 한 번 복습하도록 하여라. 매일같이 아침에 일어나자마자 복습하고, 아침밥을 먹은 후에는 글씨를 쓰고, 점심때는 해석해 보고, 그 다음에는 글을 몇 번이고 읽어보도록 해라."

"네, 알겠습니다."

보옥이 대답하고 자리에 앉으려다가 무심코 사방을 둘러보았다. 그런데 이전에 같이 공부하던 김영金榮의 또래는 몇 명 보이지 않고 나이 어린 아이들 몇이 더 와있을 뿐이었는데, 모두 촌스럽고 이상야릇했다. 그러자 문득 진종秦鐘이 생각났다. 이제는 속마음까지 털어놓을 수 있는 단짝이 곁에 없다는 생각이 들자 쓸쓸하고 처량해졌으나, 아무 소리도 하지 못하고 그저 울적한 마음으로 책만 들여다볼 뿐이었다.

잠시 뒤 가대유가 보옥에게 말했다.

"오늘은 첫날이니까 조금 일찍 집으로 돌아가도록 해라. 내일부터는 문장 해석에 들어갈 것이다. 그러나 네가 우둔한 편이 아니니까 내일은 우선 한두 단락의 글을 내게 해석해 보이도록 해라. 요즈음 네가 하던 공부를 시험해 봐야만 어느 수준인지를 가늠할 수 있을 게 아니겠느냐."

그 말을 듣고 보옥은 가슴이 마구 두근거렸다. 이튿날 보옥이 문장해석을 어떻게 하였는가 알고 싶으면 다음 회를 보시라.

老學究講義警頑心
病瀟湘痴魂驚惡夢

제82회

병든 대옥의 악몽

늙은 훈장 강의하여 보옥을 깨우치고
병든 대옥 약한 마음 악몽에 놀라네

老學究講義警頑心 病瀟湘癡魂驚惡夢

보옥이 서당에서 돌아와 가모에게 인사드리자 가모가 웃으며 말했다.

"참 잘되었다. 이제 야생마에게 굴레를 씌워 놓은 셈이구나. 어서 가서 아버지를 뵌 다음 돌아와서 좀 놀도록 하렴."

보옥은 대답하고 나서 가정에게 인사하러 갔다.

"벌써 공부를 끝내고 돌아왔느냐? 그래 선생님께서 네게 공부할 내용을 정해주시더냐?"

"네, 정해 주셨습니다. 아침에 일어나서 복습하고, 조반 후에는 글씨연습을 할 것이며, 점심때는 해석하면서 글을 읽으라고 하셨습니다."

그 말을 듣고 가정은 고개를 끄덕이며 말했다.

"그만 가 보아라. 가서 할머님을 모시고 곁에서 좀 앉아 있거라. 이제 너도 그저 노는 데만 정신 팔지 말고 사람의 도리 따위를 배워야 하느니라. 그리고 밤에는 좀 일찍 자도록 해라. 매일같이 서당에 가려면 아침에 일찍 일어나야 하니까 말이다. 알아들었느냐?"

보옥은 얼른 "네, 네" 대답하고 물러 나와서 그 길로 급히 왕부인에게로 갔다가 또다시 가모한테로 되돌아와서 잠깐 얼굴을 비쳤다.

서둘러 가모의 처소를 나온 보옥은 한걸음에 소상관으로 줄달음질쳤다. 보옥은 대문을 들어서기가 바쁘게 손뼉을 탁 치며 웃으며 말했다.

"난 평소처럼 이렇게 다시 돌아왔어!"

느닷없이 보옥이 나타나자 대옥은 깜짝 놀랐다. 자견이 주렴을 걷어주자 보옥이 들어와 앉았다.

"어렴풋이 공부하러 갔다는 소식을 들은 것 같은데, 어떻게 이렇게 빨리 돌아왔어요?"

"아이고, 말도 마! 오늘 내가 아버님께 붙들려서 공부하러 가질 않았겠어? 그때의 심정으론 다시는 너희를 못 만날 것만 같았어. 그런데 가까스로 하루를 견디다가 이렇게 너희를 보게 되니 정말이지 죽었다가 다시 살아난 것만 같아. 옛사람들이 '하루가 마치 삼 년 같다〔一日如三秋〕'라고 했다더니, 정말 맞는 말이 아닐 수 없어."

"어르신들께는 모두 인사를 드렸나요?"

"응, 모두 다녀왔어."

"다른 곳은요?"

"아직 안 갔어."

"그럼 다른 곳에도 가봐야 하지 않겠어요?"

"난 지금 꼼짝도 하기 싫어. 대옥 누이랑 이렇게 앉아서 이야기나 할래. 아버님께서도 일찍 자고 일찍 일어나라고 하셨으니까 다른 데는 내일 가보도록 할 테야."

"그럼 좀 앉았다 가세요. 그렇지만 가서 좀 푹 쉬셔야 하지 않겠어요?"

"난 하나도 안 피곤해. 답답해서 죽을 뻔했는데 지금 둘이서 이렇게 이야기하니까 이제야 답답증이 풀렸어. 그런데 누이는 왜 또 나를 쫓아내려는 거야?"

대옥은 살며시 웃으며 자견을 불렀다.

"용정차龍井茶를 도련님께 한 잔 따라 올려라. 도련님께선 이제 공부하시는 몸이라 이전과는 다르단다."

자견은 웃으며 찻잎을 꺼내 어린 시녀더러 차를 우리라고 하였다. 보옥은 대옥의 말을 받아 말했다.

"공부는 또 무슨 얼어 죽을 공부람. 나는 그런 고리타분한 말들은 딱 질색이야. 더욱 웃기는 것은 팔고문인가 뭔가 하는 거야. 그걸 지어서 거짓 공명을 세우고 더러운 밥술이나 얻어먹는 것은 그렇다손 치더라도, 성현의 뒤를 이어 제 말을 세운다고 깝죽거리는 것들은 정말 눈뜨고 못 봐주겠어. 조금 낫다고 하는 것들은 경서에서 이것저것 긁어모아 떠들어대는 것일 뿐이고, 더욱 우스운 놈들은 뱃속에 든 것은 하나도 없으면서 남의 글들을 이리저리 주워 모아 도깨비 같은 문장을 지으면서도 스스로 학문이 심오하다고 뻐기는 작자들이야. 그게 어디 성현의 도리를 밝히는 것이겠어? 지금 아버님께선 말끝마다 날더러 이런 것들을 공부하라고 성화시고 나는 싫어도 감히 거역하지 못하고 있는 참인데, 이제 누이마저 공부하라는 소리를 하다니!"

"나 같은 여자애는 비록 그런 공부를 할 필요가 없지만, 어릴 때 오빠네 그 우촌 선생님한테 배울 때 나도 본 적은 있어요. 그 가운데 인정과 도리에 맞는 것도 있고 청아한 것도 있었던 것 같아요. 그때는 비록 잘 이해하지 못했지만 그래도 좋다는 느낌이 들었어요. 그러니 모두 싸잡아서 나쁘다고 할 수만은 없을 듯해요. 하물며 오빠는 공명을 얻어야 하니 그런 것들도 소중하지 않겠어요?"

여기까지 듣다 보니 보옥은 대옥의 말이 귀에 거슬렸다. 여태까지는 대옥이 그런 사람이 아니었는데 어쩌다가 그녀마저 이렇게 권세욕에 물들었을까 하는 생각이 들었지만 감히 대놓고 반박도 못하고 그저 '흥' 하고 코웃음만 칠 뿐이었다.

그러고 있는데 문득 밖에서 두 사람의 말소리가 들렸다. 추문秋紋과 자견이었다.

"습인 언니가 노마님 처소로 가서 도련님을 모셔 오라고 했는데, 여기 계신 줄 누가 알았겠어?"

추문의 말에 자견이 대꾸했다.

"방금 차를 올렸으니 드시고 난 후에 모시고 가렴."

이런 말을 주고받으며 두 사람이 함께 들어왔다.

"곧 갈 건데 뭐 하러 힘들게 찾으러 와."

보옥이 추문을 보고 웃으며 말하자, 추문이 대답도 하기 전에 자견이 끼어들었다.

"빨리 드시고 가세요. 하루 종일 기다리고 있는 사람이 있잖아요."

그러자 추문이 욕을 퍼부었다.

"흥, 이런 못된 계집애 같으니라고."

이 말에 모두들 웃음을 터뜨렸다. 보옥은 일어나서 간다는 말과 함께 밖으로 나왔다. 대옥은 방문 앞까지만 전송하고 자견은 섬돌 아래 서 있다가 보옥이 가고 나서야 다시 방으로 돌아왔다.

보옥이 이홍원으로 돌아와서 집 안으로 들어서니, 습인이 안에서 맞으러 나오며 물었다.

"돌아오셨어요?"

추문이 대신 대답했다.

"도련님께서는 벌써 돌아오셨는데, 대옥 아가씨한테 갔다가 오시는 길이랍니다."

"오늘은 별일 없었어?"

보옥이 물었다.

"별일은 없었어요. 다만 조금 전에 마님께서 원앙 언니를 불러다가 저희들에게 분부를 내리셨어요. 지금 대감님께서 작정하고 도련님을 공부시키려고 하시는데, 만약 시녀들 가운데 어느 누구라도 감히 도련님과 농지거리를 한다면 청문晴雯이나 사기司棋 짝이 날 것이니 알아서들 하라고 하셨답니다. 저는 지금까지 도련님을 성심껏 모셔왔는데 이런 말을 듣고 보니 맥이 탁 풀리는 것 같아요."

이렇게 말하면서 습인이 슬픈 기색을 보이자, 보옥은 얼른 습인을 위로했다.

"습인아, 안심해. 내가 열심히 공부하기만 하면 어머님께서도 그런 말씀은 안 하실 거야. 오늘밤에도 책을 읽으려고 해. 사부님께서 내일 나더러 해석해 보라고 하셨거든. 시킬 일이 있으면 사월이나 추문이를 시킬 테니 습인은 좀 쉬도록 해."

"도련님께서 정말 열심히 공부하시기만 한다면 저희들이야 도련님 모시는 일이 기쁨이고 말고요."

그 말끝에 보옥은 얼른 저녁밥을 먹은 후 등불을 켜게 해서 전에 읽었던 《사서》를 펴들었다. 그러나 도무지 어디서부터 읽어야 할지 막막했다. 한 권을 펴들고 장章마다 들여다보니 다 아는 것 같다가도 자세히 살펴보면 그 의미가 명확하게 들어오지 않았다. 그래서 소주小注를 읽으면서 장章에 대한 해석을 읽다보니 어느새 야경의 딱딱이 소리가 들려왔다.

"시나 사 같은 것은 쉽게 느껴지던데 이건 도무지 모르겠는걸."

보옥은 그러면서 멍하니 앉아서 생각에 잠겼다.

"좀 쉬세요. 오늘만 공부하고 말 게 아니잖아요?"

습인이 말했으나 보옥은 그저 건성으로 대답할 뿐이었다. 사월과 습인은 그제야 보옥의 잠자리 시중을 들고 나서 자기네들도 자리에 누웠다. 그런데 습인이 한숨 자다가 깨어보니 보옥이 그때까지도 여전히 뒤척이며 잠을 이루지 못하고 있었다.

"아직 안 주무세요? 쓸데없는 생각일랑 마시고 편히 쉬셔야 내일 공부가 잘되지요."

"나도 그렇게 생각하는데 통 잠이 오질 않아. 이리 와서 이불 한 겹 좀 젖혀 줘."

"덥지 않으니 그대로 덮고 계세요."

"가슴이 답답해서 죽겠어."

그러면서 보옥이 이불을 젖히자, 습인이 얼른 구들 위로 올라와서 다시 덮어주며 손으로 이마를 짚어 보았다. 보옥의 몸에 미열이 있었다.

"움직이지 말고 가만히 누워 계세요. 열이 좀 있는 것 같아요."

"별거 아니야."

"그게 무슨 말씀이세요!"

"걱정 마, 마음이 답답해서 그럴 거야. 습인아, 아무소리 말고 가만히 있어. 아버지께서 아시면 큰일이야. 아버지께서 아시는 날에는 분명 내가 공부하기 싫어서 꾀병을 부린다고 하실 게 뻔해. 그렇지 않다면 어떻게 그렇게 때맞춰 아프냐고 하실 거거든. 내일 나아서 서당에 공부하러 가면 그만이잖아."

듣고 있던 습인은 측은한 생각이 들었다.

"그럼 제가 도련님 곁에서 잘게요."

습인은 곁에 누워 보옥의 등을 두드려주었다. 그러다가 둘은 어느새 잠이 들어버렸다.

이튿날 아침, 보옥은 해가 중천에 떠서야 일어났다.

"아이고 큰일 났네. 늦었어!"

보옥은 허둥지둥 몸치장을 하고 문안 인사를 올린 후 서당으로 갔다. 그러자 가대유는 잔뜩 화난 표정으로 꾸짖었다.

"네 아버님께서 네가 장래성이 없다고 화를 내시는 것도 무리가 아니구나. 이튿날부터 게으름을 부리다니! 지금이 어느 때라고 이제 오는 거냐?"

보옥이 어제 열이 났던 사정을 아뢰자 가대유는 더 이상 야단치지 않고 공부에 들어갔다. 늦은 오후가 되자 가대유가 보옥을 불렀다.

"보옥아, 이 장을 풀이해 보아라."

보옥이 다가와서 보니 '후생가외〔後生可畏: 후생들이란 두려운 존재이다〕'이었으므로, 《대학大學》이나 《중용中庸》이 아니어서 그나마 다행이라고 속으로 생각하며 물었다.

"어떻게 풀이할까요?"

"이 장의 의미를 총괄하는 대의부분의 매 구절마다 그 의미를 하나하나 자세히 풀이해 보아라."

보옥은 우선 그 부분을 낭랑한 목소리로 읽은 후 풀이에 들어갔다.

"이 장의 내용은 성인께서 후생들을 공부하도록 격려하는 것으로서, 제때에 노력해야 하며 만약 그렇게 하지 않는다면…."

여기까지 풀이하다가 보옥은 고개를 들어 가대유를 힐끗 쳐다보았다. 가대유는 눈치를 채고 빙긋이 웃으며 말했다.

"상관 말고 계속해라. 유가경전을 풀이할 때는 기피할 필요가 없느니라. 《예기禮記》에도 '경전을 읽을 때는 기피하지 않는다〔臨文不諱〕'[1]라고 되어 있지 않느냐? 그러니 상관 말고 풀이해 봐라. '만약 그렇게 하지 않는다면' 어떻게 된다는 것이냐?"

"나이 들도록 아무것도 이루지 못하는 지경에 놓여서는 안 된다는 말씀이십니다. 성인께서는 먼저 '가외〔可畏: 두렵다〕'라는 두 글자로 후생의 패기를 불러일으키신 후, '부족외〔不足畏: 두려워 할 것도 없다〕'라는 세 글

---

1 옛날에는 임금이나 웃어른의 이름을 직접 말하거나 쓰는 것을 피했으며, 이를 가리켜 '피휘(避諱)'라 하였으나 유가 경전을 베끼거나 해설할 때는 이러한 제한을 받지 않았음.

자로 후생의 장래를 경계하신 것입니다."

보옥은 풀이를 마치고 나서 가대유를 바라보았다.

"그런 대로 잘 풀이하였다. 이번에는 전체 내용을 개괄해 보아라."

"성인께서 다음과 같이 말씀하셨습니다. '사람이 젊어서는 생각하는 것이나 재능이 모두 총명하고 유능하여 실로 두려운 존재이다. 그러나 그들의 장래가 나의 오늘과 같지 않으리라고 어찌 장담할 수 있겠는가. 만약 하는 일 없이 허송세월하다가 마흔이 되고, 또 쉰이 되도록 출세하지 못한다면, 그런 사람은 비록 젊어서 후생이었을 때 아무리 유망한 인재였다 할지라도 그 지경이 되어서는 앞으로 아무도 그를 두려워하지 않을 것이다'라는 내용입니다."

"네가 방금 풀이한 대의는 분명하게 잘되었다. 다만 구절의 풀이 가운데 어린 티가 남아 있구나. '무문無聞'이라는 두 글자는 출세하여 관리가 될 수 없다는 말이 아니다. '문'이란 스스로 이치와 도리를 밝히 아는 것을 말하는 것으로서, 관직에 오르지 못하더라도 '문'은 있을 수 있다는 것이다. 그렇지 않다면 이전의 성현 가운데 세상을 등지고 은거하여 이름을 날리지 않은 사람들은 관리가 되지 않은 사람들인데, 그들도 '무문'이란 말이냐? '부족외'란 말은 사람들이 알아차릴 수 있게 한 것으로, '언지〔焉知: 어찌 알겠는가〕'의 '지知'자와 대를 이루려고 한 것이지 정말 두렵다는 의미는 아니다. 이렇게 봐야만 자세한 뜻을 알 수 있게 되느니라. 알아들었느냐?"

"네, 알겠습니다."

"또 다른 장을 해석해 보아라."

가대유는 앞쪽의 한 편을 펼쳐 보옥에게 가리켜 보였다. 보옥이 보니 '내가 아직 덕德 좋아하기를 색色 좋아하듯 하는 자를 보지 못했다〔吾未見好德如好色者也〕'라는 대목이었다. 보옥은 이 장을 보자 마음에 찔리는 바가 있어서 웃으며 말했다.

"이 구절은 굳이 해석할 필요가 없는 것 같은데요."

"무슨 헛소리냐! 만약 과거시험에 이 제목이 출제된다면 그래도 해석할 필요가 없다고 하겠느냐?"

보옥은 하는 수 없이 해석해 나갔다.

"성인께서 보시기에 사람들이 덕은 좋아하지 않으면서 여색을 보면 좋아서 어쩔 줄 모르는 것을 탓하시는 것입니다. 사람들은 덕이 인간의 본성임을 알지 못하고 모두들 결코 그것을 좋아하려 하지 않습니다. 색이란 것에 대해 말하자면 그것 역시 선천적으로 지니고 나왔지만 좋아하지 않는 자가 없습니다. 덕은 천리天理이고 색은 인욕人欲인지라 사람이라면 누가 천리 좋아하기를 인욕같이 하려는 이가 있겠습니까? 공자께서 탄식하신 말씀이지만 사람들이 돌아오기를 바라는 의미도 담고 있습니다. 게다가 덕을 좋아하는 이가 있다 하더라도 결국은 그 정도가 미미하게 마련이므로 색만큼 좋아해야만 정말로 좋아하는 것이라는 의미입니다."

"그 해석도 그만하면 되었다. 그런데 내가 네게 물어볼 말이 있다. 성인의 말씀을 이미 잘 알고 있으면서 어째서 너는 이 두 가지 잘못을 저지르고 있느냐? 내가 비록 한집에 살고 있지도 않고 네 아버지께서도 내게 말씀하신 적은 없지만, 나는 너의 병폐를 소상하게 알고 있다. 사람으로 태어나서 어찌하여 발전해 나가기를 바라지 않는 것이냐? 너는 지금 '후생가외'의 나이니만큼, '이치와 도리를 밝게 알게' 되거나 '두려워 할 것이 없게' 되는 것은 전부 너 자신에게 달렸다. 오늘부터 네게 한 달간의 시간을 줄 테니 이전에 배웠던 책의 내용을 모두 확실하게 복습하도록 하고, 다시 한 달 동안 글을 읽도록 하여라. 그런 다음 내가 제목을 주고 글을 지어 보라고 할 것이다. 만약 게을리 한다면 절대로 가만두지 않을 것이다. 예로부터 '사람이 되려면 제멋대로 해서는 안 되고, 제멋대로 한다면 사람이 되지 못한다'라는 말이 있다. 너는 내 말을 단단히 명심해야 하느니라."

보옥은 "네" 하고 대답하였다. 그리고 어쩔 수 없이 그날부터 매일같이 정해진 학과에 따라 공부해 나갔다. 이 이야기는 그만 하기로 하겠다.

보옥이 서당에 공부하러 다니게 되면서부터 이홍원은 전에 없이 조용하고 호젓해졌다. 요즈음 보옥이 공부하러 다니기 때문에 시녀들도 할 일이 별로 없다는 생각에 습인은 일거리를 찾아서 빈낭檳榔주머니를 수놓기 시작했다. 진작부터 그랬더라면 청문이 어찌 그렇게 되었겠는가? 토끼가 죽으면 여우가 슬퍼한다는 격으로 습인은 자기도 모르게 눈물이 주르르 흘러내렸다. 그러다가 문득 자기는 일평생 보옥의 정실이 아닌 첩의 신세라는 데 생각이 미쳤다. 보옥의 사람됨은 잘 알고 있지만 만약 고약한 아내라도 맞는 날에는 자기 신세는 우이저尤二姐나 향릉香菱처럼 될 것이 뻔했다. 평소 가모나 왕부인의 눈치를 보나 희봉이 가끔씩 하는 말로 미루어 볼 때, 보옥의 배필은 대옥이 틀림없다는 생각이 들었다. 그런데 대옥은 여간 걱정이 많은 사람이 아니지 않은가? 생각이 여기에 이르자 습인은 얼굴이 화끈거리고 가슴이 답답해져서 바늘을 들고도 어디에 꽂아야 할지 알 수가 없었다. 그래서 습인은 일감을 젖혀두고 대옥의 눈치를 살피려고 그녀의 처소로 향했다.

방 안에서 책을 보던 대옥은 습인이 들어오는 것을 보고 자리를 권했다. 습인도 얼른 대옥에게 다가가며 물었다.

"아가씨, 요즈음 건강은 많이 좋아지셨는지요?"

"어찌 많이 좋아질 수 있겠어? 그저 약간 나아졌을 뿐이야. 습인은 집에서 뭐 하고 지내?"

"요즈음 보옥 도련님이 공부하러 다니기 때문에 할 일이 아무것도 없어요. 그래서 아가씨랑 얘기나 나누려고 온 거예요."

둘이 이야기하는 사이에 자견이 차를 내오자 습인이 말했다.

"너도 앉으렴."

그러면서 또 웃으며 말했다.

"지난번에 추문이한테 들으니, 네가 우리 흉을 봤다면서?"

자견도 웃으면서 말했다.

"언니도 참, 그 애 말을 믿어요? 내가 한 말은 보옥 도련님도 공부하러 가시고, 보차 아가씨도 발길을 끊은 데다가 향릉이마저 건너오지 않으니 오죽 심심하겠느냐는 말이었어요."

"너는 또 향릉이 얘기를 꺼내는구나. 그 애야말로 정말 불쌍해. 그런 드센 마나님과 맞닥뜨렸으니 고생스러워서 어떻게 견디는지 몰라!"

습인은 이렇게 말하면서 손가락 두 개를 펴 보이며,

"말이 나왔으니 말이지 이 사람보다도 더 심해. 체면조차 차리지 않는다니까."

그 말을 받아 대옥이 말했다.

"향릉이도 고초가 말이 아닐 거야. 우이저가 어떻게 죽었는지 생각해 보면 뻔하잖아!"

"누가 아니래요. 생각해보면 다 같은 인간인데 신분이 다르다고 해서 어떻게 그렇게 심하게 대할 수 있는지 모르겠어요. 밖에서의 평판도 좋지 않던걸요."

대옥은 여태까지 습인이 남의 흉보는 것을 들은 적이 없었는데, 오늘 이런 이야기를 하는 것은 필경 무슨 까닭이 있을 거라는 생각에 이렇게 대꾸했다.

"꼭 그렇다고는 할 수 없어. 가정사라는 것이 대체로 동풍東風이 서풍西風을 누르지 않으면 서풍이 동풍을 누르게 마련이니까."

"남의 측실이 되고 보면 우선 주눅부터 들기 마련인데 어찌 감히 대들 엄두가 나겠어요?"

이런 얘기를 나누고 있을 때, 웬 할멈이 뜰에서 안에다 대고 물었다.

"여기가 대옥 아가씨의 방이지요? 아가씨께서 지금 안에 계신가요?"

설안雪雁이 나와 보니 확실치는 않지만 설부인 댁에서 일하는 하인인 것 같았다.

"왜 그러세요?"

"우리 아가씨께서 여기 대옥 아가씨께 뭘 좀 보내셨어요."

"그럼 좀 기다리세요."

설안이 들어와서 대옥에게 그 말을 전하니, 대옥이 그 할멈을 들어오게 하라고 일렀다. 할멈은 들어와서 인사를 하더니 무엇을 보냈다는 말은 하지 않은 채 실눈을 뜨고 대옥을 살피는 것이 아닌가. 이를 보던 대옥이 언짢은 표정으로 물었다.

"보차 아가씨께서 무엇을 보냈는데?"

그제야 할멈은 웃으면서 대답했다.

"우리 아가씨께서 대옥 아가씨께 꿀에 절인 여지荔枝 한 병을 갖다 드리래서 가져왔습니다."

그러더니 습인을 돌아다보며 물었다.

"아가씨는 보옥 도련님을 모시는 화花씨 성을 가진 아가씨가 아닌가요?"

"할멈이 어떻게 저를 아세요?"

습인이 웃으며 말했다.

"저희는 그저 집이나 지키니까 마님이나 아가씨를 모시고 바깥출입하는 일은 드물지요. 그래서 아가씨들은 저희를 잘 알지 못하겠지만, 저희는 아가씨들이 가끔 저희 집에 오시기 때문에 어렴풋하게 기억한답니다."

그러면서 할멈은 가지고 온 병을 설안에게 주더니 다시 대옥을 보고 웃으면서 습인에게 말했다.

"우리 마님께서 말씀하시기를 대옥 아가씨와 이 댁의 보옥 도련님이야말로 잘 어울리는 한 쌍이라고 하시더니 참말로 맞는 말씀입니다. 그야말로 하늘에서 내려온 선녀 같으십니다."

갑작스런 할멈의 말에 습인은 얼른 말머리를 돌렸다.

"할멈, 고단할 텐데 앉아서 차나 들어요."

그러나 할멈은 히죽히죽 웃으면서 말했다.

"앉기는요, 우리 집에서는 바빠서 눈코 뜰 새가 없답니다. 모두 보금 아가씨 일을 봐드리느라고 그렇죠. 보차 아가씨께서 보옥 도련님께도 여지 두 병을 가져다 드리라고 하셨으니 이제 그리로 가봐야겠어요."

말을 끝내자 할멈은 몸을 흔들흔들하며 인사하고 나갔다. 대옥은 비록 이 할멈의 경망스러움에 마음이 언짢았지만 보차가 보내온 심부름꾼인지라 드러내놓고 뭐라고 할 수는 없었다. 그러다가 할멈이 방문을 나서자 겨우 한마디 했다.

"보차 아가씨께 고맙다는 인사를 전해줘요."

할멈은 대꾸도 하지 않은 채 그저 혼자말로 구시렁거릴 뿐이었다.

"저렇게 뛰어난 인물이니 보옥 도련님 말고는 아무도 짝이 되기 어려울 거야."

대옥이 짐짓 못들은 체하고 있으려니 습인이 웃으며 말했다.

"사람이 늙으면 다 저렇게 헛소리만 늘어놓게 되는가 봐요. 듣고 있자니 화도 나고 우습기도 하네요."

그때 설안이 여지가 담긴 병을 가져다가 대옥에게 보여주었다.

"지금은 먹고 싶지 않으니 갖다 두렴."

습인은 한동안 더 이야기를 나누다가 돌아갔다.

이윽고 저녁때가 되어 대옥은 장신구를 풀고 침실로 들어가다가 문득 여지에 눈길이 갔다. 그러자 낮에 그 할멈이 지껄이던 허튼 소리가 생각나서 가슴이 몹시 아파왔다. 때마침 인적이 끊긴 황혼 무렵인지라

천 가닥 만 가닥의 상념이 가슴속에 밀려 왔다. 생각해보니 자기는 몸도 약할 뿐만 아니라 나이도 들었는데, 보옥의 눈치를 보면 마음속에 다른 사람이 있는 것 같지는 않지만 외할머니나 외숙모는 맺어줄 생각이 조금도 없는 것 같았다. 어째서 부모님 살아계실 때 보옥이와 정혼을 해두시지 않았을까 하는 원망스러운 생각이 들었다. 그러다가 다시 또 이런 생각도 들었다.

'만약 부모님 생전에 다른 곳으로 혼처를 정하셨다면 어찌 보옥과 같은 마음을 가진 사람을 만날 수 있었겠는가? 그러니 지금처럼 희망을 걸고 사는 것이 그래도 다행스런 일이다.'

마음속에 이런 저런 생각들이 마치 도르래처럼 끊임없이 오르내렸다. 대옥은 한숨 속에 눈물지으며 옷을 입은 채 맥없이 자리에 누웠다.

잠이 들락 말락 하는 참에 어린 시녀가 와서 말을 전했다.

"밖에 가우촌 나리께서 오셔서 아가씨를 만나보시겠답니다."

'내가 비록 그분에게 글을 배운 적은 있지만 남자 제자도 아닌데 나를 무엇 때문에 만나려고 하시는 걸까? 게다가 외삼촌과는 왕래가 있었지만 내 얘기는 꺼낸 적도 없는 것 같으니 안 만나는 것이 좋겠어.'

이렇게 생각하며 대옥은 어린 시녀에게 말했다.

"몸이 불편해서 나갈 수 없다고 말씀드리고 나 대신 안부인사와 감사의 말씀을 전해라."

"아마도 아가씨께 축하드릴 일이 있는 것 같아요. 남경에서 누가 아가씨를 모시러 온 것 같던데요."

그때 희봉이 형부인, 왕부인, 보차와 함께 찾아와서 웃으며 말했다.

"우리는 축하할 겸, 전송할 겸해서 찾아왔어."

대옥이 당황해 하며 물었다.

"무슨 말씀들을 하시는 거예요?"

"아직도 시치미를 떼고 있네. 아가씨 아버님께서 이번에 호북湖北의

양도糧道[2]로 벼슬이 오르시고 계모까지 얻으셔서 사이좋게 지내신다는 걸 설마 모르고 있는 건 아니겠죠? 아버님께서는 아가씨를 그대로 여기에 있게 하는 것은 도리가 아니라고 생각해서 가우촌 선생을 중매로 내세워 계모의 친척뻘 되는 사람에게 시집보내려고 하시는 것 같아요. 후처 자리라고 하던걸요. 그래서 아가씨를 데려 가려고 사람을 여기로 보내셨답니다. 그 사람이 여기에 당도하자마자 아가씨는 바로 떠나셔야 할 거예요. 이 모든 일은 새어머니께서 알아서 하셨답니다. 다만 가는 도중에 보살필 사람이 없으므로 가련 오라버니가 데리고 가기로 했어요."

희봉의 말에 대옥은 온몸에 식은땀이 흘렀다. 어렴풋하게나마 아버지께서 정말 그곳의 관직에 계신 것 같기도 하여, 대옥은 급한 마음에 완강하게 버텼다.

"그럴 리 없어요. 모두 희봉 언니가 엉터리로 지어낸 얘기예요."

그러자 형부인이 왕부인에게 눈짓하며 말했다.

"아직도 믿지 못하겠나 보군요. 그럼 우린 이만 갑시다."

대옥은 울면서 매달렸다.

"두 분 외숙모님, 조금만 더 앉았다 가세요."

그러나 그들은 아무 말도 하지 않은 채 차가운 웃음만 흘리며 가버렸다. 대옥은 애가 탄 나머지 한마디 말조차 하지 못하고 흐느껴 울 뿐이었다. 그러다가 문득 가모가 곁에 있는 것 같은 느낌이 들어서 '이 일을 할머님께 아뢰면 구해주실지도 몰라'라는 생각이 들었다. 그래서 대옥은 두 무릎을 꿇고 가모의 허리를 끌어안으며 애원했다.

"할머니, 저 좀 살려 주세요! 죽어도 남쪽으로는 가지 않을래요. 게다가 계모라니요? 제 친어머니도 아니잖아요. 소원이니 제발 할머니

2 명청대 각 성에서 양곡 운송을 주관하던 관리.

곁에서 살게 해주세요."

그러나 가모는 차갑게 웃으면서 말했다.

"그건 내가 참견할 일이 아니다."

대옥이 울면서 말했다.

"할머니, 그게 무슨 말씀이세요?"

"후처로 가는 것도 괜찮단다. 오히려 예물을 더 많이 받을 수 있을 테니까 말이다."

대옥은 계속 울면서 애원했다.

"제가 만약 할머니 곁에서 살 수만 있다면 절대로 분에 넘치는 낭비는 하지 않을 테니 제발 저 좀 구해주세요."

"쓸데없는 소리 마라. 여자로 태어난 이상 누구든지 시집가게 마련이다. 너는 아직 어려서 모르겠지만 이곳은 결코 네가 죽을 때까지 있을 곳이 아니야."

"제발 이곳에서 노비로라도 살게 해주세요. 제 손으로 밥을 해먹고 살아도 좋아요. 그러니까 할머니 제발 제 소원 좀 들어 주세요."

그러나 가모는 한마디 말도 하지 않았다. 대옥은 가모의 허리를 부여잡고 울면서 매달렸다.

"할머니, 할머니께서는 지금까지 누구보다 인자하셨고 또 저를 가장 귀여워해 주셨는데, 어째서 제일 위급한 순간에는 이렇게 전혀 모르는 체하시는 건가요? 제가 할머니 외손녀인 것은 둘째 치고라도, 한 치 걸러 보면 제 어머니는 할머니의 친딸이잖아요. 제 어머니를 봐서라도 저를 좀 도와주세요."

이렇게 말하면서 대옥은 가모의 품 안을 파고들며 목 놓아 울었다. 그러나 가모는 냉정하게 말할 뿐이었다.

"원앙아, 아가씨를 모시고 가서 좀 쉬게 해라. 이 애한테 시달려서 못 견디겠구나."

대옥은 이제 아무리 애원해도 소용없음을 확실히 알게 되었다. 그러자 차라리 자살하는 편이 낫겠다 싶어서 일어서서 밖으로 걸어 나왔다. 친어머니가 안 계시는 것이 원통할 뿐이었다. 외할머니나 외숙모, 사촌 자매들이라고 하는 이들이 평소에 얼마나 잘해 주었던가? 그러나 그것은 모두 거짓이었던 것이다. 그러면서 또 한편으로 이런 생각이 들었다.

'오늘은 어째서 유독 보옥 오빠만 보이지 않는 걸까? 보옥 오빠를 만나면 혹시 무슨 방법이 있을지도 모르는데.'

이런 생각을 하고 있을 때 어디서 나타났는지 보옥이 바로 앞에서 히죽히죽 웃으며 말하는 것이 아닌가?

"대옥 누이, 축하해."

그 말을 듣자 대옥은 더욱 애가 타서 죽을 지경이었다. 그래서 체면이고 뭐고 다 내던진 채 보옥을 꽉 붙잡고 소리를 질렀다.

"너무해요, 보옥 오빠! 나는 오늘에서야 오빠가 참으로 무정한 사람이란 걸 알았어요!"

"내가 어째서 무정한 사람이란 말이야? 누이한테 이미 신랑감이 있다니까 각자의 길로 갈 수밖에 없잖아."

대옥은 들을수록 화가 치밀고 억장이 무너지는 것 같아서 보옥을 붙들고 울며불며 말했다.

"오빠, 그럼 나더러 누구를 따라가란 말이에요?"

"가기 싫거든 여기서 살렴. 대옥이는 원래 나한테 정해진 배필이었어. 그래서 우리 집에 온 거잖아. 내가 대옥이한테 어떻게 대했는지 한번 잘 생각해 봐."

보옥의 말을 듣고 보니 대옥은 문득 자기가 정말로 보옥에게 정해진 사람이었던 것 같은 생각이 들어서, 갑자기 마음속에 꽉 차 있던 슬픔이 기쁨으로 변했다.

"나는 생각을 철석같이 굳혔어요. 그런데 오빠는 도대체 나더러 가라는 거예요, 가지 말라는 거예요?"

"가지 말라고 했잖아. 못 믿겠으면 내 마음을 보여줄게."

이렇게 말하면서 보옥은 작은 칼로 자기 가슴팍을 죽 그었다. 그러자 붉은 피가 쭈르륵 흘러 내렸다. 이에 놀란 대옥은 혼비백산하여 황급히 보옥의 가슴팍을 움켜쥐고는 울부짖었다.

"왜 이런 끔찍한 일을 저지르는 거예요? 차라리 나를 먼저 죽이세요!"

"걱정하지 마. 내 마음을 대옥이한테 보여주려고 그래."

그러면서 보옥은 벌어진 상처 사이로 손을 집어넣어 심장을 후벼 파내려고 하였다.

대옥은 눈물범벅이 되어 부들부들 떨면서 한편으로는 누가 그것을 터뜨리기라도 할까 봐 보옥을 끌어안고 통곡하였다.

그때 갑자기 보옥이 소리를 질렀다.

"앗! 내 마음이 없어졌어. 이젠 더 이상 살 수가 없어."

그러더니 눈자위를 허옇게 뜨면서 꽈당 하고 바닥에 쓰러졌다. 대옥은 악을 쓰며 떠나가게 울었다. 그런데 그때 자견의 목소리가 들려왔다.

"아가씨, 아가씨! 가위 눌리셨나 봐요. 일어나서 옷 벗고 주무세요."

대옥이 깨어나 보니 그것은 지금까지 한바탕 악몽을 꾼 것이었다. 목구멍은 꽉 막힌 것 같았고 심장은 여전히 마구 뛰고 있었으며 베개는 이미 흠뻑 젖어 있었다. 그러나 어깨와 등, 온몸과 마음은 차갑게 얼어붙는 것만 같았다.

'아버지께서는 돌아가신 지 이미 오래 되었고 보옥 오빠랑도 아직 정혼한 사이가 아닌데, 도대체 왜 이런 꿈을 꾼 것일까?'

이런 생각을 하며 대옥은 꿈속의 일을 돌이켜봤다. 그러자 자신은 아무데도 의지할 곳 없는 데다가 보옥마저 정말로 죽어 버린다면 어쩌면 좋단 말인가 하는 생각이 들었다. 여기에 생각이 미치자 슬픔에 슬픔이 더해져서 정신이 혼미해졌다. 그러면서 또다시 왈칵 울음이 솟구쳐서 한바탕 울고 나니 온몸이 축축하게 땀으로 젖어 들었다. 대옥은 간신히 일어나서 웃옷을 벗고 자견더러 이불을 잘 덮어 달라고 한 뒤 다시 자리에 누웠다.

그러나 대옥은 엎치락뒤치락 도무지 잠을 이룰 수가 없었다. 사방은 고요한데 바깥에서는 바람소리인지 빗소리인지 쏴쏴하는 소리가 들려왔다. 그러다가 잠시 아무 소리도 들리지 않더니 멀리서 쌕쌕하는 소리가 들렸다. 저쪽에서 잠들어 있는 자견의 숨소리였다. 대옥은 혼자서 몸을 추스르고 겨우 일어나서 이불을 두르고 잠시 앉아 있어 보았다. 그러나 창틈으로 한줄기 찬바람이 새어 들어와 온몸에 소름이 쫙 끼치기에 다시 자리에 눕고 말았다. 겨우 잠이 들까 말까하는데 대나무 가지에서 짹짹거리는 요란한 참새소리가 들려오고, 창호지 문의 창살 사이로 차츰 훤한 빛이 비쳐왔다.

대옥은 이때쯤 벌써 완전히 잠에서 깨어나 두 눈이 말똥말똥해졌다. 그러다 갑자기 기침이 터져 나오는 바람에 그 소리에 자견도 잠에서 깼다.

"아가씨, 아직 안 주무셨어요? 또 기침하시네요. 감기 걸리셨나 봐요. 창문이 훤해지는 걸 보니 곧 날이 밝을 것 같아요. 지금이라도 좀 주무세요. 이런 저런 부질없는 생각일랑 하지 마시고 마음을 편하게 가지세요."

"난들 왜 자고 싶지 않겠니. 그렇지만 도무지 잠이 오질 않는구나. 너나 어서 좀더 자렴."

말을 마치고 대옥은 다시 기침을 하기 시작했다. 대옥의 이런 모습을 보자 자견은 자기도 슬픈 마음에 잠을 이룰 수가 없었다. 대옥이 다시 기침을 하자 자견은 얼른 일어나서 가래 뱉는 타구를 받쳐 주었다. 날은 벌써 환하게 밝아 있었다.

"안 자고 있었어?"

"날도 밝았는데 무슨 잠을 더 자요?"

자견이 웃으며 말했다.

"기왕에 깼으니 타구를 바꿔줄래?"

대옥의 부탁에 자견은 얼른 다른 타구로 바꿔놓고 손에 들었던 것은 탁자 위에 올려놓았다. 그리고 침실 문을 열고 나와서 늘 하던 대로 꽃무늬가 있는 얇은 휘장을 내린 후 설안을 깨웠다. 자견이 방문을 열고 나와 타구를 쏟으니 그 안에 가래가 가득 차 있었고 가래 속에는 피가 잔뜩 섞여 있었다. 깜짝 놀란 자견은 자기도 모르게 소리를 질렀다.

"에구머니나, 이를 어째!"

안에서 대옥이 왜 그러느냐고 급히 물었다. 자견은 자기가 실수한 것을 알고 얼른 다른 말로 얼버무렸다.

"아무것도 아니에요. 손이 미끄러워서 하마터면 타구를 떨어뜨릴 뻔했어요."

"가래에 뭔가 섞여있는 게 아니고?"

"있기는 뭐가 있어요? 아무것도 없는걸요."

몇 마디 대꾸를 하던 자견은 찢어질 듯 가슴이 아파 와서 눈물이 주르르 흘러내렸고 목소리마저 떨렸다. 대옥은 목 안에서 비린 맛이 느껴졌기에 의구심이 들었다. 그러던 차에 방금 밖에서 자견이 놀라는 소리를 들은 데다가, 이번에는 또 자견의 대답이 슬픔에 젖어 울먹이는 소리처럼 들리자 안 좋은 일이 있구나 하고 짐작했다.

"들어오렴. 밖이 추울 텐데…."

자견은 "네" 하고 대답하였다. 그러나 그 소리는 분명 울음 섞인 코

멘 소리여서 방금 전보다 더 슬프게 들렸다. 대옥은 이 소리를 듣고 반쯤 얼어붙는 것만 같았다. 자견이 문을 밀고 들어서는 데 보니 아직도 손수건으로 눈물을 훔치고 있었다.

"아침부터 왜 울어?"

자견은 억지로 웃으며 대답했다.

"울긴 누가 운다고 그러세요? 아침에 일어나서부터 눈에 뭐가 들어갔는지 편치 않아서 그래요. 아가씨, 오늘밤은 전보다 더 자주 깨시는 것 같았어요. 밤새도록 기침소리도 들렸고요."

"글쎄 말이다. 자려고 하면 할수록 잠이 더 안 오지 뭐야."

"아가씨, 제 말씀 좀 들어 보세요. 아가씨께서는 몸이 약하니까 스스로 마음을 달래셔야 해요. 뭐니 뭐니 해도 건강이 제일 중요하지 않겠어요? 속담에도 '청산이 있는 한, 땔나무가 걱정이랴'라는 말이 있잖아요. 하물며 이 댁에서는 노마님이나 마님으로부터 어느 누구 하나에 이르기까지 아가씨를 사랑하지 않는 분이 없질 않아요?"

자견의 말에 다시 꿈 생각이 나서 대옥은 가슴이 무언가에 찔리는 듯 아프고 눈앞이 캄캄해지면서 안색이 하얗게 변했다. 이를 본 자견은 황급히 타구를 받쳐 들었고 설안은 대옥의 등을 두드렸다. 한참 동안 안간힘을 쓰고 나서야 대옥은 비로소 가래를 한 입 뱉어냈다. 그런데 가래에 붉은 피가 섞여 나오면서 뚝뚝 떨어지며 사방으로 튀는 것이 아닌가? 사건과 설안은 놀라서 얼굴이 샛노래졌다. 곁에서 둘이 안절부절 못하고 보살피는 중에 대옥은 그만 정신이 아득해져서 자리에 눕고 말았다. 이를 본 자견은 상태가 좋지 않다고 생각되어 얼른 설안에게 사람을 불러오라고 입 시늉을 하였다.

설안이 막 문을 나서려는데 취루翠縷와 취묵翠墨이 시시덕거리며 걸어왔다.

"대옥 아가씨는 지금이 어느 땐데 아직도 안에 계셔? 우리 아가씨와 탐춘 아가씨는 석춘 아가씨 방에서 아가씨가 그린 대관원 풍경화를 감상하고 계시는데."

취루가 묻는 말에 설안이 얼른 손을 내젓자, 취루와 취묵 두 사람은 "무슨 일 있는 거야?"하며 깜짝 놀랐다. 설안은 방금 전의 일을 두 사람에게 자세히 들려주었다. 그러자 두 사람은 모두 혀를 내둘렀다.

"어서 빨리 노마님께 알리지 않고 도대체 뭣들 하고 있는 거야? 정말 야단났네! 왜들 그렇게 정신을 못 차리고 있어?"

"막 가려고 나서는 참에 너희가 온 거야."

이렇게 말하는데 자견의 소리가 들렸다.

"밖에 누가 왔느냐고 아가씨께서 물으시는구나."

세 사람은 서둘러 안으로 들어갔다. 취루와 취묵이 보니 대옥은 이불을 덮고 침상에 누워 있다가 둘이 온 것을 보고 묻는 것이었다.

"누가 너희에게 알려줬니? 대단치 않은 일에 왜들 그렇게 호들갑을 떨고 그래?"

취묵이 말했다.

"우리 아가씨랑 상운 아가씨께서 모두 석춘 아가씨 방에 모여 아가씨께서 그린 대관원 풍경화를 감상하고 계시는데, 저희더러 대옥 아가씨를 청해 오라고 하셨어요. 그런데 아가씨께서 몸이 불편하신 줄 몰랐네요."

"큰 병이 난 것은 아니고 그저 몸이 좀 나른할 따름이야. 좀 누워 있으면 괜찮아질 거야. 너희는 돌아가서 셋째 아가씨와 상운 아가씨께 식사하고 나서 별일 없으면 이곳으로 놀러 오시라고 전하렴. 그런데 보옥 도련님은 그곳에 안 가셨니?"

"안 오셨어요."

그러면서 취묵은 이어서 말했다.

"보옥 도련님은 요 이틀 공부하러 다니시는 데다가 대감님께서 매일

같이 공부한 것을 검사하시는 통에 어떻게 이전처럼 여기저기 마음대로 다니실 수 있겠어요?"

그 말을 듣고 대옥은 아무 말도 하지 않았다. 두 사람은 잠시 서 있다가 살그머니 방에서 물러 나왔다.

한편, 탐춘과 상운은 석춘의 방에서 그녀가 그린 대관원 풍경화를 보면서 이것은 좀 많고 저것은 좀 부족하다느니, 이곳은 너무 성기고 저곳은 너무 빽빽하다느니 하면서 평을 하고 있었다. 그러다가 모두들 풍경화에 시를 적어 넣는 일에 대해 의논하던 끝에 대옥을 청해 상의하려고 했던 것이다. 그들이 이런 저런 이야기를 나누고 있을 때 취루와 취묵 두 사람이 심상치 않은 얼굴로 돌아왔다. 상운이 먼저 나서며 물었다.

"대옥 아가씨는 왜 안 오시는 거야?"

취루가 대답했다.

"대옥 아가씨께서는 어젯밤에 병이 다시 도져서 밤새도록 기침을 하셨답니다. 타구에 피 섞인 가래를 하나 가득 뱉어내셨대요."

"그게 정말이야?"

탐춘이 놀라며 물으니 취루가 대답했다.

"제가 왜 거짓말을 하겠어요?"

이번에는 취묵이 거들었다.

"방금 저희들이 들어가 보니까 안색이 말이 아니셨어요. 말씀하실 기력조차 없으신 것 같던 걸요."

상운이 말했다.

"그 정도로 아프다면 어떻게 말이나 할 수 있겠어."

"무슨 바보 같은 소리야! 말까지 할 수 없다면 그건 벌써…."

여기까지 말하던 탐춘은 더 이상 말을 잇지 못하고 말끝을 흐렸다.

"대옥 언니같이 총명한 사람도 똑똑지 못한 구석이 있나 봐요. 뭐 하러 그렇게 세심하게 신경을 쓰느냐 말예요? 세상 일 가운데 그럴 일이 뭐가 그리 많다구."

석춘에 이어 탐춘이 말했다.

"그런 지경이라면 우리가 가서 좀 들여다보도록 하자꾸나. 병이 아주 심한 것 같으면 큰올케 언니한테 말해서 할머님께 알리고 의원을 청해서 상태를 보게 해야 하지 않겠어?"

"그렇게 하는 게 좋겠어."

탐춘의 말에 상운이 찬성했다.

"언니들 먼저 가보세요. 나는 언니들이 다녀오고 나서 갈게요."

석춘이 먼저 가라는 말에 탐춘과 상운은 어린 시녀들을 데리고 소상관으로 향했다. 대옥은 그들이 방 안으로 들어서는 것을 보자 또다시 가슴이 아파오기 시작했다. 꿈속의 일이 생각났기 때문이다. 대옥은 내심 '꿈속에서 할머니마저도 그러셨는데 하물며 저들은 더 말해 무엇하겠는가? 내가 오라고 청하지 않았더라면 아마 오지도 않았을 거야' 하는 생각이 들었지만 겉으로는 아무런 내색도 하지 않았다.

그리고는 자견더러 억지로 일으켜 달래서 기어 들어가는 목소리로 앉으라고 권했다. 탐춘과 상운은 침상 가장자리 양쪽에 걸터앉았다. 대옥의 그런 모습을 보고 두 사람은 모두 슬픔에 잠겼다.

탐춘이 말을 건넸다.

"언니, 몸이 왜 또 그렇게 안 좋아졌어요?"

"별거 아니야. 그저 맥이 풀려서 그래."

자견이 대옥 뒤에서 살그머니 손가락으로 타구를 가리켰다. 상운은 그 타구를 집어 들고 들여다보았다. 나이도 어린 데다가 괄괄하고 직선적인 상운인지라, 안 보았다면 모를까 본 이상 화들짝 놀라면서 앞뒤 가리지 않고 말을 내뱉는 것이 아닌가.

"이게 언니가 뱉은 거야? 에구머니나 이를 어째!"

가래를 뱉을 때 대옥은 정신이 혼미해서 자세히 살펴보지 못했는데, 상운의 말에 고개를 돌려 들여다보고는 그만 정신이 아뜩해졌다. 탐춘은 상운이 눈치 없이 지껄이는 것을 보고 아차 싶어서 얼른 얼버무렸다.

"이건 폐에 열기가 찼기 때문에 그래. 피가 약간 섞여 나오는 것은 흔한 일인걸. 누가 상운이 아니랄까 봐 별일 아닌데도 그렇게 호들갑을 떨고 그러네."

상운은 얼굴이 빨개지며 경솔했던 것을 후회했다. 탐춘은 대옥의 정신이 흐리고 피곤해 하는 기색을 보고 서둘러 일어서며 말했다.

"언니, 움직이지 말고 마음 편히 쉬도록 하세요. 갔다가 또 올게요."

그러자 대옥이 인사치레를 했다.

"공연히 두 사람한테 걱정만 끼쳤네요."

탐춘이 자견에게 정신 똑바로 차리고 아가씨를 잘 모시라고 단단히 당부하자 자견은 걱정 말라고 대답했다. 탐춘이 막 나서려는데 밖에서 누군가가 고래고래 소리를 질러댔다. 그가 누구인지 알고 싶으면 다음 회를 보시라.

省宮闈賈元妃染恙
鬧閨閫薛寶釵吞聲

【제83회】

원춘 귀비 문병

가씨 일가 궁중으로 귀비를 문병가고
설보차는 집안 소동에 울분을 삼키네

省宮闈賈元妃染恙 鬧閨閫薛寶釵呑聲

탐춘과 상운이 막 나서려는데 갑자기 밖에서 누군가가 고래고래 소리를 질렀다.

"이 싹수없는 망할 년아! 네년이 뭔데 이 대관원 안에 들어와서 마구 휘젓고 다니는 거냐!"

대옥은 이 말을 듣더니 갑자기 큰 소리를 질렀다.

"이제 여기서는 더 이상 살 수 없어."

대옥은 손가락으로 창밖을 가리키며 두 눈을 위로 치뜨는 것이었다. 원래 대옥은 대관원에 살면서 비록 가모의 사랑을 받고 있다고는 하지만 매사에 다른 사람들의 눈치를 보며 조심조심 지내온 터였다. 그런데 지금 창밖에서 웬 할멈이 이렇게 욕하는 소리를 들으니 다른 이들 같으면 신경도 안 쓸 일이건만 대옥에게는 마치 자기를 욕하는 것처럼 들렸던 것이다. 천금같이 귀한 딸로 태어났음에도 부모님이 안 계시다는 이유로 누가 시켰는지는 알 수 없으나 저런 할멈한테 욕을 듣고 보니 대옥은 분해서 참을 수가 없었다. 이런 생각이 드니 마치 창자가 끊어지는 듯 아픈 나머지 대옥은 울다가 그만 까무러치고 말았다.

자견은 울며불며 대옥을 불러댔다.

"아가씨, 아가씨, 왜 그러세요? 어서 정신 차리세요."

탐춘도 대옥을 부르며 깨웠다. 한참이 지나서 대옥은 정신을 차렸으나 여전히 말은 하지 못하고 손가락으로 창밖만을 가리키는 것이었다.

탐춘이 대옥이 왜 그러는지를 짐작하고 문을 열고 밖으로 나와 보니, 웬 할멈이 손에 지팡이를 들고 꾀죄죄한 어린 계집애를 내쫓으며 소리를 지르고 있었다.

"할미는 대관원의 꽃과 과실나무를 보살피러 들어왔는데 네가 어쩌자고 따라 들어왔느냐! 집에 가서 맞아 죽을 줄 알아라."

그 어린 계집애는 달아나다가 뒤돌아보면서 손가락을 입에 물고 할멈을 바라보며 웃고 있었다. 탐춘은 그들을 보고 냅다 호통을 쳤다.

"너희가 요즈음 갈수록 버르장머리가 없어지는구나. 여기가 너희들 욕지거리나 하는 곳인 줄 아느냐!"

할멈은 야단치는 이가 탐춘인 것을 알고 얼른 웃음 띤 얼굴로 말했다.

"방금 그 계집애는 소인의 외손녀인데 제가 이곳에 오는 것을 보고 따라왔습죠. 전 그저 그년이 소란스럽게 굴까 봐 소리쳐서 돌려보낸 것일 뿐입니다. 제가 어찌 감히 이곳에서 욕지거리를 하겠습니까?"

"더 이상 군소리 할 필요 없다. 어서 썩 꺼져라. 대옥 아가씨께서 편찮으신데 뭘 꾸물거리고 있는 게냐."

탐춘의 호통에 할멈은 연신 "네, 네" 하며 물러갔고 그 여자애도 어디론가 도망쳐 버렸다.

탐춘이 방 안으로 돌아와 보니 상운은 대옥의 손을 잡은 채 울기만 하였고, 자견은 한 손으로 대옥을 안은 채 다른 한 손으로 그녀의 명치끝을 어루만지고 있었다. 대옥의 눈도 점차 정상으로 돌아오고 있었다.

탐춘이 웃으면서 말했다.

"할멈의 말을 듣고 의심이 들었었나 보지?"

대옥은 아니라며 고개를 몇 번 가로저었다.

"그 할망구가 자기 외손녀를 욕하는 거였어. 내가 방금 듣고 왔다니까. 그런 것들은 지껄일 줄만 알지 경우라고는 하나도 없단 말이야. 이것저것 가려야 한다는 것 따위를 알 턱이 없지."

대옥은 이 말을 듣고서 고개를 끄덕이며 탐춘의 손을 끌어 당겨 잡으면서 말했다.

"탐춘아…."

대옥이 이렇게 한마디하고는 더 이상 말을 잇지 못하자, 탐춘이 입을 열었다.

"언니, 복잡하게 생각해서는 안돼요. 내가 언니를 보러 오는 것은 자매지간에 당연한 일이에요. 시중드는 애들도 적은 편이잖아요. 마음 편히 갖고 약을 잘 먹기만 하세요. 그리고 그저 좋은 일만 생각하다 보면 하루하루 몸이 건강해질거구, 그럼 다 함께 예전처럼 시사를 열어 시도 짓고 할 수 있을 테니 얼마나 좋겠어요?"

상운도 말했다.

"탐춘 언니 말이 맞아요. 그럼 참 즐거울 거예요."

대옥은 흐느껴 울며 말했다.

"모두들 나를 기쁘게 해주려고 그런 소리들을 하는 거겠지만 내 처지에 어찌 그런 날들을 누릴 수 있겠어. 아무래도 안 될 것 같아."

"언니, 무슨 말을 그렇게 해요. 이 세상에 병 한 번 안 걸리고 어려운 일 한 번 겪지 않는 사람이 어디 있겠어요? 어째서 그런 생각까지 하는 거예요? 어서 푹 쉬고 있어요. 우린 할머님께 갔다가 다시 보러 올게요. 뭐든 필요한 게 있으면 자견을 시켜서 내게 알려 줘요."

탐춘의 위로에 대옥은 눈물을 흘렸다.

"탐춘아, 고마워! 할머님께 가거들랑 내가 문안을 여쭙더라고 전해줘. 그리고 몸이 약간 불편하기는 하지만 큰 병이 난 건 아니니까 신경 쓰시지 말라고 말씀드려줬으면 해."

"알았어요. 아무것도 신경 쓰지 말고 몸조리나 잘해요."

탐춘은 이렇게 대답하고 상운과 함께 그곳을 나섰다.

한편, 자견은 대옥을 부축하여 침상에 눕혔다. 다른 일들은 모두 설안에게 맡기고 자신은 대옥의 곁을 지키면서 그녀를 돌봤다. 마음이 찢어질 듯 아팠지만 대옥의 앞에서 울 수는 없는 노릇이었다. 대옥은 눈을 감고 한참 동안 누워있었지만 좀처럼 잠을 이룰 수가 없었다. 평소에는 대관원이 매우 적막하다고 여겼었는데 오늘따라 이렇게 누워있노라니 바람소리, 풀벌레 울음소리, 새들이 지저귀는 소리, 사람들의 발걸음소리 등이 들리는 데다가 또 멀리서 아이들의 울음소리 같은 것이 들려오는가 싶더니, 점점 더 소란스러워지는 것 같아서 도무지 마음의 안정을 찾을 수가 없었다. 그래서 대옥은 자견에게 휘장을 치라고 일렀다. 그때 설안이 연와탕燕窩湯을 자견에게 가져왔으므로 자견은 휘장너머로 조심스럽게 물었다.

"아가씨 연와탕 한 모금 마시겠어요?"

대옥은 기어들어가는 목소리로 겨우 그러마고 한마디 대답을 하였다. 자견은 연와탕을 도로 설안에게 건넸다가 대옥의 침상으로 올라가서 그녀를 안아 일으킨 다음 다시 받아들었다. 그러고 나서 맛을 조금 본 후에, 한 손으로는 대옥의 어깨를 안고 다른 한 손으로는 탕을 받쳐 들어 대옥의 입에 대주었다. 대옥은 간신히 눈을 뜨고 두세 모금 마시더니 고개를 저으며 더 이상 마시려 하지 않았다. 자견은 탕그릇을 설안에게 건네주고 조심스럽게 대옥을 침상에 눕혀 재웠다.

잠시 정적이 흐르고 다소 안정이 되었나 싶었을 때 창밖에서 누군가가 나지막하게 부르는 소리가 들렸다.

"자견이 안에 있니?"

설안이 얼른 나와 보니 다름 아닌 습인이었으므로 목소리를 낮춰 대답했다.

"자견 언니는 방 안에 있어요."

습인 역시 살그머니 물었다.

"아가씨는 좀 어떠시니?"

설안은 습인과 함께 안으로 들어가면서 어젯밤에 일어났던 일과 방금 전에 있었던 일들을 모두 들려주었다. 이 말을 듣고 습인은 깜짝 놀라면서 물었다.

"그랬었구나? 어쩐지 방금 취루가 우리 집에 와서 대옥 아가씨가 편찮으시다는 말을 하더구나. 그 말에 놀란 보옥 도련님께서 어찌 된 영문인지 알아보라고 부랴부랴 나를 보내셨어."

그때 자견이 안에서 휘장을 쳐들고 밖을 내다보았다. 자견은 습인이 온 것을 보고 고갯짓으로 그녀를 불렀다. 습인은 발끝으로 다가서며 물었다.

"아가씨께서는 잠드셨니?"

자견은 고개를 끄덕이며 물었다.

"언니는 이제야 들었어?"

습인도 고개를 끄덕이면서 이맛살을 찌푸리며 말했다.

"도대체 이 일을 어쩌면 좋니? 이홍원에 계신 또 한 분도 어젯밤에 나를 얼마나 놀래켰는지 내가 죽다가 살아났단다."

자견이 얼른 무슨 일이냐고 물었다.

"어젯밤에 잠드실 때까지만 해도 아무 일 없었어. 그러던 것이 한밤중에 갑자기 연신 가슴이 아프다고 고래고래 소리치면서 가슴을 칼로 도려내는 것 같다며 터무니없는 소리를 늘어놓으시는 거야. 밤새 그 소란을 피우다가 새벽 딱따기 소리가 들릴 무렵에서야 좀 진정이 되셨어. 내가 놀라지 않을 수 있었겠니? 급기야 오늘은 공부하러 가지도 못하고 의원을 불러다 약을 드셔야 할 판이야."

그때 안에서 대옥이 다시 기침을 하기 시작했으므로 자견은 황급히 안으로 들어가서 타구를 받쳐 들고 가래를 받아냈다. 대옥은 가까스로 눈을 뜨고는 물었다.

"자견아, 방금 누구하고 얘기했니?"

"습인 언니가 아가씨를 뵈러 왔어요."

이렇게 말하고 있는데 습인은 벌써 침상 앞에 와 있었다. 대옥은 자견에게 일으켜 달래면서 한 손으로 침상 가장자리를 가리키며 습인더러 앉으라고 권했다. 습인은 비스듬히 앉아서 얼른 웃음을 지었다.

"아가씨, 그냥 누워 계세요."

"이제 괜찮아. 모두들 그렇게 놀라면서 호들갑 떨지들 마. 방금 듣자니 누가 한밤중에 가슴이 아팠다고 그러던데, 도대체 무슨 일이야?"

"보옥 도련님께서 갑자기 가위에 눌리셨나 봐요. 실은 별일 아니에요."

대옥은 자기가 걱정할까 봐 습인이 그렇게 말하는 것임을 알아차리고, 한편으로는 고맙기도 하고 한편으로는 마음이 아프기도 하였다. 대옥은 내친 김에 한마디 더 물었다.

"가위에 눌린 거라면 무슨 소리라도 듣지 못했어?"

"아무 말씀도 안 하셨어요."

대옥은 고개를 끄덕이더니 한참을 그대로 있다가 한숨을 쉬면서 그제야 입을 열었다.

"보옥 도련님께는 내가 아프다는 말을 절대 하지 말아줘. 공부에 방해되는 날에는 또 대감님의 노여움을 사게 될 테니까."

습인은 알았다고 대답하고 다시 타일렀다.

"아가씨, 어서 누워서 좀 쉬세요."

대옥은 고개를 끄덕이며 자견에게 자기를 옆으로 눕혀달라고 하였다. 습인은 좀더 앉아 있다가 몇 마디 위로의 말을 건네고 나서 이홍원으로 돌아왔다. 그리고 보옥에게는 대옥이 몸이 약간 편치 않을 따름이지 큰 병은 아닌 것 같다고 둘러댔고, 보옥은 그제야 마음을 놓았다.

한편, 탐춘과 상운은 소상관을 나와서 그길로 함께 가모의 처소로 갔다. 가는 길에 탐춘이 상운에게 주의를 주었다.

"상운아, 할머니께 가서는 방금처럼 그렇게 경솔하게 굴면 안 돼."

상운이 고개를 끄덕였다.

"알았어. 아까는 대옥 언니를 보고 놀라서 그만 정신이 나갔었나 봐."

이야기를 나누는 사이에 둘은 어느새 가모의 방에 이르렀다. 탐춘이 대옥의 병 이야기를 꺼내자 가모는 크게 근심 걱정을 하였다.

"하필이면 이 옥玉자 붙은 애 둘이 병도 많고 탈도 많은지 몰라. 대옥이는 어느새 훌쩍 컸으니 각별히 몸조심해야지. 내가 보기에 그 애는 신경이 너무 예민한 것 같구나."

가모의 방에 있던 사람들은 아무 말도 하지 못하였다. 가모가 원앙에게 말했다.

"원앙아, 내일 의원이 보옥의 병을 보러 오거든 대옥이한테도 가보라고 이르도록 해라."

원앙이 대답하고 나와서 할멈들에게 지시하자 할멈들은 이 말을 전하러 갔다. 탐춘과 상운은 그곳에서 가모를 모시고 저녁밥을 먹은 뒤 함께 대관원으로 돌아갔다.

다음 날 의원이 와서 보옥을 살펴보더니 먹은 것이 소화가 잘 안되고 약간 감기 기운이 있을 뿐 큰 병은 아니니 열만 내리면 곧 나을 거라고 했다. 왕부인과 희봉은 한편으로는 사람을 시켜 의원의 처방을 가모에게 알리는가 하면, 다른 한편으로는 소상관으로 사람을 보내 의원이 곧 당도할 거라고 알렸다. 자견은 알았다면서 서둘러 대옥에게 이불을 잘 덮어주고 휘장을 내렸으며, 설안은 허둥지둥 방 안의 물건들을 정리했다. 잠시 후에 가련이 의원을 데리고 들어오며 말했다.

"이 의원은 늘 오시던 분이니 다들 자리를 피하지 않아도 돼."

할멈이 휘장을 들어 올리자 가련이 의원과 함께 방으로 들어왔다.

"자견아, 먼저 대옥이의 병세를 왕의원에게 말씀드리렴."

"이야긴 나중에 들어 보지요. 제가 먼저 진맥한 후 증세를 말씀드리고 나서 맞는지 보십시오. 만약 맞지 않는 점이 있으면 그때 들려주십시오."

자견은 대옥의 한 손을 휘장 밖으로 내놓게 한 다음 진맥용 베개 위에 놓고, 팔찌와 소매를 조심스럽게 걷어 올려 맥이 눌리지 않도록 하였다. 왕의원은 한참 동안 맥을 짚더니 이번에는 다른 팔의 맥도 짚은 다음 가련과 함께 바깥채로 나와 앉았다.

"육맥六脈이 다 빠른 것 같습니다. 이는 평소의 울결鬱結[1] 때문에 그렇게 된 것입니다."

그들이 이야기를 나누고 있을 때 자견도 나와서 안방 문 앞에 서 있었다. 그러자 왕의원이 자견에게 물었다.

"이 병은 늘 현기증이 나고 입맛이 없으며 꿈을 많이 꿀 것입니다. 매일 새벽쯤이면 몇 번씩이나 깰 거고요. 그런 날 낮이면 본인과 상관없는 소리를 들어도 영락없이 화를 낼 것이며, 의심도 많고 겁도 많을 것입니다. 모르는 사람들은 성격이 괴팍해서 그런가 하고 의심할지도 모르겠으나 사실은 울결로 인한 화 때문에 간의 진액이 지나치게 소진되어 심기가 쇠약해진 탓입니다. 이런 것이 원인이 되어 여러 가지 병증

---

1 기혈이 한 곳에 몰려 흩어지지 않는 증세.

이 나타나는 것입니다. 제 말이 맞는지요?"

자견은 고개를 끄덕이며 가련에게 말했다.

"정말이지 말씀하신 그대로예요."

"그렇다면 좋습니다."

왕태의는 말을 마친 후 일어나서 가련과 함께 처방을 쓰려고 바깥서재로 나왔다. 시동들이 이미 연한 붉은색 처방 종이를 준비해놓고 있었다. 왕태의는 차를 마시고 나서 붓을 들어 다음과 같이 썼다.

육맥이 급한 것은 평소의 울결이 쌓인 때문이다. 왼팔의 촌맥寸脈이 무력함은 심기心氣가 쇠했기 때문이다. 관맥이 홀로 성함은 간장에 이상이 있기 때문이다. 목기〔木氣: 간〕가 잘 통하지 않게 되면 반드시 위로 비장脾臟을 침범하여 입맛을 잃게 되고 심지어 성하게 되면 폐까지 반드시 재앙을 입게 된다. 기氣가 정精을 흘러내리지 않으면 그것이 굳어서 가래가 되고, 피는 기를 따라 솟구치는 것이기 때문에 자연 기침과 구토가 따르게 된다. 그러므로 간을 통하게 하여 폐를 보호하고 심장과 비장을 보양해야 한다. 보양제를 쓰되 너무 급하고 과하게 써서는 안 된다. 그러므로 먼저 '흑소요黑消遙'[2]를 써서 다스린 후 다시 '귀폐고금歸肺固金'[3]을 쓰고자 한다. 고루함을 무릅썼으니 의술이 고명한 이를 청해 약을 쓰시라.

그러고 나서 일곱 가지 약 이름과 그에 따르는 보조약 이름을 썼다. 가련은 처방을 가져다 보다가 왕태의에게 물었다.

"피의 기운이 위로 솟구치는 상태에서 시호柴胡[4]를 써도 될까요?"

왕의원이 웃으며 말했다.

"나리께서는 시호가 승제升提의 약재[5]로서 토혈吐血과 비혈鼻血에 좋

2 소요산(逍遙散)이라고도 하며 기력을 왕성하게 하고 비장을 튼튼하게 하는 약.
3 폐의 질병을 치료하는 약.
4 해열, 진통에 효과가 있고 호흡기, 소화기, 순환기 질환의 약재로 쓰임.
5 한의학에서는 각종 질병의 징후를 향상(向上), 향하(向下), 향외(向外), 향내(向內)로 나누어 설명하므로 약물의 작용도 질병의 성격에 따라 승(升), 강(降),

지 않다는 것만은 알고 계시지만, 자라 피에 축여 볶을 때는 시호가 아니고서는 쓸개의 기를 펼 수 없다는 것은 모르고 계십니다. 자라 피로 볶은 시호를 쓰면 승제가 안 될 뿐만 아니라 간장의 기를 끌어올리고 나쁜 열을 누를 수 있습니다. 그러므로 《내경內經》[6]에 이르기를 '통해야 하는 병에는 통하는 약을 쓰고, 막히는 병에는 막히는 약을 쓴다'라고 한 것입니다. 시호를 자라피로 볶는 것은 다름 아닌 '주발의 힘을 빌려 유씨의 천하를 안정시키다'[7]라는 격입니다."

가련이 고개를 끄덕이며 말했다.

"아, 그런 이치군요. 잘 알았습니다."

"우선 두 첩을 써본 후에 다시 가감하던지 아니면 처방을 바꾸겠습니다. 그런데 제가 다른 볼일이 좀 있어서 더 오래 머물지 못할 것 같습니다. 조만간 다시 찾아뵙겠습니다."

가련이 전송하러 나오면서 물었다.

"제 동생의 약은 그냥 그렇게 해도 되겠습니까?"

"보옥 도련님은 큰 병이 아니므로 한 첩만 드시면 곧 낫게 될 것입니다."

이렇게 말하면서 왕의원은 수레를 타고 돌아갔다.

이에 가련은 한편으로는 사람을 시켜 약을 지어오게 하고, 다른 한편으로는 자기 방으로 돌아와서 희봉에게 대옥이 아픈 원인과 의원이 쓴 약에 대해 쭉 설명해 주었다. 이때 주서댁이 별로 중요하지 않은 몇 가지 일에 대해 말하러 왔기에 가련은 반쯤 듣다가 말했다.

부(浮), 침(沈)의 성격을 지닌다. 이 중 승부(升浮)의 작용을 하는 약물을 승제의 약재라고 함.

6 《황제내경(皇帝內經)》을 줄여서 일컫는 한의학 서적.

7 주발(周勃)은 한고조 유방(劉邦)을 도운 개국공신으로, 여기서는 자라피의 도움을 받아 시호의 약효가 적중할 수 있음을 비유하고 있음.

"아씨한테 가서 말해라. 나는 다른 일이 있으니까."

그러면서 가련은 나가 버렸다. 주서댁은 희봉에게 용건을 다 말하고 나서 덧붙였다.

"제가 방금 대옥 아가씨 방에 다녀왔는데 아가씨 병세가 정말 좋지 않아 보였어요. 얼굴에 혈색이라고는 하나도 없고 몸을 만져보니 뼈만 앙상하게 남았던 걸요. 아가씨께 무슨 말을 여쭤 봐도 아무런 말씀도 안 하시고 그저 눈물만 흘리시는 거예요. 돌아올 때 자견이 제게 말하기를 '아가씨께서는 지금 병중이라 필요한 게 있으실 텐데도 통 말씀을 하려고 들지 않으시니, 나라도 둘째아씨께 청을 드려서 매달 타는 용돈을 한두 달 당겨 달래서 쓸까 봐요. 지금 드는 약값은 안에서 내주시는 것이지만 용돈이 좀더 있어야 되겠어요'라고 하기에 제가 알았다고 하고 대신 아씨께 아뢰는 것입니다."

희봉은 한참 동안 고개를 숙이고 있다가 말했다.

"그럼 이렇게 하자. 내가 대옥에게 은전 몇 냥을 쓰라고 보낼 테니, 아가씨한테는 알리지 말도록 해라. 월비는 먼저 내주기가 어려워. 선례가 되면 너도나도 먼저 달라고 할 텐데 그럼 어찌 되겠어? 조이랑과 탐춘 아가씨가 다툰 일을 잊었어? 그것도 다 월비 때문이었지. 게다가 자네도 알다시피 요즈음 나가는 것은 많고 들어오는 것은 적어서 도무지 융통해서 쓸 수가 없어. 사정을 모르는 이들은 내가 살림살이를 잘 하지 못해서 그런 거라고 할 테고, 헐뜯기 좋아하는 이들은 내가 돈을 친정으로 빼돌린다고 할 거야. 주서댁은 그런 일들을 맡아보니까 물론 잘 알고 있겠지만 말이야."

"정말 이만저만 억울한 게 아니에요. 이렇게 큰 가문에서 아씨같이 현명하신 분이 아니고서는 살림을 맡아서 할 수 없을 겁니다. 여자들은 말할 것도 없거니와, 머리 셋에 팔이 여섯 달린 대단한 남정네라 할지라도 맡아볼 수 없을걸요. 그런데도 그따위 허튼 소리를 지껄이다니요."

그러면서 주서댁은 또 웃으며 말했다.

"아씨께서는 아직 못 들으셨는지요? 바깥사람들은 더욱 기막힌 소리들을 하고 있답니다. 지난번에 제 남편이 집에 와서 하는 말이 바깥사람들은 우리 부중에 돈이 얼마나 많은지 모른다고들 수군거린대요. '가씨 댁에는 은 창고가 몇 간, 금 창고가 몇 간이나 되어서 집안에서 쓰는 가구들은 모두 금을 입히거나 옥을 박아 넣은 것이다'라고 하는 이가 있는가 하면, '그 댁 아가씨가 왕비마마가 되셨으니 황제께서 가지신 것의 절반을 왕비마마 친정에 나눠주셨을 거야. 지난번 귀비마마께서 친정나들이 하셨을 때 몇 수레의 금은을 싣고 오신 것을 내 눈으로 보았다니까. 그러니 집안이 마치 수정궁같이 꾸며졌겠지. 언젠가 사당에서 치성을 올릴 때도 수만 냥의 은전을 쓴 일이 있었는데 그건 그저 소 몸뚱이에서 털 하나를 뽑은 정도밖에 안 될 거야'라고 하는 이도 있고, '대문 앞의 사자상도 아마 옥으로 만들었을 거야. 정원 안에 금기린이 있는데 하나는 누군가가 훔쳐가고 지금은 하나만 남아있대. 그 댁의 아씨와 아가씨들은 말할 것도 없고 부리는 시녀들까지도 손가락 하나 까딱 않고 술 마시고 바둑을 둔다거나 칠현금을 타고 그림을 그리면서 지낸다는군. 일은 하인들이 해주니까 말이야. 몸은 온통 비단으로 휘감고 있으며 먹는 것이나 장신구 같은 것들도 죄다 우리네들은 보지도 듣지도 못한 것들이래. 그러니 도련님이나 아가씨들은 더 말할 나위도 없지. 하늘의 달을 갖고 싶어한대도 누군가 가지고 놀라고 따다 줄 거야'라고 하는 이도 있답니다. 심지어 이런 노래까지 있다나요. 들어보세요. '녕국부, 영국부, 금은보화 산같이 쌓였네. 아무리 먹어도 다 먹을 수 없고, 아무리 입어도 다 입을 수 없네. 그러다보면….'"

여기까지 말하던 주서댁은 갑자기 멈췄다. 사실 그 노래는 '그러다보면 결국 거덜이 나고 말걸' 로 이어졌던 것이었다. 주서댁은 신이 나서 지껄이다가 여기까지 말하다 보니 이 뒷구절이 불길하다는 생각이 들어서 입을 다물었던 것이다. 듣고 있던 희봉은 아랫구절이 좋지 않은 말이란 것을 알아차리고 더 이상 캐묻지 않았다.

"그런 말들은 신경 쓸 것 없지만, 금기린 이야기는 어디서 나온 걸까?"

"사당의 늙은 도사가 보옥 도련님께 드린 작은 금기린을 말하는 건가 봐요. 후에 도련님께서 그걸 잃어버리셨는데 며칠 동안 찾지 못하다가 다행히 상운 아가씨께서 주워서 도련님한테 돌려드렸어요. 그런 걸 가지고 밖에서들 그렇게 헛소문을 꾸며낸 거지요. 얼마나 우스운 인간들인지 모르겠어요."

"그런 소문들은 우스운 것이 아니라 두려운 거야. 우리 형편이 하루가 다르게 나빠지는 참에 밖에서도 이렇게 쑥덕거리고 있으니 말이야. 속담에도 '사람은 이름나는 것을 두려워하고 돼지는 살찌는 것을 두려워한다'라는 말이 있는데, 하물며 허명虛名인 바에는 더 말할 것도 없지. 종국에 어찌 될지는 알 수 없는 일이거든."

"아씨께서 걱정하시는 것도 당연한 일입니다. 그렇지만 성안의 모든 찻집과 술집 그리고 골목마다 온통 이런 말들이 파다하게 퍼져 있는걸요. 그것도 한두 해의 일이 아니고요. 어찌 그 많은 입들을 다 틀어막을 수 있겠어요."

희봉은 고개를 끄덕이며 평아를 불러 은 몇 냥을 달아서 주서댁에게 주라고 이르면서 말했다.

"우선 그것을 가지고 가서 자견에게 주도록 해라. 물건 사는 데 보태 쓰라고 내가 주더라고만 하고. 회계에게 달랠 것이 있으면 얼마든지 달래도 되지만 월비 이야기만큼은 하지 말라고 하렴. 그 애는 영리하니까 무슨 말인지 알아들을 거다. 짬을 내서 아가씨 문병을 가겠다는 말도 전하고."

주서댁은 은전을 받아들고 알았다는 말과 함께 돌아갔다. 그 이야기는 그만 하도록 하겠다.

한편, 가련이 밖으로 나오니 시동이 다가오며 말했다.

"큰 대감님께서 나리께 하실 말씀이 있다고 찾으십니다."

이 말을 듣고 가련은 황급히 가사한테로 갔다.

"방금 소문에 들으니 궁에서 태의원의 어의御醫와 이목吏目[8]을 들라하여 병을 진찰하게 했다는구나. 내 생각에는 궁녀 같은 아랫사람의 병 때문은 아닌 것 같다. 요 며칠 사이에 귀비마마 처소에서 무슨 기별은 없었느냐?"

"없었습니다."

"네가 가서 작은 대감님과 큰댁 진이에게 물어보고 오너라. 확실한 소식을 모르겠으면 태의원에 사람을 보내 알아보도록 해야 할 것 같구나."

가련은 사람을 태의원에 보내는 한편, 서둘러 가정과 가진을 찾아갔다. 가정이 이 말을 듣고 물었다.

"어디서 들은 소문이냐?"

"큰 대감님께서 방금 해주신 말씀입니다."

"어서 네 형 진이와 함께 궁에 가서 알아보도록 해라."

"벌써 태의원으로 사람을 보내 알아 오도록 했습니다."

가련은 이렇게 말하면서 물러나와 가진을 찾아갔다. 마침 가진이 맞은편에서 오고 있었으므로 가련은 얼른 이 일을 알렸다.

"나도 마침 이 이야기를 듣고 큰 대감님과 작은 대감님께 아뢰러 가는 길이야."

---

8 어의의 아래이며 의사(醫士)의 위인 태의원의 관직명.

그리하여 두 사람이 함께 가정한테로 갔다.

"만약 원비에 관한 일이라면 기별이 없을 수는 없을 것이다."

그때 가사도 건너왔다. 정오가 되어도 알아보러 간 사람들은 돌아오지 않고 있는데 문지기가 들어와서 전하였다.

"궁중에서 내관 두 분이 오셔서 두 분 대감님을 뵙고자 하십니다."

가사가 분부했다.

"어서 안으로 모셔라."

문지기가 태감 두 사람을 모셔왔다. 가사와 가정은 중문까지 마중 나와 원비의 안부를 먼저 묻고는 함께 안으로 들어와서 대청에 자리 잡고 앉기를 권했다. 태감이 다음과 같이 이야기하였다.

"그저께부터 이 댁의 귀비마마께서 몸이 좀 불편하셔서, 어제 육친 네 분더러 궁중으로 위문하러 들라는 어명이 계셨습니다. 각각 시녀 하나씩만 데리고 올 수 있고 그 밖의 다른 사람들은 허락되지 않습니다. 육친의 남자는 궁문 밖에서 직명〔職名: 관직과 이름〕을 올려 문병하도록 할 것이며, 함부로 안에 들어가서는 안 됩니다. 반드시 내일 진사시〔辰巳時: 오전 8시에서 10시 사이〕에 입궐했다가 신유시〔申酉時: 오후 4시에서 6시 사이〕에 퇴궐해야 합니다."

가정과 가사 등은 선 채 황제의 명을 받든 후, 다시 앉아서 태감들에게 차를 권했으며 태감들은 차를 마신 후 돌아갔다. 가사와 가정은 대문까지 전송하고 나서 먼저 가모에게 이 사실을 아뢰었다.

"육친 네 사람이라면 물론 나하고 너희 안사람 둘이 포함될 테고 나머지 하나는 누구를 말하는 걸까?"

가모의 물음에 아무도 감히 대답하지 못하자, 가모는 잠시 생각해보다가 말했다.

"그건 틀림없이 희봉일 거다. 희봉인 만사를 잘 돌보는 터이니까. 너희 남자들 일은 너희끼리 상의해서 정하도록 해라."

가사와 가정은 가련과 가용에게 집을 지키게 하고, 그 밖의 문文자 항렬에서부터 초두草頭자 항렬에 이르기까지 모두 가기로 결정했다. 그리하여 하인들에게 푸른 휘장을 씌운 녹교 네 대와 십여 대의 큰 가마를 준비하여 내일 새벽까지 대령하라고 일렀다. 그런 다음 가사와 가정은 다시 가모한테 가서 진사시에 입궐했다가 신유시에 퇴궐하라는 분부이므로 오늘은 좀 일찍 쉬고 내일 일찌감치 일어나서 입궐할 차비를 하시라고 아뢰었다.

"알았다. 그만 돌아가 보아라."

가모의 분부에 가사와 가정이 물러간 뒤, 그곳에 있던 형부인, 왕부인과 희봉은 한동안 원비의 병환에 대해 이야기하고 그 밖의 다른 한담도 나누다가 각각 돌아갔다.

다음 날 동틀 무렵 각 방의 시녀들이 일찌감치 등불을 모두 밝히기가 무섭게 마님들은 치장을 마쳤으며 대감들도 저마다 의관을 갖췄다. 묘초(卯初: 새벽 5시에서 6시 사이)가 되자 임지효와 뇌대가 중문 밖에서 아뢰었다.

"가마와 수레를 모두 대문 밖에 대령해 놓았습니다."

잠시 후에 가사와 형부인도 건너왔다. 모두 함께 아침을 먹고 희봉이 먼저 가모를 부축하고 나오자 다른 이들도 가모를 에워싸듯 하며 시녀 하나씩을 거느리고 천천히 발길을 옮겼다. 이귀 등 하인 둘에게는 먼저 말을 타고 외궁문外宮門 앞에 가서 기다리게 하고 권속들은 각자 자기 주인을 따랐다. 문 자 항렬부터 초두 자 항렬까지는 각자 수레나 말을 탔고 하인들은 그 뒤를 따라 함께 길을 나섰다. 가련과 가용은 남아서 집을 지켰다.

가씨집의 수레와 가마와 말들이 모두 궁궐 밖의 서원문西垣門 앞에 멈춰 기다리고 있으려니까 잠시 후에 태감 두 사람이 나왔다.

"가부에서 마마님께 문안오신 마님과 아씨들은 입궁하여 문병하십시오. 대감님들께서는 안으로 들어가 알현하실 수는 없고 내궁문 밖에서 문안드리셔야 합니다."

태감이 입궐을 재촉하였으므로 가부의 가마 네 채는 소태감小太監을 따라 궁궐로 향하고 대감들은 가마 뒤를 걸어서 따랐으며 여러 하인들은 밖에서 기다렸다. 궁문 앞에 이르니 몇 명의 환관들이 문간에 앉아 있다가 그들이 오는 것을 보자 일어서며 말했다.

"가부의 대감님들은 여기서 멈추십시오."

가사와 가정은 차례대로 제자리에 멈춰 섰으며 부인들은 궁문 앞에 다다라 모두 가마에서 내렸다. 어느새 몇 명의 소태감들이 대령하고 있다가 길 안내를 하였으므로 가모 등은 각각 시녀들의 부축을 받으며 걸음을 옮겼다.

원비의 침전에 이르러 보니 그곳은 온통 휘황찬란하게 백옥으로 장식되어 있었으며 유리가 눈이 부시도록 번쩍번쩍하였다. 그때 어린 궁녀 둘이 나와서 황후마마의 분부를 전했다.

"일체의 예의범절은 생략하시고 그저 문안과 문병만 하시랍니다."

가모 등은 황공한 분부에 감사드린 후 침상에 다가가 문안 인사를 올렸으며 원비는 모두에게 앉으라고 권했다. 가모 등은 다시 예를 갖추고 자리에 앉았다. 그들이 자리에 앉자 원비가 가모에게 물었다.

"요즈음 건강은 어떠신지요?"

가모는 시녀의 부축을 받으면서 후들후들 떨며 일어나서 말했다.

"황후마마님의 은혜로 아직은 건강하게 지내고 있습니다."

원비는 형부인과 왕부인에게도 안부를 물었고 두 부인도 얼른 일어나서 대답하였다. 원비가 또한 희봉에게 요즈음 집안 형편이 어떠한가를 묻자, 희봉이 일어나서 아뢰었다.

"아직은 그럭저럭 지탱해 나가고 있습니다."

"요 몇 해 동안 살림을 맡아 하느라고 수고가 많았네."

희봉이 일어나 대답하려는데 궁녀 하나가 많은 직명을 들고 들어와 황후에게 보기를 청했다. 원비가 보니 다름 아닌 가사와 가정 등의 몇몇 사람들이었다. 원비는 그 직명들을 보자 눈시울이 붉어지더니 끝내 눈물을 흘렸다. 궁녀가 손수건을 드리자 원비는 눈물을 닦으면서 분부를 내렸다.

"오늘은 좀 나아졌으니 밖에서 잠시 쉬시라고 전하여라."

가모 등은 다시 일어나서 분부에 감사를 드렸으며 원비는 눈물을 머금고 말했다.

"부모형제지간이건만 늘 가까이 지낼 수 있는 가난한 사람들만도 못하군요."

가모 등은 모두 눈물을 삼키며 말했다.

"마마님, 너무 상심하지 마시옵소서. 집 식구들은 이미 마마님 은덕을 넘치게 입었습니다."

"보옥이는 요즈음 어떻습니까?"

원비의 물음에 가모가 대답하였다.

"요즈음은 제법 열심히 공부하는 편입니다. 아비가 엄하게 다스리기 때문에 지금은 글도 잘 짓는 모양입니다."

"그것 참 잘되었군요."

이어서 원비는 외궁에 연회를 마련하라고 분부하였다. 그러자 궁녀 둘과 소태감 넷이 그들을 인도하여 어떤 궁전으로 안내하였다. 그곳에는 이미 음식이 모두 준비되어 있었으며 각기 순서대로 자리에 앉았다. 이 이야기는 자세히 하지 않겠다.

잠시 후 식사를 끝내고 나서 가모는 며느리 둘과 손주며느리 하나를 데리고 다시 원비의 처소로 왔다. 그들은 원비에게 연회를 베풀어 준 데 대한 감사의 예를 드리고 잠시 더 머물렀다. 그러다 보니 어느덧 유초〔酉初: 오후 5시에서 6시 사이〕에 가까워졌으므로 더 이상 지체하지 못하고 모두들 하직인사를 올리고 그곳에서 물러 나왔다. 원비는 궁녀에게 내궁문까지 전송하도록 명하였으며 문밖에는 아까처럼 네 명의 소태감이 그들을 전송하였다. 가모 등이 올 때와 마찬가지로 가마를 타고 나오자, 가사 등이 모시고 다 함께 집으로 돌아왔다. 가사 등은 집으로 돌아와서 모레의 입궐준비를 잘해놓으라고 명한 다음 오늘처럼 대령해 놓으라고 일렀다. 여기에 대해서는 더 이상 이야기하지 않겠다.

한편 설씨 댁의 하금계夏金桂는 설반薛蟠을 쫓아낸 후로 낮에 싸움을 하려 해도 할 상대가 없었다. 추릉도 보차한테 가 있었기 때문에 곁에는 보섬이 하나만 남아 있었다. 보섬을 설반의 첩으로 준 이후 보섬의 기세도 이전과는 달랐다. 금계로 보자면 새로운 강적이 하나 는 셈이었지만 후회해도 어쩔 수 없는 노릇이었다. 그러던 어느 날 금계는 울적한 김에 술 몇 잔을 들이켜고 나서 구들 위에 드러누워 해장 삼아 보섬을 건드렸다.

"서방님께서 며칠 전에 집을 나가셨는데, 도대체 어딜 가셨느냐? 넌 당연히 알고 있겠지?"

"제가 어떻게 알아요? 아씨 앞에서도 한마디 안 하시는데 누가 서방님 일을 알겠어요?"

보섬의 대답에 금계가 냉소를 흘렸다.

"지금 와서 무슨 아씨니 마님이니 하는 그런 마음에도 없는 소리를 하는 게냐? 너희 세상이 된 판국에 말이야. 아무도 너희를 더 이상 건드릴 수 없게 됐잖아? 감싸주는 이가 있는 판에 낸들 어찌 잠자는 호랑이의 코털을 건드릴 수 있겠어. 그렇지만 너는 아직 내 시녀니까 한마디 물어 본 건데, 어쩌자고 그렇게 안면을 몰수하고 대드느냔 말이다. 네년이 그렇게 기세가 등등한데 왜 나를 목 졸라 죽이지 않고 그냥 놔두는 게냐! 네년이랑 추릉이 년 둘 중에 누가 정실부인이 되든지 간에 내가 없어지면 좀 좋겠어? 그런데 기어코 내가 죽지도 않고 네년들 앞길을 막는구나!"

보섬이 이 말을 듣고 어디 가만히 있겠는가. 보섬은 두 눈을 똑바로 치켜뜬 채 금계를 노려보며 대들었다.

"아씨, 그런 험담일랑 다른 사람한테나 하세요. 전 아씨한테 아무 말도 하지 않았어요. 아씨께선 다른 사람한테는 찍소리도 하지 못하면서 어째서 우리 같은 불쌍한 것들한테만 화풀이하시는 거예요? 옳은 말은 들은 척도 하지 않고 모르쇠를 놓으면서 말예요."

그러면서 보섬은 하늘과 땅이 떠나갈 듯이 울어대기 시작했다. 이를 본 금계는 더욱 화가 치밀어서 구들에서 뛰어 내려와 보섬을 때리려고 들었다. 그러나 보섬이 역시 그동안 하씨 집안의 풍조에 물들었던 터라 조금도 지려 하지 않았다. 금계는 탁자건 의자건 찻잔이건 쟁반이건 가리지 않고 닥치는 대로 뒤엎고 집어 던졌다. 그렇지만 보섬은 억울하다며 울고불고 야단만 떨 뿐이지 조금도 아랑곳하지 않았다.

마침 보차의 방에 와 있던 설부인이 이렇듯 소란한 소리를 듣고 향릉을 불렀다.

"향릉아, 무슨 일인지 건너가서 좀 알아봐라. 그리고 싸움도 좀 말리도록 하구."

"소용없어요, 어머니. 향릉이는 보내지 마세요. 그 애가 간다한들 어찌 싸움을 말릴 수 있겠어요. 도리어 불붙은 데 기름 붓는 격일 거예요."

"그렇다면 내가 가보겠다."

"어머니께서도 가실 필요 없어요. 자기네들끼리 싸우게 내버려두세요. 어쩔 수 없는 일이에요."

"그래서야 되겠느냐?"

그러면서 설부인은 시녀의 부축을 받으며 금계의 방으로 건너갔다.

보차는 하는 수 없이 설부인을 따라 나서며 "너는 여기 그대로 있어라" 하고 향릉에게 일렀다. 두 모녀가 함께 금계의 방문 앞에 이르러 보니 안에서는 여전히 울고불고 야단이었다.

"너희들 도대체 왜 이렇게 집안을 뒤집어 놓는 것이냐? 이래 가지고서야 어디 사람 사는 집이라고 할 수 있겠느냐? 담장도 낮고 집도 좁은 처지에 친척들에게 알려져 웃음거리 되는 게 걱정스럽지도 않단 말이냐?"

설부인의 말을 받아 금계가 방 안에서 냅다 소리를 질러댔다.

"제가 남의 웃음거리가 되는 걸 겁낼 줄 아세요? 여긴 빗자루가 거꾸로 서 있는 집구석이라, 주인도 없고 하인도 없으며 정실부인도 없고 첩도 없이 모든 게 뒤죽박죽이란 말이에요. 우리 하씨 집안에서는 이런 꼴을 본 적이 없어요. 이 댁에 와서 이런 봉변을 당하다니 정말이지 참을 수가 없어요."

"새언니, 어머니께서는 새언니 방에서 하도 소란스러운 소리가 들리기에 와보신 거예요. 급하게 물으시다 보니 '아씨'니 '보섬'이니 하는 두 글자를 분명하게 구별하지 않으셨던 것뿐이지 별다른 뜻이 있어서 그러신 게 아니에요. 그러니 먼저 어떻게 된 일인지 이야기해 봐요. 그래서 화를 풀고 모두들 화기애애하게 지내도록 해요. 그럼 어머님께서 날마다 우리 때문에 걱정하시는 걸 덜어드릴 수 있지 않겠어요?"

"그렇고말고. 그러니 우선 어떻게 된 일인지 말해보렴. 그런 다음 나한테 뭐가 섭섭했는지 말해도 늦지 않잖니."

설부인의 말에 금계가 대답했다.

"아이고, 대단하고도 훌륭한 아가씨! 아가씨는 어질고 덕망 높기가 이루 말할 수 없지요. 아가씨는 앞으로 보나마나 좋은 서방님을 만나실 테니, 나처럼 이렇게 생과부로 살면서 사방을 둘러봐도 피붙이 하나 없이 업신여김만 당하는 신세와는 영판 다르지요. 나는 원래 속에 들은 게 없는 여자니까 아가씨께 부탁 좀 합시다. 앞으로는 제발 내가 한 말에 일일이 걸고넘어지지 말아주세요. 나는 어려서부터 지금까지 부모한테 배운 게 없어서 그래요. 그리고 또 내 방의 여편네나 서방, 아내나 첩 간의 일에 대해서는 일체 간섭하지 말아 주세요."

이 말을 듣고 보차는 부끄럽기도 하고 화가 나기도 하였다. 그렇지만 며느리의 방자함을 그저 보고만 계시는 어머님이 불쌍해서 화를 꾹 참고 말했다.

"새언니, 제가 화해시키려고 몇 마디 한 것뿐인데 누가 언니 말꼬투리를 잡고 시비 건다고 그러세요? 그리고 또 누가 언니를 업신여긴다고 그러세요? 언니는 고사하고 저는 여태까지 추릉이한테도 심한 말 한 번 한 적이 없는걸요."

그 소리를 듣더니 금계는 구들 가장자리를 탕탕 쳐가며 더욱 기승을 부리며 울어댔다.

"내가 어찌 추릉이한테 비할 수나 있겠어요? 그년 발바닥의 흙부스러기만도 못한걸요. 그년은 여기 온 지 오래됐으니 아가씨 마음을 다 알아서 비위를 맞출 줄 알지만, 나야 온 지도 얼마 되지 않았고 비위도 맞출 줄 모르니 어떻게 그년한테 비할 수 있겠어요? 공연히 끼어들 것 없어요. 이 넓은 천지에는 귀비 될 운명을 타고난 이는 몇 명 안 되는 법이니까 아가씨나 잘하세요. 나처럼 망나니 놈을 만나 생과부 신세나 되지 말고요. 그리되면 완전 개망신하는 거지요!"

여기까지 듣고 있던 설부인은 더 이상 참지 못하고 벌떡 일어나서 소리쳤다.

"내가 딸자식 편을 들어서가 아니라 보차는 구구절절 너를 달래건만 넌 말끝마다 트집을 잡는구나. 네가 무슨 못마땅한 것이 있다면 그 애를 괴롭히지 말고 차라리 나를 목 졸라 죽이는 게 낫겠다. 그러는 편이 속 시원하지 않겠니?"

보차가 급히 설부인을 달랬다.

"어머니, 연세도 많으신데 화내시면 몸에 해로우세요. 언니를 달래려고 왔는데 화를 내시면 도리어 일만 커지게 돼요. 차라리 돌아갔다가 언니가 좀 가라앉은 다음에 다시 말씀하시는 게 낫겠어요."

그러면서 보섬에게 "너도 더 이상 입 놀리지 말아라" 하고 이르고는 설부인을 모시고 방을 나섰다.

뜰에 들어서니 가모 곁에서 일하는 시녀가 추릉과 함께 오고 있었다.

"어디서 오는 길이냐? 노마님께서는 별고 없으시고?"

설부인의 말에 그 시녀가 대답했다.

"노마님께서는 안녕하세요. 저더러 마님께 문안 여쭙고, 또 지난번에 여지를 보내주신 데 대해 감사말씀 올리라고 하셨어요. 그리고 보금 아가씨의 경사에 대해서도 축하말씀 전하라고 하셨고요."

"넌 언제 왔느냐?"

보차가 물었다.

"온 지 한참 됐어요."

설부인은 그 시녀가 이 일을 죄다 알았다고 생각되어 얼굴을 붉히며 말했다.

"요즘 우리 집은 사람 사는 집 같지 않게 소란스럽단다. 그쪽 댁에서 들으시면 웃음거리가 될 테지."

"무슨 그런 말씀을 다 하세요? 크고 작은 접시나 찻잔이 부딪혀서 깨지는 일은 어느 집안이나 다반사로 있는 일이지요. 마님께서 공연히 신경 쓰시는 거예요."

이렇게 말하면서 그 시녀는 설부인 댁으로 따라 들어가서 잠시 앉았다가 돌아갔다. 그런데 보차가 향릉에게 무엇인가를 말하고 있을 때, 갑자기 설부인의 신음소리가 들렸다.

"아이고, 옆구리야. 아이고, 아파 죽겠네."

설부인은 신음소리와 함께 왼쪽 옆구리를 움켜쥐고 구들 위에 픽 쓰러졌다. 깜짝 놀란 보차와 향릉은 어찌할 바를 몰라 허둥댔다. 그 후 어떻게 되었는가는 다음 회를 보시라.

試文字寶玉始提親
探驚風賈環重結怨

【제84회】

가보옥의 혼삿말

문장을 시험받던 보옥에게 혼삿말 오르고
교저를 문병갔던 가환은 원한만 사고 마네

試文字寶玉始提親 探驚風賈環重結怨

설부인은 금계 때문에 갑자기 화가 치밀었기 때문에 간의 기가 거꾸로 치솟아 왼쪽 옆구리에 통증을 느꼈던 것이다. 보차는 그 원인을 잘 알고 있으므로 의원을 불러오기 전에 먼저 사람을 시켜 구등[1]을 약간 사오래서 그것을 진하게 한 공기 달여 어머니께 마시도록 했다. 그런 다음 추릉과 함께 설부인의 다리를 주무르고 가슴을 쓸어 드리자, 조금 후에 설부인은 다소 진정이 되었다.

설부인은 슬프기도 하고 분하기도 했다. 분한 것은 금계가 방자하고 밉살스럽기 때문이었고, 슬픈 것은 보차의 어진 인품이 오히려 가련하게 여겨졌기 때문이었다. 보차가 계속 위로하자 설부인은 자기도 모르게 스르르 잠이 들었으며 잠시 자고 일어나자 차츰 분이 풀렸다. 보차가 설부인에게 말했다.

---

1 구등(鉤藤)은 열을 내리고 풍을 완화시키며 놀람을 진정시키는 효과가 있음.

"어머니, 그런 쓸데없는 일일랑 마음에 담아두지 마세요. 며칠 지나서 걸으실 만하게 되면 노마님이나 이모한테 가셔서 얘기라도 나누시면서 언짢은 기분을 푸세요. 집안일은 어쨌든 저하고 추릉이 알아서 할게요. 아무리 막무가내라도 저희들을 어쩌지는 못할 거예요."

설부인은 고개를 끄덕이며 말했다.

"한 이틀 지내보고 그러자꾸나."

한편, 원비의 병이 다 나았기 때문에 온 집안 식구들이 모두 기뻐했다. 며칠 지나자 궁궐로부터 환관 몇 사람이 여러 가지 물건이랑 돈을 가지고 와서 그동안 문병 다니느라고 수고가 많았으므로 이를 하사한다는 귀비마마의 말씀을 전했다. 그러면서 가지고 온 여러 가지 물건들과 돈을 하나하나 자세하게 설명해 주었다. 가사와 가정 등은 가모에게 아뢰고 일동이 원비의 은혜에 감사를 표시하였으며 태감들은 차를 마시고 돌아갔다. 그들이 돌아가고 모두들 가모의 방에 모여 담소를 나누고 있을 때, 밖에서 할멈 하나가 전갈을 했다.

"시동들이 와서 전하는데 저쪽 댁에 웬 손님이 찾아와서 대감님께 중요한 일을 말씀드리고자 한답니다."

"어서 가 보아라."

가모의 말에 가사는 대답하고 그곳을 물러나와 집으로 돌아갔다.

그때 가모가 갑자기 생각이 난 듯 가정에게 웃으며 말했다.

"황후마마께서 보옥이를 여간 염려하시는 게 아니더구나. 지난번에도 각별하게 그 애 일을 물으시지 않던!"

"보옥이가 열심히 공부하려 들지 않아서 황후마마의 기대에 보답하지 못하는 것이 걱정일 따름입니다."

가정이 웃으면서 이야기하자 가모가 다시 말을 이었다.

"그래도 나는 그 애가 요즈음 글도 잘 짓는다고 좋은 말만 아뢰었는걸."

"그놈이 어디 어머님 말씀처럼 해줘야 말이죠."

"그렇지만 자네들이 노상 보옥이를 데리고 다니면서 시나 글을 지으라고 할 때마다 그 애가 다 해내지 않았더냐? 어린애들은 천천히 가르쳐야 하는 법이다. 그야말로 '뚱보는 한 술에 그렇게 살찐 것이 아니다'라는 말도 있지 않니?"

가모의 말을 듣고 가정이 얼른 웃으며 말했다.

"어머님 말씀이 지당하십니다."

"보옥이 얘기가 나왔으니 말인데, 내가 아범하고 상의할 일이 하나 있네. 보옥이도 이제 다 컸으니 너희도 신경 써서 좋은 애를 배필로 정해야 하지 않겠니? 이것 역시 보옥이한테는 종신대사가 아닐 수 없어. 친척간의 멀고 가까움이나 재물의 많고 적음 따위는 따지지 말고 그저 규수의 성품이나 용모가 단정한 것만 잘 살피면 되질 않겠느냐?"

"지당하신 분부십니다. 물론 규수도 좋아야 하겠지만 무엇보다도 그 애 스스로가 열심히 공부해야 하질 않겠습니까? 그렇지 않아서 인재로 크지 못한다면 공연히 남의 집 귀한 딸 신세만 망치게 될 테니 어찌 애석한 일이 아니겠습니까?"

가모는 이 말을 듣고 심사가 편치 않았다.

"말하기로 들자면 그건 너희 부모가 알아서 할 일이니 내가 염려할 일이 아니기는 하다. 그렇지만 생각해 보면 보옥이 그 애는 어려서부터 내 곁에 두고 좀 귀여워한 탓에 어른이 돼서 이뤄야 할 일에 소홀한 면이 있는 것도 같다. 그러나 보옥이는 타고난 용모가 준수하고 심성도 바르기 때문에, 결코 장래성이 없거나 남의 집 딸의 신세를 망치는 지경까지 되지는 않을 것이다. 내가 편애하는 건지도 모르겠지만 내가 보기로는 어쨌든 환이보다는 나은 것 같은데, 너희 생각은 어떤지 모르겠구나."

가모의 말에 가정은 불안하여 얼른 웃음을 지으며 말했다.

"어머님께서는 사람들을 많이 봐오셨으므로 그 애가 장래성이 있다고 말씀하시면 틀림없을 것입니다. 다만 제가 그 녀석이 사람되기를 바라는 마음이 너무 조급해서 그만 옛사람의 말씀과는 정반대로 오히려 '그 아들의 장점을 모른다'[2]는 격이 되고 말았습니다."

이 말에 가모가 웃자 다른 이들도 모두 따라 웃었다.

"너도 이제 나이가 들고 벼슬까지 하고 보니 점점 경험도 많아지고 노련해 지는구나."

가모는 고개를 돌려 형부인과 왕부인에게 웃으면서 말했다.

"생각해보니 아범이 어렸을 때는 괴팍한 성미가 보옥의 배는 되었던 것 같구나. 그러던 것이 장가들더니 차츰 세상물정을 알게 되더구나. 지금은 보옥이를 나무라고 있지만 내가 보기에는 보옥이는 그래도 아범보다는 인정미가 더 있는 것 같아."

이 말에 형부인과 왕부인이 모두 웃었다.

"어머님께서 또 우스갯소리로 저희들을 웃기시는군요."

이렇게 말하고 있는데 어린 시녀들이 와서 원앙에게 고했다.

"저녁 준비가 다 되었다고 노마님께 여쭤주세요."

"너희들 거기서 뭐라고들 소곤거리느냐?"

가모가 묻기에 원앙이 말씀드렸다.

"그렇다면 너희는 모두 밥 먹으러 가거라. 희봉이와 진이 댁만 남아서 나하고 같이 먹자꾸나."

이 말에 가정 및 형부인과 왕부인은 대답하고 밥상 차리는 것을 거들다가 가모가 가라고 다시 재촉하자 그제야 물러나와 각자 흩어졌다.

---

2 《대학》에 "사람들은 자식의 나쁜 점은 모른다[人莫知其子之惡]"는 구절이 있는데, 여기서는 가정이 가모를 기쁘게 하기 위해 일부러 '오(惡)'자를 '미(美)'자로 바꾸어 말함.

형부인은 혼자 돌아갔고 가정과 왕부인은 함께 방으로 왔다. 가정은 방금 가모가 했던 말을 꺼내면서 말했다.

"어머님께서 보옥이를 저토록 귀여워하시니 반드시 그 애한테 견실한 학문을 익히도록 해서 장차 공명이라도 얼마간 떨치게 해야겠구려. 그래야만 어머님의 사랑에도 보답할 수 있고 또 남의 집 딸자식을 고생시키는 일도 없을 테니까 말이오."

이에 왕부인이 맞장구를 쳤다.

"당신 말씀이 백번 옳아요."

가정은 집안에서 일하는 시녀에게 명하여 이귀에게 다음과 같은 말을 전하도록 했다.

"보옥이가 서당에서 돌아오거든 내가 물어볼 것이 있으니 밥 먼저 먹은 다음 나한테 오라고 일러라."

"네" 하고 이귀가 대답했다. 보옥이 서당에서 돌아와 가정에게 문안드리러 가려고 하자 이귀가 불러 세웠다.

"도련님, 벌써 가실 필요 없으세요. 대감님께서 오늘은 밥 먹은 후에 건너오라고 분부하셨답니다. 도련님께 물어보실 말씀이 있으신가 봐요."

보옥은 이 말을 듣고 날벼락을 맞은 것 같았다. 하는 수 없이 가모에게 문안을 드린 다음 대관원으로 돌아와서 밥을 먹었다. 보옥은 밥술을 뜨는 둥 마는 둥 서둘러 양치질을 하고 나서 가정의 처소로 향했다.

가정은 그때 안쪽 서재에 앉아 있었다. 보옥이 들어와서 문안드린 후 한쪽 곁에 공손히 서자 가정이 입을 열었다.

"요 며칠 내가 생각할 일이 좀 있어서 진작부터 네게 묻는다는 것을 깜빡했구나. 지난번에 네 말을 들으니 선생님께서 한 달 동안 해석을 시킨 다음 문장을 짓도록 시킨다고 하셨다는데, 계산해보니 벌써 두 달이 다 되어가는구나. 도대체 문장을 짓고 있기나 한 것이냐?"

"겨우 세 번 지었습니다. 선생님께서 말씀하시기를 우선 아버님께 알리지 말고 좀 나아진 다음에 말씀드리도록 하라고 하셨어요. 그래서 요 며칠 아무 말씀도 안 드렸던 겁니다."

"무슨 제목이었느냐?"

"하나는 '오십유오이지어학〔吾十有五而志於學〕'이고, 다른 하나는 '인부지이불온〔人不知而不慍〕'이며, 또 다른 하나는 '즉귀묵〔則歸墨〕'이라는 세 글자입니다."[3]

"지어 놓은 글들은 가지고 있느냐?"

"모두 정서해서 냈더니 선생님께서 고쳐주셨습니다."

"그것들을 집으로 가져왔느냐 아니면 서당에 두었느냐?"

"서당에 두었습니다."

"사람을 보내 내게 가져다 보이도록 해라."

보옥은 얼른 사람을 보내 배명에게 전하도록 했다.

"서당에 가서 내 책상 서랍 안에서 대나무 종이로 만든 얇은 공책 위에 '창과'[4]라는 두 글자가 쓰여 있는 것을 찾아서 빨리 가져오라고 해."

잠시 후에 배명이 그 공책을 가져오자 보옥은 그것을 가정에게 바쳤다. 가정이 펼쳐 보니 첫 번째 글의 제목은 '오십유오이지어학'이었다. 보옥이 지은 글의 파제[5] 부분에 '성인유지어학, 유이이연의〔聖人有志於學, 幼而已然矣〕'[6]라고 쓰여 있었는데 가대유가 그 '유幼'자를 지우고 '십오

---

3 '오십유오이지어학'은 '나는 열다섯에 학문에 뜻을 두었다'는 뜻이고, '인부지이불온'은 '남이 나를 알아주지 않아도 노여워하지 않는다'는 뜻이며, '즉귀묵'은 '곧 묵가(墨家)로 돌아간다'는 뜻.

4 명청대 유생들의 작문 공책에는 '창과(窓課)'라는 두 글자가 쓰여 있는데. 이는 서당의 창문 아래에서 팔고문을 연습한다는 뜻.

5 파제(破題)는 팔고문의 첫 번째 단계로 한두 구절로써 제목의 요지를 드러내어 설명하는 부분을 가리킴.

6 '성인이 학문에 뜻을 둔 것은 어릴 때부터 이미 그랬다'는 뜻.

十五'라고 그대로 정정해 놓았다.

"네가 쓴 글에서의 '유幼'자는 제목에 들어맞지 않는다. '유'자로 볼 것 같으면 어려서부터 열여섯 이전까지를 모두 '유'라고 하는 것이다. 이 장에 쓰여 있는 것은 성인께서 친히 학문이란 세월과 더불어 진보한다는 것을 말씀하신 것이다. 그래서 십오, 삼십, 사십, 오십, 육십, 칠십 이렇게 확실하게 모두 밝혀서 말씀하신 거다. 그래야만 몇 살쯤 되면 이런 정도가 되고 또 몇 살쯤 되면 저런 정도가 되는지 알 수 있게 되지. 선생님께서 네가 쓴 '유'자를 '십오'로 고치셔서 뜻을 훨씬 명확하게 하신 것이다."

그런 다음 승제[7]를 보니 선생이 지워버린 원고에 이렇게 쓰여 있었다.

'대체로 학문에 뜻을 두지 않는 것은 사람들 사이에 흔히 있는 일이다〔夫不志於學, 人之常也〕.'

이를 본 가정은 고개를 가로저으며 말했다.

"어린애 티를 벗지 못했을 뿐만 아니라 네 본성 자체가 학자가 되고자 하는 뜻이 없음이 드러나 있다."

그 다음 구절을 보니 이렇게 쓰여 있었다.

'성인께서 열다섯 살에 학문에 뜻을 두셨다니 또한 어려운 일이 아닌가〔聖人十五而志之, 不亦難乎〕?'

"이것 역시 말이 안 된다."

가정은 이렇게 말한 다음 다시 가대유가 고쳐 놓은 것을 보았다.

'대체로 사람이라면 누가 배우고자 하지 않겠는가? 그러나 학문에 뜻을 두는 이는 좀처럼 드물다. 성인께서 열다섯이라고 자신 있게 말씀하신 뜻이 여기에 있다〔夫人孰不學, 而志於學者卒鮮. 此聖人所爲自信於十五時

---

7 승제(承題)는 팔고문의 두 번째 단계로 파제에 이어서 주제를 좀더 구체적으로 설명하는 부분을 가리킴.

歟〕.'

이를 보고 가정이 보옥에게 물었다.

"고쳐주신 뜻을 이해하겠느냐?"

"네."

그 다음 두 번째 글을 보니 제목이 '인부지이불온'이었다. 이번에는 대유가 고쳐놓은 것을 먼저 보았다.

'남이 알아주지 않음을 노여워하지 않는 자는 끝내 그 즐거움을 고침이 없다〔不以不知而慍者, 終無改其說樂矣〕.'

그러고 나서 지워버린 보옥의 원고를 힐끔 보며 말했다.

"넌 이게 뭐라고 쓴 거냐? '노여워하지 않을 수 있는 사람이 순수한 학자이다〔能無慍人之心, 純乎學者也〕'라고 했는데 윗구절은 단지 '노여워하지 않는다〔而不慍〕'라는 세 글자의 제목에만 의거해서 쓴 것 같고, 아랫구절은 뒷 문장에 보이는 군자의 경계를 다시 범하였다. 선생님께서 고쳐 주신대로 해야만 제목에 들어맞는다. 그리고 아랫구절에서 윗글의 의미를 보충하는 것이 글 짓는 법이므로 반드시 그런 이치를 잘 터득해야 한다."

보옥이 대답하자 가정은 계속 읽어 내려갔다.

'알아주지 않아도 노여워하지 않는 자가 아직은 없으나 필경 그렇지만은 않다. 기쁘고 즐겁게 하는 이가 아니고서야 어찌 이런 경지에 이를 수 있겠느냐〔夫不知, 未有不慍者也 而竟不然. 是非由說而樂者, 曷克臻此〕?'

보옥이 쓴 원문의 끝 구절에는 '순수한 학자가 아닐까 보냐〔非純學者乎〕?'라고 되어 있었다.

"이것 역시 파제와 같은 결함이 있다. 고치는 것이 좋겠으나 의미가 분명하니 이대로 그냥 두어도 쓸 만하다."

세 번째 글은 '즉귀묵'이었다. 가정은 고개를 들고 잠시 생각에 잠겼다가 보옥에게 물었다.

"글 해석은 여기까지 하였느냐?"

"선생님께서 말씀하시기를 《맹자》가 좀 이해하기 쉬우므로 먼저 《맹자》를 해석하라고 하셔서 사흘 전에 다 끝마쳤습니다. 그래서 지금은 《논어》의 상권을 해석하고 있습니다."

가정이 보니 이번 글의 파제와 승제는 선생이 별로 고치지 않았으며 파제는 다음과 같이 되어 있었다.

'양씨를 버리는 외에는 따로 돌아갈 곳이 없다〔言於捨楊之外, 若別無所歸者焉〕.'

"두 번째 구는 그런 대로 잘되었구나."

가정은 다시 그 아래를 읽었다.

'대체로 묵가墨家는 돌아가고자 하는 곳이 아니다. 그러나 묵가의 말이 이미 천하의 절반에 퍼져 있으니, 양가楊家를 버리고 나서 묵가로 돌아가려 하지 않은들 그렇게 되겠는가?'

"이건 네가 지은 것이냐?"

"네."

가정이 고개를 끄덕이며 말했다.

"이 부분도 그다지 뛰어난 것은 아니지만 첫솜씨로 이만큼 쓸 수 있다면 그래도 괜찮은 편이다. 재작년에 내가 학정學政[8]으로 있을 때 '유사위능〔惟士爲能〕'[9]이라는 제목으로 출제한 적이 있다. 그런데 동생[10]들이 모두 이전 사람들이 지었던 글들을 읽었기 때문에 스스로 생각해서 짓지 못하고 대부분 그대로 베껴서 냈었다. 너도 읽은 적이 있느냐?"

"네, 저도 읽은 적이 있습니다."

---

8 각 성에 파견되어 생원들의 등락을 관리하는 관원.

9 '오직 선비만이 할 수 있다'는 뜻.

10 동생(童生)이란 과거를 준비하기 위해 학교에 입학하고자 하는 응시생을 가리킴.

"그럼 새로운 뜻으로 글을 다시 지어 보도록 해라. 옛 사람들의 글을 모방하지 말고 파제만 짓도록 하여라."

보옥은 하는 수 없이 고개를 숙이고 머리를 쥐어짰다. 가정도 뒷짐을 지고 문 앞에 서서 생각에 잠겼다. 그때 시동 하나가 문밖으로 급하게 뛰어 가다가 가정을 보고 얼른 몸을 비켜 손을 모으고 섰다.

"무슨 일이냐?"

가정이 묻자 시동이 대답하였다.

"노마님 계신 곳에 설씨 댁 마님께서 오셨습니다. 그래서 둘째 아씨께서 저녁 준비하라는 말씀을 전하라고 하셨어요."

가정이 듣고 아무 말 하지 않자 시동은 그대로 가버렸다.

그런데 보옥은 보차가 이사 간 이후로 보고 싶어 죽을 지경이었는데, 설부인이 왔다는 소식을 듣고 보니 보차도 같이 왔으리란 생각에 마음이 여간 바쁜 것이 아니었다. 그래서 보옥은 큰맘 먹고 가정에게 말했다.

"파제를 하나 짓기는 했지만 옳게 되었는지는 모르겠습니다."

"그럼 한번 읽어 봐라."

가정의 분부에 보옥이 읽어 내려갔다.

'천하에 다 선비만 있는 것은 아니니, 재산을 갖지 않으려 할 수 있는 자는 드물다〔天下不皆士也, 能無産者亦僅矣〕.'

가정은 듣더니 고개를 끄덕이며 말했다.

"그런 대로 괜찮다. 앞으로 글을 지을 때는 언제든지 경계를 분명히 하여 생각과 이치를 확실하게 가다듬은 다음 붓을 들도록 하여라. 참, 네가 여기 온 것을 할머님께서 아시느냐?"

"네, 알고 계십니다."

"그렇다면 이제 그만 할머님께 가보도록 해라."

이 말에 보옥은 천천히 물러나는 척하더니만, 뒤 건물로 통하는 복도

끝 원형문의 가림벽을 지나서부터는 가모 처소의 문 앞까지 쏜살같이 달음박질쳤다. 이에 놀란 배명이 뒤쫓아 오며 소리를 질렀다.

"그러다가 넘어지시겠어요! 저기 대감님 오셔요."

그러나 이 소리가 보옥의 귀에 들어올 리 만무했다. 막 문을 들어서자 왕부인과 희봉, 탐춘 등의 웃음소리가 들려왔다.

시녀들은 보옥이 온 것을 보고 얼른 문발을 걷어주며 나지막한 소리로 알려 주었다.

"설씨 댁 마님께서 와계셔요."

보옥은 얼른 들어와서 설부인에게 문안 인사를 올린 다음, 그제야 가모에게로 와서 저녁 문안인사를 드렸다.

가모가 보옥을 보고 물었다.

"오늘은 어째서 이렇게 늦게 공부를 마쳤느냐?"

보옥은 가정이 자기가 지은 글을 살펴본 일이랑 파제를 지으라고 분부한 일들을 소상히 아뢰었다. 그러자 가모는 만면에 웃음을 지었다.

"그런데 보차 누나는 어디 있나요?"

보옥이 주위 사람들에게 묻자 설부인이 웃으며 대답했다.

"보차는 오지 않았단다. 집에서 향릉과 할 일이 좀 있거든."

이 말에 보옥은 맥이 탁 풀렸으나 그냥 갈 수도 없는 노릇이었다. 이야기를 나누고 있는 동안 밥상이 들어왔다. 가모와 설부인이 상석에 앉고 탐춘 등은 옆자리에 앉았다.

"보옥이는 어디 앉나요?"

하고 설부인이 물으니 가모가 웃으며 말했다.

"보옥이는 내 옆에 앉으렴."

가모의 말에 보옥이 얼른 말씀드렸다.

"아까 서당에서 돌아왔을 때 이귀가 전하기를 아버님께서 밥부터 먹고 건너오라고 하셨답니다. 그래서 허둥지둥 반찬 하나를 달래서 찻물에 밥 한 공기를 말아먹고 바로 아버님께 갔었어요. 그러니 할머님께서는 이모님, 누나들과 드시도록 하세요."

"그렇다면 희봉아, 네가 내 곁에 앉아라. 네 시어머니가 방금 오늘은 소식素食을 해야 한다고 하더구나. 그러니 그 사람들은 돌아가서 먹으라고 하구."

왕부인도 희봉에게 말했다.

"네가 할머님과 설씨 댁 마님을 모시고 밥을 먹어라. 나는 기다릴 필요 없다. 소식을 할 거니까."

왕부인의 말에 따라 희봉이 가모의 곁에 앉았다. 시녀가 잔과 젓가락을 가져다 놓자 희봉은 주전자를 들고 돌아가며 술을 죽 따른 다음 돌아와서 다시 자리에 앉았다.

모두들 술을 마시고 있을 때 가모가 물었다.

"방금 설부인께서 향릉이 얘기를 꺼냈던 것 같은데, 전에 시녀들이 '추릉'이라고 부르기에 누군가 몰라서 물었더니 바로 그 애라지 뭡니까? 왜 멀쩡한 애의 이름을 바꿨나요?"

설부인은 얼굴이 새빨개지면서 한숨 쉬며 말했다.

"노마님, 말씀 마세요. 설반이 금계 같은 악다구니를 아내로 맞은 이후론 온 집안이 벌집을 쑤셔 놓은 것 같아서 요즈음은 사람 사는 집 같지 않답니다. 제가 여러 번 타일렀건만 쇠귀에 경 읽기인걸요. 이제 저도 그 애들하고 밤낮 다툴 힘도 없고 해서 그저 하는 대로 내버려두고 있습니다. 그랬더니만 며느리가 시녀아이 이름이 좋지 않다면서 바꿔버렸지 뭡니까."

"이름이 뭐 그리 중요해서요?"

"말씀드리려니 정말 창피해 죽겠어요. 사실 할머님께서 모르시는 게 어디 있으시겠습니까? 며느리가 어디 이름이 나쁘다고 그런 거겠어요. 보차가 지어줬다는 소리를 듣고 바꾸려고 든 겁니다."

"그건 또 무슨 까닭인가요?"

설부인은 손수건으로 연신 눈물을 훔치면서 이야기를 하려다가 또다시 한숨을 내쉬고는 말을 이었다.

"할머님께서는 아직 모르시겠지만 요즈음 며느리가 보차를 못 잡아먹어서 안달입니다. 지난번 할머님께서 저희 집에 사람을 보내셨을 때도 한바탕 소란이 일던 중이었어요."

"그래서 지난번에 설부인께서 화나는 일이 있어 몸이 편치 않다는 소리가 들렸군요. 사람을 보내 병문안 드리려고 했는데 곧 좋아지셨다고 하기에 보내지 않았습니다. 제 말씀대로 설부인께서는 그 애들 일로 속 썩지 마십시오. 더욱이 그 애들은 결혼한 지 얼마 안 된 젊은 부부라서 그럴 것이니, 시간이 좀 지나면 자연히 나아질 겁니다. 제가 보기에는 보차 그 아이 성격이 온화하고 차분해서 비록 나이는 어리지만 어른보다 몇 배 나은 것 같아요. 지난번에 시녀애가 돌아와서 하는 얘기를 듣고 우리는 한참 동안 그 애 칭찬을 했답니다. 보차 같은 심성과 성격을 지닌 규수는 백에 하나도 찾기 어려울 겁니다. 실례를 무릅쓰고 말씀드리자면 어느 집 며느리가 되든지 시부모의 사랑을 듬뿍 받을 것은 물론, 아랫사람, 윗사람 모두 그 애를 따르지 않는 이가 없을 거예요."

보옥은 아까부터 어른들 말씀이 지루하게 느껴져서 핑계를 대고 가려던 참이었으나, 이런 얘기가 나오자 그대로 앉아서 멍하니 듣고 있었다. 설부인이 계속 말을 이었다.

"그래도 소용없답니다. 보차가 제아무리 착실하다 해도 어쨌든 딸아이가 아닙니까? 저는 반이 같은 망나니 아들놈을 뒀기 때문에 정말이지 한시도 마음을 놓을 수가 없어요. 밖에서 술 먹고 말썽이나 피우지 않을까 늘 걱정입니다. 다행스럽게도 할머님 댁의 진 서방님과 련 서방님께서 늘 그 애와 함께 있어 주시기에 제 마음이 좀 놓인답니다."

여기까지 듣고 있던 보옥이 한마디 끼어들었다.

"이모님, 그런 걱정 마세요. 형님이 사귀는 분들은 모두 착실한 거상巨商들이고 체면을 아는 이들인데 어찌 불미스러운 일들이 벌어지겠어요?"

이에 설부인이 웃으며 말했다.

"네 말대로만 되어 준다면 걱정할 필요가 뭐 있겠니?"

이렇게 이야기를 나누는 동안 식사가 모두 끝났다. 보옥은 밤에 또 공부를 해야 한다면서 먼저 자리를 떴고, 다른 이들도 각자 자기 처소로 돌아갔다.

가모의 처소에서 시녀들이 막 차를 들고 오는데 호박이 가모에게 다가가서 귓속말로 뭐라고 소곤거렸다. 그러자 가모가 희봉에게 말했다.

"희봉아, 빨리 교저한테 가 보아라."

희봉은 무슨 영문인지 몰라 어리둥절했고, 다른 이들도 이 말을 듣고 걱정스런 마음이 들었다. 호박이 마침내 희봉에게 와서 알려 주었다.

"방금 평아가 사람을 보내서 아씨께 전하라고 했어요. 교저가 병이 난 것 같다면서 아씨께서 얼른 오시는 게 좋겠답니다."

"어서 가 보아라. 설부인은 손님이 아니시잖니."

가모의 말에 희봉은 얼른 대답하고는 설부인에게 먼저 가겠다고 인사를 드렸다. 이에 왕부인도 걱정스럽게 말했다.

"먼저 가거라. 나도 곧 가 볼 테니까. 어린애의 혼은 아직 단단하게 붙어있지 않는 법이니까 시녀들이 놀라서 소란을 떨지 않도록 주의시키고, 방 안의 고양이나 개도 가까이 오지 못하게 잘 지키도록 해라. 아이가 귀한 집에서는 이런 잔병치레를 자주 하게 마련이다."

희봉은 시녀를 데리고 자기 방으로 돌아갔다.

한편 설부인은 가모에게 대옥의 병에 대해 물었다.

"대옥이는 나무랄 데 없는 아이지만 너무 침울해서 몸이 그다지 건강

하질 않아요. 영리한 것으로 치자면 보차와 견줄 만하지만 너그럽게 사람들을 대하는 면에서는 보차처럼 포용력이 있거나 겸손하지 못하답니다."

설부인은 몇 마디 한담을 나누다가 가모에게 말했다.

"노마님, 그럼 좀 쉬세요. 보차와 향릉만 두고 와서 저도 이제 집에 가봐야 할 것 같습니다. 가는 길에 언니와 함께 교저한테 가보겠어요."

"그러는 게 좋겠군요. 설부인처럼 연세 드신 분께서 좀 보시고 어디가 안 좋은지 알려 주시면 그 애들한테 도움이 될 겁니다."

설부인은 하직인사를 하고 나서 왕부인과 함께 그곳을 물러나와 희봉의 처소로 향했다.

한편, 가정은 보옥을 한차례 시험해보고 난 뒤 마음이 흐뭇해져서 바깥채로 나와 문객들과 한담을 나눴다. 그러면서 방금 전 보옥을 시험했던 일을 화제에 올렸는데, 최근에 식객으로 들어온 사람 중에 바둑을 잘 두는 작매作梅 왕이조王爾調라는 사람이 말했다.

"저희들이 보기에는 보옥 도련님의 학문이 상당히 좋아지신 것 같습니다."

"좋아졌다고 할 수는 없지요. 그저 약간 이해하고 있을 따름이니 '학문'이란 두 글자를 쓰기에는 아직 이릅니다."

가정의 말에 첨광詹光이 한마디 하였다.

"그것은 대감님께서 지나치게 겸손하신 말씀이십니다. 왕형만 그렇게 생각하는 것이 아니라 우리가 보기에도 보옥 도련님께서는 반드시 우수한 성적으로 과거에 급제하실 것입니다."

이에 가정이 웃으며 말했다.

"이 모두 여러분께서 우리 애를 좋게 봐주셔서 그런 겁니다."

왕이조가 다시 입을 열었다.

"외람됨을 무릅쓰고 대감님께 의논드릴 일이 있어서 한 말씀 올리겠습니다."

"무슨 일이신지요?"

왕이조가 웃으며 말했다.

"시생과는 잘 아는 사이입니다만 남소南韶의 도대道臺[11]를 지냈던 장대감 댁에 따님 한 분이 있는데, 듣자니 품성이나 인물, 재주 등이 나무랄 데 없는 규수랍니다. 그런데 아직까지 혼처가 정해지지 않았답니다. 그는 재산이 어마어마하게 많지만 아들이 없습니다. 그렇기 때문에 지위도 높고 재산도 많은 집안이어야 하고 또 사위도 출중해야만 혼인을 맺겠다고 합니다. 시생이 이곳에 온 지 두 달 정도 되었는데 그동안 보옥 도련님의 인품과 학문을 살펴보니 반드시 큰 인물이 되실 것 같습니다. 가문으로 치자면 대감님 댁과 같은 가문이야 더 말할 나위도 없고요. 만약 제가 나서서 중매를 선다면 반드시 성사될 수 있을 것입니다."

"보옥이도 이제 장가들 나이가 되었지요. 그리고 어머님께서도 늘 장가보내야겠다는 말씀을 하십니다. 그렇지만 장대감은 평소 잘 알지 못하던 분이군요."

첨광이 거들었다.

"왕형이 말한 장씨 댁을 저도 잘 압니다. 더구나 저쪽 큰 대감님과는 친척관계에 있는 사람이지요. 물어보시면 금방 아실 겁니다."

가정은 잠시 생각해 보더니 말했다.

"형님께 그런 친척이 있었다는 얘기는 들어보지 못했는걸요."

"대감님께서는 모르고 계셨겠지만 그 장씨 댁은 원래 형덕전邢德全서방님과 친척간이십니다."

---

11 청대 행정구역의 하나인 도(道)의 장관을 일컫는 존칭어.

첨광의 말을 듣고 가정은 그제야 형부인의 친척임을 알았다. 가정은 잠시 더 앉아 있다가 방으로 돌아와서 왕부인에게 말하여 이 일을 형부인에게 물어보라고 할 참이었다. 그러나 왕부인은 설부인과 함께 교저를 보러 희봉의 처소에 가고 없었다. 그날 등불을 켤 때쯤 설부인이 돌아갔으므로 왕부인은 그제야 건너왔다. 가정은 왕부인에게 왕이조와 첨광에게 들은 이야기를 들려주고, 또 교저가 어떤지를 물었다.

"아무래도 경기를 한 것 같아요."

"심하지는 않소?"

"보기에는 경련을 일으킬 것 같았지만 아직 그러지는 않았어요."

가정은 이 말을 듣고 더 이상 아무 말도 하지 않았으며 두 사람은 각각 잠자리에 들었다. 그날 밤 일은 더 이상 이야기하지 않겠다.

다음 날 형부인이 가모의 처소로 문안드리러 왔을 때 왕부인은 장씨에 대한 말을 꺼내면서 가모에게 말씀드린 뒤 형부인에게 물었다.

"장씨네는 비록 오랜 친척이긴 하지만 근년 들어 거의 소식이 끊긴 상태라서 그 댁 따님이 어떤지는 모르겠습니다. 다만 며칠 전에 영춘의 시어머니가 안부를 전하라고 할멈 하나를 보냈는데 그 할멈이 장씨 집 이야기를 하더군요. 그 집에 딸아이가 하나 있어서 사돈인 손씨 댁한테 걸맞은 혼처를 알아봐 달라고 했나 봅니다. 듣기로는 그 애가 무남독녀여서 응석받이로 컸으며 글도 조금 알고 있고, 바깥의 시끄러운 일들을 보려하지 않아서 늘 집 안에만 있답니다. 장대감은 또 딸 아이 하나밖에 없으므로 시집보내기를 꺼린다나요. 시어머니가 엄하면 견뎌내지 못할 것 같아서 데릴사위를 들여 집안일을 맡기려고 한답니다."

가모가 듣고 있다가 말이 채 끝나기도 전에 가로막았다.

"그런 혼사는 절대로 안 된다. 다른 사람이 우리 보옥이 시중을 들어도 시원치 않을 판에 남의 집 살림살이를 맡아서 하다니!"

"어머님 말씀이 지당하십니다."

형부인이 이렇게 말하자 가모는 왕부인에게 일렀다.

"돌아가서 네 남편에게 내 말을 전해라. 장씨와의 혼사는 절대로 안 된다고 말이다."

이에 왕부인이 그렇게 하겠다고 대답하였고, 가모는 화제를 돌려 왕부인에게 물었다.

"어제 교저를 보러 갔다더니 좀 어떻더냐? 평아가 처음 와서 하는 소리를 들어보면 많이 안 좋은 것 같아서 나도 가볼까 생각중이다."

형부인과 왕부인이 말했다.

"어머님께서 아무리 그 애를 귀여워하실지라도 직접 가시면 희봉이가 송구스러워서 어쩔 줄 모를 겁니다."

"꼭 그 애 때문에 가려고 한다기보다는 나도 좀 움직여서 근력을 키우려는 거다."

가모는 이렇게 말하면서 형부인과 왕부인에게 분부를 내렸다.

"너희는 가서 밥을 먼저 먹도록 해라. 밥 먹고 와서 함께 가보자꾸나."

두 사람은 물러 나와서 각자 제 방으로 갔다. 잠시 후 식사를 마친 형부인과 왕부인은 가모의 처소로 와서 가모를 모시고 희봉의 방으로 갔다. 희봉은 황급히 문밖으로 나와서 그들을 맞이했다. 가모가 교저의 병세가 어떠냐고 묻자 희봉이 대답했다.

"아마도 경기인 것 같아요."

"그렇다면 왜 빨리 의원을 불러다 보이질 않는 게냐?"

"벌써 부르러 보냈습니다."

가모가 형부인, 왕부인과 함께 방 안에 들어가 보니, 유모가 교저를 연분홍색 비단 솜이불에 싸서 안고 있는데 얼굴색은 창백하고 눈초리와 콧방울이 조금씩 움직이는 것 같았다. 가모가 형부인, 왕부인과 함께 교저를 살펴본 후 바깥채로 나와 앉아서 이야기를 나누고 있을 때 어린 시녀 하나가 희봉에게 전갈을 했다.

"대감님께서 사람을 보내 교저가 어떤지 물어오셨습니다."

"나 대신 대감님께 의원을 부르러 보냈다고 말씀 올리고, 잠시 후 처방을 받은 후에 뵈러 가겠다고 전하여라."

그때 가모는 갑자기 장씨의 일이 생각나서 왕부인에게 말했다.

"어서 가서 보옥 아범에게 말해 놓는 것이 좋겠다. 그래야만 남이 혼삿말을 넣었다가 거절당하는 일이 없을 게 아니냐?"

그리고는 또 형부인에게 물었다.

"그런데 너희는 요즈음 그 장씨네와 왜 왕래가 없었느냐?"

"장씨네의 처사를 생각해보면 우리와 사돈 맺기는 어려울 것 같아요. 아주 인색하거든요. 혼담이 오가는 것조차 보옥에게는 모욕이 아닐 수 없어요. 그럴 수는 없지요."

희봉은 이 말을 듣더니 대강 눈치를 채고 물었다.

"어머님께서는 보옥 도련님의 혼사 얘기를 하고 계시는 것 아니세요?"

"누가 아니라니?"

이에 가모는 방금 전에 들은 얘기를 희봉에게 해주었다. 그 얘기를 듣고 희봉이 웃으며 말했다.

"제가 할머님과 어머님, 작은 어머님 앞에서 당돌한 말씀을 올리는 건 아닌지 모르겠사오나 천생연분인 혼처가 있는데 뭐 하러 다른 데서 찾으시나요?"

가모가 웃으며 물었다.

"어디 있다는 말이냐?"

"하나는 '보배 구슬'이고 다른 하나는 '금 목걸이'인 걸 할머님께서는 어째서 잊으셨어요?"

이 말에 가모가 웃으면서 말했다.

"어제 설부인께서 여기 오셨을 때 왜 그 말을 꺼내지 않았느냐?"

"할머님과 어머님, 그리고 작은 어머님 앞인데 어찌 저 같은 아랫사람이 그런 소리를 할 수 있겠어요? 더구나 설부인께서는 할머님을 뵈러 온 것인데 더더군다나 그런 말씀을 꺼내기 어렵지요. 이런 경우에는 어머님이나 작은 어머님께서 직접 가서 청혼하셔야 맞는 일이 아니겠어요?"

희봉의 말에 가모가 웃자 형부인과 왕부인도 따라 웃었다.

"내가 노망이 났나 보다. 그런 걸 다 깜빡했으니 말이다."

가모가 이렇게 말하고 있는데 밖에서 전갈이 왔다.

"의원께서 오셨습니다."

가모는 그대로 바깥채에 앉아 있고 형부인과 왕부인은 잠시 자리를 피했다. 의원이 가련과 함께 들어와서 가모에게 문안 인사를 올린 후 방으로 들어갔다. 의원은 진찰을 마치고 나와 마당에 내려서서 허리를 굽히며 가모에게 고했다.

"애기씨는 내열이 있는 데다가 경기까지 겹치셨습니다. 그래서 먼저 풍담風痰을 발산시키는 약을 한 제 먹인 후 다시 사신산四神散을 써야만 될 것 같습니다. 병세가 가볍지 않기 때문입니다. 요즈음 시중에 나도는 우황牛黃은 모두 가짜이므로 진짜 우황을 구해서 쓰셔야만 합니다."

가모가 수고했다는 말을 하자 의원은 가련과 함께 나가서 처방을 써 주고 돌아갔다.

"인삼은 집에 떨어지지 않고 있는데 우황은 없는 것 같아요. 그러니 밖에서 사와야 하겠어요. 진짜를 구해야 할 텐데요."

희봉이 이렇게 걱정하자 왕부인이 말했다.

"내가 설부인께 사람을 보내서 구해보도록 하마. 그 집의 설반이 서역의 행상들과 거래를 해왔으니 혹시 진짜를 구할 수 있을지도 모르겠구나. 내가 사람을 보내서 물어 보마."

이런 얘기를 나누는 동안 여러 자매들이 교저의 병문안을 와서 잠시 앉았다가 모두 가모 등을 따라 돌아갔다.

희봉의 처소에서는 약을 달여 교저에게 먹였더니 웩하는 소리와 함께 먹었던 약이랑 가래를 모두 토해냈으므로 희봉은 그제야 좀 마음이 놓였다. 그때 왕부인 처소의 시녀가 붉은 종이에 싼 자그마한 것을 들고 와서 말했다.

"아씨, 우황을 가져왔어요. 마님께서 말씀하시기를 아씨께서 직접 분량을 달아서 쓰시랍니다."

희봉은 그것을 받아 평아에게 진주眞珠와 빙편冰片과 주사朱砂를 빨리 달이라고 하고, 자기는 약재를 다는 작은 저울로 처방에 따라 달아서 거기에다 섞은 다음 교저에게 먹이려고 깨어나기를 기다리고 있었다. 그때 가환이 주렴을 걷고 들어오며 말했다.

"형수님, 교저는 좀 어때요? 어머니께서 저더러 한 번 가보라고 하셔서 왔어요."

희봉은 그들 모자의 꼴만 봐도 역겨운 터였다.

"많이 좋아졌어요. 돌아가거든 어머니께 걱정해줘서 고맙다고 전해주세요."

그런데 가환은 건성으로 대답만 하고는 사방을 이리저리 두리번거리는 것이었다. 가환은 쓱 한 번 둘러보고 나더니 희봉에게 물었다.

"듣자니 여기에 우황이 있다던데 어떻게 생겼는지 좀 보여주세요."

"애가 이제야 겨우 좀 나아졌는데 여기서 시끄럽게 굴지 말아요. 우황은 모두 달이고 없어요."

가환이 그 소리를 듣더니 손을 뻗쳐 약탕관을 가져다 보려다가 그만 미처 손을 쓸 겨를도 없이 약탕관을 엎질러서 쉬익하는 소리와 함께 화롯불이 절반이나 꺼져버렸다. 이 광경을 본 가환은 큰일 났다 싶어서 그대로 뺑소니쳐버렸다. 희봉은 화가 머리끝까지 나서 마구 욕을 퍼부었다.

"아이고, 이 평생의 원수놈아! 어쩌자고 와서 심술을 부리는 거냐? 이전에는 네 어미가 나를 죽이려고 들더니 이젠 네놈이 우리 애를 죽이려 드는구나. 너하고는 대대로 원수지간일 게다. 이 죽일 놈아!"

희봉은 그러면서 왜 잘 살피지 못했느냐고 평아를 꾸짖었다. 그때 시녀 하나가 가환을 찾으러 왔기에 희봉이 그 시녀에게 쏘아붙였다.

"가거든 조이랑한테 전해라. 여러 가지로 걱정해줘서 정말 고맙다고 말이다. 교저는 이제 죽게 되었으니 더 이상 걱정하지 않아도 된다고 그래."

평아가 황급히 약을 조합하여 다시 달이는데 그 시녀가 어찌 된 영문인지 몰라서 살그머니 평아에게 물었다.

"아씨께서 왜 화가 나셨나요?"

평아가 가환이 약탕관을 뒤엎은 일을 알려주자 그 시녀가 말했다.

"그래서 집에 들어올 엄두를 못 내고 다른 곳에 숨었나 보군요. 정말이지 환이 도련님은 앞으로 뭐가 될지 모르겠어요. 평아 언니, 제가 그 일을 할게요."

"그럴 필요 없어. 다행스럽게도 우황이 아직 조금 남아 있어서 방금 섞어 넣었으니 너는 가보도록 하렴."

"돌아가서 꼭 조이랑에게 말할게요. 그래야 날마다 큰소리치는 그 입을 좀 틀어막을 수 있지요."

시녀는 돌아가서 과연 조이랑에게 그 일을 말했다. 그랬더니 조이랑은 버럭 화를 내며 소리를 질러댔다.

"빨리 환이 놈을 찾아오너라."

환이가 바깥채 방에 숨어 있다가 시녀에게 들키는 바람에 끌려오자 조이랑은 마구 욕을 퍼부었다.

"이 빌어먹을 종자야! 왜 남의 약은 엎질러서 욕을 얻어먹는 거냐? 가서 들어가지는 말고 인사만 하고 나오라고 하지 않았더냐. 기어코 들어갔으면 바로 나올 일이지 잠자는 호랑이의 코털을 건드리다니 어쩌자고 그랬느냐. 대감님께 일러 바쳐서 흠씬 두들겨 맞게 할 테다."

조이랑이 이런 욕지거리를 늘어놓고 있을 때 가환이 바깥채에서 더욱 끔찍한 얘기를 하는 것이었다. 무슨 말을 했는지는 다음 회를 보시라.

賈存周
報陞
郎中任
薛文起
復惹
放流刑

제85회

죄 짓고 유배 가는 설반

가정은 벼슬 올라 낭중으로 승진하고
설반은 또다시 살인하여 유배 떠나네

賈存周報升郎中任 薛文起復惹放流刑

조이랑이 방 안에서 가환을 원망하자 가환이 바깥방에서 큰 소리로 떠들어댔다.

"난 그저 약탕관을 쏟아서 약을 조금 엎지른 것뿐이야. 그랬다고 그깟 계집애가 죽은 것도 아닌 걸 가지고, 왜 계집애 어미도 욕하고 엄마도 욕하면서 내가 심보가 나빠서 그렇다고 나를 죽어라 몰아세우고 야단이야? 두고 보라지. 내가 내일 그 계집애를 죽여 버릴 테야. 그년들더러 단단히 조심하고 있으라고 그래."

이 말을 듣고 조이랑은 기겁해서 안에서 뛰어 나와 가환의 입을 틀어막으며 말했다.

"이놈아, 네가 아직도 입에서 나오는 대로 함부로 지껄이는구나. 네가 죽이기 전에 남이 먼저 와서 네놈을 죽이고 말겠다!"

조이랑과 가환은 이렇게 모자간에 한바탕 옥신각신하였다. 조이랑은 희봉의 말이 떠오르자 생각하면 할수록 화가 치밀어서 희봉에게 사람을 보내 미안하다는 말도 전하지 않았다. 며칠이 지나자 교저의 병도 완쾌되었다. 그러나 이번 일로 인해 양측의 원한은 이전보다 더 깊어졌다.

하루는 임지효林之孝가 와서 가정에게 아뢰었다.

"오늘이 북정군왕北靜郡王님 생신인데 어떻게 해야 할지 분부를 내려주십시오."

"해마다 해오던 전례대로 하고 큰 대감님께 말씀 올린 후 보내거라."

임지효는 대답하고 처리하러 나갔다.

잠시 후 가사가 가정에게 와서 상의한 끝에 가진, 가련과 보옥을 데리고 북정왕의 생신을 축하드리러 가기로 하였다. 다른 사람은 몰라도 보옥이만큼은 평소부터 북정왕의 용모와 위엄 있는 풍채를 흠모하여늘 만나보고 싶어했으므로 얼른 옷을 갈아입고 어른들을 따라 북정왕부로 갔다. 가사와 가정은 직명을 새긴 명함을 전한 뒤 분부를 기다렸다. 얼마 지나지 않아 안으로부터 태감 하나가 염주를 굴리며 나와서 가사와 가정을 보고 히죽 웃으며 말했다.

"두 분 대감님, 그동안 별고 없으셨습니까?"

가사와 가정도 얼른 안부를 물었고 가진과 가련, 보옥의 삼형제도 태감에게 다가가서 문안 인사를 하였다.

"전하께서 안으로 듭시랍니다."

이 말에 부자 다섯 사람은 태감을 따라 부중으로 들어갔다. 어문을 둘이나 지나고 어전을 돌아드니 비로소 그 안쪽이 내궁문이었다. 그들은 내궁문에 이르러 멈춰 섰고 태감은 군왕에게 아뢰러 먼저 들어갔다. 그때 어문을 지키던 소태감들도 모두 마중을 나와 문안 인사를 했다. 잠시 후 그 태감이 나와서 "어서 들어오시랍니다"라고 말하자 그들 다섯 사람은 조심스럽게 따라 들어갔다.

북정군왕은 예복을 차려 입고 어전 문 앞의 낭하까지 마중 나와 있었다. 가사와 가정이 먼저 문안을 올리고 나서 가진, 가련, 보옥이 차례대로 문안을 올렸다. 북정군왕은 유독 보옥의 손을 잡고 말을 건넸다.

"오랫동안 만나지 못했구나. 어떻게 지내는지 늘 궁금했었다."

그러면서 또 웃으며 물었다.

"그래 네 옥도 무사히 있느냐?"

보옥은 몸을 굽혀 오른쪽 무릎을 낮추며 대답했다.

"전하의 은덕으로 잘 있습니다."

"오늘 네가 이렇게 왔는데도 특별히 맛있는 걸로 대접할 것은 없고 그저 모두 함께 얘기나 나누도록 하자꾸나."

북정왕이 이렇게 말하자 환관 몇이 주렴을 들어 올렸다. 북정왕은 "어서들 들어갑시다"라고 말하면서 먼저 안으로 들어갔으며, 가사 등은 모두 허리를 굽히고 그 뒤를 따라 들어갔다. 먼저 가사가 북정왕에게 예를 드리려고 하자 북정왕이 사양하는 말을 몇 마디 했지만 가사는 이미 무릎을 꿇고 있었으며, 그 뒤를 이어 가정 등이 차례로 예를 드린 것은 두말할 나위도 없다.

예를 갖춘 후 가사 등은 엄숙한 태도로 다시 물러 나왔다. 북정왕은 태감들에게 여러 친척이나 친구들처럼 그들도 잘 대접하라고 이르고는 보옥이만 따로 남겨서 이야기를 나누자며 자리까지 권했다. 보옥은 머리를 조아려 은혜에 감사드린 후, 문 가까이에 있는 도자기로 만든 북 모양의 걸상에 다소곳하게 앉아서 독서와 작문에 관한 여러 가지 일들을 아뢰었다. 북정왕은 보옥을 더욱 귀엽게 여겨 차를 하사하면서 말했다.

"어제 순무巡撫[1]로 있는 오吳대인이 황제폐하를 알현하여 너의 부친이

---

1 한 개의 성(省)을 다스렸던 지방장관.

전에 학정으로 있을 때 처사가 공평하여 모든 생원生員이나 동생童生들이 탄복하였다고 아뢰었다 하더구나. 그때 황제 폐하께서도 오대인에게 하문하신 바가 있었는데 그가 적극 천거하였다고 하니 네 부친에게 좋은 소식이 있을 것이다."

보옥은 얼른 일어나서 북정군왕의 말이 끝나기를 기다려 아뢰었다.

"모두가 군왕님의 은혜와 오대인의 호의 덕분입니다."

이렇게 말하고 있을 때 소태감이 들어와서 말했다.

"바깥의 여러 대감들께서 전전前殿에 모여 전하께서 베풀어주신 연회에 감사를 표하셨습니다."

그러면서 그는 연회에 감사드리며 인사를 올리는 이들의 명함을 올렸다. 북정왕은 잠시 훑어보더니 도로 소태감에게 주면서 웃으며 말했다.

"알았다. 모두들 수고했다고 전하여라."

소태감은 또 다음과 같이 아뢰었다.

"전하께서 가보옥을 위해 따로 내리신 식사준비도 다 되었습니다."

북정왕은 그 태감에게 명하여 아주 자그마하면서도 운치 있는 정원으로 보옥을 데리고 가서 사람을 시켜 보옥의 식사시중을 들도록 했다. 식사를 마치고 난 보옥은 다시 그곳으로 와서 북정왕의 은혜에 감사드렸다. 북정왕은 보옥과 또 여러 가지 덕담을 나누다가 갑자기 웃으면서 말했다.

"내가 전에 너를 만났을 때 네 옥구슬을 보고 아주 흥미롭다는 생각이 들더구나. 그래서 돌아와서는 그 모양대로 하나 만들어 오라고 했단다. 오늘 마침 네가 왔으니 가지고 가서 노리개로 삼도록 해라."

그러면서 소태감에게 그 옥구슬을 가지고 오라고 해서 보옥에게 주었다. 보옥은 그 옥구슬을 받아들고서 다시 은혜에 감사드린 후 물러나왔다. 북정왕은 어린 태감 둘에게 보옥을 전송하도록 하였고, 보옥은 가사 등과 함께 집으로 돌아왔으며, 집으로 돌아온 가사는 자기 처소로 갔다.

가정은 세 사람을 데리고 돌아와서 가모에게 문안을 드리고 북정왕부에서 만난 사람들의 이야기를 하였다. 보옥은 또한 가정에게 오대인이 황제폐하를 알현하였을 때 그를 천거하였다는 말을 전했다. 이 말을 들은 가정은 다음과 같이 말했다.

"그 오대인은 본래 우리와 사이가 좋은 편이고, 우리 또래 가운데서도 기개가 있는 사람입니다."

가정이 이어서 몇 마디 한담을 하자 가모가 "이제 그만 돌아가서 쉬어라"라고 하였으므로 가정은 물러 나왔으며 가진과 가련, 보옥도 문 앞까지 따라나왔다.

"너희는 도로 들어가서 할머님을 좀더 모시고 앉아있거라."

가정은 이렇게 말하고 자기 방으로 돌아갔다. 방에 돌아와 잠시 좀 앉아 있노라니 어린 시녀 하나가 와서 아뢰었다.

"밖에 임지효 집사님이 와서 대감님께 드릴 말씀이 있다고 합니다."

그러면서 붉은색의 명함을 건넸는데 거기에는 오순무의 이름이 적혀 있었다. 가정은 오대감이 방문한 것을 알고 어린 시녀에게 임지효를 들라고 일렀다. 가정이 일어나서 복도의 처마까지 나갔을 때 임지효가 들어오며 아뢰었다.

"오늘 순무 오대인께서 방문하셨기에 소인이 대감님께서 안 계신다고 말씀 올렸습니다. 그리고 소인이 듣자니 지금 공부工部에 낭중郎中 자리가 하나 비었는데 바깥에서나 공부 안에서나 모두들 대감님께서 임명되실 거라고 수군거리고 있답니다."

이에 가정이 말했다.

"두고 봐야 알 일이지."

한편 가진, 가련, 보옥 세 사람은 집 안으로 도로 들어갔고 보옥은 가모 곁에서 북정왕이 자기에게 잘 대해 주었던 이야기를 하면서 북정왕이 준 옥구슬을 꺼내 보여주었다. 모두들 그 옥구슬을 보면서 한바탕 웃었고 가모가 다음과 같이 분부를 내렸다.

"잃어버리지 않게 잘 간수하도록 해라."

그리고는 또 물었다.

"그 옥구슬은 잘 차고 있겠지? 이것과 혼동되지 않도록 주의해야 한다."

보옥은 목에 건 옥구슬을 끌러 보이면서 말했다.

"제 옥구슬은 여기 있는데 어떻게 잃어버리겠어요? 비교해보면 옥구슬 두 개의 크기가 서로 달라서 바뀔 리 없어요. 참, 할머님께 드릴 말씀이 있어요. 그저께 밤에 잘 때 옥구슬을 벗어서 휘장에 걸어둔 적이 있거든요. 그랬더니 그 옥구슬에서 빛이 나면서 휘장 전체가 온통 붉은색으로 환해지더라고요."

가모가 말했다.

"또 허튼 소리를 하는구나. 휘장 위에 덧댄 부분이 붉으니까 불빛이 비치면 붉게 보이는 것이 당연하지."

"아니에요. 그때는 벌써 불이 꺼져있어서 방 안이 칠흑같이 어두웠지만 그래도 그 옥구슬을 볼 수 있었는걸요."

형부인과 왕부인은 입을 오므리며 웃었고, 희봉은 이렇게 말했다.

"그건 경사가 있을 징조군요."

"무슨 경사인데요?"

보옥이 묻자 가모가 말했다.

"넌 모르는 일이다. 오늘은 하루 종일 바빴을 테니 여기서 허튼 소리 그만 하고 돌아가서 쉬도록 하여라."

보옥은 이 말을 듣고도 잠시 더 서 있다가 대관원으로 돌아갔다.

보옥이 돌아간 후에 가모가 물었다.

"참, 너희들 보차네 집에 가서 그 이야기를 해보았느냐?"
왕부인이 대답했다.
"실은 진작 찾아가 보려고 했는데 희봉이가 병든 교저를 돌보느라고 한 이틀 늦어졌기 때문에 오늘에서야 찾아갔었습니다. 저희들이 그 얘기를 했더니 설부인께서도 여간 좋아하는 것이 아니었어요. 다만 설반이 집에 없는 게 문제라면서, 아버지가 안 계시기 때문에 그 애와 상의한 후에야 결정할 수 있을 것 같다고 하셨어요."
왕부인의 대답에 가모가 말했다.
"그것도 일리가 있는 말이다. 그렇다면 모두들 우선은 입 밖에 내지 말고 있다가 보차네에서 상의가 끝난 후에 다시 얘기하도록 하자꾸나."

가모의 방에서 혼삿말이 오간 것은 여기서 접고 보옥에게로 화제를 돌려보자. 보옥은 자기 방으로 돌아와서 습인에게 말했다.
"할머님과 희봉 누님이 방금 무언가 알아듣기 어려운 얘기를 하시던데 무슨 뜻인지 통 모르겠어."
습인이 잠시 생각해 보더니 웃으면서 말했다.
"저로서도 무슨 말인지 모르겠는걸요. 그런데 방금 그런 말씀들을 하고 계실 때 대옥 아가씨가 곁에 계셨나요?"
"대옥이는 방금 앓고 난 몸인데 어떻게 할머님 방에 갈 수가 있겠어?"
보옥과 습인이 이런 대화를 나누고 있을 때 바깥채에서 사월과 추문이 말다툼하는 소리가 들렸다.
"너희 둘은 왜 또 싸우는 거니?"
습인의 말에 사월이 대답했다.
"우리 둘이 골패를 놀았는데 자기가 이겼을 때는 내 돈을 다 가져가면서 지면 한 푼도 안 내놓으려고 그래요. 그건 또 그렇다 치고 얘가 내 돈을 몽땅 다 따먹어버렸지 뭐예요."

"돈 몇 푼이 뭐 그리 대단하다고. 너희들, 시끄럽게 굴지들 좀 마."

보옥이 웃으며 말하자 둘이는 뾰로통해져서 입을 삐죽이 내민 채 제자리로 돌아가서 앉았다. 여기에서 습인이 보옥의 잠자리를 돌봐준 얘기는 더 이상 하지 않겠다.

한편 습인은 방금 보옥이 한 얘기가 분명 보옥의 혼사에 관한 것이었으리라고 생각했다. 그렇지만 보옥이 노상 쓸데없는 생각만 하는 터였으므로 그런 얘기를 꺼냈다가는 또 무슨 엉뚱한 소리를 해댈지 몰라서 일부러 모르는 척했던 것이었다. 그러나 습인에게는 무엇보다도 관심 가는 일이 아닐 수 없었다. 그래서 잠자리에 누워 이리저리 생각해 본 끝에 자견을 찾아가서 동정을 살핀다면 자연 알게 될 거라는 계산이 섰다. 습인은 다음 날 일찍 일어나서 서당에 가는 보옥의 시중을 든 다음, 몸단장을 하고는 천천히 소상관으로 발걸음을 옮겼다. 소상관에 이르니 자견이 마침 꽃을 꺾고 있다가 습인을 보고 웃으면서 맞이했다.

"언니, 안으로 들어가서 앉으세요."

"좀 앉았다 갈까? 꽃을 꺾고 있었구나. 그런데 아가씨는 좀 어떠시니?"

"아가씨께선 방금 몸단장을 마치고 약이 데워지기를 기다리고 계세요."

자견은 이렇게 말하면서 습인과 함께 안으로 들어왔다. 습인이 들어와 보니 대옥이 책 한 권을 손에 들고 읽고 있기에 웃으면서 말했다.

"아가씬 늘 이렇게 일어나자마자 책을 읽으니까 지치시는 거예요. 우리 보옥 도련님께서 만약 아가씨처럼만 공부하신다면 얼마나 좋겠어요."

대옥은 웃으면서 책을 내려놓았다. 설안이 그새 작은 차 소반에 약그릇과 물그릇을 가져다 놓았으며, 그 뒤로 어린 시녀가 타구와 양치그릇을 들고 따라 들어왔다. 습인이 소상관에 온 것은 원래 눈치를 살피기 위해서였는데 잠시 앉아있다 보니 말을 꺼낼 형편이 아닌 것 같았다. 게다가 대옥은 신경이 아주 날카로운 사람인지라 소식을 알아내기는커녕 그 소리를 꺼냈다가 오히려 기분을 상하게 하면 큰일이 아닐 수 없었다. 그래서 하는 수 없이 잠시 더 앉아 있다가 적당히 얼버무리고 일어섰다.

습인이 이홍원 문 앞에 이르니 웬 사람 둘이 문 앞에 서 있었다. 그녀가 선뜻 다가가지 못하자 그중의 하나가 알아보고는 얼른 뛰어왔다. 습인이 서약鋤藥임을 알아채고 물었다.

"여기서 뭐 하고 있는 거냐?"

"방금 가운 도련님께서 오셨는데 편지 하나를 들고 와서 보옥 도련님께 보여드려야 한다면서 회답을 기다리고 계세요."

"보옥 도련님께서 매일같이 서당에 가시는 걸 설마 모르는 게 아니겠지? 안 계시는데 어떻게 회답을 기다린다는 거야?"

서약이 웃으면서 말했다.

"제가 그렇게 말씀드렸지요. 그래도 도련님께서는 아가씨께 말씀드려서 아가씨한테라도 회답을 받겠다고 하시는 게 아니겠어요."

습인이 막 무슨 말을 하려는데 누군가가 천천히 이쪽으로 걸어오고 있었다. 자세히 보니 가운이 어슬렁거리며 이쪽으로 다가오는 것이었다. 습인은 가운인 것을 보고 얼른 서약에게 말했다.

"일있으니 도련님께서 돌아오시면 전해 드리겠다고 말씀드려라."

가운은 그저 친근함을 나타내기 위하여 습인에게 와서 말하려던 것이었다. 그러나 경솔해 보여서는 안 되겠기에 천천히 발걸음을 옮겼던 것이다. 그런데 뜻밖에도 지척에서 습인이 이렇게 말하는 소리를 듣고 보니 더 이상 다가갈 수 없어서 그대로 멈춰서고 말았다. 습인은 어느새 얼굴을 홱 돌려 안으로 들어가고 없었다. 가운은 별 도리 없이 언짢은 마음으로 서약과 함께 발길을 돌렸다.

저녁때 보옥이 방으로 돌아오자 습인이 보옥에게 말했다.
"오늘 가운 도련님께서 다녀가셨어요."
"무슨 일로?"
"편지를 가지고 왔었어요."
"어디 있어? 어서 가져와 봐."
사월이 안채로 가서 서가 위에 놓여 있던 편지를 가져왔다. 보옥이 받아서 보니 겉봉에 '숙부님전'이라고 쓰여 있었다.
"이 애가 이번에는 어째서 나를 아버지라고 하지 않는 거야?"
습인이 물었다.
"무슨 말씀이세요?"
"재작년에 그 애가 흰색 해당화를 내게 보냈을 땐 나를 '아버님'이라고 불렀는데, 오늘 편지 겉봉에는 '숙부'라고 썼으니 오늘부터는 나를 아버지로 생각하지 않을 모양이군."
"그 사람도 부끄러운 줄 모르고 도련님도 마찬가지세요. 그만큼 나이 먹은 사람이 나이도 어린 도련님한테 아버지라고 부르다니 정말이지 부끄럽지도 않은가 봐요. 게다가 도련님께서는 아직…."
습인은 여기까지 말하다가 얼굴을 확 붉히며 살포시 웃었다. 보옥도 무슨 말인지 알아차리고 말을 이었다.
"꼭 그렇지만도 않아. 속담에 '중에게 자식은 없어도 효자는 많다'라는 말도 있잖아. 내가 보기에는 그가 영리해서 남의 환심을 사려는 것뿐이라서 그저 내버려뒀던 거야. 제가 싫다면 그만이지 내가 뭐가 아쉽겠어?"
보옥이 이렇게 말하면서 편지봉투를 뜯자 습인도 웃으며 말했다.
"가운 도련님은 어딘가 모르게 좀 음흉한 구석이 있어요. 어떤 때는 만나자고 나서다가도 어떤 때는 슬금슬금 피하거든요. 그런 걸 보면 심보가 나쁜 사람임을 알 수 있지요."

보옥은 그저 편지만 들여다보느라고 습인의 말에는 귀도 기울이지 않았다. 습인이 보아하니 보옥은 편지를 읽으면서 얼굴을 찡그렸다가 웃는가 하면 또 고개를 가로젓기도 하다가 나중에는 영 참을 수 없다는 표정을 짓기도 하였다. 편지를 다 읽기를 기다려 습인이 물었다.

"무슨 일인가요?"

보옥은 대답도 하지 않고 그 편지를 좍좍 찢어 버렸다. 이 광경을 보고 습인은 더 이상 묻지 않고 대신 밥 먹은 후에 또 책을 볼 거냐고 물었다.

"이놈이 미쳤나! 어찌 이따위 짓을 다 한담."

습인은 보옥이 이처럼 동문서답을 하자 빙긋이 웃으면서 물었다.

"도대체 무슨 일인데 그러세요?"

"그까짓 건 알아서 뭐 하게? 우리 밥이나 먹자. 밥 먹고 나서 바로 잘 테야. 화가 치밀어서 견딜 수가 있어야 말이지."

이렇게 말하면서 보옥은 어린 시녀에게 불을 켜라고 해서 찢었던 편지를 태워버렸다.

잠시 후에 어린 시녀들이 밥상을 들여왔다. 그런데 보옥은 멍하니 앉아만 있을 뿐이었다. 습인이 달래기도 하고 어르기도 해서 겨우 한 술을 뜨게 했지만 보옥은 바로 수저를 놓더니 여전히 울적해하며 침상에 누워버렸다. 그러더니 갑자기 눈물을 흘리는 것이었다. 습인과 사월은 어찌 된 영문인지 알 수가 없었다.

"별일 없이 잘 있다가 대관절 무슨 일이래요? 이게 전부 다 그 운芸[2]인가 우雨인가 하는 도련님 때문이 아니고 뭐겠어요. 무슨 일로 그랬는지는 모르겠지만 요상한 편지를 가져와서 도련님을 이렇게 정신 나간 사람처럼 울다가 웃다가 하게 만들 게 뭐냔 말예요? 허구한 날 이런 이상

---

2 가운의 '운'자는 구름 운(雲)과 발음이 같음.

야릇한 일들이 벌어져서야 어찌 배겨내겠어요."

사월은 이렇게 말하면서 여간 속상해하는 것이 아니었다. 습인은 곁에서 웃음을 참지 못하며 사월을 달랬다.

"사월아, 너까지 왜 그러니? 도련님 한 사람이 저러는 것도 견디기 어려운데 너마저 그러면 어쩌란 말이냐? 그 편지에 쓰여 있는 것이 너하고 무슨 상관이라도 있어?"

"언니는 무슨 그런 이상한 소릴 다 해요? 그 편지에 쓰여 있는 말이 무슨 개소린지도 모르면서 왜 함부로 남을 끌어다 붙이는 거예요? 그렇게 치자면 그 편지는 혹시 되레 언니와 상관이 있는 게 아닌가요?"

습인이 미처 대꾸할 겨를도 없이, 보옥이 침상에서 키득키득 웃으며 몸을 일으켜 앉으면서 옷을 탈탈 털며 말했다.

"떠들지 말구 잠이나 자자꾸나. 난 내일 아침 일찍 일어나서 공부해야 한단 말이야."

보옥은 이렇게 말하고는 누워서 잠이 들었다. 그리고 그날 밤은 별일 없이 지나갔다.

다음 날 보옥은 일어나서 세수하고 바로 서당으로 갔다. 보옥은 문밖을 나서다가 갑자기 무슨 생각이 났는지 배명이더러 잠시 기다리라고 해놓고는 급히 되돌아와서 사월을 불렀다.

"사월아!"

사월이 대답하면서 밖으로 나와 물었다.

"왜 또 돌아오셨어요?"

"오늘 가운이 올 거야. 그럼 그 애한테 여기서 시끄럽게 굴지 말라고 전해줘. 다시 또 소란을 피운다면 그때는 내가 할머님과 아버님께 일러바치겠다고 해."

사월이 그러마고 대답하자 보옥은 그제야 발길을 돌렸다. 막 밖으로 나서려는데 가운이 헐레벌떡 이쪽을 향해 오다가 보옥을 보고는 얼른 인사를 했다.

"숙부님, 축하드립니다."

보옥은 이 말을 듣고 어제 그 일로 그럴 거라는 생각이 들어서 핀잔을 줬다.

"넌 참 경망스럽기도 하구나. 남의 기분이 어떤지도 모르면서 한사코 와서 귀찮게 구니 말이다."

그래도 가운은 웃는 낯으로 말했다.

"숙부님, 못 믿으시겠으면 글쎄 나가 보세요. 지금 우리 대문 앞에 사람들이 몰려와 있어요."

보옥은 더욱 화를 냈다.

"그건 또 무슨 소리냐?"

그때 밖에서 고함치는 소리가 들려왔다.

"숙부님, 저 소리를 들으시고도 아니라고 하시겠어요?"

가운의 말에 보옥은 더욱더 이상한 생각이 들었다. 그때 누군가가 호통 치는 소리가 들렸다.

"너희는 정말 무엄하기 그지없구나! 여기가 어딘 줄 알고 그렇게들 소란을 피우느냐?"

"누가 나리더러 승진하시라고 했나요? 경사가 났는데 어째서 왁자하니 떠들지도 못하게 하는 겁니까? 다른 집에서는 떠들고 싶어도 그럴 수 없어서 안달인데."

그 말을 듣고 보옥은 그제서 가정이 낭중으로 승진하여 사람들이 축하하러 온 것임을 알고 속으로 매우 기뻤다. 보옥이 서둘러 자리를 뜨려고 하자 가운이 뒤쫓아 오며 말했다.

"숙부님 기쁘시지요? 머지않아 숙부님의 혼사까지 성사된다면 그야말로 겹경사가 아니고 무엇이겠습니까?"

이 말에 보옥은 얼굴을 붉히며 나무랐다.

"흥! 이런 얼간이를 봤나? 얼른 가지 않고 뭐 하는 거야?"

가운이 얼굴을 붉히며 말했다.

"별다른 뜻이 있어서 그러는 건 아니고요, 그저 제 생각에 도련님께서 얼른 하지 않으시면…."

보옥이 얼굴을 굳히며 말했다.

"얼른 하지 않으면 뭐가 어쨌다는 거야?"

가운은 하고 싶은 말을 다 하지 못했지만 감히 더 이상 말을 꺼낼 수가 없었다.

보옥이 허둥지둥 서당에 이르자 가대유가 웃으면서 말했다.

"방금 아버님께서 승진하셨다는 소리를 들었는데 오늘 같은 날도 공부하러 온 것이냐?"

보옥이 웃으면서 말했다.

"아버님을 뵈러 가려고 선생님께 여쭈러 왔습니다."

"오늘은 올 필요 없다. 하루 휴가를 주마. 그러나 대관원에 놀러 가면 안 되느니라. 나이도 먹을 만큼 먹었으니 비록 무슨 일을 하지는 못하더라도 형님네들에게 잘 배워야 할 것이다."

보옥이 집으로 돌아와서 막 중문을 들어서는데 이귀가 맞으러 나와 곁에 서서 웃으며 말했다.

"도련님 오셨어요? 소인이 서당으로 모시러 가려던 참이었는데요."

"누가 그러라고 시키시던?"

"방금 노마님께서 도련님을 찾으러 대관원으로 사람을 보내셨는데 그곳의 시녀들이 도련님께서 서당에 가셨다고 하기에, 이번에는 저를 불러서 며칠간 휴가를 청하도록 도련님께 전하라고 하셨어요. 듣자니 축하연극도 한다는 것 같았어요. 그래서 도련님을 찾으러 가는 길인데 마침 오셨네요."

이 말을 들으며 보옥은 안으로 들어섰다. 중문을 들어서니 뜰 안 가득 시녀와 할멈들이 만면에 웃음을 띠고 있다가 보옥을 보고 말했다.

"도련님, 이제야 오셨네요. 얼른 들어가셔서 노마님께 축하 올리세요."

보옥이 웃으면서 방 안으로 들어서니 대옥은 가모의 왼쪽에 앉아 있고 오른쪽에는 상운이 앉아 있었으며, 마루에는 형부인과 왕부인이 앉아 있었다. 탐춘, 석춘, 이환, 희봉, 이문, 이기, 수연 등의 자매들은 모두 방 안에 있는데 보차, 보금, 영춘만은 보이지 않았다. 방 안에 들어선 보옥은 말할 수 없이 기뻐서 서둘러 가모에게 축하인사를 올리고 또 형부인과 왕부인에게도 축하의 말씀을 드렸으며, 여러 자매들에게도 일일이 인사를 건넸다. 그리고는 대옥을 보고 웃으면서 말했다.

"대옥 누이, 이젠 다 나았어?"

대옥도 미소 지으며 대답했다.

"많이 좋아졌어요. 오라버니도 몸이 아팠다고 들었는데 지금은 괜찮은가요?"

"응, 그랬었어. 저번 날 밤에 갑자기 가슴이 결렸었다가 요 며칠 좀 나아졌기에 서당에 갔던 거야. 그러느라고 누이한테 가볼 수가 없었어."

대옥은 그의 말이 채 끝나기도 전에 벌써 고개를 돌려 탐춘과 이야기하고 있었다. 희봉은 마루에 서서 웃으며 말했다.

"두 사람은 거의 매일같이 함께 지내면서도 마치 손님처럼 그런 틀에 박힌 말을 주고받으니, 그야말로 사람들이 말하는 것처럼 '서로 공경하는 것이 손님에게 하는 것과 같다' 가 아니고 뭐겠어요?"

희봉의 말에 모두들 웃음을 터뜨렸다. 대옥은 얼굴이 새빨개져서 뭐라 말하기도 어색하고 그렇다고 가만히 있기도 멋쩍어서 잠시 머뭇거리다가 겨우 입을 열었다.

"뭘 안다고 그러세요?"

이 말에 모두들 한층 더 웃어댔다. 희봉이 돌이켜 생각해보니 자기가 실수한 것 같아서 화제를 돌리려고 하는데 보옥이 갑자기 대옥에게 말을 건넸다.

"대옥 누이, 저 경망스러운 운이 녀석 좀 봐 글쎄."

이 말을 꺼내다가 보옥은 뭔가 생각이 난 듯 더 이상 말하지 않았다. 이 말에 모두들 "밑도 끝도 없이 대관절 무슨 소리야?"하며 또 한바탕 왁자하니 웃었다. 대옥도 갈피를 잡을 수 없어서 멋쩍게 따라 웃었다. 보옥은 적당히 얼버무릴 수 없게 되자 또 엉뚱한 소리를 하였다.

"방금 듣자니까 누군가가 축하연극을 한다고 그러던데 그건 언제야?"

이 말에 모두들 보옥을 보며 웃었다.

"도련님이 밖에서 듣고 와서 우리에게 알려줘 놓고는 누구에게 묻는 거예요?"

"그럼 밖에 나가서 다시 좀 물어보고 올게요."

희봉의 말에 보옥이 기회다 싶어 대뜸 이렇게 말하자 가모가 말렸다.

"밖에 나가지 말아라. 첫째는 축하하러 온 사람들의 웃음거리가 되기 때문이고, 둘째는 오늘은 네 아버지의 경삿날인데 돌아올 때 네가 눈에 띄기라도 한다면 또 화를 낼 것이 뻔하기 때문이다."

보옥은 알았다고 대답하고 그곳을 물러나왔다.

보옥이 나간 뒤 가모는 희봉에게 누가 극단을 보내준다는 말을 하였느냐고 물었다.

"저희 친정 숙부님께서 그러셨답니다. 모레가 길일이니 새로 조직된 어린 극단을 보내서 할머님과 대감님, 그리고 마님께 축하드리시겠다고요."

그러면서 또 웃으며 말했다.

"그날은 길일일 뿐만 아니라 경사스러운 날이기도 해요."

희봉이 이렇게 말하면서 대옥을 바라보며 웃자, 대옥도 살포시 미소를 지었다.

"참 그렇군요. 모레가 이 조카의 생일이네요."

왕부인의 말에 가모는 잠시 생각해 보더니 웃으면서 말했다.

"요즈음 내가 나이 먹어서 그런지 무슨 일이건 잘 기억하지 못하는구나. 그래도 내게 희봉이 있어서 '급사중給事中'[3]이 되어주니 다행이다. 그렇다면 아주 잘되었구나. 희봉의 숙부가 연극으로 매형의 승진을 축하해 주겠다고 하고 너의 외숙부가 네 생일을 차려주겠다고 하니, 이보다 더 좋은 일이 또 어디 있겠느냐?"

가모의 말에 모두들 웃으며 말했다.

"노마님 말씀은 한 마디 한 마디가 모두 사리에 들어맞아요. 그러니 어찌 이런 큰 복을 받지 않으실 수 있겠어요?"

그때 마침 보옥이 들어오다가 이 말을 듣고 기뻐서 어쩔 줄 몰라 했다. 이윽고 모두들 가모의 처소에서 밥을 먹었는데 활기가 넘쳐흘렀음은 더 말할 나위도 없었다.

식사를 마치자 황제폐하의 은혜에 감사드리고자 입궐했던 가정이 집으로 돌아와서 사당에 절을 한 후 가모에게 와서 절을 올렸다. 그리고는 선 채로 몇 마디 말을 나눈 뒤 손님들을 맞으러 나갔다. 인사차 찾아오는 친척과 일가사람들의 발길은 끊임없이 이어졌으며 수레와 말들은 문을 가득 메울 지경이었고 고관대작들이 방 안에 꽉 들어찼다.

이와 같은 광경은 그야말로 다음과 같이 묘사될 만하다.

꽃이 피니 나비와 벌이 날아들고, 花到正開蜂蝶鬧,
달이 차니 바다와 하늘이 넓구나. 月逢十足海天寬.

---

3 관직명이나 여기서는 남의 일에 협조를 잘해주고 옆에서 보좌를 잘해주는 조수를 비유한 말로 쓰였음.

이렇게 이틀을 보내고 나니 드디어 경사를 축하하는 날이 되었다. 이날은 아침 일찍부터 왕자등과 친척들이 이미 극단을 보내와서 가모의 정방 앞에 무대를 가설해 놓았다. 밖에서는 남자들이 모두 예복을 차려입고 시중을 들었는데, 축하하러 온 친척들은 대략 십여 개의 연회석에 나눠 앉았다. 안에서도 연극이 새로운 것이기도 하거니와 가모가 몹시 기뻐하였으므로 건물 뒤 복도 앞에 유리 병풍을 치고 그 안쪽에다 연회석을 마련했다. 상석인 설부인의 상에는 왕부인과 보금이 모시고 앉았으며, 맞은편 가모의 상에는 형부인과 수연이 모시고 앉았고, 그 아래의 두 상이 아직 비어 있었으므로 가모는 모두들 빨리 오라고 독촉하였다.

잠시 후 희봉이 여러 시녀들과 함께 대옥을 에워싸고 들어왔다. 새 옷을 몇 겹으로 차려입고 곱게 단장한 대옥의 모습은 마치 하늘에서 내려온 항아와도 같았다. 대옥은 수줍은 미소를 머금고 여러 사람들에게 일일이 인사하였다. 상운, 이문, 이환 등이 모두 대옥에게 상석을 권했지만 대옥은 한사코 사양하였다.

“오늘만큼은 앉으려무나.”

가모가 웃으면서 말하자 설부인이 일어나며 물었다.

“오늘 대옥 아가씨에게도 무슨 좋은 일이 있습니까?”

“오늘이 이 애의 생일입니다.”

“이를 어쩌나, 그걸 잊고 있었군요.”

그러면서 설부인은 대옥에게 다가가서 말했다.

“내 건망증을 용서해 줘! 나중에 보금이를 보내서 생일을 축하하도록 할게.”

“무슨 그런 황송한 말씀을 다 하세요.”

대옥이 웃으면서 말했다. 이윽고 모두들 자리에 앉았는데 대옥이 유심히 살펴보니 보차만 보이지 않기에 설부인에게 물었다.

"보차 언니는 잘 있나요? 오늘 왜 오지 않았지요?"

"보차도 와야 마땅하지만 집 지킬 사람이 없어서 오지 못했단다."

대옥이 얼굴을 붉히며 물었다.

"이번에 며느님을 맞아들이지 않으셨나요? 그런데 왜 보차 언니가 집을 지키지요? 아마도 사람이 많아서 소란스럽고 북적거릴까 봐 언니가 오지 않았나 보네요. 전 언니가 많이 보고 싶은걸요."

"그 애를 그렇게 생각해줘서 고마워. 보차도 이곳의 자매들을 늘 보고 싶어 하지. 며칠 지나서 보차를 보낼 테니 그때 모두들 정담을 나누도록 하렴."

이런 이야기들을 하는 사이에 시녀들이 돌아다니며 술을 따르고 상에 요리를 올렸으며 무대에서는 이미 연극이 시작되었다. 처음의 한두 막은 말할 것도 없이 경축하는 내용이었고, 세 번째 막에 이르러서는 금동옥녀金童玉女들이 여러 가지 깃발을 들고 무지갯빛 옷에 깃털로 단장한 소단小旦[4]을 인도해 나왔다. 머리에 검은 수건을 쓴 그 소단은 노래를 한 곡 부르더니 이내 들어가 버렸다.

모두들 영문을 몰라 어리둥절해 하고 있을 때 바깥에서 누군가의 말소리가 들려왔다.

"이것은 새로 무대에 올린 《예주기蕊珠記》 중의 〈명승冥升〉이란 장면입니다. 소단이 맡은 역은 달나라의 항아로, 속세에 내려와 하마터면 인간에게 시집갈 뻔하였으나 다행스럽게도 관음보살의 보살핌으로 시집을 안 가고 죽었답니다. 방금은 항아가 월궁으로 돌아가는 장면을 연기한 것입니다. 아까 곡 중에 '인간세상의 풍정이 좋다고들 하지만, 가을 달과 봄꽃의 쉬이 스러짐을 어찌 알았으랴? 하마터면 광한궁을 잊을 뻔하였네!'라고 부르던 것을 듣지 못했나요?"

---

4 중국 희곡의 배역 가운데 하나로 여자 조연을 말함.

네 번째 막은 〈흘강吃糠〉이었고, 다섯 번째 막은 달마達摩가 제자들을 데리고 강을 건너오는 장면이었는데 신기루같이 꾸민 것이 여간 요란하고 볼 만한 것이 아니었다.

여러 사람들이 흥겹게 극을 보고 있을 때 갑자기 설씨 댁 하인이 땀을 뻘뻘 흘리면서 뛰어 들어와서 설과를 찾았다.

"도련님, 빨리 집에 가보세요. 그리고 안에 계신 마님께도 속히 집으로 돌아가시도록 말씀 올려 주세요. 집에 급한 일이 생겼습니다."

"무슨 일인데 그러느냐?"

"집에 가서 말씀드리겠습니다."

설과는 간다는 인사도 못한 채 집으로 향하였고, 안에 있던 설부인도 시녀로부터 전갈을 받고는 놀란 나머지 안색이 흙빛이 되었다. 설부인은 먼저 가봐야겠다는 인사를 한마디 남긴 후 보금을 데리고 황급히 가마에 올라 집으로 돌아갔다. 그 바람에 안팎의 사람들이 모두 놀라서 눈이 휘둥그레졌다.

"우리도 사람을 딸려 보내서 도대체 무슨 일인지 알아보도록 해야겠다. 도무지 걱정이 돼서 마음을 놓을 수가 없구나."

가모의 말에 주위 사람들이 그렇게 하겠노라고 대답하였다.

가부에서 여전히 연극구경이 계속된 것에 대해서는 더 이상 이야기하지 않고 설씨 댁 이야기만 해보도록 하겠다. 설부인이 집으로 돌아가보니 관아의 나졸 둘이 중문 입구에 서 있고, 전당포 직원 몇이서 그들을 접대하고 있었다.

"마님께서 돌아오시면 무슨 방법이 있을 겁니다."

그들이 이런 말을 하고 있을 때 설부인은 벌써 안으로 들어서고 있었다. 나졸들은 많은 남녀 노복들이 나이 지긋한 부인을 호위하며 따라 들어오는 것을 보고, 그 부인이 바로 설반의 어머니임을 대뜸 알아 차렸다. 나졸들은 설부인의 당당한 위세에 눌려 감히 어쩌지도 못하고 그저 두 손을 드리우고 설부인이 안으로 들어가도록 공손히 옆으로 비켜섰다.

설부인이 대청 뒤쪽에 이르자 벌써 누군가의 통곡소리가 들렸다. 다름 아닌 금계였다. 설부인이 황급히 들어가려는데 보차가 얼굴이 온통 눈물범벅이 된 채 맞으러 나오면서 말했다.

"어머니, 이 소리를 듣더라도 놀라시면 안돼요. 지금으로서는 일을 잘 처리하는 것이 무엇보다도 중요하니까요."

설부인은 보차를 따라 방 안으로 들어갔다. 대문에서 걸어 들어오면서부터 이미 집안 하인들이 하는 소리를 듣고 대강 무슨 일인지 알고 있던 설부인은 놀라서 전전긍긍하며 울음 섞인 목소리로 물었다.

"도대체 누구를 그랬다더냐?"

"마님, 지금은 그런 자질구레한 걸 물으실 때가 아닙니다. 상대가 누구든지 간에 사람을 때려 죽였으니 사형에 처해질 것이 뻔하므로 이 일을 어떻게 수습해야 할지 그것부터 의논해야 합니다."

하인의 대답에 설부인이 울면서 말했다.

"일이 이 지경이 되었는데 의논한들 무슨 소용이 있단 말이냐?"

"저희들 소견으로는 오늘 밤 안으로 돈을 좀 준비해서 설과 도련님과 함께 설반 도련님을 만나 보러 가시는 것이 좋겠습니다. 가시거든 그곳에 있는 유능한 대서인을 찾아서 돈을 좀 쥐어 주고 우선 사형을 면하게 조치한 다음, 돌아오셔서 가씨 댁에 부탁하여 상부 관아에 청을 넣도록 하시지요. 그리고 지금 밖에 있는 나졸들에게 우선 은전 몇 냥을 주어서 돌려보내도록 하십시오. 그래야 저희들도 한시바삐 일 처리에 착수하기가 수월해집니다."

"그것보다도 너희가 피해 입은 그 집을 찾아가서 장례비 등의 필요한 돈을 주고, 또 얼마간의 위로금을 더 주도록 해라. 원고만 시끄럽게 굴지 않는다면 일이 좀 쉽게 풀릴 수도 있지 않겠느냐?"

설부인이 이렇게 말하자 보차가 휘장 안에서 말렸다.

"어머니, 그건 안돼요. 이런 일들은 돈을 주면 줄수록 더 낭패가 되는 법이에요. 오히려 하인들의 말대로 하는 것이 옳아요."

설부인이 또 울면서 말했다.

"나도 이제 더 이상 살고 싶지 않다. 얼른 가서 그 애나 한번 만나보고, 같이 죽어버리면 좋겠구나."

보차는 다급한 심정으로 설부인을 달래는 한편, 휘장 안에서 하인들에게 분부를 내렸다.

"너희는 어서 둘째 도련님과 떠날 차비를 하여라."

시녀들이 설부인을 부축해서 방 안으로 모셨으며 설과는 밖으로 나갈 태세였으므로 보차가 당부를 하였다.

"무슨 소식이라도 있으면 즉시 사람을 보내 알려주세요. 여기 일은 걱정 말고 바깥 일만 신경 써서 처리해 주시고요."

설과는 그러마고 대답하고 밖으로 나갔다.

보차가 안방에서 설부인을 위로하고 있을 때, 금계는 그 틈을 타서 향릉을 붙들고 패악을 부리고 있었다.

"너희들은 걸핏하면 이 집에선 사람을 죽여 놓고도 털끝 하나 다치지 않고 버젓이 경성 와서 잘 살고 있다고 자랑을 늘어놓더니만, 이젠 간이 커져서 정말 사람을 때려 죽였지 뭐야. 말끝마다 돈 있고, 세도 있고, 훌륭한 친척도 많다고 떠벌이더니 이번에 놀라서 허둥대는 꼴을 보니 가관이로군. 서방님이 정말 잘못돼서 돌아오지 못하는 날에는 너희는 각자 뿔뿔이 제 살 길을 찾아 갈 테고, 결국 나 혼자만 남아서 시달릴 게 뻔해."

그러면서 금계는 또다시 대성통곡하기 시작했다. 이 소리를 듣던 설부인은 더욱 화가 치밀어서 그만 정신이 혼미해졌으며 보차는 어찌해

볼 도리가 없어서 쩔쩔매고 있었다.

이렇게 소란을 피우고 있을 때 가부에서 왕부인이 소식을 알아오라고 시녀를 보내왔다. 보차는 마음속으로 자기가 이미 가부의 사람이란 것을 알고는 있었지만 아직 드러내 놓고 알려진 일이 아닌 데다가 지금은 급한 상황에 처해 있는 때이므로 그저 간단하게 설명할 수밖에 없었다.

"아직까지 사건의 전말은 잘 모르겠어. 듣기로는 우리 오빠가 외지에서 사람을 때려 죽였기 때문에 지금 현의 관아에 붙잡혀 있는 모양인데, 어떤 판결이 내렸는지는 아직 몰라. 방금 둘째 오빠가 알아보러 떠났으니까 조만간 확실한 소식을 알 수 있을 거야. 어떻게 된 일인지 알게 되면 즉시 그쪽 마님께 알려드리도록 할게. 너는 우선 돌아가서 마님께 걱정해 주셔서 감사하다는 말씀과 앞으로 그 댁 대감님께 다소 부탁드릴 일이 있을지도 모르겠다는 말씀을 전해 올리렴."

그 시녀는 대답하고 돌아갔다. 집에 남아 있는 설부인과 보차는 갈피를 잡을 수 없어서 안절부절못하며 소식을 기다렸다.

이틀 만에 시동이 돌아와서 시녀 편에 편지 한 통을 안으로 전했다. 보차가 편지를 뜯어서 읽어보니 그 내용은 다음과 같았다.

> 형님의 살인사건은 고의가 아니라 과실로 인한 것이었습니다. 오늘 아침 제 이름으로 청원서 한 장을 관아에 올렸으나 아직 회답이 없습니다. 형님의 최초 진술은 본인에게 대단히 불리하게 되어 있었습니다. 그러므로 청원서가 받아들여져서 재심을 해야지만 진술을 번복할 수 있고, 그래야만 사형을 면할 수 있을 것 같습니다. 그러니 하루속히 전당포에 있는 은전 오백 냥을 더 보내 주십시오. 절대로 지체해서는 안 됩니다. 그렇지만 백모님, 부디 안심하시기 바랍니다. 나머지 일들은 시동에게 물어보십시오.

보차는 편지를 보고 나서 설부인에게 다시 찬찬히 읽어 주었다. 설부인은 눈물을 닦으며 말했다.

"편지 내용대로라면 생사는 아직 미정이구나."

"어머니, 우선 너무 상심하시지 마세요. 시동을 불러다 자세히 물어 본 다음 생각해 보기로 해요."

그러면서 시녀를 시켜서 그 시동을 불러오게 하였다. 설부인이 시동에게 물었다.

"큰 도련님의 일을 소상히 말해 보아라."

"저는 그날 밤에 큰 도련님과 둘째 도련님께서 나누시는 말씀을 듣고 기절초풍하는 줄 알았어요."

시동이 무슨 말을 하였는지 알고 싶으면 다음 회를 보시라.

受私賄老官
番案牘
寄閒情淵女
解琴書

【제86회】

뇌물 받고 고친 판결

뇌물 받은 현령 멋대로 판결문을 고치고
한가로운 숙녀 칠현금 악보를 해설하네
受私賄老官翻案牘 寄閑情淑女解琴書

설부인은 설과가 보낸 편지내용을 들은 후 시동을 불러 물었다.

"네가 들은 바로는 도대체 서방님께서 왜 사람을 때려 죽였다고 하더냐?"

"저도 똑똑히 듣지는 못했어요. 그날 서방님께서 둘째 도련님한테 말씀하시기를…."

여기까지 말하다가 시동은 고개를 돌려 주위를 휙 둘러본 후, 아무도 없는 것을 확인한 뒤 말을 이었다.

"서방님께서 말씀하시기를 집안이 너무 소란스러워서 재미가 없었기 때문에 강남으로 물건을 구하러 가실 생각이셨답니다. 어떤 사람하고 동행하기로 약속하셨는데 그 사람은 여기서 이백여 리 떨어진 곳에 사는 사람이래요. 서방님께선 그를 만나러 가셨다가 이전부터 친하게 지냈던 장옥함이란 사람을 만나셨답니다. 그 장옥함이란 사람은 광대들을 데리고 성안으로 들어오는 길이었대요. 서방님께서는 그와 함께 어떤 술집에 들어가서 진지도 잡수시고 술도 마시고 하셨는데, 술집 심부름꾼 하나가 자꾸 장옥함이란 사람을 곁눈질해 보기에 내심 화가 나셨나 봅니다. 장옥함이란 사람은 그날로 돌아가고, 그 다음 날 서방님께서는 동행하기로 한 사람과 다시 그 술집에 가셔서 술을 마시게 되셨답니다. 서방님께서는 술이 얼큰해지자 전날의 일이 생각나서 그 심부름꾼에게 술을 바꿔오라고 하셨는데 그놈이 늑장을 부리는 통에 그만 마구 욕을 해대셨나 봐요. 그래도 그놈이 말을 듣지 않자 서방님께서는 술대접을 집어 드셨는데, 아 글쎄 그놈이 무뢰하기 짝이 없게도 대가리를 쑥 빼고 들이대면서 어디 때릴 테면 때려보라고 대들더랍니다. 서방님께서 참다못해 사발로 그놈의 정수리를 내려치자 그놈이 그 자리에서 피를 쏟으며 땅바닥에 꼬꾸라졌는데, 처음에는 뭐라고 악을 쓰는 것 같더니 나중엔 그대로 죽어버렸답니다."

"아니, 옆에서 말리는 사람도 없었다더냐?"

"서방님께서 그 말씀은 하지 않으셔서 감히 뭐라 아뢰올 말씀이 없사옵니다."

"너는 그만 물러가 쉬어라."

설부인은 그 길로 왕부인을 찾아가서, 왕부인을 통해 가정에게 청탁을 넣었다. 가정은 앞뒤 사정을 대강 듣고 나서 마지못해 승낙은 했지만, 설과가 제출한 청원서에 대해 그곳의 현령이 어떻게 처리하는지를 본 후에 다시 방도를 강구해 보자고 하였다.

한편 설부인은 전당포의 돈을 꺼내 부랴부랴 시동에게 들려 보냈다. 그로부터 사흘 만에 과연 설과로부터 회답이 왔다. 설부인은 편지를 받자마자 어린 시녀를 시켜 보차에게 얼른 와서 읽어보라고 하였다. 편지의 내용은 다음과 같았다.

보내주신 돈은 받아서 이미 관아의 상하관리들에게 적당히 건네 두었습니다. 형님은 옥중에 계시지만 그다지 큰 고생은 겪고 있지 않으니, 백모님께서는 부디 안심하시기 바랍니다. 다만 이곳의 인심이 어찌나 야박한지 피살자의 유족이나 증인들이 말을 듣지 않을 뿐만 아니라, 형님이 동행으로 청했던 그 친구도 그들을 돕고 있는 실정입니다. 저와 이상李祥 두 사람은 이곳이 아는 사람 하나 없는 객지이기는 하나, 다행스럽게도 좋은 사람 하나를 만났으므로 그에게 돈을 좀 집어주고 겨우 대책을 강구했습니다. 그 사람 말로는 어떻게 해서든지 형님과 같이 술을 마신 오량吳良이라는 사람을 끌어들여서, 그를 잘 설득하고 돈으로 매수하여 그로 하여금 이 일을 해결짓게 하자는 것이었습니다. 그러나 그가 만약 말을 듣지 않을 경우에는 장삼張三을 때려죽인 것은 바로 네놈인데 어쩌자고 타향사람에게 뒤집어씌우냐고 협박해보라는 겁니다. 그래서 만약 그가 겁을 먹으면 된다는 거지요. 제가 그 사람이 시키는 대로 했더니 과연 오량이 나서서 피해자의 유가족과 증인들을 모두 매수하였을 뿐만 아니라 청원서까지 한 장 작성했습니다. 지난번에 제출했던 청원서의 회답이 내려왔기에 보내오니, 읽어보시면 자세한 사정을 알 수 있을 것입니다.

청원서를 읽어보니 그 내용은 이러했다.

청원자 아무개는 형이 뜻밖의 화를 당했기에 본인을 대신하여 억울함을 호소하는 바입니다. 저의 형 설반은 원적이 남경이옵고, 지금은 서경西京에 살고 있사온데 모년 모월 모일에 자본금을 가지고 남방으로 물건을 구입하러 떠났습니다. 그런데 며칠 못가서 집안의 하인이 소식을 가지고 돌아와서 하는 말이 저희 형이 살인사건에 휘말렸다는 것입니다. 그래서 제가 즉시 관아로 달려가 보니 저희 형이 실수로 장씨를 다치게 하여 감옥에 갇혀 있었습니다. 형이 울면서 하는 말이 원래 장씨와는 서로 알지도 못하는 사이였으므로 무슨 원수진 일도 없었답니다. 우연히 술을 바꿔달라는 일로 말다툼이 생겨서 저의 형이 홧김에 술을 땅에 쏟아버리려는 찰나에 장삼이 머리를 숙여 무엇인가를 줍다가 공교롭게도 형이 내던진 술대접에 정수리를 맞아서 죽고 만 것입니다. 그런데 심문을 받을 때는 고문이 두려운 나머지 자기가 때려 죽였다고 했답니다. 다행히 인자하신 나리께서 그 억울함을 살피시어 아직 판결을 내리지 않으셨습니다. 저희 형은 지금 옥중에 갇힌 몸이라 청원서를 내서 억울함을 호소한다는 것은 법에 어긋나는 일입니다. 그리하여 제가 형제의 정리를 생각해서 죽음을 무릅쓰고 대신 청원서를 올리는 바입니다.

엎드려 바라옵건대 인자하신 나리께서 자비를 베푸시어 증인을 불러다 대질시켜 주신다면 그보다 더 큰 은혜는 없을 것이옵니다. 그렇게만 될 수 있다면 저희들 온 가족은 하늘보다 크신 나리의 은혜를 영원히 잊지 않을 것입니다. 간절히 부탁드리오며 이 글을 올립니다.

이 청원서에 대한 회답은 다음과 같았다.

살인현장에서 검사한 결과 증거가 확실하다. 그리고 고문을 하지 않았음에도 그대의 형은 서로 싸움이 나서 죽이게 되었다고 자백하였다. 그대는 먼 곳에서 왔으므로 자기 눈으로 직접 본 것도 아닌 처지에 어찌 함부로 날조하여 청원서를 올렸는가? 그대 역시 죄로 다스려야 마땅하나 형을 생각하는 그 마음을 가상하게 여겨 용서하는 바이다. 그러나 청원은 허락하지 않는다.

여기까지 듣고 있던 설부인이 말했다.

"그렇다면 구할 가망이 없다는 얘긴데, 이 일을 어찌하면 좋단 말이냐?"

"둘째 오빠 편지를 아직 다 보지 않았어요. 뒤에 또 이런 말이 있네요."

보차는 그러면서 "매우 중요한 일이 있사오니 심부름 간 하인에게 물어보시면 아실 것입니다"라는 대목을 읽었다.

설부인이 심부름 다녀온 하인에게 물으니 다음과 같이 대답했다.

"현령은 우리 집이 풍족하다는 것을 이미 잘 알고 있다고 합니다. 그러므로 경성에 있는 고관들에게 사방으로 줄을 대서 부탁하는 한편, 그 현령에게 단단히 뇌물을 먹인다면 다시 조사를 받아 가볍게 판결 받을 수도 있을 것 같다고 하십니다. 그러니 마님께서는 지체하지 마시고 얼른 서두르십시오. 늦어졌다가는 서방님께서 무슨 고초를 겪으실지 모릅니다."

이 말을 들은 설부인은 하인을 돌려보낸 후, 즉시 가부로 달려가서 왕부인에게 전후 사정을 이야기하고 가정에게 청탁해 줄 것을 부탁했다. 가정은 사람을 넣어서 지현에게 청을 넣어 보겠다는 말은 하면서도 뇌물을 먹이는 것에 대해서는 아무 말도 하지 않았다. 뇌물을 먹이지 않으면 일이 제대로 성사될 수 없을 것 같았으므로, 마음이 놓이지 않은 설부인은 희봉과 가련에게 부탁해서 수천 냥의 돈을 쓴 끝에 겨우 지현을 매수할 수 있었다. 설과 역시 그곳에서 여러모로 애를 써서 지현과 내통해 놓았다.

지현은 마침내 동헌에 좌정하여 피살자의 이웃과 증인, 그리고 유가족 등을 부르는 한편, 설반을 감옥에서 끌고 나오게 했다. 형방의 서리書吏[1]는 불려온 사람들을 하나하나 점고했고, 지현은 지보地保[2]를 불러 처음 했던 진술을 다시 확인한 후 피살자의 어머니 왕씨와 삼촌 장이張二를 불러 물었다. 그러자 왕씨가 울면서 아뢰었다.

"소인의 남편은 장대張大라고 하는데 남쪽 교외에서 살다가 18년 전에 죽었사옵고, 큰아들과 둘째 아들도 모두 죽었습니다. 남은 자식이라고는 이번에 맞아 죽은 장삼이라는 아들 하나뿐이온데, 올해 스물세 살이옵고 아직 장가도 못 갔습니다. 소인의 집이 가난해서 먹고 살 길이 막막하여 이씨네 주점에서 심부름꾼 노릇을 하게 되었는데, 사건이 나던 날 점심때쯤 이씨네 주점에서 사람을 보내 제게 '당신 아들이 어떤 사람한테 맞아 죽었소'라는 말을 전해 왔습죠. 매사를 공정하게 판결하시는 나리님! 소인은 그 자리에서 까무러칠 뻔했습니다. 그곳에 달려가 보니 제 아들은 머리가 터져서 피를 철철 흘리며 땅바닥에 꼬꾸라져

---

1 관청에서 문서를 관리했던 관리.
2 지방 관청에서 일하는 하급관리.

서 숨을 헐떡이고 있었습니다. 무슨 말을 물어도 한마디도 하지 못하더니 잠시 후에 그만 숨을 거두고 말았습니다. 소인은 저 원수 놈과 사생결단을 내고야 말 것입니다."

왕씨가 울고불고 난리를 피우자 여러 나졸들이 꽥 하고 호통을 쳤다. 그러자 그녀는 머리를 조아리며 애원하였다.

"현명하기 그지없으신 나리, 부디 제 원수를 갚아주시옵소서. 저에게는 하나밖에 없는 아들이옵니다."

지현은 왕씨를 물러가게 한 다음 주점의 주인을 불러서 물었다.

"그 장삼이란 자는 네 주점의 고용인이냐?"

주점 주인인 이이李二가 대답했다.

"고용인은 아니고 임시로 쓰는 심부름꾼이었습니다."

"네가 말하기를 그날 사건현장에서 장삼은 설반이 내던진 술대접에 맞아서 죽었다고 하질 않았더냐? 네 두 눈으로 똑똑히 보았느냐?"

"소인은 계산대 앞에 있었습니다. 그런데 손님자리에서 술을 가져오라는 말을 듣고 얼마 지나지 않아서 '큰일 났다. 사람이 다쳤어'라는 소리가 들려왔습니다. 놀라서 뛰어가 보니 장삼이 땅바닥에 거꾸러져 있는데 벌써 숨이 넘어갈 지경이었습니다. 소인은 즉시 관아의 지보에게 알리는 한편, 사람을 시켜서 장삼의 모친에게도 알렸습니다. 그래서 그들이 도대체 어떻게 싸우게 되었는지는 똑똑히 알지 못합니다. 나리, 같이 술을 마신 사람에게 물어 보도록 하시지요."

술집 주인이 이렇게 말하자 지현이 호통을 쳤다.

"처음에 심문했을 때는 직접 보았다고 하더니, 어째서 오늘은 보지 못했다고 하는 것이냐?"

"그때는 소인이 너무 놀란 나머지 헛소리를 지껄였던가 봅니다."

이 말에 나졸들이 또 호통을 쳤다.

지현이 이번에는 오량에게 물었다.

"네가 그날 한자리에서 술을 마신 자더냐? 설반이 어떻게 사람을 때려 죽였는지 사실대로 말하렷다."

"소인은 그날 집에 있었는데 설반 나리가 같이 술을 마시자며 불러냈습니다. 나리께서는 술이 좋지 않다면서 바꿔오라고 했지만 장삼이 말을 듣지 않았죠. 설반 나리는 화가 나서 그의 얼굴에다 술을 뿌리려고 했던 것인데, 어찌 된 영문인지 술대접이 그의 머리를 내려치게 되었습니다. 이건 제 눈으로 직접 본 사실입니다."

"무슨 허튼 소리를 하는 거냐! 지난번 현장에서는 설반 자신이 술대접으로 사람을 때려 죽였다고 자백했고, 너도 그 광경을 직접 보았다고 했으면서 어째서 오늘은 아니라고 말을 바꾸는 것이냐? 여봐라, 저놈의 뺨을 후려쳐라."

나졸들이 분부대로 그를 때리려고 하자 오량이 애원하며 말했다.

"설반은 정말 장삼과 다툰 게 아닙니다. 실수로 술대접이 머리에 가서 맞아서 그렇게 된 것뿐입니다. 부디 나리께서 은혜를 베푸시어 설반을 한번 심문해 주십시오."

그러자 지현은 설반을 끌어내서 물었다.

"너는 장삼과 도대체 무슨 원수를 졌단 말이냐? 도대체 어떻게 장삼이 죽게 되었는지 사실대로 고하도록 하렷다!"

"나리, 자비를 베풀어 주십시오. 소인은 결코 그를 때리지 않았습니다. 그가 술을 바꿔주려고 하지 않기에 그에게 술을 끼얹으려고 했던 건데, 그만 실수로 술대접이 손에서 미끄러져서 장삼의 머리에 가서 맞았던 겁니다. 소인이 황급히 피를 멈추게 하려고 하였지만 도저히 손을 쓸 수 없는 지경이었습니다. 그는 피를 너무 많이 흘린 나머지 조금 있다가 죽고 말았습니다. 지난번 심문 때는 나리께서 자백하라고 때리실까 봐 겁이 나서 술대접으로 그를 때렸다고 말했던 것입니다. 부디 이 점을 살피시어 은혜를 베풀어주시기 바랍니다."

“이런 얼빠진 놈 같으니라고! 지난번에 본관이 왜 그를 내리쳤느냐고 물었을 때, 그가 술을 바꿔주지 않자 화가 나서 내리쳤다고 자백하지 않았더냐? 그러더니 어째서 오늘은 실수로 머리에 맞게 한 거라고 딴소리를 한단 말이냐?”

지현이 일부러 허장성세를 부리며 주리를 틀겠노라고 호통 쳤으나, 설반은 끝까지 아니라고 뻗댔다. 이에 지현은 검시관을 불러서 지난번 사건 현장에서 검시할 때 적어 넣은 상처에 대한 기록을 보고하라고 하였다.

그러자 검시관이 다음과 같이 읽어 내려갔다.

“지난번 조사한 결과에 따르면 장삼의 시체에 다른 외상은 없고 단지 정수리에 사기그릇 파편에 의한 상처자국이 있을 뿐이었는데, 길이가 한 치 일곱 푼이고 깊이가 오 푼으로, 피부가 찢어지고 정수리뼈가 삼 푼 정도 파열되어 있었습니다. 분명한 타박상이었습니다.”

검시확인서와 대조해 본 지현은 이미 서리가 상처를 가벼운 정도로 고쳤다는 것을 알아차렸으나 더 이상 추궁하지 않고 그대로 죄인에게 확인서의 내용을 인정했다는 표시를 하라고 하였다.

그러자 왕씨가 통곡하며 호소했다.

“나리! 요전에는 상처가 여러 군데 있다고 하더니만 어째서 오늘은 하나도 없다는 말씀입니까?”

“무슨 허튼 소리를 하는 게냐? 여기 검시확인서가 있는데도 못 믿겠다는 말이냐?”

그러면서 피살자의 삼촌 장이를 불러 물었다.

“네 조카의 시체에 상처가 몇 군데나 있었는지 알고 있느냐?”

“정수리 한군데만 있었습니다.”

“그것 보아라.”

지현은 그러면서 서리에게 검시확인서를 왕씨에게 보여주라고 하였고, 지보와 피살자의 삼촌을 시켜서 현장의 증인들이 싸우다 구타한 것이 아니라고 증언한 것을 그녀에게 분명하게 알려주라고 하였다. 지현은 실수로 인한 타살이라고 판결을 내린 다음 그 내용을 확인했다는 서명을 하도록 분부했다. 그리고 설반은 상부의 명령이 내릴 때까지 그대로 감옥에 가둬두게 하고, 그 밖의 사람들은 보증인이 신병을 보증한 후 데리고 나가라고 명하였다.

왕씨가 울며불며 난리를 피우자 지현은 여러 나졸들에게 명하여 그녀를 끌고 나가게 하였다. 그러자 장이도 왕씨를 달래며 말했다.

"사실상 실수로 상처를 입힌 건데 어찌 고의로 죽였다고 우길 수 있겠습니까? 이미 지현 나리께서 분명하게 판결을 내리셨으니 더 이상 소란 피우지 마세요."

밖에서 이 소식을 소상히 들은 설과는 뛸 듯이 기뻐하면서 사람을 시켜 집으로 편지를 띄웠다. 그리고 자기는 상부에서 판결이 내리는 대로 벌금을 물 수 있도록 그곳에 머물면서 소식을 기다리기로 했다.

그런데 길거리에 오가는 사람들이 두셋씩 모여서는 귀비마마 한 분이 돌아가셔서 상감께서 삼일 동안 일체 정무를 보지 않고 계신다는 얘기를 수군거리고들 있었다. 마침 이곳은 능침에서 멀지 않았기 때문에 지현은 물품을 구입하고 도로를 수리하는 일 등으로 한동안 눈코 뜰 새 없이 바빴다. 일이 이렇게 되자 설과는 이곳에 남아 있어봤자 소용이 없을 것 같았으므로 감옥에 있는 설반에게 "집으로 돌아갔다가 며칠 후에 다시 오겠습니다"라고 말하고는 안심하고 기다리고 있으라고 하였다.

설반도 어머니가 노심초사하고 계실 것이 염려되어 설과 편에 다음과 같은 서신 한 장을 써 보냈다.

> 저는 무사히 잘 있습니다. 관아에 돈을 몇 번 더 써야 풀려나서 집으로 돌아갈 수 있을 것 같습니다. 그러니 절대로 돈을 아끼지 마십시오.

설과는 이상을 남겨서 설반을 돌보게 하고 자기는 그 길로 집으로 돌아왔다. 설과는 설부인을 만나 지현이 어떻게 사정을 봐줬으며 어떻게 심문이 진행되었나 하는 것과 실수로 살해한 것으로 판결된 경과 등을 낱낱이 아뢰면서, 앞으로 피살자 유족에게 돈을 좀더 쥐어준다면 죗값을 치르는 셈이니 무사할 것이라는 말도 덧붙였다.

설부인은 이 말을 듣고 잠시나마 마음을 놓을 수 있었다.

"그렇지 않아도 난 네가 돌아와서 집안일을 봐주었으면 했단다. 가씨댁에도 인사치레를 해야 하는데 마침 주귀비周貴妃께서 돌아가셔서 저쪽 댁에서는 날마다 궁중에 들어가셔야 하니 집안이 텅 비어 있는 형편이란다. 그래서 내가 저쪽 댁으로 건너가서 언니의 일을 좀 거들면서 말동무라도 해주고 싶었는데 우리 집에도 사람이 없어서 그러질 못했어. 그러니 네가 정말 때맞춰서 잘 온 셈이다."

"저는 그곳에서 원춘 귀비마마께서 돌아가셨다는 소문을 듣고 이렇게 부랴부랴 돌아온 것입니다. 우리 귀비마마께서는 별로 앓으신 적도 없는데 어떻게 갑자기 돌아가셨을까 하고 의아하게 생각했어요."

"지난해에 한 번 앓으신 적이 있기는 하지만 금세 나으셨지. 이번에도 원비마마께서 어디가 불편하시다는 얘기는 듣지 못했어. 그런데 저쪽 댁에서는 노마님께서 며칠 전부터 기분이 좋지 않다고 하시면서 눈만 감으면 원비마마가 보인다고 하시더래. 이 말씀에 모두들 걱정이 되서 알아보았더니 아무 일도 없으셨다는구나. 그런데 그저께 밤에 노마님께서 혼잣말로 '어째서 원비께서 혼자 몸으로 이곳에 오셨을까?'라고 하셨다지 뭐냐. 이 말에 모두들 병환중이라 헛소리를 하시는 거라고 여겨서 염두에 두지 않았는데, 또다시 '너희는 미덥지 않은 모양이지만 원비께서는 내게 부귀영화는 쉽게 사라지는 법이니 반드시 한 발 뒤로 물러서서 몸을 빼야 한다는 말씀까지 하셨다'고 하시더란다. 그렇지만 모두들 '누군들 그런 생각을 하지 않겠어요? 그저 나이 드신 분이라 후사에 신경을 많이 쓰다 보니 그런 말씀을 하신 걸 겁니다'라고 생각하며 대수롭지 않게 넘겼다는구나. 그런데 공교롭게도 그 다음 날 아침 궁으로부터 귀비마마께서 병이 위중하시니 부인들은 모두 입궐하여 문안 올리라는 분부가 내려졌단다. 그래서 모두들 하늘이 무너지는 것처럼 놀라 부랴부랴 입궐했지. 그런데 그분들이 돌아오시기도 전에 우리 집에서는 주귀비께서 돌아가셨다는 소식을 들었어. 잘못 전해지기는 했지만 바깥에서 떠돌던 소문과 집안에서 걱정했던 일이 딱 맞아 떨어졌으니, 정말 기가 막힐 노릇이 아니고 뭐겠니?"

보차가 말했다.

"바깥소문도 틀렸을 뿐만 아니라 집안에서도 '마마'라는 두 글자만 듣고 모두들 당황해서 어쩔 줄 모르다가 나중에야 진상을 알게 되었어요. 요 며칠 새 그 댁의 시녀와 할멈들이 와서 하는 얘기를 듣자니까, 그들은 진작부터 원비마마가 아니라는 것을 알고 있었대요. 그래서 제가 '너희는 어떻게 알았느냐?' 고 물어봤더니, '몇 해 전 정월달에 지방 어느 성에서 점쟁이 하나를 천거했는데 아주 귀신같이 맞혔습죠. 그래서 노마님께서 원비마마의 사주팔자를 시녀들의 사주팔자에 섞어서 그 점쟁이더러 점을 쳐보라고 했는데, 그가 말하기를 정월 초하루에 난 이 아가씨는 아무래도 시時가 틀린 것 같다고 하더랍니다. 그렇지 않고는 이렇게 귀하신 분이 그냥 이 댁에 있을 리가 없다면서 말이죠.

나리와 여러 마님들께서 틀리든지 맞든지 간에 팔자八字대로 한번 봐달라고 했더니, 그 점쟁이가 하는 말이 갑신년甲申年 정월 병인丙寅, 이 네 글자에 상관傷官과 패재敗財[3]가 들어 있지만 신申자 안에만은 정관正官과 녹마祿馬[4]가 들어 있으니 이는 집에서는 기를 수도 없거니와 또 그

3 상관, 패재는 팔자성명술(八字星命術) 중의 '신(神)'인데, 상관은 관(官)을 상(傷)하게 한다는 의미이며 패재는 재물을 잃는다는 의미로 둘 다 모두 그다지 좋지 않은 신을 말함.

래서 좋을 것도 없다고 하더랍니다. 태어난 날은 을묘乙卯일이니 조춘〔初春: 이른 봄〕에 목기〔木氣: 나무의 기운〕가 왕성하여 비록 비견比肩[5]이라고는 하지만 비比할수록 더 좋다면서, 마치 좋은 목재를 다듬으면 다듬을수록 큰 그릇이 되는 것과 같은 이치라고 하더랍니다. 그리고 또한 좋기로는 태어난 시각을 보더라도 신금辛金은 귀한 신분이 될 징조이고, 사巳 가운데 정관, 녹마가 유독 왕성하여 이는 비천록마격飛天祿馬格[6]이라고 하더래요. 그리고 또 말하기를 일日의 녹마가 태어난 시각에 모여 있으니 이는 매우 귀한 것이며, '천월이덕天月二德'이 본명本命을 차지하고 있으므로[7] 반드시 귀한 신분이 되서 크게 총애를 받게 될 거라고 하더래요. 그러면서 이 아가씨의 태어난 시가 확실하다면 틀림없이 황후마마일 거라고 했답니다. 그러니 얼마나 신통해요.

그리고 또 이런 말을 했던 것도 기억납니다. 안타깝게도 부귀와 영화는 오래가지 못해서 인년寅年의 묘월卯月을 만나면 좋지 않다고 하더랍니다. 그것은 비比에 비가 겹치고 겁劫에 겁이 겹쳐 있어서, 아무리 훌륭한 재목이라 할지라도 너무 정교하게 다듬다보면 나무의 바탕이 약해져서 못쓰게 되는 것과 마찬가지라고 하였답니다. 그런데 다들 이 말은 까맣게 잊고 공연히 허둥대기만 하신 거지요. 제가 마침 생각나서 저희 큰아씨께 말씀드렸지요. 올해가 인년 묘월이 아니지 않느냐고 말이지요'라고 하는 게 아니겠어요?"

보차의 말이 채 끝나기도 전에 설과가 황급히 말을 가로막았다.

"지금 남의 얘기만 하고 있을 때가 아닙니다. 그렇게 귀신같이 잘 맞

---

4 정관과 녹마 역시 팔자성명술 중의 신이며, 녹마는 길신(吉神)을 대표함.

5 점술용어로 상관되는 간지(干支)의 오행수(五行數)가 같다는 의미임.

6 점성가들이 말하는 일종의 귀명격(貴命格).

7 천월이덕은 천덕(天德)과 월덕(月德)을 가리키며, 각각 '천지복덕(天之福德)'과 '월지복덕(月之福德)'을 대표하는 길신(吉神)임.

히는 점쟁이가 있다면 형님이 올해 무슨 액운이 끼었기에 그런 일을 당했는지 봐달라고 하는 게 어때요? 어서 형님의 팔자를 써주세요. 제가 가서 봐가지고 올게요. 그런다고 해로울 건 없지 않겠어요?"

"그렇지만 그 사람은 다른 성에서 온 사람이라 아직까지 경성에 머물러 있을지 모르겠어요."

보차는 이렇게 말하면서 설부인이 가부로 건너갈 차비를 해드렸다. 가부에 이르니 이환과 탐춘 등만이 설부인을 맞이하며 물었다.

"설반 도련님의 일은 어떻게 되었나요?"

"상부의 결정이 내려와야 알겠지만 사형만은 면하게 될 것 같구나."

이 말에 모두들 마음을 놓았다.

"어젯밤에 어머님께서 말씀하시기를 지난번 우리 집에 걱정거리가 생겼을 때는 이모님께서 죄다 보살펴주셨는데, 이번에 자기네가 그런 일을 겪고 보니 말을 꺼내기도 쉽지 않을 거라고요. 그러면서 내내 마음을 놓지 못하셨어요."

탐춘의 말에 설부인이 대꾸했다.

"나 역시 건너오지도 못하고 무척 마음을 졸였단다. 네 큰오라비가 그런 일을 당하고 보니 둘째는 그 일을 처리하러 떠났지, 집안에는 네 언니 하나밖에 남지 않았는데 그래 가지고야 무슨 일을 할 수 있겠니? 게다가 며느리라는 것이 저렇게 천방지축이라 내가 몸을 빼서 건너올 형편이 되질 못했단다. 이번에 마침 그곳 지현도 주귀비 마마의 장례준비 때문에 반이의 사건을 종결지을 겨를이 없게 되었기에 둘째가 잠시 돌아왔더구나. 그래서 내가 이제야 건너와 보게 되었단다."

"괜찮으시다면 이곳에서 며칠 묵으시면 좋겠어요."

이환의 말에 설부인은 고개를 끄덕였다.

"나도 여기서 너희 말동무가 되어 주려고 온 거야. 보차 혼자서 좀 외롭기는 하겠지만."

"그렇게 걱정하실 거면 왜 보차 언니랑 같이 오시지 않았어요?"
석춘의 말에 설부인이 웃으면서 말했다.
"그래서는 안 되지."
"왜 안 되나요? 그럼 그전엔 어떻게 여기 와서 살았어요?"
"아가씬 몰라서 그래요. 지금 집에 걱정거리가 생겼는데 어떻게 올 수 있겠어요?"
이환이 이렇게 슬쩍 둘러대자 석춘은 그것을 정말로 여기고 더 이상 묻지 않았다.
그들이 대화를 나누고 있을 때 가모 일행이 돌아왔다. 그들은 설부인을 보자 인사할 겨를도 없이 먼저 설반의 일부터 물었다. 설부인은 지금까지의 경과를 자세히 얘기했다. 곁에서 듣고 있던 보옥은 장옥함의 이름이 들먹여지자 차마 그 자리에서 묻지는 못하고 마음속으로만 생각했다.
'경성으로 돌아왔으면서 왜 나를 찾아오지 않는 걸까?'
게다가 보차도 오지 않은 것을 보고 무슨 까닭인지 알 수 없어서 멍하니 생각에 잠겼다. 그때 마침 대옥이 문안드리러 왔기에 보옥은 기분이 다소 나아졌으므로 보차 생각은 떨쳐버리고 자매들과 함께 가모 처소에서 저녁을 먹었다. 저녁을 먹은 후 다들 돌아갔고 설부인은 가모 처소의 옆방에서 자고 가기로 하였다.
보옥은 자기 방으로 돌아와 옷을 갈아입다가 문득 장옥함이 그에게 주었던 땀수건이 생각나서 습인에게 물었다.
"어느 해던가 내가 얻어다 줬더니 습인이 차지 않겠다고 하던 그 붉은 땀수건을 아직 가지고 있어?"
"제가 잘 넣어두었어요. 그런데 그건 왜요?"
"그냥 물어본 거야."
"도련님께서는 듣지도 못하셨어요? 설씨 댁 서방님께서 그런 돼먹지 못한 놈과 사귀셨기 때문에 살인사건에 휘말려 들었다잖아요? 그런데도 여전히 그런 일을 들춰내서 어쩌시겠다는 건가요? 그런 쓸데없는 일에 신경 쓰실 거라면 조용히 책이나 읽는 편이 낫겠어요. 그따위 중요하지 않은 일일랑 머릿속에서 지워버리세요."

"내가 뭘 어쨌다는 거야? 우연히 생각나서 물어본 것뿐인데. 그까짓 것 있어도 그만이고 없어도 그만이야. 그저 한 번 물어본 걸 가지고 왜 그렇게 말이 많아?"

습인이 웃으면서 말했다.

"제가 말이 많은 게 아니에요. 사람이 글공부하여 도리를 깨우치면 마땅히 더 나아지려고 힘써야 옳지 않겠어요? 그래야 자기 마음에 드는 사람이 생기더라도 그런 모습을 보고 기뻐하고 존경하도록 할 수 있지요."

보옥은 습인의 말에 정신이 버쩍 들었다.

"아이쿠, 야단났네. 방금 내가 할머님 방에 갔을 때 사람들이 하도 많아서 대옥 누이와 한마디도 나누질 못했어. 대옥 누이도 나를 본체만체하더니 갈 때도 먼저 가 버렸어. 지금쯤 틀림없이 자기 방에 있을 거야. 금세 다녀올게."

그러면서 보옥이 나가자 습인이 말했다.

"갔다가 빨리 돌아오세요. 괜히 그런 말을 꺼내서 도련님한테 신바람만 불어넣고 말았네요."

보옥은 대답도 하지 않고 고개를 숙인 채 곧장 소상관으로 달려갔다. 방 안에 들어가니 대옥은 탁자에 기대앉아 책을 읽고 있었다. 보옥이 앞으로 다가가서 웃으며 말했다.

"누이는 일찍도 돌아왔네?"

대옥도 웃으면서 말했다.

"오빠가 날 본 척도 하지 않는데 내가 뭐 하러 거기 더 있겠어요?"

"사람들이 하도 말들이 많아서 내가 어디 끼어들 틈이 있었어야지? 그러다 보니 누이하고 한마디도 못했지 뭐야."

보옥은 이렇게 얼버무리며 웃으면서 대옥이 보던 책을 들여다봤다. 그런데 그 책에 쓰여 있는 글자가 무슨 글자인지 하나도 알 수가 없었다. '작芍'자 비슷한 것이 있는가 하면, '망茫'자 비슷한 것도 있고, '대大'자 옆에 '구九'자가 있고 거기에 갈고리를 더한 다음 중간에 다시 '오五'자를 끼운 것이 있는가 하면, 위에 '오五'자와 '육六'자가 있는데 여기에 '목木'자를 보태고, 밑에 다시 '오五'자가 있는 것도 있었다. 이런 글자들을 보고 있노라니 이상하기도 하고 답답하기도 했다.

"대옥 누이는 요즈음 공부가 많이 늘어서 이젠 천서天書까지 보는 모양이지?"

대옥이 코웃음 치면서 말했다.

"흥! 명색이 공부한다는 사람이 금보〔琴譜: 칠현금의 악보〕도 보신 적이 없나요?"

"금보를 왜 모르겠어? 그런데 왜 위에 있는 글자는 하나도 아는 게 없는지 모르겠네. 누이는 알아볼 수 있어?"

"알아볼 수 없다면 뭐 하러 들여다보겠어요?"

"못 믿겠는걸! 나는 여태껏 대옥 누이가 칠현금을 탄다는 말을 들어본 적이 없어. 우리 집 서재에 칠현금이 몇 개 걸려 있지. 재작년인가 혜호고嵇好古라는 문객이 왔을 때 아버님께서 그에게 한 곡조 타보라고 하셨던 적이 있었는데, 그가 칠현금을 내려놓더니만 하나같이 쓸 만한 것이 없다고 하질 않겠어? 그러면서 '만일 대감님께서 듣기를 원하신다면 내일 칠현금을 가지고 와서 타보겠습니다'라고 하는 거야. 그렇지만 우리 아버님께서 칠현금을 잘 모르시는 것 같다고 생각해서인지 그 다음 날 그는 오지 않았어. 그건 그렇고 누이는 어째서 칠현금 타는 재주가 있으면서도 감추고 있었어?"

“제가 정말로 칠현금을 탈 줄 알아서 그러는 건 아니에요. 며칠 전에 몸이 좀 나아진 것 같아서 큰 책장에서 책을 뽑아들고 뒤적거리다가 칠현금 악보 한 질을 발견했어요. 여간 아취가 있는 게 아닌 데다가 칠현금에 대한 이치가 아주 정통하게 쓰여 있고 다루는 법도 알기 쉽게 설명되어 있더군요. 정말로 옛날 사람들이 마음을 가라앉히고 성품을 기르기 위해 칠현금을 탔던 이유를 알 것 같아요. 저도 양주에 있을 때 설명을 들어본 적도 있고 배워본 적도 있지만 오랫동안 타지 않아서 다 잊어버렸어요. 그야말로 ‘사흘을 타지 않으면 손에 가시가 돋는다’라는 말 그대로지 뭐예요. 지난번에 제가 이 몇 편을 봤는데 곡과 가사는 없고 곡명만 있었어요. 그래서 제가 다른 곳에서 가사가 있는 책 한 권을 찾아서 읽어보니 아주 재미가 있더군요. 그렇지만 어떻게 하면 잘 탈 수 있는가 하는 건 쉬운 문제가 아니에요. 책에 쓰여 있기를 사광師曠[8]은 칠현금을 타서 바람과 우레를 일게 하기도 하고 용과 봉도 불러 올 수 있었대요. 공자 같은 성인도 사양師襄[9]에게 칠현금 타는 것을 배웠는데 한 곡조를 듣고는 그것이 주문왕周文王의 이야기를 엮은 곡이란 것을 알았대요. 그리고 고산유수高山流水의 곡조를 타면서 지음知音을 만나고….”

여기까지 말하던 대옥은 눈꺼풀이 살짝 떨리면서 말을 잇지 못하고 천천히 고개를 숙였다.

대옥의 이야기를 재미있게 듣던 보옥이 말했다.

“대옥 누이의 이야기를 들어보니 정말 재미있는걸. 그렇지만 나는 거기 적힌 글자들을 하나도 모르겠어. 그러니 나한테 몇 글자만 가르쳐

---

8 춘추시대 진(晉)나라의 눈먼 악사로 음을 분별하는 능력이 아주 뛰어났으며 칠현금을 잘 탔다고 함.

9 춘추시대 노나라의 악관(樂官)으로 칠현금을 잘 타고 경쇠(옛날 타악기의 일종)를 잘 쳤다고 함.

줘."

"가르쳐주고 말고 할 것도 없어요. 한 번만 들으면 바로 알게 될 테니까요."

"난 머리가 둔해서 쉽지 않을 거야. 그 '대大'자에 갈고리를 하나 붙이고 그 안에다 '오五'자 하나를 넣은 것부터 가르쳐 줘."

대옥이 웃으면서 말했다.

"이 '대大'자와 '구九'자는 왼손 엄지손가락으로 칠현금의 구휘九徽를 누르는 것이고, 이 갈고리에 '오五'자를 더한 것은 오른손으로 오현五弦을 뜯는다는 거예요. 그러니까 그것은 하나의 글자가 아니고 하나의 음인 거죠. 그러니 아주 쉬워요. 그 밖에 음吟·유揉·작綽·주注·당撞·주走·비飛·추推 등의 여러 가지 방법이 있는데, 모두 손가락 움직이는 기법을 말하는 거예요."

보옥은 너무나도 신이 나서 어쩔 줄 몰라 했다.

"대옥 누이, 누이가 칠현금 타는 법을 그렇게 잘 알고 있으니 우리 이제부터라도 같이 배워보는 게 어때?"

"금琴이란 금禁과 통한다고 했어요. 옛날 사람들이 칠현금을 만든 것은 원래 몸을 다스리고 성정을 함양함으로써 음탕함을 누르고 사치스러움을 없애기 위함이었어요. 그러므로 칠현금을 타려면 반드시 고요하고 안정된 서재나 누각 꼭대기라든가, 숲 속의 바위나 산마루 또는 물가 같은 곳을 택해야 해요. 그러고 나서 화창한 날을 맞아 바람이 맑고 달빛이 밝을 때 향을 피워놓고 정좌하고 앉아서, 잡념을 쫓고 기혈을 부드럽게 해야만 비로소 신과 영을 합칠 수 있고 도道와 묘妙를 합칠 수 있어요. 그러므로 옛사람이 '지음知音은 만나기 어렵다'라고 한 것이지요. 만약 지음이 없다면 차라리 홀로 저 청풍명월과 창송괴석〔蒼松怪石: 푸른 소나무와 기암괴석〕, 그리고 야원로학〔野猿老鶴: 들판의 원숭이와 늙은 두루미〕을 대하고 앉아 타는 것으로 흥취를 돋워야 해요. 그래야만 비로소 칠현금을 타는 보람이 있는 거죠.

게다가 또 알아야 할 것은 손가락 움직이는 법이 정확해야 소리를 제대로 낼 수 있다는 거예요. 만약 칠현금을 타고자 한다면 먼저 의관을 정제해야 하는데, 학창의鶴氅衣[10]나 심의深衣[11]를 입어 고인의 의표를 갖추어야 성인의 악기를 다룬다고 할 수 있지요. 그런 다음 손을 씻고 향을 피운 뒤, 몸을 평상 곁에 붙이고 칠현금을 책상 위에 놓은 후 칠현금의 제 오휘第五徽[12]가 자기의 중심에 오도록 앉아야 합니다. 그러고 나서 두 손을 서서히 쳐들어야 해요. 그래야만 비로소 몸과 마음이 바르게 되는 겁니다. 그 밖에도 음이 가볍고, 무겁고, 빠르고, 느린 것을 알아야 하고 손가락을 굽혔다 폈다 하는 동작이 자연스러워야 하며 자세가 정중해야 해요."

"우리는 그저 재미로 배우려는 건데 이렇게 엄격해서야 어떻게 배우겠어?"

두 사람이 이런 대화를 나누고 있을 때 자견이 들어오면서 보옥을 보고 웃으며 말했다.

"도련님, 오늘은 왜 이렇게 기분이 좋으세요?"

"대옥 아가씨의 강의를 듣고 있노라니 마음이 탁 트이는 것 같아. 들으면 들을수록 더 듣고 싶어지는걸."

"그런 기분을 두고 말씀드리는 게 아니에요. 도련님께서 무슨 바람이 불어서 여기까지 오셨느냐는 말씀이지요."

"그동안은 몸이 불편한 대옥 누이에게 지장을 줄까 봐 일부러 안 왔던 거야. 게다가 나도 서당에 다니다 보니 사이가 좀 멀어진 것처럼 보였

---

10 흰 두루마기에 검은 띠를 두른 선비의 의복. 학의 깃털로 만들어서 신선복이라고도 함.

11 유학자의 법복. 흰색의 두루마기 형태.

12 칠현금에서 가장 중심이 되는 다섯 번째 휘.

던 거구."
자견은 보옥의 말이 채 끝나기도 전에 말을 가로챘다.
"아가씬 이제야 겨우 좀 나아지셨는데 도련님께서 그런 뜻에서 오셨다면 가만히 앉아서 아가씨를 좀 쉬게 해드려야 마땅하지 않겠어요? 이렇게 가르쳐 드리느라고 피곤하게 만들지 마시구 말예요."
"그렇구나. 내가 듣는 데만 정신이 팔려서 대옥 누이가 피곤해 할 걸 미처 생각하지 못했네."
그러자 대옥이 웃으면서 말했다.
"이런 이야기를 하면 오히려 기분이 좋아서 피곤한 줄도 모르겠어요. 다만 내가 이야기하는 것을 오빠가 이해하지 못할까 봐 그게 걱정이지요."
"그래도 자꾸 들으면 차차 알게 되겠지 뭐."
그러면서 보옥은 자리에서 일어났다.
"정말이지 대옥 누이는 좀 쉬도록 해. 내일 탐춘이랑 석춘에게 말해서 다 같이 배우라고 해야겠어. 그래서 나한테 들려달라고 할 테야."
"오빤 참 생각이 단순하기도 하네요. 모두들 배워서 칠현금을 탄다 해도 오빠가 알아듣지 못한다면 그야말로 쇠귀에…."
여기까지 말하던 대옥은 갑자기 무슨 생각이 들었는지 그만 입을 다물어 버렸다.
"너희가 탈 줄만 안다면 나는 기쁜 마음으로 들을 테야. 쇠귀에 경 읽기가 되면 어때?"
보옥의 말에 대옥이 얼굴을 붉히며 웃자, 자견과 설안도 따라 웃었다.
보옥이 그 길로 일어나서 문을 나서려는데 추문이 어린 시녀에게 작은 난초 화분 하나를 들려 가지고 왔다.
"어떤 사람이 마님께 난초 화분 네 개를 보내왔는데, 마님께선 일이 바쁘셔서 난초를 감상할 겨를이 없다면서 보옥 도련님에게 하나, 대옥

아가씨에게 하나씩 갖다 드리라고 하셨어요."

대옥이 보니까 한 가지에 두 송이씩 피어있는 것이 몇 가지나 되었다. 보고 있던 대옥은 갑자기 기쁨인지 슬픔인지 모를 심정으로 멍하니 보고만 있었다. 그것도 모르고 칠현금에만 정신이 팔렸던 보옥이 말했다.

"누이에게 이제 난초가 생겼으니 〈의란조猗蘭操〉[13]를 지을 수 있겠네."

보옥의 말에 대옥은 오히려 기분이 언짢아졌다. 방 안으로 돌아온 대옥은 꽃을 들여다보며 이런 생각에 잠겼다.

'초목도 봄이 되면 꽃이 피고 잎이 무성해지는데 나는 나이도 아직 어리건만 가을날의 창포나 버들 같구나. 만일 소원대로 될 수 있다면 혹시 몸이 점점 나아질지도 모르지만, 그렇지 못할 경우에는 저 늦은 봄의 꽃이나 버들처럼 비바람을 견뎌내지 못할 것이다.'

이런 생각이 들자 대옥은 자기도 모르게 눈물이 주르륵 흘러내렸다. 이 광경을 옆에서 지켜보던 자견은 도무지 그 까닭을 알 수가 없었다. 방금 보옥이 왔을 때는 그렇게도 기분이 좋더니만, 멀쩡하게 꽃을 보고 있다가 왜 갑자기 슬픔에 잠긴단 말인가? 자견이 어떻게 위로해야 할지 몰라서 한참 걱정하고 있는데 보차가 사람을 보내왔다. 무슨 일로 왔는지는 다음 회를 보시라.

---

13 칠현금의 곡명으로 공자가 지었다고 전해짐. 공자가 위나라에서 노나라로 돌아갈 때 깊은 골짜기에서 향기로운 난이 홀로 무성히 핀 것을 보고, 때를 만나지 못한 자신의 신세를 한탄하며 연주했다고 함.

感秋聲撫琴悲往事
坐禪寂走火入邪魔

【제87회】

마귀가 씐 묘옥

금을 타며 대옥은 지난 일 슬퍼하고
참선하던 묘옥은 마귀에게 씌었네

感深秋撫琴悲往事 坐禪寂走火入邪魔

대옥은 보차가 보내온 시녀를 불러들였다. 시녀는 대옥에게 문안 인사를 올리고 보차의 편지를 전했다. 대옥은 시녀에게 차를 마시라고 해 놓고, 보차의 편지를 펼쳐 들었다.

나는 기구한 운명을 타고났기 때문일까? 가세는 점차 기울고 자매도 없이 홀로 외로운 데다 어머님께서도 나날이 쇠약해지고 계셔. 게다가 악담과 욕지거리가 아침저녁으로 그치질 않고, 엎친 데 덮친 격으로 뜻밖의 불행이 들이닥치고 보니 마치 거센 폭풍우를 만난 것 같아. 깊은 밤 잠 못 이루고 뒤척이노라면 끝없이 엄습해오는 근심 걱정을 견뎌낼 수가 없어. 대옥은 내 마음을 알아주는 사람이니, 나를 가엽게 여겨줄 수 있을 테지!
돌이켜보면 지난날 우리들이 해당시사를 세워 시를 짓고 놀던 때도 지금 같은 가을이었지. 국화를 마주하고 게를 먹으면서 뜻 맞는 사람끼리 한데 어울려서 얼마나 즐거웠어? 나는 아직도 대옥이 지었던, "그렇듯 외로이 지조 높아 누구와 함께 숨어 살까? 뭇 꽃들이 피었건만 너만 홀로 늦는구나"라는 시구를 기억해. 뭇 꽃들이 다 시드는 맑고 서늘한 계절이 되어서 저 홀로 피어나는 국화꽃을 어찌 읊조리지 않을 수 있겠어. 마치 우리 두 사람 같으니 말이야. 감회가 솟아올라 네 장章의 시를 지어 보내. 이는 결코 까닭 없이 신음하는 게 아니라 소리 높여 시를 읊조림으로써 울음을 대신해 보려는 거야.

슬프도다, 세월은 어김없이 흘러, 悲時序之遞檀兮,
또다시 가을이구나. 又屬淸秋.
집안에 닥친 불행을 슬퍼하며, 感遭家之不造兮,
홀로 수심에 잠겨있네. 獨處離愁.
북쪽 방에 어머니 계시니, 北堂有萱兮,
어찌 근심을 잊을 수 있으리오? 何以忘憂?
근심을 잊을 길 없어, 無以解憂兮,
내 마음은 쓰리네. 我心咻咻.

구름은 잔뜩 끼고 가을바람 차가운데, 雲憑憑兮秋風酸,
뜰 안을 거닐면 낙엽만 가득하다. 步中庭兮霜葉乾.
어디로 해서 어디로 가버렸나, 何去何從兮,
그리운 옛 벗이여. 失我故歡.
말없이 고요히 생각하니 가슴이 저려오네! 靜言思之兮惻肺肝!

물고기는 헤엄칠 못이 있고, 惟鮪有潭兮,
학은 앉을 가지가 있네. 惟鶴有梁.
비늘가진 물고기는 물속에 노닐고, 鱗甲潛伏兮,
학의 깃털은 얼마나 긴지! 羽毛何長!
머리를 긁으며 아득히 물어본다. 搔首問兮茫茫,
높은 하늘도 드넓은 땅도, 高天厚地兮,
그 누가 알아주랴 이 내 맘의 가없는 수심을. 誰知余之永傷.

은하수는 밝고 밤기운은 차가운데, 銀河耿耿兮寒氣侵,
달빛도 기울어 점점 깊어 가는 밤. 月色橫斜兮玉漏沉.

아아, 가슴속에 서린 슬픔 구슬피 읊조린다. 憂心炳炳兮發我哀吟,
읊고 또 읊어서 지음에게 보내노라. 吟復吟兮寄我知音.

대옥은 편지를 다 읽고 나서 걷잡을 수 없는 슬픔에 빠져들었다. 그러면서 한편으로는 이런 생각도 들었다.

'보차 언니가 다른 사람한테는 보내지 않으면서 나한테만 이런 편지를 보낸 것은 같은 처지에 있는 사람끼리 서로 마음이 통한다는 뜻이겠지.'

대옥이 이런 생각을 하면서 시를 읊조리고 있을 때 밖에서 부르는 소리가 들렸다.

"대옥 아가씨, 안에 계세요?"

대옥은 보차의 편지를 접으면서 대답했다.

"누구세요?"

이렇게 묻고 있는데 어느새 몇 사람이 몰려 들어왔다. 보니까 탐춘, 상운, 이문, 이기, 이렇게 네 사람이었다. 서로 간에 그동안의 안부를 물으며 설안이 가져온 차를 마시면서 이런 저런 얘기를 나눴다. 그러다가 재작년에 국화시를 읊던 생각이 떠올라서 대옥이 말을 꺼냈다.

"보차 언니는 집으로 돌아간 뒤 두어 번인가 다녀가더니, 요즘엔 일이 있어도 아예 와볼 생각을 안 하니 참 이상해. 그 언닌 앞으로 영영 우리한테 안 올 생각인가 봐."

"안 오긴 왜 안와요? 때가 되면 올 테지요. 지금은 올케라는 이가 성질이 고약하고 어머니께서는 연로하신 데다 설반 오빠의 일까지 겹쳐서 그럴 거예요. 하나부터 열까지 보차 언니가 다 돌봐야 하니, 어떻게 그전처럼 놀러 올 시간이 있겠어요?"

탐춘이 웃으며 이렇게 말하고 있을 때, 갑자기 쏴하는 바람소리가 들리더니 낙엽이 우수수 떨어지며 창호지에 부딪혔다. 그러다가 좀 있으려니까 이번에는 맑은 향내가 코끝을 스쳤다. 모두들 그 향내를 맡으며 의아해했다.

"어디서 이런 향내가 나는 거지? 무슨 향내일까?"

"계화꽃〔목서나무 꽃〕[1] 향기가 아닐까?"

대옥의 말에 탐춘이 웃으며 대꾸했다.

"대옥 언닌 아직도 남방 사람의 티를 벗지 못했다니까. 지금이 구월 중순인데 어떻게 아직 계화가 피어 있겠어?"

"그렇기는 해. 그러니까 계화향이라고 못 박지 않고 계화향 같다고 말했던 거야."

대옥과 탐춘의 대화에 상운이 끼어들었다.

"탐춘 언닌 모르고 하는 소리야. '십리十里의 연꽃, 삼추三秋의 계화'[2] 라는 말도 있잖아. 남방에서는 지금 늦게 피는 계화가 한창일 때야. 언니는 보지 못해서 그렇게 말하는 거야. 나중에 남방에 가게 되면 그땐 저절로 알게 될걸."

"내가 무슨 일로 남방엘 가겠니? 그건 나도 진작 알고 있었어. 그러니까 그렇게 가르쳐주지 않아도 돼."

이문과 이기는 그저 입을 오므리고 웃고만 있는데 대옥이 말했다.

"탐춘아, 그렇게 말할 것도 못돼. 속담에도 '사람은 지행선地行仙이다'[3]라는 말이 있잖아? 오늘은 여기 있지만 내일은 또 어디 있을지 알 수 없는 거거든. 날 봐, 나는 원래 남방 사람인데 지금은 왜 여기와 있겠니?"

---

1 물푸레나무의 꽃이라고도 함.

2 송나라의 유영(柳永)이 '망해조(望海潮)'라는 사에서 서호(西湖)의 경치를 읊은 구절.

3 중생들의 복약을 관장하는 신선이며, 속담에 '사람이 지행선이 되면 하루에 3천리를 간다'는 말이 있음.

그러자 상운이 손뼉 치며 말했다.

"오늘은 탐춘 언니가 대옥 언니한테 한 방 맞았네. 대옥 언니만 남방 사람인데 여기 와있는 게 아니고 실은 우리 몇 사람도 출신이 모두 다르잖아? 본래 북방 사람도 있고, 남방에서 났지만 북방에서 자란 사람도 있으며, 남방에서 나고 자랐지만 북방에 와 있는 사람도 있어. 그렇지만 이렇게 한자리에 모여 있는 걸 보면 사람에게는 각기 타고난 운명이 있는 모양이야. 말하자면 땅과 사람은 제각기 연분이 있는 게 아니겠어?"

모두들 그 말에 고개를 끄덕였고 탐춘도 말없이 웃을 따름이었다.

이렇게 한동안 이야기를 나누다가 네 사람은 자리에서 일어섰다. 대옥이 문 앞까지 전송하자 모두들 그만 들어가라고 권했다.

"대옥 언닌 이제 겨우 병석에서 일어났으니까 더 나오지 말아요. 그러다가 찬바람 쐬어서 감기라도 들면 큰일이에요."

대옥은 하는 수 없이 고맙다는 말과 함께 문 앞에서 네 사람과 따뜻한 인사말 몇 마디를 주고받았다. 그리고는 그들이 소상관을 벗어날 때까지 바라보며 눈길로 전송했다.

대옥이 다시 방으로 들어와 앉아 있노라니 새들은 이미 숲속의 둥지로 돌아가고 저녁 해는 뉘엿뉘엿 서산으로 기울었다. 방금 전에 상운이 남방얘기를 꺼낸 터라 대옥은 고향 생각이 절실해졌다.

'부모님께서 살아 계셨다면 강남의 경치를 마음껏 즐기며 살 수 있으련만. 봄꽃과 가을 달, 맑은 물과 푸른 산, 이십사교二十四橋[4]와 육조六朝의 유적들이 그립구나. 그때는 많은 시녀들의 시중을 받아가며 무슨 일이든 하고 싶은 대로 하고, 무슨 말이든 마음껏 하며 지냈지. 꽃수레며 아름다운 배도 원 없이 타고 다니면서 붉은 살구꽃과 푸른 휘장 아래

---

4 강소성 양주에 있는 다리의 명칭.

그야말로 유아독존이 아니었던가? 그런데 지금은 이렇게 남의 집에 얹혀살면서 비록 갖은 보살핌은 다 받고 있다고는 하지만, 무슨 일이든 조심하지 않으면 안 되는 처지가 아닌가? 도대체 전생에 무슨 죄를 지었기에 이생에서 이토록 고독한 걸까? 이후주李後主[5]가 '여기선 종일 눈물로 얼굴을 씻으며 지낸다'[6]고 한 말은 나를 두고 한 말이었나!'

이런 생각에 휩싸이자 대옥은 자기도 모르게 넋이 나가 버렸다. 방으로 돌아와 이 광경을 본 자견은 조금 전에 남방이니 북방이니 하는 얘기들을 하더니만 그것이 그만 대옥의 마음을 상하게 한 것이 분명하다는 생각이 들었다. 그래서 대옥에게 다가가서 위로의 말을 건넸다.

"그 아가씨들과 너무 오래 이야기를 나누는 바람에 많이 지치신 것 같아요. 방금 제가 설안을 시켜 주방에서 아가씨께 드릴 화육배추탕〔火肉白菜湯〕[7]을 가져오게 했어요. 거기다가 마른 새우를 조금 넣고 죽순과 김을 약간 섞으라고 했는데 괜찮으시겠어요?"

"응, 괜찮아."

"그리고 찹쌀죽도 좀 쑤었어요."

대옥은 고개를 끄덕이더니 또 이렇게 말했다.

"그런데 그 죽은 주방에 맡기지 말고 너희 두 사람이 쑤지 그랬어?"

"그러잖아도 주방에서 쑤면 깨끗하지 못할 것 같아서 저희들이 직접 쑤었어요. 아까 그 탕도 설안에게 말해서 류서방댁한테 특별히 깨끗하게 만들어 달라고 부탁하게 했어요. 류서방댁도 자기가 다 준비해서 자기 방에 가지고 가서 오아더러 잘 지켜보며 끓이라고 한댔어요."

"남이 만들면 불결할까 봐 그러는 게 아니야. 다만 오래 병석에 누워

---

5 남당(南唐)의 후주(後主)였던 이욱(李煜)을 말함.

6 이욱이 남당 멸망 후 송에 억류돼 살면서 옛 궁인에게 보낸 편지 구절로, 나라 잃은 슬픔을 표현한 것.

7 청대 궁중요리 가운데 하나로, 가을철에 먹는 보편적인 음식.

있다 보니 남들한테 너무 폐를 많이 끼쳐서 그러는 거야. 다 나은 지금도 탕이네 죽이네 하며 끓여내라고 하면 얼마나 귀찮아하겠어?"

대옥은 이렇게 말하면서 눈시울을 붉혔다.

"아가씨, 그런 쓸데없는 생각일랑 하지도 마세요. 아가씨께서는 노마님의 외손녀일 뿐만 아니라 노마님의 각별한 사랑을 받고 계시질 않아요? 그래서 다들 아가씨 눈에 들려고 야단인데, 누가 감히 불평을 한다는 말씀이세요?"

자견의 말에 대옥은 그렇겠다 싶어서 고개를 끄덕이며 한마디 물었다.

"그런데 방금 네가 말한 오아라는 아이는 언젠가 보옥 도련님 방에 있는 방관이와 함께 있던 아이가 아니니?"

"바로 그 아이예요."

"들어와서 일하고 싶어한다던 그 애 말이지?"

"네, 왜 아니겠어요. 그런데 그때 병을 앓고 있어서 나으면 들어오려고 했대요. 그러다가 마침 청문이 문제가 생겨서 들어오지 못했고요."

"내가 보기에 그 아이가 예쁘장하게 생겼던 것 같았는데."

그런 말을 하고 있을 때 바깥에서 할멈이 탕을 들여왔다. 설안이 나가서 받으려는데 그 할멈이 말했다.

"류서방댁이 이건 오아가 끓인 거라고 아가씨께 말씀 올려달래. 아가씨께서 불결하다고 꺼림칙해 하실까 봐 주방에는 맡기지 않았단다."

설안은 그러겠다고 대답하고 탕을 받아서 안으로 들여왔다. 대옥은 이미 안에서 그들의 대화를 듣고 있었으므로, 그 할멈더러 돌아가거든 류서방댁에게 고맙다는 말을 전하라고 설안에게 일렀다. 설안은 탕 그릇과 수저를 작은 식탁에 차려놓으며 대옥에게 물었다.

"아가씨, 우리 남방에서 가져온 오향대두채五香大頭菜도 있는데 참기름과 초를 약간 쳐서 좀 드시겠어요?"

"그것도 좋겠구나. 그렇지만 이것저것 하느라고 애쓸 건 없어."

그러면서 대옥은 죽을 담아서 반 공기쯤 먹고, 수저로 국을 떠서 두 모금쯤 마시고는 그대로 내려놓았다. 시녀 둘이서 밥상을 치우고 식탁을 깨끗하게 닦은 다음 들고 나갔다. 그리고 그 자리에 늘 놓아두었던 작은 탁자를 원래대로 갖다 놓았다. 대옥은 양치질을 하고 손을 씻은 다음 자견에게 물었다.

"자견아, 향은 더 넣었니?"

"지금 넣으려고 해요."

"너희도 그 탕과 죽을 먹어봐. 맛도 좋고 아주 깨끗하더라. 향은 내가 넣을게."

두 사람은 바깥방으로 먹으러 나갔다.

그들이 나가자 대옥은 손수 향을 넣고 자리에 앉았다. 막 책을 펴들고 읽으려는데, 뜰 안의 바람이 서쪽에서 동쪽으로 휘잉 불더니 나뭇가지 사이를 스치며 계속해서 쏴아쏴아 소리를 냈다. 처마 끝의 풍경도 쨍그랑쨍그랑 소리를 내며 어지럽게 부딪혔다.

그 사이에 설안이 먼저 밥을 다 먹고 들어와서 대옥의 시중을 들었다.

"날씨가 추워졌구나. 내가 지난번에 털옷가지들을 햇볕에 널어 두라고 했는데, 그래 놨니?"

"네, 모두 볕을 쪼여서 넣어두었어요."

"그럼 한 벌 가져다 내게다 걸쳐주렴."

설안이 간수해 두었던 털옷보따리를 안고 와서 모포로 된 보따리를 풀더니 대옥에게 직접 고르라고 하였다. 그런데 그 보따리 속에 무엇인가 비단주머니에 싸여있는 것이 끼어 있었다. 대옥이 그것을 집어서 펼쳐 보니, 그것은 다름 아닌 보옥이 아팠을 때 자기에게 보내왔던 낡은 손수건이었다. 그 손수건에는 자기가 지었던 시가 적혀 있었고 글자 위에는 아직도 눈물자국이 그대로 남아 있었다. 그 비단주머니 안에는 그 밖에도 이전에 자기가 가위로 잘라버렸던 향주머니와 부채주머니, 그리고 통령보옥에 달려있던 장식용 술이 싸여 있었다. 그것은 원래 털옷들을 햇볕에 말릴 때 상자 안에서 나온 것이었는데, 혹시 잃어버릴까 봐 자견이 이 모포 보따리에 넣어두었던 것이다. 대옥이 그것들을 안 보았으면 모를까, 눈으로 본 이상 감회에 젖지 않을 수 없을 것이었다. 대옥은 옷 입을 생각도 하지 않고 손수건 두 장을 손에 든 채 멍하니 그 위에 쓰여 있는 시만 뚫어지게 들여다봤다. 한참 들여다보던 대옥은 그만 눈물을 주르륵 흘리는 것이었다.

이때 바깥에서 자견이 들어와 보니 설안은 옷 보따리를 두 손으로 받쳐 들고 대옥 곁에 멍하니 서 있었고, 작은 탁자 위에는 가위로 잘라버린 향주머니와 두세 조각으로 잘린 부채주머니, 잘려나간 술들이 놓여 있었으며 대옥의 손에는 두 장의 낡은 손수건이 들려 있었다. 그리고 대옥은 손수건에 쓰여진 시를 들여다보며 눈물을 흘리고 있는 것이 아닌가. 그야말로 다음과 같은 정황이 아닐 수 없었다.

한 많은 사람이 한 많은 일을 당하니,	失意人逢失意事,
눈물자국 위에 또 눈물자국이 얼룩지네.	新啼痕間舊啼痕.

자견은 대옥이 사연이 있는 물건들을 보자 지난 일을 회상하며 슬퍼하는 것이라고 생각했다. 그럴 때는 달래도 소용없는지라 일부러 웃으면서 말했다.

"아가씨, 그까짓 것들은 뭐 하러 꺼내 보고 계세요? 그건 모두 몇 년 전 보옥 도련님과 아가씨가 어렸을 때, 사이가 좋았다가 나빴다가 하면서 장난치던 것들이 아네요? 지금처럼 서로 존경하는 사이였다면 이런 물건들을 어찌 함부로 잘라서 못쓰게 만들 수 있었겠어요?"

자견이 이렇게 말한 것은 실은 대옥의 기분을 풀어주기 위해서였다. 그런데 뜻밖에도 이 몇 마디가 대옥으로 하여금 도리어 처음 이곳에 와서 보옥과 친하게 지내던 옛일을 더욱 생각나게 만들었다. 그러자 대옥의 눈에서는 아까보다 더 굵은 구슬 같은 눈물이 쉴 새 없이 뚝뚝 떨어졌다.

그러자 자견이 대옥을 달랬다.

"아가씨, 설안이 아까부터 기다리고 서 있잖아요. 어서 옷을 걸치세요."

그제야 대옥은 손수건을 내려놓았다. 자견은 얼른 그것을 집어서 향주머니, 부채주머니 등과 함께 싸서 치워버렸다.

대옥은 털가죽 옷을 걸치고 울적한 마음으로 바깥방으로 나가 앉았다. 책상 위에는 보차의 시를 적은 편지가 그대로 놓여 있기에, 다시 집어 들고 두어 번을 더 읽었다. 그러더니 한숨을 내쉬었다.

'처지는 달라도 슬프기는 매한가지로구나. 그럼 나도 네 장의 시를 지어 그것으로 칠현금 악보를 만들어서 칠현금을 타면서 노래로 부를 수 있게 해야겠다.'

이런 생각이 들자 대옥은 설안에게 바깥 탁자에 있던 붓과 벼루를 들여오라고 해서 먹을 적시고 붓을 휘둘러 네 첩疊[8]의 시를 지었다. 그런 다음 칠현금 악보를 펼쳐서 그 안에 있는 〈의란조〉와 〈사현조思賢操〉[9]의 운을 빌려 자기가 지은 시에 맞춘 다음, 그것을 써서 보차에게 보내기로 했다.

그러고 나서 또 설안을 불러서 자기가 가지고 온 단금短琴을 상자에서 꺼내오게 하여 줄을 조절해서 지법指法을 시험해 보았다. 대옥은 본래 총명하기 그지없는 사람인 데다가 남방에서 몇 번 배운 적이 있었기에 비록 서투르기는 했지만 몇 번 타다 보니 곧 익숙해졌다.

---

8 악장에 따라 곡조가 한 차례 중복되어 연주되거나 글귀가 한 장 중복돼 쓰이는 것을 일첩(一疊)이라고 함.

9 송대의 칠현금곡으로 곡조가 유장하고 슬픔.

이렇게 얼마 동안 단금을 타다 보니 밤이 깊어졌다. 대옥은 자견을 불러 단금을 치우게 하고 잠자리에 들었다. 여기에 대해서는 더 이상 이야기하지 않겠다.

한편 보옥은 이날 잠자리에서 일어나 세수를 한 뒤 배명을 데리고 서당으로 가는 길이었다. 그때 묵우墨雨가 싱글벙글 웃으면서 맞은편에서 뛰어왔다.

"도련님, 오늘 수지맞았어요. 선생님께서 안 오셨기 때문에 오늘 하루는 공부를 안 하셔도 된대요."

"그게 정말이냐?"

"못 믿으시겠으면 저기 가환 도련님과 가란 도련님께서 오시는 걸 보세요."

아니나 다를까 가환과 가란이 시동들을 앞세우고 싱글벙글 웃어가며 연신 지껄여대면서 맞은편에서 걸어오고 있었다. 그러다가 보옥을 보고는 두 손을 공손하게 모으고 멈춰 섰다.

"너희 둘은 왜 돌아오느냐?"

보옥이 묻자 가환이 대답했다.

"선생님께서 무슨 일이 있으신가 봐요. 하루 쉬고 내일 오라십니다."

가환이 대답했다. 보옥은 그 길로 가모와 가정에게 이 사실을 알린 다음 이홍원으로 돌아왔다.

"왜 다시 돌아 오셨어요?"

습인이 묻자 보옥은 하루 쉬게 된 까닭을 말해주고 나서 잠시 앉았다가 바깥으로 나갔다.

"어딜 또 그렇게 급히 가시는 거예요? 서당은 쉬더라도 집에서 조용히 정신을 가다듬어야 하질 않겠어요?"

이 말에 보옥이 멈춰 서서 고개를 떨어뜨리며 말했다.

"습인의 말도 옳기는 해. 그렇지만 모처럼 하루 쉬는데 놀러나간다고 안 될 거 뭐 있어? 습인도 나를 좀 가엽게 여겨줘야 하지 않겠어?"

습인은 듣고 보니 보옥이 가엾다는 생각이 들어서 웃으며 말했다.

"그럼 도련님 하고픈 대로 하세요."

이런 얘기를 하고 있을 때 마침 밥상이 들어왔다. 보옥은 하는 수 없이 부랴부랴 두세 숟가락을 뜨는 둥 마는 둥 하더니, 양치질을 하고 나서 쏜살같이 대옥의 집으로 달려갔다.

대문 안으로 들어서니 설안이 마당에서 손수건을 널고 있었다.

"아가씨께서는 식사를 마치셨니?"

보옥이 묻자 설안이 대답했다.

"일찍 일어나서 죽 반 공기를 잡숫더니 밥 생각이 없다고 하시면서 지금은 낮잠을 주무시고 계세요. 도련님, 우선 다른 곳에 가셨다가 돌아올 때 들르시는 게 좋겠어요."

보옥은 하는 수 없이 발걸음을 돌렸다. 보옥은 소상관을 나왔지만 갈 곳이 없었다. 그러다 문득 요 며칠 석춘을 만나지 못한 것이 생각나서 요풍헌蓼風軒으로 발걸음을 옮겼다.

그런데 창문 앞까지 가도 웬일인지 방 안이 쥐 죽은 듯이 조용해서 아무 소리도 들리지 않았다. 보옥은 석춘도 낮잠을 자나보다 싶어서 들어가질 못하였다. 막 발길을 돌리려는데 방 안에서 어렴풋하게 무슨 소리가 들려왔다.

보옥이 발걸음을 멈추고 귀를 기울여보니, 잠시 후에 다시 '딱' 하는 소리가 들려왔다. 여전히 무슨 소리인지 통 알 수가 없었는데 그때 마침 누군가의 말소리가 들렸다.

"아가씬 여기 두려는 모양인데 저기는 막지 않을 셈이에요?"

보옥은 그제야 그것이 바둑 두는 소리란 것을 알아차렸다. 그러나 그 말소리의 임자가 누구인지는 단박에 알아차릴 수가 없었다. 이어서 석춘의 말소리가 들렸다.

"뭐가 걱정이에요? 그쪽에서 이걸 따먹으면 나는 이렇게 응수하고, 저걸 따먹으면 또 이렇게 응수하죠 뭐. 더욱이 한 수 늦춰 받으면 결국 연결되니까요."

상대방이 다시 말했다.

"내가 이렇게 따먹으면 어떻게 할래요?"

"아이쿠, 거기 또 패가 있었네요! 제가 미처 방비를 하지 못했군요."

보옥이 들어보니 그 목소리가 귀에 익기는 한데 자매 가운데 한 사람의 목소리는 아닌 것 같았다. 보옥은 석춘의 방에 바깥사람이 올 리는 없다는 생각이 들어서 가만히 주렴을 걷고 안으로 들어섰다.

그 사람은 다름 아닌 농취암의 함외인 묘옥이었다. 보옥은 묘옥이라는 것을 알고도 감히 그들을 방해할 수가 없었다. 묘옥과 석춘은 골똘히 생각에 잠겨 있느라고 보옥이 들어오는 것도 몰랐으므로 보옥은 그저 옆에 서서 그들의 바둑 두는 솜씨만 내려다봤다. 그러자 묘옥이 고개를 숙인 채 석춘에게 물었다.

"아가씨는 이 귀가 죽어도 괜찮아요?"

"왜 죽어요? 그 안에 있는 스님의 돌이 다 죽을 건데 뭐가 겁나겠어요?"

"아직은 큰소리치지 말고 어디 두고 봅시다."

"내가 이렇게 놓으면 어쩌겠어요?"

석춘의 말에 묘옥은 빙그레 웃으면서 변에 있는 돌을 이어놓았다. 그러자 형세가 일변해서 도리어 석춘의 바둑알이 따먹히게 되었고 석춘의 한쪽 귀가 모두 잡히고 말았다. 이에 묘옥이 웃으며 말했다.

"이런 걸 두고 '후절수後切手'[10]라고 하는 겁니다."

---

10 바둑에서 자기 돌을 희생하여 되따는 수법.

석춘이 미처 대답도 하기 전에 곁에 있던 보옥이 마침내 참지 못하고 하하하 웃음을 터뜨렸다. 그 소리에 두 사람은 소스라치게 놀랐다.

"아이, 깜짝이야! 오빠 지금 뭐 하는 거예요? 들어와 있었으면서도 아무 말도 안 하다니, 놀라서 기절할 뻔했잖아요. 그런데 언제 들어왔어요?"

"아까부터 들어와서 두 사람이 귀를 놓고 다투는 것을 다 봤어."

그러면서 보옥은 묘옥에게 예를 표하며 웃으면서 물었다.

"묘옥 스님께서는 좀처럼 선관禪關[11]에서 나오시는 일이 없는데, 오늘은 어쩐 일로 이렇게 속세에 내려 오셨나요?"

이 말을 듣더니 묘옥은 갑자기 얼굴이 빨개지면서, 대답 대신 고개를 숙인 채 바둑판만 내려다보았다. 보옥은 자기가 경솔했다는 생각이 들어서 재빨리 웃음을 띠며 말을 건넸다.

"역시 출가한 분들은 우리네 속인들과 비할 수가 없네요. 가장 큰 차이는 마음이 안정되어 있다는 거죠. 마음이 안정되면 번뇌가 없어지고, 번뇌가 없어지면 지혜로워지기 마련이고요."

보옥의 말이 채 끝나기도 전에 묘옥이 살짝 눈을 들어 보옥을 한 번 쳐다보더니 다시 고개를 숙였다. 그러면서 얼굴은 점점 더 새빨개졌다. 보옥은 묘옥이 자기를 아랑곳하지 않자 하는 수 없이 계면쩍은 듯 옆에 가서 걸터앉았다.

석춘이 계속 바둑을 두려하자 묘옥이 한참 만에 입을 열었다.

"다음에 다시 두기로 하지요."

그러면서 일어나서 옷매무새를 고치고 다시 자리에 앉아서는 보옥에게 물었다.

"도련님께서는 어디서 오시는 길이신지요?"

---

11 절문. 또는 승려나 비구니가 수련하는 곳.

보옥은 묘옥이 한 마디라도 하기를 몹시 바라던 터에 그녀가 말을 건네자 아까 실수한 데에 대해 변명이라도 할까 싶었다. 그러나 문득 '혹시 이것은 묘옥의 기봉(機鋒: 정곡을 찌르는 날카로운 말)이 아닐까?' 하는 생각이 들자 얼굴이 확 달아오르며 대답이 나오질 않았다.

보옥이 대답을 하지 않자 묘옥은 미소를 지으며 석춘하고만 이야기를 나눴다. 이에 석춘이 웃으면서 말했다.

"오빠, 뭐가 그리 대답하기 어렵다고 그래요? 사람들이 노상 '온 데서 왔지'라고 하는 말도 못 들어봤어요? 그게 어디 얼굴을 붉힐 만한 질문인가요? 마치 모르는 사람을 처음 만난 것처럼 그러시는군요."

석춘의 말을 듣던 묘옥은 자기 자신은 어떤가 하고 생각해 봤다. 가슴이 뛰고 볼이 달아오르는 것을 보면 분명 얼굴이 빨개졌을 터이니, 그대로 앉아 있기가 민망하지 않을 수 없었다. 묘옥은 이런 생각이 들자 자리에서 일어나며 말했다.

"너무 오래 있었네요. 이제 암자로 돌아가야겠어요."

석춘은 묘옥의 성미를 잘 알고 있기 때문에 더 이상 붙잡지 않고 문 앞까지 전송하였다.

"오랫동안 여기에 와보질 못했더니 길이 구불구불해서 돌아가다가 잘못하면 길을 잃게 될지도 모르겠군요."

"그럼 제가 길안내를 해드리면 어떨까요?"

보옥이 냉큼 이렇게 말하자 묘옥도 사양하지 않았다.

"미안해서 어쩌지요? 그럼 도련님께서 앞장서세요."

그리하여 두 사람은 석춘과 작별하고 요풍헌을 떠나서 구불구불한 길을 따라 소상관 근처에 이르렀다. 그때 갑자기 은은한 소리가 들려왔다.

"어디서 들려오는 칠현금 소리일까요?"

"틀림없이 대옥 누이가 타는 칠현금 소리일겁니다."

"대옥 아가씨도 원래 칠현금을 탈 줄 아셨던가요? 그런데 저는 왜 평소에 그런 얘기를 듣지 못했을까요?"

보옥은 대옥이 칠현금을 타게 된 이야기를 죽 들려주고 나서 묘옥에게 권했다.

"함께 들어가 보지 않겠어요?"

"옛날부터 칠현금 소리를 듣는다는 말은 있어도, '칠현금 소리를 본다'는 말은 없었습니다."

이에 보옥이 웃으며 말했다.

"그러기에 제가 진작부터 속인이라고 하질 않았습니까?"

두 사람은 이런 대화를 나누면서 소상관 밖에 있는 돌로 만든 가산에 앉아 조용히 귀를 기울였다. 그 음조가 여간 청아한 것이 아니었으며, 칠현금 소리와 함께 나지막한 노랫소리도 들려왔다.

바람은 소슬하고 가을은 깊은데,	風蕭蕭兮秋氣深,
천리 밖 타향에서 미인은 홀로 시름에 잠겼네.	美人千里兮獨沉吟.
그리운 고향은 그 어디에 있는가,	望故鄉兮何處,
난간에 기대서서 눈물로 옷섶을 적시네.	倚欄杆兮涕沾襟.

노랫소리가 잠시 끊기더니 다시 이어졌다.

산은 첩첩하고 물길은 멀고 먼데,	山迢迢兮水長,
창가에 어리는 밝은 달빛이여.	照軒窗兮明月光.
시름에 겨워 잠 못 들며 은하수를 바라보니,	耿耿不寐兮銀河渺茫,
비단 옷은 서늘하고 밤이슬 차갑네.	羅衫怯怯兮風露涼.

노랫소리가 다시 멈추자 묘옥이 말했다.

"먼저 번의 '침侵'자 운은 제일첩第一疊이고, 지금의 '양陽'자 운은 제이

첩第二疊이군요. 좀더 들어 보지요."

그때 안에서 다시 노랫소리가 들려왔다.

그대의 경우는 자유가 없고,	子之遭兮不自由,
나의 처지는 수심도 많다.	予之遇兮多煩憂.
그대와 내 마음이 서로 통하니,	之子與我兮心焉相投,
옛사람의 미덕을 흠모하여 거스름이 없네.	思古人兮俾無尤.

"이것이 또 한 절이에요. 어쩌면 저렇게도 구슬플까요!"

"나는 비록 잘 이해하진 못하지만, 음조만 들어도 너무 슬프군요."

묘옥과 보옥이 이런 대화를 나누고 있을 때 안에서 다시 칠현금 줄을 고르는 소리가 들렸다.

"군현君弦[12]을 너무 높게 조이면 무사율無射律[13]과 잘 맞지 않을 수도 있는데."

묘옥이 이렇게 걱정하고 있을 때 다시 읊조리는 소리가 들렸다.

이승의 인생이란 티끌에 불과하나,	人生斯世兮如輕塵,
하늘나라에서 맺은 인연 깊기도 하여라.	天上人間兮感夙因.
인연이 깊어서 끊기가 어려우니,	感夙因兮不可惙,
진실한 그 마음 하늘의 밝은 달 같구나.	素心如何天上月.

다 듣고 난 묘옥이 아연실색하며 말했다.

"어째서 갑자기 '변치음變徵音'[14]이 됐을까요? 그 음이 마치 금석을 쪼

12 칠현금의 기러기발에 가까운 쪽 첫 번째 현으로 음이 가장 낮고 기본음을 잡는 데 쓰임.

13 12율 중 하나로 무사율의 음가가 높으면 기본음이 너무 높게 되고 무사율의 음가가 더 높아지면 연주가 매우 어려워짐.

14 칠성(七聲)의 음계 가운데 하나로 변치음으로 시작되는 곡조는 대체로 애상적인

개는 것 같아요. 너무 지나친데요?"

"너무 지나치면 어떻게 되나요?"

"그리되면 아마 오래갈 수 없을 겁니다."

이렇게 얘기하고 있는데 안에서 군현이 탁하고 끊어지는 소리가 들렸다. 그 소리를 듣더니 묘옥은 서둘러 자리를 떴다.

"갑자기 왜 그러세요?"

보옥이 놀라서 물었다.

"머지않아 자연히 알게 될 때가 올 거예요. 더 이상 묻지 마세요."

묘옥은 이렇게 말하고는 휑하니 가버렸다. 보옥은 의혹이 가득한 채 맥이 탁 풀려서 이홍원으로 돌아왔다. 그 이야기는 더 이상 하지 않겠다.

한편 묘옥이 암자로 돌아오자 도파〔道婆: 비구니 절에서 잡일을 하는 여자〕 하나가 기다리고 있다가 암자 문을 잠갔다. 묘옥은 잠시 앉았다가 '선문일송禪門日誦'[15]을 한 번 읽었다. 저녁밥을 먹고 난 묘옥은 향을 피워 보살님께 절을 마친 후 도파에게 돌아가 자라고 일렀다. 그리고는 자기의 선상禪床과 등받이 의자가 다 갖춰져 있는 것을 보고, 숨을 죽이고 발을 내린 다음 가부좌를 틀고 앉아 잡념을 물리치고 진여眞如[16]의 경지에 들어가려 애썼다.

이렇게 삼경이 넘도록 앉아 있노라니 지붕 위에서 부스럭하는 소리가 났다. 묘옥은 혹시 도둑이 들었을지도 모른다는 생각이 들어서 선상에서 내려와 문 앞 복도 쪽으로 나갔다. 그러나 별다른 이상은 없었다.

분위기를 표현함.

15 불가에서 날마다 암송해야 하는 사항을 간추려 엮은 책.

16 우주 만유의 평등무차별한 불교적 절대 진리.

구름이 하늘 높이 떠 있고 달빛이 휘영청 밝을 뿐이었다. 아직 날씨가 그다지 춥지 않았으므로 홀로 난간에 기대어 잠시 서 있노라니, 갑자기 지붕 위에서 고양이 두 마리가 야옹야옹하며 번갈아 울어댔다.

그러자 묘옥은 보옥이 낮에 했던 말이 생각나서 자기도 모르게 가슴이 뛰고 귀밑이 후끈거렸다. 그래서 얼른 마음을 다잡고 선방으로 들어와 다시 선상에 앉았으나, 어찌 된 영문인지 정신이 혼미해지면서 갑자기 만마萬馬가 질주하듯 선상이 마구 흔들리는 것 같더니 자기 몸이 마치 암자 밖으로 나와 있는 것 같았다.

그러더니 수많은 왕손공자들이 자기를 아내로 삼으려고 덤비는가 하면, 매파들이 달려들어 안 가겠다는데도 자기를 이리저리 잡아끌며 억지로 수레에 태우려 하였다. 그러더니 이번에는 강도가 칼과 몽둥이를 휘두르며 자기를 묶어서 납치해 가려고 하는 것이 아닌가? 겁에 질린 묘옥은 살려달라고 울며 소리를 질러댔다.

이 소리에 잠을 깬 암자의 여승과 도파들이 불을 켜들고 달려와서 보니, 묘옥이 두 팔을 늘어뜨리고 입에 거품을 물고 있었다. 그들이 놀라서 급히 흔들어 깨우자 묘옥은 눈을 부릅뜨고 두 볼이 벌개서 마구 욕을 해대는 것이었다.

"나는 보살님께서 지켜주는 사람이야. 너희 같은 강도 놈들이 감히 나를 어쩌겠다는 거냐?"

이 모습을 보고 모두들 놀라서 어쩔 줄 몰라 했다.

"저희들이에요. 어서 정신 좀 차리세요."

"난 집으로 돌아갈 테야. 너희들 가운데 그래도 사람 같은 놈이 있으면 날 집으로 돌려 보내줘."

"여기가 바로 스님집이에요."

도파 하나가 이렇게 달래면서 다른 여승더러 얼른 관음보살 앞에 가서 기도를 드린 뒤 신첨神簽[17]을 뽑아보도록 했다. 첨서簽書[18]를 펼쳐보니 서남쪽 구석에 있던 귀신에 씌어서 그렇게 된 것이었다.

그때 누군가가 말했다.

"맞아요. 대관원의 서남쪽 구석엔 사람들이 살지 않기 때문에 음기가 차 있을 거예요."

여럿은 더운 물을 끓여온다, 찬 물을 떠온다 하면서 법석을 떨었다. 그런데 방금 그 얘기를 한 여승은 묘옥이 남방에서 함께 데려온 사람인지라 묘옥에 대한 시중이 남들과 달리 여간 정성스러운 것이 아니었다. 그 여승이 묘옥을 부축하여 안고 선상에 앉아 있으려니까 묘옥이 고개를 돌려 쳐다보며 물었다.

"당신은 누구세요?"

"저예요."

묘옥이 여승을 자세히 보더니 말했다.

"아니, 당신이셨군요!"

그러면서 묘옥은 그 여승을 끌어안고 엉엉 우는 것이었다.

"당신은 제 어머니나 다름없으세요. 당신께서 저를 구해주시지 않았더라면 저는 살 수 없었을 거예요."

묘옥이 계속 허튼소리를 하자 그 여승은 정신 차리라고 흔들어 깨우면서 한편으로는 사지를 주물렀고, 도파는 차를 끓여다가 묘옥에게 마시게 하였다. 그러다가 묘옥은 새벽녘이 되어서야 겨우 잠이 들었다.

여승은 사람을 보내 의원을 청해다 맥을 짚게 하였다. 그런데 생각이 너무 깊어서 비장이 상했다고 하는 이가 있는가 하면, 열기가 혈실血室[19]에 들었다고 하는 이가 있기도 하고, 마귀에 접했기 때문이라는 이

17 점치는 도구. 글자를 새긴 대나무쪽을 통에 넣었다가 하나를 뽑아 신에게 길흉을 물음.

18 점치는 대나무쪽에 새겨진 글.

19 한의학 용어로 여러 가지 의미가 있으나 여기서는 자궁을 말함.

가 있는가 하면, 안팎으로 감기가 들어서 그렇다는 이도 있는 등, 도무지 종잡을 수가 없었다. 그러다가 또 다른 의원을 청해다 보였더니 다음과 같은 말을 물었다.

"좌선을 하신 적이 있으십니까?"

"좌선이야 언제나 하시지요."

도파가 대답했다.

"이 병은 어젯밤에 갑자기 얻은 것입니까?"

"네. 그렇습니다."

"이 병은 마귀가 심장에 들었기 때문에 생긴 겁니다."

모두들 걱정이 돼서 물었다.

"큰일은 없을까요?"

"다행히 좌선한 시간이 길지 않아서 마귀가 깊이 들어가지 못했으니 나을 가망은 있습니다."

그러면서 의원은 심장의 열기를 누르는 약의 처방전을 써주었는데, 한 첩을 달여 먹이자 묘옥은 점차 평온을 되찾았다.

바깥의 건달패거리들이 이 소문을 전해 듣고 온갖 소문을 다 지어냈다.

"그렇게 새파랗게 젊은 여자가 어떻게 참을 수 있겠어? 게다가 고매한 인품에 총명하고 영리한 성정까지 지녔다니, 앞으로 누구 손에 들어갈지 그놈은 참 좋겠군."

며칠 지나자 묘옥의 병은 좀 차도를 보이기는 했지만, 정신은 아직 회복되지 않아서 여전히 흐리멍덩한 상태로 있었다.

어느 날 석춘이 방 안에 앉아 있노라니 채병彩屛이 느닷없이 들어와서 물었다.

"아가씨, 묘옥 스님 이야길 들으셨어요?"

"묘옥 스님한테 무슨 일이 생겼니?"

"어저께 형수연 아가씨하고 큰 아씨께서 하시는 말씀을 들었는데, 묘옥 스님께서 아가씨와 바둑 두고 돌아가던 날 밤에 별안간 사악한 기운에 씌어서 강도가 자기를 잡아가려 한다면서 소리소리 질러대셨대요. 아직까지도 낫지 않았다나 봐요. 아가씨, 정말 이상한 일이라고 생각되지 않으세요?"

석춘은 잠자코 있었지만 속으로는 이런 생각이 들었다.

'묘옥이 비록 정결한 사람이긴 하지만 역시 속세의 인연을 끊지는 못하는구나. 안타깝게도 나는 이런 가문에 태어나서 출가할 수는 없지만, 만약 내가 출가한다면 결코 마귀 따위에 농락당하는 일은 없을 거야. 잡념을 모두 끊어버리면 속세의 온갖 인연을 뒤로 할 수 있을 것이다.'

여기까지 생각이 미치자 석춘은 갑자기 마음 가운데 영감이 떠올라 즉흥적으로 게偈[20] 한 수를 읊었다.

천지만물 생겨날 때 본시 정해진 바 없거늘,	大造本無方,
어디에 미련 두고 머물고자 하는가.	云何是應住.
사람이 본시 허공에서 왔을진대,	旣從空中來,
다시금 허공으로 돌아가야 마땅하리.	應向空中去.

석춘은 다 읊고 나서 시녀더러 향을 피우라고 한 뒤 잠시 좌선을 하였다가, 다시 바둑책을 꺼내서 공융孔融과 왕적신王積薪 등의 저작을 몇 편 읽었다. 그 가운데 '연꽃잎이 게를 포위한 형세'라든가 '꾀꼬리가 토끼를 치는 형세' 같은 것은 별로 신기한 것이 못되었지만, '서른여섯 가지 귀를 죽이는 형세' 같은 것은 한두 번 봐서는 이해하기도 힘들고 기억하기도 힘들었다. 단지 '여덟 마리의 용이 말처럼 달리는 형세'만은

20 부처님의 공덕을 찬미하거나 가르침을 적은 노래 글귀.

아주 재미가 있었다.

석춘이 바둑책을 들여다보면서 생각에 잠겨있는데, 밖에서 누군가가 연신 채병을 부르면서 뜰 안으로 들어섰다. 그가 누구인지는 다음 회를 보시라.

博庭歡寶玉
讚孤兒
正家法賈珍
鞭悍僕

【제88회】

가법을 엄히 한 가진

집안의 기쁨 위해 보옥은 가란을 칭찬하고
가문의 질서 위해 가진은 노복을 매질하네

博庭歡寶玉贊孤兒 正家法賈珍鞭悍僕

석춘이 한창 바둑책을 보면서 골똘히 생각에 잠겨 있는데 갑자기 뜰 안에서 채병을 부르는 소리가 들려왔다. 다름 아닌 원앙이었다. 원앙은 어린 시녀 하나를 데리고 왔는데 그 시녀의 손에는 자그마한 노란 비단보자기가 들려 있었다.

원앙을 보고 석춘이 웃으면서 물었다.

"무슨 일로 왔어?"

"노마님께서 내년에 여든한 살이시니까 암구暗九[1]에 해당되시질 않겠어요? 그래서 밤낮으로 아흐레 동안 소원을 빌고, 또 3,651권의 《금강경金剛經》을 베끼기로 작정하셨답니다. 《금강경》을 베끼는 일은 벌써

1 9는 수의 끝으로 넘기 어려운 숫자라고 여기는데, 81은 9와 9를 곱해서 나오므로 9자 두 개를 숨겨두고 있다고 해서 81세를 암구(暗九), 또는 험난함을 숨겼다고 해서 암감(暗坎)이라 함. 81세를 불길하고 넘기기 어려운 나이로 여겨 예로부터 경을 외고 부처를 참배하며 액이 물러가고 복이 오기를 기원했음.

바깥사람들에게 시켜 놓으셨어요. 그런데 속담에 《금강경》은 도가의 부각[2]과 같은 것이고, 《심경心經》[3]이야말로 부담〔符膽: 부적의 핵심〕으로 칠 수 있다고들 하잖아요? 그렇기 때문에 《금강경》 안에 반드시 《심경》을 끼워 넣어야만 더욱 공덕을 쌓을 수 있답니다. 노마님께서는 《심경》이 더욱 중요한 데다가 관음보살 또한 여보살이기 때문에 아씨들이나 아가씨들과 같은 육친에게 부탁하여 365권을 베꼈으면 하신답니다. 그렇게 되면 경건하기도 하고 깨끗하기도 하니까요. 우리 집에서 희봉 아씨는 집안일을 맡아보시느라 틈도 없을 뿐만 아니라 글을 쓸 줄 모르시기 때문에 빠지기로 했고, 그 밖의 글을 아시는 분들에게는 분량의 다소를 막론하고 모두 부탁하기로 했어요. 동부의 진 나리댁 마님과 작은 마님들까지도 다들 나눠 가지셨어요. 저희 집에서는 말할 것도 없고요."

석춘이 듣고서 고개를 끄덕이며 말했다.

"다른 것은 잘할 줄 모르지만 경을 쓰는 일만큼은 자신 있어. 거기다 놔두고 차나 마시렴."

원앙은 그제야 작은 보따리를 탁자 위에 놓고 석춘과 함께 앉았다. 채병이 원앙에게 차를 따라 주었다. 석춘이 웃으며 원앙에게 물었다.

"원앙은 안 쓰니?"

"아가씨께서 또 저를 놀리시는군요? 몇 해 전에는 그래도 글을 쓰기도 했지만, 요 삼사 년 동안 제가 언제 붓을 든 적이 있었던가요?"

"그래도 이번 일은 공덕을 쌓는 일이잖아."

"그 대신 저도 한 가지 하는 일은 있어요. 지금까지 노마님의 잠자리 시중을 들고 나서 쌀 염불[4]을 외워 왔는데 벌써 3년이 넘었지요. 저는

---

2 부각(符殼)이란 부적의 그림을 가리키는데 도교에서는 이 부각이 귀신을 부리고 액을 없애는 작용을 한다고 믿음.

3 《반야바라밀경심경(般若波羅密經心經)》을 말함.

그 쌀알들을 잘 간수해 놓았다가 노마님께서 공덕을 쌓으실 때 공양미 속에 섞어서 부처님께 드리려고 한답니다. 별건 아니지만 제 정성을 바치고 싶어서 그러는 거예요."

"그렇다면 할머님께서 관세음이 되시면 원앙은 용녀龍女[5]가 되겠네."

"저 같은 게 어떻게 감히 거기에 비할 수 있겠어요? 하지만 저는 노마님 외에 다른 사람은 모실 수 없을 것 같아요. 전생에 무슨 인연이라도 있었던가 봐요."

원앙은 이렇게 말하면서 자리에서 일어나 어린 시녀에게 작은 비단 보자기를 풀게 해서 그 안에서 흰 종이 묶음을 꺼냈다.

"이 흰 종이 한 묶음에다 《심경》을 쓰도록 하세요."

그리고 또 서장西藏에서 가져온 향 한 묶음도 꺼내면서 일렀다.

"이건 경을 쓸 때 피우도록 하세요."

원앙의 말에 석춘은 잘 알았다고 대답했다.

원앙은 석춘의 처소를 나와 어린 시녀와 함께 가모의 방으로 돌아와서 다녀온 이야기를 아뢰었다. 그러고 나서 가모와 이환이 마침 쌍륙雙陸[6]을 두는 중이라 옆에 서서 구경하였다. 이환이 던지는 주사위는 매번 끗수가 높아서 번번이 가모의 말을 몇 개나 잡았다. 그것을 보고 원앙은 입을 오므리고 웃었다.

그때 갑자기 보옥이 가는 대껍질로 만든 자그마한 풀벌레 집 두 개를 손에 들고 들어왔다. 그 안에는 여치가 몇 마리 들어 있었다.

"할머니께서 밤에 잘 주무시지 못하신다기에 심심풀이 하시라고 가져왔어요."

---

4 쌀알을 세면서 염불한다고 해서 붙여진 명칭.

5 신화 속 바갈라 용왕의 딸로 8세 때 영취산에서 석가모니를 만난 후 불법을 깨우침.

6 서역에서 전해졌다는 놀이의 일종으로, 두 사람이 하는 말판 놀이.

그 말에 가모가 웃으면서 말했다.

"넌 아버지가 집에 안 계시는 틈을 타서 이런 장난만 치는구나."

"장난치는 게 아니에요."

"장난치는 게 아니라면 왜 서당에 가서 공부는 하지 않고 이런 거나 잡으러 다니는 게냐?"

"제가 잡은 게 아니에요. 오늘 선생님께서 환이와 난이에게 대련을 지으라고 하셨는데 환이가 짓지 못해서 제가 살짝 가르쳐 줬어요. 제가 가르쳐 준 대로 환이가 대답했더니 선생님께서 기뻐하시면서 한두 마디 칭찬을 하셨죠. 그래서 환이가 고맙다고 이걸 사왔기에, 제가 할머니 드리려고 가져온 거예요."

"환이도 매일같이 공부하러 다니질 않느냐? 어째서 대련을 짓지 못한다는 거냐? 짓지 못하면 선생님이 그 녀석 따귀라도 때려서 창피한 줄 알게 해줬어야지. 그동안 너는 얼마나 따끔한 꼴을 많이 당했더냐? 네 아버지가 집에 계실 때 너더러 시를 지어라, 사를 지어라 명하기만 하면 너는 놀라서 마치 고양이 앞의 쥐새끼마냥 벌벌 떨지 않았니? 그러더니 이제는 제법 큰소리를 치는구나. 그 환이란 놈은 싹수가 노랗다. 남더러 대신 해달라고 하고는 이런 걸 사다 바쳐서 때우려고 하니 말이다. 어린 녀석이 그런 일을 하고도 부끄러운 줄조차 모르니, 나중에 커서 장차 뭐가 될지 모르겠구나."

가모의 말에 온 방 안 사람들이 모두 웃었다.

가모가 보옥에게 다시 물었다.

"난이는 선생님이 시키는 대로 지어냈느냐? 이번에는 환이가 그 애 대신 지어주었겠구나. 난이가 환이보다 어리질 않니, 안 그래?"

"아니에요. 난이는 저 혼자 지었어요."

"난 믿지 못하겠다. 그렇잖으면 또 네가 대신 지어주었던지. 요즈음 네가 정말 대단해졌구나. 양 무리 속의 낙타처럼 혼자서만 큰 데다 글까지 잘 지으니 말이다."

"할머니, 정말 난이가 지었어요. 선생님께서 장차 큰 인물이 되겠다고 칭찬까지 하셨는걸요. 못 믿으시겠으면 불러다가 직접 시험해 보세요. 그럼 알게 되실 거예요."

"정말 그렇다면 기쁜 일이고말고. 나는 네가 거짓말하는 줄로만 알았다. 정말 그 애가 지었다면 장차 출세할 기미가 보이는구나."

그러면서 이환을 쳐다보던 가모는 죽은 가주가 생각났다.

"네 말대로라면 네 형은 죽었지만 형수가 아이를 잘 키운 보람이 있구나. 그 아이는 앞으로 네 형 대신 가문을 빛낼 재목이 될 것이다."

여기까지 말하던 가모는 참지 못하고 그만 눈물을 주르륵 흘리는 것이었다. 이환도 그 말을 듣고 설움이 복받쳤으나 가모가 크게 상심하고 있는지라, 재빨리 눈물을 참고 웃는 낯으로 가모를 위로했다.

"그것도 다 할머님의 은덕이에요. 저희들은 그저 할머님의 은덕을 입고 있을 뿐이지요. 할머님 말씀대로 그 애가 앞으로 잘된다면 그야말로 저희들의 복인 걸요. 할머님께서는 그런 생각이 드시면 기뻐하셔야지 왜 눈물을 흘리세요?"

그러면서 보옥에게 말했다.

"보옥이 삼촌도 앞으로 다시는 그 애를 칭찬하지 마세요. 삼촌은 그 애를 아끼는 뜻에서 그러시겠지만 아직 어린애가 뭘 알겠어요? 그렇게 자꾸 추어주다 보면 자기도 모르게 자만에 빠질 거예요. 그럼 어떻게 제대로 성장할 수 있겠어요?"

그러자 가모가 말했다.

"네 형수 말도 옳다. 그렇지만 난이가 아직 어리므로 너무 엄하게 해서도 안 된다. 어린애들은 담이 작기 때문에 너무 몰아붙이면 탈이 날지도 모르거든. 그리되면 공부도 못할 뿐만 아니라 어미가 지금까지 길러온 공도 허사가 되고 말 테니까."

가모가 이렇게 말하자 이환은 더 이상 참지 못하고 눈물을 흘렸지만 얼른 닦아냈다. 그때 가환과 가란도 가모에게 문안 인사를 올리려고 들어왔다. 가란은 자기 어머니에게 인사하고 나더니 가모 곁에 섰다.

"방금 네 삼촌이 하는 말을 들으니 네가 대련을 잘 지어서 선생님께서 칭찬하셨다면서?"

가모의 말에 가란은 대답은 하지 않고 그저 웃기만 하였다. 그러고 있는데 원앙이 들어와서 아뢰었다.

"노마님, 저녁준비가 다 되었는데 들여올까요?"

"보옥의 이모님을 모셔오도록 하렴."

호박은 얼른 왕부인 처소로 사람을 보내 설부인을 모셔오도록 했다. 보옥과 가환은 그 자리에서 물러나고, 소운과 어린 시녀들이 들어와서 쌍륙놀이 하던 것을 거뒀다. 이환은 가모의 저녁진지 시중을 들려고 남아 있었고, 가란도 제 어머니 곁에 서 있었다.

"너희 모자도 나와 함께 여기서 저녁을 먹자꾸나."

이윽고 밥상이 다 차려졌는데 시녀가 돌아와서 아뢰었다.

"마님께서 노마님께 여쭤달라고 하셨어요. 설마님께서 요즈음은 잠시 앉았다 가시곤 하셨기 때문에 미처 찾아와 뵙지 못하셨답니다. 오늘도 식사만 하고 바로 돌아가셨답니다."

그리하여 가모는 가란을 옆에 앉히고 함께 식사를 했다. 여기에 관해서는 더 이상 자세히 이야기하지 않겠다.

가모는 식사를 마치자 손을 씻고 양치질을 한 다음, 침대에 비스듬히 누워서 한담을 나누고 있었다. 그때 어린 시녀가 호박에게 뭐라고 하는가 싶더니 호박이 들어와서 가모에게 아뢰었다.

"동쪽 부중의 진 나리님께서 저녁 문안 드리러 오셨습니다."

"나가서 알았다고 전하여라. 요즈음 집안일을 돌보느라고 피곤할 테니, 돌아가서 쉬라고 해라."

어린 시녀가 가모의 말씀을 할멈들에게 이르고 할멈들이 다시 가진에게 전했다. 그 말을 듣고 가진은 그냥 돌아갔다.

다음 날 가진이 집안일을 처리하러 건너오자 문지기와 시동들이 몇 가지 일들을 보고했다. 그 가운데 시동 하나가 다음과 같이 아뢰었다.

"소작농이 과일을 보내왔습니다."

"명세서 좀 보자."

그 시동은 냉큼 명세서를 가진에게 올렸다. 가진이 받아서 읽어보니 제철 과일이 대부분이었고 채소와 산에서 잡은 짐승이 약간 끼어있을 뿐이었다. 가진은 지금까지 이런 일을 누가 맡았었냐고 물었다.

"주서가 맡아왔었습니다."

문지기가 대답하자 가진은 곧 주서를 불러들였다.

"장부대로 맞춰본 다음 안에다 들여놓도록 해라. 이후에 대조해 볼 수 있도록 장부를 한 부 베껴 두게 할 테니 좀 기다려라. 그리고 주방에 일러서 과일 가져온 사람들에게 반찬 몇 가지를 보태서 평소대로 밥도 먹이고 돈도 좀 줘서 보내도록 해라."

주서는 하인들을 시켜 보내온 물건들을 희봉의 처소로 운반하게 하는 한편, 장원에서 가져온 장부와 과일들을 일일이 대조하였다. 그러느라고 잠시 나갔던 주서가 다시 들어와서 가진에게 아뢰었다.

"방금 가져온 과일들의 수를 다 점검해 보셨는지요?"

"내가 어디 그런 걸 맞춰 볼 짬이 있겠느냐? 장부를 줄 테니 네가 맞춰보도록 해라."

"소인이 벌써 맞춰보았는데 적지도 않고 많지도 않습니다. 나리께서 장부를 한 부 베껴두셨으니 과일을 가져온 자를 불러다가 이 장부가 진짜인지 가짜인지를 한번 물어보십시오."

"그건 또 무슨 소리냐? 과일 몇 개에 불과한데 뭐가 그리 중요하다고 그러는 것이냐? 게다가 내가 너를 의심할 리도 없고."
그때 포이가 들어와서 머리를 조아리며 아뢰었다.
"나리, 원하옵건대 소인을 그전처럼 밖의 일을 보도록 해주십시오."
"너희들 도대체 왜들 그러느냐?"
"소인 입으로는 여기서 말씀드릴 수 없습니다."
"누가 너더러 억지로 말하라고 하더냐?"
"제가 무엇 때문에 공연히 여기서 염탐꾼 소리를 듣겠습니까?"
포이가 이렇게 말하자 주서가 가로막고 나섰다.
"소인은 이곳에서 장원의 소작료와 금전출납을 맡아보면서 해마다 사오십만 냥을 취급하고 있지만, 대감님과 마님 그리고 아씨들에게 꾸중 한 번 들은 적이 없습니다. 그런데 그따위 보잘 것 없는 물건에 손을 댔겠습니까? 포이의 말대로라면 나리 댁의 토지와 가옥 같은 재산이 전부 소인 놈들에 의해 결딴나고 말았을 겁니다."
'필시 포이란 놈이 일부러 싸움을 걸어온 모양이니, 얼른 쫓아버리는 게 낫겠군.'
이런 생각을 하면서 가진은 포이에게 소리를 질렀다.
"어서 썩 꺼지지 못할까!"
그리고는 주서에게 일렀다.
"너도 군소리 말고 네가 맡은 일이나 잘하도록 해라."
이에 포이와 주서는 더 이상 아무 소리 하지 못하고 각자 물러갔다.
그런데 가진이 곁채에서 잠시 쉬고 있으려니까 대문 쪽에서 왁자지껄하게 떠드는 소리가 들렸다. 무슨 일인지 알아보게 했더니 하인이 돌아와서 아뢰었다.
"포이가 주서의 양아들과 싸우고 있어요."
"주서의 양아들이 누군데?"
"하삼何三이라고 하는 불량배입니다. 날마다 집에서 뒹굴면서 술이나 퍼마시고 소란을 피우기 일쑤지요. 그놈이 노상 우리 집 대문간에 와서 늘어져 앉아 있곤 했는데, 포이와 주서가 말다툼했다는 소리를 주워듣고 그 싸움에 끼어들었답니다."

"고약한 녀석 같으니라고! 포이하고 그 하삼인지 뭔지 하는 놈을 당장 포박하도록 해라. 그런데 주서는 어디 갔느냐?"

"싸움이 시작되는 걸 보고 이내 피해버렸답니다."

"주서도 붙잡아 오너라. 이놈들이 어찌 이럴 수가 있단 말이냐?"

가진의 호령에 하인들이 모두 주서를 잡으러 갔다.

이렇게 소란을 피우고 있을 때 가련도 돌아왔으므로 가진은 지금까지의 일을 모두 가련에게 들려주었다.

"고약한 놈들 같으니라고!"

가련도 사람을 보내 주서를 잡아오게 했다. 주서는 아무래도 피할 수 없겠다는 생각에 순순히 끌려왔다. 가진이 모두 묶으라고 호통 치자 가련이 주서에게 말했다.

"너희가 처음에 싸운 것은 그렇다고 치자. 나리께서 그만두라고 하셨으면 냉큼 그만둘 일이지 왜 또 밖에 나가서까지 싸움질이냐? 너희 둘이 싸우는 것도 용서할 수 없는 일이거늘 어찌 하삼인지 뭔지 하는 망나니 놈까지 소란을 피우게 한단 말이냐! 그리고 네놈은 싸움을 말려야 할 판에 되레 꽁무니를 뺐으니 이게 어디 말이 되는 일이냐?"

가련이 주서를 몇 차례 발길로 걷어찼다.

"주서만 때려서는 소용없어."

가진이 이렇게 말하면서 하인에게 포이와 하삼을 각각 채찍으로 오십 대씩 때린 후 쫓아내라고 명을 내렸다. 그런 다음 가진은 가련과 함께 집안일을 의논했다.

이 일을 두고 하인들은 뒤에서 의론이 분분했다. 가진이 나쁜 놈 편을 든다느니 싸움을 말릴 줄도 모른다느니 하는 말이 돌기도 하고, 가진이 본시 좋은 사람이 아니어서 지난번 우씨 자매와 갖가지 추문이 나돌았을 때 가련을 꼬드겨 포이를 자기한테 끌어들였다가 이제 포이가 쓸모없어지자 함부로 대하는 거라고도 하였다. 그러면서 분명 포이댁이 하자는 대로 해주지 않았기 때문일 거라고 쑥덕거리기도 했다. 사람이 많다 보니 말도 많고 탈도 많아서 별별 소리가 다 나돌았다.

한편 가정이 공부의 일을 맡아보게 되자 일가붙이들은 저마다 단단히 한 몫씩 챙기게 되었다. 이 소식을 들은 가운은 자기도 한 몫 끼어볼 생각으로 거리에 나가 일꾼두목들과 얘기하여 어떻게 나눠먹을까를 모의한 후, 최신 유행의 자수품을 사들고 희봉을 찾아가기로 했다.

희봉이 방 안에 앉아 있는데 시녀들이 떠드는 소리가 들렸다.

"큰서방님과 우리 집 서방님께서 모두 화가 나셔서 지금 바깥에서 사람을 때리고 계셔."

희봉은 무슨 영문인지 몰라서 막 시녀를 불러 물어보려고 하였다. 그때 마침 가련이 들어와서 바깥에서 일어났던 일을 자세하게 알려주었다.

"별로 대단한 일은 아니지만 이런 버릇만큼은 절대 그냥 둘 수 없어요. 지금 우리 집안이 한창 번창하는 마당에도 감히 저것들이 싸움질하는 판인데, 앞으로 젊은 사람들이 살림을 맡게 되면 더욱 손을 쓸 수 없게 될 거예요. 재작년에 동부 댁에서 초대焦大란 놈이 고주망태가 되도록 술을 퍼 마신 채 계단 아래 나자빠져서, 주인이건 하인이건 가릴 것 없이 마구 험한 욕을 퍼붓는 걸 제 눈으로 직접 본 적이 있어요. 그가 비록 공을 세운 사람이긴 하지만 엄연하게 주인과 노비의 구분이 있는 법이므로 주인으로서의 체통을 차려야 좋을 것 같아요. 동부 댁 형님이 워낙 무던해서 아랫것들을 너무 오냐오냐 받아주니까 오늘날 포이 같은 놈이 불거져 나온 겁니다. 제가 듣기로는 당신과 아주버님의 심복이라고들 하던데 오늘은 어째서 그를 두들겨 팼나요?"

가련은 희봉의 말을 듣고 마음에 찔리는 것이 있어서 움찔했다. 그래서 딴전을 피우다가 볼일이 있다는 핑계로 나가 버렸다.

그때 소홍小紅이 들어와서 아뢰었다.

"가운 도련님께서 아씨를 뵙겠다고 밖에 와 계십니다."

"뭐 하러 또 왔을까?"

그러면서도 희봉은 안으로 들이라고 했다.

밖으로 나온 소홍은 가운을 보고 살포시 웃었다. 가운은 얼른 소홍에게 한 걸음 다가가서 물었다.

"그래, 안에다 말씀드렸어?"

소홍이 얼굴을 붉히며 말했다.

"도련님은 우리한테 볼일이 참 많기도 하시네요."

"내가 언제 안에 들어와서 사소한 것이나마 소홍을 귀찮게 한 적 있어? 그저 어느 해인가 소홍이 보옥 아저씨 방에 있을 때 처음으로 소홍이와…."

가운이 이렇게 말하자 소홍은 다른 사람들이 자기네가 그러고 있는 것을 볼까 봐 얼른 화제를 돌렸다.

"그때 제가 도련님께 돌려드렸던 그 명주 수건은 받으셨나요?"

가운은 이 말에 좋아서 어쩔 줄 몰라 하면서 무슨 말인가를 하려고 하는데, 어린 시녀 하나가 안에서 나오는 바람에 얼른 소홍을 따라 안으로 들어갔다. 두 사람은 어깨가 닿을 만큼 나란히 걷고 있었으므로 가운은 소리를 낮춰 은밀하게 소홍에게 말을 건넸다.

"나중에 내가 돌아갈 때도 네가 나를 바래다주렴. 내가 재미있는 얘기 하나 해줄게."

소홍은 이 말에 귀까지 빨개지면서 가운을 힐끗 쳐다보고는 아무 말도 하지 않았다. 소홍은 가운과 함께 희봉의 방문 앞에 이르자 자기가 먼저 안으로 들어갔다가 다시 나왔다. 그러더니 문발을 걷어 올리고 손짓하면서 일부러 정색하고 말했다.

"아씨께서 가운 도련님을 들어오시랍니다."

가운은 웃으면서 소홍을 따라 방으로 들어와서 희봉에게 문안 인사를 올렸다.

"어머니께서 대신 안부를 전하라고 하셨습니다."

가운이 인사를 하며 이렇게 말하자 희봉도 그의 어머니의 안부를 물으며 말했다.

"무슨 일로 왔어?"

"이 조카는 지난번부터 아주머님의 은혜를 입고 마음속에 항상 새기면서 죄송한 마음뿐이었어요. 뭔가 보답하고자 해도 아주머님께서 어떻게 생각하실지 몰라 망설였지요. 마침 얼마 안 있으면 중양절(重陽節: 음력 9월 9일)이고 해서 약간의 물건을 가지고 왔습니다. 아주머님한테 없는 게 없겠지만 그저 이 조카의 성의라고 생각해 주십시오. 아주머님께서 받아주시지 않을까 그것이 걱정입니다."

"할 말이 있으면 앉아서 하렴."

가운은 그제야 비스듬히 걸터앉으면서 재빨리 가지고 온 물건을 두 손으로 받쳐서 옆의 탁자 위에 올려놓았다.

"형편이 넉넉하지도 않을 텐데 뭐 하러 이렇게 돈을 썼어? 내게 무슨 필요한 물건이 있는 것도 아닌데. 오늘 찾아온 목적이 있을 테니 무엇인지 어서 뜸들이지 말고 얘기해 봐."

"별다른 생각이 있어서 온 건 아닙니다. 말씀드린 대로 아주머님의 은혜를 잊지 못해서 찾아온 것뿐입니다."

가운은 이렇게 말하면서 웃음을 지어 보였다.

"그렇게 말하지 말래도 그러는군. 운이네 형편이 옹색한 것은 내가 잘 알고 있는데, 어찌 아무 까닭 없이 이런 걸 받을 수 있겠어? 이 물건을 받게 하려면 먼저 내게 찾아온 연유부터 분명하게 말하도록 해. 이렇게 속에다 뭘 감추고 겉으로는 아닌 척하면 난 절대로 받지 않겠어."

가운은 하는 수 없이 자리에서 일어나 웃으면서 말했다.

"결코 무슨 주제넘은 생각은 아닙니다. 며칠 전에 대감님께서 황릉의 공사를 맡으셨다는 말을 들었습니다. 그런데 제 친구들 중 몇몇이 그런 공사에 경험이 많으므로 그런 일을 맡기에 적당하다고 생각되더군요. 그래서 대감님께 추천해 주십사고 아주머님께 부탁드리고자 합니다. 한두 가지만이라도 할 수 있다면 아주머님의 은혜는 평생 잊지 않겠습니다. 만약 앞으로 이 댁에 손이 필요하신 일이 있으면 전 아주머님을 위해 온 힘을 다 하겠습니다."

"다른 일이라면 내가 힘써 줄 수 있지만 그건 관청의 일이라 어려워. 위의 일은 모두 당관堂官과 사원司員들이 정하고, 아래 일은 모두 서기와 아역衙役들이 도맡아 하니까 다른 사람이 끼어들 틈이 어디 있어야지. 이 집 하인들이라 할지라도 그저 대감님을 따라다니며 시중드는 일만 할 뿐이야. 우리 집 양반이 관청에 가더라도 집안일을 처리하러 가는 것일 뿐이지, 관청에서 하는 일에는 결코 참견할 수가 없어. 그리고 집안일만 해도 그래. 이쪽 끝을 밟으면 저쪽 끝이 들리는 판이라 큰댁 가진 대감도 수습하기 어려워서 쩔쩔매는 형편인데, 운이같이 나이도 아직 어리고 항렬도 낮은 사람이 어떻게 그런 사람들을 잘 다룰 수 있겠어? 게다가 관청의 일도 거의 끝나가고 있어서 그저 밥술이나 얻어먹고 일하는 척만 하는 형편이야. 운이는 집에서 무슨 일인들 못하겠어? 설마 이 일이 아니면 밥도 못 먹는 건 아니겠지? 내가 있는 그대로 얘기한 것이니, 돌아가서 잘 생각해 보도록 해. 그리고 운이의 정성은 내가 이미 알았으니 이 물건은 도로 가지고 갔으면 해. 어디서 구했는지 모르겠지만 그대로 돌려주면 되지 않겠어?"

이때 유모들이 교저를 안고 우르르 몰려 들어왔다. 교저는 화려한 꽃무늬가 수놓인 비단 옷에 손에는 장난감 몇 개를 쥐고서 방긋방긋 웃으며 희봉에게 어리광을 부렸다.

가운은 교저를 보자 일어나서 웃음 지으며 다가가서 물었다.

"이 애가 아주머님의 딸인가요? 얘야, 뭐가 갖고 싶니?"

그런데 교저는 가운을 보더니만 으앙 하고 울음을 터뜨렸다. 그 바람에 가운은 냉큼 뒤로 물러섰다.

"아가야, 착하지. 겁내지 마."

희봉은 얼른 교저를 품에 안았다.

"이 사람은 운이 오빠야. 왜 그렇게 낯을 가리니?"

"어쩌면 이렇게 예쁘게 생겼을까? 앞으로 큰 인물이 되겠군요."

가운이 이렇게 말하자 교저는 몇 번이나 돌아보고는 울고, 또 돌아보고는 울고 하는 것이었다. 이렇게 되고 보니 가운은 더 이상 앉아 있을 수가 없어서 자리에서 일어나 인사를 하였다. 희봉이 가운에게 말했다.

"물건은 도로 가지고 가렴."

"약소한 건데도 안 받아주시렵니까?"

"가지고 가지 않으면 내가 사람을 시켜서 운이 집으로 보낼 테야. 앞으로는 이런 것 사들고 다니지 말도록 해. 운이는 남도 아니니 적당한 기회가 있으면 기억했다가 기별해줄게. 일이 없으면 할 수 없는 노릇이지만 말이야. 이건 이런 물건 따위와는 상관없이 하는 얘기야."

가운은 희봉이 절대로 받지 않으려고 하는 것을 보고, 하는 수 없이 얼굴을 붉히며 말했다.

"그러시다면 제가 쓰실 만한 물건을 다시 구해서 가져다 드리겠습니다."

희봉은 소홍을 불러 물건을 가지고 가운을 바래다주라고 했다. 희봉의 방에서 나오면서 가운은 속으로 생각했다.

'사람들이 희봉 아주머니가 지독하다고 하더니만 과연 그 말이 맞긴 맞구나. 빈틈 하나 없고 그야말로 하는 말마다 똑 부러지니 말이야. 그러기에 대 이을 아들 하나 없지. 그런데 그 교저란 것도 괴상한 계집애야. 나를 보더니 마치 전생의 원수를 만난 듯 울어대는 건 또 뭐람. 내 원 참 재수 없게 하루 종일 헛물만 켰네.'

소홍은 가운이 심드렁한 것을 보자 자기도 풀이 죽어서 물건을 들고 따라 나왔다. 가운은 그것을 받더니 그 가운데 두 가지를 골라 살그머니 소홍에게 건넸다. 그러나 소홍은 한사코 받으려고 하지 않았다.

"도련님, 이러지 마세요. 아씨께서 아시는 날에는 우리 둘 다 곤란하게 돼요."

"어서 받아. 뭐가 겁나서 그래? 누가 알 까닭도 없잖아. 받지 않으면 나를 무시한다고 생각하겠어."

가운이 이렇게 말하자 소홍은 살포시 웃으면서 그제야 받았다.

"누가 이런 물건을 달랬나요? 이런 게 뭐라고."

그러면서 얼굴이 새빨개졌다. 가운도 웃으며 말했다.

"나도 좋은 물건이니까 받아두라는 뜻은 아니야. 게다가 이까짓 물건은 아무것도 아닌걸."

이런 얘기를 나누는 동안 두 사람은 벌써 중문 입구까지 나왔다. 가운이 남은 물건을 아까처럼 품속에 간직하자 소홍이 재촉했다.

"어서 가보세요. 무슨 일이 있거든 주저 말고 저를 찾으시고요. 제가 이곳에 있으니까 다른 사람을 통하지 않고 직접 만날 수 있어요."

가운은 고개를 끄덕였다.

"희봉 아주머니가 너무 쌀쌀맞아서 자주 오지 못할 것 같아. 방금 내가 한 말을 아무튼 잘 명심해둬. 후에 기회가 있으면 자세히 말해줄게."

소홍은 부끄러워서 귀밑까지 새빨개졌다.

"그럼 이만 가세요. 앞으로 자주 찾아오시고요. 도련님, 앞으로는 이전처럼 그렇게 희봉 아씨와 서먹서먹하게 지내지 마세요."

"알았어."

가운은 이렇게 말하면서 대문을 나섰다. 소홍은 문간에 서서 그가 멀어져 가는 것을 멍하니 바라보다가 겨우 발걸음을 돌렸다.

한편, 희봉은 방 안에서 저녁상을 차리라고 분부하며 물었다.

"죽은 쑤었느냐?"

시녀들이 황급히 물어보고 와서 아뢰었다.

"네, 다 되었답니다."

"그럼, 그 남방에서 가져온 짠지를 두어 접시 가지고 오렴."

추동이 알았다며 어린 시녀들에게 분부했다. 그때 평아가 웃으며 다가와서 말했다.

"제가 깜빡 잊고 말씀 안 드렸네요. 오늘 점심때쯤 아씨께서 노마님한테 가셨을 때 수월암水月庵의 스님이 사람을 보내왔어요. 남방에서 가져온 남소채南小菜[7]를 두 보시기만 주십사고 하면서, 또 월비를 몇 달만 가불해 주실 수 없겠느냐고 물어왔어요. 스님께서 몸이 불편하시다구 하면서요. 그래서 제가 어떻게 불편하시냐고 물어봤죠. '벌써 사오일쯤 됐어요. 며칠 전날 밤에 어린 사미승과 도사들 처소의 계집애들이 등불을 안 끄고 자기에 스님께서 몇 번이고 당부했는데도 듣질 않았대요. 그날 밤에도 삼경이 지났는데 여전히 불이 켜져 있는 것을 보고 그 계집애들을 깨워서 불을 끄라고 했는데 다들 잠들어서 아무도 대답이 없더랍니다. 그래서 스님께서 하는 수 없이 자리에서 일어나서 직접 불을 끄셨대요. 그런데 자리로 돌아와 보니 구들 위에 웬 사내와 계집이 앉아 있더래요. 기겁해서 누구냐고 다그치니까 세상에 밧줄로 스님의 목을 막 조르더래요. 그래서 스님이 사람 살리라고 고함을 치셨답니

7 남쪽 지방의 절임채소.

다. 그 소리에 저희들이 등불을 켜고 우르르 달려가 보니 스님께서는 이미 입에 거품을 물고 땅바닥에 쓰러져 계시는 게 아니겠어요? 다행히 깨어나시기는 했지만 아직까지 아무것도 드시질 못해서 입맛이라도 돋우려고 남방에서 가져온 남소채를 얻어오라고 하신 겁니다'라고 하더라고요. 그런데 아씨께서 안 계시는데 제 마음대로 줄 수도 없고 해서 '아씨께서 지금 노마님 방에 가시고 안 계시니 돌아오시는 대로 말씀드리마'라고 해서 돌려보냈어요. 방금 그 남채 얘기를 하니까 생각이 나는군요. 그렇지 않았더라면 잊어버릴 뻔했어요."

희봉은 평아의 말을 듣고 한참 생각에 잠겼다가 말했다.

"남채는 아직 남아 있질 않니? 사람을 시켜서 좀 보내주려무나. 그리고 월비는 내일 가근賈芹을 시켜서 타가라고 하면 될 테고."

그때 소홍이 들어와서 아뢰었다.

"방금 나리께서 사람을 보내셨어요. 오늘밤에 성 밖에 일이 있어서 돌아오시지 못한다고 전해오셨습니다."

희봉이 알았다고 대답했다.

그러고 있을 때 어린 시녀 하나가 뒤편에서 숨을 헐떡이면서 소리를 지르며 뜰 안으로 뛰어 들어왔다. 평아가 밖으로 나가보니 시녀 여럿이 모여서 수군거리고 있었다.

"무슨 소리들을 지껄이고 있는 게냐?"

희봉이 이렇게 묻자 평아가 대답했다.

"어린 시녀들이 잔뜩 겁을 먹고 있어요. 귀신이 나왔다면서요."

희봉이 그중 하나를 들어오라고 해서 물었다.

"귀신이라니, 무슨 소리야?"

"제가 방금 뒤편에 가서 허드레 일꾼들에게 석탄을 더 가져오라고 일렀는데, 저 세 칸짜리 빈집에서 부스럭 부스럭하는 소리가 나질 않겠어요? 저는 고양이나 쥐인 줄 알았는데 조금 있으려니까 '휴우우' 하고 마치 사람이 숨 쉬는 소리 같은 게 들리는 거예요. 그래서 그 소리를 듣고 저는 기절초풍해서 뛰어 왔어요."

희봉은 욕을 하며 말했다.

"무슨 허튼 소리를 하는 게냐? 귀신이 있다느니 어쩌니 하는 얘기는 꺼내지도 마라. 난 지금까지 그런 얘기를 믿어 본 적이 없어. 어서 썩 물러가지 못할까."

희봉의 호통에 그 시녀는 물러갔다. 희봉은 채명을 불러 그날 하루 동안의 자질구레한 일용품들의 출납장부를 대조해 보게 하였다. 그러는 가운데 어느덧 이경이 가까워졌으므로, 모두들 잠시 쉬면서 한담을 좀 나누다가 각자 잠자리에 들었으며 희봉도 자리에 누웠다.

삼경이 가까웠을까, 희봉은 비몽사몽간에 온몸에 소름이 쫙 끼치면서 놀라서 깼다. 그래도 그대로 누워 있었으나 점점 더 무서워졌으므로 평아와 추동을 깨워 곁에 있으라고 했다. 평아와 추동은 희봉이 왜 그러는지 까닭을 알 수 없었다. 추동은 원래 희봉의 말에 순종적인 애가 아니었다. 그런데 가련이 우이저의 일로 추동을 전과 같이 좋아하지 않자 희봉이 적당히 달래주었기 때문에 요즘은 제법 고분고분해졌다. 그렇지만 평아와는 판이하게 달라서 그저 겉으로만 그러는 척할 뿐이었다. 그래서인지 지금도 희봉의 몸이 불편한 것을 보고 마지못해 차를 받쳐 들고 왔다.

희봉은 차를 한 모금 마시고 나서 말했다.

"수고했으니 너는 이제 그만 가서 자거라. 평아만 곁에 있어도 된다."

그러나 추동은 희봉의 비위를 맞추려고 애썼다.

"아씨께서 잠이 오지 않으시면 저희가 교대로 곁에서 지켜드리겠어요."

희봉은 그녀들과 이야기를 나누다가 스르르 잠이 들었다. 평아와 추동은 희봉이 잠든 것을 보고는 멀리서 닭 우는 소리를 들으면서 옷을 입은 채 잠시 눈을 붙였다. 그러나 이내 날이 밝았으므로 허둥지둥 일어나서 희봉의 세수 시중을 들었다.

희봉은 간밤의 일 때문에 정신이 흐릿하고 불안했지만, 남에게 약한 모습을 보이기 싫어하는 성미라 억지로 참고 일어났다. 그런데 희봉이 일어나서 잠시 생각에 잠겨 있노라니까 갑자기 뜰에서 어린 시녀가 안에다 대고 묻는 소리가 들렸다.

"평아 언니 안에 계세요?"

평아가 대답하자 그 시녀가 주렴을 젖히고 들어왔다. 그 시녀는 왕부인이 가련을 찾으러 보낸 아이였다.

"밖에 누군가가 관청의 중요한 일로 왔답니다. 대감님께서 출타중이시라 마님께서 얼른 서방님을 모셔오라고 하셨어요."

이 말을 듣고 희봉은 깜짝 놀랐는데, 무슨 일 때문에 그러는지 알고 싶으면 다음 회를 보시라.

人亡物在公
子填詞
蛇影杯弓顰
卿絕粒

【제89회】

의심병이 생긴 대옥

청문은 가고 물건만 남아 보옥이 시를 짓고
공연한 의심에 병이 난 대옥은 식음을 끊네

人亡物在公子塡詞 蛇影杯弓顰卿絶粒

희봉은 막 자리에서 일어나 어젯밤 일로 생각에 잠겨 우두커니 앉아 있었다. 그러다가 갑자기 어린 시녀가 전하는 말을 듣고 가슴이 철렁해서 다급하게 물었다.

"관청의 일이라니, 무슨 일이라더냐?"

"저도 모르겠어요. 방금 중문지기 하인이 와서 그러는데 관청에서 대감님께 중요한 일이 있다면서 사람을 보냈다나 봐요. 그래서 마님께서 둘째 서방님을 모셔오라고 저를 보내셨어요."

희봉은 듣고서 공부의 일임을 알고 그제야 다소 마음을 놓았다.

"너는 돌아가서 마님께 아뢰어라. 둘째 서방님께서는 어젯밤 성 밖에 일이 있어서 안 들어오셨으니, 큰댁 가진 서방님께 사람을 보내시라고 말이다."

어린 시녀는 대답을 하고 돌아갔다.

이윽고 가진이 건너와서 공부에서 보낸 사람에게 무슨 일인가를 알아본 다음 왕부인에게 아뢰었다.

"공부에서 알려온 바에 의하면 어제 하도총독河道總督[1]으로부터 상주가 올라왔는데, 하남 일대의 황하가 범람해서 몇몇 부府, 주州, 현縣이 물에 잠겼답니다. 그래서 이번에도 국고를 풀어서 제방을 보수하기로 했으므로 공부의 관원들이 해야 할 일이 많은 모양입니다. 그래서 공부에서 각별히 대감님께 알리러 나왔답니다."

가진은 이렇게 말하고 왕부인의 처소에서 물러나왔고, 가정이 집으로 돌아오자 왕부인이 이 말을 전했다. 이때부터 겨울까지 가정은 날마다 용무가 많아서 내내 관청에 나가 있었다. 그러다 보니 보옥의 공부도 점점 게을러졌다. 그렇지만 가정에게 발각될 것이 두려워서 서당에 공부하러 다니는 것만은 소홀히 할 수 없었으므로 보옥은 대옥의 처소에도 자주 들르지 못하였다.

어느덧 시월 중순이 되었다. 보옥이 일어나서 서당에 가려고 하는데 그날따라 날씨가 갑자기 추워졌다. 습인은 어느새 옷을 한 보따리 꺼내서 보옥에게 말했다.

"오늘은 날씨가 꽤 춥네요. 아침저녁으로 좀 따뜻하게 입어야겠어요."

습인은 이렇게 말하면서 옷 보따리에서 한 벌을 골라 보옥에게 입혔다. 그리고 또 한 벌을 싸서 어린 시녀더러 배명에게 주라고 일렀다.

"날씨가 추워졌으니까 도련님께서 갈아입으시겠다고 하면 바로 내드리도록 해."

배명은 옷 보따리를 옆에 끼고 보옥을 따라나섰다. 보옥이 서당에 와서 글을 읽고 있으려니까 갑자기 문풍지가 바람에 부르르 떨리는 소리가 들렸다.

---

1 운하와 제방, 저수지, 강이나 하천의 일을 총괄하는 직책.

"날씨가 또 추워질 모양인가?"

이렇게 말하면서 가대유가 창문을 열고 밖을 내다보니, 서북쪽으로부터 짙은 먹구름이 점점 동남쪽으로 몰려오고 있었다.

이때 배명이 들어와서 보옥에게 말했다.

"도련님, 날씨가 추워졌으니 옷을 더 껴입으세요."

보옥이 그러마고 고개를 끄덕이자 배명이 옷을 꺼냈다. 그런데 보옥은 그 옷을 보자 큰 충격을 받고 넋 나간 사람처럼 되었다. 함께 공부하는 어린 학생들이 모두 그런 보옥을 쳐다봤다. 그 옷은 다름 아닌 청문이 생전에 기워준 공작털로 만든 갖옷이었다.

"왜 이 옷을 가져왔니? 누가 주더냐?"

"도련님 방에 있는 누나들이 싸줬어요."

"별로 춥지 않으니 안 입을 테야. 다시 싸둬라."

대유는 보옥이 그 옷을 아껴서 그러는 줄 알고 속으로 이제는 근검절약 할 줄도 아는구나 하고 은근히 기뻐하였다.

"도련님, 어서 입으세요. 그러다 감기라도 드시면 제 잘못이잖아요. 도련님, 제발 소인을 생각해서라도 입으세요."

배명이 이렇게 애원하자 보옥은 하는 수 없이 그 옷을 입고 건성으로 책을 들여다보며 멍하니 앉아 있었다. 대유는 보옥이 열심히 책을 읽는 줄만 알고 별로 주의를 기울이지 않았다.

저녁 무렵 그날 공부를 끝마칠 때쯤 되자 보옥은 몸이 아프니 하루만 쉬게 해달라고 가대유에게 청했다. 가대유는 워낙 연로하여 그저 아이들을 벗 삼아 소일하고 있는 데다가 노상 여기저기 몸이 아팠기 때문에 학생이 하나라도 적을수록 일을 더는 셈이었다. 게다가 가정이 공무로 바쁠 뿐만 아니라 가모가 보옥을 애지중지한다는 것을 잘 알고 있는 터이므로 고개를 끄덕이며 청을 들어주었다.

보옥이 돌아오는 길로 가모와 왕부인에게 인사를 올리고, 서당에서 말한 것처럼 핑계를 댔더니 모두들 곧이들었다. 보옥은 잠시 그곳에 좀 앉아 있다가 대관원으로 돌아왔다. 보옥은 돌아와서 습인 등을 보고도 평소처럼 얘기를 하거나 웃지도 않고 옷을 입은 채 구들 위에 드러누웠다.

"저녁진지가 다 되었는데 지금 드시겠어요? 아니면 조금 있다가 차릴까요?"

"난 안 먹을 테야. 왠지 기분이 언짢아서 그래. 너희나 먹으렴."

"그럼, 옷이나 갈아입으세요. 잘 구겨지는 옷인걸요."

"그냥 입고 있을래."

"구겨진다고만 해서 그러는 게 아니에요. 바느질한 걸 좀 보세요. 그렇게 함부로 굴려선 안 될 옷이죠."

보옥은 그 말이 자기의 아픈 곳을 찌른지라 한숨을 내쉬며 말했다.

"그럼 잘 싸서 간수해둬. 난 이제 이 옷은 안 입을 테야."

그러면서 일어나서 옷을 벗었다. 습인이 받으려고 다가가서 보니 보옥이 벌써 그 옷을 제 손으로 개키고 있었다.

"도련님, 오늘은 웬일로 이렇게 부지런해지셨어요?"

보옥은 대꾸도 하지 않고 옷을 다 개고는 물었다.

"이걸 쌌던 보자기는 어디 있어?"

보옥이 제 손으로 싸도록 사월이 얼른 보자기를 건네주며 고개를 돌려 습인에게 눈을 찡긋하며 웃었다. 그래도 보옥은 아랑곳 하지 않고 맥없이 혼자 앉아 있는데 갑자기 선반 위의 시계가 땡땡하고 울리는 소리가 들렸다. 보옥이 회중시계를 꺼내보니 시계바늘이 벌써 유초이각〔酉初二刻: 오후 5시 반〕을 가리키고 있었다. 조금 있으려니까 어린 시녀가 등불을 들고 들어왔다.

"밥을 안 드시겠으면 죽이라도 조금 잡숫도록 하세요. 속을 너무 비우시면 안돼요. 그랬다가 허열이라도 오르면 그 책임이 또 저희들한테 돌아오는걸요."

습인이 그렇게 권해도 보옥은 고개를 가로 저었다.

"배고프지도 않은데 억지로 먹었다간 도리어 탈이 날지도 몰라."

"정 그러시다면 아예 일찌감치 주무시도록 하세요."

습인과 사월은 하는 수 없이 보옥의 잠자리를 봐주었다. 보옥은 자리에 누웠지만 몸을 뒤척이며 도무지 잠을 이룰 수가 없었다. 그러다가 새벽녘이 되어서야 겨우 선잠이 들었으나 밥 한 끼 먹을 만큼의 시간도 안돼서 다시 깨고 말았다.

그때는 습인과 사월도 모두 일어나 있었다.

"어젯밤 도련님께서는 이리저리 뒤척이면서 오경까지 주무시질 못하는 것 같더군요. 그렇지만 조심스러워서 왜 그러시는지 묻지는 못했어요. 그러다가 저도 잠이 들었는데 도대체 주무시기는 한 거예요?"

습인의 말에 보옥이 대답했다.

"자기는 잤는데 어찌 된 영문인지 금세 깼어."

"어디 몸이 불편하신 데라도 있으세요?"

"불편한 데는 없어. 그저 마음이 심란할 뿐이야."

"오늘 서당엔 안 가세요?"

"하루 휴가를 받아놨어. 오늘은 원내를 거닐며 기분전환이나 해볼까 해. 그런데 추운 게 걱정이군. 그러니 애들을 시켜서 방 한 칸을 청소하고 향로와 지필묵을 들여놔 줘. 그런 뒤에 너희는 각자 볼일을 보도록 해. 한동안 나 혼자 조용히 있고 싶으니까 애들한테 방해하지 말라고 하구."

사월이 보옥의 말을 받았다.

"도련님께서 조용히 공부하시겠다는데 누가 감히 방해하겠어요?"

"그렇게 하시는 게 좋겠어요. 감기 드실 염려도 없고요. 혼자 조용히 앉아 계시노라면 마음도 안정될 거예요."

습인은 이렇게 말하면서 다시 물었다.

"입맛이 없으신 것 같은데 뭘 드시고 싶으세요? 주방에 미리 부탁 해 둘게요."

"아무 거나 먹으면 되니까 괜히 소란 떨지 마. 그 대신 과일이나 좀 방 안에 넣어줘. 과일향이나 맡으면서 앉아있게 말이야."

"어느 방이 좋을까요? 다른 곳은 다 지저분하고 이전에 청문이 쓰던 방이 오래 비어 있어서 그나마 깨끗한데, 좀 추울 것 같기는 해요."

"추운 건 괜찮아. 화로를 갖다 놓으면 될 테니까."

습인이 그렇게 하겠다고 대답하였다.

그때 어린 시녀가 차 쟁반에 사발 하나와 상아 젓가락 한 쌍을 들고 들어와서 사월에게 건네주며 말했다.

"이건 방금 습인 언니가 주문한 거라며 주방의 할멈이 가지고 왔어요."

사월이 받아보니 연와탕이었으므로 습인에게 물었다.

"언니가 해오라고 한 거예요?"

"어제 도련님께서 저녁 진지도 안 드신 데다가 밤새 잠까지 못 주무셨잖아. 오늘 아침에 일어나면 틀림없이 시장하실 것 같아서 어린 시녀더러 주방에다 연와탕을 준비하게 하라고 일러두었지."

습인은 웃으면서 어린 시녀에게 연와탕을 탁자 위에 놓으라고 하였다. 사월은 옆에서 보옥이 연와탕을 마시고 양치질하는 시중을 들었다. 그때 추문이 들어와서 알렸다.

"방 청소를 끝냈어요. 그렇지만 숯불냄새가 다 빠진 다음 들어가도록 하세요."

보옥은 고개만 끄덕일 뿐, 수심이 가득한 채 말하기조차 귀찮아했다.

이윽고 어린 시녀가 와서 지필묵을 다 마련해 놓았다고 아뢰었다.

"알았어."

그때 또 다른 어린 시녀가 들어왔다.

"도련님, 아침진지가 다 되었는데 어디서 잡수시겠어요?"

"번거롭게 하지 말고 이리로 가져오너라."

어린 시녀는 나가더니 바로 밥상을 차려 들어왔다. 밥상이 들어오자 보옥은 웃으면서 습인과 사월에게 말했다.

"내가 지금 속이 답답해서 혼자서는 밥이 잘 넘어갈 것 같지 않아. 그러니 너희도 같이 먹자꾸나. 그래야 나도 입맛이 돌아서 더 많이 먹을 수 있을 것 같아."

사월이 웃으면서 말했다.

"도련님께서는 그러는 게 좋아서 하시는 말씀이겠지만 저희들이 감히 어떻게 도련님과 한상에 마주 앉아 먹겠어요?"

"사실 안 될 것도 없어. 우리가 한상에서 술을 마신 게 어제오늘 일이 아니잖아. 가끔 도련님의 갑갑증을 풀어드리기 위해서라면 뭐든지 할 수 있지 않겠어? 만약 그런 이유 없이 함부로 한상에 앉는다면 법도에 어긋나는 일이지만 말이야."

습인의 말에 세 사람은 자리에 앉았다. 보옥이 상석에 앉고, 습인과 사월은 각각 양 옆에 나눠 앉았다. 식사를 끝내자 어린 시녀가 양치할 찻물을 가져 왔고, 습인과 사월은 상을 물리는 것을 지켜보았다.

보옥은 찻잔을 손에 든 채 말없이 생각에 잠겼다가 물었다.

"방은 다 치웠어?"

"아까 벌써 말씀드렸는데 왜 또 물으세요?"

사월이 면박을 주며 말했다.

보옥은 잠시 앉아 있다가 그쪽 방으로 건너갔다. 그리고는 직접 향을 피우고 과일들을 늘어놓은 다음 사람들을 다 내보내고 나서 문을 닫았다. 밖에서는 습인 등이 숨을 죽이고 있었다.

보옥은 금가루로 귀퉁이에 꽃을 새긴 분홍색 편지지를 꺼내놓고 입으로 몇 마디 주문을 외우더니 붓을 들어 써내려가기 시작했다.

이홍원의 주인은 향을 사르며
청문에게 알리오니, 怡紅主人焚付晴姐知之,
바라건대 와서 따르는 차에서
퍼지는 맑은 향기를 흠향하소서. 酌茗清香, 庶幾來饗.

그러면서 이어서 사를 지었다.

내 곁에 있던 그대여, 隨身伴,
서로의 살뜰한 정 끈끈하였건만. 獨自意綢繆.
뜻밖에도 평지에 풍파가 일어, 誰料風波平地起,
홀연히 그대는 목숨을 잃었으니. 頓教軀命卽時休.
그대 그리운 이 내 마음 뉘에게 토로할까? 孰與話輕柔?

동으로 흐르는 물은, 東逝水,
서쪽으로 되돌아 흐르지 못하는 법. 無復向西流.
사무치게 그리워도 회몽초가 없구나, 想象更無懷夢草,
껴입자고 꺼낸 옷 그대 기운 갖옷이네. 添衣還見翠雲裘.
그대 그리운 마음에 수심만 깊어가네! 脈脈使人愁!

보옥은 다 쓰고 나서 향불에 그 종이를 태웠다. 그리고 향 한가치가 다 탈 때까지 조용히 앉아 있다가 그제야 밖으로 나왔다.

"왜 벌써 나오세요? 아무래도 갑갑하신가 보죠?"

습인이 이렇게 묻자 보옥은 웃으면서 둘러댔다.

"어쩐지 마음이 어수선해서 마땅한 곳을 찾아 조용히 앉아 있을 셈이었어. 이제 괜찮아졌으니 밖에 나가서 바람이나 쏘이려구."

그곳에서 나온 보옥은 곧바로 소상관으로 갔다.

"대옥 누이, 안에 있어?"

"누구세요?"

자견이 물으면서 주렴을 걷고 내다봤다.

"보옥 도련님이셨군요? 아가씨는 방에 계세요. 어서 들어오세요."

보옥이 자견을 따라 안으로 들어가 보니 대옥은 안쪽 방에 있었다.

"자견아, 보옥 도련님을 안으로 모시렴."

보옥이 안쪽 방의 문 앞에 이르자 검붉은색 바탕에 금박으로 구름과 용을 새긴 한 쌍의 시전〔詩箋: 시를 쓰는 종이〕에 짧은 대련 한 구절을 새로 써서 붙여 놓은 것이 눈에 들어왔다.

푸른 창에 명월이 비취건만,	綠窗明月在,
청사의 옛사람은 어디로 갔나.	青史古人空.

보옥은 그것을 보고 빙긋이 웃으며 물었다.

"대옥아, 뭐 하고 있어?"

대옥은 일어나서 두어 발자국 맞으러 나오며 웃으면서 권했다.

"어서 앉으세요. 경을 쓰고 있었는데 이제 두 줄밖에 남지 않았으니까 조금만 기다리세요."

그러면서 설안에게 차를 대접하라고 했다.

"나한테 신경 쓰지 말고 어서 쓰기나 해."

보옥은 이렇게 말하면서 벽 중앙에 걸린 그림 한 폭을 바라보았다. 그 그림에는 항아가 시종 하나를 데리고 있는 모습과 또 다른 선녀가 역시 시종을 데리고 있는 모습이 그려져 있었는데, 그 시종의 손에는 옷보따리 같은 것이 들려 있었다. 그리고 항아와 선녀 주위는 구름으로 약간 둘려 있을 뿐 별다른 배경은 없었다. 이 그림은 이용면李龍眠[2]의 백묘법白描法[3]을 본 딴 것으로 '투한도鬪寒圖'라는 세 글자가 팔분체八分體[4]

로 쓰여 있었다.

"이 '투한도'는 새로 걸어 놓은 거야?"

"그래요. 어제 방 정리를 하다가 생각이 나서 꺼내다 걸라고 했어요."

"이 그림은 무슨 얘기를 그린 걸까?"

"잘 알면서 왜 물으세요?"

"얼른 생각이 나질 않네. 누이가 좀 가르쳐 줘."

"'청녀와 소아는 함께 추위를 견디며, 서리 내린 달에서 어여쁨을 겨루네(青女素娥俱耐冷, 月中霜里鬪嬋娟)'[5] 라는 시구를 모르는 건 아니겠죠?"

"아참, 그렇지! 정말 신기하고도 우아하네. 요즈음 걸어두기에 딱 좋은 그림이야."

보옥은 방 안을 서성거리며 두리번거렸다.

설안이 차를 가져 왔으므로 보옥은 앉아서 마셨다. 한참을 기다려서야 대옥이 경을 다 베껴 쓰고 일어났다.

"너무 기다리게 해서 미안해요."

"새삼스럽게 무슨 그런 예의 차리는 말을 하고 그래?"

보옥이 웃는 얼굴로 대옥을 보니, 대옥은 꽃을 수놓은 옅은 남색의 모피 저고리에 은서피 마고자를 걸쳤으며, 머리는 여느 때와 같이 구름처럼 틀어 올려 납작한 순금 비녀를 꽂았을 뿐 꽃 장식은 하지 않았다. 그리고 허리에는 꽃을 수놓은 분홍색 면치마를 둘렀는데 그 모습이 그야말로 눈부셨다.

---

2 북송대의 화가.

3 채색화와는 대조적으로 묵선만으로 그리는 동양화의 기법.

4 한자 서체의 하나이나 팔분이 지칭하는 바에 대해서는 예로부터 정설이 없음.

5 당대 시인 이상은(李商隱)의 시 '상월(霜月)'의 한 구절. 청녀(青女)는 전설상의 인물로 달에 살며 서리와 눈을 맡아보는 여신이며, 소아(素娥)는 달에 사는 선녀 항아를 말함.

가냘픈 옥나무 바람 앞에 서 있고, 亭亭玉樹臨風立,
한들한들 연꽃은 이슬 머금고 피었네. 冉冉香蓮帶露開.

보옥이 물었다.

"대옥 누인 요새도 칠현금을 타?"

"한 이틀은 타지 않았어요. 글을 써도 손이 시린데 어떻게 칠현금을 탈 수 있겠어요?"

"사실 칠현금 같은 것은 타지 않아도 괜찮아. 내 생각에 비록 칠현금이 고상한 악기이기는 하지만 별로 좋은 건 못되는 것 같아. 지금까지 칠현금을 타서 부귀와 수복을 얻었다는 말은 못 들었거든. 오히려 수심과 걱정으로 마음이 어지러울 뿐이야. 게다가 칠현금을 타려면 악보를 외워야 하니, 그것도 여간 힘든 일이 아니잖아? 누이는 몸도 약하니까 내 말대로 칠현금 같은 데 마음 쓰지 않았으면 좋겠어."

이 말을 듣고 대옥은 빙긋이 미소를 지었다. 보옥이 문득 벽을 가리키며 물었다.

"이 칠현금이 이전에 말하던 그거 아냐? 그런데 왜 이렇게 짧아?"

"짧은 게 아니에요. 제가 어려서 칠현금을 배울 때 다른 칠현금은 모두 커서 다룰 수가 없었기 때문에 특별히 따로 만들어서 그래요. 비록 초미고동焦尾枯桐[6]은 아니지만 학산과 봉미[7]가 다 격식대로 갖춰져 있고, 용지와 안족[8]의 높낮이도 알맞게 되어 있어요. 보세요, 이 단문[9]이

6 채옹(蔡邕)이 오동나무를 때서 밥을 하고 있었는데, 나무가 불에 타며 내는 소리를 듣고 훌륭한 재목임을 알고 그 나무로 칠현금을 만들었는데 과연 칠현금 소리가 기가 막히게 좋았다고 함. 칠현금 꼬리가 불에 그슬렸으므로 '초미고동'이라 했고, 이후 좋은 칠현금을 지칭하는 용어가 되었음.

7 학산(鶴山)은 칠현금 앞부분의 명칭으로 앞부분의 높이 솟은 곳에서 일곱 줄이 연결된 채 고정되어 있으며, 봉미(鳳尾)는 칠현금 꼬리 부분의 명칭.

8 용지(龍池)는 칠현금 아래쪽에 나있는 장방형의 구멍을 말하며, 안족(雁足)은 칠현금 중간 부분 아래쪽의 두 버팀목으로 칠현금 줄을 고정시키는 역할을 함.

우모[10] 같지 않나요? 그래서 소리가 매우 맑고 은은해요."

보옥이 이번에는 다른 것을 물었다.

"대옥 누인 요새 시는 쓰고 있어?"

"시사가 열리지 않은 이후로는 별로 쓰지 않고 있어요."

"날 속일 생각일랑 하지 마. 난 누이가 '인연이 깊어서 끊질 못하네. 진실한 그 마음 저 하늘의 밝은 달 같구나〔不可惙, 素心如何天上月〕'라고 읊는 걸 들었는걸. 그 구절을 칠현금에 맞춰 부르는 소리가 정말 듣기 좋았어. 그래도 아니라고 우길 셈이야?"

"아니, 그걸 어떻게 들으셨어요?"

"며칠 전에 요풍헌 다녀오는 길에 들었는데 누이가 읊조리는 맑은 가락을 중단시키지 않으려고 조용히 듣고 있다가 그냥 갔었지. 그렇지 않아도 물어보려던 참인데 왜 앞부분은 평운平韻이다가 마지막에 가서는 갑자기 측운仄韻으로 바뀌었지? 무슨 의미가 있는 거야?"

"그것은 마음에서 자연스럽게 나온 음이라 나오는 대로 표현한 것이지 특별하게 정한 것은 아니에요."

"아, 그런 거였구나. 애석하게도 내가 음을 잘 알지 못해서 제대로 들을 줄 몰랐나 봐."

"예로부터 음을 알아듣는 지음지인知音之人이 몇이나 되겠어요?"

보옥은 대옥의 말을 듣자 자기가 또 말실수한 것을 깨닫고 아차 싶었다. 대옥의 마음을 상하게 했을까 봐 걱정이 되었으므로 하고 싶은 말은 태산 같았지만 아무 말도 할 수가 없었다. 대옥도 방금 입에서 나오는 대로 무심코 한마디 던진 것이긴 했지만 돌이켜 생각해 보니 너무 냉정하게 군 것은 아닌가 싶어서 그녀 또한 아무 말도 하지 않았다.

---

9 단문(斷紋)이란 칠현금의 칠한 겉부분이 터져서 생긴 무늬 같은 균열을 말함.
10 인도 들소의 털. 칠현금 표면에 옻칠을 했을 때 나타나는 균열을 이것과 비유함.

보옥은 생각할수록 대옥의 마음을 상하게 한 것 같아서 마침내 겸연쩍게 자리에서 일어나며 말했다.

"대옥 누이, 나오지 말고 그대로 앉아 있어. 난 또 탐춘 누이한테나 가봐야겠어."

"탐춘에게 제 대신 안부 전해 주세요."

보옥은 그러마고 대답하고 그곳에서 나왔다.

대옥은 보옥을 문밖까지 바래다주고 다시 들어와서, 울적해진 마음으로 생각에 잠겼다.

'요사이 오빠는 말을 해도 하는 둥 마는 둥 하고, 냉정해졌다가 갑자기 다정해졌다가 하는 것이 도대체 왜 그러는지 모르겠어.'

대옥이 이런 생각을 하고 있는데 자견이 들어와서 물었다.

"아가씨, 경문은 더 안 쓰실 건가요? 붓과 벼루를 치워도 될까요?"

"응, 안 쓸 거니까 치우렴."

대옥은 그렇게 말하고 안쪽 방으로 가서 침상에 옆으로 누워 곰곰이 생각에 잠겼다. 자견이 다시 들어와 물었다.

"아가씨, 차 드시겠어요?"

"생각 없어. 잠시 누워 있을 테니 너희는 볼일이나 보렴."

자견이 밖으로 나와 보니 설안이 혼자서 멍하니 앉아 있었다.

"넌 또 지금 무슨 걱정거리가 있어서 이러고 있어?"

골똘히 생각에 잠겨있던 설안은 자견의 말에 화들짝 놀라며 말했다.

"쉿, 조용히 해. 내가 오늘 이상한 말을 들었어. 언니한테만 얘기해 줄 테니까 들어봐. 절대로 다른 사람한테 말하면 안 돼!"

그러면서 방에다 대고 입을 삐죽해 보였다. 그리고는 자기가 먼저 나가면서 자견더러 따라 나오라며 고갯짓을 했다. 설안은 문 앞의 섬돌 아래 내려서서 자견의 귀에 대고 소곤거렸다.

"언닌 못 들었어? 보옥 도련님께서 정혼하셨대!"

자견이 듣고서 소스라치게 놀랐다.

"어디서 들은 얘기야? 설마 사실이 아니겠지?"

"아니긴 뭐가 아냐? 다른 사람들은 대부분 다 아는데 우리만 몰랐던 것 같아."

"어디서 들었느냐니까?"

"시서한테 들었어. 지부知府인가 뭔가 하는 집이래. 가문도 좋고 인품도 훌륭한 사람이라나."

자견이 한창 설안의 얘기를 듣고 있는데 안에서 대옥의 기침소리가 들려왔다. 아마도 일어난 모양이었다. 자견은 대옥이 나오다가 혹시나 들을까 봐 설안을 잡아끌면서 아무 소리 말라고 손을 내저으며 안의 동정을 살폈다. 별다른 인기척이 없자 자견은 다시 조심스럽게 물었다.

"도대체 시서가 뭐라고 하던?"

"지난번에 나더러 탐춘 아가씨한테 가서 고맙다는 인사를 전하라고 했잖아? 갔더니 탐춘 아가씨는 안 계시고 시서 혼자만 있더라고. 그래서 우리끼리 얘기하다가 무심코 보옥 도련님의 장난기 얘기가 나왔어. 시서가 '보옥 도련님은 좋게 봐줄래도 봐줄 구석이 없어. 밤낮 장난치는 것만 좋아해서 어른 같은 구석이라곤 찾아볼 수가 없으니 말이야. 이미 혼처까지 정해졌는데도 여전히 저렇게 멍청하게 구니 큰일이야'라고 하는 거야. 그래서 내가 '혼처가 정해졌다구?' 하고 물으니까 그렇다지 뭐야. 왕대감인가 뭔가 하는 사람이 중매를 섰다나 봐. 그 왕대감이란 사람이 동부 댁의 친척이라서 더 알아볼 것도 없이 말이 나오자마자 정해진 것 같아."

자견이 고개를 갸우뚱하며 생각에 잠겼다.

"참 이상한 일이네. 그런데 어째서 집안에서 아무도 그 말을 안했을까?"

"시서도 그러던데 노마님께서 그렇게 하도록 시키셨대. 만약 말이 났다간 보옥 도련님이 어떻게 나올지 몰라서 모두 입을 다물고 있는 거래. 시서가 내게 이 말은 절대로 새나가서는 안 된다고 신신당부하면서 만약 이 말이 퍼지면 모두 내 탓이라고 했어."

이렇게 말하면서 설안은 손가락으로 안을 가리키며 말했다.

"그래서 대옥 아가씨 앞에서는 이 말을 꺼내지 않았던 거야. 그런데 오늘 언니가 묻는 바람에 시치미를 뗄 수가 없어서 다 말해 버렸지 뭐야."

그러고 있는데 앵무새가 사람 흉내를 내면서 말했다.

"아가씨가 돌아오셨어, 빨리 차를 따라 드려라."

그 소리에 자견과 설안은 소스라치게 놀랐으나 고개를 돌려보니 아무도 없기에 앵무새를 나무라며 안으로 들어갔다. 방 안으로 들어가 보니 대옥이 숨을 가쁘게 몰아쉬며 자리에서 일어나 의자에 앉아 있었다. 자견이 어색한 태도로 차를 마실지, 물을 마실지 물었다.

"너희 둘 다 어디 갔었니? 아무리 불러도 대답이 없으니 말이야."

대옥은 그러면서 구들 쪽으로 가더니 몸을 기울여 다시 안쪽으로 누워서는 휘장을 내려달라고 했다. 자견과 설안은 시키는 대로 하고 밖으로 나갔다. 두 사람은 혹시라도 대옥이 방금 자기들이 한 얘기를 들었을까 봐 이만저만 걱정이 되는 게 아니었지만 더 이상 그 얘기를 꺼내지 않는 수밖에 별다른 방법이 없었다.

그러나 누가 알았으랴. 대옥은 수심에 가득 차서 누워 있다가 자견과 설안이 나누는 대화를 엿듣고 말았다. 명확하게 다 듣지는 못했지만 대강의 내용은 모두 알아차렸던 것이다. 대옥은 그 얘기를 듣는 순간 몸이 마치 바다에 내던져진 느낌이었다. 이리저리 생각해보니 전날 밤 꾼 꿈이 맞아떨어진 것 같아서 천 갈래 만 갈래의 수심과 원한이 가슴속에 차올랐다. 이 생각 저 생각 끝에 차라리 일찍 죽어버리는 것이 낫겠다는 마음이 들었다. 그러면 가슴 아픈 일을 겪지 않아도 될 터이니 오히려 마음이 편할 것만 같았다. 대옥은 부모님이 안 계시는 설움을 다시 한 번 뼈저리게 느끼면서 이제부터 하루하루 몸을 아무렇게나 굴려야겠다는 생각이 들었다. 그러다 보면 한 해나 반년쯤 지나서 저 근심 없는 세상으로 떠날 수 있을 것이었기 때문이었다. 생각이 여기에 미치자 대옥은 이불도 덮지 않고 옷도 껴입지 않은 채 눈을 감고 자는 척하였다. 자견과 설안이 몇 번이고 시중을 들려고 와 봤지만 아무런 동정도 없었으므로 깨우기도 조심스럽고 해서 그대로 나가곤 했다. 그날 대옥은 저녁밥도 먹지 않았다.

등불을 켜고 나서 자견이 휘장을 젖히고 들어와 보니 대옥은 이미 잠들어 있었는데 이불은 발치에 가 있는 것이었다. 자견은 대옥이 감기라도 걸릴까 봐 살그머니 이불을 끌어다 덮어 주었다. 대옥은 꼼짝도 하지 않고 있다가 자견이 나갈 때를 기다려서 도로 이불을 차 던졌다.

대옥에게 이불을 덮어주고 나온 자견은 다시 설안에게 물었다.

"네가 아까 한 얘기가 정말이냐?"

"정말이야. 왜 내가 거짓말을 하겠어?"

"시서는 어떻게 알았대?"

"소홍이한테 들었다나 봐."

"아까 우리끼리 한 얘기를 아가씨께서 들으셨는지도 모르겠어. 방금 아가씨 기색을 살펴보니 그런 것 같아. 이제부터는 절대로 이 얘기를 꺼내지 말도록 하자."

이런 대화를 나누면서 두 사람은 잘 준비를 하였다. 자견이 방으로 들어와 보니 대옥은 어느새 또 이불을 걷어찬 채 자고 있었다. 자견은 다시 조심스럽게 이불을 덮어주었다. 그날 밤 일은 더 이상 이야기하지 않겠다.

다음 날 대옥은 새벽같이 일어나서 아무도 부르지 않고 혼자서 멍하니 앉아 있었다. 잠에서 깬 자견은 대옥이 벌써 일어나 있는 것을 보고 깜짝 놀라면서 물었다.

"아가씨 왜 벌써 일어나셨어요?"

"글쎄 말이다. 일찍 잤더니 일찍 눈이 떠지더구나."

자견은 급히 일어나서 설안을 깨워 대옥의 세수 시중을 들게 했다. 그런데 대옥은 거울 앞에 멍하니 앉아서 자기 얼굴만 바라보고 있었다. 그러더니 대옥의 눈에서 눈물이 주르륵 흘러내리며 비단 수건을 흠뻑 적시고 말았다. 그 모습은 그야말로 다음과 같았다.

여윈 모습 봄물에 비치니,	瘦影正臨春水照,
그대는 나를, 나는 또한 그대를 가여워 하네.	卿須憐我我憐卿.

자견은 감히 달래지도 못하고 그저 곁에 서 있기만 하였다. 섣불리 무슨 말을 꺼냈다가는 공연히 대옥의 맺힌 설움을 부추기게 될까 봐 걱정되었기 때문이었다. 한참이 지나서야 대옥은 되는 대로 세수를 마쳤다. 그러나 눈에 고이는 눈물은 그칠 줄을 몰랐다.

대옥은 잠시 혼자 앉아 있다가 자견에게 일렀다.

"자견아, 장향藏香[11]을 좀 피워줘."

"아가씨, 잠도 제대로 못 주무셨는데 왜 향을 피우라고 그러세요? 경을 베껴 쓰시려고 그러세요?"

대옥은 고개를 끄덕였다.

"오늘 너무 일찍 일어나신 데다가 이제 또 경까지 베껴 쓰신다면 너무 피곤하시지 않겠어요?"

"괜찮아. 어차피 할 일인데 빨리 끝내면 좋잖아? 경을 베껴 쓴다기보다는 심심풀이 삼아 글자를 쓰려는 거야. 그리고 앞으로 너희가 내가

---

11 서장(西藏). 즉 티벳에서 나는 향.

써놓은 글씨를 보게 되면 마치 내 얼굴을 보는 셈이 되질 않겠니?"

대옥은 이렇게 말하면서 또 눈물을 흘렸다. 자견은 이 말을 듣자 대옥을 위로하기는커녕 자기마저 참지 못하고 그만 눈물을 떨궜다.

대옥은 결심한 이후로 일부러 몸을 돌보지 않고 밥이나 차도 거의 입에 대지 않았으므로 나날이 수척해져갔다. 보옥은 서당에서 돌아오면 언제나 짬을 내서 대옥의 병문안을 왔다. 대옥은 하고 싶은 말이 태산 같았지만 이미 어른이 다 된 지금 어릴 때처럼 은근슬쩍 말을 던져볼 수도 없는 노릇이었다. 그러다 보니 가슴속에 가득한 말을 한마디도 입 밖에 낼 수가 없었다.

보옥도 진심으로 대옥을 위로하고 싶었지만, 혹시라도 대옥이 듣고 화를 내면 오히려 병이 더 심해질까 봐 그러지도 못하였다. 두 사람은 얼굴을 대할 때마다 형식적인 위로의 말만 할 뿐, 그야말로 상대방을 너무 생각해주다 보니 오히려 서먹서먹한 꼴이 되고 말았다.

대옥은 가모와 왕부인의 극진한 보살핌을 받았다. 하지만 그들은 그저 의원을 청해서 치료해주려고 애쓰면서 자주 앓는 아이라 그러려니 하고 생각할 뿐이었지, 대옥의 마음속에 깃든 수심은 알 까닭이 없었다. 자견 등이 대옥의 마음을 알고 있기는 하였으나 그들로서는 감히 발설할 수도 없는 노릇이었다.

그로부터 대옥은 나날이 야위어 갔는데 반달쯤 지나자 위와 장이 약할 대로 약해져서 결국 죽조차 넘길 수 없는 지경에까지 이르고 말았다. 정신까지 흐려져서 낮 동안에 듣는 말은 모두 보옥의 혼삿말처럼 들리고, 이홍원 사람들이 눈에 띄면 상하를 막론하고 모두 보옥의 혼사로 분주한 것처럼 보였다. 설부인이 대옥의 문병을 왔지만 보차가 따라오지 않은 것도 의심스러운 일이었다. 대옥은 이제 차라리 아무도 문병 오지 말았으면 싶었고 약도 먹으려 들지 않았다. 그러면서 그저 어서 죽기만을 바라고 있었다. 밤에 꿈을 꾸면 꿈결에 사람들이 보차 아씨라고 부르는 소리가 자주 들려왔다. 이전에 어떤 사람이 술잔 속에 비친 벽의 활 그림자를 뱀으로 잘못알고 병이 났다는 고사처럼, 이렇게 대옥의 의심은 점점 커져만 갔던 것이다.

그러던 어느 날 대옥은 마침내 곡기를 끊고 죽 한 모금도 입에 대지 않았으며, 가쁘게 숨을 몰아쉬는 것이 당장이라도 숨을 거둘 것만 같았다. 대옥의 목숨이 어찌 될 것인가는 다음 회를 보시라.

失錦衣貧
女耐嗷嘈
送菜品小
郎驚叵則

【제90회】

수연과 설과의 곤경

솜옷 잃은 궁한 수연 수모를 견뎌내고
과일 받은 젊은 설과 의아함에 놀라네

失綿衣貧女耐嗷嘈 送果品小郎驚叵測

모진 마음을 먹고 스스로 제 몸을 괴롭히던 대옥은 점점 몸을 가누지 못하더니 마침내 식음을 전폐하고 말았다. 십여 일 전부터 가모 등이 번갈아가며 대옥의 병문안을 왔다. 그럴 때면 대옥은 때때로 몇 마디 말을 하곤 하였지만 요 이삼 일 동안은 아예 입도 떼지 못하였다. 정신도 흐려졌다가 다시 맑아지곤 하였다. 가모 등은 대옥이 이렇게 병이 나게 된 데는 필경 무슨 까닭이 있기 때문이라는 생각이 들어서 두 차례나 자견과 설안을 불러다가 캐물었지만, 그들이 사실대로 입을 열 리가 없었다.

자견으로서는 시서를 찾아가 물어보고도 싶었지만 만일 그랬다가 그것이 정말 사실이라면 대옥의 죽음을 재촉하는 것이 될 거라는 생각이 들어서 시서를 보고도 아무것도 묻지 않았다. 그리고 설안은 그녀가 말을 옮기는 바람에 일이 이 지경에 이르렀으므로 입이 백 개가 달렸어도 '나는 그런 얘기 한 적이 없다'라고 할 판이었으니 더구나 실토할 까닭이 없었다.
대옥이 식음을 전폐하던 날 자견은 이제 더 이상 가망이 없다는 생각이 들어서 대옥의 곁에서 한참을 울다가 바깥으로 나와 조용히 설안에게 당부했다.
"너는 방에 들어가서 아가씨를 잘 살펴보렴. 나는 노마님, 마님 그리고 희봉 아씨께 가서 오늘 병세는 여느 때와 판이하게 다른 것이 심상치 않다고 말씀드려야겠어."
설안은 알았다고 대답했고 자견은 그 길로 밖으로 나갔다.
방 안에서 대옥을 지켜보던 설안은 혼수상태에 빠져 있는 대옥을 보자 어린 나이에 처음 당해보는 일인 데다 사람이 이렇게 죽는 것이구나 하는 생각이 들어서 마음이 아픈 한편 덜컥 겁이 나기도 했다. 그래서 설안은 자견이 빨리 돌아오기만을 기다렸다.
그렇게 겁에 질려 있을 때 창밖에서 발자국 소리가 들렸다. 설안은 자견이 돌아온 줄 알고 그제야 마음이 놓여 얼른 일어나서 안쪽의 문발을 걷어 올리고 들어오기만을 기다렸다. 그러나 바깥쪽의 문발을 들어 올리는 소리가 들리면서 안으로 들어온 사람은 자견이 아니라 시서였다.
시서는 탐춘의 심부름으로 대옥의 문병을 온 것이었다. 시서는 설안이 문발을 들어 올리고 서 있는 것을 보고 물었다.
"아가씨는 좀 어떠셔?"
설안은 시서에게 들어오라고 고갯짓을 했다. 시서가 설안을 따라 방 안으로 들어와 보니 자견은 보이지 않고 뼈만 앙상하게 남은 대옥이 가쁜 숨을 몰아쉬고 있는 모습이 보였다. 그 광경을 보고 시서는 자기 눈을 의심할 정도로 놀라면서 물었다.
"자견 언니는 어디 갔어?"
"윗분들께 알리러 갔어."
설안은 대옥이 이미 남의 말소리를 알아듣지 못할 지경이라고 생각했고, 또 자견도 없는지라 살그머니 시서의 손을 잡아끌며 물었다.
"네가 지난번 내게 말해준 왕대감인가 뭔가 하는 분이 우리 보옥 도련님 중매를 섰다는 얘기가 정말이야?"
"그럼, 정말이고말고."
"그래, 언제 정했대?"
"정하긴 뭘 정해? 그날 내가 너한테 말해준 이야기는 소홍이한테 들은 건데, 후에 내가 희봉 아씨 방에 갔다가 희봉 아씨께서 평아 언니에게 하시는 말씀을 듣게 됐어. 아씨께서 하시는 말씀이 그건 다 문객들이 이 일로 대감님의 환심을 사서 무슨 국물이라도 얻어먹으려는 수작이라고 그러시는 게 아니겠니? 큰마님께서 마음에 안 든다고 하셨으니 그만이지만 큰마님께서 설사 마음에 들어서 그 규수를 좋은 며느릿감이라고 하셨다 한들 그 마님의 눈을 믿을 수가 있어야 말이지. 게다가 노마님 심중에 벌써 점찍어 둔 사람이 있는걸. 바로 우리 대관원 안에 있는데 큰마님께서 그걸 아실 까닭이 없지. 노마님께서는 대감님께서 꺼내신 말씀이라 어쩔 수 없이 몇 마디 물어보신 것뿐이야. 뿐만 아니라 희봉 아씨께서 하시는 말씀을 듣자니까 보옥 도련님 혼사는 노마님께서 친척간의 혼인을 염두에 두고 계시므로 누가 와서 혼담을 꺼내더라도 아무 소용이 없다고 하시던걸."
여기까지 듣고 있던 설안은 넋을 잃고 말했다.
"이 일을 어쩌면 좋아! 그렇다면 우리 아가씨만 공연히 목숨을 잃게 됐잖아."
"아니 그건 또 무슨 소리야?"
"넌 아직 몰라서 그래. 지난번에 내가 자견 언니한테 얘기하는 걸 대옥 아가씨께서 듣고 이 지경이 되어 버린 거야."
"목소리를 낮춰서 얘기하렴. 아가씨께서 들으실라."
"아가씨께선 아무것도 들으시지 못해. 보다시피 기껏해야 하루이틀

밖에 견뎌내시지 못할 것 같아."

이때 자견이 문발을 젖히고 들어오며 말했다.

"너희들 도대체 이게 무슨 짓거리야? 할 말이 있으면 밖에 나가서 할 일이지 왜 여기서 떠들고 있어! 지금 아가씨더러 어서 죽으라고 재촉이라도 하겠다는 거야?"

"난 이런 일이 벌어지리라곤 상상도 못했어."

시서의 말에 자견이 계속 나무랐다.

"내가 뭐라고 하지 않는다손 치더라도 넌 벌을 받아 마땅해. 네가 뭘 안다고 그래? 설사 안다고 하더라도 그런 말은 입 밖에 내서는 안 되는 거였잖아."

세 사람이 얘기하고 있을 때 갑자기 대옥이 또 기침을 했다. 이에 자견은 황급히 구들 곁으로 달려가고, 시서와 설안도 입을 다물었다. 자견은 허리를 굽혀 대옥의 등 뒤에서 안듯이 부축하며 나지막하게 물었다.

"아가씨, 물 한 모금 마시겠어요?"

이 말에 대옥은 그러겠다고 들릴락 말락 대답하였다. 설안이 서둘러 더운 물 반 대접을 따라오자 자견이 그것을 받아들었고 시서도 앞으로 다가섰다. 자견이 시서에게 아무 말도 하지 말라고 고개를 저어 보이자 시서는 하는 수 없이 하려던 말을 삼켰다.

한참을 서 있노라니까 대옥이 또다시 기침을 했다. 자견이 그 틈을 놓치지 않고 물었다.

"아가씨 물 드릴까요?"

대옥은 또다시 가냘픈 목소리로 대답하며 고개를 들려는 듯했으나 뜻대로 되지 않았다. 그러자 자견은 얼른 구들 위로 올라가서 대옥의 곁에 붙어 앉았다. 그리고는 물그릇을 자기 입술에 가져다 대고 얼마나 뜨거운지를 시험해 본 다음 대옥의 고개를 물그릇 가까이로 들어 올려

주었다. 대옥은 그제야 겨우 한 모금을 마셨다. 자견이 물그릇을 치우려고 하자 대옥이 한 모금 더 마시고 싶어 하는 것 같았으므로, 자견은 그대로 물그릇을 꼭 쥐고 대옥의 입술에 대주었다. 대옥은 한 모금 더 마시고 나서 더 이상 마시지 않겠다고 고개를 젓더니 가쁜 숨을 몰아쉬며 다시 자리에 누웠다.

한참 있다가 대옥이 가늘게 눈을 뜨며 말했다.

"아까 이야기하고 있던 애가 시서 아니었니?"

"네, 시서였어요."

대옥이 묻는 말에 자견이 대답하자, 시서는 그때까지도 가지 않고 있었으므로 급히 다가와서 탐춘의 병문안을 전했다. 대옥은 눈을 뜨고 시서를 쳐다보더니 고개를 끄덕였다. 그리고는 잠시 숨을 돌렸다가 힘겹게 말을 이었다.

"돌아가거든 너희 아가씨께 고맙다는 말을 전해다오."

그러자 시서는 대옥이 자기가 있는 것을 꺼려하는 것 같아서 가만히 그 방에서 물러나왔다.

대옥은 병세가 위독했지만 정신만은 또렷해서 시서와 설안이 나눈 얘기를 어렴풋이나마 반 정도는 알아들었다. 그러나 일부러 모르는 체하고 있었다. 그리고 사실 말할 기력조차 없기도 했다.

설안과 시서의 이야기를 듣고 나서야 대옥은 비로소 전날 들은 보옥의 혼담은 실은 얘기만 오갔지 성사된 것은 아니라는 사실을 알게 되었다. 게다가 시서가 들은 희봉의 말에 따르면 가모는 친척 간의 혼인을 생각하고 계시며 그 대상은 대관원에 살고 있다고 했으니, 자신이 아니면 누구겠는가 하는 마음이 들었다. 생각이 여기에 미치자 음이 다하고 양이 생겨나듯, 대옥은 갑자기 정신이 확 맑아지는 것 같았다. 그래서 물도 두어 모금 마시고 시서에게 이것저것 물어보려고도 했던 것이다.

그때 마침 가모, 왕부인, 이환, 희봉 등이 자견의 말을 듣고 모두들 서둘러 대옥을 보러왔다. 대옥은 마음속의 의심이 이미 풀렸는지라 죽기를 작정하였던 때와는 자연 사뭇 달랐다. 비록 몸은 쇠약해졌고 정신도 흐릿했지만 억지로나마 한두 마디 응대할 수는 있을 정도가 되었다.

이렇게 되고 보니 희봉은 자견을 불러서 나무랐다.

"아가씨가 그 지경까지는 아닌 것 같은데 왜 그렇게 사람을 놀라게 했느냐?"

"아까는 정말 당장이라도 무슨 일이 날 것만 같아서 말씀드리러 갔던 거였어요. 그런데 돌아와 보니 퍽 나아지셨기에 저도 이상하다고 생각하는 중이에요."

가모가 웃으며 희봉에게 말했다.

"이 애를 나무랄 건 없다. 애가 뭘 안다고 그러느냐? 대옥이가 위독한 것 같아서 알린 것이니, 그건 이 애가 잘한 일이다. 아이들이란 그저 입이나 엉덩이가 가벼워야 하느니라."

이렇게 한참 얘기를 주고받다가 가모 등은 별일 없을 것 같기에 모두 돌아갔다. 그야말로 다음과 같은 말 그대로가 아닐 수 없다.

마음으로 생긴 병은 마음으로 고치고,	心病終須心藥治,
범의 목에 달린 방울, 단 사람이 떼는 법.	解鈴還是繫鈴人.

이렇게 되고 보니 대옥의 병세가 차츰 나아진 것은 말할 것도 없었다. 설안과 자견은 그동안 남몰래 염불을 외우며 놀란 가슴을 쓸어내렸다.

설안이 자견에게 말했다.

"아가씨 병이 나았으니 정말 다행이야. 그런데 병이 든 것도 이상하고 나은 것도 이상하잖아?"

"병이 든 건 조금도 이상할 게 없지만 나은 것만은 정말 이상해. 보옥 도련님과 아가씨는 필시 맺어질 연분이 있는 모양이야. 사람들이 '호사다마好事多魔'라고도 하고 '맺어진 연분의 실은 몽둥이로 내리쳐도 끊어지지 않는다'라고도 하잖아. 그러고 보면 인심으로 보나 천심으로 보나 그들 두 사람은 천생연분이 아닐 수 없어. 그리고 너도 아마 생각날 거야. 어느 해던가 내가 대옥 아가씨가 남방으로 돌아가게 되었다고 했더니만 보옥 도련님께서 당장 죽을 것처럼 놀라서 집안을 발칵 뒤집어 놓았던 일이 있었잖아? 그러더니 이번에도 말 한마디에 대옥 아가씨가 거의 죽을 뻔하질 않았어? 그야말로 삼생석三生石[1] 위에서 백 년 전에 맺어진 인연이 아니고 뭐겠어?"

이런 얘기를 하며 두 사람은 입을 가리고 웃었다.

"아가씨 병이 나아서 천만다행이야. 우리 앞으로는 절대로 입을 함부로 놀리지 말자. 설사 보옥 도련님께서 다른 집 규수와 혼인하는 것을 두 눈으로 똑똑히 본다 할지라도, 난 다시는 한 마디도 입 밖에 내지 않을 거야."

설안이 다시 또 이렇게 말하자 자견도 웃으며 맞장구를 쳤다.

"아무렴 그래야지."

그런데 자견과 설안만이 이렇게 남몰래 대옥의 병에 대해서 이상하게 생각하는 것이 아니었다. 다른 사람들도 대옥이 병이 든 것도 이상하게 들고 낫기도 이상하게 나았다고 하면서 두세 사람씩 모이기만 하면 수군거리며 이러쿵저러쿵 말이 많았다. 얼마 안 있어 희봉까지도 그것을 알게 되었고, 형부인과 왕부인 두 사람도 의혹을 품게 되었다. 그러나 가모만은 대옥이 앓게 된 까닭을 대강 짐작하고 있었다.

때마침 형부인과 왕부인 그리고 희봉 등이 가모의 방에서 한담을 나

---

1 삼생(三生)이라 함은 전생(前生), 금생(今生), 내생(來生)을 말하는 불교용어. 가보옥과 임대옥이 전생에서부터 인연이 있었다는 것을 상징하는 말.

누다가 대옥이 앓았던 이야기가 화제에 올랐다.

"그러지 않아도 내가 너희에게 말하려고 하던 참이다. 보옥이와 대옥이는 어려서부터 같이 자란 사이이고, 아직 나이도 어리므로 무슨 일이야 있으랴 하고 생각했다. 그런데 요즈음 들어서 대옥이가 갑자기 아팠다가 갑자기 나았다가 하는 것을 보면 아무래도 이성에 눈을 떠서 그런 것 같다는 생각이 드는구나. 그래서 말인데, 그 애들을 지금처럼 한군데 같이 있게 해서는 도무지 체통이 서질 않을 것 같구나. 너희 생각은 어떠냐?"

왕부인은 가모가 하는 소리를 듣고 한참 말없이 앉아 있다가 대답을 안 할 수도 없었으므로 어쩔 수 없이 입을 뗐다.

"대옥이는 영리한 애이지만 보옥이로 말할 것 같으면 멍청하기 이를 데 없어요. 그래서 자기가 대옥이를 좋아한다는 내색을 감추지 못한답니다. 겉으로 보자면 둘 다 아직 어린애들인데, 만약 갑자기 그중 하나를 대관원 밖으로 내보낸다면 오히려 무슨 일이 있나보다 하고 이상한 생각들을 할 거예요. 옛말에 '남자는 장성하면 장가들고, 여자는 나이 차면 시집가기 마련이다'라고 했듯이 어머님께서 그 점을 헤아리셔서 하루속히 이 애들의 혼사를 결정지으셨으면 좋겠어요."

가모는 미간을 찌푸리고 있다가 말했다.

"대옥의 새침한 성격이 그 애의 장점일지도 모르겠으나, 내가 그 애를 보옥의 배필로 정할 수 없는 것은 바로 그 이유 때문이야. 게다가 대옥이는 너무 허약해서 아무래도 오래 살 가망이 없어. 내 생각에 보옥의 배필로는 보차가 가장 합당할 것 같구나."

"어머님께서만 그렇게 생각하고 계시는 게 아니라 저희들도 그렇게 생각하고 있었어요. 그렇지만 대옥이도 빨리 좋은 신랑을 찾아줘야 할 것 같아요. 계집애란 나이가 차면 다 자기 속셈이 있는 법이거든요. 만약 혹시라도 정말 보옥이에게 마음을 두고 있다가 보옥의 배필이 보차로 정해진 것을 알면 어떤 일이 벌어질지 모르니까요."

"그렇더라도 의당 보옥의 혼사를 먼저 치르고 나서 대옥의 신랑감을 골라야 해. 내 일을 제쳐놓고 남의 일부터 먼저 하는 법은 없으니까. 게다가 대옥이는 어차피 보옥이보다 두 살이나 어리지 않니? 그리고 너희 말대로 보옥의 혼담에 대해서는 대옥이가 모르도록 하는 게 좋겠다."

옆에서 듣고 있던 희봉이 시녀들에게 엄하게 분부를 내렸다.

"너희도 모두 들었겠지? 보옥 도련님의 혼담에 대해서는 절대로 입을 놀려서는 안 된다. 만약 주둥이를 함부로 놀리는 년이 있으면 그년의 살가죽을 홀랑 벗겨버릴 테다."

희봉이 시녀들에게 엄포를 놓고 있는데 가모가 희봉에게 당부했다.

"얘야, 네가 몸이 불편한 이후로 대관원의 일을 잘 돌보지 못하고 있는 것은 알고 있다만, 앞으로는 좀더 세심하게 신경을 써야겠다. 이번 일뿐만 아니라 지난해인가 아랫것들이 술을 먹고 노름한 일이 있었는데, 그게 어디 될 법이나 한 일이냐? 그러니 네가 세심하게 여러모로 신경 써서 엄하게 단속하도록 해라. 내가 보기에 아랫것들이 네 말은 잘 듣는 것 같더구나."

희봉은 그렇게 하겠다고 대답하였다. 가씨 댁 부인네들은 잠깐 더 한담을 나누다가 제각기 흩어졌다.

그 뒤로부터 희봉은 자주 대관원으로 가서 감독을 하였다. 그러던 어느 날 그가 대관원에 들어와서 자릉주 가를 거닐고 있는데 웬 할멈 하나가 떠들어대는 소리가 들렸다. 희봉이 가까이 가자 그 할멈은 얼른 두 손을 맞잡고 공손히 한쪽으로 비켜서며 인사를 올렸다. 희봉이 그 할멈에게 물었다.

"무슨 일로 여기서 이렇게 떠들고 있는 게냐?"

"여러 마님들께서 저를 이곳에 보내신 덕분에 저는 이 근처의 꽃과 과

일을 돌보고 있습니다. 그러는 동안 아무 잘못도 저지르지 않았는데 저 형수연 아가씨 방에 있는 시녀가 저희더러 도둑년들이라고 하질 않겠어요?"

"왜 그런 소릴 했다는 거야?"

"어제 저희 집 딸아이인 흑아黑兒가 저를 따라 여기까지 놀러 왔습죠. 그런데 그 애가 글쎄 멋도 모르고 형수연 아가씨 방에 가서 기웃거리질 뭡니까? 그래서 제가 얼른 야단쳐서 불러왔답니다. 그랬는데 오늘 아침에 일어나서 들으니까 그 방의 시녀들이 물건을 잃어버렸다는 거예요. 그래서 제가 무슨 물건을 잃어버렸느냐고 물었더니, 몰라서 묻느냐면서 도리어 저한테 묻는 거예요."

"한마디 물어본 걸 가지고 그렇게 화낼 것까진 없잖아?"

"그렇지만 대관원은 어디까지나 아씨 댁 정원이지 큰댁 정원은 아니잖아요? 저희들은 모두 아씨의 분부를 받고 일하는 건데 도둑년이란 누명을 쓰고 어떻게 참을 수가 있겠어요?"

그러자 희봉은 할멈의 얼굴에다 침을 탁 뱉으며 소리를 질렀다.

"누구 앞이라고 이렇게 함부로 주둥이를 놀리는 거야? 네가 이곳을 보살피고 있기 때문에 아가씨가 물건을 잃자 너에게 물은 건 당연한 게 아니겠어? 그런데 어쩌자고 그런 말도 안 되는 소리를 늘어놓는 거냐! 얘들아, 어서 임지효를 불러오너라. 이 할멈을 당장 쫓아내야겠다."

시녀들이 임지효를 부르러 가려는데 형수연이 얼른 달려 나와서 웃으며 희봉을 맞았다.

"아씨, 그러지 마세요. 아무 일도 아닌걸요. 그리고 벌써 지나간 일이기도 하고요."

"아가씨, 그 일 때문에 그러는 게 아니에요. 경위를 똑똑히 밝히지 않으면 상전과 하인 간에 명분이 서질 않아요."

수연은 할멈이 땅에 꿇어 엎드려서 용서를 빌자 얼른 희봉에게 안으로 들어가서 좀 앉으라고 권했다. 그러자 희봉이 말했다.

"난 이런 것들을 잘 알고 있어요. 나 하나를 제외하고는 상전과 하인을 막론하고 어느 누구도 안중에 없는걸요."

수연은 자기 시녀가 잘못한 일이라면서 거듭 할멈 대신 용서를 구했다.

"수연 아가씨의 얼굴을 봐서 이번 한 번만은 용서해 주겠다."

희봉이 그렇게 말하자 그 할멈은 그제야 일어나서 머리를 땅에 조아리며 희봉에게 절을 하고 또 수연에게도 절을 한 뒤 물러갔다.

그러고 나서 희봉과 수연은 방으로 들어와 서로 자리를 권하며 앉았다.

"그런데 무슨 물건을 잃어버리셨어요?"

"별로 대단한 것도 아닌걸요. 붉은색 짧은 저고리 한 벌인데 이미 낡은 거예요. 제가 시녀 아이한테 찾아보라고 했는데, 없으면 그만인 걸 가지고 그 아이가 소견머리가 없어서 그 할멈에게 물어봤던 모양이에요. 그러니 그 할멈이 화내는 것도 당연하죠. 모두 어린 시녀가 철이 없어서 그런 것이라 저도 몇 마디 나무랐어요. 이미 지나간 일이므로 다시 들춰낼 필요도 없어요."

수연의 말을 들으면서 희봉은 그녀의 행색과 방 안을 요모조모 뜯어봤다. 수연은 비록 솜옷을 입기는 했지만 아주 낡았으므로 따뜻할 것 같지도 않았으며 이불도 대부분 얇은 것들이었다. 방 안의 탁자 위에 놓인 장식품들이라야 모두 가모가 보내준 것들뿐이었지만, 하나같이 소중하게 간직해서 깔끔하게 진열해 놓았다. 희봉은 속으로 수연을 우러르는 마음이 들었다.

"옷 한 벌쯤이야 별로 큰 손실은 아니지요. 그렇지만 날씨가 추워졌기에 입을 옷을 찾는 건데 왜 물어보지도 못하겠어요? 저 방자한 할망구가 누구 앞이라고 함부로 지껄이는지 모르겠군요. 큰일입니다!"

희봉은 형수연과 한참 이야기를 나눈 후 그곳에서 나와 여러 군데를 둘러보며 잠깐씩 들렀다가 다시 자기 처소로 돌아왔다. 희봉은 자기 방으로 돌아와서 평아에게 오글쪼글한 붉은색 비단으로 만든 짧은 저고리 한 벌과 구슬 달린 얇은 송화색 비단으로 된 솜옷, 그리고 금선으로 무늬가 놓인 선명한 남색바탕에 꽃을 수놓은 면 치마 한 벌과 짙은 남색의 은서피 마고자 한 벌을 보자기에 싸서 수연에게 보내라고 하였다.

수연은 비록 희봉이 그 할멈의 기세를 꺾어놓기는 했지만, 그 할멈한테 한바탕 악담을 들은지라 속이 상해서 도무지 마음이 안정되질 않았다.

'여러 자매들이 이곳에서 살고 있지만 아무도 나처럼 이렇게 하인에게 모욕을 당하지는 않을 것이다. 유독 내 처소에서만 그것들이 이러쿵저러쿵 말이 많아서 방금처럼 희봉 아씨 눈에까지 띄고 말았구나.'

이런 저런 생각에 수연은 마음이 자꾸 언짢아졌지만 아무런 말도 할 수 없는 처지였다. 그래서 소리 죽여 울고 있는데 희봉에게 딸린 풍아가 옷을 싸들고 왔던 것이다. 그러나 수연은 한사코 받지 않겠다고 하였다.

"아씨께서 분부하시기를 아가씨께서 낡은 옷이라서 받지 않겠다고 하면 다시 새 옷으로 보내드리겠다고 하셨어요."

그래도 수연은 웃으며 사양했다.

"아씨의 호의는 감사하게 받겠지만, 내가 옷을 잃어버렸기 때문에 아씨께서 보내주신 것이므로 난 절대로 받을 수가 없어. 네가 도로 가지고 가서 아씨께 정말 감사드린다고 전하고, 아씨의 호의는 고맙게 받았으니 입은 거나 마찬가지라고 말씀드려줘."

그러면서 수연은 도리어 염낭 하나를 꺼내 풍아에게 주었다. 풍아는 하는 수 없이 그것을 받아가지고 돌아갔다. 그로부터 얼마 지나지 않아서 평아가 풍아를 데리고 건너왔다. 수연은 얼른 나가서 맞으며 문안 인사를 하고 자리를 권했다.

평아가 미소를 지으며 수연에게 말했다.

"저희 아씨께서 말씀하시기를 아가씨께서 그러지 않으셔도 되는데 지나치게 사양하신다고 하시던 걸요."

"사양하는 게 아니라 너무 송구스러워서 그랬던 거예요."

"아씨께서는 만일 아가씨께서 이 옷들을 받지 않으신다면 너무 낡았기 때문이거나 아니면 저희 아씨를 업신여겨서 그러는 거라고 말씀하셨어요. 또 말씀하시기를 제가 이 옷들을 그냥 가지고 오면 가만두지 않겠다고 하셨어요."

수연은 얼굴을 붉히며 웃으면서 말했다.

"그렇게까지 말씀하신다면 저로서는 받지 않을 수 없군요."

수연은 고마워하며 평아에게 차를 대접했다.

평아와 풍아가 발길을 돌려 막 희봉의 처소로 들어가려는데, 설씨 댁에서 심부름 보낸 할멈이 다가오며 인사를 했다.

"어디 다녀오는 길이에요?"

"저희 마님과 아가씨 분부로 이곳의 여러 마님과 아가씨들께 문안 인사드리러 왔습니다. 방금 희봉 아씨께 평아 아씨는 어디 갔느냐고 여쭸더니 지금 원내에 가 있다고 그러시더군요. 그럼 지금 형수연 아가씨한테서 오시는 길인가요?"

"아니, 그걸 할멈이 어떻게 알아요?"

"방금 들었습죠. 희봉 아씨와 아가씨들이 하시는 일은 그야말로 감탄하지 않을 수 없답니다."

평아가 웃으며 말했다.

"들어가서 좀더 앉았다 가세요."

"전 또 다른 볼일이 있어서요. 다음에 다시 뵈러 올게요."

할멈은 이렇게 말하면서 제 갈 길로 갔다. 할멈을 보내고 나서 평아는 방 안으로 들어와서 희봉에게 다녀온 일을 아뢰었다. 여기에 대해서는 더 이상 이야기하지 않겠다.

한편 설부인 댁에서는 금계가 난리를 부리는 바람에 온통 아수라장이 되어 있었다. 그때 할멈이 돌아와서 수연의 일을 고하자 보차 모녀는 가슴 아파하며 눈물을 흘렸다.

"모두 오빠가 집에 없어서 수연 아가씨까지 그런 고초를 겪는 거예요. 지금까지는 희봉 아씨가 돌봐주신 덕분에 그럭저럭 지냈지만 앞으로는 우리가 관심을 갖고 보살펴야 할 것 같아요. 결국은 우리 집 식구가 될 사람이잖아요?"

보차가 이렇게 말하고 있을 때 설과가 들어와서 고했다.

"형님은 요 몇 년 동안 왜 그런 인간들하고만 사귀었는지 모르겠어요. 한 놈도 제대로 된 것들이 없으니. 같이 있던 놈들은 모두 개돼지 같은 불량배들뿐이랍니다. 전 그놈들을 그냥 두는 게 도무지 마음이 놓이질 않아요. 그저 무슨 소식이나 염탐하려는 수작들만 부리니까요. 그래서 요 이삼일 새에 모두 쫓아내버렸어요. 앞으로는 이런 자들은 한 놈도 집 안으로 들이지 말라고 문지기에게 일러두었습니다."

설과의 말을 듣고 있던 설부인이 물었다.

"역시 장옥함인가 하는 그놈 패거리들이냐?"

"장옥함은 오지 않고 다른 놈들이 왔어요."

설부인은 설과의 말을 듣고 자기도 모르게 서글퍼졌다.

"비록 내게 아들이 하나 있다고는 하지만 이제는 없는 거나 다름없다. 설사 관청에서 용서해준다 해도 그놈은 이제 폐인이나 마찬가지가 아니겠느냐? 넌 비록 조카지만 내가 보기에는 네 형보다 훨씬 나은 것 같구나. 내 남은 인생은 이제 너만 믿고 살아야겠다. 그러니 너는 앞으로 더욱 열심히 공부하도록 하여라. 그리고 네 정혼녀는 집안 형편이 이전보다 퍽 못해진 듯하더구나. 여자가 시집간다는 건 쉬운 일이 아니야. 다른 걸 바라는 게 아니라 그저 남편이 유능한 사람이기만 하면 잘 살 수 있는 거지. 만약 수연이가 저 애처럼…."

설부인은 이렇게 말하다가 손가락으로 안쪽을 가리키며 다시 말을 이었다.

"저 애에 대해서는 더 이상 여러 말 하고 싶지도 않다. 그러나 수연이는 염치도 있고 생각도 깊기 때문에 가난도 이겨낼 수 있고 풍족해도 흔들리지 않을 사람이다. 네 형님의 일이 해결되는 대로 하루라도 빨리 너희들 혼사를 치러줘야 나도 한시름 덜 텐데 말이다."

"보금의 혼례도 아직 치르지 못했으니 그 일이 오히려 큰어머님의 시름거리지요. 제 일이야 뭐 아무려면 어떻습니까?"

그렇게 설부인과 설과 등은 한참 동안 이야기를 나눴다.

설부인의 방에서 물러나와 자기 방으로 돌아온 설과는 저녁밥을 먹고 나서 형수연에 대한 생각에 잠겼다. 형수연은 지금 가씨 댁의 대관원에 살고 있으니 결국 남의 집에 얹혀 있는 신세가 아닌가? 게다가 가난한 처지이므로 날마다 어렵게 지내고 있으리라는 건 뻔한 일이었다. 애초에 함께 경성으로 올라왔기에 수연의 인물이며 성격 등을 모두 잘 알고 있는 설과로서는 더욱 안타까운 일이 아닐 수 없었다. 설과는 하늘도 참 공평하지 못하다는 생각이 들었다. 저 하금계같이 악랄하고 못된 인간은 어째서 부잣집에서 태어나게 하고, 형수연 같은 아가씨는 또 어째서 저토록 고생을 시키는가 말이다. 장차 염라대왕이 수명판결을 내릴 때는 또 어떤 판결을 내릴 것인가?

설과는 생각할수록 가슴이 답답해서 시라도 한 수 지어서 가슴속에 맺힌 울분을 토해내고 싶었다. 그러나 그만한 재주가 없는지라 그저 되는대로 한 수 지어 보았다.

물 떠난 교룡은 마른 물고기와 같고, 蛟龍失水似枯魚,
그리워하는 마음에 외로움만 더하네. 兩地情懷感索居.
진창에서 고생살이 그지없으니, 同在泥塗多受苦,
언제나 좋은 세월 찾아오려나. 不知何日向清虛.

다 쓰고 나서 한 번 쭉 읽어본 설과는 벽에다 붙여놓고 싶은 마음이 생겼다. 그러나 어쩐지 멋쩍은 생각이 들어서 혼자말로 중얼거렸다.

"남의 눈에 띄어 웃음거리가 되어서는 안 되지."

그러면서 다시 한 번 읽어보더니 마음을 고쳐먹었다.

"누가 보면 어때. 좌우간 붙여놓고 스스로 위안이나 삼자!"

그러나 다시 한참을 들여다보다가 아무래도 시가 조잡한 것 같아서 책갈피 속에 끼워 넣고는 생각에 잠겼다. 자기는 나이도 이미 먹을 만큼 먹었지만 집안에 언제 끝날지도 모르는 우환이 밀어닥쳤으니, 아직은 저 가녀리고 참한 규수를 처량하고 적막한 처지에 놔둘 수밖에 없구나 하는 안타까움에 가슴이 아팠다.

한참 이런 생각을 하고 있는데 보섬이 문을 밀고 들어와 배시시 웃으면서 들고 온 찬합을 탁자 위에 놓았다. 설과가 일어나서 자리를 권하자 보섬이 웃으며 말했다.

"과일 네 쟁반하고 술 한 병이에요. 아씨께서 둘째 도련님께 갖다 드리라고 하셨어요."

"형수님께서 이런 데까지 신경을 쓰시다니 그저 황송할 따름이네. 그런데 이런 건 어린 시녀를 시키면 되지 뭐 하러 보섬이가 직접 들고 왔어?"

"무슨 그런 말씀을 다 하세요. 한집안 식구끼리 그런 체면 차리는 말씀은 마세요. 게다가 우리 서방님 일 때문에 둘째 도련님께서 이만저만 애쓰시는 것이 아니잖아요. 아씨께서는 진작부터 손수 뭔가를 마련해서 답례하고 싶어하셨지만 남들이 어떻게 생각할지 몰라서 망설이고 계셨답니다. 도련님께서도 아시다시피 우리 집안은 겉으로는 화목한 것 같지만 실은 그렇지 못하잖아요. 그러니 자그마한 선사품 같은 걸 드려도 별 문제 없겠지만 그걸로 인해 이러쿵저러쿵 말이 나지 말라는 법이 없지요. 그래서 오늘 약소하나마 한두 가지 과일과 술 한 병을 가지고 저더러 살짝 갖다 드리라고 하신 겁니다."

그러면서 보섬은 설과에게 살살 눈웃음을 쳤다.

"그런데 도련님, 앞으로 다시는 그런 말씀 하지 마세요. 듣는 사람이 여간 민망한 게 아니에요. 저희 같은 것들은 하인에 불과하니 서방님 시중을 드는 이상 도련님 시중을 든다고 해서 안 될 게 뭐 있겠어요?"

설과는 성격이 충직하고 온후하며 아직 나이가 어렸기 때문에 그들의 속셈을 전혀 눈치채지 못했다. 설과는 지금까지 금계와 보섬이 이렇게 자기를 대해준 일이 없었으므로 아마도 방금 보섬이 말한 대로 설반의 일로 고마워서 그러는가 보다 하고 생각할 뿐이었다.

"그렇다면 과일은 받겠지만 술은 도로 가지고 가. 난 그전부터 술은 잘 마시지 못해. 어쩌다 남이 강권하면 한 잔 정도 억지로 마실 따름이고, 평소 별일이 없으면 입에도 안대는 성미야. 형수님과 보섬이가 그걸 모를 리 없을 텐데."

"다른 일이라면 제 마음대로 하겠지만 이번 일만큼은 도련님 말씀에 따를 수가 없어요. 아씨 성미야 도련님께서도 아시질 않아요? 제가 만일 도로 가지고 가면 도련님께서 안 받아주신 건 모르고 도리어 제가 성의껏 전하지 않아서 그런 거라고 나무라실 거예요."

보섬이 이렇게까지 말하니 설과는 받지 않을 수가 없었다. 보섬은 돌아가는가 싶더니만 문 앞에서 바깥을 살핀 후 설과를 보고 웃으면서 손가락으로 안을 가리키며 말했다.

"어쩌면 아씨께서 직접 인사드리러 올지도 몰라요."

설과는 그것이 무슨 뜻인지 몰라서 그저 멋쩍은 듯이 일어나서 인사말을 전했다.

"돌아가거든 형수님께 고맙다는 말씀을 전해줘. 날씨가 추우니 감기 드시지 않도록 몸조심하시라고 전하고, 형수와 시동생 사이에 그런 예절은 차리지 않으셔도 된다는 말씀도 드려줘."

보섬은 대답 대신 웃으면서 건너갔다.

설과는 처음에는 금계가 설반의 일 때문에 정말 고마워서 이런 과일과 술을 보내 감사의 마음을 전하는 줄로만 여겼다. 그러나 보섬이 남의 눈치를 봐가며 이상한 행동을 하는 것을 보자 대강 눈치를 챘다. 그러나 이내 마음을 돌려 다음과 같이 생각했다.

'그 사람은 그래도 명색이 형수인데 어찌 다른 마음을 품을 수 있겠는가? 혹시 보섬이가 음흉한 마음을 품고서 자기가 직접 어쩔 수 없으니까 형수를 팔았는지도 모를 일이다. 그러나 보섬이도 형님한테 속한 사람이니 나로서는 참 난처하기 그지없는 노릇이구나.'

그러다가 갑자기 또 이런 생각도 들었다.

'아니야, 형수는 평소부터 됨됨이가 도무지 규방의 예절 따위는 모르는 위인인 데다가 때때로 기분이 좋을 때면 요염하게 치장하고 스스로 미인인 양 여기는 판이니, 어찌 나쁜 마음을 품지 않는다고 장담할 수 있단 말인가? 그렇지 않다면 형수와 보금이 사이에 무슨 안 좋은 일이라도 있어서 꿍꿍이를 꾸며 나를 구렁텅이에 몰아넣고 평판을 나쁘게 만들려고 하는 건지도 몰라.'

생각이 여기에 미치자 설과는 더럭 겁이 났다. 어찌해야 할지 몰라서 전전긍긍하고 있을 때 갑자기 창밖에서 키득키득 웃는 소리가 들렸다. 그 소리에 설과는 소스라치게 놀라고 말았다. 누구인지 궁금하면 다음 회를 보시라.

縱淫心寶蟾工設計
布疑陣寶玉妄談禪

【제91회】

금계와 보섬의 계략

음심에 들뜬 보섬 기막힌 계략을 꾸며내고
의심에 겨운 보옥 함부로 선문답 주고받네

縱淫心寶蟾工設計 布疑陣寶玉妄談禪

설과가 한창 이 일을 어떻게 하면 좋을까 하고 망설이고 있을 때, 갑자기 창밖에서 키득키득 웃는 소리가 들려왔다. 설과는 소스라치게 놀라면서 생각했다.

'보섬이가 아니면 틀림없이 형수일 거야. 상대를 안 해주면 무슨 수작을 부릴지 모르니 두고 봐야겠다.'

그러나 한참 동안 귀를 기울였지만 아무 소리도 들리지 않았다. 설과는 보섬이 가져온 과일과 술을 먹고 싶은 생각이 조금도 없었으므로 방문을 걸어 잠그고 옷을 벗으려는데 이번에는 창호지가 가볍게 떨리는 소리가 들렸다. 설과는 조금 전에 보섬의 이상한 행동에 한차례 놀란 터라 가슴이 두근거리고 어찌할 바를 몰랐다.

창호지가 가볍게 떨리는 소리를 듣고 눈여겨 살펴보았지만 이번에도 아무런 동정이 없었다. 설과는 자기가 잘못 들은 게 아닌가 싶어서 옷을 걸치고 등불 앞에 앉아 멍하니 생각에 잠겼다. 그러면서 과일 하나를 집어 들고 이리저리 살피다가 문득 뒤를 돌아다보니 창호지 한 귀퉁이가 촉촉하게 젖어 있는 것이 눈에 띄었다. 다가가서 눈을 가늘게 뜨고 자세히 들여다보고 있는데 별안간 밖에서 누군가가 거기다 대고 후욱하며 입김을 불었다. 설과가 기겁하며 뒤로 물러서자 밖에서 킥킥거리는 웃음소리가 들려왔다. 그러자 설과는 얼른 등불을 끈 뒤 숨을 죽이고 자리에 누웠다. 그랬더니 밖에서 말소리가 들려왔다.

"도련님, 왜 술과 과일을 드시지 않고 그냥 주무시려고 그러세요?"

목소리의 주인공은 역시나 보섬이였다. 그렇지만 설과는 아랑곳하지 않고 자는 체했다. 그랬더니 조금 있다가 밖에서 또 원망 어린 목소리가 들려왔다.

"세상에 어쩌면 저렇게도 뭘 모르는 사내가 있을까?"

설과의 귀에 그 목소리의 임자는 보섬이 같기도 하고 금계인 것 같기도 했다. 그제야 설과는 그들의 의중을 알아차렸다. 밤새도록 엎치락뒤치락하며 잠을 못 이루던 설과는 새벽녘이 되어서야 겨우 눈을 붙였다.

그런데 날이 밝자마자 어느새 누군가가 밖에 와서 문을 두드렸다. 설과가 얼른 누구냐고 물었지만 밖에서는 아무런 대꾸가 없었다. 하는 수 없이 일어나서 문을 열고 보니 다름 아닌 보섬이었다. 보섬은 머리를 쓸어 올리며 앞섶을 제대로 여미지도 않은 채 서 있었다. 그녀는 가는 금실로 테를 두른 비파금琵琶襟[1] 모양의 작은 조끼를 입고 있었으며 그 위에 녹색의 낡은 허리띠를 띠고 있었다. 치마는 걸치지 않은 채 석류빛 꽃이 수놓인 겹바지만 달랑 입고 있었고 바지 밑으로 새로 수놓은 빨간 신의 코끝이 드러나 있었다.

---

1 청대 일상복의 앞섶 형식으로, 단추로 채우게 되어 있는 오른쪽 앞섶이 가슴 앞쪽의 겨드랑이 아래까지 가며, 아래쪽 귀퉁이가 짧은 청대 복식의 독특한 양식.

보섬은 사실 세수도 하지 않은 채 누가 볼까 봐 일찌감치 어제 갖다 놓았던 그릇들을 가지러 온 것이었다. 설과는 그녀가 그런 차림새를 하고 들어오는 걸 보니 왠지 마음이 이상해지는 것을 느꼈지만 웃으면서 물었다.

"무슨 일로 이렇게 일찍 일어났어?"

보섬은 얼굴을 붉힌 채 아무 대꾸도 없이 과일을 한 접시에 모두 쏟아 놓고는 그릇을 들고 밖으로 나갔다. 설과는 보섬의 그런 태도를 보고 어젯밤의 일로 토라져서 그러는가 보다 하고 생각했다.

'오히려 잘됐어. 화가 나서 아예 단념하면 성가신 일도 없어질 테니까.'

그런 생각이 들자 마음이 놓여서 설과는 가벼운 마음으로 하인에게 세숫물을 떠오라고 해서 세수를 하였다. 그리고는 집에서 하루이틀 쉴 작정이었다. 첫째로는 몸도 마음도 지쳐 푹 쉬어 볼 요량이었고, 둘째로는 밖에 나가 누구한테라도 걸려드는 게 싫었기 때문이었다.

평소에 설반과 가깝게 지내던 놈들은 설씨 집안에 사람이 없어서 지금은 설과가 집안일을 보고 있다는 것을 잘 알고 있었다. 그런데 설과가 나이가 어리다 보니 그 틈을 타서 어떻게 해서라도 이득을 보려고 호시탐탐 노리는 자들이 한둘이 아니었다. 중간에 들어서 심부름이라도 하려는 자가 있는가 하면, 소송장을 아주 잘 쓸 뿐만 아니라 서리書吏도 한둘 알고 있으므로 상하의 관리들을 매수하는 것은 문제가 없다고 큰소리치는 자가 있기도 하고, 심지어 설과를 끌어들여서 돈을 벌어보려는 자가 있는가 하면, 없는 말까지 날조해서 공갈하는 자들도 있는 등, 그 작태가 가지각색이었다. 여기에 대해서는 더 이상 이야기하지 않겠다.

설과는 그런 놈들을 보기만 하면 멀찌감치 피했으나 어쩌다 마주치게 되면 혹시라도 뜻하지 않은 봉변을 당할까 봐 친절하게 대하지 않을 수도 없었다. 그래서 그는 집 안에 숨어 있으면서 관청의 소식이나 기다리기로 한 것이었다.

한편, 금계는 어젯밤 보섬을 시켜 술과 과일로 설과의 마음을 떠본 것이었는데, 보섬이 돌아와서 설과의 반응을 이야기하는 것을 들어보니 아무래도 잘 걸려들 것 같지가 않았다. 이렇게 되고 보니 일이 허사가 된 것도 속상했지만 그것보다도 보섬이 자신을 깔볼까 봐 그것이 더 걱정이었다. 그렇다고 해서 두세 마디 말로 얼버무려서 없었던 일로 하자니 설과에 대한 미련을 버릴 수가 없었다. 그래서 금계는 도무지 마음을 잡지 못하고 멍하니 앉아 있었다.

그런데 보섬도 설반이 쉽사리 풀려나지 못하리라는 것을 알고 달리 기댈 곳을 찾아보고자 마음먹고 있었다. 그러나 금계에게 꼬리를 잡혀서는 안 되겠다 싶어서 겉으로는 전혀 내색하지 않았던 것이다. 그러던 것이 뜻밖에도 금계가 먼저 설과에게 수작을 걸어 주는 것이 아닌가! 보섬은 그 바람을 빌려 돛을 올릴 수 있게 되자 뛸 듯이 기뻤다. 보섬은 자기가 먼저 설과를 손에 넣는다면 금계도 어쩔 도리가 없을 것이라 생각했기 때문에 어젯밤에 이런 저런 말로 수작을 걸어보았던 것이다.

보아하니 설과도 그다지 마음에 없는 것 같지는 않지만, 그렇다고 호락호락 받아줄 것 같지도 않았으므로 선불리 덤벼들 수는 없는 노릇이었다. 그렇게 밖에서 기회를 엿보고 있던 차에 설과가 등불을 끄고 자리에 누워버리자 보섬은 그만 기대가 무너지고 말았던 것이다. 그리고는 돌아와서 금계에게 보고 온 일을 얘기해 주었다. 보섬은 금계가 무슨 방도를 생각해내면 그때 가서 다시 어떻게 해 볼 심산이었다.

그런데 금계가 무슨 방법이 없는지 멍하니 앉아있는 것이 아닌가? 보섬은 하는 수 없이 금계의 잠자리 시중을 들어주고는 자기도 자리에 누웠다. 그러나 밤이 깊도록 도무지 잠을 이룰 수가 없었으므로 이리저리 뒤척이다가 한 가지 방법을 생각해냈다. 내일 아침 일찍 일어나서 어제 두고 온 그릇을 가지러 가기로 한 것이었다. 세수도 하지 않은 채 속이 살짝 드러나 보여서 사내의 마음을 흔들 만한 옷을 한두 가지만 걸치고 가서 교태를 부려보기로 한 것이었다. 그리고 설과의 기색을 살폈다가 짐짓 화가 난 것처럼 꾸며서 본체만체해야겠다고 생각했다. 그러다가 설과가 만약 후회하는 빛을 보이면 슬슬 노를 저어 저쪽 기슭에다 배를 댈 작정이었다. 그렇게만 되어준다면 제 품안에 들어오는 것은 시간문제가 아닐 수 없었다.

그런데 아침에 만난 설과는 어젯밤과 다를 바 없이 조금도 마음이 동한 기색이 아니었다. 이렇게 되고 보니 거짓으로 꾸며대려던 것이 진짜가 되어 하는 수 없이 찬바람을 일으키며 접시를 들고 나왔던 것이다. 그러나 다음 날 다시 기회를 보기 위하여 술 주전자만은 일부러 남겨 두었다.

보섬이 돌아오니 금계가 물었다.

"그릇을 가지러 갈 때 아무도 본 사람이 없었겠지?"

"없었어요."

"도련님께선 아무 말씀도 안 물으시던?"

"네, 아무 말씀도 없으셨어요."

금계는 밤새도록 한숨도 못 자면서 생각해 봤으나 뾰족한 수가 떠오르질 않았다. 그 대신 속으로 이런 생각을 했다.

'이 일을 해내려면 다른 사람은 속일 수 있어도 보섬이만큼은 속일 수 없을 것이다. 그러니 차라리 그 애한테도 한 몫을 떼어 주자. 자기 몫이 있게 되면 자연 보섬이도 성사시키려고 애쓰지 않을 수 없을 것이다. 더군다나 내가 직접 나설 수도 없는 일이니 이 애가 나의 수족이 되어주어야 한다. 그러니 이 애와 함께 무슨 좋은 수가 있나 의논해 봐야겠다.'

이런 생각이 들자 금계는 웃음 띤 얼굴로 말했다.

"네가 보기에 도련님은 어떤 사람 같더냐?"
"한마디로 말해서 멍청이에요."
"이런! 네가 어떻게 도련님한테 함부로 그런 말을 할 수 있니?"
"도련님께서 아씨의 호의를 저버렸기에 드리는 말씀이에요."
"그분이 어째서 내 호의를 무시했다는 거야? 말해보렴."
"아씨께서 맛있는 음식을 보내드렸는데도 드시질 않잖아요? 그러니 호의를 무시하신 게 아니고 뭐예요."
보섬은 이렇게 말하면서 금계를 힐끗 보며 웃었다.
"제멋대로 생각하면 못쓰는 법이다. 내가 음식을 보낸 건 우리 서방님 일로 수고를 아끼지 않았기 때문에 고마운 마음에 그런 것뿐이야. 그렇지만 다른 사람들이 쓸데없는 소리들을 할까 봐 네게 물어봤던 거구. 그런데 네가 지금 내게 한 말은 도무지 무슨 뜻인지 모르겠구나."
"아씨, 염려하실 것 없어요. 전 아씨한테 딸려있는 하인이잖아요. 어찌 두 마음을 품을 수 있겠어요. 그렇지만 이런 일은 아주 조심해서 해야지 만일 남의 입에 오르내리게 되면 큰일입니다."
금계는 얼굴이 화끈화끈 달아올랐다.
"요년 좀 보게나. 망할 것 같으니라고. 알고 보니 네가 도련님한테 마음이 있어서 나를 미끼로 삼으려고 했구나. 안 그래?"
"아씨께서 그렇게 생각하시면 마음대로 하세요. 그렇지만 전 아씨를 위해서 애쓰고 있단 말씀예요. 아씨께서 정말 도련님한테 마음이 있으시다면 저한테 좋은 생각이 있어요. 아씨, 한 번 생각해 보세요. 이 세상에 열 계집 마다할 사내가 어디 있겠어요? 도련님께서도 단지 일이 잘못되어 남들 입에 한바탕 오르내린다면 체면이 깎일 테니 그것을 두려워하시는 거예요. 그러니 아씨께서는 너무 조급해하지 마시고 우선 도련님한테 부족하거나 불편한 곳을 살펴서 자주 잘 챙겨드리기나 하세요. 도련님은 시동생인 데다가 아직 장가도 안 든 몸이니까 아씨께서 각별히 마음을 써서 도련님에게 잘해준다고 해도 남이 뭐라고 하지 못할 거예요. 그렇게 며칠 지나면 도련님께선 반드시 아씨한테 고마워서 감사하다고 인사하러 올 겁니다. 그때 아씨께서 우리 방에다 따로 술상을 차려서 대접하시란 말씀예요. 그러면 저도 옆에서 도련님이 곤드레만드레 취하도록 거들 테니까요. 그리되면 그분께서 무슨 재주로 내뺄 수 있겠어요? 만약 그래도 응하지 않는다면 그땐 도련님이 아씨한테 이상한 수작을 부렸다고 떠들어대자고요. 그럼 그분이 겁나서 고분고분 우리 말을 들을 거예요. 그렇게까지 하는데도 우리 말을 들어주지 않는다면 그건 사람이 아니지요. 그리고 우리도 무안만 당하는 꼴은 면하게 되는 셈이고요. 아씨 생각은 어떠세요?"

금계는 보섬의 말을 듣고 얼굴이 새빨개지면서 웃음 섞인 욕지거리를 해댔다.

"이런 망할 년! 넌 지금까지 남자 여럿을 후린 것 같구나. 어쩐지 서방님이 집에 계실 때 네 곁을 한시도 떠나지 못하더라니."

보섬은 입을 삐죽거리며 웃으면서 말했다.

"그런 말씀 마세요. 남은 아씨를 위해서 애써 다리를 놓아주고 있는데, 아씨께서는 제게 그런 말씀이나 하시다니 섭섭해요."

그때부터 금계는 오로지 설과를 꼬시는 데만 정신이 팔려서 다른 때처럼 소란피우는 일이 없었으므로 한동안 집안이 조용해졌다.

그날 보섬이 설과의 방으로 술병을 가지러 가서 여전히 얌전하고 조신한 태도를 취했기 때문에 설과는 곁눈질로 보섬의 그런 모습을 훔쳐보면서 자기가 그들을 의심했거나 오해했을지도 모른다고 후회했다. 만약 그렇다면 그녀의 호의를 저버린 꼴이 됐으니 마음속으로 꿍하고 있다가 언젠가 자기에게 분풀이한다면 화를 자초한 꼴이 아니고 무엇이겠는가?

그렇게 이틀이 지났지만 별다른 일은 벌어지지 않았다. 이따금 보섬과 마주치게 되더라도 보섬은 고개를 떨구고 지나갈 뿐 눈길조차 주지 않았다. 또한 금계와 마주쳐도 금계는 너무나도 반갑다는 듯이 자기를 대했다. 이런 광경을 보자 설과로서는 여간 미안한 것이 아니었다. 여기에 대해서는 잠시 접어두도록 하겠다.

한편 보차 모녀는 금계가 며칠 동안 소란을 떨지 않고 갑자기 사람들에게 친절하게 대하자 희한한 일이라고 생각했다. 설부인은 매우 기뻐하였다. 그러면서 설반이 금계를 맞아들였을 때는 무슨 액운이 끼어서 몇 년 동안 그 애가 그렇게 사납게 굴었었나 보다 하고 생각했다. 이번에 이런 일이 생기기는 하였지만 다행히 집안에 돈이 있는 데다가 또 가씨 댁에서 힘을 써주고 있으므로 희망을 가질 수 있다는 생각도 들었다. 게다가 며느리가 갑자기 얌전해진 것을 보면 설반에게 좋은 운이 찾아든 것인지도 모를 일이었으므로 여간 신통한 것이 아니었다.

그날 식사를 마친 설부인은 동귀同貴의 부축을 받으며 금계의 방으로 건너갔다. 그런데 뜰 안으로 들어서자 방 안에서 금계가 어떤 남자와 이야기하는 소리가 흘러나왔다. 동귀가 낌새를 차리고 큰소리로 알렸다.

"아씨, 마님께서 오셨어요."

그러면서 그들이 문 앞에 이르자 사람 그림자 하나가 문 뒤로 숨는 것이 아닌가? 설부인이 깜짝 놀라 뒤로 물러서자 금계가 맞으러 나오면서 말했다.

"어머님, 어서 안으로 드세요. 외간남자가 아니라 저 애는 저의 친정집에 양자로 들어와 있는 제 동생이랍니다. 시골서만 살았기 때문에 퍽 낯을 가리는 데다가 어머님을 뵈온 적이 없어서 그래요. 조금 전에 왔기 때문에 미처 어머님께 인사드리러 가질 못했어요."

"네 동생뻘 되는 사람이라면 한 번 만나봐도 무방하겠구나."

그 소리를 듣고 금계가 그 사내를 불러내 인사드리라고 하자 그가 나와서 설부인에게 문안 인사를 올렸다. 설부인도 인사를 한 뒤 자리에 앉아 이야기를 나누었다.

"그래, 경성엔 언제 올라오셨소?"

설부인의 물음에 하삼夏三이라고 하는 그 사내가 대답했다.

"지난달에 어머님께서 집안일을 돌볼 사람이 없다고 하시면서 저를 양자로 불러들이셨습니다. 그저께 상경해서 오늘 누님을 만나러 왔습죠."

설부인의 눈에는 그 사내가 어쩐지 착실한 사람은 아닌 것 같았으므로 잠시 앉았다가 바로 일어섰다.

"그럼, 먼저 일어설 테니 천천히 앉아서 얘기 나누도록 하세요."

그러면서 금계를 돌아다보며 말했다.

"네 아우가 우리 집에 온 것은 처음이니 식사대접을 잘해서 보내도록 해라."

금계가 그러겠노라고 대답하자 설부인은 처소로 돌아갔다. 시어머니가 돌아가자 금계는 하삼에게 말했다.

"자, 이제 편히 앉아요. 오히려 일이 잘되었어요. 이제부터는 작은 도련님의 감독을 받지 않고 마음대로 드나들어도 되게 생겼어요. 그런데 부탁이 하나 있어요. 나 대신 물건을 좀 사다 줘요. 절대로 다른 사람한테 들키지 말고 말이죠."

"그런 건 제게 맡기세요. 뭐든지 필요한 물건이 있으면 돈만 주십쇼. 그럼 얼마든지 사다드리지요."

"너무 큰소리치진 말아요. 날 속이고 가짜를 사다주면 혼쭐날 테니까."

그들은 이런 이야기를 나누면서 한동안 시시덕거리다가 함께 저녁을 먹었다. 그러고 나서 금계는 그에게 사다 줘야할 물건을 알려준 다음 또다시 주의를 준 뒤 하삼을 돌려보냈다.

그 뒤로부터 하삼은 수시로 자유롭게 금계의 방을 드나들었다. 나이 많은 문지기들도 하삼이 금계의 동생인 줄만 알고 안에다 아뢰는 일 없이 번번이 통과시켰다. 이것이 계기가 되어 엄청난 풍파가 일게 되겠지만, 그건 훗날의 일이므로 더 이상 이야기하지 않겠다.

그러던 어느 날 설반으로부터 편지가 왔다. 설부인은 얼른 보차에게 읽어보라고 하였다. 그 사연인즉 다음과 같았다.

> 저는 비록 옥중에 있는 몸이지만 큰 고생 없이 지내고 있사오니 부디 어머님께서는 안심하시기 바랍니다. 어제 현청에 있는 서기의 말에 의하면 부府에서 이미 청원서를 접수했답니다. 아마도 우리의 노력이 효과를 낸 모양입니다. 그러나 부에서 올린 청원서를 도에서 각하했다는 소식을 들었습니다. 다행히 현청의 문서담당자가 즉시 회문回文을 작성해서 올려 보냈습니다만 그 때문에 도에서는 지현에게 경고를 내렸다고 합니다. 현재 도에서는 이 사건을 직접 취급하겠다고 하는 모양인데, 그렇게 된다면 또 큰 변을 당하게 될 것입니다. 틀림없이 도에까지 손을 쓰지 않았기 때문에 이렇게 된 것 같습니다. 그러니 어머님께서는 이 편지를 보시는 즉시 도대감에게 청을 넣어 주십시오. 그리고 동생 설과도 급히 이곳으로 보내주시기 바랍니다. 그렇지 않으면 당장 도청으로 호송될지도 모르겠습니다. 돈도 부족해서는 안 됩니다. 시간을 다투는 일이니 급히 서둘러 주십시오. 급합니다!

보차가 읽어주는 편지내용을 듣고 설부인이 한바탕 울음을 터뜨린 것은 두말할 필요도 없다. 설과는 설부인을 위로하며 한편으로는 뒷일을 서둘렀다.

"이런 일은 절대로 시기를 놓쳐서는 안돼요."

설부인은 하는 수 없이 설과를 설반이 잡혀 있는 현으로 보내서 뒷바라지를 하도록 했다. 그래서 급히 사람을 시켜 행장을 꾸리게 하는 한편 돈을 마련해서 점포에 있는 점원 하나를 딸려 밤을 도와 길을 떠나게 했다. 집안 하인인 이상과는 이미 그곳에서 서로 힘을 합쳐 구명운동을 하기로 되어 있었다.

그날 밤 설씨 댁에서는 모두들 이리 뛰고 저리 뛰며 정신이 없었다. 비록 하인들이 모든 준비를 하였지만 보차는 미처 생각이 미치지 못하는 구석이 있을까 봐 자기도 직접 거들었다. 그러다 보니 사경이 되어서야 겨우 잠자리에 들었다.

부잣집에 태어난 보차는 어려서부터 귀하게 자란 데다가 속을 썩이며 밤늦도록 하지 않던 일을 하다 보니 급기야 밤중에 열이 펄펄 났다. 그 다음 날 아침에는 국물까지 넘기지 못할 정도가 되었으므로 앵아는 급히 설부인에게 알렸다. 설부인이 허둥지둥 달려와 보니 보차의 얼굴은 열이 올라 벌겋게 달아 있었고 몸은 마치 불덩어리 같았으며 말조차 할 수 없을 정도가 되어 있었다. 설부인은 당황하여 어쩔 줄 모르며 큰 소리로 통곡하였다. 보금이 설부인을 부축하며 위로하였고 추릉도 눈물을 샘처럼 쏟으면서 그저 보차를 부르기만 할 뿐이었다.

그러나 보차는 말 한마디 하지 못하였으며 손가락 하나 까딱하지 못하였다. 열로 인해 보차의 눈은 바짝 마르고 코도 콱 막혀 있었다. 급히 사람을 보내 의원을 청해다가 약을 쓰고 나서야 차차 정신이 들었으므로 설부인을 비롯한 집안사람들은 그제야 겨우 마음을 놓았다.

영국부와 녕국부에서도 일찌감치 이 소식을 듣고 모두 놀라워했다. 희봉이 먼저 사람을 시켜 십향반혼단十香返魂丹[2]을 보내오는가 하면, 이어서 왕부인이 지보단至寶丹[3]을 보내왔다. 그리고 가모와 형부인, 왕부인 및 우씨 등이 모두 사람을 보내 문병했다. 그러나 보옥에게만은 이 사실을 알리지 않았다.

칠팔일 동안을 계속 치료해 보았지만 별 효과가 나타나지 않자, 보차

---

2 칠정(七情)이 막혀서 생기는 병을 치료하는 약.
3 정신을 편안하게 하고 열을 내리며 몸의 독소를 제거해주는 약.

는 스스로 냉향환冷香丸을 생각해내서 그것을 세 알 먹었다. 그랬더니 그제야 차도가 있었다. 후에 보옥도 그 소식을 듣기는 하였지만 이미 다 나았으므로 문병을 가지는 않았다.

그럴 즈음 설과한테서 편지가 왔다. 설부인은 보차가 걱정할까 봐 자기 혼자만 그 편지를 보고 보차에게는 알리지 않았다. 그리고는 혼자 왕부인을 찾아와서 설반의 일을 부탁하고 겸해서 보차가 앓았던 소식도 전했다.

설부인이 돌아가고 나서 왕부인이 가정에게 설반의 일을 부탁하자 가정이 말했다.

"이 일은 윗사람에게 부탁하기는 어렵지 않으나 아랫사람들한테 말하기는 좀 거북한 일이오. 그러니 뇌물을 적당히 잘 써야 할 것 같소."

가정의 말을 듣던 왕부인은 보차 얘기도 꺼냈다.

"이 아이도 오빠 일 때문에 무척 애를 태우고 있나 봐요. 어차피 우리 집 식구가 될 사람이니 빨리 혼례를 올려서 데려 오는 게 좋겠어요. 저러다 몸이라도 상하면 큰일이에요."

"나도 그렇게 생각하고 있소. 다만 그 댁에선 지금 그런 일로 정신이 없는 상태이고, 또 지금은 한겨울이자 연말도 가까운 때라 집집마다 해야 할 일이 많지 않겠소. 그러니 올 겨울에 정혼해 두었다가 내년 봄에 혼례를 치르도록 합시다. 어머님 생신날을 넘기고 날을 잡아서 데려오도록 하는 게 좋겠소. 당신이 이런 뜻을 우선 설부인께 알리도록 하구려."

왕부인은 가정의 말에 알았다고 대답했다.

다음 날 왕부인이 가정의 말을 설부인에게 전했으며 이 말을 들은 설부인도 가정의 말이 옳다고 생각했다. 식사를 마친 후 왕부인은 설부인과 함께 가모 처소로 갔다. 서로 자리를 양보하다가 좌정한 뒤 가모가 물었다.

"설부인께서는 방금 오셨나요?"

"실은 어제 왔는데 너무 늦었기에 찾아뵙지 못하고 이제야 문안 올립니다."

왕부인이 가정이 어젯밤에 한 얘기를 가모에게 전하자 가모는 몹시 기뻐하였다. 그런데 그때 보옥이 들어왔으므로 가모가 보옥에게 물었다.

"밥은 먹었느냐?"

"방금 서당에서 돌아오는 길이에요. 밥 먹고 나서 다시 서당에 가야 하는데 그전에 할머님을 뵈러 온 거예요. 그리고 이모님께서도 오셨다기에 이모님께도 문안 인사를 올리려고요."

보옥은 설부인에게 문안 인사를 하고 나서 물었다.

"보차 누나는 다 나았나요?"

"이제 다 나았다."

그런데 방 안에 앉아있던 사람들은 보옥의 혼사이야기를 하고 있다가 보옥이 들어오는 것을 보고 말을 뚝 그쳤다. 보옥은 잠시 앉아 있으면서 설부인의 태도가 어쩐지 그전과 달리 다정해 보이지 않아서 마음이 언짢았다.

'요즈음 집안에 걱정거리가 있다고는 하지만 한마디도 하지 않고 입을 다물 것까지는 없지 않은가?'

보옥은 마음속에 잔뜩 의혹을 품은 채 서당으로 갔다.

저녁때 집으로 돌아온 보옥은 어른들께 인사드리고 나서 곧바로 소상관으로 갔다. 문발을 들어 올리고 들어서니 자견이 맞아주었다. 그런데 방 안에는 아무도 없었다.

"아가씨는 어디 가셨니?"

"노마님 방에 가셨어요. 보차 아가씨 어머님께서 오셨다는 말씀을 듣고 문안 인사 여쭈러 가셨어요. 도련님께선 거기서 오시는 길이 아닌가요?"

"나도 거기 갔다 오는 길인데 너희 아가씨는 못 봤는걸?"

"참 이상하네요? 거기 안 계셨다고요?"

보옥이 물었다.

"도대체 아가씨는 어딜 갔을까?"

"글쎄요."

보옥은 밖으로 나가 보았다. 막 방문을 나서려는데 대옥이 설안을 데리고 천천히 걸어오고 있었다.

"마침 대옥 누이가 오네."

보옥은 이렇게 말하면서 가던 걸음을 멈추고 대옥을 따라 들어왔다.

방으로 들어온 대옥은 안쪽 방으로 가서 보옥에게 앉으라고 자리를 권했다. 대옥은 자견에게 겉옷을 가져오라고 해서 갈아입은 다음 자리에 앉으며 물었다.

"안에 가셔서 이모님을 만나셨나요?"

"응, 만났어."

"이모님께서 저에 대해 무슨 말씀 없으셨어요?"

"대옥 누이에 대해 별 말씀 없으셨을 뿐만 아니라 나를 보고도 이전처럼 따뜻하게 대해 주시지 않던걸. 오늘 내가 보차 누나의 병이 좀 어떠냐고 물었을 때도 웃으시기만 할 뿐 아무 대꾸도 안 하셨어. 내가 요사이 문병을 가지 않아서 그걸 고깝게 생각하고 그러시는 건지도 몰라."

이에 대옥이 웃으면서 물었다.

"문병을 안 가셨어요?"

"처음 며칠 동안은 병이 난지도 몰랐었고, 한 이틀 전에 알았는데 가보질 않았어."

"정말이에요?"

"할머님께서도 가보란 말씀이 없으셨고 어머님께서도 아무 말씀 없으신 데다가 아버님께서도 아무 분부가 없으셨어. 그런데 내가 어찌 감히 가볼 수 있겠어? 만일 이전처럼 작은 문으로 통할 수만 있다면 하루에 열 번이라도 가볼 수 있었겠지만, 요즈음은 문을 막아놨기 때문에 앞으로 돌아가야 하니 여간 불편한 게 아니야."

"그렇지만 보차 언니가 어떻게 그런 사정을 알 수 있겠어요?"

"보차 누나는 나를 가장 잘 헤아려 주는 사람이니까 이해할 거야."

"그렇지만 너무 자기 편한 대로만 생각하진 말아요. 보차 언니 입장에서 볼 땐 이해하기 어려울 거예요. 이모님께서 편찮으신 게 아니라 보차 언니 자신이 병이 난 거잖아요. 지금까지 대관원에서 함께 시를 짓고 꽃을 감상하고 술을 마시며 얼마나 재미있게 지냈나요? 그러던 것이 지금은 서로 떨어져 살고 있고, 또 언니네 집에 큰일이 벌어진 데다가 언니까지 그 지경으로 아팠잖아요. 그런데도 보옥 오빠는 아무 상관없는 사람처럼 모른 체하고 있으니 어찌 서운하게 생각하지 않을 수 있겠어요?"

"그렇다면 보차 누나가 이젠 나하고 가깝게 지내지 않을 거란 말이야?"

"보차 언니가 오빠하고 잘 지내고 말고는 내가 알 바 아니에요. 나는 그저 도리상 그렇다는 말을 하고 있을 뿐이에요."

보옥은 대옥의 말을 듣고 한동안 눈을 휘둥그렇게 뜨고 멍하니 앉아 있었다. 대옥은 보옥의 그런 모습을 보고도 아랑곳하지 않고 시녀에게 향로에 향을 더 집어넣으라고 하더니 자기는 책을 펼쳐들고 한참을 들여다보는 것이었다. 그러자 보옥은 이맛살을 찌푸리며 발을 탕탕 굴렀다.

"에잇, 나 같은 인간이 뭐 하러 이 세상에 태어났담! 이 천지간에 나 같은 인간이 없다면 얼마나 더 깨끗하겠어!"

그러자 대옥이 입을 열었다.

"본래 나라는 존재가 있어야 인간이라는 존재가 있는 법이고, 인간이 있음으로 해서 무수한 번뇌가 생겨나는 겁니다. 이를테면 공포, 착란, 몽상, 그리고 허다한 장애들이 생겨나게 된 거지요. 방금 제가 한 말은 농담이었어요. 오빠는 이모님께서 기분이 언짢아 계신 것을 보고 어째서 보차 언니까지 그럴 거라고 의심하는 거예요? 이모님께서 건너오신 것은 그 소송사건 때문일 테니 기분 좋을 리가 없으실 테고, 그러니 오빠에게 친절하게 대하실 여유가 어디 있었겠어요? 실은 오빠가 제멋대로 생각해서 마도〔魔道: 사악한 기운〕에 걸려든 거예요."

그 말을 듣더니 보옥은 별안간 가슴이 후련해지는지 웃으면서 말했다.

"누이 말이 맞아. 지당한 말씀이야. 역시 대옥 누이의 머리가 나보다 훨씬 비상해. 몇 해 전인가 내가 화냈을 때도 누이가 몇 마디 선어禪語를 물어 봤지만 나는 한마디도 대답하지 못했는걸. 내가 설사 일장육척의 황금불상[4]이라 해도 대옥 누이의 일경소화一莖所化[5]를 빌려야 할 판이야."

대옥은 이 기회를 빌려 더 골려주고 싶은 생각이 들었다.

"내가 한마디 물을 테니 어디 대답해 보겠어요?"

보옥은 두 다리를 포개고 앉아 합장을 하고 눈을 감은 채 천천히 숨을 내쉬며 말했다.

"말씀하시지요."

"보차 언니와 그대의 사이가 좋다면 그대는 어찌할 것이며, 보차 언니와 그대의 사이가 좋지 않다면 그대는 어찌할 것인가? 보차 언니가 전에는 그대와 사이가 좋았는데 지금은 사이가 좋지 않다면 그대는 어찌할 것이며, 오늘은 그대와 사이가 좋지만 이후에는 그대와 사이가 좋지 않게 된다면 그대는 어찌할 것인가? 그대가 보차 언니를 좋아하는

---

4 일장육척(一丈六尺)의 황금불상은 부처를 가리킴.

5 일경(一莖)은 연꽃을 가리키는데, 불교 전설에 의하면 부처는 연꽃에서 태어났다고 함.

데, 그녀는 그대를 좋아하지 않는다면 그대는 어찌할 것이며, 그대는 그녀를 좋아하지 않는데, 그녀가 한사코 그대를 좋아한다면 그대는 어찌할 것인가?"

보옥은 잠시 멍하니 있다가 별안간 크게 웃으면서 대답했다.

"약수弱水가 삼천리라도 나는 단지 한 바가지의 물만 취할 뿐이오."[6]

"만약 바가지가 물에 떠내려간다면 어찌할 것인가?"

"바가지가 물에 떠내려가는 것이 아니라 물은 물대로 흐르고 바가지는 바가지대로 떠내려가는 것이오."

"물이 흐름을 멈추고 구슬이 가라앉으면 어찌하겠는가?"

"선심禪心이 이미 진흙에 젖은 솜꽃[7]이거늘 봄바람을 향해 자고鷓鴣새도 춤추지 않을 것이다."

"선문(禪門: 선종의 문파)의 제일계第一戒는 거짓말을 하지 않는 것이니라."

"이 마음 삼보三寶[8]와 같도다."

보옥의 대답에 대옥은 고개를 떨군 채 아무 말도 하지 않았다.

그때 처마 끝에서 까마귀가 까악까악 몇 번 울더니 동남쪽으로 날아갔다. 보옥은 대옥을 보고 물었다.

"저것은 길할 징조인가, 흉할 징조인가?"

"사람에게 길흉이 있을지언정 새의 울음소리엔 길흉이 없느니라."

보옥과 대옥이 그러고 있을 때 추문이 불쑥 나타났다.

"도련님 어서 돌아가셔야 해요. 대감님께서 사람을 보내셔서 도련님

---

6 천만 번 변화할지라도 오로지 진심을 가지고 있다는 뜻으로 여기에서는 애정이 견고하고 한결같음을 의미함. 약수(弱水)는 강 이름.

7 참선의 마음이 이미 진흙에 빠진 버들 솜처럼 고요하게 되어 움직이지 않는다는 의미이며, 애정이 변하지 않는 것을 비유함.

8 불교용어로 불(佛), 법(法), 승(僧)을 말한다.

이 서당에서 돌아오셨느냐고 물으셨어요. 그래서 습인 언니가 이미 돌아오셨다고 말씀드렸으니 빨리 가보세요."

깜짝 놀란 보옥은 자리에서 일어나 허둥지둥 밖으로 나갔으며, 대옥도 그런 보옥을 붙들지 않았다. 무슨 일로 찾았는지는 다음 회를 보시라.

評女傳巧姐慕賢良
玩母珠賈政叅聚散

【제92회】

열녀전 가르친 보옥

교저는 열녀전 가르침에 현모양처 사모하고
가정은 구슬을 감상하며 이합집산 깨달았네

評女傳巧姐慕賢良 玩母珠賈政參聚散

보옥은 소상관에서 나오면서 급히 추문에게 물었다.

"아버님께서 왜 날 찾으신대?"

"찾긴 누가 찾는다고 그러세요? 습인 언니가 도련님을 모셔 오랬는데 그런 소리라도 하지 않으면 바로 일어서실 것 같지 않기에 제가 거짓말한 거예요."

보옥은 그제야 마음을 놓으면서 말했다.

"그냥 불러도 될 걸 왜 사람을 놀라게 하는 거야?"

그러면서 이홍원으로 돌아오니 습인이 기다리고 있다가 물었다.

"이렇게 오래도록 어디 가 계셨어요?"

"대옥이한테 갔었어. 이모님 얘기랑 보차 누나 얘기를 하다 보니 좀 오래 앉아있게 됐고."

"무슨 얘기들을 하셨는데요?"

습인이 이렇게 묻자 보옥은 둘이서 선문답 했던 얘기를 해주었다.

"참, 생각들이 없으십니다. 일상적인 한담을 하시든지 아니면 시구나 따지면서 놀면 좋을 것을, 하필이면 선문답이세요? 중들도 아니면서."

"습인은 몰라서 그래. 우리끼리 통하는 데가 있어서 다른 사람은 끼어들 수가 없거든."

"도련님과 아가씨는 선문답하면 깨우치는 것이 있을지 몰라도 우리까지 뭐가 뭔지 모르게 하실 건 뭐예요?"

"처음에는 나도 나이가 어렸고 대옥이도 어린애 같은 구석이 있었기 때문에 내가 뭐라고 말을 잘못하면 대옥이가 화를 내곤 했어. 하지만 지금은 나도 조심하고 대옥이도 화를 내지 않게 되었지. 그런데 요즘은 대옥이도 자주 놀러오지 않고 나도 공부에 바빠서 그런지 어쩌다 한 번씩 만나면 사이가 영 서먹서먹해지는 것 같아."

"실은 그래야 마땅해요. 이제는 두 분 다 나이가 몇 살씩 더 들었으니 언제까지나 어릴 때처럼 지낼 수는 없는 일이거든요."

보옥은 고개를 끄덕였다.

"나도 그 점은 알고 있어. 이제 그런 얘긴 그만두자. 참 물어볼게 있는데, 할머니께서 사람을 보내 무슨 말씀을 하시지 않았어?"

"아무 말씀도 없으셨는데요."

"그럼 할머니께서 잊으신 게 분명해. 내일이 동짓달 초하루잖아. 해마다 할머니께서 늘 소한회消寒會[1]를 열어 다들 한자리에 모여 앉아 술 마시고 이야기하며 추위를 쫓곤 했잖아. 난 오늘 이미 서당에 하루 쉬겠다고 청까지 해놓았는데 아직도 기별이 없으니 내일 서당에 가야하게 될지도 모르겠어. 그냥 서당에 가자니 모처럼 얻은 기회가 아깝고,

---

1 동짓날 모여 술 마시고 시를 지으며 추위를 쫓는다는 의미에서 소한회(消寒會)라고 함.

안 가자니 아버님께서 아시면 또 게으름을 부린다고 꾸중하실 게 뻔해서 걱정이야."

"그래도 서당엔 가시는 게 좋을 것 같아요. 이제 겨우 공부가 좀 되어가는 듯싶은데 또다시 놀 생각을 해서야 되겠어요? 제 소견으로도 도련님은 공부에 더 박차를 가해야 한다고 봐요. 어제 마님께서 그러시는데 난이 도련님은 아주 열심히 공부하신다나 봐요. 가란 도련님은 서당에서 돌아와서도 여전히 글을 읽고 문장 짓는 연습을 하다가 날마다 사경이 넘어서야 주무신답니다. 도련님은 나이도 훨씬 많은 데다가 또 숙부시잖아요? 만약 조카한테 뒤떨어진다면 노마님께서 얼마나 화가 나시겠어요? 그러니 내일 아침 일찍 서당에 가도록 하세요."

습인이 그렇게 말하는데 사월은 오히려 보옥의 편을 들었다.

"이렇게 추운 날 모처럼 쉬게 되었는데 뭐하러 다시 가시라는 거예요? 오히려 서당에서 핀잔만 들으실지도 몰라요. 그럴 거면 왜 쉬겠다고 했느냐면서 일부러 거짓말로 하루쯤 놀아보려는 심보였다고 몰아세울 거예요. 그러니 제 생각에는 이왕 허락을 받았으니 하루쯤 쉬시는 게 좋을 것 같아요. 노마님께서 잊으셨더라도 여기서 소한회를 열면 어때요? 우리끼리 모여서 노는 것도 재미있지 않겠어요?"

그러자 습인이 말했다.

"네가 또 부추기는구나. 네가 그러면 도련님께서 더욱 가기 싫어하지 않겠니?"

"저도 하루만이라도 재미있게 놀고 싶어요. 습인 언니처럼 남한테 칭찬만 듣고 한 달에 남보다 두 냥씩 월급을 더 받는 사람하곤 다르니까요."

사월이 이렇게 말하자 습인이 나무랐다.

"망할 것 같으니라고. 남은 정색하고 말하는데 자긴 허튼 소리만 늘어놓고 있네!"

"내가 허튼 소리를 늘어놓고 있는 게 아니에요. 이게 다 언니를 위해서 하는 소리예요."

"뭐가 나를 위한다는 거니?"

"도련님께서 서당에 가고 나면 언닌 하루 종일 입을 삐죽이 내밀고서, 도련님이 조금이라도 빨리 돌아오시면 이야기도 하고 웃기도 하고 그럴 텐데 하면서 기다리잖아요. 그런데 지금은 또 안 그런 척하면서 도련님을 서당으로 내몰려고 하고 있으니, 무슨 속셈인지 모르겠네요. 내가 모르는 것 같아도 언니 속을 훤히 다 알고 있는걸요."

습인이 사월에게 또 욕을 한마디 해주려는데 가모가 사람을 보내왔다.

"노마님께서 도련님더러 내일은 서당에 가시지 않아도 된다고 하십니다. 내일 설씨 댁 마님을 모셔다가 기분을 풀어드릴 생각이신데, 아마 여러 아가씨들도 모두 모이게 되나 봐요. 집안의 상운 아가씨, 수연 아가씨 그리고 이문, 이기 아가씨까지 모두 청해서 내일 무슨 소한회인가 뭔가에 오시라고 했답니다."

보옥은 그 말이 채 끝나기도 전에 좋아서 어쩔 줄 몰랐다.

"그것 봐. 할머님께서 제일 즐거워하신다니까. 그러니 이젠 마음 놓고 내일 서당에 안 가도 되겠네."

습인도 더 이상 아무 말하지 않았고 심부름 왔던 시녀도 돌아갔다. 보옥은 며칠 동안 열심히 공부했으므로 하루 동안만이라도 신나게 놀고 싶었다. 게다가 이모님께서도 오신다는 말을 듣고 '그럼 보차 누나도 같이 오겠구나' 하고 생각했다. 그런 생각에 보옥은 뛸 듯이 기뻤다.

"어서 자야겠다. 내일 아침에 일찍 일어나야 하니까."

보옥은 그런 마음을 품고 잠자리에 들었다. 그리고 그날 밤은 아무 일 없이 지나갔다.

다음 날 아침 보옥은 일찌감치 가모의 처소로 가서 문안 인사를 올린 다음, 가정과 왕부인에게도 문안을 하였다. 그러면서 할머님께서 오늘은 서당에 가지 않아도 된다고 하셨다는 말씀을 드렸다. 가정도 아무 말 안 하기에 보옥은 천천히 물러나와 몇 발자국 옮기는가 싶더니 가모의 처소로 냅다 줄달음질쳤다.

그런데 가모의 처소에 다른 사람들은 아직 오지 않았고 희봉이네 유모가 어린 시녀 몇 명과 함께 교저를 데리고 가모에게 문안 인사를 올리러 와있었다.

"우리 엄마가 나더러 먼저 가서 인사드리고 노할머니랑 얘기하고 있으랬어요. 엄마도 금방 뒤따라 오신댔고요."

가모는 교저를 보고 웃으면서 말했다.

"참 착하기도 하지. 난 일찍부터 일어나서 기다리고 있는데 아직 아무도 안 오고 너의 보옥 삼촌만 왔단다."

유모가 교저에게 일렀다.

"아가씨, 어서 숙부님께 인사 올리세요."

보옥도 교저에게 한마디 물었다.

"잘 있었니?"

"어젯밤에 우리 엄마가 삼촌을 우리 집에 오라고 해서 무슨 말을 들어보겠다고 하셨어요."

"무슨 말인데?"

"엄마가 말씀하시기를 제가 이 할멈에게 몇 해째 글을 배웠는데 글을 알기나 하는지 모르겠구나 하시지 않겠어요? 그래서 제가 다 안다고 하면서 글을 읽어보겠다고 했더니, 모르면서 거짓으로 안다고 그러는 거래요. 제가 진종일 노는 데만 정신이 팔려있는데 언제 글을 익혔겠느냐면서 못 믿겠다고 하시질 않겠어요? 전 글자 읽는 것은 말할 것도 없고요, 《여효경女孝經》[2] 같은 책도 줄줄 읽을 수 있어요. 엄마는 제가 거짓

---

2 당나라 제후 막진막(莫陳邈)의 아내 정씨(鄭氏)가 편찬한 것으로 부녀가 마땅히

말한다고 생각하시고는 보옥 삼촌이 틈이 날 때 청해서 제 공부를 시험해 보겠다고 그러시는 거예요."

듣고 있던 가모가 웃으면서 말했다.

"아이쿠, 똑똑하기도 하지. 네 엄마는 글을 모르기 때문에 네가 속인다고 생각하는 거다. 내일이라도 보옥 삼촌을 불러다 시험해보면 엄마도 믿지 않겠니?"

보옥이 교저에게 물었다.

"그래, 넌 몇 글자나 알고 있니?"

"삼천 자 이상 알아요. 《여효경》을 한 권 다 읽었고요, 반달 전부터는 《열녀전列女傳》[3]을 읽기 시작했어요."

"읽으면 무슨 말인지 알 수 있니? 잘 모르겠으면 내가 좀 설명해주련?"

가모가 끼어들었다.

"숙부 되는 처지에 조카에게 그 정도는 설명해줘야 마땅하지."

보옥은 교저에게 설명하기 시작했다.

"저 문왕의 후비[4]에 대해서는 잘 알고 있을 테니 더 설명할 필요가 없겠지? 강후가 비녀를 뽑아들고 처벌을 기다린 이야기나 제나라의 무염이 나라를 반석 위에 올려놓은 이야기는 모두 왕비들 가운데 현명한 사람들의 이야기란다.[5] 그리고 재주가 뛰어나기로 말하자면 조대고, 반

준수해야 하는 효도를 권장한 책.

3 부녀들의 교양을 위하여 만들어진 여자들의 전기로, 한대 유향(劉向)이 지었음.

4 주 문왕(文王)의 후비(后妃)인 태사(太姒)는 문왕이 정사를 잘 돌보도록 도왔던 현명한 여인으로 칭송되고 있음.

5 주 선왕(宣王)의 정비인 강후(姜后)는 선왕이 늦잠을 자며 정사를 게을리 하자, 잘못이 자기에게 있다고 여기고 비녀와 귀고리를 떼고 죄를 청함으로써 선왕을 깨우쳤다고 하며, 또한 무염(無鹽)은 선왕을 찾아가 제나라의 네 가지 폐단을 없애도록 간하였고 훗날 왕후로 봉해짐.

첩여, 채문희, 사도온과 같은 여자들이 있지.[6] 맹광孟光이 나무 비녀를 꽂고 무명치마를 입었던 이야기나 포선鮑宣의 아내가 항아리를 들고 몸소 물을 길러 나섰던 이야기, 그리고 도간陶侃의 어머니가 머리카락을 잘라 손님을 접대했다는 이야기나 나뭇가지로 땅에 글씨를 써가며 아들을 가르친 이야기 등은 모두 가난을 이겨낸 어질고 슬기로운 여인들의 이야기란다. 그 밖에 고생한 사람들의 이야기로는 낙창공주가 거울을 깬 이야기[7]와 소혜의 회문이 남편을 감동시킨 이야기[8] 등이 있지. 효성이 지극했던 사람들의 이야기는 더욱 많단다. 목란木蘭이 아버지 대신 전쟁터에 나갔던 일과 조아曹娥가 물속에 뛰어들어 아버지의 시신을 찾아낸 일 등, 일일이 다 말할 수조차 없이 많지. 조씨가 칼로 코를 벤 이야기[9]는 위나라 때 이야기인데, 그런 정절을 지킨 이야기는 더욱 많아서 앞으로 두고두고 얘기해 줄 수밖에 없겠구나. 그리고 미인으로 말하자면 왕소군, 서시, 번소樊素, 소만小蠻, 강선絳仙 등이 있고 질투 많은 여자들의 이야기로는 첩들의 머리를 불태워버렸다는 고사와 낙신洛神을 질투하여 물에 빠져 죽었다는 고사 등이 있으며, 탁문군과 홍불[10]

---

6 조대고(曹大姑)는 반고(班固)의 누이동생 반소(班昭)를 말하며, 반첩여(班婕妤)는 한대 효성제의 후궁으로 재주와 덕을 겸비한 여인이고, 채문희(蔡文姬)는 동한의 문학가 채옹의 딸로 뛰어난 문재를 지녔으며, 사도온(謝道韞)은 동진의 유명한 여시인임.

7 남조 진나라 서덕언(徐德言)의 아내 낙창공주(樂昌公主)는 진이 멸망하고 남편과 헤어지게 되자, 거울을 반쪽내서 정월 보름날 시장에서 만나 거울을 맞춰 보기로 약속하고 헤어졌다가 훗날 다시 남편과 만나게 되었다는 이야기가 전함.

8 동진 때 사람 소혜(蘇蕙)는 남편이 유배되자 그를 생각하면서 비단 위에 회문(回文: 바로 읽으나 거꾸로 읽으나 뜻이 통하는 문장)을 지어 짜 보냈는데, 이를 본 남편이 그 절묘함에 크게 감탄하여 그녀를 더욱 귀중하게 여기게 되었다고 함.

9 삼국시대 위나라 조문숙(曹文叔)의 아내 조씨(曹氏)는 남편이 일찍 죽자 재가하라는 권유를 뿌리치고 먼저 머리카락을 잘랐으며 이후에 또 두 귀와 코를 베어서 결심을 나타냈다고 함.

10 탁문군(卓文君)과 홍불(紅拂)은 여성이면서도 남성 못지않은 담대함으로 남자를 도와 대업을 이루게 하였음.

같은 이들은 여자들 가운데서도….”

가모는 여기까지 듣다가 보옥의 말이 채 끝나기도 전에 가로막았다.

“그만하면 충분하다. 이제 그만 해둬라. 너무 많이 얘기해주면 어린 애가 어찌 다 기억할 수 있겠느냐?”

“삼촌이 해주신 이야기 가운데 어떤 것은 읽은 적이 있고, 어떤 것은 읽은 적이 없어요. 읽은 적이 있는 이야기를 해주시면 한층 더 잘 알 수 있게 되는 것 같아요.”

“그렇다면 글자는 문제없이 읽을 줄 아는 것이니 더 이상 시험해 볼 필요도 없겠다. 뿐만 아니라 나는 내일 또 서당에 가야 하거든.”

“저는 또 어제 엄마에게 들은 얘기가 있어요. 우리 집에 있는 소홍이는 원래 이홍원에 있던 시녀인데 엄마가 필요해서 데리고 왔대요. 그런데 아직까지 대신 다른 시녀를 채워주지 못했다고 그러셨어요. 그래서 엄마는 류오아柳五兒인가 하는 시녀를 보내줄까 하는데 삼촌은 어찌 생각하실지 모르겠다고 하셨어요.”

보옥은 그 소리를 듣더니 여간 좋아하는 것이 아니었다.

“그래? 너의 어머니께서 그렇게 말씀하셨니? 대신 보내주고자 한다면 누구를 보내도 좋아. 내 맘에 들고 안 들고 물어보실 필요가 뭐 있겠니?”

그러면서 보옥은 가모를 보고 웃으며 말했다.

“할머니, 제가 보기에 교저는 생김새도 예쁘고 또 이렇게 총명하기까지 하니, 앞으로 자라면 희봉 형수보다 더 똑똑할 것 같아요. 게다가 글까지 알고 있으니까요.”

“계집애라도 글을 아는 건 나쁠 게 없지. 그렇지만 바느질 같은 걸 배워두는 게 더 중요해.”

가모의 말에 교저가 나섰다.

“전 지금 유씨 할멈한테 바느질을 배우고 있어요. 아직 잘하지는 못하지만 꽃을 수놓는다든가, 선을 따라 수놓는 것 등을 배워서 조금은 할 줄 알아요."

"우리 같은 대갓집에서는 손수 그런 일을 할 필요는 없지만 그래도 좀 알아두는 편이 낫단다. 그래야 앞으로 남에게 손가락질 받을 일이 없지 않겠니."

교저는 가모의 말에 다소곳하게 대답하고는 다시 보옥에게 《열녀전》에 대해 좀더 설명해 달라고 하고 싶었지만, 보옥이 멍하게 앉아 있는 것을 보고 더 이상 말을 꺼내지 않았다.

그러면 보옥은 무엇 때문에 멍하니 앉아 있었던 것일까? 그것은 다름 아닌 류오아가 이홍원에 들어오는 일 때문이었다. 오아는 원래 이홍원에 들어오기로 되어 있었으나 처음에는 병이 나는 바람에 들어오지 못했고, 그 다음에는 왕부인이 청문을 쫓아내고 난 이후로 얼굴이 예쁜 아이는 들이려 하지 않았기 때문에 들어오지 못했던 것이다.

그 뒤 오귀吳貴네 집으로 청문을 만나러 갔을 때, 오아가 제 어머니를 따라 청문에게 무슨 물건인가를 갖다 주러 왔기 때문에 얼핏 본 적이 있었다. 그때 보옥은 오아가 아주 예쁘게 생겼다고 생각했다. 그런데 지금 희봉이 다행스럽게도 소홍의 빈자리를 오아로 채워 준다는 소리를 듣고 여간 기쁜 것이 아니었다. 그래서 멍하니 오아 생각을 하고 있었던 것이다.

한편 가모는 사람들이 오기만을 기다렸지만 그때까지 아무도 나타나지 않자, 사람들을 부르러 시녀를 보냈다. 그러자 조금 있다가 이환과 그의 여동생들, 그리고 탐춘, 석춘, 상운, 대옥 등이 차례로 모여들었다. 모두들 가모에게 문안 인사를 올렸으며 서로 안부를 물었다. 그러나 설부인이 아직 오지 않았기 때문에 가모는 또 시녀를 보냈다. 그랬더니 얼마 안 있어 설부인이 보금을 데리고 건너왔다.

보옥은 설부인에게 인사를 올리고 안부를 물었다. 그러면서 둘러보니 보차와 수연 두 사람이 보이질 않았다.
이때 대옥이 먼저 물었다.
"보차 언닌 왜 안 왔어요?"
설부인은 보차가 몸이 아파서 못 왔다고 둘러댔다. 수연 역시 설부인이 온다는 말을 듣고 오지 않았다. 보옥은 보차가 오지 않는다는 말에 섭섭한 마음이 들었지만 대옥이 와 있었기 때문에 보차를 생각하던 마음을 잠시 접었다.
조금 있으려니까 형부인과 왕부인도 건너왔다. 희봉은 시어머니가 먼저 가 계시다는 소리를 듣자 자기가 늦게 가는 것이 송구스러웠다. 그래서 먼저 평아를 보내 갑자기 몸에 열이 나서 좀 늦겠다는 말을 전하게 했다.
가모가 그 소리를 듣고 말했다.
"몸이 불편하거든 굳이 오지 않아도 된다고 하여라. 그럼 이제 우리 밥을 먹도록 하자꾸나."
시녀들이 곧 화로를 뒤로 밀어놓고 가모의 침상 앞에 식탁 두 개를 일렬로 차려놓았다. 그러자 모두들 순서대로 자리를 잡고 앉았다. 식사가 끝난 뒤에도 그들은 화롯가에 둘러앉아 이야기꽃을 피웠다. 여기에 대해서는 더 이상 말하지 않겠다.
그런데 희봉은 왜 오지 않은 것일까? 처음에는 형부인과 왕부인보다 늦은 것이 면목이 없어서 오히려 느지막하게 가려고 했던 것인데, 나중에는 왕아旺兒댁이 와서 다음과 같이 아뢰었기 때문이었다.
"영춘 아가씨가 아씨께 문안드리려고 사람을 보내왔어요. 그런데 안에는 들어가지 않고 아씨께만 문안드리러 왔다고 하네요."
희봉은 이상하다는 생각이 들어 그 하인을 들어오라고 해서 물었다.
"아가씨께선 잘 지내고 계시느냐?"
"잘 지내실 리가 있겠어요. 그런데 소인은 아가씨가 보내서 온 게 아니라 실은 사기司棋의 어미가 아씨께 청을 넣어 달라고 하도 애원하기에 왔습죠."

"사기는 벌써 여기서 나간 아인데 내게 부탁할 일이 뭐가 있겠어?"

"사기는 댁에서 나간 이후로 밤낮없이 울음으로 세월을 보냈답니다. 그러던 어느 날 느닷없이 사기의 사촌오빠가 돌아오지 않았겠어요? 사기 어미는 그를 보자 잡아먹을 듯이 달려들어서 사기의 신세를 망친 놈이라며 멱살을 거머쥐고 마구 때리려고 했습죠. 그래도 그 사내는 끽소리 못하고 당하고만 있었대요. 그런데 사기가 어느새 그 광경을 보고 급히 달려 나와 부끄러움을 무릅쓰고, '전 이 사람 때문에 그 댁에서 쫓겨났어요. 저도 이 양심 없는 인간이 죽도록 미워요. 하지만 제 발로 찾아온 사람을 어머니가 때리려고 한다면 먼저 제 목을 졸라 죽인 다음 때리세요'라고 제 어미에게 대들었답니다. 그러자 사기의 어미가 욕을 퍼부으며, '이런 뻔뻔스러운 년 같으니라고. 넌 도대체 어쩔 셈이냐?'라고 했나 봅니다. 그랬더니 사기가 '여자는 한 남자에게 시집가기 마련이에요. 제가 한때 실수로 이 남자의 여자가 되었으니 이제부턴 이 남자 사람이에요. 앞으로는 절대로 다른 남자를 따를 생각이 없어요. 저는 이 사람이 왜 그렇게 비겁했는지 그것이 원망스러울 따름이에요. 자기가 저지른 일은 자기가 책임져야지 도망은 왜 치느냔 말예요. 그렇지만 설사 이 사람이 평생토록 저를 찾아오지 않았다 할지라도 전 일생 동안 시집가지 않을 작정이었어요. 어머니가 저를 다른 사람에게 시집보내려 한다면 저는 콱 죽어버리고 말 거예요. 오늘 그 사람이 왔으니 어머니가 그 사람한테 어쩔 셈인가 한 번 물어보세요. 만약 그 사람 마음이 변하지 않고 그대로라면 어머니께 절을 올리며 부탁드릴게요. 제가 죽었거니 생각하고 저를 그냥 보내주세요. 이 사람이 가는 데라면 어디든지 따라가겠어요. 설사 밥을 빌어먹게 되더라도 후회하지 않겠어요'라고 말했다는군요.

그랬더니 사기의 어미가 불같이 화를 내면서 울며불며 욕을 해댔답니다. '이년아, 넌 내 딸년이니 내가 기어코 그놈한테는 못 주겠다면 네가 감히 어쩔 테냐?' 이렇게 말이지요. 그런데 글쎄 그 사기란 애가 어리석게도 그 말을 듣자마자 담벼락에 머리를 들이받았답니다. 그러자 금세 머리통이 부서지면서 새빨간 피를 콸콸 쏟으며 죽어 버리고 말았답니다. 그 어미가 통곡하며 사기를 잡아 흔들었지만 어디 죽은 사람을 다시 살릴 수 있었겠어요? 사기의 어미는 그 사내한테 달려들어 자기 딸을 살려내라고 난리법석을 부렸습죠. 그랬더니 사기의 사촌오빠가 '너무 그러실 것 없습니다. 실은 제가 외지에서 돈을 좀 벌었는데 사기 생각이 간절해서 이렇게 찾아온 겁니다. 못 믿으시겠거든 이걸 좀 보십시오'라고 하면서 품 안에서 금붙이와 진주로 장식된 장신구 상자 하나를 꺼내더랍니다. 그것을 본 사기 어미가 마음이 누그러져서, '네가 그런 생각이었다면 왜 진작 말하지 않았느냐?'라고 하자, 그 조카가 '여자들이란 대체로 흐르는 물 같고 바람에 날리는 버들개지 같지요. 제가 만일 돈을 벌어왔노라고 한다면 돈에 눈이 어두워 저를 따라나설 수도 있겠다고 생각했던 겁니다. 그러나 알고 보니 그녀의 마음은 진심이었던 것 같군요. 그녀는 참으로 보기 드물게 훌륭한 여자입니다. 자, 이 금붙이와 진주 상자를 드리겠습니다. 그리고 저는 관을 사서 사기의 시신을 거두도록 하겠습니다'라고 하더랍니다. 사기 어미는 그 장신구들을 받아들더니 딸의 죽음도 잊은 듯 조카가 하는 대로 내버려 두었습죠.

그런데 그는 나가서 관을 두 개 사 가지고 사람들에게 들려서 돌아왔답니다. 사기 어미가 그것을 보고 이상하다는 생각이 들어서 '왜 관을 두 개나 사가지고 왔느냐?'라고 묻자 그 조카는 웃으면서, '하나에 다 들어갈 수 없으니 둘을 사온 겁니다'라고 하더라나요. 사기 어미는 그가 울지도 않는 것을 보고 아마도 너무 상심한 나머지 제정신이 아닌가

보다 하고 생각했답니다. 그런데 그가 사기를 입관시켜 놓고 눈물 한 방울 흘리지 않더니만, 눈 깜짝할 사이에 가지고 있던 단도로 제 목을 찔러서 자결하고 말았답니다. 사기 어미는 후회막심하여 목을 놓아 울었습죠.

그런데 이 사실을 이웃들이 다 알게 되어 관청에다 알리려고 하고 있습니다. 사기 어미가 다급하여 관청에서 트집 잡지 않도록 아씨께 말씀드려 달라고 저한테 애원하기에 제가 이렇게 아씨께 말씀 올리려고 찾아뵌 것입니다. 사기 어미도 나중에 사례드리러 온다고 했습니다."

희봉은 그 말을 듣고 어처구니없다는 듯이 말했다.

"어쩌면 그렇게 미련한 계집애가 다 있담. 하필이면 그런 사내를 만나다니! 어쩐지 그날 그 애 짐 속에서 그런 물건이 나왔는데도 마치 아무 일 아니라는 듯이 굴더라니, 그렇게 독한 애였기 때문에 그랬었군그래. 사실 난 그런 시시콜콜한 일까지 신경 쓸 겨를이 없는 사람이지만 자네가 방금 한 얘기를 듣고 보니 참 불쌍하다는 생각이 드는구나. 알았으니 돌아가서 사기 어미한테 전해라. 내가 우리 집 서방님께 말씀드려서 왕아를 시켜 일이 무사히 되도록 해놓겠다고 말이야."

희봉은 이렇게 말해서 그를 돌려보낸 다음 그제야 가모의 처소로 건너갔다. 여기에 대해서는 더 이상 이야기하지 않겠다.

한편, 가정은 그날 첨광詹光과 함께 바둑을 두고 있었다. 판세로 보아 승부는 거의 결정되고 있었지만 한쪽 귀의 사활이 아직 결정되지 않아서 한창 겨루고 있었다.

그러고 있을 때 문을 지키던 시동이 들어와서 아뢰었다.

"풍대감님께서 뵙기를 청하십니다."

"어서 들어오시라고 해라."

가정의 분부를 듣고 시동이 나가자 풍자영이 이내 안으로 들어왔으며 가정은 급히 일어나서 영접하였다. 풍자영은 서재로 들어와 앉으면서 그들이 바둑 두는 것을 보고 말했다.

"어서 마저 두십시오. 저도 옆에서 구경하렵니다."

"소생의 바둑은 보실 것이 못됩니다."

첨광이 웃으며 말하자 풍자영이 다시 권했다.

"천만의 말씀입니다. 어서 두시지요."

그러자 가정이 그에게 물었다.

"저한테 무슨 볼일이라도 있으신지요?"

"무슨 특별한 볼일이 있어서 온 건 아닙니다. 그러니 괘념치 마시고 어서 두십시오. 저도 몇 수 배워 가게요."

이에 가정은 첨광에게 말했다.

"풍대감은 우리와 허물없는 사이입니다. 별다른 용건은 없으시다니 우리 이 판이나 마저 끝내고 얘기를 나누도록 합시다. 그럼 풍대감은 잠시 옆에서 구경이나 하고 계십시오."

"내기 바둑인가요? 아니면 그냥 두시는 건가요?"

"실은 내기 바둑입니다."

첨광이 대답하자 풍자영이 말했다.

"내기 바둑이라면 옆에서 훈수 두면 안 되겠군요."

"뭐 훈수 두셔도 상관없습니다. 저쪽은 지금껏 열 냥이나 지고 있는 형편이지만 도무지 돈을 내려 하지 않는답니다. 그래서 그저 언제든 한턱내라고 할 셈입니다."

"그 정도로 된다면 언제든지 한턱낼 수 있습니다."

첨광이 웃으며 말하자 풍자영이 다시 물었다.

"두 분께서는 맞바둑을 두시는 건지요?"

"전에는 맞바둑을 두기도 했는데, 첨공이 노상 졌지요. 그래서 지금은 두 점을 놓고 두는데도 여전히 지고 있습니다. 그러고도 늘 몇 수씩 물러달라는데, 물러주지 않으면 또 여간 화를 내는 게 아니랍니다."
가정이 그러면서 웃자 첨광도 따라 웃었다.
"언제 그랬다고 그러십니까?"
"그럼 한번 두는 걸 보시지요."
이런 농담을 주고받는 동안 한 판이 끝났다. 집계산을 하면서 첨광이 공제를 하고 보니 도합 일곱 점을 졌다. 옆에서 보던 풍자영이 말했다.
"이번 판에는 결국 패싸움에서 손해를 보셨군요. 대감님 쪽은 패가 많았으므로 득을 보셨습니다."
그러자 가정이 풍자영에게 말했다.
"이거 정말 바둑 두느라고 실례가 많았습니다. 자, 이제 우리 얘기나 나눕시다."
"대감님을 뵈온 지도 퍽 오래 되었기에 실은 문안 인사도 여쭙고, 한편으로는 광서의 동지同知[11]가 황제폐하를 알현하기 위해 상경하면서 진상품으로 쓰기에 안성맞춤인 수입품 네 가지를 가지고 왔기에 알려드리려고 왔습니다. 하나는 병풍인데 스물네 폭짜리로 모두 자단紫檀에다 조각한 것이지요. 안에 박혀 있는 것이 옥은 아니지만 대단히 질 좋은 초자석硝子石으로, 돌 위에 산수나 인물, 누각이나 화조花鳥들이 조각되어 있습니다. 한 폭마다 오륙십 명이나 되는 인물이 조각되어 있는데 모두 궁녀 복색을 한 여인들이며, 제목을 〈한궁춘효漢宮春曉〉라고 붙였습니다. 인물의 이목구비로부터 소매나 옷의 주름까지 똑똑하게 보일 만큼 정교하게 조각되어 있으며 구도도 아주 잘 잡혀 있습니다. 그래서 저는 그것을 대감 댁 대관원의 정청 같은 곳에 세워 놓으면 아주 좋을 것 같다는 생각을 했습니다. 그리고 또 높이가 석 자도 더 되는 시

11 청대 정5품에 해당하는 지방 관직으로, 양곡운송, 치안, 해방(海防), 수리(水利) 등을 관장함.

계가 하나 있는데, 한 명의 사내아이가 시각패를 들고 있다가 그때그때 시간이 되면 알려주게 되어 있습니다. 그리고 또 시계 안에 작은 인형들이 있어서 열 가지 악기를 연주하기까지 합니다. 그런데 이 두 가지 물건은 너무 무거워서 가지고 오지 못했습니다. 그렇지만 지금 제가 가지고 온 두 가지 물건도 자못 흥미를 끕니다."

풍자영은 그러면서 품 안에서 흰 비단으로 여러 겹 싼 자그마한 상자 하나를 꺼냈다. 여러 겹의 비단을 벗기니까 먼저 유리 상자가 나오고 그 속에는 붉은색의 오글오글하게 주름 잡힌 비단이 바닥에 깔려 있고 그 위에 금 받침대가 놓여 있었으며, 그 금 받침대 위에 계원桂圓[12] 만큼이나 큰 구슬이 얹혀 있었는데 그 광채가 눈이 부실 정도였다.

"이걸 모주母珠라고들 합니다."

그러면서 풍자영은 쟁반을 하나 가져다 달랬다. 첨광이 얼른 검은 칠을 한 차 쟁반을 가져오자 풍자영은 또 품에서 흰색 비단 주머니를 꺼내 그 안에 들어 있던 작은 구슬들을 모두 그 쟁반 위에 쏟아 놓았다. 그러고 나서 그 모주를 작은 구슬 가운데 놓은 다음 쟁반을 탁자 위에 올려 놓았다. 그랬더니 신기하게도 그 작은 구슬들이 데굴데굴 굴러서 하나도 남김없이 어느새 모주를 위로 떠밀어 올리듯 그 주위에 모두 붙어버렸다.

"이거 정말 신기하군요!"

첨광이 감탄했지만 가정은 별로 그런 기색이 없었다.

"이런 건 흔히 있지요. 그래서 모주라고 하는데, 어머니 구슬이란 뜻이지요."

이에 풍자영은 데리고 온 하인에게 말했다.

"그 상자는 어디 있느냐?"

---

12 용안(龍眼)이라고도 불리는 과일.

그 말이 떨어지기가 무섭게 하인은 화리목花梨木으로 만든 작은 상자를 가져다 바쳤다. 그 작은 상자를 열고 들여다보니 그 안에는 호랑이 가죽 무늬의 비단이 깔려 있고 그 비단 위에 남색의 얇은 비단 천 같은 것이 접혀 있었다.

"이건 뭐 하는 데 쓰는 물건인가요?"

첨광이 물으니 풍자영이 대답했다.

"이것은 교초장[13]이라고 하는 겁니다."

그러면서 풍자영은 작은 상자에서 그것을 꺼내 보이는데, 꺼냈을 때는 길이가 다섯 치도 안 되고 두께가 다섯 푼도 안 되었던 것이 한층한층 펴기 시작하여 열 층 남짓 펼치자 어느덧 탁자 위에 더 이상 펴놓을 자리가 없게 되었다.

"자 보십시오. 아직도 두 겹이나 더 남았으니 천장이 높은 큰 방에서나 칠 수 있지요. 이것은 교사鮫絲[14]로 짠 것인데 무더운 여름날 방 안에다 쳐놓으면 파리나 모기가 한 마리도 얼씬거리지 못합니다. 게다가 가볍기도 하고 훤히 내비치기까지 한답니다."

풍자영이 이렇게 너스레를 떨자 가정이 말했다.

"전부 다 펴지 마십시오. 다시 접어서 넣으려면 힘드실 테니까요."

그러자 첨광이 풍자영을 도와 차곡차곡 접어서 도로 상자 안에 넣었다.

"이 네 가지 물건은 모두 합해봤자 그다지 비싸지 않습니다. 이만 냥이면 팔겠다고 했습니다. 모주가 만 냥에 교초장이 오천 냥이고, 〈한궁춘효〉와 자명종이 합해서 오천 냥이랍니다."

"이만 냥이나 된다면 우리로서는 살 형편이 못됩니다."

---

13 교인(鮫人)이라는 전설상의 인어가 짰다는 것과 같은 얇은 비단으로 된 휘장.
14 교초를 교사라고도 함.

"대감님 댁으로 말하자면 나라님의 친척이 되시질 않습니까? 궁중에서라도 소용이 되질 않겠는지요?"

"물론 쓸 데야 많지요. 그렇지만 어디 그만한 돈이 있어야지요. 이 물건들을 노마님께 한번 보여드려 볼까요?"

"네, 그렇게 해주십시오."

가정은 곧 사람을 시켜 가련을 불러다 그 두 가지 물건을 가모에게 가져다 보여 드리게 하는 한편, 형부인과 왕부인 및 희봉에게도 알려서 모두들 한번 살펴보고 하나하나 시험해 보라고 일렀다.

"이 밖에 또 두 가지가 더 있다더군요. 하나는 병풍이고 다른 하나는 자명종인데 이 네 가지를 모두 이만 냥에 팔겠답니다."

가련의 말을 희봉이 받았다.

"물건이야 물론 좋은 것들이지요. 그렇지만 그런 걸 살 만한 여유 돈이 어디 있어야지요? 우린 지방관인 총독이나 순무도 아닌 터에 진상품 같은 것을 사놓을 필요가 있겠는지요? 저는 몇 해 전부터 죽 생각해왔는데 우리 집 같은 데선 반드시 든든한 부동산을 사놓는 것이 옳다고 봐요. 제사비용이 나오는 제전이라든가 소작료를 줘서 가난한 집안사람들을 돕는 의장義莊[15]도 사놓아야 하고, 또 묘소 같은 것도 사놔야 하질 않겠어요? 앞으로 후손들이 어려운 처지에 놓이더라도 그런 땅이 있으면 기댈 언덕이라도 있어서 완전히 거리에 나앉게 되지는 않을 테니까요. 제 생각은 이런데 할머님이나 대감마님, 그리고 마님들께서는 어떻게 생각하실지 모르겠어요. 만약 대감님께서 꼭 사셔야겠다면 할 수 없는 일이지만 말이죠."

가모를 비롯해서 모두들 희봉의 의견에 맞장구를 쳤다.

---

15 일부 가문에서 고아와 과부가 된 친척을 돕는다는 명목으로 전장에서 조세를 거둬 만든 친척들의 공유 재산.

"네 말이 옳다."

그러나 가련만은 별로 탐탁지 않은 눈치였다.

"그럼 돌려주죠, 뭐. 저는 숙부님께서 궁중에 진상하면 좋을 것 같다고 할머님께 갖다 보여드리래서 가지고 온 거예요. 누가 이런 물건을 사서 집에 놔두자고 했나요? 할머님께서 말씀도 하시기 전에 자기가 뭘 안다고 나선담!"

이렇게 툴툴거리면서 가련은 그 두 가지 물건을 도로 가지고 가서 가모가 사고자 하지 않으신다는 말을 가정에게 전했다. 그리고 또 풍자영에게도 말했다.

"이 두 가지 물건이 다 좋기는 한데, 그걸 살 만한 돈이 없습니다. 제가 잘 유념해 뒀다가 사려는 사람이 나타나면 바로 기별해 드리지요."

풍자영은 하는 수 없이 물건들을 잘 간수해 넣고는 잠시 잡담을 나누다가 풀이 죽은 채 몸을 일으켰다.

"모처럼 오셨으니 함께 저녁식사라도 들고 가시지요."

가정이 이렇게 권하니까 풍자영은 사양하였다.

"아닙니다. 올 때마다 대감님께 폐를 끼쳐서야 되겠습니까?"

"별 말씀을 다 하십니다."

이런 대화가 오가고 있을 때 하인이 아뢰는 소리가 들렸다.

"큰 대감님께서 오셨습니다."

그 말이 채 끝나기도 전에 가사가 벌써 방 안으로 들어서고 있었다. 가사와 손님들 사이에 서로 인사가 오가고 나서 바로 안주가 잘 차려진 술상이 들어왔으므로 모두들 둘러앉아 함께 술을 마셨다. 술이 사오 순배 돌아가자 화제가 또다시 그 수입품 이야기로 옮아갔다.

"본래 이런 물건들은 쉽게 팔리는 것들이 아닙니다. 이 댁 같은 대갓집에서나 살 수 있을까 다른 집에서는 엄두도 내지 못한답니다."

"꼭 그렇지만도 않겠지요."

가정이 이렇게 말하자 가사도 맞장구를 쳤다.

"우리 집안도 이전과는 많이 달라졌어요. 요즈음은 허울만 좋지 껍데기만 남았답니다."

그러자 풍자영이 화제를 돌려 물었다.

"동부의 가진대감께서는 안녕하신지요? 지난번에 만나 뵈었을 때 집안 이야기를 하다가 아드님 얘기가 나왔는데, 아드님이 새로 맞아들인 부인은 별세하신 먼저 부인 진씨보다 훨씬 못하다면서요? 새로 맞아들인 부인은 어느 댁 따님인가요? 그때 미처 여쭤보질 못했습니다."

"그 조카며느리 집안도 이 부근에서는 행세깨나 한다하는 집안입니다. 이전에 경기도京畿道[16] 장관을 지낸 호胡 대감 댁 따님이지요."

가정이 대꾸했다.

"그 호장관 댁이라면 저도 알고 있습니다. 그렇지만 그 댁의 가법이 그다지 시원칠 않아요. 하기야 따님이 훌륭하면 그만이지만 말입니다."

풍자영의 말에 이번에는 가련이 화제를 바꿨다.

"내각에 있는 사람들로부터 들었는데 가우촌 선생이 이번에 영전된다나 봅니다."

"그거 잘 됐군요. 그렇지만 위에서 재가가 내려질까요?"

가정의 말에 가련도 끼어들었다.

"대체로 그럴 모양입니다."

그러자 풍자영이 자기도 들은 얘기가 있다면서 거들었다.

"저도 오늘 이부에 들렀다 왔습니다만 역시 그런 소문을 들었습니다. 그런데 우촌 선생은 이 댁의 친척이라도 되십니까?"

"네, 그렇습니다."

---

16 경성의 직할로 귀속된 지역.

가정이 대답하자 풍자영이 다시 물었다.

"그럼, 상복喪服은 어떻게 입는 관계신지요? 유복有服이신가요, 아니면 무복無服이신가요?[17]"

"말하자면 깁니다. 그분의 원적은 절강성 호주부인데, 소주로 흘러들어와서 아주 어렵게 지냈던 모양입니다. 그 당시 진사은甄士隱이라는 사람과 친분을 맺어 줄곧 많은 도움을 받았다고 합니다. 훗날 진사에 급제하여 지현知縣의 벼슬자리에 오르자 진씨 댁의 시녀를 아내로 맞아들였지요. 그러니까 지금의 부인은 정실이 아닙니다. 그런데 뜻밖에도 진사은이란 사람은 몰락하여 행방조차 찾을 수 없게 되었답니다. 그 후 우촌 선생은 면직을 당했는데 그때까지만 해도 우리와는 아는 사이가 아니었지요. 그러다가 임여해林如海라는 제 매부가 양주의 순염어사巡鹽御史로 있을 때 그를 가정교사로 초빙했지요. 제 생질녀가 그분의 제자랍니다. 그러던 어느 날 그분이 다시 기용이 될 듯하다는 소식을 듣고 상경하게 되었는데 때마침 제 생질녀도 집안 어른들을 뵈러 상경하려던 참이었으므로 매부가 딸을 우촌 선생에게 부탁하여 함께 상경하게 되었답니다. 그때 매부는 제게 우촌 선생을 잘 봐달라는 추천서를 보내왔는데, 우촌 선생을 만나보니 과연 훌륭한 사람이기에 지금까지 서로 왕래하게 된 것입니다.

그런데 그 우촌 선생은 참으로 특별한 데가 있더군요. 우리 집안의 세습에 관한 일로부터 '대代'자 항렬까지, 그리고 녕국부와 영국부 두 부중 사람들의 수효와 집안 구조에서부터 살아가는 형편까지 훤하게 꿰뚫고 있는 게 아니겠습니까? 그러니 더욱 친숙하게 느껴질 수밖에요."

---

17 이전에는 종족간의 친소관계에 따라 다섯 종류의 상복형식이 있었는데 이를 오복(五服)이라고 하며, 오복 이내의 친척을 유복이라 하고 오복 이외의 친척을 무복이라 했음.

그러더니 가정은 웃으면서 말을 이었다.

"그런데 그분이 요 몇 년 사이에 어찌나 연줄을 잘 탔던지, 지부知府에서 어사御史로 승진하더니 몇 년도 채 안 되서 다시 이부시랑, 병부상서로 승진하질 않았겠습니까? 그러다 무슨 일 때문인지 세 등급이나 강직되더니만 이번에 다시 승진할 모양이군요."

"그러니 인간세상의 영고성쇠와 벼슬길의 득실은 도무지 알 수가 없는 겁니다."

풍자영이 이렇게 말하자 가정이 다시 입을 열었다.

"우촌 선생은 그래도 괜찮은 편입니다.[18] 우리와 처지가 비슷한 저 진씨 댁을 보십시오. 이전에는 우리 집안과 마찬가지로 공훈을 세운 세습 귀족으로 우리네와 엇비슷하게 부귀한 생활을 하면서 왕래가 빈번했었죠. 몇 해 전까지만 해도 경성에 볼일이 있을 때마다 사람을 보내 인사하곤 했는데, 그땐 그래도 흥청거렸지요. 그러더니만 잠깐 사이에 고향의 가산을 몰수당하고 지금은 어디에 가 있는지 소식조차 모릅니다. 요즈음 어떻게들 지내는지 참으로 걱정스럽군요. 이런 걸 보면 관직에 오르는 게 두렵다고 생각되지 않으십니까?"

"그렇지만 우리 집안은 절대로 몰락하는 일은 없을 겁니다."

---

18 정을본(程乙本)에는 "우촌 선생은 그래도 괜찮은 편입니다…"라는 가정의 말 앞에 "세상만사의 이치는 모두 다 똑같습니다. 예를 들어 방금 그 구슬을 보더라도 큰 구슬은 마치 복 많은 사람 같고 작은 구슬들은 그 영기(靈氣)에 의탁해 보호받고 있는 사람들과 같질 않습니까? 그런데 만일 그 큰 구슬이 없어져 버린다면 그 작은 구슬들도 모일 데가 없어져서 뿔뿔이 흩어지게 되지요. 사람들도 마찬가지입니다. 한 집안의 기둥이 잘못되면 골육들도 흩어지고 친척들 역시 몰락할 것이며, 아무리 친한 친구라 할지라도 멀어지게 되는 법입니다. 순식간에 일어나는 흥망성쇠의 변화는 그야말로 봄 구름이나 가을 낙엽과 같은 겁니다. 그러니 벼슬 따위가 무슨 흥미가 있겠습니까?"라는 내용이 삽입되어 있다. 이 내용이 있어야만 본 회의 제목인 '가정은 구슬을 감상하며 이합집산을 깨달았네〔玩母珠賈政參聚散〕'와 맞아 떨어진다. 번역의 저본에는 이 내용이 생략되어 있음.

가사의 말에 풍자영이 맞장구를 쳤다.

"그렇고말고요. 귀 댁이야 조금도 걱정하실 필요가 없으시죠. 첫째로는 궁중에 귀비마마가 계셔서 뒤를 봐주고 계시지요, 둘째로는 훌륭한 친구 분들과 세도 있는 친척 분들이 또 얼마나 많으십니까? 그리고 셋째로는 이 댁의 노마님으로부터 젊은 자제분에 이르기까지 교활하거나 각박한 분은 한 분도 안 계시질 않습니까?"

"비록 교활하거나 각박한 사람은 없다 하더라도 덕망이 높거나 재질이 뛰어난 사람도 별로 없답니다. 그저 빈둥빈둥 놀면서 소작료나 받아먹고 살고 있으니 사실상 형편이 말이 아니랍니다."

가정이 이렇게 말하자 가사가 화제를 돌렸다.

"자, 이제 그런 얘기 그만 하고 술이나 마십시다."

술이 몇 순배 돌아가고 있을 때 밥상이 들어왔다. 일동이 식사를 끝낸 후 차를 마시고 있을 때 풍자영의 하인이 들어와서 귀에다 대고 뭐라고 소곤거렸다. 그러자 풍자영이 바로 일어나서 하직인사를 하려고 하였으므로 가사와 가정이 그 하인에게 물었다.

"너 방금 뭐라고 했느냐?"

"지금 밖에 눈이 내리고 있는 데다가 벌써 딱따기 소리까지 났다고 아뢰었습니다."

가정이 사람을 내보내서 알아보니 과연 눈이 한 치도 넘게 쌓여 있었다.

"가지고 오셨던 두 가지 물건은 잘 간수하셨겠죠?"

가정이 확인삼아 얘기했다.

"네, 잘 챙겼습니다. 앞으로라도 귀 댁에서 사실 의향이 있으시면 값은 더 내릴 수 있을 겁니다."

"유념해 두도록 하지요."

"그럼, 소식을 기다리겠습니다. 추운데 나오지 마십시오."

풍자영이 말렸으므로 가사와 가정은 나가지 않고 가련더러 배웅하라고 일렀다. 그 후 어떻게 되었는지는 다음 회를 보시라.

甄家僕投靠
賈家門
水月菴掀飜
風月案

【제93회】

소문 나쁜 수월암

진씨댁 노복이 상경하여 가부에 기대고
수월암 추문이 소문나서 세상에 퍼지네

甄家僕投靠賈家門 水月庵掀翻風月案

풍자영이 돌아가자 가정은 문지기를 불러 물었다.

"아까 임안백臨安伯 댁에서 술이나 함께 하자고 청해왔는데 넌 무슨 일인지 모르느냐?"

"소인이 물어보았습니다만 별다른 경사가 있어서 그러는 건 아니랍니다. 그저 남안왕南安王 댁에 아동극단이 하나 왔는데 모두들 일류라고 한답니다. 임안백 나리께서는 대단히 기뻐하시며 그 극단에게 한 이틀 공연하게 해서 친분 있는 대감님들을 청해다가 한바탕 즐기시려는 모양입니다. 그리고 아마도 예물 따위는 필요 없는 것 같았어요."

이렇게 말하고 있는데 가사가 가정에게 다가와 물었다.

"내일 참석할 생각인가?"

"모처럼 호의로 청하는데 안 갈 수도 없지 않겠습니까?"

그때 문지기가 들어와서 아뢰었다.

"관부에서 서기가 다녀갔는데 내일 대감님께서 관부로 나오시랍니다. 위로부터 무슨 시달이 있는 모양이라면서 반드시 일찌감치 나오셔야 한답니다."

"알았다."

그러고 있을 때 또 농장에서 소작료를 관리하는 소작인 둘이 찾아와 머리를 조아리며 인사를 하고는 한 옆으로 섰다.

"너희는 학가장郝家莊에서 왔느냐?"

가정이 묻자 그들은 "네" 하고 대답하였다. 가정은 그들에게 더 이상 묻지 않고 가사하고만 한동안 이야기를 나누다가 헤어졌다. 하인들이 등불을 켜들고 가사를 전송했다.

한편, 가련은 소작료를 관리하는 소작인 둘을 불렀다.

"무슨 일로 왔느냐?"

"소인들은 시월분의 소작료를 싣고 올라왔습니다. 예정대로라면 내일 도착하게 되어 있었습죠. 그런데 경성에 들어서기도 전에 수레가 징발당해서 싣고 온 물건들이 다짜고짜로 땅바닥에 내동댕이쳐졌습니다. 소인이 이건 대감댁 소작료를 싣고 온 거지 장사하는 물건이 아니라고 말해봤지만 들은 척도 안 하질 뭡니까. 그래서 소인이 마부더러 그냥 끌고가라고 했더니만 관청의 나졸 몇이 달려들어 마부를 죽도록 두들겨 패고는 강제로 수레 두 대를 끌고 가버렸습니다. 그래서 소인이 먼저 이렇게 달려와서 사정을 아뢰는 것입니다. 부디 나리께서 관청에 사람을 보내 수레를 찾도록 해주십시오. 그리고 그 불한당 같은 나졸들을 단단히 혼찌검내 주십시오. 이런 경우를 대감님께서는 모르실 겁니다. 저희들보다 더 불쌍한 이들은 저 장사치들입니다. 그놈들이 장사하는 물건이고 뭐고 할 것 없이 전부 헤집어서 끌고 가버리지 뭡니까? 마부들이 억울해서 한마디라도 하는 날에는 대갈통을 때려서 온통 피투성이를 만들고 만다니까요."

"이런 죽일 놈들 같으니라고!"

가련은 욕설을 퍼부으며 당장 편지 한 통을 써서 하인을 불렀다.

"너 이걸 가지고 수레를 징발한 관청에 가서 수레와 수레에 실었던 물건들을 도로 찾아오너라. 그리고 만약 물건이 하나라도 모자란다면 가만두지 않겠다고 전해라. 어서 주서를 불러오도록 하구."

그런데 마침 주서가 집에 없었으므로 다시 왕아를 불렀으나, 왕아도 점심때 나가서 아직 돌아오지 않았다는 것이다. 가련은 불같이 화를 냈다.

"빌어먹을 놈들! 한 놈도 집에 없다니 말이 되느냐? 일 년 내내 밥이나 축내면서 도대체 하는 일들이 뭐냔 말이다."

그러면서 하인놈들에게 호통을 쳤다.

"빨리 가서 찾아오지 못할까!"

그리고는 화를 삭이지 못한 채 자기 방으로 돌아가 자리에 누웠다. 여기에 대해서는 더 말하지 않겠다.

한편, 임안백이 그 다음 날에도 사람을 보내 초청하기에 가정이 가사에게 말했다.

"저는 관청에 일이 있어서 가봐야 하고, 련이도 집에서 수레 뺏긴 일의 결과를 기다려야 하므로 형님께서 보옥이를 데리고 가서 하루쯤 놀다 오시는 게 어떻겠습니까?"

가사가 고개를 끄덕이며 말했다.

"그럼, 그렇게 하도록 하지 뭐."

이에 가정은 사람을 보내 보옥을 불렀다.

"오늘은 큰아버님을 모시고 임안백 댁에 가서 연극구경을 하고 오너라."

보옥은 뛸 듯이 기뻐서 얼른 옷을 갈아입고 배명, 소홍, 서약 세 시동을 데리고 나와서는, 가사에게 문안 인사를 올리고 가마에 올라 임안백의 저택으로 향하였다.

임안백의 집에 이르자 문지기가 전갈하고 나오더니 안내했다.

"어서 안으로 듭시랍니다."

가사가 보옥을 데리고 안으로 들어가 보니 벌써 많은 손님들이 와서 북적대고 있었다. 가사와 보옥은 임안백에게 인사하고, 또 여러 손님들과도 일일이 인사를 나눴다. 얼마 동안 잡담을 나누고 있는데 극단의 우두머리인 듯한 사람이 연극 종목이 적힌 단자와 상아로 만든 홀을 들고 나와 한쪽 무릎을 꿇고 일동에게 인사하며 말했다.

"여러 대감님들께서 공연할 제목을 지정해 주십시오."

그리하여 먼저 지체 높은 사람으로부터 가사에 이르기까지 다들 한 막씩 골랐다. 그런데 그 우두머리인 듯한 사람은 고개를 돌려 보옥을 보더니 다른 곳으로 가지 않고 발걸음을 재촉하여 그에게로 와서 무릎을 꿇고 인사하며 말했다.

"도련님께서도 두 막 정도 골라 주십시오."

보옥이 그 사람을 보니 얼굴에 분을 바른 것 같고 입술엔 붉은 연지를 칠한 듯한데, 그 얼굴의 맑기가 마치 물속에서 피어난 연꽃 같았으며 하늘거리는 자태가 마치 바람에 흔들리는 회화나무 같았다. 알고 보니 그는 다름 아닌 장옥함이었다.

얼마 전 그가 아동극단을 이끌고 경성으로 왔다는 소식은 들었지만 아직 자기를 찾아오지는 않았었다. 그러다가 그 자리에서 만나게 된 것인데 여러 사람 있는 데서 일어나기도 뭣하고 해서 그저 웃으며 말을 건넸다.

"아니, 언제 왔어요?"

장옥함은 손으로 자기 자신을 가리키며 웃으며 말했다.

"도련님은 모르고 계셨던가요?"

보옥은 주위에 사람들이 많은지라 여러 말 하기가 어려워서 되는대로 한 막을 골랐다. 장옥함이 자리를 떠나자 몇몇 사람들이 그를 두고 쑤군거렸다.

"저 사람은 누굽니까?"

이 말에 누군가가 대답했다.

"여태까지는 여자역을 맡던 사람인데 나이 먹어서 그런지 지금은 맡지 않고 극단의 우두머리 노릇을 하고 있답니다. 처음에는 남자역도 더러 하기는 했나 보고요. 지금은 돈도 좀 벌어서 벌써 점포를 두세 개나 가지고 있는데도 본업을 버리지 못하고 여전히 극단을 이끌고 있나 봅니다."

누군가는 또 이런 말을 했다.

"그럼 장가도 들었겠네?"

그러니까 옆에서 누가 또 끼어들었다.

"아직 장가는 안 들었습니다. 아마도 자기 나름대로 생각이 있는 것 같습디다. 말하자면 혼인은 일생의 대사이니만큼 아무렇게나 할 수 없다는 거지요. 가문이나 지체 같은 건 따질 필요 없고 단지 자기의 재능에 어울릴 만한 여자여야 한답니다. 그래서 아직까지 장가들지 않았나 봅니다."

보옥은 이런 말을 들으며 속으로 생각했다.

"앞으로 어느 집 처녀가 그에게 시집갈지 모르겠지만, 이런 재능 있는 사람한테 시집가는 여자는 이 세상에 태어난 보람이 있는 셈이지."

그때 마침 연극이 시작되었다. 곤강崑腔도 있고 고강高腔도 있으며 익강弋腔과 방자강梆子腔[1]도 있어서 여간 흥청대는 것이 아니었다.

점심때가 지나자 식탁이 차려지고 술이 나왔다. 한동안 술잔을 기울이며 계속 연극을 구경하다가 가사가 자리를 뜰 기색을 보였다. 그러자

---

1 각각 다른 지역에서 유행했던 다양한 형태의 희곡 곡조들을 말함.

임안백이 다가와서 만류했다.

"아직 이른데 왜 벌써 가시려고 하십니까? 듣자니 장옥함이 〈점화괴占花魁〉 한 막에 나온다고 하더군요. 그건 이 극단에서 제일 잘하는 극목이랍니다."

보옥은 이 말을 듣고 가사가 가지 말았으면 하고 간절히 빌었다. 다행스럽게도 가사는 주인의 만류도 있고 해서 잠시 더 있다 가기로 하였다.

잠시 후 과연 장옥함이 진소관秦小官으로 분장하고 나와서 술 취한 기생을 보살피는 장면을 연기하는데, 여자에 대한 극진한 애정을 더할 수 없이 절절하게 표현하였다. 그리고 그 다음에 둘이서 술잔을 주거니 받거니 하며 노래를 주고받는데 그 가운데 둘 사이의 깊은 정이 철철 넘쳐흐르고 있었다.

보옥은 미인 쪽은 보지도 않고 두 눈을 장옥함한테만 고정시키고 있었다. 게다가 장옥함의 노랫소리가 높고 크며 대사가 또랑또랑한 데다가 곡조에 따라 멈췄다 이었다 하는 것을 들으며 보옥은 그만 그 노랫가락에 넋을 잃고 말았다.

그 막이 무대에 오르고 나서야 장옥함이야말로 지극히 다정다감한 사람이며 어떤 배우와도 비교될 수 없다는 사실을 더 잘 알 수 있게 되었다. 그러자 보옥은 《악기樂記》[2]에서 말하는 "정情이 마음 가운데 움직여서 소리로 나타나고, 소리가 문文을 이룰 때 그것을 음音이라고 한다"라고 한 것이 생각났다. 그러므로 성聲을 알고, 음音을 알고, 악樂을 알기 위해서는 많은 연구가 있어야 할 것이라고 생각했으며, 성음의 근원을 잘 살펴야 할 것이라는 생각이 들었다. 시사 같은 것은 정을 전할 수 있을 뿐이지 뼛속에 사무치게 할 수는 없으므로 앞으로는 음률을 잘

2 《예기(禮記)》 중의 한편으로, 음악의 기원과 작용 등이 기술되어 있음.

연구해야겠다는 마음도 들었다.

보옥이 이런 생각에 잠겨 있는데 갑자기 가사가 몸을 일으켰다. 주인도 더 이상 만류하지 않았으므로 보옥은 하는 수 없이 가사를 따라 집으로 돌아왔다. 집에 돌아오자 가사는 자기 처소로 가고 보옥은 바로 가정에게 인사하러 갔다.

가정은 그때 관청에서 막 돌아와 가련에게 수레를 징발당한 일에 대해 물었다.

"오늘 하인을 시켜 편지를 보냈는데 지현은 집에 없고 그 집 문지기가 나서서 말하기를, '그 일은 지현 나리는 전혀 모르는 사건으로 수레를 징발하라는 명령을 내린 일도 없습니다. 필경 정체 모를 무뢰한들이 저지른 짓이 분명한데, 강탈해 간 것이 대감댁 물건이라면 즉시 사람을 보내 사건의 전말을 알아보게 하고 내일까지 반드시 수레와 물건을 고스란히 돌려드리도록 하겠습니다. 만약 추호라도 지체되거나 물건이 모자란다면 지현 나리께 보고해서 엄하게 다스리도록 하겠습니다. 그런데 이번 일은 지현 나리가 출타 중에 생긴 일이므로 나리께서 부디 이 점을 헤아려 지현 나리께는 알리지 말았으면 좋겠습니다'라고 하더랍니다."

이에 가정이 말했다.

"관청에서 낸 명령서도 없이 대관절 어떤 놈들이 그런 못된 짓을 했단 말이냐?"

"숙부님께선 잘 모르시겠지만 그놈들은 노상 그런 행패를 부리곤 합니다. 틀림없이 내일이면 우리 집 물건이 돌아올 겁니다."

가련이 그렇게 말하고 돌아가자 보옥이 와서 가정에게 인사를 올렸다. 가정은 보옥에게 몇 마디 묻고 나서 바로 가모의 처소로 보냈다.

한편 가련은 어젯밤에 심부름시키려고 하인들을 찾았으나 집에 붙어 있지 않았으므로 그놈들을 대령시키라고 호통쳤다. 하인들이 기겁해서 모두 집합하자 가련은 한바탕 욕설을 퍼붓고 난 뒤 총집사인 뇌승賴升에게 명했다.

"각 부서의 명단을 가지고 와서 네가 하나하나 점검해 보도록 해라. 그런 다음 네놈들이 지켜야 할 규칙을 써서 모두에게 알리도록 해라. 허락 없이 마음대로 외출했다가 불러도 나타나지 않고 일에 지장을 주는 놈들은 즉시 매질해서 내쫓을 거라고 말이다!"

뇌승은 연신 알았다는 말을 되풀이하며 물러 나와 한바탕 훈시를 했고, 집안의 하인들은 정신이 번쩍 들어서 각자 단단히 새겨들었다.

그로부터 얼마 안 있어 털모자에 검은 무명옷을 입고 헝겊신을 신은 사내 하나가 대문 가까이 오더니 문지기들에게 정중하게 인사했다. 문지기들은 그 사내를 아래위로 유심히 살펴보며 어디서 왔느냐고 물었다.

그러자 그 사내가 대답했다.

"저는 강남에 있는 진 나리 댁에서 온 사람입니다. 저희 나리께서 보내신 서신을 가지고 왔는데, 수고스럽지만 대감님께 전해주십시오."

문지기들은 그가 진부에서 왔다는 소리를 듣고 그제야 일어서며 앉으라고 자리를 권했다.

"먼 길 오느라고 피곤할 테니 잠시 앉아서 기다리시죠. 대감님께 전해 올리겠습니다."

문지기는 안으로 들어가서 가정에게 말을 전하며 편지를 바쳤다. 가정이 편지를 펼쳐보니 거기에는 이렇게 쓰여 있었다.

> 대대로 매양 귀댁의 두터운 은혜를 입사와 이 몸은 멀리서 그곳 하늘을 바라보며 고마움을 잊지 못하고 있나이다. 보잘 것 없는 소생이 이번에 불충을 저지른 죄과는 만 번을 죽어도 마땅하나, 다행히 폐하의 관대하신 처분을 받자와 변방에서 죄를 씻고 있사옵니다. 그러나 그동안 가문은 몰락하고 하인들도 뿔뿔이 흩어졌

습니다. 지금 보내는 이 사람은 소생이 지금까지 부려왔던 포용包勇이라는 종이온데, 비록 별다른 재주는 없지만 사람만은 성실한 편입니다. 만일 귀댁에서 심부름꾼으로 거둬서 입에 풀칠이라도 할 수 있게 해주신다면, 이는 저를 아끼는 마음으로 알고 감사해 마지않겠습니다. 간절히 부탁드리오며 다른 일은 다음에 다시 말씀 올리도록 하겠습니다.

편지를 읽고 난 가정은 씁쓸하게 웃으며 말했다.

"우리 집도 사람이 많아서 걱정인데 진씨 댁에서 또 사람을 천거해 왔으니 어쩌면 좋담. 그렇다고 거절할 수도 없고."

그러면서 문지기에게 분부했다.

"내가 좀 보잔다고 해라. 우선 집에다 두고 적당한 일을 시켜보는 수밖에 없겠다."

문지기가 그 사내를 데리고 들어왔다. 그 사내는 가정을 보자 연거푸 세 번이나 이마를 땅에 조아리며 큰절을 하더니 일어서며 말했다.

"저희 주인님께서 대감님께 안부를 여쭈셨습니다."

그러더니 이번에는 또 한쪽 무릎을 꿇고 자기 인사를 했다.

"소인 포용이란 놈이 대감님께 문안 올립니다."

가정은 그에게 진 대감의 안부를 물은 후 아래위로 훑어봤다. 그는 오 척이 넘는 키에 어깨가 떡 벌어졌고 짙은 눈썹에 눈은 부리부리했으며, 툭 튀어나온 이마와 긴 수염에 혈색은 거칠고 거무스레했다. 첫눈에도 건장해 보이는 그 사내는 두 손을 드리우고 공손히 서 있었다.

"자네는 처음부터 진씨 댁에서 자란 사람인가? 아니면 그저 몇 해 동안만 일을 봐왔던 사람인가?"

"소인은 처음부터 진 나리 댁에서 지냈습니다."

"그렇다면 왜 지금은 그 댁에서 나왔느냐?"

"소인은 원래 나오고 싶지 않았지만 주인 나리께서 재삼재사 나가라고 하셔서 어쩔 수 없었습니다. 다른 데 가기가 정 싫으면 가대감 댁은 우리 집이나 다름없으니 그 댁에 가서 몸을 붙이라고 하셨어요. 그래서 찾아뵙게 된 것입니다."

"너희 대감께선 이런 처지에 계실 분이 아닌데 어찌 하다 이 지경에 이르셨느냐?"

"소인의 입으로 감히 말씀드릴 수는 없습니다만 저희 대감님께서는 마음씨가 너무 좋으신 게 탈입니다. 누구에게나 진심으로 대하셨건만 그것이 오히려 화를 초래하게 된 거지요."

"그렇지만 진심보다 더 소중한 게 어디 있겠느냐?"

"그렇긴 해도 진심이 너무 지나쳤기 때문에 사람들의 호감을 사지 못하고 미움을 받게 되는 경우도 있지 않겠습니까?"

그러자 가정이 웃으며 말했다.

"그렇다면 하늘이 그런 분을 저버리지 않겠지."

포용이 무슨 말을 더 하려는데 가정이 또 물었다.

"듣자니 진 대감댁 도령도 이름이 보옥이라면서?"

"네, 그렇습니다."

"그래 그 도령은 공부에 열심이냐?"

"그 도련님에 대해서라면 남다른 이야기가 있습니다. 도련님의 성품도 저희 나리를 닮아서 여간 성실한 게 아닙니다. 그런데 어려서부터 여러 자매들하고 놀기만 좋아했기 때문에 대감님과 마님께서 여러 번 모질게 때리셨지만 도무지 고쳐지질 않았지요. 그런데 어느 해던가 마님께서 경성에 올라와 계시는 동안 도련님께서 큰 병에 걸려서 한나절 동안 거의 숨이 끊어진 상태로 있었습니다. 그러니 대감님께서 얼마나 애통하셨겠습니까? 하는 수 없이 관까지 준비했는데 천만다행으로 깨어나셨고, 깨어나서는 이런 말을 하더랍니다.

가다 보니 어느 패루牌樓에 다다랐는데 어떤 아가씨가 자기를 데리고 사당 안으로 들어가기에 거기서 많은 궤짝들을 구경하고 또 그 궤짝 안에 들어 있는 많은 책들을 봤답니다. 그러고 나서 다시 방으로 들어갔더니만 방 안에 많은 여자들이 앉아 있었는데 그 여자들이 모두 요괴같이 변해 있지 않으면 해골로 변해 있더라나요?

기절초풍한 도련님은'으악' 소리를 지르며 울음을 터뜨렸답니다. 그 소리를 듣고 대감님께서 도련님이 살아난 걸 아시고 급히 약을 써서 점점 회복되셨지요. 그런 일이 있고부터 대감님께서는 도련님을 자매들과 한데 어울려 놀도록 내버려두셨지만, 이상하게도 도련님이 딴사람같이 변해서 병나기 전에 가지고 놀던 장난감도 모두 마다하고 오로지 공부에만 전념하시는 게 아니겠어요? 누가 와서 꼬여도 꿈쩍도 하지 않고 말이죠. 그러더니 이젠 벌써 대감님을 도와 집안일을 돌보기까지 하신답니다."

듣고 있던 가정은 묵묵히 생각에 잠겨 있다가 말했다.

"그럼 이제 나가서 쉬도록 해라. 너한테 시킬 만한 일이 생기면 알려주도록 하마."

포용은 물러 나와 하인을 따라 쉬러 갔다. 여기에 대해서는 더 이상 이야기하지 않겠다.

어느 날 가정이 일찌감치 관아로 나가려는데 문지기들이 머리를 맞대고 저희들끼리 뭔가 수군거리고 있었다. 그런데 보아하니 자기한테 알리려고 하는 것 같으면서도 한편으로는 말하기가 거북해서 수군거리고만 있는 것 같았다. 이상스럽게 생각한 가정이 문지기를 불러 물었다.

"도대체 무슨 일이기에 그렇게들 수군거리고 있는 게냐?"

"소인들은 감히 여쭙지도 못하겠사옵니다."

"무슨 일이기에 그렇게 말하기 어렵다는 거야?"

"소인이 오늘 아침 일어나서 대문을 열면서 보니까 문에 웬 흰 종이 한 장이 붙어 있는데, 거기에 괴상한 말이 잔뜩 쓰여 있질 않겠습니까?"

"그런 해괴한 일이 다 있다니. 그래 뭐라고 쓰여 있더냐?"

"수월암의 추문이었습니다."

"가지고 와 보아라."

"소인이 그걸 떼어 내려 했지만 어찌나 단단하게 붙여놨는지 도무지 떼어지질 않아서 하는 수 없이 글만 베껴내고 물로 씻어버렸습니다. 그런데 방금 이덕李德이도 어디서 한 장 떼어 와서 소인에게 보여주는데, 보니까 글쎄 제가 베껴낸 것과 똑같은 내용이었습니다. 소인들이 어찌 거짓을 아뢰겠습니까?"

문지기는 이렇게 말하면서 들고 있던 종이를 바쳤다. 가정이 받아보니 다음과 같이 쓰여 있었다.

'서패초근'西貝草斤[3]이란 젊은 놈이
수월암 여승을 관리하네.
사내는 하나인데 계집은 몇인고?
계집질 노름질에 정신이 없구나.
그따위 잡놈에게 일을 맡겼으니,
영국부의 소문이 퍼질 수밖에.

다 읽고 난 가정은 화가 치민 나머지 아찔하고 눈앞이 캄캄해졌다. 가정은 즉시 문지기들에게 소문나지 않도록 주의하라고 이른 다음 은밀하게 사람을 풀어서 녕국부와 영국부 근처의 골목길을 따라 담장이나 벽 같은 곳에 또 그런 것이 붙어 있지 않나 살펴보게 하였다. 그리고

3 서패(西貝)는 '가(賈)'자를, 초근(草斤)은 '근(芹)'자를 분해한 것으로서 가근(賈芹)을 가리킴.

는 바로 가련을 불러오게 하였다.

가련이 헐레벌떡 달려오자 가정이 다급하게 물었다.

"수월암에 기거하는 여승과 여도사들을 지금까지 네가 조사해 본 일이 있느냐?"

"없습니다. 그곳은 여태껏 가근이 맡아보고 있었어요."

"네 생각에 근이가 그 일을 잘해내고 있다고 보느냐?"

"숙부님께서 그렇게 말씀하시는 걸 보면, 필시 근이가 무슨 잘못이라도 했나 보군요."

가정은 한숨을 쉬며 종이를 건넸다.

"여기에 뭐라고 쓰여 있는지 좀 보렴."

가련이 읽고 나서 말했다.

"세상에, 어찌 이런 일이 다 있단 말입니까?"

그런 얘기를 하고 있을 때 가용賈蓉이 '둘째 대감님 친전'이라고 쓰여진 편지 한 통을 가지고 왔다. 펼쳐보니 익명의 벽보였는데 그 내용은 대문에 붙어 있던 것과 똑같았다. 가정은 즉각 명령을 내렸다.

"얼른 뇌대더러 수레 서너 대를 몰고 수월암으로 가서 여승과 여도사들을 몽땅 잡아 대령하라고 해라. 그저 대궐에서 부르신다고만 하고 절대로 다른 말이 새나가지 않도록 조심하라고 일러라."

뇌대는 명령을 받고 수월암으로 갔다.

그런데 수월암의 어린 여승과 여도사들이 처음 이 암자에 왔을 때는 늙은 여승이 그들을 모두 감독하면서 낮에는 경 읽기를 가르쳤었다. 그러나 후에 원비가 그들을 별로 부르지 않자 차츰 공부가 게을러졌고, 점점 나이를 먹게 된 여자아이들은 이성에도 눈을 뜨게 되었다. 게다가 가근은 그런 짓에 이골이 난 인간이라, 방관 등이 출가한 것은 어린 마음에 별 생각 없이 그런 거려니 여기고서 그녀들에게 집적거렸다.

그러나 방관은 불심이 대단했으므로 좀처럼 손에 넣을 수가 없었다.

그러자 방관을 단념하고 여승과 여도사들에게 손을 뻗친 것이었다. 사미승 가운데 심향沁香이라는 아이와 여도사 가운데 학선鶴仙이란 아이는 둘 다 아주 요염하게 생겼으므로 가근은 이 두 여자애들과 붙어먹고 말았다. 그러면서 한가할 때는 한데 어울려 칠현금이나 호궁胡弓을 배우거나 노래를 부르며 놀았다.

때는 마침 시월 중순이었다. 가근은 그들에게 줄 월급을 가지고 왔다가 문득 묘한 생각이 떠올라서 모두에게 제의했다.

"난 너희에게 줄 월급을 가지고 왔는데 너무 늦어서 돌아갈 수가 없으니 여기서 하룻밤 자고 가야겠다. 그런데 날은 또 왜 이렇게 추운지 모르겠구나. 내가 오늘 올 적에 과실주를 가져 왔으니 모두 밤새도록 마시면서 놀면 어떻겠느냐?"

이 소리를 들은 여자애들은 모두 신이 나서 식탁을 차리고 본 암자에 있는 여승들까지 불러왔다. 그러나 방관이만은 오지 않았다. 가근은 술 몇 잔을 마시더니 이번에는 주령을 하며 놀자고 했다. 그러나 심향 등은 반대했다.

"우리는 그런 건 할 줄 몰라요. 그것보다는 권주놀음을 하면 어때요? 지는 사람이 벌주로 한 잔씩 마시면 얼마나 기분이 좋겠어요?"

그러자 본 암자의 여승이 말했다.

"이제 겨우 한낮이 지났을 뿐인데 대낮부터 마구 마시고 떠들어댄다면 어찌 되겠어? 이왕 차려놓은 거니까 몇 잔만 더 마시고, 가고 싶은 사람은 먼저 가도록 하는 게 좋겠어. 가근 도련님과 놀고 싶은 사람은 이따 밤에 다시 와서 마음껏 마시고 놀도록 해. 난 상관하지 않을 테니까."

이렇게 말하고 있을 때 도파가 허둥지둥 달려왔다.

"빨리 흩어져야겠어요. 지금 대감댁에서 뇌대 나리가 오셨어요."

여승들이 혼비백산하여 술자리를 치우면서 가근더러 얼른 피하라고 했다. 가근은 벌써 여러 잔을 마셨으므로 상당히 취해서 마구 큰소리를 쳐댔다.

"난 월급을 주려고 왔는데 뭐가 무서워서 피해?"

그 말이 채 끝나기도 전에 뇌대가 들어왔다. 뇌대는 그 광경을 보고 속으로는 무척 화가 났지만, 가정이 눈치채지 않도록 처리하라고 일렀으므로 애매모호하게 웃음 지으며 말했다.

"근 도련님께선 여기 계셨군요."

가근이 황급히 일어서며 물었다.

"뇌대 영감은 무슨 일로 여기 왔어?"

"도련님께서 여기 계시니 더 잘되었군요. 어서 저 사미승과 여도사들을 준비시켜서 성안으로 가야 합니다. 대궐에서 전갈이 왔어요."

가근 등은 어리둥절해서 자세히 캐묻고자 했으나, 뇌대가 틈을 주지 않고 재촉했다.

"시간이 벌써 꽤 되었으니 빨리 서둘러서 가야 합니다."

사미승과 여도사들이 어쩔 수 없이 모두 수레에 오르자, 뇌대는 큰 노새에 올라앉아 그들을 끌고 성안으로 향했다. 여기에 대해서는 더 이상 말하지 않겠다.

한편 가정은 이 사실을 알고 화가 치민 나머지 관아에 나갈 생각도 않고, 서재에 홀로 앉아 한숨만 푹푹 내쉬고 있었다. 가련 역시 자리를 뜰 수가 없었다. 그때 별안간 문지기가 들어와서 아뢰었다.

"관아의 오늘 밤 당직은 원래 장대감님이셨는데, 갑자기 병이 나셨으므로 대감님께서 대신 당직을 서주십사는 기별이 왔습니다."

가정은 뇌대가 돌아오기를 기다려 가근의 일을 조치할 생각이었으나, 이렇게 갑자기 당직을 서러 가야 한다니 속이 상해서 말조차 나오지 않았다. 이를 본 가련이 앞으로 나서며 말했다.

"뇌대는 식후에 떠난 만큼 수월암은 여기서 이십여 리나 되므로 아무리 빨라도 이경은 지나야 성안으로 돌아올 수 있을 듯합니다. 숙부님께선 오늘 밤 당직을 서시게 되었으니 걱정 말고 다녀오십시오. 뇌대가 오면 그 애들을 한곳에 모아 놓고 소문나지 않도록 단단히 단속해 놓겠습니다. 그랬다가 내일 숙부님께서 돌아와 처리하시면 되질 않겠습니까? 근이가 오더라도 우선 아무 말 않고 있다가 내일 숙부님 앞에서 뭐라고 하는지 두고 보면 될 테고요."

가정은 이 말을 듣고 일리가 있다고 여기고는 그 길로 관아로 나섰다.

그제야 겨우 짬을 얻은 가련은 자기 방으로 돌아가면서 희봉이 때문에 이런 일까지 생겼다는 생각에 원망스럽기 그지없었으나, 희봉이 지금 병중에 있으므로 차마 뭐라고 할 수도 없기에 일단 꾹 참기로 하고 천천히 발걸음을 옮겼다.

한편 그 소문은 하인들 사이에 한 입 두 입 건너면서 어느새 쫙 퍼져서 안에까지 전해졌다. 평아가 이 소문을 먼저 듣고 곧 바로 희봉에게 알려 주었다. 희봉은 어젯밤 내내 앓고 난 뒤라 정신이 흐리고 기운이 하나도 없었다. 그러면서도 철함사鐵檻寺의 일을 걱정하던 참이었는데 느닷없이 익명의 투서가 나붙었다는 소리를 듣고 소스라치게 놀라면서 무슨 내용인지를 다급하게 물었다.

"별것 아니에요. 만두암饅頭庵에서 벌어진 일인 것 같아요."

평아는 입에서 나오는 대로 말하다 보니 수월암을 만두암으로 잘못 말해 버렸다. 희봉은 그러지 않아도 저지른 잘못이 있어서 제 발이 저리고 있었으므로 만두암의 일이란 말을 듣고 그만 놀라서 얼이 빠지고 말았다. 아무 말도 못하고 있던 희봉은 갑자기 열이 오르면서 눈앞이 뱅뱅 돌며 어지러웠다. 그러다가 한바탕 기침을 하더니만 '웩'하는 소리와 함께 피를 왈칵 쏟았다.

평아가 당황하며 소리쳤다.

"수월암 일이라면 고작해야 사미승과 여도사들의 일일 텐데, 아씨께선 왜 이렇게 놀라세요?"

희봉은 평아가 수월암이라고 하는 소리를 듣고 그제야 정신을 가다듬었다.

"이런 멍청한 것 같으니라고! 도대체 수월암이야 아니면 만두암이야?"

평아가 웃으며 대답했다.

"제가 만두암으로 잘못 들었다가 나중에서야 만두암이 아니고 수월암이란 걸 알았어요. 방금 말이 헛나와서 만두암이라고 했던 거예요."

"난 수월암인 줄 알기는 했어. 난 만두암과는 아무 상관도 없으니까 말이지. 수월암이라면 내가 주선해서 근이더러 관리를 맡으라고 했잖아. 무슨 일이 생겼다면 아마도 월급을 떼어 먹거나 한 일일 거야."

"제가 듣기로는 월급에 관한 일은 아니었어요. 무슨 추잡한 일이 있었나 봐요."

"그렇다면 나와는 상관없는 일이고. 그런데 서방님은 어디 계시니?"

"대감님께서 불같이 화를 내시는 바람에 자리를 뜨지 못하고 계시나 봐요. 전 들리는 소문이 하도 망측해서 하인들에게 절대 떠들고 다니지 말라고 일러두었어요. 그렇지만 벌써 소문이 퍼져서 마님들 귀에 들어가지 않았나 모르겠어요. 대감님 분부로 뇌대 영감이 그 여자애들을 잡으러 갔다는 소리를 들었기에 제가 일이 어떻게 되어 가는지 알아보려고 사람을 보내 놨어요. 아씨께선 지금 몸도 불편하시니까 우선 그따위 일일랑 신경 쓰지 마세요."

이런 얘기를 주고받고 있는데 가련이 들어왔다. 희봉은 가련에게 좀 물어보려고 하다가 얼굴에 노기가 가득한 것을 보고 일단 모르는 체하였다.

가련이 미처 식사를 끝내기도 전에 왕아가 와서 아뢰었다.

"밖에서 서방님을 뵙고자 합니다. 뇌대가 돌아왔답니다."

"근 도련님도 오셨느냐?"

가련이 묻자 왕아가 대답했다.

"네, 함께 오셨습니다."

"그럼 뇌대한테 가서 말해라. 대감님께서 당직을 서시느라 관아에 가 계시니, 그 여자애들을 잠시 대관원에 놔뒀다가 내일 대감님께서 돌아오시면 대궐로 보내겠다고 말이야. 그리고 근 도련님만은 지금 안쪽 서재에서 나를 기다리라고 해라."

왕아는 지시를 받고 물러갔다.

가근이 안쪽 서재로 들어가니 하인들이 서로 손짓을 해가며 무언가 수군거리고 있었다. 눈치를 보아하니 대궐에서 부른 것 같지도 않았다. 누구한테 물어보고 싶었지만 선뜻 물어볼 수도 없었다. 혼자서 무언가 의심쩍어할 때 가련이 들어섰다.

가근은 얼른 일어나 인사하고 나서 두 손을 공손히 드리운 채 한곁으로 섰다.

"황후마마께서 무슨 일로 급히 암자의 여자애들을 부르셨는지 모르겠군요. 저까지 급히 따라왔습니다. 다행히 제가 오늘 월급을 주러 갔다가 미처 돌아오기 전이라 뇌대와 함께 올 수 있었습니다. 무슨 일로 그러는지 숙부님께서는 알고 계시죠?"

"내가 뭘 안다고 그러느냐? 그건 네가 더 잘 알 게 아니냐?"

가련이 이렇게 말하자 가근은 도무지 갈피를 잡을 수 없었지만 감히 다시 물을 수도 없었다.

"너 아주 대단한 일을 했더구나. 대감님께서 이만저만 화가 나신 게 아니야."

"제가 뭘 어쨌다고 그러세요? 암자의 월급은 다달이 꼬박꼬박 전해줬고요, 계집애들도 경 읽기를 게을리 하지 않았는데요."

가련은 그가 아무것도 모르고 있는 데다가 평소 늘 함께 농지거리를 하며 지낸 터였으므로 더 이상 뭐라 하지 못하고 한숨을 푹 쉬며 말했다.

"이 망할 놈아! 네 눈으로 좀 똑똑히 봐라. 그래도 모르겠느냐?"

그러면서 가련은 장화 속의 지갑에서 그 종잇장을 꺼내 가근에게 던졌다. 그것을 집어 든 가근은 금세 얼굴이 새파랗게 질렸다.

"어떤 놈이 이따위 짓을 했답니까? 누구한테 잘못한 일도 없는데 왜 이런 함정에 빠뜨리려는 걸까요? 전 월급을 갖다 주려고 한 달에 한 번만 다녀왔을 뿐, 그런 일을 한 적은 없습니다. 만일 대감님께서 돌아오셔서 저를 추궁하신다면 전 억울해서 죽을 거예요. 더군다나 이 일을 우리 어머니가 아시는 날엔 절 때려죽이려고 하실 겁니다."

가근은 이렇게 말하면서 주위에 아무도 없는 것을 보고 가련 앞에 무릎을 꿇고 빌었다.

"숙부님, 제발 저를 한 번만 살려주십시오."

가근은 연신 이마를 땅에 조아리며 눈물을 철철 흘렸다.

그때 가련은 속으로 이런 생각이 들었다.

'대감님은 이런 일이라면 무엇보다도 질색이신데, 만일 추궁해 본 결과 사실로 밝혀진다면 불같이 화를 내실 건 뻔한 일이다. 떠들썩하게 소란이 일어서 밖에 소문이라도 나면 좋지 않거니와, 그리되면 투서한 놈들의 기만 살려주는 꼴이 아니겠는가. 게다가 앞으로 우리끼리 해야 할 일도 많으니, 대감님께서 숙직을 서느라 집에 안 계신 틈을 타서 뇌대와 상의하여 적당히 속여 넘긴다면 아무 일도 없었던 것처럼 될 것이다. 지금으로서는 증거도 없지 않은가.'

이렇게 작정한 가련은 가근을 보고 말했다.

"날 속일 생각일랑 마라. 네가 저지른 못된 짓을 내가 다 알고 있다는 걸 모르진 않겠지? 만약 이 일이 무사하게 처리되기를 바란다면 대감님께서 추궁하실 때 절대 그런 일이 없었노라고 딱 잡아떼야 한다. 알았느냐? 어이구, 이런 파렴치한 놈아, 꼴도 보기 싫다!"
그러면서 사람을 시켜 뇌대를 불러오라고 하였다.
이윽고 뇌대가 달려왔으므로 가련은 이 일에 대해 그와 상의했다. 그러자 뇌대가 말했다.
"근 도련님의 행실은 정말 말이 아닙니다. 제가 오늘 암자로 찾아갔을 때도 도련님은 여승들과 술을 마시고 계셨어요. 그러니 투서에 적힌 말이 전혀 근거 없는 얘기는 아닌 것 같습니다."
"네 이놈 근아, 귀가 있거든 잘 들어라. 설마 뇌대가 너를 모함한다고 생각하지는 않겠지?"
이 말을 듣고 가근은 얼굴이 새빨개지면서 아무 말도 하지 못했다. 그러자 가련은 뇌대의 소매를 잡아끌며 사정했다.
"한 번만 눈감아 주면 어떻겠니? 대감님께는 근이를 집에서 데려왔다고 말씀드리고 말이야. 근이 놈을 데려와서는 나는 아직 안 만난 것으로 하구. 그리고 내일 대감님께는 그 여승들을 추궁할 필요도 없이 그냥 소개업자를 불러다 팔아넘기면 그만 아니겠느냐고 말씀드리란 말이야. 그러다가 만약 귀비마마께서 부르시는 일이 생기면 그때 가서 우리가 다시 사들이면 되잖아."
뇌대가 생각해보니 떠들어봤자 좋을 것 하나 없고 도리어 평판만 나빠질 것 같았으므로 가련이 하자는 대로 하겠다고 대답했다.
그러자 가련이 가근에게 일렀다.
"뇌대 영감을 따라가서 영감이 시키는 대로 해라. 어서 따라가지 않고 뭐 해?"
이에 가근은 가련에게 머리가 땅에 닿도록 절을 하고는 뇌대를 따라나갔다. 주위에 다른 사람들이 없는 곳에 이르자 가근은 뇌대에게도 머리를 조아리며 절을 했다.
"도련님, 정말 해도 너무 하셨어요. 누구한테 미움을 사서 이런 소동을 일으킨단 말입니까? 잘 한 번 생각해 보십시오. 누구랑 원수진 일이 없는가 하고 말입니다."

가근이 곰곰 생각해보니 문득 한 사람이 생각났다. 누구인지 알고 싶으면 다음 회를 보시라.

宴海棠賈母賞花妖
失通靈寶玉知奇禍

【제94회】

사라진 통령보옥

홀연히 겨울에 핀 해당화를 감상하고
통령옥 갑자기 잃어 조짐이 불길하네

宴海棠賈母賞花妖 失寶玉通靈知奇禍

가근을 데리고 나온 뇌대는 그날 밤 더 이상 아무 말도 하지 않고 가정이 돌아오기만을 잠자코 기다렸다. 그러나 오랜만에 대관원으로 다시 돌아온 여승과 여도사들은 모두들 좋아서 어쩔 줄을 몰라 했다. 그녀들은 여기저기 다니면서 구경도 하고, 내일 궁에 들어갈 차비도 차려야겠다고 마음먹고 있었다.

그러나 뜻밖에도 뇌대가 대관원을 지키는 노파와 하인들에게 그녀들을 지키라는 분부를 내리고, 먹을 음식만 가져다 줄 뿐 밖으로는 한 발자국도 나가지 못하게 하는 것이었다. 나이 어린 여승과 여도사들은 어찌 된 영문인지 알 수가 없어서 그저 앉은 채 뜬눈으로 날이 밝기만을 기다렸다. 원내의 각처에 있는 시녀들은 여승과 여도사들을 데려온 것은 궁에서 불렀기 때문이라는 것은 알고 있었지만 그 자세한 내막은 알 까닭이 없었다.

다음 날 아침, 가정이 숙직을 마치고 막 집으로 돌아오려는데 상부로

부터 두 성省의 성벽공사비의 예산서가 내려왔다. 가정은 즉시 그것을 심사하지 않으면 안 되었기 때문에 당분간 집으로 돌아갈 수가 없었다. 그래서 사람을 가련에게 보내서 "늬대가 돌아오거든 네가 반드시 어떻게 된 일인지 잘 조사하여 진상을 밝히도록 하여라. 그리고 내가 돌아오기를 기다릴 필요 없이 네가 알아서 적당히 처리하도록 해라"라고 일렀다.

이 명령을 전해들은 가련은 우선은 가근을 위해서 다행스러운 일이라 생각하면서도 한편으로는 만일 너무 깨끗하게 처리한다면 대감님의 의심을 살지도 모른다는 생각도 들었다. 그래서 다음과 같은 생각을 해냈다.

'차라리 숙모님께 말씀드려서 어떻게 처리하면 좋을지를 묻는 편이 낫겠다. 설사 처리결과가 대감님 마음에 들지 않더라도 그 책임이 나한테만 돌아오지는 않을 게 아닌가?'

마음을 이렇게 정하고 가련은 왕부인에게 자세히 아뢰었다.

"어제 대감님께서 담 벽에 나붙은 글을 보고 몹시 화를 내시며 근이랑 여승과 여도사를 모조리 불러들여서 취조하실 작정이셨습니다. 그런데 오늘 대감님께서는 이런 체통머리 없는 일을 직접 취조하실 겨를이 없으셔서, 저더러 마님께 여쭙고 분부대로 처리하라고 하셨습니다. 그래서 찾아뵌 것이온데 도대체 어떻게 처리하면 좋겠습니까?"

왕부인은 이 말을 듣고 의아해하며 물었다.

"이것이 대체 무슨 소리란 말이냐? 만일 근이가 정말 그런 일을 저질렀다면 우리 가문 사람이라고 할 수가 없질 않겠느냐! 벽보를 붙인 그 놈도 죽일 놈이구나. 그런 얘기를 어찌 함부로 떠들고 다닌단 말이냐? 그런데 넌 정말 그런 일이 있었는지 근이를 심문해 보았더냐?"

"네, 방금 물어보았습니다. 그렇지만 숙모님께서도 생각해 보십시오. 그 녀석이 정말 했는지 안 했는지는 둘째 치고, 설사 했다 하더라도 그따위 더러운 일을 하고선 자기가 했다고 순순히 자백할 리가 있겠습니까? 그러나 제 생각에는 근이가 그런 일을 저질렀을 것 같지는 않습니다. 그 계집애들은 모두 언제고 귀비마마께 불려갈 텐데 만약 말썽이라도 나면 어떻게 된다는 것을 근이 놈도 잘 알고 있질 않겠어요? 제 소견으로는 근이를 문초하는 것은 어렵지 않으나, 문초한다면 그 다음 일이 걱정입니다. 숙모님께선 어떻게 하실 생각이신지요?"

"지금 그 계집애들은 어디 있느냐?"

"모두 대관원 안에 가둬 놓았습니다."

"대관원에 기거하는 애들도 이 일을 알고 있느냐?"

"계집애들이 와 있다는 걸 알고는 있지만, 아마도 궁중에서 불렀기 때문이라고 생각하고 있을 겁니다. 절대 밖으로 말이 새나가지 않도록 단단히 단속해 두었거든요."

"그건 잘했다. 그런 계집들은 한시라도 집에 놔둘 수가 없구나. 처음부터 나는 그것들을 내보냈으면 했는데, 너희가 그대로 두는 게 좋겠다고 하는 바람에 지금 일이 이 지경에 이르고 말았지 뭐냐? 어쨌든 너는 뇌대를 시켜서 그 애들을 불러다가 집에 누가 있는지 하나하나 자세히 물어보게 하고, 문서를 찾아낸 후 수십 냥의 돈이 들더라도 배를 한 척 세낸 다음, 적당한 사람을 물색해서 그년들을 출신지로 돌려보내도록 해라. 문서까지 모조리 돌려보내면 일이 무사히 낙착되지 않겠니? 한두 년이 못된 짓을 했다고 해서 그 애들을 전부 억지로 환속시킨다면 그 또한 우리가 죄를 짓는 일이야. 만약 여기서 그 애들을 관매파에게 넘겨버린다면 비록 우리가 몸값을 받지 않는다 하더라도 그 애들을 팔아넘길 게 뻔해. 그것들은 남이야 죽든 말든 무슨 상관이겠느냐?

그리고 근이는 네가 호되게 꾸짖도록 해라. 제사나 경사 때가 아니면 함부로 드나들지 말라고 하란 말이다. 매사에 조심해서 대감님의 노여움을 사지 않도록 해야 한다. 그랬다가는 무슨 봉변을 당할지 모르는 일이다. 그 밖에 회계방에다 말해서 그 애들한테 내주던 월급을 모두 장부에서 지워 버리라고 해라. 그리고 수월암에도 사람을 보내 대감님의 분부라고 하면서 성묘할 때를 빼놓고는 이 집 나리들이 그곳에 가더라도 절대로 접대하지 말라고 이르도록 해라. 만약 앞으로 다시 추문이 퍼지는 날에는 나이 많은 여승들마저 죄다 쫓아버릴 거라고 엄포를 놓도록 하구."

가련은 일일이 대답하고 나서 그곳을 물러나와 왕부인의 말을 뇌대에게 전했다.

"마님께서 영감한테 그렇게 시키라고 하셨네. 처리가 끝나면 마님께 말씀 올려야 하니 내게 알려주도록 해. 그럼 어서 가서 처리하도록 하구려. 나중에 대감님께서 돌아오시면 영감도 마님의 말씀대로 아뢰도록 하구."

듣고 있던 뇌대가 말했다.

"우리 마님께서는 참으로 부처님같이 자비로우십니다. 저것들한테 사람을 붙여서 보내주라고 하시니 말씀입니다. 마님께서 그렇게 마음을 쓰시는 이상 저도 각별히 착실한 사람을 고르도록 하겠습니다. 근이 도련님한테는 서방님께서 따끔하게 일러주십시오. 그리고 그 벽보를 붙인 놈은 제가 무슨 수를 써서라도 찾아내서 단단히 혼찌검을 내겠습니다."

"음, 그렇게 하도록 하구려."

가련은 고개를 끄덕이며 곧 바로 가근을 찾아 따끔하게 꾸짖었다. 뇌대도 서둘러 여승들을 끌어내서 왕부인의 분부대로 처리했다.

저녁 무렵에 가정이 돌아오자, 가련과 뇌대가 가정에게 이 일을 처리한 전말을 보고했다. 가정은 본래 그런 일에 관여하기를 싫어하는 성격이었으므로 그렇게 처리되었다는 말을 듣고는 그 일을 더 이상 염두에 두지 않았다.

그러나 길거리의 불량배들은 가부에서 스물네 명의 여자애들이 쫓겨났다는 소문을 듣고, 어느 누구 하나 군침을 흘리지 않는 이가 없었다. 그러니 과연 그들이 무사히 자기 집으로 돌아갈 수 있었는지는 알 수 없는 일이며 억측하기도 어려운 일이다.

한편 자견은 대옥의 병이 차츰 나아지는 데다 원내에서 할 일도 별로 없었으므로, 여승들이 궁중의 부름을 받고 대관원에 와 있다는 소식을 듣고 무슨 일인지 궁금하여 가모의 처소로 와서 알아 볼 참이었다. 그때 마침 원앙이 안에서 나왔으므로 자견은 원앙과 앉아서 잡담을 나누다가 여승들의 일을 물었다. 그런데 원앙은 전혀 모르고 있었던 모양이었다.

"난 그런 소릴 전혀 듣지 못했는걸. 나중에 희봉 아씨께 여쭤보면 알 수 있겠지."

이런 이야기를 나누고 있는데, 부시傅試 댁에서 두 어멈이 가모에게 문안드리러 왔으므로 원앙은 그들을 안으로 안내했다. 그 두 어멈들은 마침 가모가 낮잠을 자고 있었으므로 원앙에게 인사말만 남기고 돌아갔다.

"저 여자들은 어느 댁에서 보낸 사람들이야?"

자견의 물음에 원앙이 대답했다.

"정말 밉살스러워 죽겠어. 저 집에 인물이 좀 반반한 딸이 하나 있나 본데, 마치 보물이라도 바치려는 듯 노상 노마님께 와서는 그 아가씨의 인물이 얼마나 잘났는지, 마음씨가 얼마나 고운지, 예의범절은 얼마나 바르며 말씨는 또 얼마나 간결한지, 그리고 바느질하는 솜씨가 아주 야무진 데다가 글도 알고 계산에도 능하며 손위 사람한테는 지극히 공손할 뿐만 아니라 아랫사람한테는 너그럽기 그지없다는 데 이르기까지 입에 침이 마르도록 떠벌리지 뭐야. 올 때마다 노상 그따위 얘기들을 노마님 앞에서 늘어놓는 꼴이란 정말 눈뜨고 못 봐주겠어. 그 노파들은 정말 꼴 보기 싫어 죽겠어.

그런데 우리 노마님께서 그런 얘기를 듣고 흥미로워하시는 걸 보면 정말 이해가 안가. 노마님은 그렇다손 치고, 보옥 도련님도 마찬가지야. 평소 같았으면 그런 노파들을 보고 언짢아 할 텐데 그 댁 노파들에 대해서는 도무지 그런 기색이 없거든. 정말 이상하지 않니? 지난번엔 또 그 노파들이 와서 하는 말이, 요즈음 그 댁 아가씨한테 여러 곳에서 청혼이 들어오건만 그 댁 대감님께서는 좀처럼 응하시지 않는다면서, 우리 가씨 댁 같은 집안이라야 허혼할 생각이 있는 것 같다고 하질 않겠니? 이렇게 자랑도 했다가 아첨도 했다가 하면서 수선을 떠는 바람에 노마님께서도 홀딱 넘어가셨지 뭐야."

자견은 멍해서 듣고 있다가 일부러 이렇게 말했다.

"노마님께서 마음에 들어 하신다면 왜 보옥 도련님한테 정해주시지 않는 걸까?"

원앙이 그 까닭을 말하려는 찰나에 안에서 소리가 들려왔다.

"노마님께서 깨셨어."

그 소리에 원앙은 서둘러 안으로 들어갔다.

자견은 하는 수 없이 밖으로 나와서 원내로 돌아왔다. 그리고 돌아오는 내내 이런 생각을 했다.

'이 세상에 남자가 보옥 도련님 한 사람만은 아닐 텐데, 왜 사람들마다 보옥 도련님을 마음에 두고 있는 걸까? 우리 집에 있는 저 아가씨만 하더라도 갈수록 마음 끓이는 것을 보면, 온통 정신이 보옥 도련님한테가 있는 것이 틀림없어. 여러 차례 병석에 앓아누웠던 것도 다 그 때문이 아니고 뭐겠어? 이 댁의 금이야 은이야 하는 인연도 어떻게 될지 모르는 판에 난데없이 무슨 부씨네 아가씨까지 끼어들었으니 더욱 큰일이 아닐 수 없어. 내가 보기로는 보옥 도련님의 마음은 우리 아가씨한테 있는 것 같은데, 원앙의 말을 듣자니 보는 아가씨마다 모두 좋다고 한다는 게 아닌가? 부질없이 우리 아가씨만 마음을 쓰고 있는 것인지도 몰라.'

자견은 원래 대옥을 위해서 마음을 졸이던 터라, 생각이 이어질수록 자기도 어찌해야 할 바를 몰라 눈물만 주르르 흘리고 있었다. 대옥에게 부질없이 마음 쓰지 말라고 권하고도 싶었지만 그러면 대옥이 더 마음을 상하게 될까 봐 걱정되었다. 그렇다고 대옥의 그런 모습을 그대로 보고만 있자니 너무도 가슴이 아팠다. 자견은 이 생각 저 생각 하다가 속이 상한 나머지 스스로를 나무랐다.

'내 주제에 남의 일로 무슨 걱정이람. 대옥 아가씨가 보옥 도련님한테 시집간다 하더라도 그 성미는 시중들기가 쉽지 않을 거야. 보옥 도련님은 성격이 온순하기는 하지만 욕심이 너무 많아서 탈인 사람인걸. 내가 남을 보고 쓸데없이 속 태우지 말라고 했는데, 오히려 내가 쓸데없는 속을 태우고 있네. 이제부턴 정성을 다해 아가씨 시중만 들어드릴 뿐, 다른 일은 일체 신경 쓰지 말아야겠다.'

이렇게 생각하니 자견은 마음이 한결 가벼워지는 것 같았다.

자견이 소상관으로 돌아와 보니 대옥은 혼자 구들 위에 앉아서 이전에 써놓았던 시와 문장의 원고를 정리하고 있다가 자기가 들어오는 것을 보고 고개를 들어 묻는 것이었다.

"어디 갔다 오니?"

"자매들을 좀 보러 갔었어요."

"그럼 습인 언니한테도 갔다 왔겠구나?"

"제가 그 언니를 뭐 하러 찾아가요?"

대옥은 이 생각이 들자마자 어찌 된 영문인지 바로 입 밖으로 나왔으므로 여간 쑥스러운 것이 아니어서 통명스럽게 말했다.

"네가 누굴 찾아가든 내가 무슨 상관이겠니? 어서 차나 따르렴."

자견은 속으론 우스웠지만 모르는 체하고 차를 준비하러 밖으로 나왔다. 그런데 문밖의 원내에서 무슨 일인지 왁자지껄하게 떠드는 소리가 들려왔으므로 차를 따르는 한편, 사람을 보내 무슨 일인지 알아보게 했다.

심부름 갔던 이가 돌아와서 다음과 같이 아뢰었다.

"이홍원에 있는 해당화 몇 그루가 시들고 말라서 아무도 물주는 이가 없었는데 어제 보옥 도련님이 가보니까 가지에 꽃망울 같은 것이 맺혀 있더래요. 그렇지만 아무도 그 말을 믿지 않고 아랑곳하지 않았대요. 그런데 글쎄 오늘 탐스러운 해당화가 펴서 모두들 신기해하며 꽃구경한답시고 몰려갔는데, 노마님과 마님께서도 그 소문을 듣고 꽃구경하러 오실 참이랍니다. 그래서 이환 아씨께서 원내의 시든 잎과 마른 가지들을 쓸어버리라는 분부를 내리셔서 지금 저렇게 법석을 떨고 있는 거랍니다."

대옥은 노마님께서 오신다는 말을 듣고 옷을 갈아입으면서 설안을 보내 동정을 살피도록 했다.

"만일 노마님께서 오시거든 즉시 와서 알리도록 해라."

설안은 간 지 얼마 안 되서 바로 달음박질쳐 왔다.

"노마님과 마님을 위시해서 여러 어른들께서 모두 오셨어요. 아가씨께서도 어서 가보세요."

대옥은 거울을 보고 틀어 올린 머리를 한 번 매만진 후, 자견의 부축을 받으며 이홍원으로 갔다.

이홍원에 이르러 보니 가모는 벌써 보옥의 침상 위에 걸터앉아 있었다. 대옥은 얼른 다가가서 인사를 올렸다.

"할머님 안녕하셨어요?"

그리고는 한걸음 뒤로 물러서서 형부인과 왕부인에게 인사를 드리고, 이어서 이환, 탐춘, 석춘, 형수연 등과 서로 인사를 나눴다. 희봉은 병 때문에 오지 못했고, 상운은 그녀의 삼촌이 경성으로 전임되었으므로 그를 만나보러 집으로 돌아갔으며, 보금도 언니를 따라 집으로 가고 없었다. 그리고 이씨네 두 자매들은 원내에 번다한 일이 그치지 않았으므로 모친과 함께 밖에 나가 살고 있었다. 그렇게 되고 보니 대옥이 오늘 만난 사람은 이 몇 사람들에 불과했다.

사람들은 모두 웃어가면서 꽃이 기이하게 피어난 것에 대해 이야기를 나눴다.

"이 꽃은 원래 삼월에 피어야 할 꽃이야. 그런데 지금이 비록 십일월이라고는 하지만 절기가 늦어서 시월이나 다름없으니, 소양춘小陽春[1]과 같은 날씨라서 피어난 모양이다. 날씨가 따뜻하면 겨울에도 꽃이 피는 일이 더러 있기는 하지."

가모가 이렇게 말하자 왕부인이 맞장구를 쳤다.

"어머님께선 견문이 넓으셔서 하시는 말씀마다 옳은 말씀만 하십니다. 지금 꽃이 피었다고 해도 이상할 게 없고말고요."

그러나 형부인의 생각은 달랐다.

"듣자니 이 꽃나무는 1년 전부터 시들어 있었다고 하던데 어떻게 철도 아닌 이런 때 꽃이 다시 피어났을까요? 아무래도 무슨 곡절이 있는 것 같아요."

그러자 이환이 웃으면서 끼어들었다.

"노마님과 마님께서 하신 말씀이 다 맞는 것 같아요. 저의 어리석은 소견으로는 이건 틀림없이 보옥 도련님에게 경사가 있게 될 것을 미리 알려주는 것 같아요."

곁에서 듣던 탐춘은 비록 말은 안했지만 내심 이런 생각이 들었다.

---

1 소양춘은 음력 10월을 가리키며 소춘(小春)이라고도 함. 날씨가 봄날같이 따뜻해서 그렇게 부른다고 함.

'이 꽃이 핀 것은 결코 좋은 조짐이 아니야. 대체로 순조로우면 흥하고 거스르면 망하는 법이다. 초목이 운수를 알고 제철 아닌 때 꽃을 피운다는 것은 필시 불길한 징조일 것이다.'

그러나 그 생각을 입 밖에 낼 수는 없는 일이었다. 유독 대옥이만은 경사가 있을 거라는 이야기를 듣고 마음이 들떠서 흥분된 어조로 말했다.

"옛적에 전씨 댁에 가시나무 한 그루가 있었는데 세 형제가 분가를 하자 그 나무도 말라버렸대요. 그것을 보고 감동한 세 형제가 다시 한 곳에 모여 살게 되자 그 가시나무도 되살아나더래요. 그런 걸 보면 초목도 사람을 따르는 모양이에요. 요즈음 보옥 오빠가 공부를 열심히 해서 아버님을 기쁘게 해드렸기 때문에 저 나무가 꽃을 피운 것 같아요."

가모와 왕부인은 이 말을 듣고 매우 기뻐하였다.

"대옥이의 비유가 아주 일리도 있고 재미있구나."

이런 이야기들을 나누고 있는데 가사, 가정, 가환, 가란 등이 모두 꽃구경을 하러 왔다. 꽃을 보자 가사는 대뜸 이런 소리를 했다.

"제 생각으로는 저걸 당장 베어 버리는 것이 좋겠어요. 이건 꽃요괴가 장난치는 게 틀림없어요."

그러나 가정은 이 말에 반대했다.

"요괴를 보고도 요괴로 인정해주지 않으면 그 요괴는 스스로 맥을 못 추는 법이니 베지 말고 그대로 내버려 둬도 무방할 것 같습니다."

듣고 있던 가모가 화를 벌컥 냈다.

"누가 거기서 쓸데없는 소리를 하는 게냐! 우리 집에 경사가 있을 징조를 가지고 요괴니 뭐니 하고 떠들어대다니! 만일 좋은 일이 생기면 너희가 다 받고, 나쁜 일이 생기면 나 혼자 다 당할 테니 허튼 소리 작작해라."

가정은 더 이상 아무 말도 못하고 가사 등과 함께 겸연쩍어하며 물러나왔다.

그래도 가모는 기분이 매우 좋았다. 그래서 주방에 기별을 해서 꽃구경하면서 마실 주안상을 급히 마련하라고 하면서 말했다.

"보옥이, 환이, 난이는 이 기쁨을 읊는 시를 각각 한 수씩 짓도록 해라. 대옥은 앓다가 겨우 일어났으니까 힘들이지 말도록 하구. 만일 정 생각이 있으면 이 애들이 지은 것을 좀 고쳐주도록 하렴."

그러고 나서 이환을 보고 말했다.

"너희는 나하고 같이 술이나 마시자."

이환은 "네" 하고 대답하고 나서 웃으면서 탐춘에게 말했다.

"이건 모두 아가씨가 저질러 놓은 일이에요."

"아니, 우리는 시를 짓지 않아도 된다고 허락을 받은 셈인데, 어째서 제가 저지른 일이라고 하는 거예요?"

"해당사는 아가씨가 발기한 것이 아니던가요? 지금 저 해당화도 시회에 가입하려고 핀 것이 아니겠어요?"

모두들 이환의 말을 듣고 까르르 웃어댔다.

이윽고 주안상이 들어오자 모두들 술을 마시면서 가모의 환심을 사려고 흥겨운 이야기들을 꺼냈다. 보옥은 상좌로 올라와서 술을 따르며 즉석에서 네 귀로 된 시를 지어서는 그것을 써서 가모에게 읊어 드렸다.

해당화는 어이해서 급히 졌다가는,	海棠何事忽摧隤,
오늘은 무슨 까닭에 곱게 피었는가?	今日繁花爲底開?
아마도 할머님의 수복을 빌려고,	應是北堂增壽考,
햇볕이 먼저 매화에 비쳤나보다.	一陽旋復占先梅.

가환도 시를 지어 가모 앞에서 읊었다.

초목은 봄이 되면 새싹을 피우는데,	草木逢春當茁芽,
해당은 어이하여 아닌 철에 피어났나.	海棠未發候偏差.

인간사 기이한 일 많고 많아도, 人間奇事知多少,
겨울에 꽃이 핀 건 우리 집뿐이리. 冬月開花獨我家.

가란도 단정하게 해서체로 옮겨 써서 가모에게 바치자, 가모는 이환에게 주면서 읽으라고 하였다.

요염한 그 자태 봄 전에 시들고, 煙凝媚色春前萎,
서리 맞은 연분홍꽃 눈이 오자 피었네. 霜浥微紅雪後開.
말 마라, 이 꽃보고 아는 것이 적다고, 莫道此花知識淺,
번영을 미리 알려 축배를 드노니. 欣榮預佐合歡杯.

가모는 다 듣고 나더니 이렇게 말했다.

"난 시를 잘 모르지만 듣자니 난이의 시가 잘된 것 같고 환이의 시는 좀 못한 것 같구나. 자, 다 이리 와서 밥을 먹도록 해라."

보옥은 가모가 기뻐하는 것을 보니 더욱 흥이 났다. 그러다가 문득 청문이 생각났다.

'청문이 죽던 그해에 해당화가 말라 죽었었지. 오늘 해당화가 다시 피어나고 대관원 내의 우리는 아무 일 없건만, 청문은 이 꽃처럼 죽었다가 다시 살아나지 못하는구나.'

보옥의 기쁨은 갑자기 슬픔으로 바뀌었다. 그러다가 또 이번에는 며칠 전에 희봉이 오아를 소홍 대신 이홍원에 보내준다고 했던 교저의 말이 떠올랐다. 어쩌면 이 꽃은 그 일 때문에 피었는지도 모르겠다고 생각하니, 금세 슬픔이 다시 기쁨으로 변하여 여전히 웃고 떠들고 하였다.

가모는 한동안 더 앉아서 놀다가 진주의 부축을 받고 일어섰고 왕부인 등도 가모의 뒤를 따랐다. 그때 평아가 웃으면서 그들을 향해 다가오면서 말했다.

"저희 아씨는 노마님께서 이곳에서 꽃구경하신다는 소식을 듣고 자기는 병 때문에 오지 못한다고 하시며 저더러 가서 노마님과 마님들의 시중을 들어 드리라고 하셨어요. 그리고 붉은 비단 두 필을 축하의 예물로 보옥 도련님께 보내셨어요."

습인이 그것을 받아서 가모에게 보여드리자 가모가 웃으면서 말했다.

"아무튼 희봉이가 하는 일은 뭐든지 빈틈이 없구나. 하는 일마다 그럴듯하기도 하고 신선하기도 할뿐더러 재미도 있으니 말이다."

습인이 웃으면서 평아에게 말했다.

"돌아가거든 보옥 도련님을 대신해서 희봉 아씨께 감사하다는 말씀 좀 전해줘. 경사가 나면 우리 온 집안의 경사일 테니까."

"아이고, 나도 인사말 하는 걸 깜빡 잊었구나. 희봉이는 병중에 있으면서도 이런 데까지 마음을 쓰고, 또 이런 좋은 물건까지 보내다니 참 성의가 대단하구나."

듣고 있던 가모는 웃으며 이렇게 말하면서 여러 사람들을 거느리고 돌아갔다. 그러자 평아가 살며시 습인에게 소근거렸다.

"우리 아씨께서 하시는 말씀이 이 꽃이 핀 게 아무래도 좋은 징조는 아닌 것 같다고 하시면서 너더러 붉은 비단을 잘라서 그 꽃에 드리워 놓으라고 하셨어. 그래야 그것이 경사스러운 일로 된다나. 그리고 앞으로도 기이한 일이라며 함부로 떠들고 다니지 말라고 하셨어."

습인은 알겠다는 듯 고개를 끄덕여 보이며 평아를 바래다주었다. 여기에 대해서는 더 이상 이야기하지 않겠다.

그런데 그날 보옥은 모피로 된 통 저고리 바람으로 집에서 쉬고 있다가 꽃이 핀 것을 보고 그대로 꽃구경하러 나갔었다. 혼자서 꽃을 들여다보면서 감탄도 하였다가, 탄식도 하였다가, 사랑스러워하는 마음도 품었다가 하면서 마음속으로 무수히 갈마드는 희비와 이합의 감정을 온통 이 꽃에다 쏟아 붓고 있었다. 그러던 차에 갑자기 가모가 온다는 소식을 듣고 곧장 방으로 들어가서 소매 좁은 여우털 저고리를 갈아입고 그 위에 검은털 여우의 다리가죽으로 만든 덧저고리를 걸치고 나와서 가모를 맞아들였다.

그런데 너무 급히 서두는 바람에 그만 통령보옥을 걸지 않은 채 달려 나왔었다. 가모가 돌아가고 나서 벗어두었던 옷으로 다시 갈아입는데 습인이 보니까 보옥의 목에 옥이 걸려 있지 않았다.

"옥은 어쨌어요?"

"아까 급하게 옷을 갈아입느라고 구들 위의 탁자에 벗어 놓고 걸고 나가지 않았어."

습인이 그 탁자 위를 살펴보았지만 옥이 보이지 않기에 여기 저기 샅샅이 찾아보았다. 그러나 그림자조차 보이지 않았으므로 놀란 나머지 습인은 식은땀이 흘렀다.

"조급해 할 것 없어. 어쨌든 방 안에 있겠지 뭐. 다른 애들한테 물어보면 알 거 아냐?"

습인은 사월이 등이 자기를 골려주려고 옥을 감췄다고 생각하고는 그 애들에게 웃으면서 물었다.

"요 망할 것들 같으니라고. 장난을 쳐도 분수가 있지! 도련님 옥을 어디다 감췄어? 그러다가 정말 잃어버리기라도 하면 우린 살아남지 못해."

그러나 사월이 등은 정색하며 말했다.

"아니, 무슨 소릴 하는 거예요? 장난치고 농담할 일이 따로 있지, 이게 어디 장난 칠 일인가요? 그렇게 함부로 말하지 말아요. 갑자기 머리가 어떻게 된 거 아니에요? 차분히 잘 생각해 봐요. 어디다 뒀는지 말예요. 억울하게 함부로 남에게 생떼 쓰지 말고요."

습인은 사월이 그렇게 말하는 것을 보니 장난이 아닌 것 같아서 더욱 조바심이 났다.

“하느님 맙소사! 도련님 도대체 그 옥을 어디다 두셨어요?”

“분명히 구들 위의 탁자에 벗어 둔 것 같아. 그러니 다들 잘 찾아 봐.”

습인과 사월, 추문 등은 남들에게 알리지도 못하고 자기들끼리만 몰래 온 사방을 다 뒤졌다. 반나절이나 족히 찾아봤지만 어디에도 옥은 없었다. 나중에는 궤짝이나 장롱 같은 곳도 모조리 뒤져 보았으나 찾을 길이 없었다. 결국에는 아까 그 방에 들어왔던 사람들 가운데 누군가가 집어간 것이 아닐까 하는 의심마저 들었다.

“이 방에 들어왔던 사람치고 그 옥이 생명과도 같이 귀중한 물건이라는 걸 모르는 이가 누가 있다고 그 귀한 물건을 감히 집어 갔겠어? 너희는 어쨌든 우선 너무 떠들어대지 말고, 어서 여러 군데 찾아다니며 물어보도록 하렴. 만일 아가씨들이 주워가지고 우리를 골려주려고 한 거라면 절을 해서라도 받아와야 하는 거구. 만일 어린 시녀들이 몰래 집어간 것이라면 그것을 알아냈다 하더라도 마님들께는 말씀드리지 말고 무엇이든 그 애가 원하는 것을 주고 바꿔 오도록 해. 이건 그야말로 보통 일이 아니야. 정말 옥을 잃어버렸다면 그건 보옥 도련님을 잃어버리는 것보다 더 심각한 일이야.”

습인의 말을 듣고 사월과 추문이 막 밖으로 나가려는데, 습인이 다시 쫓아 나와서 당부를 했다.

“아까 이곳에서 음식을 잡수시던 분들께는 우선 여쭙지 않는 것이 좋겠어. 공연히 찾지도 못하고 풍파만 일으키면 더 큰일이니까.”

사월이 등은 습인의 당부를 명심한 후 각자 흩어져서 물으러 다녔다. 그러나 안다는 사람은 하나도 없고 듣는 사람마다 모두들 놀라기만 하였다. 사월과 추문이 빈손으로 돌아오자 모두들 서로 눈만 멀뚱멀뚱 뜨고 상대방 얼굴만 바라볼 뿐이었다. 일이 이쯤 되자 보옥도 당황하기 시작했고, 습인은 애가 탄 나머지 그저 울기만 할 뿐이었다. 더 찾아보려야 찾을 길은 없고 마님들께 알리고자 해도 감히 알릴 수도 없는 노릇이어서, 이홍원 사람들은 놀란 나머지 하나같이 흙이나 나무로 만든 조각처럼 굳어버렸다.

모두들 이렇게 멍청해져 있는데 사방에서 이 일을 알고 몰려들었다. 탐춘은 대관원의 문을 잠그라고 한 다음, 노파 하나를 불러서 시녀 두 명을 데리고 온 사방을 다시 한 번 찾아보도록 했다. 그러는 한편, 여러 시녀들에게 만약 누구든지 찾아내면 후하게 상을 내릴 것이라고 선포하기도 했다.

사람들은 첫째로는 자기가 의심을 받지 않기 위하여, 둘째로는 후한 상을 내린다는 말에 눈에 불을 켜고 찾아다녔다. 심지어는 변소까지 샅샅이 뒤졌다. 그러나 그 옥은 마치 수놓는 바늘을 찾기라도 하는 것처럼 종적이 감감했다.

이환은 애가 탄 나머지 이런 의견을 내놓았다.

"이건 정말 이만저만한 일이 아니니까 내가 좀 심한 말을 해야겠어."

"무슨 말씀인데요?"

모두들 물었다.

"일이 이렇게 된 이상, 이것저것 가릴 거 없다고 생각해. 지금 이 대관원 안에는 보옥 도련님 말고는 모두 여자들뿐이야. 그러니 여러 아가씨들한테 부탁해서 딸려 있는 시녀들의 옷을 벗겨서 뒤져보도록 하고, 그래도 안 나오면 시녀들에게 명하여 노파들과 허드렛일을 맡아 하는 시녀들을 조사해 보면 어떻겠어?"

모두들 이 말에 찬성했다.

"일리가 있어요. 지금처럼 많은 사람들이 한데 모여 복작거리면 물고기인지 용인지 가려낼 수 없을 테니까요. 오히려 그렇게 하면 모두가 무고한 혐의를 벗을 수도 있겠어요."

그러나 탐춘만은 아무 말도 하지 않았다. 시녀들은 모두 혐의를 벗기 위하여 그렇게 하기를 원했다. 가장 먼저 나선 것은 평아였다.

"자, 저부터 먼저 조사해 주세요."

그러자 모두들 허리띠를 풀었고, 이환은 한바탕 마구 뒤져 나갔다. 이것을 보고 탐춘이 이환을 나무랐다.

"큰언니, 언니까지 이런 말도 안 되는 흉내를 내면 어떻게 해요? 누구든지 그걸 가져간 사람이라면 아직까지 몸에다 감춰뒀겠어요? 하물며 그 옥은 우리 집에서나 보물이지 밖에 나가면 아무 쓸모도 없는 폐물일지도 모르는데 훔쳐간들 무슨 소용이 있겠어요? 내 생각으로는 필시 누가 뒤에서 애를 먹이려는 것 같아요."

탐춘의 말을 듣고 나서 사람들은 가환이 그 자리에 없는 데다가 또 어제는 하루 종일 온 방 안을 마구 뛰어다니며 놀았던 것을 생각해내고는 그에게 의심이 갔지만 아무도 선뜻 말을 꺼내지는 못하였다. 탐춘이 이어서 또 입을 열었다.

"그렇게 교활한 짓을 할 사람은 환이뿐이에요. 누가 가서 가만히 불러다 구슬려서 내놓게 한 다음, 단단히 엄포를 놔서 아무한테도 말하지 못하게 하면 되질 않겠어요?"

다들 고개를 끄덕이며 그 말이 옳다고 하였다. 이에 이환이 평아에게 말했다.

"이 일은 아무래도 네가 가서 해줘야 잘 처리될 것 같구나."

평아가 알았다고 대답하고 황급히 달려 나가더니 얼마 안 있어 가환을 데리고 왔다. 모여 있던 사람들은 일부러 아무 일도 없었던 것처럼 가환에게 차를 따라주라고 하면서 안쪽 방으로 끌어 들였다. 그리고 다른 사람들은 일부러 적당히 자리를 피했다.

원래부터 평아더러 구슬려 보라고 했으므로 평아가 웃으면서 가환에게 물었다.

"보옥 도련님이 옥을 잃어버리셨는데, 혹시 보지 못하셨어요?"

평아가 이렇게 묻자 가환은 대번에 얼굴을 붉히고 눈을 부라리며 소리쳤다.

"남이 물건을 잃었는데 왜 나를 불러다 조사하고 의심하는 거야? 내가 무슨 도둑이라도 된단 말이야?"

평아는 그런 모습을 보자 감히 더 물어 볼 엄두를 못 내고 얼른 웃으면서 가환을 달랬다.

"그런 얘기가 아니에요. 혹시 도련님께서 저 애들을 놀려주려고 그러셨나 하는 생각이 들어서 본 적이 있냐고 그냥 물어본 것뿐이에요. 보기라도 했다면 찾는 데 단서가 될 수 있지 않겠어요?"

"형님의 옥이면 형님이 가졌을 테니 봤는지 안 봤는지는 형님한테 물어봐야지 왜 나한테 묻는 거야? 모두들 형님만 떠받들면서 좋은 일이 생겼을 땐 나를 거들떠보지도 않다가, 물건이 없어지니까 이제야 나를 찾아 묻는군!"

말을 마친 가환은 발딱 일어나서 밖으로 나갔다. 아무도 그를 막을 수가 없어서 그냥 가게 내버려뒀다.

한편 보옥은 애가 타서 죽을 지경이었다.

"모든 게 다 그 꼴 보기 싫은 옥 때문이야. 난 이제 그거 필요 없으니 너희도 더 이상 소란 떨지 않았으면 좋겠어. 환이가 그러고 돌아갔으니 틀림없이 떠들어대서 온 집안이 다 알게 될 거야. 그거야말로 큰일이 아니고 뭐겠어?"

습인 등은 어쩔 줄 몰라 하며 울먹였다.

"아이쿠 도련님, 도련님은 그까짓 옥을 잃어버린 게 무슨 대수냐고 하겠지만 만일 이 일을 윗분들께서 아시게 되는 날에는 저희는 몸이 가루가 되고 말 거예요."

그러더니 엉엉 소리를 내며 우는 것이었다.

모두들 조급해 하면서도 이 일을 숨길 수는 없었으므로 어쩔 수 없이 노마님과 마님들께 아뢸 일을 상의했다. 그러자 보옥이 의견을 내

놓았다.

"상의할 필요도 없어. 내가 그걸 깨뜨렸다고 하면 되잖아."

"도련님도 참! 당치도 않은 말씀만 하시네요. 윗분들께서 무엇 때문에 그걸 깨뜨렸느냐고 물으시면 뭐라고 대답하시겠어요? 어떻게 말씀드리든 저희들은 죽은 목숨이에요. 그리고 또 깨진 조각이라도 찾으신다면 그땐 어떻게 하시겠어요?"

평아의 말에 보옥이 대답했다.

"그렇지 않으면 지난번에 내가 밖에 나갔다가 잃어버렸다고 하면 되지 않겠어?"

모두들 생각해보니 이 말로는 혹시 그럭저럭 속여 넘길 수도 있을 것 같았다. 그러나 요 이틀 동안 보옥은 서당에도 가지 않았고 다른 데도 외출한 적이 없었음에 생각이 미쳤다.

"외출한 적이 왜 없다는 거야? 그저께만 해도 남안왕부에 연극 구경 갔었잖아? 그러니까 그날 잃어버렸다고 하면 되지 않겠어?"

탐춘이 말했다.

"그것도 타당치 않아요. 그저께 잃어버렸는데 왜 그날로 바로 알리지 않았느냐고 하시면 뭐라고 대답하겠어요?"

모두들 이렇게 이 궁리 저 궁리해가며 핑계를 찾고 있는데 밖으로부터 조이랑이 울고불고 악을 쓰며 방 안으로 뛰어 들어왔다.

"물건을 잃었으면 너희끼리 찾아볼 일이지 무엇 때문에 남몰래 환이를 불러다 고문하는 거냐? 자, 내가 차라리 환이를 데려다 세도가 당당한 너희에게 넘길 테니 죽이든지 말든지 마음대로 해라."

조이랑은 그러면서 가환을 앞으로 콱 밀치며 소리쳤다.

"이 도둑놈아, 어서 자백하지 못해?"

이렇게 되고 보니 가환도 화가 치밀어서 엉엉 울어댔다.

이환이 조이랑과 가환을 막 달래고 있을 때 시녀가 와서 아뢰었다.

"마님께서 오셨습니다."

그 소리에 습인 등은 몸 둘 바를 몰랐고, 보옥 등은 급히 달려 나가 왕부인을 맞았다. 조이랑도 잠시 입을 다물고 따라 나왔다. 왕부인은 모두들 당황해 하는 눈치를 보고 방금 들은 이야기가 사실임을 알게 되었다.

"그 옥을 정말 잃어버렸느냐?"

왕부인의 물음에 아무도 감히 입을 열지 못하자, 왕부인은 안으로 들어가서 자리에 앉은 후 습인을 불렀다. 습인은 벌벌 떨면서 무릎을 꿇고 앉아 눈물을 흘리며 사실대로 고하려고 하였다. 그러나 왕부인이 먼저 입을 뗐다.

"일어나라. 어서 사람을 풀어 샅샅이 다시 찾아보도록 해라. 이렇게 법석만 떨어 가지고서야 무슨 일이 되겠니?"

습인은 우느라고 목이 메어 아무 말도 할 수 없었다. 그런데 보옥은 습인이 사실대로 말할까 봐 자기가 먼저 나섰다.

"어머니, 이 일은 습인과는 아무 상관이 없어요. 제가 며칠 전에 남안왕부에 연극 보러 갔다가 길에서 잃어버렸어요."

"그럼, 왜 그날 당장 찾아보지 않았느냐?"

"전 애들이 알까 봐 일부러 말하지 않았어요. 그러고 나서 배명이를 시켜 사방을 찾아보도록 했어요."

"그따위 허튼 소릴랑 집어치워라. 지금 네 옷은 습인이들이 갈아입히고 있질 않느냐? 언제든지 외출했다 돌아오면 손수건부터 돈주머니 하나에 이르기까지 제대로 있나 살피는 법이거늘, 하물며 그 귀한 옥이 보이지 않는데 어찌 물어보지 않을 수 있겠느냐?"

왕부인의 호통에 보옥은 할 말이 없었다. 듣고 있던 조이랑은 기회를 만난 듯이 얼른 한마디 끼어들었다.

"그렇게 밖에서 잃어버렸으면서 환이에게 뒤집어씌우다니…."

왕부인은 조이랑의 말이 채 끝나기도 전에 면박을 주었다.

"지금 중요한 얘기를 하는데 왜 그런 쓸데없는 소리를 하는 거냐!"

그러자 조이랑은 얼른 입을 다물었다. 이환과 탐춘이 사실대로 왕부인에게 고하자 왕부인도 걱정이 태산 같아서 눈물을 비 오듯 흘리면서, 일이 이렇게 된 바에야 차라리 가모에게 말씀드리고 형부인이 데리고 건너왔던 사람들에게도 물어볼 마음이 들었다.

희봉은 병석에 누워 보옥이 옥을 잃어버렸다는 말과 왕부인이 보옥에게 갔다는 말을 전해 듣고, 자기만 모른 체하고 있을 수는 없어서 풍아의 부축을 받으며 대관원으로 갔다. 때마침 왕부인이 막 자리에서 일어나려는 중이었으므로 희봉은 힘없는 목소리로 왕부인에게 인사했다.

"마님, 그동안 안녕하셨어요?"

보옥을 비롯한 여러 사람들도 희봉에게 다가와 인사했다. 그러자 왕부인이 희봉에게 물었다.

"너도 들었겠지? 정말 해괴한 일이로구나. 잠깐 사이에 물건이 없어지는가 하면 아무리 찾아도 흔적이 없으니 말이다. 네가 좀 생각해 보렴. 노마님 방에 있는 아이들로부터 네 방에 있는 평아에 이르기까지 평소 손버릇이 나쁘다거나 보옥이를 특히 미워하는 사람이 있었던가 하고 말이다. 나는 노마님께 사실대로 말씀드리고 나서 철저하게 조사해 볼 생각이다. 그렇게 하지 않다가는 보옥의 명줄을 끊어놓게 될지도 모르는 일이다."

"우리 집에는 사람이 여간 많은 게 아니에요. 옛 말에도 '열 길 물속은 알아도 한 길 사람 속은 모른다'라고 했듯이 도대체 누가 좋고 나쁜지 어떻게 알겠어요? 그런데 그동안 너무 떠들어대서 모두가 이미 알게 되었으니, 그 옥을 훔쳐간 이가 마님에게 발각되었다간 뼈도 못 추릴 것이 분명하므로, 만일 급한 마음에 옥을 깨뜨려서 증거를 없애려 한다면 그땐 어찌하시겠어요? 저의 좁은 소견으로는 일단 겉으로는 보옥 도련님이 워낙 그 옥을 그다지 마음에 들어 하지 않았기 때문에 잃어버려도 대단한 일이 아니라고 해두는 거예요. 노마님과 대감마님 귀에는 절대 들어가지 않도록 모두들 각별히 조심들 하고요. 그렇게 해놓은 후에 은밀하게 각처로 사람을 보내서 조사한 다음 잘 얼러서 옥을 내놓게 하는 거예요. 그럼 옥도 되찾을 수 있고 죄명도 정할 수 있게 되질 않겠어요? 마님 생각은 어떠신지요?"

희봉의 말을 듣고 왕부인은 한참 동안 생각하다가 입을 열었다.

"네 의견이 그럴듯하기는 하지만 어떻게 대감님을 속일 수 있겠느냐?"

그러면서 환이를 불러다 놓고 호통을 쳤다.

"네 형이 옥을 잃었기에 그저 한마디 물어봤을 뿐인데 넌 어쩌자고 그렇게 소란을 피우는 거냐? 만일 그렇게 소란을 떨어서 정작 훔쳐간 놈이 겁을 먹고 그걸 깨뜨려 버린다면 네놈이 살아남을 것 같으냐?"

가환은 겁에 질려 엉엉 울면서 말했다.

"다시는 안 그러겠어요."

조이랑도 그 말을 듣고서는 더 이상 아무 말도 하지 못하였다. 왕부인은 그 자리에 있는 사람들에게 분부를 내렸다.

"잘 생각해보면 아직 찾아보지 않은 곳이 있을 것이다. 지금까지 집안에 잘 있던 물건이 날개라도 달려 다른 곳으로 날아갈 리가 있겠느냐? 어쨌거나 너무 소란들은 피우지 말도록 해라. 습인에게 사흘 동안의 말미를 줄 테니 잘 찾아보도록 해라. 사흘 안에 찾아내지 못한다면 더 이상 이 일을 숨길 수는 없을 테니, 그리되면 모두가 무사하지는 못할 것이다."

이렇게 말하고 나서 왕부인은 희봉을 데리고 형부인한테 범인 잡을 일을 상의하러 갔다. 여기에 대해서는 더 이상 이야기하지 않겠다.

한편 이환 등은 머리를 맞대고 상의한 결과 대관원을 지키는 하인들을 불러다가 대관원의 문을 잠그라고 분부하였다. 그런 다음 얼른 가서 임지효댁을 불러오게 하여 은밀하게 그간의 사정을 얘기해 주고 나서, 앞뒷문의 문지기들에게 명하여 사흘 동안은 남녀하인을 불문하고 대관원 안에서 돌아다니는 건 상관없지만 밖으로 나가는 건 일절 금하라고 시켰다. 그리고는 다만 안에서 무슨 물건을 잃어서 그러는 것이니 그것을 찾고 나면 사람들을 내보겠다고 말하도록 했다. 임지효댁은 일일이 대답하고는 이어서 말했다.

"얼마 전에 소인 집에서도 변변치 않은 물건 하나를 잃은 적이 있어요. 그런데 바깥양반이 기어코 그 물건을 찾아내야겠다고 하면서 거리에 나가 문자점文字占을 치는 점쟁이를 찾아 갔더랍니다. 그 점쟁이 이름이 무슨 류철취劉鐵嘴라고 하는 것 같았어요. 그가 글자 하나를 점쳐 줬는데 아주 자신 있게 얘기하더랍니다. 그래서 돌아와서 그 점쟁이가 말한 대로 찾아보았더니 정말 그 물건이 나오는 게 아니겠어요?"

습인이 이 말을 듣더니 임지효댁을 붙잡고 애원했다.

"아이고 아주머니, 그렇거든 얼른 가서 아저씨께 우리 대신 그 점쟁이한테 알아봐 달라고 해주세요."

이에 임지효댁은 밖으로 나갔다. 그때 형수연이 말했다.

"거리에 있는 그런 점쟁이는 믿을 게 못 돼요. 제가 남방에 있을 때 묘옥 스님이 점괘로 용하다는 소문을 들었어요. 그러니 묘옥 스님에게 물어보는 것이 좋지 않겠어요? 하물며 그 옥은 원래 선기가 있는 물건이라고 들었으니, 틀림없이 맞혀낼 거라는 생각이 들어요."

이 말에 모두들 의아해 했다.

"우리는 늘 그분을 대했건만 여지껏 그런 얘기는 듣지 못했는걸."

사월이 급하게 수연에게 졸랐다.

"다른 사람이 부탁해서는 그분이 안 들어주실 것 같아요. 그러니 아가씨, 아가씨께 절을 올릴게요. 아가씨께서 한번 걸음해 주세요. 그래서 만일 그 옥을 찾을 수만 있다면 전 평생토록 아가씨 은혜를 잊지 않겠어요."

그러면서 사월이 얼른 무릎을 꿇고 절을 하자, 수연이 급히 사월을 붙들어 일으켰다. 대옥이들도 수연에게 농취암으로 가주기를 종용했다.

그때 임지효댁이 들어와서 아뢰었다.

"아가씨들 모두 기뻐하세요. 우리 집 바깥양반이 문자점을 치고 돌아와서 말하는데 그 옥은 절대로 잃어버릴 수 없는 거라서 머지않아 누군가가 꼭 가져다줄 거랍니다."

이 말을 듣고 모두들 반신반의하였지만 습인과 사월만은 좋아서 어쩔 줄을 몰랐다. 그러자 탐춘이 물었다.

"무슨 글자로 점을 쳤답니까?"

"저희 집 양반이 뭐라고 한참 말했건만 소인이 그 말을 다 옮길 수가 없사옵니다. 그저 기억하기로는 뽑은 글자가 상을 준다는 상賞자라나 봐요. 그런데 그 류철취가 묻기도 전에 자기가 먼저 '뭘 잃어버리지 않으셨습니까?' 하더랍니다."

"아주 용하군그래."

이환이 이렇게 감탄하자 임지효댁이 계속 말했다.

"그가 또 이렇게 말하더래요. '상賞'자의 위에 '소小'자가 하나 있고, 그 아래 '구口'자가 하나 있으니 그 잃어버린 물건은 입에 물 수 있을 만큼 작은 물건으로, 필시 구슬이나 보석일 거라고 하더랍니다."

이 말에 모두들 감탄해 마지않았다.

"정말 귀신같이 맞히네. 그래 또 뭐라고 하더랍니까?"

"점쟁이가 또 이렇게 말하더랍니다. 아래의 '패貝'자는 아무리 분해해도 '견見'자로는 되지 않으니, 그건 '보이지 않는다'는 뜻이라고 하더랍니다. 그러나 윗부분을 '당當'자로 풀이하면서 얼른 전당포에 가서 찾아보라고 하더래요. 그리고 '상賞'자에 '인人'자를 더하면 '상償'자가 된다면서 전당포를 찾아가면 사람이 있을 것이고, 사람이 있으면 도로 찾을 수 있으니 돌려받는 것이 아니고 뭐겠느냐고 했답니다."

그러자 모두들 입을 모았다.

"그렇다면 먼저 가까운 데부터 찾아보도록 합시다. 전당포를 있는 대로 다 뒤지면 찾을 수 있지 않겠어요? 우리가 그 옥을 손에 넣기만 하면 가져간 사람이야 쉽게 밝힐 수 있을 거예요."

그러나 이환의 생각은 달랐다.

"물건만 찾게 된다면 훔쳐간 사람은 찾지 못해도 무방하다고 생각해요. 임씨 아주머니, 그럼 수고스럽겠지만 점쟁이가 했던 말을 얼른 희봉 아씨께 알려서 마님께 전해 우선 안심시키도록 해요. 그리고 희봉 아씨더러 빨리 사람을 보내 찾아보라고 해요."

임지효댁은 냉큼 대답하고 물러갔다.

모두들 얼마쯤 정신을 가다듬고 멍하니 수연이 돌아오기를 기다렸다. 그러고 있는데 보옥의 하인인 배명이 문밖에서 어린 시녀더러 빨리 와 보라고 손짓을 했다. 어린 시녀 아이가 서둘러 나가자 배명이 말했다.

"너, 빨리 들어가서 우리 도련님과 안에 계신 마님, 아씨, 아가씨들께 아뢰어라. 큰 경사가 났다고 말이다."

"무슨 일인지 얼른 말해요. 어째 이렇게 수선스럽담!"

배명은 신이 나서 웃으면서 손뼉을 치며 말했다.

"내가 한 말을 네가 안에 들어가서 고하면, 우리 두 사람은 모두 큰상을 받게 될 거야. 뭔지 알아 맞혀보렴. 보옥 도련님의 옥에 관한 얘긴데, 내가 있는 곳을 확실하게 알아왔단 말이야."

어떻게 된 일인지 알고 싶으면 다음 회를 보시라.

因誤成實
元妃薨逝
以假混真
寶玉瘋癲

제95회

인사불성 된 보옥

소문은 사실이 되어 귀비가 세상을 뜨고
가짜가 진짜를 흐려 보옥이 정신을 잃었네

因訛成實元妃薨逝 以假混眞寶玉瘋顚

배명이 문 앞에서 어린 시녀에게 보옥의 옥을 찾았다는 말을 하자, 그 어린 시녀는 황급히 들어와서 보옥에게 알렸다. 일동은 그 말을 듣자 보옥을 떠밀며 밖에 나가 배명에게 물어보라고 하면서 자기들은 낭하에 나가 귀를 기울였다. 보옥도 마음을 놓으며 문 앞으로 가서 물었다.

"너, 어떻게 찾았느냐? 빨리 가져와 봐."

"저로서는 가지고 올 수 없어요. 누구든 보증을 세워야 가져올 수 있거든요."

"어떻게 찾았는지 빨리 말하지 못해? 그래야 사람을 보내지."

"제가 밖에 있다가 임지효 아저씨가 점쟁이를 찾아간다는 말을 듣고 따라갔었어요. 그 점쟁이가 전당포에 가면 찾을 수 있다고 하기에 그 말이 끝나기도 전에 전 그 길로 전당포 몇 집을 뒤져 보았습죠. 그중의 한 집에서 제가 이러이러하게 생긴 물건이라고 설명하니까 글쎄 맡아 놓은 게 있다고 하는 거예요. 그래서 달라고 했더니 그 전당포 주인이 물건을 잡힐 때 써준 표를 내놓으라는 겁니다. 제가 얼마에 잡혔냐고 물으니까 삼백 문에 잡힌 것도 있고 오백 문에 잡힌 것도 있대요. 며칠 전에 어떤 사람이 그만한 옥을 가지고 와서 삼백 문에 잡히고 갔고, 오늘도 또 어떤 이가 그런 걸 가지고 와서 오백 문에 잡히고 갔다고 그러는 게 아니겠어요."

보옥은 배명의 말이 채 끝나기도 전에 다그쳤다.

"그럼 너 빨리 삼백 문이든 오백 문이든 가지고 가서 찾아오너라. 진짜인지 아닌지는 우리가 알아낼 테니까."

그러자 습인이 안에서 핀잔을 줬다.

"도련님 저 애의 허튼 소리는 들을 게 못 돼요. 제가 어렸을 때 오빠한테 자주 이런 얘기를 들었어요. 저런 작은 옥을 파는 사람들이 있는데 돈이 떨어지면 그것을 전당포에다 잡히곤 한대요. 그러니까 전당포마다 다 그런 옥이 있을 거예요."

일동은 배명의 말을 듣고 미덥지 않다고 생각하던 차에 습인이 이렇게 말하자 다들 웃지 않을 수 없었다.

"보옥 도련님더러 빨리 들어오시라고 해라. 그런 멍청이하고 더 이상 상대할 필요 없으니 말이다. 그 옥은 아마도 쓸모없는 것일 게다."

보옥도 멋쩍게 웃고 있는데 수연이 돌아왔다. 수연은 원래 농취암으로 묘옥을 만나러 갔는데, 묘옥을 보자마자 한담할 사이도 없이 바로 점을 쳐달라고 사정하였다. 그 말에 묘옥은 쌀쌀하게 웃으며 대꾸했다.

"제가 아가씨와 왕래를 트고 지냈던 것은 아가씨께서 재물과 권세를 마음에 두지 않는 사람이었기 때문이었어요. 그런데 오늘은 어쩐 셈으로 뜬소문을 듣고 와서 저를 곤란하게 하시나요? 게다가 저는 점 따위는 칠 줄 모르는걸요."

묘옥은 이렇게 잘라 말하면서 더 이상 말도 못 붙이게 하였다. 수연은 찾아온 것이 후회되었다. 묘옥의 성격이 이런 줄 알았더라면 오지 말 걸 하는 생각도 들었다. 그러나 또 한편으로는 이런 생각도 들었다.

'내가 그런 말을 꺼낸 이상 그냥 돌아가기도 뭣하지 않은가. 그렇지만 묘옥이 점을 칠 줄 안다는 증거를 댈 수도 없는 노릇인데 어쩌면 좋을까?'

수연은 하는 수 없이 웃음을 띠면서 이 일이 습인 등의 목숨과 관계된다는 얘기를 했다. 그랬더니 묘옥의 마음이 조금 움직이는 것 같았다. 수연은 이때다 싶어서 얼른 일어나서 연신 묘옥에게 절을 했다. 그러자 묘옥이 한숨을 내쉬며 말했다.

"남의 일에 그렇게 애쓸 필요가 있나요? 경성에 온 이후로 내가 점을 칠 줄 안다는 사실을 아무에게도 얘기하지 않았는데, 오늘 아가씨가 제 결심을 깨뜨리고 말았으니 앞으로 성가신 일이 많아지게 생겼어요."

"저 역시 하도 보기가 딱해서 찾아온 거예요. 묘옥 스님의 자비로움을 믿고 오기도 했고요. 앞으로 다른 사람이 점을 쳐달라고 해도 청을 들어주고 안 들어주고는 묘옥 스님의 마음에 달린 게 아니겠어요? 누가 감히 무리하게 청할 수 있겠어요?"

묘옥은 입가에 웃음을 흘리더니 도파에게 향을 피우라고 한 다음 상자 속에서 모래를 담은 쟁반과 점대를 꺼내고 부적을 썼다. 그리고는 수연에게 기도를 올리게 했다. 수연은 기도를 올린 다음 일어나서 묘옥과 함께 점붓을 매놓은 점대를 붙잡았다. 이윽고 그 신점을 치는 붓이 덜덜 떨리기 시작하더니 휙 하니 다음과 같은 글을 써놓았다.

아! 오는 것도 흔적 없고 가는 것도 종적 없이 청경봉青埂峰 아래 고송古松에 의지했네. 기어이 찾고자 하나 첩첩산중이라. 우리 문으로 들어와 웃으면서 만나리.

이렇게 쓰고 나서 점붓이 멈췄다. 수연은 묘옥에게 어느 신선에게 부탁했느냐고 물었다.

"철괴선鐵拐仙[1]에게 청했어요."

수연은 그 글을 베끼고 나서 묘옥에게 그 뜻을 해석해 달라고 하였다.

"그건 할 수 없어요. 저도 알 수가 없는걸요. 어서 빨리 가지고 가세요. 그 댁에 총명한 분들이 좀 많은가요?"

그리하여 수연은 하는 수 없이 그대로 돌아왔다. 수연이 뜰 안으로 들어서자 모두들 어떻게 되었느냐고 물었다. 수연은 미처 자세히 설명할 겨를도 없이 얼른 베껴온 점괘부터 꺼내 이환에게 주었다. 여러 자매들과 보옥이 서로 다투어 읽고 나서 다음과 같이 풀이하였다.

"'지금은 아무리 찾으려 해도 찾을 수 없으나 잃어버린 것은 아니다. 꼭 어느 때라고 말하기는 어렵지만 찾지 않아도 나올 것이다.' 대강 이런 뜻인 것 같아. 그런데 청경봉이 어디 있는 산이지?"

"이건 선기仙機를 적은 은어隱語예요. 우리 집에서 청경봉이란 곳이 튀어나올 리가 있나요? 필시 누군가가 들키게 되면 경을 칠까 봐 어느 소나무가 있는 산의 돌 밑에 내버렸는지도 몰라요. 그런데 '우리 문으로 들어와'라는 구절은 도대체 누구네 문을 말하는 건지 모르겠는걸요."

이환의 말에 대옥이 물었다.

"어느 신선에게 부탁을 했답니까?"

"철괴선이래요."

수연이 대답하자 이번에는 탐춘이 말했다.

"선가仙家의 문이라면 들어가기 어렵지 않겠어요?"

습인은 마음이 급한 나머지 근거도 없이 닥치는 대로 찾아다녔다. 돌 밑이란 돌 밑은 다 찾아보았으나 아무데도 없었다. 습인이 원내로 돌아왔으나 보옥은 찾았느냐고 묻지도 않고 그저 바보같이 헤헤 웃기

---

1 도교의 팔선(八仙) 가운데 하나.

만 했다.

사월은 애가 타서 보옥을 채근했다.

"아이쿠, 도련님. 도대체 그 옥을 어디다 떨어뜨린 거예요? 분명하게 말씀하셔야 저희들이 벌을 받더라도 할 말이 있질 않겠어요?"

"내가 아까부터 밖에서 잃어버렸다고 했는데도 너희는 믿질 않았잖아. 그런데 지금 와서 다시 물으면 어쩌라는 거야?"

"오늘 아침부터 소동을 피우다 보니 어느새 벌써 삼경이 되었네. 보세요, 대옥 아가씨는 이미 견디다 못해 돌아갔군요. 우리도 좀 쉬었다가 내일 다시 생각해 보기로 해요."

이환과 탐춘의 말에 모두들 흩어졌다. 보옥도 바로 잠자리에 들었다. 그러나 가엾은 습인 등은 울다가 생각해보다가 하면서 뜬눈으로 밤을 지새웠다. 여기에 대해서는 더 이상 이야기하지 않겠다.

한편 먼저 자기 방으로 돌아온 대옥은 이전부터 전해오던 금金과 옥玉의 인연에 대한 말을 떠올리며 오히려 기쁜 마음이 들어서 혼자 이런 생각을 했다.

'중이나 도사의 말은 정말 믿을 게 못 돼. 정말로 금과 옥의 인연이란 것이 있다면 보옥이 어떻게 그 옥을 잃어버릴 수 있겠어? 어쩌면 나 때문에 그들의 금옥인연이 갈라지게 된 건지도 몰라.'

한참 동안 이런 생각을 하고 있자니 더욱 안심이 되어서 하루 동안의 피곤도 말끔히 사라지는 것 같았다. 그래서 대옥은 다시 책을 펴들고 읽기 시작했다. 그러나 자견은 너무 피곤했기 때문에 대옥에게 어서 잠자리에 들라고 계속 재촉했다. 대옥은 재촉에 못 이겨 자리에 눕기는 하였으나 이번에는 또 갑자기 해당화가 때 아니게 핀 일이 생각났다.

'그 옥은 원래 어머니 뱃속으로부터 가지고 나온 것이라서 보통 옥과는 다르지 않은가? 그러니 잃어버리거나 나타나는 것이 다 그럴 만한 까닭이 있을 것이다. 만일 해당화가 좋은 일로 피어난 것이라면 저 옥이 없어질 리가 없지 않겠는가? 그렇다면 저 꽃이 핀 것이 불길한 징조라서 혹시 오빠 신상에 좋지 않은 일이 생기는 것이나 아닐까?'

이런 생각이 들자 대옥은 갑자기 마음이 아파오기 시작했다. 그러다가 다시 좋은 쪽으로 생각을 바꿔보니 그 꽃은 당연히 피었어야 할 것 같고, 그 옥은 당연히 없어져야 할 것 같기도 했다. 이렇게 기쁨과 슬픔의 감정이 갈마들자 대옥은 잠을 이루지 못하고 뒤척이다가 오경이 되어서야 겨우 눈을 붙였다.

이튿날 왕부인은 일찌감치 사람들을 전당포로 보내서 수소문하도록 시켰으며, 희봉도 남몰래 찾을 방법을 강구하고 있었다. 이렇게 며칠 동안이나 부산스럽게 찾아보았으나 도무지 그 행방을 알 길이 없었다. 한 가지 다행스러운 것은 가모와 가정만큼은 아직 이 일을 알지 못하고 있다는 것이었다. 습인 등은 매일같이 조마조마한 심정으로 지냈으며, 보옥도 며칠 동안 서당에 가지 않은 채 아무 말도 안하고 아무런 생각도 없이 멍청하게 지낼 뿐이었다. 왕부인은 그저 보옥이 옥을 잃었기 때문에 그러는 것이라고 여겨서 그다지 크게 신경 쓰지 않았다.

그날 왕부인이 생각에 잠겨있는데 별안간 가련이 들어와서 인사를 드리며 싱글벙글하면서 말했다.

"오늘 군기대신軍機大臣 가우촌 선생이 대감님께 사람을 띄워 소식을 전했는데, 처숙부님께서 이번에 내각대학사內閣大學士로 승진되시어 유지를 받들고 경성으로 올라오게 되셨답니다. 내년 정월 이십일에 부임하도록 결정돼서, 그 사령장도 이미 밤낮으로 삼백 리를 달려 급전하는 문서로 전해졌대요. 그러니까 아마도 처숙부님께선 밤낮없이 길을 재촉해서 급히 올라오실 테니 반달 남짓이면 도착하실 거예요. 그래서 제가 숙모님께 알려드리려고 일부러 왔습니다."

가련의 말을 듣고 왕부인은 너무도 기뻤다. 생각해 보면 친정집 식구들이 많지 않은 데다가 설부인네도 가세가 기울었고, 남동생도 지방관으로 내려가 있다 보니 그동안 집안일을 의논할 사람이 없었던 것이다. 그런데 지금 동생이 대신으로 승진하여 경성으로 올라오게 되었다니 이는 왕씨 가문의 영광일 뿐만 아니라 장차 보옥에게도 든든한 기둥이 되어 줄 수 있게 된 것이다. 여기에 생각이 미치자 왕부인은 옥을 잃은 근심으로부터 잠시 벗어날 수 있었다. 그리고는 동생이 하루속히 올라와 주기만을 날마다 손꼽아 기다렸다.

그러던 어느 날, 가정이 방 안으로 들어서는데 보니, 그의 얼굴이 온통 눈물자국 투성이였으며 숨을 헐떡이며 말하는 것이었다.

"어서 어머님께 가서 지금 바로 입궐하시라고 말씀드리도록 하시오. 여러 사람들이 따를 필요 없으니 당신 혼자 모시고 가도록 하구려. 귀비마마께서 갑자기 중병에 걸리셨다는 소식을 가지고 지금 태감이 밖에서 기다리고 있소. 태감의 말을 들으니 태의원이 귀비께서 담이 목에 차서 이미 고칠 수 없는 지경에 이르렀다고 상주했다고 하오."

왕부인은 이 말을 듣고 목 놓아 울기 시작했다.

"지금은 울고 있을 때가 아니오. 어서 가서 어머님을 모시러 가도록 하시오. 그렇지만 노인분이 너무 놀라시지 않도록 그저 병환 중에 계시다고만 말씀드리도록 하구려."

가정은 이렇게 말하고 나와 하인들에게 가마를 준비시켰다. 왕부인은 눈물을 거두고 가모를 모시러 가서 원비가 병환 중이므로 함께 병문안을 가보시는 게 좋겠다고만 말씀드렸다.

이 말을 들은 가모는 염불부터 외웠다.

"왜 또 병환이 나셨대? 지난번에도 크게 놀랐는데 후에 알고 보니 뜬소문인 적이 있었지? 이번에도 제발 그랬으면 오죽 좋겠느냐."

왕부인은 그 말에 자기도 그랬으면 좋겠다고 대답하면서 원앙에게 어서 옷상자를 열어 가모의 의복과 장신구를 갖춰드리라고 분부한 후, 자기도 얼른 자기 방으로 돌아와서 입궐할 차비를 하였다. 그런 다음 다시 가모의 처소로 돌아와서 함께 대청을 나와 가마를 타고 궁궐로 향하였다. 여기에 대해서는 그만 얘기하도록 하겠다.

원춘은 봉조궁鳳藻宮으로 책봉된 이래 폐하의 성총이 두터웠으나 몸이 비대해져서 거동조차 불편한 지경에 이르렀다. 매일같이 기거하는 일에도 피로를 느꼈으며 이따금 담까지 끓어오르기도 하였다. 그러던 차에 며칠 전에 어연御宴에 폐하를 모시고 있다가 돌아오는 길에 찬바람을 맞아 그 병이 도진 것이었다. 그런데 이번만은 그냥 도진 정도가 아니라 아주 심해져서 담이 목에 가득 들어차서 숨이 막히는 데다가 사지까지 싸늘해졌다. 그러자 즉시 이 사실을 폐하에게 상주하고 태의를 불러 치료받았지만 탕약을 넘길 수가 없었고, 통관제를 연거푸 써보았으나 그것도 별 효험이 없었다. 내관들은 생각다 못해 폐하에게 후사를 마련할 것을 청하였고, 이에 가씨네 권속에게 귀비를 문안하러 입궐하라는 유지를 전하게 되었던 것이다.

가모와 왕부인이 유지를 받들어 궁궐에 들어가 보니 원비는 담이 차서 침을 질질 흘리며 말도 하지 못했다. 가모를 보자 슬픈 얼굴로 눈물을 짓는 것 같았지만 눈물조차 밖으로 흘러나오지 않았다. 가모는 앞으로 다가가서 문안을 드리고 이런 말 저런 말로 위로하였다. 잠시 그러고 있으려니 궁녀가 가정 등의 명함을 들고 들어와 원비에게 아뢰었다. 그러나 원비는 눈을 그쪽으로 돌리지도 못한 채 안색이 점점 창백하게 변해갔다.

그것을 본 태감이 즉시 폐하에게 상주하려고 하였다. 그렇게 되면 다른 왕비들도 문병을 오게 될 것이므로 원비의 친정 인척들이 그냥 침전에 머물러 있게 할 수는 없는 노릇이었다. 그래서 태감은 가모들에게 외궁으로 나가서 기다리도록 권했다. 가모와 왕부인은 차마 그 자리를 뜰 수 없는 심정이었지만 나라의 법도가 그렇고 보니 물러 나오지 않을 수 없었다. 그렇다고 내놓고 울 수도 없는 형편이어서 터져 나오려는 오열을 속으로만 삼킬 뿐이었다.

궁 안의 관원들에게도 소식이 전해져 있었다. 얼마 지나지 않아 태감이 나오더니 흠천감欽天監에게 안의 일을 전했다. 가모는 일이 심상치 않음을 깨달았지만 그 자리에서 움직일 수조차 없었다. 이윽고 소태감이 나와 조서를 전했다.

"가비마마께옵서 붕어하셨나이다."

때는 갑인년甲寅年으로 입춘이 섣달 열여드레였다. 원비가 붕어한 날은 섣달 열아흐레라 이미 묘년卯年 인월寅月에 들어선 셈이므로 원비는 향년 43세였다. 가모는 가슴이 미어지는 듯한 슬픔을 안은 채 궁궐을 나와서 가마에 올라 집으로 돌아왔다. 가정 등도 이미 비보를 접하고 슬픔에 잠겨 돌아왔다. 집으로 돌아오니 형부인, 이환, 희봉, 보옥 등이 대청 밖에 나와 동서 양쪽으로 나뉘어 서서 가모를 마중하여 인사를 올리고, 이어서 가정과 왕부인에게도 인사를 올린 후 모두들 울음을 터뜨렸다. 여기에 대해서는 더 이상 이야기하지 않겠다.

다음 날 아침, 모든 품급이 있는 사람들은 귀비의 상례에 따라 입궐하여 원비의 영구 앞에 나가 절을 하고 호곡하였다. 가정은 공부에 있는 몸이기도 하였으므로 비록 장례가 정해진 격식에 따라 치러진다고는 해도, 장관이 그에게 예의를 갖춰 조문하려 하고 또 동료들이 그에게 가르침을 받고자 하기에 이 두 가지 일로 더욱 바빴으니, 이전의 태후와 주비의 장례 때와는 비교할 바가 못 되었다. 그러나 원비에게는 후손이 없었으므로 '현숙귀비賢淑貴妃'라는 시호가 내려졌을 뿐이었다. 이는 황실의 제도이므로 더 이상 이야기할 필요는 없겠다.

어쨌든 가부의 식구들은 남녀를 불문하고 날마다 궁궐에 드나들면서 여간 분주한 것이 아니었다. 다행히 희봉의 몸이 요즘 들어 좀 나아졌기 때문에 집안일을 맡아볼 수 있게 되었으며, 왕자등이 상경할 때를 대비해서 환영준비도 할 수 있게 되었다.

희봉의 친정 오빠인 왕인王仁은 숙부가 내각에 들어가게 되었다는 소식을 듣고 자기도 가족들을 이끌고 경성으로 올라올 셈이었다. 희봉은 그 일이 무엇보다도 기뻤다. 설사 마음에 언짢은 일이 있더라도 친정 식구들이 곁에 있으면 잠시 잊을 수도 있을 것이므로, 그 생각을 하니 몸이 전보다 좀 나아지는 것같이 느껴졌다.

왕부인은 희봉이 이전처럼 집안일을 처리할 수 있게 되자 짐이 절반은 덜어진 것 같았으며 친정 동생까지 경성으로 영전하게 되고 보니, 매사에 마음이 놓이고 안정되는 것 같았다.

그런데 보옥만은 관직에 매인 몸도 아닌 데다가 공부에도 열중하지 않은 채 지내고 있었다. 가대유는 가부에 상사가 있는 것을 알고 보옥의 공부를 그다지 감독하지 않았고, 가정도 너무 바빠서 보옥의 공부를 간섭할 겨를이 없었다. 다른 때 같았으면 보옥은 이런 기회에 자매들과 어울려서 날마다 즐겁게 지내려고 했을 텐데, 뜻밖에도 옥을 잃어버린 이후로는 종일토록 몸을 움직이기도 귀찮아했고 하는 말마다 얼빠진 소리만 하였다.

보옥은 가모 등이 외출했다가 돌아와도 누가 인사드리러 가라고 말해줘야만 가고 그렇지 않으면 갈 생각조차 하지 않았다. 습인 등은 책임을 다하지 못한 탓에 걱정이 이만저만이 아니었지만 보옥이 화를 낼까 봐 건드릴 엄두조차 내지 못하였다. 보옥은 매일 차나 밥을 눈앞에 가져다주면 먹고 그렇지 않으면 달라고 하지도 않았다. 습인은 보옥의 그러한 모습을 보고 이것은 화가 나서 그러는 것이 아니라 틀림없이 탈이 난 것이라고 생각했다. 그래서 습인은 틈을 타서 소상관으로 자견을 찾아가서 이 사실을 알린 다음 부탁을 했다.

"도련님이 저 모양이시니 대옥 아가씨께 부탁해서 타이르는 말이라도 좀 해드렸으면 좋겠어."

자견은 곧 그 뜻을 대옥에게 전했다. 그러나 대옥은 보옥의 혼사에 있어서 그 상대는 반드시 자기일 것이라는 생각이 들어서 그를 만나는 것조차 쑥스럽게 느껴졌다.

'만약 저쪽에서 찾아온다면 어릴 적부터 함께 자라온 처지라 마다할 순 없겠지만, 내가 찾아갈 수는 절대로 없는 노릇이고말고.'

이렇게 생각한 대옥은 보옥에게 가려고 하질 않았다. 그러자 습인은 또 가만히 탐춘에게 찾아가서 부탁했다. 그러나 탐춘은 해당화가 기이하게도 때 아니게 피어났고 '통령보옥'을 잃어버린 것은 더욱 이상할 뿐만 아니라, 이어서 원비 언니마저 세상을 떠났으니 이는 모두 가운이 기울어질 징조라고 생각하고 날마다 근심 걱정에 휩싸여 있으니 보옥을 달래주러 갈 마음이 어디 있겠는가? 하물며 남매지간이라 하더라도 남녀의 구별이 있게 마련이므로 한두 번 정도만 가 볼 뿐이었다. 게다가 갈 때마다 보옥이 시큰둥하게 대했으므로 더군다나 자주 가게 되질 않았다.

보차도 보옥이 옥을 잃어버린 사실을 알고 있었다. 실은 보옥과 보차의 혼사를 승낙하고 돌아오던 길로 설부인은 이 사실을 보차에게 알려주었고, 혼사에 대해서도 그녀의 의중을 물었었다.

"비록 네 이모님께서 그렇게 말씀하셨지만 난 아직 확답하지 않고 네 오빠가 돌아오거든 결정짓자고만 말했다. 그래, 네 생각은 어떠니?"

그러자 보차는 정색하며 대답했다.

"어머님께서 지금 하신 말씀은 사리에 어긋나는 말씀이세요. 딸자식에 관한 일이란 부모님께서 정해주시는 게 아니겠어요? 아버님께서 세상을 뜨신 지금은 어머님께서 결정해 주시는 것이 마땅하지요. 그렇지 않으면 오빠한테 물으셔도 되고요. 그런데 그런 일을 어찌 제게 물으시나요?"

설부인은 보차의 말을 듣고 더욱 사랑스럽게 느껴졌다. 어려서부터 응석받이로 자랐건만 천성적으로 현숙한 아이였으므로 그 앞에서는 보옥의 얘기를 꺼내지 않기로 하였다. 보차도 그 말을 들은 뒤로는 자연 '보옥'이라는 두 글자는 더욱 입 밖에 내지 않게 되었다. 그래서 옥을 잃었다는 소식을 듣고 마음속으로 놀라고 조바심하면서도 누구에게 묻는 일조차 삼갔다. 그리고 그저 남들이 하는 얘기만 듣고 있을 뿐 자기와는 아무 상관도 없는 일처럼 처신했다.

설부인만은 여러 차례 시녀를 보내 소식을 물었다. 그리고 설반의 일로 노심초사하면서 오빠가 경성으로 올라오면 아들의 죄명을 벗겨 줄 수 있을 거라는 생각에 그날이 오기만을 학수고대하였다. 또한 원비가 세상을 떠나서 가부가 정신없이 바쁘기는 하지만 희봉의 병이 좀 나아서 집안일을 돌볼 수 있게 되었으므로 가부의 일에 신경을 덜 쓰게 되었다.

이렇다 보니 습인이 혼자만 애를 태우는 형편이었다. 보옥의 앞에서 소리를 낮추고 숨을 죽여가며 시중을 들거나 달래고 있건만 보옥은 도무지 아무런 반응도 없었다. 그래서 습인은 남몰래 더욱 마음이 초조해졌다.

며칠이 지나 원비의 영구를 침묘寢廟에 안치하게 되었으므로 가모 등은 장례를 치르기 위해 며칠 동안 집을 비우게 되었다. 그런데 보옥은 갈수록 더 멍청하게 되어갔다. 그렇다고 몸에 열이 나거나 어디가 아픈 것도 아니었다. 다만 먹어도 먹는 것 같지 않고 잠을 자도 자는 것 같지 않았으며, 심지어 말하는 것조차 두서가 없었다. 습인과 사월 등은 겁이 나서 여러 차례 희봉에게 이 사실을 알렸다.

희봉도 자주 보옥을 보러 건너왔다. 처음에는 보옥이 옥을 찾지 못해 화가 나서 그러는 거라고 생각했는데, 이제 와서 보니 그게 아니라 아예 넋이 나간 것 같았으므로 날마다 의원을 청해다 치료해 줄 수밖에 없었다. 탕약을 여러 차례 달여 먹였으나 병만 깊어질 뿐 아무런 차도도 없었다. 어디가 아파서 그러냐고 물어도 보옥은 아무 대답도 하지 못했다.

원비의 장례가 끝나자 가모는 보옥의 일이 걱정되어 친히 원내로 보러 왔다. 왕부인도 가모를 모시고 왔다. 습인 등은 급히 보옥이더러 마중을 나가 문안 인사를 올리게 하였다. 보옥은 비록 병중에 있다고는 하지만 매일 일어나 일상대로 행동하고 있었으므로, 오늘도 가모에게 인사를 올리라고 하자 늘 하던 대로 문안 인사를 드렸다. 다만 여느 때와 다른 점은 습인이 곁에서 부축하여 일일이 가르쳐주고 있다는 것이었다.

"아이고, 내 새끼야! 어디가 어떻게 아픈지 보러 왔다만 이렇게 멀쩡한 것을 보니 마음이 놓이는구나."

가모의 이런 말에 왕부인도 자연 마음이 놓였다. 그러나 보옥은 아무런 대답도 하지 않고 히죽히죽 웃기만 하였다. 가모 등은 안으로 들어와 앉아서 보옥에게 이 말 저 말을 물었다. 보옥은 그때마다 습인이 가르쳐주는 대로 한마디씩만 대답할 뿐으로 여느 때와는 사뭇 다르게 마치 바보가 된 것만 같았다. 가모는 볼수록 이상하다는 생각이 들었다.

"내가 처음 들어왔을 때는 아무 병도 아닌 것 같더니 이제 자세히 보니까 병이 들어도 단단히 든 것 같구나. 완전히 얼이 빠져 있는 상태가 아니고 뭐냐. 도대체 어쩌다 이 지경까지 이르렀느냐?"

왕부인은 이제 더 이상 숨길 수 없다는 것을 알았다. 게다가 사색이 다 되어 있는 습인의 모습을 보자 전날 보옥이 말하던 대로 남안왕부에 연극구경을 갔다가 옥을 잃어버렸다는 이야기를 근심어린 목소리로 대강 가모에게 아뢰었다. 그러면서 가모가 크게 걱정할 것이 염려되어 망설이면서 이렇게 말했다.

"그래서 지금 사방으로 사람을 풀어서 찾는 중이에요. 점쟁이한테 점을 쳐봤는데 모두 전당포에 가면 찾을 수 있다고 했으니까 조만간 찾을 수 있을 거예요."

가모는 왕부인의 말을 듣더니 벌떡 일어나 눈물을 줄줄 흘렸다.

"그 옥이 어떤 물건인데 그걸 잃었다는 게냐? 너희가 정말 제정신이 아니로구나. 설마 대감도 나 몰라라 하고 있는 건 아니겠지?"

왕부인은 가모가 화내는 것을 보고서 습인 등을 꿇어앉히고 자기도 얼굴색을 고치면서 고개를 숙여 용서를 빌었다.

"어머님께서 걱정하시고 대감이 화를 낼까 봐 감히 말씀 올리지 못했습니다."

가모는 노한 목소리로 말했다.

"그 옥은 보옥의 명줄이 아니더냐. 그런 걸 잃어버렸으니 저 애가 저렇게 넋이 나가고 만 거야! 이러고만 있으면 어쩌자는 거냐? 그 옥에 대해서는 온 경성 장안에 모르는 사람이 없는데 누가 주웠다면 순순히 내놓을 성싶으냐? 어서 사람을 보내 대감을 모셔 오너라. 내가 말할 테니까."

이 말을 듣고 왕부인과 습인 등은 이렇게 애원했다.

"노마님께서 이렇게 화내시는 걸 대감님께서 아시게 되는 날에는 저희들은 죽은 목숨입니다. 지금 보옥이가 앓고 있는 중이니 저희들이 어떻게 해서든지 찾아다가 고쳐보게 해주십시오."

"대감이 화낼 게 겁나겠지만 내가 있질 않느냐."

가모는 이렇게 말하면서 사월이더러 사람을 시켜 가정을 모시고 오라고 분부하였다. 한참 만에 시녀가 들어와 아뢰었다.

"대감님께서는 인사차 나가시고 안 계십니다."

"그렇다면 대감이 없어도 된다. 내가 그러더라고 하고 당분간 하인들을 벌주지 말라고 해라. 그리고 나는 련이를 불러다 현상문을 써서 보옥이가 그날 지나다닌 거리에다 붙이라고 하겠다. 주워서 가져오는 자에게는 은 1만 냥을 주고, 주은 사람을 알려줘서 찾게 해주는 자에게는 은 5천 냥을 주겠다고 말이다. 정말 찾을 수만 있다면 그까짓 돈이야 하나도 아깝지 않아. 이렇게 한다면 곧 찾을 수 있을 게다. 그렇지 않고 우리 식구 몇 명이서만 찾는다면 일생 동안 뒤져도 찾아내지 못할 것이다."

가모의 말에 왕부인도 감히 대꾸하지 못했다. 가모는 사람을 시켜 가련에게 속히 시키는 대로 하라고 이르고는 다시 시녀들에게 명했다.

"보옥이가 쓰던 물건을 전부 내게 옮기도록 해라. 그리고 습인과 추문이만 따라오게 하고 나머지는 원내에서 집을 지키도록 해라."

보옥은 그 소리를 듣고도 아무 말도 하지 않고 바보처럼 웃기만 하였다.

가모는 말을 마치자 보옥의 손을 잡고 자리에서 일어나 습인 등의 부축을 받으며 대관원을 나섰다. 자기 처소로 돌아온 가모는 왕부인더러 앉으라고 한 다음, 시녀들이 방을 청소하고 정리하는 것을 지켜보면서 왕부인에게 말했다.

"넌 내가 왜 이렇게 하는지 알겠지? 원내에 사람이 적은 데다가 이홍원의 꽃나무가 갑자기 시들었다가 또 갑자기 때 아니게 핀 것이 아무래도 기괴한 것이 느낌이 좋질 않구나. 지금까지는 그 옥이 있어서 액운을 막을 수 있었지만 이제는 옥이 없어졌으니 나쁜 기운이 쉽게 틈타게 될까 봐 걱정이다. 그래서 내가 함께 기거하려고 데리고 온 거다. 그러니 당분간 보옥이를 밖에 내보내지 말고 의원이 와도 여기서 보도록 해라."

"지당하신 말씀이세요. 보옥이 이제부터라도 어머님과 함께 있게 된다면 어머님께선 복이 많으신 분이라 어떤 불순한 기운이라도 덤벼들지 못할 거예요."

"무슨 복이 내게 있겠느냐마는 그래도 내 방이 좀 깨끗한 데다가 경서도 많이 있으니까 그런 걸 읽으면 마음이 좀 안정되지 않겠느냐? 보옥의 생각이 어떤지 네가 물어보도록 하렴."

그러나 보옥은 왕부인이 물어도 웃기만 할 뿐이었다. 습인이 "좋습니다"라고 대답하라고 하자 그제야 시키는 대로 "좋습니다"라고만 할 뿐이었다. 왕부인은 이 광경을 보고 눈물을 흘리지 않을 수 없었지만 가모 앞이라 감히 소리는 내지 못하였다.

가모는 왕부인이 마음을 졸이고 있다는 것을 짐작하고 말했다.

"돌아가 보도록 해라. 이 애는 내가 옆에다 두고 잘 보살피도록 할 테니까. 저녁에 애 아범이 돌아오거든 나한테 와보지 않아도 된다고 전하도록 하고, 이 일에 대해서는 아무 얘기도 하지 않으면 되질 않겠느냐?"

왕부인이 물러가자 가모는 원앙에게 마음을 안정시키는 약을 찾아오게 하여 처방대로 먹었다. 여기에 대해서는 더 이상 이야기하지 않겠다.

한편 가정은 그날 저녁 집으로 돌아오는 길에 수레 안에서 길가는 사람들의 말소리를 듣게 되었다.

"사람이 횡재하는 것도 아주 쉬울 때가 있는 것 같아."

곁에 있는 사람이 물었다.

"왜 그렇게 생각하나?"

"오늘 들은 이야기인데 영국부의 어떤 도련님이 옥을 잃었나 본데, 그걸 찾으려고 그 댁에서 현상문을 써서 거리에 내붙였다는군. 그 현상문에는 그 옥의 크기와 모양, 색깔 등이 쓰여 있으며, 누구든지 주워오는 사람에게는 은 1만 냥을 주고, 있는 곳을 알려주는 사람에게는 5천 냥을 준다고 써 있대."

가정은 그 말을 비록 똑똑하게 듣지는 못했으나 속으로 이상하다는 생각이 들어서 부랴부랴 집으로 돌아와 문지기에게 그 일에 대해 물었다.

"소인도 처음에는 몰랐으나 오늘 오후에 가련 서방님께서 노마님의 말씀을 전하시면서 사람을 시켜 현상문을 내다 붙이게 하시기에 그제야 알게 되었습니다."

문지기의 말을 듣고 가정은 땅이 꺼지게 한숨을 내쉬었다.

"집안이 망할 징조로다. 어쩌다가 저런 망종을 낳아 길렀단 말인가! 태어났을 때부터 온 거리에 풍설이 나돌더니만, 지난 십여 년 동안은 그런대로 잠잠하다가 이번에는 또 옥을 찾는다고 이렇게 난리법석을 떨고 있으니 이게 도대체 무슨 꼴이란 말인가!"

가정은 이렇게 말하면서 황급히 안으로 들어가 왕부인에게 어떻게 된 영문인지를 물었다. 왕부인은 가정에게 자초지종을 낱낱이 고하지 않을 수 없었다. 가정은 가모가 그렇게 하라고 시켰다는 말을 듣고 감히 거역할 엄두를 내지 못하고 그저 왕부인을 몇 마디 나무랐을 뿐이었다. 그리고는 방을 나와서 가모 모르게 현상문을 도로 떼어 오라고 시켰다. 그러나 그 현상문은 이미 한량들이 떼어가고 없었다.

그로부터 며칠이 지나자 과연 웬 사람이 옥을 찾아 가지고 왔다면서 영국부의 대문 앞에 나타났다. 문지기들은 그 말을 듣고 기뻐서 어쩔 줄을 몰랐다.

"어디 좀 봅시다. 그래야 안에다 아뢸 게 아니겠소."

그러자 그 사내는 품 안에서 내붙였던 현상문을 꺼내 보이면서 말했다.

"이게 이 댁에서 붙인 현상문이지요? 옥을 가져오면 은 1만 냥을 준다고 분명하게 쓰여 있잖소. 당신네들은 내가 초라해 보이니까 지금 업신여기고 있지만 이제 내가 그만한 돈을 받게 되면 당장 벼락부자가 될 테니 그렇게 푸대접하지 마시오."

문지기들은 그 사내의 기세가 등등한 것을 보고 다소 부드러운 어조로 물었다.

"한 번 보여주기라도 해야 안에다 말씀드리지요."

그 사내는 처음에는 주저하더니 문지기의 말이 일리가 있다고 여겼는지 품속에서 옥을 꺼내 손바닥 위에 올려놓으며 말했다.

"자, 이게 아니고 뭐요!"

문지기들은 모두 밖의 일을 보고 있는 처지라 그런 옥이 있다는 말은 들었어도 직접 보지는 못했었다. 그러다가 그제야 처음으로 그 옥을 직접 보게 되자, 앞다퉈 안으로 뛰어 들어가서 이 사실을 고했다.

그날은 마침 가정과 가사가 외출 중이어서 집에는 가련밖에 없었다. 여럿이 몰려 와서 아뢰자 가련은 진짜냐고 자세히 캐물었다.

"소인의 눈으로 직접 봤습죠. 그런데 소인에게는 주지 않고, 주인님을 만나 돈과 맞바꿔야만 옥을 넘겨주겠답니다."

그 말을 듣고 가련은 기쁜 나머지 날듯이 왕부인에게 달려가서 이 소식을 알린 다음 가모에게도 고했다. 습인은 너무도 기뻐서 합장을 하고 염불을 외웠다.

가모는 약속대로 할 생각으로 연신 시녀들을 재촉했다.

"빨리 련이한테 일러서 그 사람을 서재로 안내하라고 해라. 옥을 잘 살펴보고 맞으면 은을 내주자꾸나."

가련은 가모의 명령대로 그 사내를 손님접대의 예를 갖춰 안으로 안내하면서 정중하게 사의를 표하며 말했다.

"그 옥을 좀 빌려 주시겠습니까? 안으로 가지고 가서 본인에게 보인 다음 한 푼도 어김없이 사례금을 드리도록 하겠습니다."

그 사내는 하는 수 없이 붉은 비단보자기를 건넸다. 가련이 펼쳐보니 과연 영롱하고 아름다운 옥이 들어있는 것이 아닌가? 가련은 지금까지 이 옥에 대해 관심을 가지지 않았는데 오늘 자세히 살피려고 한참을 들여다보니 그 위에 새겨진 글자가 눈에 들어왔다. '제사수除邪祟'인가 뭔가 하는 글자였다. 가련은 그것을 보고 기쁨을 참지 못하였다. 가련은 하인에게 그 사람의 시중을 들라고 해놓고는 자기는 부랴부랴 가모와 왕부인에게로 그것을 보이러 갔다.

이렇게 되고 보니 온 집안사람들이 모두 들떠서 서로 먼저 보겠다고 기다리고 있었다. 희봉은 가련이 들어오기가 무섭게 옥을 빼앗아서 자기는 볼 생각도 않고 얼른 가모에게 가져다 드렸다.

그러자 가련이 웃으며 말했다.

"아니, 당신은 내가 요만한 생색도 못 내게 하는구려."

가모가 보자기를 풀어서 보니, 그 옥은 이전 것에 비해 어쩐지 색깔이 퍽 어두운 것 같았다. 가모는 원앙이 가져다 준 안경을 쓰고 그 옥을 어루만지면서 자세히 살펴보았다.

"참 이상하기도 하구나. 생김새는 그 옥이 틀림없는 것 같은데 그전 것보다 광채가 덜 하니 어찌 된 일일까?"

왕부인이 받아서 한참을 들여다보았지만 진짜인지 아닌지를 알 수 없어서 이번에는 희봉에게 보라고 했다.

"모양은 맞는 것 같은데 색깔이 영 아닌 것 같아요. 아무래도 보옥 도련님에게 직접 보여드려야 할까 봐요."

옆에서 보던 습인은 그 옥이 맞는다고 장담할 수가 없었다. 그러나 빨리 찾게 되기를 간절히 바라는 마음에서 감히 아닌 것 같다는 말을 입 밖에 내지는 못하였다.

희봉은 가모로부터 옥을 받아 가지고 습인과 함께 보옥에게 보이려고 찾아갔다. 이때 보옥은 마침 막 잠에서 깨어난 상태였다.

"도련님, 옥을 찾았어요."

보옥은 잠이 덜 깬 몽롱한 상태에서 그것을 받아들더니 거들떠보지도 않고 냅다 땅바닥에 내동댕이쳤다.

"또 나를 속이러 왔지?"

보옥은 이렇게 말하면서 차갑게 웃었다. 그러자 희봉이 얼른 옥을 집어 들며 물었다.

"아니, 참 이상도 하지. 어떻게 보지도 않고 안다는 거예요?"

보옥은 대답도 하지 않고 그저 웃기만 하였다. 왕부인도 방으로 들어와서 보옥의 그런 모습을 보고 말했다.

"물어볼 필요도 없다. 보옥의 옥은 본래 뱃속에서부터 가지고 나온 희귀한 물건이기 때문에 저로서는 진짜인지 아닌지를 분간할 수 있을 게다. 이건 아마도 누군가가 현상문을 보고 본 따서 만든 것 같구나."

일동은 그 말을 듣고 그제야 정신이 번쩍 들었다. 가련이 밖에서 듣고 있다가 말했다.

"진짜가 아니라면 빨리 제게 주세요. 그놈한테 왜 이따위 짓을 하는지 좀 따져봐야겠어요. 남은 애가 타서 죽겠는데 이런 수작을 부리다니요!"

이 말에 가모는 가련을 나무랐다.

"애야, 이걸 가지고 가서 그놈에게 갖다 주고 돌려보내라. 가난에 쪼들리다 보면 어쩔 수 없는 게야. 우리 집에 이런 일이 있는 걸 알고 그걸 이용해서 돈을 좀 벌어보겠다는 마음이 들었던 거지. 그런데 이제 부질없이 제 돈을 들여 이런 걸 만들었다가 우리에게 발각되고 말았구나. 내 생각엔 너무 윽박지르지 말고 우리 집 옥이 아니라고 말만 하고 곱게 돌려주면서 돈 몇 냥이라도 줘서 보내라. 그래야 다른 사람들이 이런 소문을 듣고 비슷한 게 있으면 알려주려고 할 게 아니냐? 만일 이 사람을 혼냈다간 설사 누군가가 진짜를 주웠다 해도 가져 올 엄두를 못 낼지도 모르니까 말이다."

가련은 그렇게 하겠다고 대답하고 나갔다.

그때까지 가련을 기다리던 그 사내는 한참이 지나도록 아무런 소식이 없자 안절부절못하고 있었다. 그러고 있는데 가련이 잔뜩 화난 얼굴로 걸어오는 것이 아닌가. 어떻게 될 것인지 알고 싶으면 다음 회를 보시라.

瞞消息鳳姐設奇謀
洩機關顰卿迷本性

【제96회】

왕희봉의 미봉책

남모르게 희봉은 묘책을 마련하고
비밀이 누설되어 대옥이 혼절했네

瞞消息鳳姐設奇謀 洩機關顰兒迷本性

가련은 그 가짜 옥을 들고 화가 나서 씩씩거리며 서재로 왔다. 그 사내는 가련의 기색이 심상치 않음을 보자 가슴이 철렁해서 얼른 자리에서 일어나 가련을 맞았다. 그 사내가 막 무슨 말을 하려는데 가련이 먼저 '흥' 하고 코웃음을 쳤다.

"담도 크구나. 이런 뻔뻔스러운 놈 같으니라고. 여기가 어디라고 감히 그따위 수작을 부린단 말이냐!"

그러면서 가련은 뒤를 돌아다보며 소리쳤다.

"여봐라, 거기 누구 없느냐?"

그러자 밖에서 하인 녀석들이 집이 떠나가도록 일제히 대답했다.

"이놈을 밧줄로 단단히 묶어라. 대감님께서 돌아오시면 말씀 올리고 관청에 넘겨야겠다."

"네, 알겠습니다."

하인들은 또 일제히 이렇게 대답은 하였으나 손은 쓰지 않았다. 그 사내는 겁에 질려 벌벌 떨고 있었다. 가련의 기세를 보니 아무래도 자기를 그대로 놓아줄 것 같지 않아서 얼른 땅바닥에 무릎을 꿇고 머리를 땅에 짓찧으며 연신 용서를 빌었다.

"나리! 부디 노여움을 푸십시오. 이놈이 가난에 쪼들리다 못해 이런 몹쓸 짓을 저질렀습니다. 그 옥은 제가 빚을 내서 만든 겁니다. 돌려주시지 않아도 좋으니 댁의 도련님 장난감으로나 드리십시오."

그리고는 또 계속해서 이마를 땅에 조아렸다.

"예끼, 이런 돼먹지 못한 놈 같으니라고. 우리가 이따위 개도 안 물어갈 물건을 탐낼 것 같으냐?"

가련이 이렇게 호통을 치고 있을 때 뇌대가 들어와서 웃으며 말했다.

"서방님, 이제 그만 화를 푸세요. 그깟 녀석하고 상대해봤자 뭐 하시겠습니까? 이제 그만 용서하고 쫓아 보내십시오."

"괘씸한 놈 같으니라고!"

이렇게 가련과 뇌대가 이러쿵저러쿵하고 있는데 밖에서 여러 하인들이 한마디씩 거들었다.

"이런 버러지 같은 멍청한 놈아, 얼른 서방님과 뇌대 형님께 용서를 빌고 썩 꺼지지 못하겠느냐? 어물어물했다간 가슴팍을 걷어찰 줄 알아라."

그러자 그 사내는 냉큼 절을 두 번 하고 나서 걸음아 날 살려라 줄행랑을 쳤다. 이 일이 있은 후 거리에는 "가보옥이 가짜 보옥을 만들어냈다"라는 소문이 쫙 퍼졌다.

한편 가정은 그날 장례 때 찾아와 준 사람들에게 인사하고 집으로 돌아왔다. 때가 마침 정월 대보름이기도 하거니와 가정이 화낼 것이 염려되었으므로, 사람들은 가짜 옥 소동은 이미 지나간 일이기도 해서 아무도 그에게 고하지 않았다.

정월 대보름이라고는 해도 그동안 원비의 일로 다들 바쁘게 지냈던 데다가 요새 보옥까지 앓고 있는 터였으므로 비록 전례대로 가족연회를 베풀기는 했지만 모두들 흥이 나지 않았다. 그러므로 별로 적어 둘 이야기도 없다.

정월 열이렛날이 되어 왕부인은 왕자등王子騰이 경성으로 오기만을 학수고대하고 있는데, 희봉이 황급히 달려와서 뜻밖의 소식을 전했다.

"오늘 저희 집 양반이 밖에서 누군가한테 듣고 왔는데 숙부님께서 상경하시던 길에 여기서 한 이백여 리 떨어진 곳에서 별안간 세상을 뜨셨답니다. 마님께서는 이 소식을 들으셨는지요?"

왕부인은 소스라치게 놀랐다.

"아니, 난 아무 소식도 듣지 못했다. 대감님께서도 어젯밤에 아무 말씀 없으셨는걸. 도대체 어디서 들었다더냐?"

"추밀원樞密院 장 대감님 댁에서 들었답니다."

한참 멍하니 앉아 있던 왕부인의 두 눈에서는 눈물이 비 오듯 흘러내렸다. 이윽고 왕부인은 눈물을 훔치며 희봉에게 말했다.

"가서 련이더러 다시 한 번 확실하게 알아본 다음 내게 알리라고 해라."

왕부인은 남몰래 눈물을 쏟았다. 딸아이로 인한 슬픔이 채 가시기도 전에 동생의 비보가 들려오고, 또 보옥이까지 병중에 있으니 억장이 무너지는 것만 같았다. 어째서 이런 일들이 꼬리에 꼬리를 물고 일어난단 말인가? 하나같이 예기치 못한 불행한 일들이었으니 어찌 견딜 수 있었겠는가? 왕부인은 가슴이 아파오기 시작했다. 이때 가련이 확실한 소식을 알아가지고 와서 왕부인에게 고했다.

"처숙부님께서는 먼 길을 오시느라 몹시 피곤하셨던 데다가 우연히 감기까지 드셨답니다. 그래서 십리둔十里屯이라는 곳에 이르러 의원을 불러다 약을 쓰셨는데, 그런 곳엔 용한 의원이 없었으므로 잘못 지은 약을 한 첩 드시고 그 길로 그만 돌아가셨답니다. 그러나 식구들도 그곳까지 동행했는지는 알 수 없습니다."

왕부인은 이 말을 듣고 비통한 나머지 가슴이 미어지는 것 같아서 더 이상 앉아 있을 수조차 없었다. 그래서 채운이의 부축을 받으며 구들 위로 올라가 누웠다. 그리고는 가까스로 가련에게 이 소식을 가정에게 알리라고 말하면서 이런 당부도 했다.

"즉시 행장을 꾸려서 그곳까지 마중 나가도록 해라. 그리고 그들을 도와 일을 처리하는 대로 바로 돌아와서 우리에게 알려다오. 그래야 네 댁도 안심할 게 아니냐."

가련은 거역할 수 없었으므로 가정에게 인사를 올리고 길을 떠났다.

가정은 이미 그 소식을 듣고 비통해 하고 있었다. 근자에 들어 보옥이 옥을 잃어버린 뒤부터 얼이 빠진 채 바보처럼 되었지만 아무리 약을 써도 효험이 없는 데다가 왕부인마저 몸져눕고 보니 그야말로 심정이 말이 아니었다.

그런데 마침 그해에 경성에서 관리에 대한 공적심사가 있었는데, 공부에서는 가정의 치적이 일등에 해당된다고 추천하였다. 그래서 이월에 이부의 인솔 하에 황제를 알현하였다. 황제는 가정이 근검하고 근신하는 것을 가상히 여겨 그 자리에서 강서江西의 양도糧道에 제수하였다. 이에 가정은 황제의 은혜에 감사하며 그 즉시 도임할 날짜까지 상주해 올렸다.

많은 친척과 친구들이 축하하러 왔으나 가정은 일일이 응대할 마음이 나질 않았다. 그저 집안의 근심거리로 마음이 어두울 뿐이었지만 그렇다고 언제까지나 부임날짜를 뒤로 미룬 채 집에만 있을 수도 없는 노릇이었다. 어찌할 바를 몰라 주저하고 있을 때 가모의 처소로부터 찾는다는 기별이 왔다.

가정이 서둘러 가모의 처소로 가보니 병중에 있는 왕부인도 그곳에

와 있었다. 가정이 가모에게 문안 인사를 올리자 가모는 앉으라고 권하면서 말했다.

"아범이 수일 내로 부임해야 하겠기에 내가 몇 마디 상의를 좀 하려고 하네. 들어줄지 어떨지는 모르겠지만."

가모는 이렇게 말하면서 눈물을 흘렸다. 그러자 가정은 얼른 일어서며 말했다.

"하실 말씀이 있으시면 어서 분부 내려주십시오. 제가 어찌 어머님 말씀을 따르지 않겠습니까?"

가모는 목 메인 목소리로 말을 이었다.

"내 나이 올해 여든한 살이나 되었고 넌 외지로 부임해 가야 하는 처지다. 네 형이 집에 있으니 네가 늙은 어미를 봉양한다는 구실로 벼슬을 사퇴할 수도 없는 노릇이고. 네가 이번에 가고 나면 내게 낙이라곤 보옥이 하나밖에 없는데, 저 녀석이 뜻밖에도 저렇게 병들어서 멍청이가 다 되었으니 앞으로 어찌 될지 알 수 없질 않겠느냐. 그래서 내가 어제 뇌승의 여편네를 시켜서 밖에 나가 보옥의 신수점을 쳐오라고 시켰더니 그 점이 신통하지 뭐냐. 금金의 운명을 가진 사람과 혼인하여 옆에서 받들어 주도록 해서 액을 막아야 한다는구나. 그렇지 않으면 천명을 다하기 어렵겠다고 하더란다. 네가 이런 말 따위를 믿지 않는다는 걸 잘 알고 있는 터이므로 일부러 아범을 불러서 상의하고자 하는 것이다. 네 댁도 여기와 있으니 둘이서 이 일을 잘 한 번 의논해 보렴. 보옥이를 위해서 힘을 쓰든가 아니면 되는대로 두고만 볼 것인가를 결정해야 할 것 같다."

가정은 이 말을 듣고 웃음 지으며 말했다.

"어머님께선 이전에 저도 그렇게 사랑해 주시지 않으셨습니까? 그러니 그 아들인 제가 어찌 자기 자식 귀한 줄 모르겠습니까? 전 단지 그놈이 공부를 제대로 하지 않았기 때문에 늘 나무랐던 것이지요. 그러나 그건 '쇠가 강철이 되지 못하는 것이 안타까워서' 그런 것일 뿐입니다. 지금 어머님께서 그 애를 혼인시키려는 말씀을 하셨는데 그건 아주 지당하신 말씀이십니다. 어머님께서 보옥이를 생각하셔서 그러자는 말씀을 어찌 거역할 수 있겠습니까? 저 역시 보옥이란 놈이 앓고 있어서 여간 걱정되는 것이 아닙니다. 지금까지는 어머님께서 제가 그 애를 만나지 못하게 하시는 것 같아서 저도 감히 말씀드리지 않았습니다만 도대체 그놈이 무슨 병에 걸린 건지 오늘은 한 번 보여주십시오."

왕부인은 가정이 그렇게 말하면서 눈시울이 붉어지는 것을 보고는 그 역시 속으로는 보옥을 무척 아끼고 있다는 생각이 들어서 습인에게 어서 보옥을 데려오라고 일렀다. 보옥은 아버지를 보고도 습인이 시켜서야 겨우 인사를 올렸다. 가정이 보니 보옥이 얼굴은 바싹 여윈 데다 눈에 초점도 없는 것이 영락없는 백치 꼴이었다. 가정은 그 모습을 더 이상 볼 수 없어서 그냥 데리고 들어가라고 하였다. 그러면서 이런 생각이 들었다.

'나도 이젠 예순이 다 된 몸이다. 게다가 이제 외지로 나가게 되면 몇 년 후에나 돌아오게 될지 알 수 없는 노릇이다. 만약 이 아이가 잘못되기라도 한다면 무엇보다도 노년에 뒤를 이어줄 후사가 끊어지게 되는 것이다. 비록 손자가 있다고는 하지만 그건 어쨌든 한 대를 건넌 혈육이 아닌가. 둘째로는 어머님께서 제일 사랑하는 아이가 바로 보옥인데 그 애한테 무슨 좋지 않은 일이라도 생긴다면 그만큼 내 죄가 무거워지는 것이다.'

이런 생각을 하며 왕부인을 바라보니, 왕부인의 얼굴은 눈물로 범벅이 되어 있었다. 가정은 아내가 더없이 가여웠다. 마침내 결심을 한 가정은 자리에서 일어서며 말했다.

"어머님께선 이렇게 많은 연세에도 손자를 위한 여러 가지 생각으로 여념이 없으신데 자식 된 제가 어찌 감히 거역하겠습니까? 어머님 의향대로 하십시오. 그런데 처제에게는 말을 다 해놓으셨는지요?"

이에 왕부인이 대신 대답했다.

"동생은 진작 승낙했답니다. 다만 설반의 일이 아직 결말이 나질 않아서 그간 그 말을 꺼내지 않고 있는 형편이지요."

"무엇보다도 그 일이 제일 어려운 점이군요. 오라비 되는 사람이 감옥에 있는데 동생이 어찌 시집을 가겠습니까? 게다가 귀비의 별세로 혼사가 금지되어 있는 것은 아니지만 보옥으로서는 출가한 누님을 위하여 아홉 달 동안은 상복을 입어야 할 처지가 아니겠는지요. 그러니 지금은 혼인할 계제가 아닌 듯합니다. 더구나 저는 임지로 떠날 날짜까지 폐하께 상주해 놓은 처지이므로 잠시도 더 미룰 수 없는 형편이고요. 그러니 며칠 내로는 어떻게 할 도리가 없질 않겠습니까?"

가정의 말을 듣고 가모는 속으로 이런 생각을 하였다.

'말이야 옳은 말이지. 그러나 이런 모든 일들이 해결되기를 기다리거나 아범이 지방으로 떠난 뒤에 보옥의 병이 하루하루 더 나빠진다면 그때 가선 어찌하면 좋단 말인가? 다소 법도를 어기는 한이 있더라도 혼사를 치르는 편이 나을 것이다.'

이렇게 결심한 가모는 다음과 같이 말했다.

"네가 그 애를 위해서 작정만 해준다면 아무런 지장이 없도록 내가 알아서 하도록 하겠다. 설부인에게는 나와 네 안사람이 직접 가서 말하면 될 터이고, 반이한테는 내가 과를 보내서 설득하도록 하겠다. 보옥의 생명을 구하기 위해서 하는 일이니 만사를 양해해 달라고 하면 그러라고 할 것이다. 물론 상복을 입고 있을 때 혼사를 치르는 건 도리에 어긋나는 일이겠지. 더구나 당사자인 보옥이 앓고 있는 처지에 결혼을 시킬 수도 없는 노릇이지만 이건 액땜을 하기 위한 거니까.

양가가 모두 원하는 일이고 애들 역시 금옥金玉의 인연이 맺어져 있으니 이제 와서 새삼스럽게 궁합을 볼 필요도 없다. 즉시 길일을 택해서 우리 가문의 지체에 맞게 납채를 보내도록 하자. 그런 다음 혼인 날짜를 받아서 그날에는 일체 풍악을 울리지 말고 궁중에서 하는 것처럼 열두 쌍의 초롱에 팔인교를 타고 오게 하여 남방의 격식대로 서로 절을 한 뒤 침상으로 가서 신랑은 오른쪽에, 신부는 왼쪽에 앉은 후 신부가 동전과 색색가지의 과일을 던지는 형식을 취하면 혼례를 올린 셈이 되질 않겠느냐? 보차는 생각이 깊은 아이니까 염려하지 않아도 되고, 보옥의 곁에는 습인이 있으니 그것도 안심이구나. 습인은 참으로 참한 애인 것 같더구나. 보차 말고도 사리에 밝은 사람이 늘 보옥의 곁에 있으면서 충고해 준다면 더없이 좋은 일이지. 그 애는 또 보차하고도 뜻이 잘 맞는 사이가 아니냐.

그리고 또 언젠가 설부인이 말하던 것이 기억나는구나. 어떤 중이 말하기를 금목걸이를 지닌 보차도 옥을 가지고 있는 사람하고만 혼인해야 한다고 했단다. 그러니 보차가 우리 집으로 들어오면 그 금으로 보옥의 옥을 찾게 될지도 모르는 일이다. 그래서 보옥의 병세가 하루하루 나아진다면 어찌 우리 모두의 행운이 아니겠느냐? 이제부터 당장 방을 치우고 잘 꾸미도록 하자꾸나. 어느 방으로 정할 것인지는 아범이 정하도록 하렴. 친척이나 친구들은 하나도 청하지 말고 연회자리도 마련하지 말자. 그랬다가 보옥의 병세가 호전되고 상복을 벗을 때쯤 다시 연석을 마련하고 손님을 청해도 되질 않겠느냐. 이렇게 하면 며칠 내로 준비할 수 있으니 너도 두 아이들의 혼례를 볼 수 있으므로 안심하고 떠날 수 있질 않겠느냐?"

이 말을 들은 가정은 속으로는 내키지 않았지만 가모가 주장해서 하는 일이라 거역할 수도 없는지라 어쩔 수 없이 웃는 낯으로 말했다.

"어머님 생각이 아주 지당하시고 적절한 것 같습니다. 다만 소문이 밖으로 새나가면 좋지 않으니까 집안사람과 아랫것들이 함부로 떠들고 다니지 못하도록 단단히 단속하도록 하는 게 좋겠습니다. 꼭 그렇게 하셔야 합니다. 그런데 처제네 쪽에서 승낙하겠는지요? 만약 정말 응한다면 어머님의 의향대로 처리하십시오."

"설씨댁한테는 내가 말할 테니 염려하지 마라. 그럼 이제 그만 건너가 보도록 하렴."

가정은 대답하고 나왔으나 속으로는 어쩐지 개운치 않았다. 그러나 부임을 앞두고 있는 가정으로서는 해야 할 일이 여간 많은 것이 아니었다. 공부로부터 증서를 받아와야 했고, 친척과 친구들이 추천하는 사람들을 직접 만나 봐야 하는 등 여러 가지 응대해야 할 일들이 끊이질 않았다. 그러다 보니 보옥의 일은 가모가 하자는 대로 왕부인과 희봉에게 맡길 수밖에 없었다. 가정은 다만 영희당榮禧堂 뒤 왕부인이 거처하는 안채 곁에 있는 이십여 칸짜리 큰 집 한 채를 보옥에게 주라고 지시했을 뿐 나머지 일들에 대해서는 일체 관여하지 않았다. 가모는 자기가 어떻게 하겠다는 것을 사람을 보내 가정에게 알려왔지만, 가정은 그저 지당하다는 말만 할 뿐이었다. 그러나 이것은 나중에 있은 일이다.

한편 보옥은 가정을 만나보고 나서 습인의 부축을 받으며 안방 구들 위로 돌아와 누웠다. 가정이 바깥방에 와 있었으므로 아무도 보옥에게 말을 걸지 못했기에 보옥은 이내 깊은 잠에 빠져 들었다. 그래서 보옥은 가모와 가정의 말을 듣지 못했지만 습인은 숨을 죽인 채 한 마디도 놓치지 않고 모두 듣고 말았다. 전에도 그런 소문을 들은 적이 있었지만 그저 근거 없는 헛소문이거니 생각했는데, 요즘 들어 보차가 발길을 끊고 오지 않는 것으로 봐서 혹시나 사실일지도 모른다는 생각이 들었었다. 그러던 차에 오늘 그 같은 말을 듣고 보니 그 말이 사실임을 확인하게 되어 여간 기쁜 것이 아니었다.

그러자 습인은 속으로 이런 생각이 들었다.

'과연 윗분들의 눈이 정확하기는 해. 그래, 어울리는 배필이고말고. 내게도 얼마나 다행한 일인지 모르겠어. 보차 아가씨가 이 집에 들어올 것 같으면 내 짐도 훨씬 줄어들게 될 거야. 그렇지만 도련님 마음속엔 오직 대옥 아가씨 한 사람밖에 없는데, 이 얘기를 못 들었으니 망정이지 만약 알게 되는 날에는 또 무슨 소동이 벌어질지 알 수 없는 일이다.'

여기까지 생각이 미치자 습인의 기쁨이 금방 슬픔으로 바뀌었다.

'이 일을 어찌하면 좋단 말인가? 노마님과 마님께선 그 두 사람의 마음을 전혀 모르고 계시질 않는가 말이다. 병을 낫게 하려는 생각에서 기쁜 마음으로 보옥 도련님에게 이 일을 알려 주실지도 모르는 일이다. 그랬다가 만약 보옥 도련님의 마음이 이전처럼 변함이 없다면 정말 큰 일이 아닌가! 처음 대옥 아가씨를 만났을 적만 해도 옥을 내던져서 깨뜨릴 뻔했고, 게다가 어느 해 여름인가는 대관원에서 나를 대옥 아가씨로 잘못 알고 속마음을 절절하게 털어놓은 일도 있지 않았던가! 그 뒤에 또 자견이 농담을 좀 했더니 죽을 듯이 울고불고 했질 않은가? 만일 지금 대옥 아가씨를 제쳐두고 보차 아가씨를 부인으로 맞게 되었다고 말한다면 도련님이 인사불성이라면 몰라도 조금이라도 제정신이 들어 있다면 액땜을 하기는커녕 오히려 목숨을 잃고 말 것이다. 내가 이 일을 알고도 더 이상 덮어둔다면 한꺼번에 세 사람을 죽이는 것이 될지도 모른다.'

이렇게 생각을 굳힌 습인은 가정이 밖으로 나가기를 기다렸다가 추문에게 보옥의 시중을 부탁한 다음 곧 안방에서 나와 왕부인 곁으로 갔다. 그리고는 여쭐 말이 있으니 가모의 뒷방으로 가달라고 살그머니 청했다. 가모는 그것을 보고도 아마 보옥의 일 때문에 그런가보다 라고 생각해서인지 아랑곳하지 않았다. 그리고는 여전히 납채는 어떤 걸로 하면 좋을지, 잔치는 어떻게 치르면 좋을지 골똘히 생각하고 있었다.

왕부인과 함께 가모의 뒷방으로 들어선 습인은 이내 왕부인 앞에 무릎을 꿇고 울기 시작했다. 왕부인은 어찌 된 영문인지 몰라 습인의 손을 잡아 일으키며 물었다.

"갑자기 왜 그러느냐? 무슨 억울한 일이라도 있으면 말해보렴."

"저 같은 천한 것이 이런 말씀을 올려서는 안 된다는 것을 잘 알고 있습니다. 그렇지만 아무래도 말씀드리지 않으면 안 될 것 같아서요."

"어서 차근차근하게 말해 보아라."

"노마님과 마님께서 보옥 도련님의 혼처를 보차 아가씨로 정하신 일은 두말할 것도 없이 지극히 잘하신 일이라고 생각합니다. 그럼에도 외람되게 여쭤보겠습니다만 마님 보시기에 보옥 도련님이 보차 아가씨와 사이가 좋다고 생각하십니까? 아니면 대옥 아가씨와 사이가 좋다고 생각하십니까?"

"그야 어려서부터 함께 자랐으니 대옥이와 더 가깝다고 봐야겠지."

"실은 가까운 정도가 아니에요."

그러면서 습인은 보옥과 대옥의 관계를 왕부인에게 낱낱이 들려주고 나서 다시 이렇게 덧붙였다.

"이런 일들은 마님께서도 친히 다 보셨던 일들이에요. 단지 여름에 있었던 일만은 제가 아직 아무한테도 말하지 않았어요."

왕부인은 습인을 잡아끌며 말했다.

"나도 어느 정도는 짐작하고 있었지만 오늘 네 말을 듣고 보니 더욱 확실한 것 같구나. 그런데 방금 대감님께서 하시던 말씀을 보옥이가 다 들었을 텐데, 그 애의 기색이 어떻더냐?"

"요즈음 보옥 도련님께서는 누군가가 자기에게 말을 걸면 그저 웃으실 뿐이고, 아무도 말을 걸지 않으면 그냥 잠만 자고 계십니다. 그래서 아까 대감님께서 하시던 말씀은 하나도 듣지 못했을 거예요."

"그럼 이 일을 어찌하면 좋단 말이냐?"

"제가 말씀드리고 싶었던 건 다 말씀드렸어요. 그러니 마님께서 노마님께 여쭈셔서 만반의 대비를 하시는 게 좋을 것 같아요."

"그럼 우선 너는 돌아가서 네 일을 보도록 하여라. 지금은 방 안에 사람이 가득해서 그런 말을 꺼내기가 적당치 않으니 나중에 틈나는 대로 내가 노마님께 말씀드려서 대책을 세워보도록 하겠다."

말을 마친 왕부인은 다시 가모의 방으로 건너갔다.

가모는 그때 마침 희봉과 혼사를 의논하고 있다가 왕부인이 들어오는 것을 보고 말했다.

"습인이 무슨 말을 하던? 도대체 무슨 일이기에 그렇게 남의 눈을 피해 수군거린 것이냐?"

가모가 이렇게 묻자 왕부인은 보옥의 심사를 들은 대로 자세하게 전했다. 이 말을 듣고 가모는 한동안 아무 말이 없었다. 왕부인과 희봉도 더 이상 아무 말도 하지 않았다. 이윽고 가모가 한숨을 쉬면서 말을 꺼냈다.

"다른 일이라면 별 문제가 아니야. 대옥이 쪽은 별 신경 쓰지 않아도 되겠지만 만약 보옥의 마음이 정말 그렇다면 이거야말로 일이 난처하게 됐구나."

곁에서 듣고 있던 희봉이 잠시 생각에 잠겨 있다가 말했다.

"그렇게 어려운 일도 아니에요. 제게 한 가지 방도가 있긴 한데 숙모님께서 들어주실지 모르겠어요."

"네게 좋은 생각이 있거든 어서 할머님께 말씀드리도록 해라. 우리 안식구들끼리 의논해서 처리해야 하질 않겠니?"

"제 생각으론 이 일은 일부러 지갑 떨구기 식의 속임수를 쓸 수밖에 없을 것 같아요."

가모가 물었다.

"지갑 떨구기라니? 그게 대체 무슨 소리냐?"

"지금 보옥 도련님이 제정신이건 아니건 간에 대감님이 주장해서 대옥 아가씨를 보옥 도련님 배필로 정해주셨다고 모두들 떠들고 다니는 거예요. 그러고 나서 보옥 도련님의 기색이 어떤가 살펴보는 겁니다.

만일 도련님께서 별다른 반응이 없을 경우에는 처음부터 이런 방법을 쓰지 않아도 되는 거였지만, 도련님께서 조금이라도 기뻐하는 기색을 보일 것 같으면 이번 일은 꽤나 힘들 것 같습니다."

이에 왕부인이 물었다.

"만일 그 애가 기뻐하는 기색을 보인다면 넌 무슨 방법을 쓸 생각이냐?"

희봉은 왕부인 곁으로 다가가서 귓속말로 무언가를 한참 속닥거렸다. 희봉의 말을 듣고 왕부인은 고개를 몇 번 끄덕이더니 빙긋이 웃었다.

"그렇게 하는 게 좋겠구나."

그러자 가모가 물었다.

"너희 둘이 무슨 꿍꿍이를 그렇게 꾸미고 있는 게냐? 어서 내게도 좀 알려다오."

희봉은 가모가 미처 잘 이해하지 못해서 비밀이 누설될까 염려되어 역시 귓속말로 살그머니 들려주었다. 아니나 다를까 가모는 금방 이해가 잘 되지 않는 모양이었다. 그래서 희봉이 웃으며 몇 마디 더 설명을 덧붙였더니 그제야 알아들으며 웃으면서 말했다.

"그렇게 하는 것도 좋겠다만 보차가 너무 가엽지 않겠느냐? 그리고 만일 사실이 퍼져나간다면 대옥이가 어떻게 나올지 그것도 모르는 일이 아니겠느냐?"

"이 말은 보옥 도련님한테만 해드리고 그 밖의 다른 사람에게는 절대 말이 새나가지 못하도록 할 거예요. 그러니 다른 사람한테 알려질 까닭이 없지요."

이런 이야기를 하고 있을 때 시녀가 들어와서 아뢰었다.

"둘째 서방님께서 돌아오셨습니다."

왕부인은 가모가 혹시 무슨 일이냐고 물을까 봐 얼른 희봉에게 눈짓을 하였다. 희봉은 급히 밖으로 나와서 가련에게 입으로 시늉을 해보이며 함께 왕부인의 처소로 건너가서 기다렸다. 잠시 후에 왕부인이 들어와 보니 희봉은 벌써 두 눈이 새빨갛게 되도록 울고 있었다. 가련은 문안 인사를 올린 후 십리둔으로 가서 왕자등의 장례를 거든 이야기를 하고 이렇게 덧붙였다.

"황공하옵게도 폐하의 칙지가 내려와 처숙부께서는 내각의 직함을 받으시게 되었으며 문근공文勤公이라는 시호諡號도 내려졌습니다. 그리고 폐하께서는 가족들이 영구를 모시고 원적지로 돌아가게 하는 한편 연도의 지방관들에게도 편의를 잘 봐주라는 명령을 내리셨습니다. 그래서 영구는 어제 가족들과 함께 남방으로 떠나갔습니다. 처숙모님께서는 제가 돌아가는 길로 잘 말씀 전해달라고 하시면서 이번에 뜻밖의 일로 상경하지 못하게 되어 할 말이 태산 같아도 할 수 없게 되었다고 하시더군요. 그리고는 저의 처남이 경성으로 올라오는 중이니 만일 길에서 만나게 되면 그 사람을 이리로 보내서 자세한 말씀을 드리도록 하랬어요."

그 말을 듣고 난 왕부인의 슬픔은 이루 말할 수 없을 정도였다.

희봉은 왕부인을 위로하느라 애를 썼다.

"좀 쉬도록 하세요. 보옥 도련님 일은 저녁때 다시 건너와서 상의 드리도록 하겠어요."

희봉은 그 길로 가련과 함께 자기 방으로 돌아와서 보옥의 혼사에 관한 얘기를 들려주었다. 그리고 그에게 사람들을 시켜 신방을 꾸며 놓으라고 부탁했다. 이 얘기는 그만 하도록 하겠다.

어느 날 대옥은 아침식사를 끝내고 나서 자견을 데리고 가모의 처소로 향했다. 문안도 드릴 겸 시원한 바람도 좀 쏘일 생각에서였다. 그런데 소상관을 나와 몇 발자국 옮기던 대옥은 손수건을 잊고 온 생각이 났다. 그래서 자견에게 그것을 가져오라고 보내놓고 자기는 천천히 걸으면서 그녀가 돌아오기를 기다렸다.

걸음을 옮기다가 어느덧 이전에 보옥과 함께 꽃을 장사 지내던 심방교 근처 가산의 바위 뒤에 이르렀는데 별안간 누군가 흐느껴 우는 소리가 들렸다. 대옥은 걸음을 멈추고 귀를 기울였다. 그러나 누구의 목소리인지 분간할 수 없었으며 울면서 뭐라고 구시렁거리는 말소리도 알아들을 수가 없었다.

대옥은 무슨 일일까 잔뜩 의심이 들어서 천천히 소리 나는 곳으로 다가갔다. 가까이 가서 보니 눈썹이 짙고 눈이 커다란 시녀 하나가 거기서 울고 있었다. 대옥은 그 시녀를 보기 전에는 부중의 어느 나이 든 시녀가 무슨 말 못할 곡절이 있어서 이런 곳에 와서 우는 것으로만 생각했다. 그런데 이 시녀의 모습을 보니 어쩐지 우스워서 이런 생각이 들었다.

'이런 바보 같은 애한테 무슨 사연 같은 게 있겠어? 보나마나 어느 방에선가 허드렛일 하는 시녀인데 나이 든 시녀한테 꾸중들은 거겠지.'

그러면서 대옥은 자세히 뜯어보았지만 도무지 본 기억이 나질 않았다. 그 시녀는 대옥을 보자 얼른 일어서며 눈물을 훔쳤다.

"넌 왜 여기서 울고 있는 거니?"

대옥이 물으니 그 시녀는 또다시 눈물을 주르르 흘렸다.

"대옥 아가씨, 세상에 이런 법이 어디 있어요? 그분들이 무슨 이야기를 했는지 전 알지도 못하고 그저 엉겁결에 말 한마디 잘못한 것뿐인데 저의 언니가 저를 막 때리는 게 아니겠어요?"

대옥은 듣고도 무슨 소린지 몰라서 웃으며 물었다.

"너의 언니가 누군데?"

"진주 언니예요."

대옥은 비로소 이 시녀가 가모의 방에서 시중드는 아이인 것을 알았다.

"네 이름은 뭐니?"

"바보 대저라고 해요."

대옥은 스스로를 바보라고 하는 말에 웃으면서 또 물었다.

"네 언닌 왜 널 때린 거니? 그리고 또 네가 무슨 말을 잘못했다는 거니?"

"우리 보옥 도련님이 보차 아가씨를 색시로 삼는다는 말 때문이 아니고 뭐겠어요?"

이 말을 듣는 순간 대옥은 마치 벼락을 맞은 듯 심장이 마구 뛰었다. 그러나 이내 마음을 가다듬고 그 시녀를 불렀다.

"너 이리 좀 따라오너라."

그 시녀는 대옥을 따라 예전 복사꽃을 장사 지내던 가산의 한 귀퉁이로 갔다. 그곳은 구석져서 호젓한 곳이었다.

"보옥 도련님이 보차 아가씨를 색시로 삼는다는데 무슨 이유로 네 언니가 너를 때린단 말이냐?"

"우리 노마님께서는 마님과 희봉 아씨랑 상의하셔서 대감님이 머지않아 길을 떠나시게 되었으므로 급히 서둘러서 설씨 댁 마님과 의논하여 보차 아가씨를 손주며느리로 맞아들인다고 했어요. 첫째로는 보옥 도련님을 위해서 무슨 살풀이를 하기 위함이라 하고, 둘째로는…."

여기까지 이야기하던 바보 대저는 대옥을 힐끗 쳐다보며 씽긋 웃더니 다시 말을 이었다.

"서둘러서 혼례를 마치고 나면 대옥 아가씨 배필도 짝지어 드린대요."

말을 듣는 동안 대옥은 이미 의식이 몽롱해졌다. 그러나 그런 눈치를 챌 리 없는 바보 대저는 그저 제 말만 계속했다.

"그런데 전 마님들께서 무엇 때문에 소문을 내지 못하도록 단속하는지 모르겠어요. 보차 아가씨께서 그 소리를 들으면 부끄러워하실까 봐 그러시는 걸까요? 전 아무 생각 없이 보옥 도련님 방에 있는 습인 언니에게 한마디 했을 뿐이에요. '앞으로는 우리 집안이 더욱 흥성거리게 됐어요. 그런데 보차 아가씨이기도 하고 보차 아씨이기도 하니 우린 뭐라고 불러야 할까요?'라고 말이지요. 대옥 아가씨, 글쎄 제가 한 말이 진주 언니와 무슨 상관이 있다고 다짜고짜 달려들어 제 뺨을 후려치는지 모르겠어요. 제가 허튼 소리를 한다면서 윗분들의 분부를 듣지 않는다면 내쫓아버리겠다고 하는 게 아니겠어요? 위에서 무엇 때문에 소문내지 못하게 하는지 제가 알 게 뭐예요. 알려주지도 않으면서 그저 사람을 때리기만 해요."

바보 대저는 여기까지 말하더니 또다시 엉엉 소리 내어 울기 시작했다.

그 말을 들은 대옥의 가슴속은 기름, 간장, 설탕 그리고 초를 한데 쏟아 놓은 것같이 달고 쓰고 시고 짜서 도무지 무슨 맛인지 형용할 수조차 없었다. 대옥은 잠깐 숨을 몰아쉬고 나서 떨리는 목소리로 말했다.

"쓸데없는 소린 하지 않는 게 좋아. 네가 다시 그런 소리를 했다가 다른 사람이 들으면 또 너를 때릴 게 아니겠니? 그러니 명심하고 이제 가 보도록 해라."

말을 마친 대옥은 소상관으로 돌아가려고 하였다. 그런데 어찌 된 셈인지 몸은 마치 천근같이 무겁고 두 다리는 솜을 밟고 있는 것처럼 휘청거렸다. 대옥은 힘겹게 한 걸음 한 걸음 발을 떼었다. 그렇게 한참을 걸었건만 아직 심방교 다리목에도 이르지 못했다. 그도 그럴 것이 다리가 휘청거려 걸음이 느렸던 데다가 정신까지 몽롱하여 발 가는 대로 빙빙 돌다 보니 두어 번이나 헛걸음을 했던 것이다. 그렇게나마 겨우 심방교 부근에 이르렀는데 이번엔 또 자기도 모르게 둑을 따라 지금까지 왔던 길을 되돌아 걷기 시작했다.

그러는 동안 자견이 손수건을 가지고 왔지만 대옥이 보이지 않았다.

이리저리 두리번거리며 찾다 보니 저쪽에서 얼굴이 백짓장처럼 하얗게 된 대옥이 휘청거리며 한 곳만 응시한 채 한자리에서 자꾸 맴돌고 있는 것이 아닌가! 그리고 시녀 하나가 저쪽으로 가는 것이 보였는데 너무 멀어서 누구인지 알아볼 수 없었다. 도무지 어찌 된 영문인지 알 수 없어서 자견은 급히 대옥에게 다가와 조심스레 물었다.

"아가씨, 왜 되돌아오시는 거예요? 어디 가려고 그러세요?"

대옥은 자견의 목소리를 어렴풋이 들었는지 건성으로 대답했다.

"난 보옥 도련님께 물어보러 가는 거야."

자견은 무슨 소리인지 종잡을 수 없었지만 대옥을 부축하여 가모의 처소로 건너갔다.

대옥은 가모의 방문 앞에 이르러서야 정신이 조금 들었는지 고개를 돌려 자기를 부축하는 자견을 보더니 걸음을 멈추고 물었다.

"넌 왜 왔니?"

"손수건을 찾아 가지고 왔어요. 방금 아가씨께서 다리 저쪽에 계시기에 급히 달려가서 어디 가시느냐고 물었건만 아는 체도 하지 않으시던걸요."

그러자 대옥이 웃으면서 말했다.

"난 또 네가 보옥 도련님을 만나러 온 줄로만 알았지! 그렇지 않다면 왜 여기 왔겠니?"

자견은 대옥이 제정신이 아닌 것 같만 같았고, 방금 저쪽으로 사라진 시녀로부터 틀림없이 무슨 말을 들은 것 같아서 그저 머리를 끄덕이며 미소만 지어 보일 뿐이었다. 그러면서 마음속으로 이만저만 걱정되는 것이 아니었다.

'하나는 이미 멍청이가 되어 있는데 이제 다른 하나마저 이렇게 정신이 나갔으니 이런 두 사람이 만났다가 불쑥 체통 없는 말이라도 하는 날에는 어쩌면 좋단 말인가?'

자견은 속으로 이런 생각이 들었지만 거역할 수도 없는 노릇인지라 하는 수 없이 대옥을 부축하여 안으로 들어갔다.

그런데 어찌 된 영문인지 대옥은 방금 전처럼 휘청거리지도 않을뿐더러 자견이 문발을 들어주기도 전에 자기가 문발을 쳐들고는 안으로 들어서는 것이었다. 방 안은 기척 하나 없이 조용했다. 가모가 안에서 낮잠을 자고 있었으므로 시녀들은 이때다 싶어서 놀러가기도 하고 더러는 졸고 있는가 하면, 또 더러는 가모를 모시고 곁에 앉아 있기도 하였다.

그러나 습인만은 발걸음 소리를 듣고 방에서 나오다가 대옥이 온 것을 보고 얼른 안으로 청했다.

"아가씨, 어서 안으로 드세요."

그러자 대옥이 웃으면서 물었다.

"보옥 도련님은 집에 계셔?"

습인은 영문을 모른 채 대답하려고 하다가 자견이 대옥의 등 뒤에서 대옥을 가리키며 대답하지 말라고 손짓하는 것을 보았다. 그래서 무슨 까닭인지는 알 수 없지만 그냥 잠자코 있었다. 그런데 대옥이 남이야 뭐라고 하던 아랑곳하지 않고 성큼 방으로 들어가는 것이었다.

보옥은 앉아 있기는 하였지만 대옥이 들어오는 것을 보고도 앉으라는 말 한마디 없이 그저 바라보며 바보처럼 벙긋벙긋 웃기만 할 뿐이었다. 대옥이도 자리를 잡고앉아 보옥을 쳐다보며 웃었다. 두 사람은 서로 인사도 하지 않고 말도 하지 않고 자리를 권하지도 않은 채 그저 마주보고 바보같이 웃기만 할 뿐이었다.

이런 광경을 보고 습인은 속으로 무척 당황했지만 어쩔 도리가 없었다.

그때 갑자기 대옥이 입을 열었다.

"보옥 오라버니, 오라버니는 왜 병이 나셨나요?"

그러자 보옥이 히죽히죽 웃으면서 말했다.

"난 대옥 누이 때문에 병이 났어."

습인과 자견 두 사람은 소스라치게 놀라 얼굴이 샛노래지면서 얼른 화제를 다른 데로 돌리려고 하였다. 그러나 보옥과 대옥은 다시 아무 말도 하지 않은 채 방금 전처럼 바보같이 웃기만 하였다. 습인은 그런 광경을 보고 대옥도 보옥 못지않게 제정신이 아님을 알아차리고는 자견에게 가만히 속삭였다.

"아가씨께선 방금 병석에서 일어나신 몸이야. 내가 추문에게 너와 함께 아가씨를 모시고 가도록 시킬 테니 돌아가서 좀 쉬게 해드리렴."

그리고는 추문에게 말했다.

"자견 언니와 함께 대옥 아가씨를 모셔다 드리고 오너라. 그리고 쓸데없는 소리는 절대 입 밖에 내서는 안 된다."

추문은 알아들었다는 듯이 웃으며 아무 말 없이 자견과 함께 대옥을 부축해서 일으켰다. 대옥은 부축하는 대로 일어서더니 보옥을 바라보며 웃으면서 고개만 끄덕일 뿐이었다. 자견이 다시 대옥을 재촉했다.

"아가씨, 어서 돌아가서 쉬도록 하세요."

"그렇구나. 이제 내가 돌아갈 때가 되었어."

그러면서 대옥은 웃으며 휙 밖으로 나가더니, 시녀들의 부축도 받지 않고 자기 혼자 나는 듯이 빠른 걸음으로 걸어가는 것이었다. 자견과 추문은 숨을 헐떡이며 대옥의 뒤를 따랐다.

가모의 처소를 나온 대옥은 옆도 보지 않고 곧바로 걷기만 하였다. 그러자 자견이 얼른 대옥을 붙잡으며 말했다.

"아가씨, 이쪽으로 가셔야 해요."

대옥은 여전히 웃으면서 그들을 따라 소상관으로 돌아왔다. 드디어 대문 어귀에 이르자 자견은 안도의 한숨을 내쉬었다.

"나무아미타불! 이제 집으로 돌아왔네."

그러나 그 말이 채 끝나기도 전에 대옥이 앞으로 고꾸라지면서 왈칵 하는 소리와 함께 피를 토하는 것이 아닌가! 그녀가 목숨을 부지할 수 있을지는 다음 회를 보시라.

林黛玉焚稿斷痴情
薛寶釵出閨成大禮

【제97회】

대옥과 보차의 운명

임대옥은 시고 태워 사랑과 결별하고
설보차는 규방 떠나 혼례를 치렀네

林黛玉焚稿斷痴情 薛寶釵出閨成大禮

소상관 어귀에 이른 대옥은 자견의 말에 더욱 자극을 받아 왈칵 피를 토하며 거의 기절해서 쓰러질 뻔하였다. 다행히 추문이 함께 왔기 때문에 두 사람이 양옆에서 대옥을 부축하여 방 안으로 들어갔다. 추문이 돌아간 후 자견과 설안이 대옥의 곁에서 지키고 앉아 있는데 한참 만에 정신이 든 대옥이 자견을 보고 물었다.

"너희는 왜 내 곁에 붙어 앉아 울고 있는 거니?"

자견은 대옥의 말소리가 분명해진 것을 보고 마음이 놓였다.

"아가씨께서 조금 전에 노마님 방에서 돌아오실 때 몸이 너무 좋지 않으신 것 같았어요. 그래서 저희들은 어찌할 바를 몰라 울고 있었던 거예요."

그러자 대옥이 웃으며 말했다.

"내가 설마 그렇게 쉽게 죽겠니?"

그러나 그 말이 채 끝나기도 전에 또 한바탕 숨이 멎을 듯 기침을 해댔다. 대옥은 오늘 보옥과 보차의 일을 듣고 그렇지 않아도 몇 해를 두고 마음속으로 깊이 근심하던 터인지라 일시에 울화가 치밀어 그만 정신을 잃고 말았던 것이다. 집으로 돌아와 피를 토하고 나서 차츰 정신이 들었지만 아까 일은 하나도 생각나지 않았다. 그러다가 자견이 우는 것을 보고 비로소 어렴풋하게 바보 대저가 하던 말이 떠올랐다. 그러나 지금에 와서는 슬프다는 생각보다도 오로지 한시바삐 죽고 싶은 생각뿐이었으니, 그렇게 해서 이 모든 인연을 깨끗하게 매듭짓고 싶었다.

자견과 설안은 그저 대옥의 곁에서 간호나 해줄 수밖에 없었다. 윗분에게 알릴까도 생각해 보았으나 그랬다가 또 저번처럼 대단치도 않은 걸 가지고 공연히 호들갑을 떤다고 희봉에게 핀잔들을 것이 겁났던 것이다.

그런데 자기 방으로 돌아온 추문이 당황한 기색을 감추지 못했으므로, 마침 낮잠에서 깨어난 가모가 그 눈치를 채고 무슨 일 때문에 그러느냐고 물었다. 추문은 겁을 내며 얼른 방금 전의 일을 모두 고해바쳤다.

가모는 그 소리를 듣고 이만저만 놀라는 것이 아니었다.

"그래? 이거 정말 큰일 났구나."

가모는 급히 왕부인과 희봉을 불러오라고 해서 두 사람에게 이 사실을 알렸다.

"제가 그만큼 단속했는데 대관절 누가 누설했을까요? 일이 더 어렵게 되었는걸요."

희봉이 난색을 표했다.

"그건 어찌 되었든 간에 우선 대옥이에게 가보기로 하자."

가모는 이렇게 말하면서 왕부인과 희봉을 데리고 대옥을 보러 갔다.

그들이 소상관에 이르러 보니 대옥의 안색은 백짓장같이 새하얀 것이 핏기라고는 하나도 없으며 정신이 몽롱한 가운데 숨소리마저 곧 끊어질 듯 가늘었다. 한참 만에 한바탕 기침을 하더니 시녀가 받쳐주는 타구에다 가래를 뱉는데 가래에는 새빨갛게 피가 섞여 있었다. 이 광경을 보고 모두들 소스라치게 놀랐다.

게슴츠레 눈을 뜬 대옥은 가모가 곁에 있는 것을 보더니 숨을 헐떡이며 말했다.

"할머니, 할머니께서는 부질없이 저를 사랑해 주셨어요!"

가모는 그 소리를 듣고 마음이 괴로웠다.

"애야, 쓸데없는 생각 말고 몸조리나 잘해. 곧 낫게 될 테니 걱정 말고."

그러나 대옥은 입가에 잔잔한 미소를 머금더니 다시 눈을 감았다.

그때 밖에서 시녀가 들어와 아뢰었다.

"의원이 오셨습니다."

그 소리에 일동은 자리를 피했다.

왕의원이 가련을 따라 들어와 대옥의 맥을 짚었다.

"아직 걱정하실 것까진 없습니다. 이건 울기가 간장을 침범했으므로 간장에 피를 저장해 둘 수가 없어서 신기神氣가 안정을 잃고 있기 때문입니다. 그러니 이제 음陰을 거두고 피를 멎게 하는 약을 쓴다면 차도가 있을 것입니다."

말을 마친 왕의원은 약방문을 쓰러 가련과 함께 나갔다.

가모는 대옥의 병세가 심상치 않은 것을 보고 밖으로 나와서 희봉에게 일렀다.

"저 애의 병세를 보아하니 방정맞은 소리 같다만 아무래도 쉽게 나을 것 같지 않구나. 그러니 너희는 미리 그 애의 후사를 마련해 두는 게 좋겠다. 그랬다가 병이 낫게 되면 모두를 위해 다행한 일이고, 설사 불행한 일을 당한다 하더라도 그때 가서 허둥대지 않아도 되질 않겠느냐? 요 며칠 우리 집은 큰일을 앞두고 있으니 더욱 대비를 해야 할 것이다."

희봉이 그렇게 하겠다고 대답하였다.

가모는 자견에게 다시 물었지만 도무지 누가 발설했는지 알 길이 없었다. 가모는 의혹에 차서 답답한 심정으로 말했다.

“저 애들은 어렸을 때부터 함께 자라온 터이니까 사이가 좋은 것은 말할 것도 없겠지. 그러나 이제는 다 커서 세상물정을 알 만도 하니 남녀의 분별쯤은 가려야 하질 않겠니? 그래야 여자의 본분을 지킨다고 할 수 있고, 또한 그래야 나도 그 애를 진심으로 귀여워 할 수 있는 거구. 만일 그 애가 맘속에 다른 생각을 품고 있다면 어찌 사람이라고 할 수 있겠느냐! 그렇다면 내가 그 애를 귀여워 한 것도 말짱 허사가 아닐 수 없구나. 너희한테 그런 말을 듣고 나니 영 마음이 놓이질 않는다.”

그러면서 가모는 자기 방으로 돌아와 이번에는 습인을 불러다 물었다. 습인은 지난번에 왕부인에게 했던 얘기에다 조금 전 대옥의 행동까지 보태서 자세하게 아뢰었다.

“그렇지만 방금 내가 보기로는 아직 그렇게까지 정신이 이상해진 것 같지는 않던데, 도무지 어떻게 된 영문인지 통 알 수가 없구나. 우리네 같은 집안에서 다른 일도 있어서는 안 되겠지만 그런 마음의 병을 가지고 있어서는 절대 안 되지. 대옥의 병이 만일 그런 일 때문에 생긴 병이 아니라면 천만금이 들더라도 고쳐줄 용의가 있다만, 그 때문에 난 병이라면 치료해도 나아질 리도 없을뿐더러 나부터도 그런 병은 고쳐줄 생각이 없다.”

그러자 희봉이 위로했다.

“대옥 아가씨의 일에 대해서는 염려하지 마세요. 지금 저의 집 서방님이 날마다 의원을 데려다 보이고 있으니까요. 그보다는 고모님 댁의 일이 더 급해요. 오늘 아침에 들으니까 신방준비는 거의 다 되었답니다. 할머님과 숙모님께서 고모님 댁으로 가실 때 저도 따라가서 의논드리도록 하겠어요. 다만 한 가지 걸리는 것은 고모님 댁엔 보차 아가씨가 있어서 상의하기 거북할 것 같아요. 그러니까 차라리 저녁때 고모님을 이곳으로 오시게 해서 밤새 의논해서 일을 매듭짓는 것이 더 좋을 것 같아요."

가모와 왕부인이 모두 고개를 끄덕였다.

"네 말이 옳다. 그렇지만 오늘은 너무 늦었으니 내일 식후에 우리가 그 댁으로 건너가도록 하자꾸나."

그러고 나서 가모는 저녁식사를 들었으며, 희봉과 왕부인은 각자 자기 처소로 돌아갔는데 그 말은 그만 하도록 하겠다.

이튿날 희봉은 아침을 먹자마자 보옥의 마음을 떠보려는 심산으로 건너와서 안으로 들어갔다.

"도련님, 축하할 일이 생겼어요. 대감님께서 도련님을 장가들이시려고 벌써 날까지 받아 놓으셨대요. 어때요, 아주 기쁘죠?"

보옥은 그 소리를 듣더니 희봉을 보고 히히 웃으면서 보일 듯 말 듯 고개를 끄덕였다.

"대옥 아가씨를 도련님 색시로 맞아들인대요. 좋지요?"

그러자 보옥은 크게 소리 내어 웃기 시작했다. 희봉은 보옥이 제정신으로 그러는지 정신이 나가서 그러는지 알 수 없어서 다시 물었다.

"대감님께선 도련님 병이 나으면 대옥 아가씨한테 장가보낸다고 하셨어요. 그렇지만 지금같이 바보처럼 굴면 결혼시키지 않으신댔어요."

그러자 별안간 보옥이 정색을 하면서 말했다.

"난 바보가 아니야! 형수가 바보지."

그러면서 자리에서 벌떡 일어났다.

"대옥이한테 가서 안심시켜 줄 테야."

희봉은 황급히 보옥을 붙들어 앉혔다.

"대옥 아가씨는 벌써 알고 있어요. 그 아가씬 이제 새색시가 될 테니까 부끄러워서 도련님이 찾아가도 만나주지 않을걸요!"

"그럼 시집와도 날 만나주지 않을 건가?"

희봉은 우습기도 하고 속으로 당황스럽기도 하였다.

'습인의 말이 틀림없구나. 대옥의 얘기를 꺼내니까 하는 말은 여전히 허튼 소리 같으면서도 얼마쯤은 제정신이 드는 모양이 아닌가! 이후에 제정신으로 돌아와서 신부가 대옥이 아니라는 것을 알고 속임수였음을 알아챈다면 그때 가선 이 일을 어찌하면 좋단 말인가?'

희봉은 억지로 웃음을 참고 보옥을 타일렀다.

"도련님이 온전한 사람이 되어 있으면 만나주겠지만, 만약 여전히 실성한 사람같이 굴면 만나주지 않을 거예요."

그러자 보옥이 이런 얘기를 했다.

"난 단 하나의 마음을 가지고 있었는데, 그걸 저번에 대옥 누이에게 줘버렸어. 그렇지만 이제 대옥 누이가 내게 시집오게 되면 그걸 도로 가지고 올 테니까 다시 내 뱃속으로 들어오게 될 거야."

희봉이 들어보니 죄다 허튼 소리뿐이었으므로 그만 밖으로 나와서 가모를 보고 웃었다. 가모도 희봉이 전하는 말을 듣고 웃기는 했지만 속으로는 마음이 아팠다.

"나도 그런 소릴 진즉에 듣고는 있었다. 그렇지만 지금은 우선 내버려두고 습인이더러 잘 위로해 주라고나 해라. 우린 보차네 집으로 가보도록 하자꾸나."

이런 얘기를 하는 사이에 왕부인도 왔으므로 세 사람은 설부인을 찾아가서 그쪽 일이 어떻게 되고 있는지 염려되어 보러 왔다고 인사를 건넸다. 설부인은 감사해 마지않으며 설반의 일부터 두루 이야기했다. 차를 대접하고 나서 설부인이 보차를 불러 오려고 하자 희봉이 나서며 급히 말렸다.

"고모님, 보차에겐 우선 알리지 않는 게 좋겠어요."

그러면서 다시 설부인에게 웃음을 지어 보이며 말했다.

"할머님께서 이렇게 오신 것은 첫째로는 고모님을 만나 뵈려는 거고, 둘째로는 긴히 드릴 말씀이 있어서 고모님을 저희 집으로 모셔다가 함께 의논하시고자 함이에요."

설부인은 이 말을 듣고 고개를 끄덕였다.

"그럼 제가 건너가도록 하지요."

그리하여 모두 한참 한담을 나누다가 헤어졌다.

그날 밤 설부인은 약속대로 와서 가모에게 인사를 올리고 왕부인의 방으로 갔다. 두 사람은 왕자등의 이야기를 꺼내지 않을 수 없었으며, 서로 붙들고 한참 동안 눈물을 흘렸다.

이윽고 설부인이 화제를 바꿔 물었다.

"방금 내가 노마님께 갔을 때 보옥이 인사한다고 나왔는데 좀 여위기는 했지만 멀쩡해 보이던걸요. 그런데 왜들 그렇게 병이 중한 것처럼 말하시는 건지요?"

그러자 희봉이 대꾸했다.

"예, 실은 그렇게 심하지는 않아요. 그저 할머님께서 너무 걱정하시기 때문에 그런 말이 나온 것뿐이에요. 게다가 숙부님께선 곧 임지로 떠나셔야 하는데 이번에 가시면 몇 해가 지나야 돌아오실 수 있을지 알 수 없는 형편이지요. 그래서 할머님께선 첫째로는 보옥 도련님을 장가들여서 숙부님을 마음 놓게 해드리자고 생각하셨고요. 둘째로는 보옥 도련님이 결혼해서 보차 아가씨의 금목걸이가 사기邪氣를 눌러 액땜을 하게 되면 병이 나을지도 모른다고 생각하고 계신답니다."

설부인으로서는 바라던 바였으나 당사자인 보차가 언짢게 생각할까 봐 그것이 염려되었다.

"물론 좋은 일이지요. 그러나 서로가 신중하게 생각해 본 다음 결정하는 게 좋지 않을까요?"

왕부인은 희봉의 뒤를 이어 설부인에게 말했다.

"지금 동생네 집에는 혼사를 주장할 사람이 없으니까 혼수 같은 것은 일체 그만두고 내일이라도 설과를 설반에게 보내서 이 사실을 알려주도록 해. 그래서 여기서는 식을 올리는 한편 어떻게든 방법을 찾아서 재판에 관한 일을 매듭짓는 게 좋겠어."

그러면서 보옥의 심사에 대해서는 한마디도 비치지 않고 다시 말을 이었다.

"이왕 말이 나온 김에 하루라도 앞당겨 혼례를 올리는 게 좋겠어. 그래야 다들 한시라도 빨리 마음을 놓을 수 있을 테니까."

이런 얘기를 나누고 있을 때 가모가 원앙을 보내서 소식을 물어왔다. 설부인은 비록 보차가 언짢아하지 않을까 걱정이 되면서도 달리 어쩔 수 없을뿐더러 이런 형편을 보고는 두말없이 승낙하지 않을 수 없었다.

원앙이 돌아가서 이 소식을 알리자 가모는 무척 기뻐하면서, 원앙을 설부인에게 보내 아무튼 보차가 속상해하지 않도록 잘 이야기해 달라고 당부했다. 이에 설부인은 그렇게 하겠노라고 대답했다. 그리고 의논 끝에 희봉이네 부부가 중매인 노릇을 하기로 하였다. 모두들 자기 처소로 돌아간 뒤 왕부인 자매는 밤늦도록 이야기를 나누었다.

이튿날 집으로 돌아간 설부인은 이쪽에서 있었던 이야기를 보차에게 자세히 들려주고 나서 또 이렇게 덧붙였다.

"그래서 내가 허락하고 말았단다."

보차는 처음에는 고개를 숙이고 가만히 듣고만 있더니 나중엔 말없이 눈물만 뚝뚝 흘렸다. 설부인은 부드러운 말로 타이르며 이모저모로 설명해 주었다. 보차가 자기 방으로 돌아가자 보금이 따라 들어가서 애써 위로하였다.

설부인은 그제야 설과에게 내일 아침 떠나서 설반에게 다녀오라면서 다음과 같이 일렀다.

"첫째로는 재판의 상세한 정황을 알아오고, 둘째로는 네 형에게 이곳 소식을 전하도록 해라. 그리고는 즉시 돌아와야 한다."

설과는 떠난 지 사흘 만에 돌아와서 설부인에게 다녀온 일을 아뢰었다.

"형님의 사건에 대해서는 상사上司에서도 이미 과실치사로 판정이 나서 재판이 끝나는 대로 곧 상주하게 되어 있답니다. 그래서 그때 쓸 속전贖錢을 준비해 두랬어요. 그리고 누이의 혼사에 대해서는 어머님께서 아주 잘하신 일이라고 하면서 되도록 빨리 식을 올린다면 돈도 그만큼 절약될 테니까 자기가 돌아올 때까지 기다리지 말고 어머님께서 좋으실 대로 하시라고 했습니다."

설부인은 이 소식을 듣고 한시름을 놓았다. 첫째로는 설반이 집으로 돌아올 수 있게 되었기 때문이고, 둘째로는 보차의 혼사도 합의를 봤기 때문이었다. 다만 보차가 썩 내켜하지 않는 듯해서 그것이 걱정이었다.

'비록 그렇긴 해도 저 애는 딸애인 데다 본래 효성이 지극하고 예법도 잘 지키는 아이이므로 내가 승낙한 것을 알고 있는 한 더 이상 군말은 없을 것이다.'

이런 생각을 하면서 설부인은 설과를 불러서 일렀다.

"금가루 뿌린 경첩庚帖에다 보차의 사주팔자를 써서 사람을 시켜 련이네로 보내도록 해라. 그리고 납채 보낼 날짜를 알아오게 해서 네가 잘 준비하도록 하렴. 그날 친척과 벗들은 청하지 않기로 했다. 네 형의 친구들이란 네 말마따나 '모두 개망나니들' 뿐이고 친척이라고 해야 가씨네와 왕씨네 두 집밖에 없는데, 가씨네는 사위 쪽이고 왕씨네는 경성에 아무도 없는 형편이니 말이다. 상운 아가씨가 혼사치를 때 그 집에서 우리를 청하지 않았으니 우리도 알릴 필요는 없을 것 같다. 그렇지만 장덕휘張德揮는 불러다 일을 봐달라고 하는 게 좋을 것 같구나. 그 사람은 나이가 지긋하니 세상물정에 퍽 밝을 테니까."

설부인의 분부에 따라 설과는 즉시 사주단자를 써서 가련의 집으로 보냈다.

다음 날 가련이 설씨 댁으로 건너와 설부인에게 인사를 올렸다.

"내일이 길일 중에서도 가장 길한 날이랍니다. 그래서 이렇게 고모님을 찾아뵙고 내일로 납채 날을 정하고자 하오니 부디 나무라지 말아주세요."

그러면서 두 손으로 혼서를 받들어 올렸다. 설부인도 겸양의 말을 몇 마디하고 머리를 끄덕이며 승낙하였다.

가련은 그 길로 집으로 돌아와서 가정에게 다녀온 일을 말씀드렸다.

"그럼 네가 가서 할머님께 말씀 올리도록 해라. 기왕에 친척과 친구들을 초대하지 않기로 했으니 모든 절차를 간단하게 했으면 좋겠다고 말이다. 그리고 봉채는 할머님께서 보시면 그만이니 내게 알릴 필요는 없다."

가련은 대답하고 나서 안으로 들어가 가모에게 전했다.

한편 왕부인은 희봉에게 시녀들을 시켜 봉채로 보낼 물건들을 전부 가져다 가모에게 보여드리도록 하고, 또 습인을 시켜서 보옥에게 알려주도록 했다. 보옥은 습인의 말을 듣더니 싱글벙글하면서 말했다.

"여기서 대관원으로 보냈다가 다시 이곳으로 갖고 오게 될 테니, 집안사람이 보내고 집안사람이 받는 그런 번거로운 일을 왜 하는 거야?"

가모와 왕부인은 그 소리를 전해 듣고 여간 기뻐하는 것이 아니었다.

"다들 보옥이가 바보가 되었다고 하더니 오늘은 어째서 저렇게 생각이 멀쩡한지 모르겠구나."

원앙 등은 이 말을 듣고 웃음을 참을 수 없었지만 나오는 웃음을 참아가며 품목을 하나하나 가모에게 보여드렸다.

"이건 금목걸이에요. 그리고 이건 금과 진주로 만든 머리장식인데 전부 80개예요. 이건 장단과 망단[1]인데 40필이고요, 이건 각종 주단인데 모두 120필입니다. 이것은 철따라 바꿔 입을 옷들인데 모두 120벌이랍니다. 그리고 이건 바깥채에서 음식준비를 하지 않기로 하였기 때문에 양과 술값[2]을 환산해서 돈으로 넣은 겁니다."

가모는 일일이 본 다음 다 좋다고 말하고 희봉에게 살그머니 일렀다.

"네가 가서 설부인께 전하여라. 허례로 하는 말이 아니라 보차에게 뭘 해 보내는 건 반이가 풀려나온 뒤에 천천히 해도 무방하다고 말씀드리렴. 첫날밤 이부자리도 우리 쪽에서 대신 장만하겠다고 하구."

희봉은 가련을 먼저 설부인 댁으로 보내놓고 주서와 왕아를 불러다 단단히 분부를 내렸다.

"대문으로 나가지 말고 이전에 터놓았던 대관원의 옆문으로 해서 내가도록 해라. 나도 곧 뒤따라 갈 것이다. 그 문은 소상관에서 꽤 멀리 떨어져 있으니까 괜찮겠지만 혹시 다른 사람의 눈에라도 띄게 되면 소상관에 있는 사람들한테는 절대 말하지 말라고 단단히 일러둬야 해."

일동은 대답하고 나서 납채할 물건들을 가지고 설부인 댁으로 향했다.

한편 보옥은 습인이 하던 말을 참말로 여겨서 너무 기쁜 나머지 정신이 어느 정도 맑아진 것 같았다. 그러나 말하는 것만은 여전히 좀 모자란 사람처럼 보였다.

납채하러 갔던 사람들이 돌아왔으나 아무도 상대방의 이름이나 성을 입 밖에 내는 사람이 없었다. 뿐만 아니라 그 일에 대해 상하 간에 모르는 사람이 없었건만 희봉이 엄명을 내렸으므로 아무도 감히 이 일을 누설할 엄두를 내지 못하였다.

---

1 장단(妝緞)은 화려한 무늬로 장식된 비단이며, 망단(蟒緞)은 이무기 모양이 수놓여진 비단.

2 이전에 양과 술은 하사품이나 선물, 축하할 때 주는 예물로 쓰였는데 여기서는 약혼 예물을 말함.

한편 대옥은 날마다 약은 먹고 있지만 병이 좀처럼 낫질 않고 점점 심해져 갔다. 자견이 대옥의 곁에서 간곡한 말로 위로했다.

"일이 이렇게까지 된 이상 저희들도 말씀드리지 않을 수 없군요. 아가씨의 마음은 저희들도 다 알고 있어요. 그런 터무니없는 일은 절대 일어나지 않을 거예요. 미덥지 않으시다면 다른 것은 다 그만두고라도 보옥 도련님의 건강상태만 보아도 아시질 않겠어요. 저토록 중한 병을 앓고 계시는 분이 어떻게 혼인하실 수 있겠어요? 그러니 그따위 허튼 소리에 신경 쓰지 마시고 마음을 놓고 몸조리나 잘하도록 하세요."

대옥은 자견의 말에 웃는 듯 마는 듯하면서 아무 대꾸도 없다가 이내 또 콜록콜록 기침을 몇 차례 하더니 적지 않게 피를 토하는 것이었다. 자견 등이 보기에도 병세는 이미 돌이킬 수 없을 만큼 나빠진 것 같았다. 아무리 달래봤자 쓸데없다는 것을 느낀 자견 등은 그저 머리맡을 지키고 앉아 눈물만 흘릴 뿐이었다.

자견이 하루에도 서너 번씩 가모에게 대옥의 병세를 알리러 갔지만 원앙은 가모가 요즘 들어 대옥을 그전처럼 귀여워하지 않는 것 같아서 일일이 고하지 않았다. 사실 가모는 요사이 보차와 보옥의 일에만 정신이 팔려 있었으므로 대옥의 병세를 고하지 않아도 별로 묻는 일 없이 그저 의원에게만 맡겨두고 있었다.

이제까지는 대옥이 앓고 있으면 가모를 위시해서 자매들의 시녀에 이르기까지 늘 문안을 와주곤 했었다. 그런데 지금은 위아래 사람 모조리 발길을 끊었을 뿐만 아니라 빈말이나마 안부를 물어주는 이조차 없었다. 대옥이 눈을 떠보면 언제나 자견이 혼자서 곁을 지켜줄 뿐이었다. 자기로서도 이제 더 이상 살 가망이 없다고 생각한 대옥은 안간힘을 쓰며 자견에게 입을 열었다.

"자견아! 넌 내가 누구보다도 믿는 사람이야. 할머님께서 너를 내게 시중들라고 붙여주신 몇 년 동안 난 정말 너를 친동생처럼 생각해왔어.”

여기까지 말한 대옥은 숨이 가빠서 더 이상 말을 잇지 못했다. 자견은 그 말을 듣고 가슴이 찢어지는 것처럼 아파서 말 한마디 못하고 흐느껴 울었다. 한참 지나서야 대옥은 숨을 할딱이며 말했다.

“자견아, 너무 누워만 있었더니 배겨서 못 견디겠어. 기대고 앉아 있게 나를 좀 부축해서 일으켜 줘.”

“아가씬 지금 성한 몸도 아닌데 일어나 앉았다가 한기라도 들면 어쩌시려고요?”

그 말에 대옥은 눈을 스르르 감으며 더 이상 아무 말도 하지 않았다. 그러다가 잠시 후 다시 일어나 앉으려고 몸을 꿈쩍거렸으므로 자견은 하는 수 없이 설안과 함께 대옥을 안아 일으켜서 양쪽을 푹신푹신한 베개로 받친 다음 자기가 곁에 붙어 앉아 기대게 해주었다.

그러나 대옥은 도저히 앉아있을 수 없을 정도로 쇠약해 있었다. 그녀는 아랫도리가 바늘로 쑤시는 것처럼 아팠지만 이를 악물며 억지로 버티면서 설안을 불렀다.

“내 시고詩稿를….”

대옥은 그렇게 말을 꺼내다가 미처 맺지 못하고 다시 숨을 가쁘게 몰아쉬었다. 설안은 그 말이 전날 정리해 놓은 시들을 두고 하는 소리임을 알아차리고 그것을 찾아다가 대옥 앞에 가져다주었다. 대옥은 고개를 끄덕이더니 이번에는 저쪽에 있는 상자에 눈길을 보냈다. 설안은 무슨 뜻인지 몰라서 눈만 멀뚱거리며 우두커니 서 있었다.

그러자 대옥은 성이 났는지 눈을 부릅뜨더니 또다시 기침을 하기 시작했다. 그러면서 이번에도 또 왈칵하고 새빨간 피를 쏟아냈다. 설안이 허겁지겁 물을 떠가지고 오자 대옥은 그 물로 입을 헹궈서 그릇에 뱉었다. 자견은 손수건으로 대옥의 입을 닦아주었다.

대옥은 그 손수건을 거머쥐고 아까 그 상자를 가리키다가 또 숨이 가

빠져서 말을 못하고 눈을 감아버렸다.

"아가씨, 이제 누우세요."

자견이 권했으나 대옥은 머리를 가로저었다. 자견은 대옥이 손수건이 필요해서 그러는 줄 알고 설안에게 상자를 열어서 흰 명주 손수건을 꺼내오게 하였다. 대옥은 그것을 받아보더니 한쪽으로 내던지면서 있는 힘껏 소리를 질렀다.

"글씨가 쓰여 있는 것 말이다."

그제야 자견은 대옥이 찾는 것이 시를 써놓은 낡은 손수건임을 알아채고는 설안에게 그것을 꺼내오라고 해서 대옥에게 건네주었다. 그러면서 대옥에게 간곡하게 말했다.

"아가씨, 누워서 좀 쉬도록 하세요. 뭐 하러 그런 데다 신경 쓰고 그러세요? 몸이 다 나으신 후에 다시 보도록 하세요."

그러나 대옥은 손수건을 받아들자마자 적혀있는 시는 거들떠보지도 않고 있는 힘을 다해 그것을 찢어버리려고 하였다. 그렇지만 두 손이 바르르 떨리기만 할 뿐 좀처럼 찢어지지가 않았다. 자견은 대옥이 보옥을 원망해서 그런다는 것을 알아챘지만 내색할 수는 없었다.

"아가씨, 왜 또 혼자서 성을 내고 그러세요?"

대옥은 고개를 잠시 끄덕이는가 싶더니 그 손수건을 소매 속에 집어넣으며 설안에게 등불을 밝히라고 했다. 설안이 얼른 불을 밝혔다.

그것을 물끄러미 쳐다보던 대옥은 다시 눈을 감고 앉아서 한참 동안 숨을 가쁘게 몰아쉬더니 다시 입을 열었다.

"화로에다 불을 지펴라."

자견은 대옥이 추워서 그러는 줄로만 알았다.

"아가씨, 그럼 좀 누우세요. 이불을 한 채 더 덮으시는 게 좋겠어요. 숯 냄새를 견디기 힘드실 거예요."

그러나 대옥은 이번에도 또 머리를 가로저었다. 설안은 하는 수 없이 화로에 불을 지펴서 마룻바닥의 화로틀 위에 올려놓았다. 대옥은 고갯짓으로 그 화로를 자기가 앉아 있는 구들 위로 가져오라고 하였다. 설안은 시키는 대로 화로를 구들 위에 올려놓고는 그 화로를 놓을 앉은뱅이 상을 가지러 밖으로 나갔다.

이때 대옥이 몸을 일으키려 하였으므로 자견은 급히 두 손으로 그녀를 부축했다. 그러자 대옥은 아까 찢으려고 했던 손수건을 꺼내서 화로의 불길을 바라보며 고개를 끄덕이더니 불속에 휙 던져버리는 것이었다.

깜짝 놀란 자견이 손수건을 집어내려고 하였지만 대옥을 부축하고 있는 터라 손을 뺄 수가 없었다. 게다가 설안도 화로받침을 가지러 나갔기 때문에 손을 쓸 새도 없이 그 손수건은 벌써 불이 붙어 순식간에 벌겋게 타들어가고 있었다.

"아니, 아가씨! 도대체 왜 이러시는 거예요?"

자견이 놀라서 소리를 질렀건만 대옥은 들은 체도 하지 않고 이번에는 시고를 집어 들어 잠시 들여다보더니 도로 옆에다 내려놓는 것이었다. 자견은 대옥이 그것마저 태워 버릴까 봐 걱정이 돼서 얼른 자기 몸으로 대옥을 받친 후 손을 빼서 그것을 집으려고 하였다. 그러나 자견의 손이 닿기도 전에 대옥이 어느 틈에 그것을 집어서 불 속에 던져 넣었다. 이렇게 되고 보니 자견은 애만 태울 뿐 어찌해 볼 도리가 없었다.

마침 화로받침을 들고 들어오던 설안은 대옥이 화로에 뭔가를 던져 넣는 것을 보고, 무엇인지는 몰라도 그것을 집어내려 하였으나 이미 종이는 불이 닿기가 무섭게 활활 타오르고 있었다. 설안은 손이 데일 것을 무릅쓰고 그것을 집어내어 바닥에 던지고는 발로 밟아 불을 껐다. 그러나 시고는 거의 다 타버리고 남은 것은 얼마 되지 않았다.

그러고 있는데 대옥은 눈을 꼭 감더니 뒤로 휘딱 쓰러졌다. 그러는 바람에 자견은 하마터면 대옥의 몸에 깔릴 뻔했다. 자견은 황급히 설안을 불러 함께 대옥을 안아 자리에 눕혔으나 가슴은 마냥 두방망이질했다. 사람을 부르러 가자니 때가 이미 너무 늦었고 그대로 있자니 자기와 설안, 그리고 앵가 등 몇몇 어린 시녀들만으로는 만일의 경우가 생겼을 때 감당해 낼 수가 없을 것 같았기 때문이었다. 그들은 가슴을 조이며 가까스로 하룻밤을 새웠다.

이튿날 아침이 되자 대옥의 상태는 조금 나아진 듯싶었다. 그러나 조반을 먹고 나더니 갑자기 기침과 각혈을 하면서 다시 혼수상태에 빠졌다. 병세가 심상치 않다고 느낀 자견은 급히 설안과 어린 시녀들을 불러들여 대옥의 곁을 지키게 하고 부랴부랴 가모에게 알리러 달려갔다.

그런데 이것이 웬일이란 말인가? 가모의 처소에는 할멈 두세 명과 허드렛일을 하는 시녀 몇 명이 집을 지키고 있을 뿐 쥐 죽은 듯 고요했다.

"노마님께선 어디 가셨어요?"

자견이 이렇게 묻자 그들은 모두 모른다고만 할 뿐이었다. 자견은 그 말을 듣고 이상하다는 생각이 들어서 보옥의 방으로 들어가 보았으나 역시 아무도 없었다. 그 방의 시녀들에게 물어보았지만 그들 역시 모른다는 대답뿐이었다.

자견은 그제야 짐작이 갔다.

'아무리 그렇기로서니 사람들이 어쩌면 이렇게 마음이 독하고 얼음장같이 차가울 수가 있단 말인가?'

그녀는 또 요 며칠 어느 누구 하나 대옥의 문병을 와주지 않은 것이 떠올랐다. 생각할수록 슬프고 울화가 치밀어서 몸을 홱 돌려 보옥의 방에서 뛰쳐나오고 말았다. 그러면서 속으로 이런 생각을 했다.

'흥, 오늘 보옥 도련님이 어떤 꼴을 하고 있는지 좀 봐둬야겠어! 날 보면 어떻게 대할까? 어느 해던가 내가 장난으로 거짓말을 한마디 했더니 애가 탄 나머지 앓기까지 하더니만 오늘은 뻔뻔스럽게도 이런 수작을 다 부리고 있지 않은가? 이것만 보더라도 세상 남자들의 마음이란

얼음이나 눈보다도 차갑다는 것을 알 수 있어. 생각할수록 이가 갈린다니까!'

이런 생각을 하면서 걷다 보니 자견은 어느새 이홍원에 이르러 있었다. 그런데 이홍원은 문은 잠그지 않고 닫아만 놓았으나 안에서는 아무런 기척도 없었다. 자견은 언뜻 떠오르는 생각이 있었다.

'참! 장가들게 됐으니까 틀림없이 새 집으로 옮겨 갔을 거야. 그런데 그 새 집이 어딘지 알 수가 있어야지.'

자견이 그 근방을 왔다 갔다 하면서 기웃거리고 있을 때 묵우墨雨가 저쪽에서 나는 듯이 달려가고 있었다. 그를 본 자견이 얼른 불러 세우자, 묵우가 다가오며 빙글거리면서 물었다.

"자견 누나, 여기서 뭐 하고 있어?"

"보옥 도련님이 장가드신다고 하기에 구경왔는데 여기가 아닌가봐. 그런데 식은 언제 올린다니?"

그러자 묵우가 주위를 살피며 살그머니 얘기해 주었다.

"이건 누나한테만 알려주는 거니까 설안이에게는 절대로 말하면 안 돼. 윗분들께선 누나들한테도 알리지 말라고 엄명을 내리셨거든. 사실은 바로 오늘 밤에 식을 올리기로 되어 있어. 그리고 대감님께서는 가련 도련님을 시켜서 따로 신방을 마련하게 하셨는데 왜 여기서 식을 올리겠어?"

그러면서 묵우는 궁금한 듯이 물었다.

"그런데 누나는 무슨 일로 여기 왔어?"

"아무 일도 없어. 그럼 어서 가봐."

그러자 묵우는 가던 길로 다시 나는 듯이 뛰어갔다. 자견은 한참 동안 넋을 잃고 서 있다가 문득 대옥이 생각이 났다.

'아직 숨이 붙어 있기나 하겠는지….'

자견은 눈물을 글썽이며 이를 악물면서 보옥에게 원망을 퍼부었다.

"도련님! 내일이라도 대옥 아가씨가 죽는다면 아가씨 눈만큼은 피할 수 있겠지요! 그렇지만 도련님이 그렇게 바라던 일을 잘 치르고 나신 뒤엔 무슨 얼굴로 저를 대하시겠어요?"

자견은 슬프게 흐느끼면서 발길을 돌렸다. 자견이 아직 소상관으로 들어서기도 전에 어린 시녀 둘이 대문 안에서 밖을 내다보고 있다가 자견을 보기가 무섭게 그중 하나가 소리를 질렀다.

"저기 오는 게 자견 언니 아니야?"

자견은 대옥의 병세가 위중함을 알아채고 얼른 손을 가로저으며 큰 소리내지 못하게 하고는 급히 대옥의 방으로 뛰어 들어갔다. 대옥은 열에 들떠서 양쪽 볼이 벌겋게 달아 있었다.

자견은 사태가 심상치 않음을 직감하고 대옥의 유모인 왕할멈을 불러왔다. 그런데 왕할멈은 대옥을 보자마자 대성통곡을 하는 것이었다. 자견이 왕할멈을 부른 것은 그 할멈이 나이가 많아 만일의 경우에 힘이 되어주려니 하고 생각했기 때문이었다. 그런데 알고 보니 속이 없는 사람인지라 오히려 자견의 마음만 더 어지럽게 하는 것이 아닌가!

그러다가 자견은 문득 한 사람이 떠올랐다. 바로 다름 아닌 이궁재李宮裁, 이환이었다. 이환은 과부살이를 하고 있으므로 오늘 있을 보옥의 혼인식에는 참석하지 않을 것이었다. 게다가 대관원의 모든 일은 여태껏 이환이 맡아서 처리하고 있었으므로 그녀를 청한 것이었다.

그때 이환은 자기 방에서 가란의 시를 고쳐주고 있었는데 난데없이 시녀 하나가 뛰어와서 아뢰었다.

"큰아씨님, 대옥 아가씨가 위독한 것 같아요. 모두 곁에서 울고 있어요."

그 소리에 이환은 가슴이 철렁했다. 그녀는 자세한 내막을 물을 겨를도 없이 황급히 몸을 일으켜 소상관으로 달렸다. 그러는 이환의 뒤를 소운과 벽월碧月이 뒤따랐다. 이환은 눈물 속에 걸음을 재촉하면서 만감이 교차했다.

'대옥이는 함께 지내온 자매가 아닌가. 게다가 그녀는 용모로 보나 재주로 보나 세상에 둘도 없는 사람이다. 청녀나 소아라면 몰라도 다른 사람은 비할 수가 없지. 그런데 어쩌면 저토록 꽃다운 나이에 벌써 북망산 귀객이 되어야 한단 말인가? 희봉 동서의 신부 바꿔치기 농간 때문에 나마저도 소상관에 발을 들여놓을 수가 없어서 자매의 정도 나누질 못하게 되질 않았는가! 대옥을 생각하면 정말 가엽고 안타깝기 그지없다.'

이런 생각을 하는 사이에 이환은 어느덧 소상관 문 앞에 이르렀다. 그런데 안에서는 아무런 소리도 들리지 않았다. 그 순간 이환은 대옥이 벌써 죽어서 모두들 울다가 지쳐 있는 것이 틀림없다는 섬뜩한 생각이 들었다. 그렇다면 수의는 입혔는지 덮을 것은 마련되었는지 어쨌는지 모르겠다는 생각을 하면서 허둥지둥 방 안으로 뛰어 들어갔다.

안방 문 앞에 서 있던 어린 시녀가 이환을 보고 방 안에다 알렸다.

"큰아씨께서 오셨어요."

그 소리에 자견이 급히 밖으로 나오다가 이환과 마주쳤다.

이환이 다급하게 물었다.

"어떻게 됐니?"

자견은 대답하려고 했지만 목이 메어서 한마디도 나오질 않았다. 그저 구슬 같은 눈물만 주르르 흘리면서 손짓으로 대옥을 가리킬 뿐이었다.

이환은 자견의 그런 모습을 보고 더욱 가슴이 쓰라려서 더 이상 묻지 않고 얼른 안으로 들어섰다. 다가가서 보니 대옥은 이미 말조차 할 수 없는 지경이었다. 이환이 나지막한 목소리로 대옥을 두어 번 부르자, 대옥이 가늘게 눈을 떴다. 아직은 사람을 알아보는 것 같았다. 그러나 눈꺼풀과 입술이 약간 움직이고 숨소리가 가늘게 들릴 뿐, 말 한마디 못하고 눈물 한 방울조차 흘리지 못했다.

이환이 뒤돌아보니 자견이 보이지 않았으므로 어디 갔느냐고 설안에게 물었다.

"자견 언니는 바깥방에 있어요."

이환이 급히 바깥방으로 나와 보니 자견이 빈 침대에 혼자 누워서 파리한 얼굴로 눈을 감은 채 하염없이 눈물만 흘리고 있었다. 얼마나 울었던지 꽃무늬를 수놓고 비단으로 테를 두른 요가 눈물 콧물로 사발 크기만큼 얼룩져 있었다. 이환이 급하게 부르자 자견은 그제야 천천히 눈을 뜨며 몸을 일으켰다.

"이런 바보 같으니. 지금이 어느 땐데 이렇게 울고만 있는 게냐? 어서 수의를 내다 입히고 이불을 덮어주지 않고 뭘 꾸물대고 있어? 정말 대옥이를 알몸으로 왔다가 알몸으로 가게 하려는 참이냐?"

이환이 이렇게 말하자 자견은 더 이상 참지 못하고 통곡하기 시작했다. 이환은 자기도 눈물이 앞을 가렸지만 다급한 마음에 눈물을 닦으며 자견의 어깨를 토닥였다.

"자견아, 이제 그만 울렴. 네가 그렇게 우니까 내 마음도 쓰라려서 견딜 수가 없구나. 어서 대옥 아가씨에게 필요한 물건들을 내오도록 해라. 더 이상 머뭇거리다가는 큰일 나겠다."

이렇게 한창 서두르는데 밖에서 웬 사람이 허둥지둥 뛰어 들어왔으므로 이환은 깜짝 놀랐다. 누군가 했더니 그것은 평아였다. 뛰어들어온 평아는 이런 광경을 보자 그만 넋을 잃고 멍하니 그 자리에 서 버렸다.

"이런 때 그쪽에 가 있지 않고 여기는 뭐 하러 왔어?"

이환이 이렇게 말하고 있는데 임지효댁도 방으로 들어왔다.

"저희 아씨께서 대옥 아가씨의 병세가 걱정되신다면서 저더러 가보라고 해서 왔어요. 큰아씨께서 여기 계시니까 저희 아씨께서도 마음 놓고 저쪽 일만 보실 수 있을 거예요."

이환은 고개를 끄덕였다.

"저도 대옥 아가씨를 보고 가겠어요."

평아는 이렇게 말하면서 안으로 들어가더니 어느새 눈물부터 쏟는 것이었다. 이환이 임지효댁에게 일렀다.

"마침 잘 왔어. 빨리 가서 집사에게 형편을 봐가며 대옥 아가씨의 장례를 준비하라고 이르도록 해. 그리고 준비가 다 되거든 저쪽에는 갈 필요 없으니 나한테 와서 알리라고 하구."

그런데 임지효댁은 대답하고서도 여전히 머뭇거렸다.

"왜 또 다른 용건이라도 더 있는 게냐?"

"방금 희봉 아씨께서 노마님과 의논하셨는데, 저쪽에서 자견 아가씨를 좀 불러다 쓰시겠대요."

이환이 미처 대답도 하기 전에 자견이 톡 쏘아붙였다.

"아주머니, 제발 아주머니나 먼저 가세요. 그러지 않아도 죽을 사람이 죽으면 우리는 자연 이곳을 나가게 될 텐데, 어째서 벌써부터 이렇게…."

여기까지 말하던 자견은 뒷말을 잇기가 뭣해서 말꼬리를 슬쩍 돌렸다.

"게다가 저희들은 이곳에서 앓는 분을 시중들고 있었기 때문에 몸도 깨끗하질 못해요. 대옥 아가씨가 아직 숨이 붙어 있어서 시도 때도 없이 저를 찾기도 하고요."

이환도 곁에서 자견의 말을 거들었다.

"대옥 아가씨와 이 아이는 정말 전생에 인연이 있었던 모양이야. 설안이는 남방에서 데려왔으면서도 그 애는 제쳐두고 자견이만 찾는 걸 보면 말이지. 내 보기엔 저들 둘은 한시도 떨어질 수 없는 사이인 것 같아."

임지효댁은 자견의 말을 들을 때는 사뭇 언짢은 생각이 들었지만 이환의 말을 듣고는 더 이상 아무 말도 할 수 없었다. 게다가 자견이 온통 눈물투성이가 된 걸 보고는 그녀를 곁눈으로 흘겨보며 냉소를 머금고 말했다.

"자견 아가씨가 그런 소릴 하는 것은 그렇다손 치지요. 하지만 자견 아가씨야 그렇게 말하면 그만이겠지만 전 노마님께 가서 뭐라고 여쭤야 한단 말입니까? 더군다나 그런 말을 둘째 아씨께도 전해 올려야 하는데요."

그러고 있는데 평아가 안방에서 눈물을 훔치며 나오다가 물었다.

"희봉 아씨께 무슨 말씀을 전해 올린다는 거예요?"

임지효댁은 방금 전의 이야기를 평아에게 들려주었다. 평아는 잠시 고개를 숙이고 있다가 이렇게 말했다.

"그렇다면 설안이를 대신 보내도록 하지요."

"그 애를 대신 보내도 될까?"

이환이 이렇게 묻자 평아가 이환에게 다가와 귓속말로 뭐라고 소곤거렸다. 그러자 이환이 고개를 끄덕이며 말했다.

"그래, 그렇다면 설안이가 가도 마찬가지겠구나."

이번에는 임지효댁이 평아에게 물었다.

"설안 아가씨를 보내도 괜찮을까요?"

"괜찮아요. 누굴 보내든 마찬가지니까."

"그럼 어서 설안 아가씨더러 저를 따라 나서라고 말해 주세요. 제가 우선 노마님과 둘째 아씨께 말씀드리도록 하겠어요. 그렇지만 이 일은 큰아씨와 평아 아가씨가 주장하신 일이니까 나중에 두 분께서 둘째 아씨께 잘 말씀드려주셔야 해요."

"알았네. 그렇지만 자네는 그만큼 나이를 먹었으면서도 요만한 일도 책임지지 못하겠다는 건가?"

이환의 말에 임지효댁이 웃으며 대답했다.

"책임지지 않겠다는 것이 아니옵니다. 이 일은 노마님과 둘째 아씨께서 하시는 일인지라 저희들로선 도통 자세한 내막을 알 수 없는 데다가, 큰아씨와 평아 아가씨가 그렇게 하자고 하시기에 드리는 말씀이었습죠."

이런 얘기를 나누는데 평아가 설안을 불러내왔다. 그렇지 않아도 설안은 요즈음 자기를 아무것도 모르는 어린애 취급하는 것이 내심 서운했는데, 노마님과 희봉이 자기를 부른다는 소리를 듣고 보니 가지 않을 수 없었으므로 서둘러 머리 손질을 하였다. 평아는 설안에게 새 옷으로 갈아입으라고 한 다음 임지효댁을 따라가게 하였다.

그러고 나서 평아는 다시 이환과 몇 마디 말을 주고받았다. 이환은 또 평아에게 돌아가거든 임지효댁을 재촉해서 임지효에게 속히 장례준비를 하도록 이르라고 부탁했다.

평아가 대답하고 물러 나와 모퉁이를 돌자니까 저 앞에서 임지효댁이 설안을 데리고 가는 것이 보이기에 얼른 그들을 불러 세웠다.

"설안이는 내가 데리고 갈 테니까 아주머니는 아저씨한테 가서 빨리 대옥 아가씨의 장례준비를 하라고 이르도록 해요. 아씨께는 내가 대신 말씀 올리면 되니까요."

임지효댁은 평아의 말에 대답하고 가버렸다. 평아는 설안을 데리고 새집으로 건너가서 희봉에게 어떻게 된 일인지를 자세히 아뢴 다음 자기 일을 보러 갔다.

새집으로 불려온 설안은 눈앞의 광경을 보고 대옥 아가씨 생각이 나서 여간 서글픈 것이 아니었다. 그러나 가모와 희봉의 면전이라 감히 내색할 수는 없었다. 그러면서 이런 생각이 들었다.

'도대체 나를 데려다 뭘 하자는 걸까? 두고 볼 일이다. 보옥 도련님은 이전에는 우리 아가씨와 꿀에다 기름을 섞어 놓은 것처럼 사이좋게 지냈었는데 요즘에는 통 얼굴조차 내밀지 않고 있으니, 정말 병이 나서 그러는 건지 아니면 거짓으로 그러는 건지 알게 뭐람. 어쩌면 우리 아가씨의 노여움을 살까 봐 옥을 잃어버렸다고 거짓말하고선 일부러 바보가 된 것처럼 가장해서 대옥 아가씨의 정을 끊은 다음, 감쪽같이 보차 아가씨를 맞아들이려는 심산인지도 몰라. 오늘 내가 이 두 눈으로 똑똑히 봐 둬야겠어. 나를 보고도 여전히 바보행세를 하는지 말이야. 설마 오늘 같은 날도 바보행세를 하는 건 아니겠지?'

이런 생각을 하며 설안은 안방 문 앞으로 살그머니 다가가서 남몰래 방 안의 동정을 살폈다. 이때 보옥은 비록 옥을 잃고 정신이 혼미한 상태에 있었지만 대옥과 결혼하게 되었다는 소리를 듣자 고금을 통틀어 세상에 다시없는 기쁜 일이었으므로 별안간 온몸이 가뿐해지는 것 같은 느낌이 들었던지라 한시라도 빨리 대옥의 얼굴을 보고 싶어 안달이었다. 그러나 이전 같은 총명함은 찾아볼 수 없었으므로 희봉의 묘책이 들어맞은 셈이었다. 그러다가 학수고대하던 혼인날이 바로 오늘로 닥치고 보니 보옥은 마냥 좋아서 어쩔 줄을 몰라 했다. 비록 하는 말은 아직도 얼간이 같은 데가 있기는 했지만 앓고 있을 때와는 그야말로 판이하게 달랐다. 그런 광경을 보고 설안은 분하기도 하고 슬프기도 해서 그만 자리에서 물러 나오고 말았다.

한편 보옥은 습인을 재촉해서 새 옷을 갈아입고 왕부인의 방에 와서 앉아 있었다. 그곳에서는 희봉과 우씨가 바삐 왔다 갔다 하고 있었다. 보옥은 혼례 올릴 시간까지 참고 기다리지 못하고 습인에게 물었다.

"대옥이는 대관원에서 오는 건데 뭐가 그렇게 힘들다고 아직도 안 오는 거야?"

습인이 웃음을 참으며 말했다.

"좋은 시간을 기다리느라고 그래요."

이때 또 희봉이 왕부인에게 아뢰는 소리가 들렸다.

"상중이기 때문에 밖에서 풍악을 울리지는 못한다 하더라도 우리네 남방의 규례에 따르면 혼례를 올릴 때 너무 적적해서야 되겠는지요? 그래서 제가 우리 집에 있는 음악이나 연극을 배웠던 여자애들더러 풍악을 울리라고 해서 조금 흥겨운 분위기를 만들까 해요."

왕부인은 고개를 끄덕였다.

"그래도 무방하겠구나."

잠시 후 큰 가마 한 채가 대문 안으로 들어서자 기다리고 있던 악사들이 청아한 음악을 연주하며 맞이하였다. 열두 쌍의 궁등宮燈이 줄을 지어 들어오는 광경은 실로 새롭고 우아했다. 새색시 곁에서 안내하는 이가 신부에게 가마에서 내리라고 청했다. 보옥이 보니 신부는 얼굴에 붉은 천을 덮어쓰고 있었으며 곁에서 신부를 부축하며 서 있는 이도 붉은 옷을 입고 있었다. 머리를 숙이고 신부를 부축하고 있는 이가 누구이겠는가? 그녀는 다름 아닌 설안이었다.

보옥은 설안을 보자 의아한 생각이 들었다.

'왜 자견이가 오지 않고 저 애가 왔을까?'

그러다가 또 이런 생각이 들었다.

'맞다! 설안은 본래 대옥이 강남에서 데리고 온 애이고, 자견은 우리 집 사람이니까 이렇게 한 것이겠지.'

이렇게 생각하니 설안을 보는 것이 마치 대옥을 보는 것처럼 기뻤다.

이윽고 주례의 호령에 의해서 신랑과 신부가 천지신명께 절을 올렸다. 그런 다음 가모를 모시고 와서 사배四拜를 드리게 하고, 이어서 가정 부부도 나오게 해서 당堂에 올라 절을 받게 했다. 그러한 예식이 끝나자 이번에는 신방에 들어 침상식[3]을 거행하였는데, 이는 모두 이전부터 금릉에 전해 내려오는 의식을 따른 것이었다.

---

3 원문은 '좌상살장(坐床撒帳)'으로, 이전의 혼인풍습 가운데 하나. 신랑과 신부가 교배를 올린 후 신방에 들어와서 함께 침상에 앉는 것을 '좌상'이라 하고, 여자 손님들이 돈과 색색가지 과일을 던지는 것을 '살장'이라고 함.

가정은 처음부터 이 혼인이 가모가 주장해서 하는 일이라 감히 반대할 수는 없었지만 그것이 액막이가 되리라고는 믿지 않았다. 그랬는데 오늘 보옥이 멀쩡한 것 같아 보여서 여간 기쁜 것이 아니었다.

신부가 침상에 앉자 이번에는 얼굴에 씌운 붉은 수건을 벗기는 차례가 되었다. 희봉은 만약의 경우를 대비해서 가모와 왕부인을 방으로 모셔 들였다.

그런데 이때 보옥은 다시 바보처럼 굴면서 신부 앞으로 다가가 말을 건네는 것이었다.

"대옥 누이, 몸은 다 나았어? 얼굴 본 지도 퍽 오래 되었는데 이따위 건 뭐 하러 덮어쓰고 있는 거야?"

그러면서 그 붉은 수건을 벗기려고 하였다. 가모는 조마조마해서 온몸에 식은땀이 났다. 그런데 다행스럽게도 보옥이 마음을 돌려 먹었다.

'대옥 누인 화를 잘 내는 성미니까 경솔하게 굴면 안 되겠구나.'

하지만 잠시 그러고 있다가 역시 그냥 참고 있을 수 없어서 마침내 신부가 얼굴을 가리고 있던 붉은 수건을 잡아 벗기고야 말았다. 곁에서 신부의 시중을 들던 이가 그것을 받아들자 설안이 자리를 비키고 앵아가 대신 시중을 들었다.

보옥은 눈을 크게 뜨고 신부를 들여다보았다. 그런데 아무리 봐도 어쩐지 보차 같은 생각이 들자 믿어지지 않아서 한 손으로는 등을 치켜들고 한 손으로는 눈을 비벼가며 다시 자세히 들여다보았다. 그렇지만 아무리 봐도 보차가 아닌가!

고운 화장에 아름다운 옷차림, 동그스름한 어깨에 나긋나긋한 몸매, 나지막한 쪽머리에 드리운 귀밑머리, 사르르 떨리는 눈매에 들릴 듯 말 듯 한 고운 숨결의 그 단아하고 요염한 모습으로 말할 것 같으면 흰 연꽃에 이슬이 내린 듯싶고 살구꽃에 안개가 서린 듯도 싶었다.

보옥은 한참 동안 멍해 있다가 얼핏 보니 설안은 보이지 않고 앵아가 보차 곁에 서 있는 것이 아닌가. 보옥은 도무지 어찌 된 영문인지 알 수 없었다. 그는 자기가 지금 꿈을 꾸는 것 같아 그저 멍하니 서 있기만 할 뿐이었다. 사람들이 보옥의 손에서 등불을 받아들고 부축하여 의자에 앉혔지만 그는 그저 한 곳만 뚫어지게 바라보며 아무런 말도 하지 않았다.

가모는 보옥의 병이 다시 도질까 봐 겁이 나서 몸소 다가와 그를 부축하여 침상에 앉혔다. 희봉과 우씨는 보차를 안방으로 데려다 앉혔으나, 그녀는 물론 고개를 푹 숙인 채 아무 말도 하지 않았다.

보옥은 한참 만에 제정신으로 돌아와서 가모와 왕부인이 들어와 앉아 있는 것을 보고 나지막한 목소리로 습인에게 물었다.

"내가 지금 어디 와 있는 거야? 혹시 꿈을 꾸고 있는 거 아냐?"

"오늘은 도련님 경사 날인데, 꿈이니 뭐니 하는 그런 쓸데없는 소릴랑 하지 마세요. 지금 밖에 대감님께서 와 계셔요."

그러자 보옥은 살며시 안방 쪽을 가리키며 물었다.

"저기 앉아 있는 고운 색시는 누구야?"

습인은 웃음을 참느라고 입을 막고 있다가 한참 만에 겨우 입을 열었다.

"그분이 오늘 도련님께 시집오신 새아씨세요."

모두들 고개를 뒤로 돌리고서 참지 못하고 웃음을 터뜨렸다.

"에이 참, 말귀를 못 알아듣네. 글쎄 그 새아씨가 대체 누구냐니까?"

"보차 아가씨지 누구겠어요?"

"그럼 대옥이는?"

"대감님께서 정해주신 분은 보차 아가씬데 왜 실없이 대옥 아가씨 말씀을 꺼내시는 거예요?"

"그렇지만 방금 난 대옥 누이를 봤어. 설안이도 곁에 있었는걸. 그런데 왜 아니라고 그래? 너희들 모두 무슨 장난을 치는 거야?"

그러자 희봉이 다가와서 낮은 목소리로 귀띔했다.

"보차 아가씨가 안방에 앉아 있으니 그런 소릴랑 그만둬요. 보차 아가씨 기분을 상하게 했다가는 나중에 할머님께서 가만두지 않으실 거예요."

그 소리를 듣더니 보옥은 정신이 더욱 혼미해졌다. 워낙 정신이 온전하지 못했던 데다가 오늘 밤 이런 신출귀몰한 장난에 휘말리고 보니 제 정신일 리가 만무했다. 마침내 보옥은 다른 건 다 제쳐두고 한사코 대옥을 찾아가겠다고 우겨댔다.

가모가 다가와서 이런 저런 말로 달래보았지만 아무 소용이 없었다. 게다가 보차가 안방에 있는 까닭에 사실대로 이야기해 줄 수도 없는 노릇이었다. 보옥의 병이 도졌다는 생각이 들자 더 이상 이런저런 말은 하지 않고 온 방 안에 안식향安息香을 피워 보옥의 마음을 진정시킨 다음 자리에 눕혔다. 모두들 숨소리를 죽이고 있으려니까 얼마 후 보옥은 깊은 잠에 빠져들었다. 가모는 그제야 마음을 좀 놓고 그대로 앉아 밤새워 지키기로 하고 희봉을 시켜 보차 먼저 자리에 들도록 했다. 보차는 바깥방의 소란에 대해서는 전혀 못 들은 체하고서는 옷을 입은 채 혼자 안에서 잠자리에 들었다.

바깥채에 있는 가정은 안에서 일어난 일을 알 까닭이 없었으므로 아까 자기가 본 광경을 생각하고는 마음을 탁 놓았다. 게다가 다음 날이 마침 임지로 출발하는 길일이었으므로 잠시 쉬다가 여러 사람들의 축하와 전송을 받았다. 가모도 보옥이 잠든 것을 보고는 자기 처소로 돌아가서 잠시 눈을 붙였다.

이튿날 가정은 선조를 모신 사당에 하직을 고하고 나서 가모께 작별인사를 올리러 왔다.

"이 불효자식은 이번에 먼 곳으로 떠나게 되었사오니 부디 어머님께서는 옥체를 보전하도록 하십시오. 임지에 도착하는 대로 즉시 편지를 올릴 터이니 저에 대해서는 조금도 염려하지 마십시오. 보옥의 일은 이미 어머님 덕분으로 만사가 순조롭게 되었으니 앞으로 계속 잘 가르쳐 주시기를 바라옵니다."

가모는 가정이 임지로 가는 길 내내 마음을 놓지 못할까 봐 보옥의 병이 도진 것에 대해서는 조금도 입 밖에 내지 않고 다만 다음과 같이 말할 뿐이었다.

"내가 너한테 할 말이 하나 있다. 보옥이가 어제 혼례는 치렀지만 아직 신방에는 들지 않았어. 오늘 네가 먼 길을 떠나는 만큼 의당 그 애가 멀리까지 너를 전송하는 것이 도리에 맞는 일이겠으나, 혼례를 올려 액막이를 한 덕에 이제 겨우 나아지기는 했어도 어제 하루 종일 너무 지쳤던 탓에 지금 선불리 외출했다가 감기라도 걸리지 않을까 염려되는구나. 그래서 너한테 물어보는 건데 네가 그래도 그 애의 전송을 받겠다면 지금 당장 그 애를 불러서 전송하게 할 것이고, 그렇지 않고 그 애를 측은하게 생각한다면 내가 지금 그 애를 데려오게 해서 여기서 절하고 마는 것으로 하면 어떻겠느냐?"

"전송은 해서 뭐 하겠습니까? 그보다 그 애가 앞으로 열심히 공부만 해준다면 그건 저를 전송해 주는 것보다 몇 배 더 기쁜 일이지요."

가모는 가정의 말을 듣고 안도의 한숨을 내쉬었다. 그리하여 가정을 앉아 기다리게 하고는 원앙에게 이렇게 저렇게 명하여 습인을 딸려서 보옥을 데려 오라고 하였다.

원앙이 나간 지 얼마 안 되어 보옥이 들어왔다. 보옥은 이전과 다름없이 인사하라고 시켜서야 가정에게 절을 올렸다. 다행스럽게도 보옥은 아버지를 보자 긴장한 때문인지 잠시 정신이 좀 들어서 별다른 실수는 하지 않았다. 가정이 몇 마디 훈계를 하자 보옥은 일일이 대답하였다. 이윽고 가정은 보옥을 부축해서 데리고 돌아가게 하고 자기는 왕부인 처소로 돌아가서, 보옥을 예전처럼 받아주지 말고 잘 단속하라고 간곡하게 당부했다. 그리고 내년 향시에는 어떤 일이 있어도 꼭 응시하게 하라고 단단히 일렀다. 왕부인은 일일이 그렇게 하겠다고 대답한 다음 다른 말은 꺼내지 않았다. 그리고는 즉시 시녀를 시켜 보차를 데려오게 하여 신부가 시아버지를 전송하는 예를 올리게 하였으며, 보차 역시 밖으로 나가지 않고 안에서만 전송하게 하였다.

다른 안식구들은 모두 중문까지만 배웅하고 각자 자기 처소로 돌아갔다. 가진을 비롯한 손아랫사람들도 가정에게 한바탕 훈계를 들었다. 모두들 송별연을 열어 이별주를 들면서 가정을 전송하였으며, 집안의 자제들과 가정보다 나이 어린 친척과 친구들이 십리 밖 장정長亭[4]까지 전송하고 돌아왔다.

가정이 집을 떠나 임지로 부임한 이야기는 더 이상 하지 않겠다. 그런데 자기 방으로 돌아온 보옥은 갑자기 병이 심하게 도져서 정신이 전보다 더욱 혼미해지고 식음까지 전폐하다시피 하였다. 과연 보옥의 목숨은 어찌 될 것인가? 궁금하면 다음 회를 보시라.

---

4 성 밖의 큰길가에 세워진 정자로 배웅하는 사람들은 항상 거기까지 가서 전송하였음.

苦絳珠
魂歸
離恨天
病神瑛
淚灑
相思地

【 제98회 】

대옥의 죽음

가엾은 대옥의 혼백 이한천의 하늘로 가고
괴로운 보옥의 눈물 그리움에 땅을 적시네
苦絳珠魂歸離恨天 病神瑛淚灑相思地

가정에게 인사하고 자기 방으로 돌아온 보옥은 더욱 정신이 혼미해지고 머리가 어지러웠다. 보옥은 온몸에 힘이 쭉 빠지고 사지가 말을 듣지 않아 밥조차 먹지 못하고 그대로 자리에 쓰러진 채 깊은 혼수상태로 빠져들었다. 그리하여 이전에 병이 심했을 때처럼 의원을 불러다 보이고 약을 써보았지만 아무런 효험도 없었으며, 급기야 아예 사람조차 알아보지 못하게 되었다. 그러면서도 사람들이 안아 일으켜 앉히면 마치 성한 사람처럼 멀쩡하였다. 그렇게 며칠 동안을 소란스럽게 보내고 나니 혼인한 지도 어느덧 아흐레가 되어서 신부의 친정으로 인사가는 날이 되었다. 만약 가지 않는다면 설부인에 대한 체면이 말이 아니게 되고, 가자니 보옥의 상태가 저 모양이라 난감하였다.

가모는 보옥의 병이 대옥이 때문에 심해졌다는 것을 알고 있었으므로, 사실대로 알려주려고 해도 그랬다가는 보옥의 화를 돋워서 무슨 변이 일어날지 알 수 없는 노릇이었기에 그러지도 못하였다. 보차는 방금 시집

온 새색시라서 달래보기도 어려운 형편이고 보면, 아무래도 설부인이 이곳으로 건너오는 것이 가장 좋을 듯싶었다. 그러나 근친을 가지 않는다면 설부인이 여간 노여워 할 것이 아니었으므로 가모는 왕부인과 희봉에게 이 일을 상의했다.

"내가 보기에 보옥이가 비록 얼이 빠져 있기는 해도 몸은 아직 움직일 수 있을 것 같구나. 그러니 그 애들을 작은 가마 두 채에 태우되 보옥인 옆에서 누가 부축하도록 하고 대관원을 통해서 건너가 어떻게든 형식적으로나마 근친을 때워버리는 게 좋을 것 같구나. 그런 뒤에 설부인을 모셔다가 보차를 위로하게 하고, 우리는 합심해서 보옥의 병 치료에만 전념하기로 하자. 그렇게 하면 양쪽이 다 좋을 게 아니냐?"

왕부인은 가모의 의견에 따라 즉시 준비에 착수했다. 다행히 보차는 새색시이고 보옥은 정신이 나가 있었기 때문에 시키는 대로 순순히 응했다. 보차도 사정을 뻔히 다 알고 있었으므로 마음속으로는 어머니의 어리석은 처사가 몹시 원망스러웠지만, 이미 일이 이렇게 된 이상 아무런 말도 하지 않으려고 마음먹었다. 그러나 설부인만은 보옥의 그런 모양을 보고 후회막심이었기에 근친행사를 대강 해치우고 말았다.

근친을 다녀온 보옥은 병세가 더욱 악화되어 이튿날에는 일어날 수조차 없게 되었으며, 나날이 증세가 심해져서 이제는 물이나 미음마저 넘기지 못하였다. 설부인 등은 당황하여 사방으로 사람을 띄워 명의라는 명의는 모두 다 청해 보였지만 어느 누구도 병의 원인을 알아내지는 못하였다.

그러던 중에 성 밖의 낡은 절에 살고 있는 성을 필畢이라 하고 별호를 지암知庵이라고 하는 가난뱅이 의원이 와서 보고 병의 근원을 알아냈다. 그의 진찰에 의하면 병의 근원은 슬픔과 기쁨이 급격하게 겹쳐들었기 때문으로, 그로 인해 차고 더움이 조화를 잃어 음식을 제대로 못 먹게 되고 울분이 가슴에 차서 정기正氣가 막히게 되었다고 했다. 이는 내상內傷과 외감外感이 합쳐진 증세라는 것이다. 그래서 그 의원이 지어준 약을 밤에 달여 먹였더니 이경 후에 과연 의식이 들면서 보옥은 물을 마시겠다고 했다. 가모와 왕부인 등은 그제야 마음을 놓고 설부인더러 보차를 데리고 가모의 처소로 가서 잠시 쉬라고 하였다.

보옥은 잠시 정신을 차리기는 하였지만 스스로도 의식 있는 상태가 그리 오래가지 못할 것임을 알았다. 그래서 다른 사람들이 다 돌아가고 방 안에 습인만 남게 되자, 습인을 자기 앞으로 불러서 그녀의 손을 잡고 울면서 말했다.

"내가 물어볼 말이 있어. 보차 누나가 어째서 여기 와 있는 거야? 내 기억에 아버님께서 대옥 누이와 짝 지어 주신다고 했는데, 대옥 누이는 왜 보차 누나한테 쫓겨났느냔 말이야? 보차 누난 무엇 때문에 여길 차지하고 앉아 있는 거야? 내가 직접 그런 말을 하고 싶지만 그러면 틀림없이 보차 누나의 기분을 상하게 할까 봐 그러지도 못하겠어. 대옥 누이가 얼마나 울었겠어? 너희는 알고 있겠지?"

습인은 감히 바른 대로 말할 수가 없어서 그저 이렇게만 대답했다.

"대옥 아가씨는 지금 병으로 앓고 계세요."

"그럼 내가 문병을 갈 테야."

그러면서 보옥은 자리에서 일어나려고 하였다. 그렇지만 며칠째 음식을 먹지 않았던 보옥은 기운이 없어서 몸이 말을 듣지 않자 그만 울음을 터뜨리고 말았다.

"난 그만 죽고 싶어. 그런데 내 가슴속에 품은 한마디 말이 있으니 습인이 제발 그 말을 할머니께 말씀드려줘. 어차피 대옥 누이도 죽을 것이고 나도 이제 더 이상 살아날 가망이 없으니, 두 곳의 병자가 모두 죽게 생기질 않았어? 그런데 이렇게 따로 따로 죽으면 뒤처리도 곤란할 테니 아예 빈 방 하나를 치워서 일찌감치 나와 대옥 누이를 한방에다 옮겨 달라고 말이지. 그렇게 한다면 살아 있는 동안에는 함께 시중들어

줄 수 있으니 편할 테고, 또 죽더라도 한 곳에다 안치할 수 있으니 좋지 않겠어. 습인이 내 부탁을 들어준다면 우리가 몇 해 동안 맺어 온 정분이 허사가 아니었음을 말해 주는 거야."

그 말에 습인은 가슴이 쓰라리고 목이 메어 눈물만 흘릴 뿐이었다. 그때 마침 보차가 앵아와 함께 들어오다 그 말을 듣고 보옥을 나무랐다.

"당신은 앓고 계시는 몸으로 조리할 생각은 안 하시고 어찌 그리 불길한 말씀만 하시는 거예요? 할머님께서 이제 겨우 마음을 놓으실 만하니까 또다시 일을 일으키시는군요. 할머님께서는 한평생 당신 한 분만 사랑해 오셨어요. 그리고 이젠 연세가 이미 팔순이 넘질 않으셨습니까? 당신 덕분에 무슨 봉작 같은 걸 받기를 바라진 않으시겠지만 앞으로 당신이 훌륭한 사람이 되는 걸 단 하루만이라도 보실 수 있다면 그것만으로도 만족하실 것이고 또 그동안 애쓴 보람도 느끼실 거예요. 어머님의 경우는 더 말할 것도 없지요. 한평생 심혈을 기울여서 애지중지 길러온 자식인데 만일 그 자식이 도중에 세상을 뜬다면 어머님께서는 어떻게 되시겠어요? 저를 놓고 보더라도 아무리 박명하게 태어났기로서니 그런 신세까지 되어야 하겠는지요? 이 세 가지만 보더라도 당신이 아무리 죽고 싶어도 하느님께선 그걸 허락하지 않으실 거예요. 그렇기 때문에 당신은 죽을 수 없는 거고요. 마음을 가라앉히고 사오 일 정도 잘 조리할 것 같으면 나쁜 기운은 빠지고 만물의 생장을 돕는다는 태화정기太和正氣가 가득해져서 틀림없이 이 고약한 병이 씻은 듯 낫게 될 거예요."

보옥은 그 말을 듣고 대답할 말을 찾지 못하다가 한참 후에서야 희죽희죽 웃으며 말했다.

"오랫동안 나하고는 말도 한마디 안 하다가 이제 와서 누구 들으라고 그따위 설교를 늘어놓는 거야?"

그러자 보차가 또다시 입을 열었다.

"사실대로 말씀드리지요. 당신이 요 며칠 의식을 잃고 있을 동안 대옥이는 이미 세상을 뜨고 말았어요."

이 말을 듣고 보옥은 자리에서 벌떡 일어나서 믿을 수 없다는 듯이 큰 소리를 질러댔다.

"정말 대옥이가 죽었단 말이야?"

"정말이고말고요. 무슨 벌을 받으려고 산 사람을 거짓으로 죽었다고 하겠어요? 할머님과 어머님께서는 당신네 두 사람이 남달리 친한 남매간이었으므로 만일 대옥이가 죽은 걸 알면 당신도 함께 죽는다고 할까봐 알리지 않은 거예요."

이에 보옥은 통곡하며 그대로 침상에 쓰러졌다. 그런데 갑자기 눈앞이 깜깜해지더니 어디가 어딘지 분간할 수조차 없었다. 당황하여 어쩔 줄 모르고 있는데 저 앞에서 누군가가 다가오는 것 같기에 보옥은 어리둥절해하며 그 사람에게 물었다.

"말씀 좀 묻겠습니다. 여기가 어딘가요?"

"여기는 저승으로 가는 황천길이다. 그런데 넌 아직 수명이 다하지도 않았는데 뭐 하러 여길 왔느냐?"

"조금 전에 제 친구가 죽었다기에 그 사람을 찾아왔다가 저도 모르게 이렇게 길을 잃었습니다."

"그 친구란 사람이 누구냐?"

"고소姑蘇[1] 태생 임대옥입니다."

그러자 그 사람은 차가운 웃음을 흘리며 말했다.

"임대옥은 살아서는 인간과 다르고 죽어서는 귀신과 달라서 혼도 없고 넋도 없는 존재인데 어디 가서 찾는단 말이냐? 보통 사람의 혼백은 모여서는 형체를 이루지만 흩어지면 기氣로 변하는 것인지라, 살아있을 때에는 형체가 보이지만 죽으면 사라지는 법이다. 평범한 사람의 혼

1 소주(蘇州)의 옛 이름.

이라 해도 찾을 수 없거늘 하물며 임대옥의 혼을 어찌 찾을 수 있단 말인가? 얼른 썩 돌아가기나 해라."

보옥은 이 말을 듣고 한참 동안 멍하니 있다가 다시 물었다.

"죽으면 형체가 없이 사라진다고 하셨는데, 그렇다면 왜 이런 저승이라는 곳이 있는 겁니까?"

그 사람이 다시 차갑게 웃으며 말했다.

"이 저승이란 곳은 있다면 있고 없다면 없는 거야. 그건 모두 속세의 사람들이 죽고 사는 일에 얽매여서 만들어 낸 말로서 사람들을 깨우치려고 지어낸 거지. 말하자면 하느님께서 어리석은 인간들이 제 본분을 지키지 않거나, 천명이 다하지 않았는데도 일찌감치 목숨을 끊는다거나, 또는 음욕에 빠지든가 기세를 믿고 횡포를 부리다가 까닭 없이 스스로 목숨을 잃는다거나 하는 것을 크게 노여워하시기 때문에 특히 이런 지옥을 만드신 거야. 그래서 그런 혼백들을 가둬 놓고 끝없는 고통을 받게 하여 생전의 죄를 씻게 하셨던 거지.

네가 지금 임대옥을 찾는 것은 까닭 없이 자기를 거기다 빠뜨리는 것이다. 게다가 대옥은 이미 태허환경으로 돌아갔어. 그러니까 만약 네가 임대옥을 꼭 찾을 생각이라면 마음을 가라앉히고 열심히 수양을 쌓도록 해라. 그런다면 언젠가는 만날 수 있는 날이 올 거야. 그렇지 않고 만일 생의 본분을 지키지 않고 스스로 목숨을 끊는 죄를 범한다면 너는 저승에 갇혀서 부모들이나 만날 수 있을까, 임대옥을 한 번만이라도 보고자 한들 영영 만날 수 없을 것이다."

그 사람은 말을 마치자 소매 속에서 돌멩이 하나를 끄집어내더니 보옥의 가슴을 향해 내던졌다. 보옥은 그런 이야기를 들은 데다가 돌로 명치끝을 얻어맞기까지 하였으니 깜짝 놀라 집으로 돌아가려고 하였다. 그러나 돌아가는 길을 찾을 수가 없었다.

한창 애를 태우고 있는데 별안간 저쪽에서 누군가가 자기를 부르는 소리가 들렸다. 고개를 돌려보니 다른 사람이 아니라 바로 가모, 왕부인, 보차, 습인 등이 자기를 둘러싸고 울고 있는 것이었다. 그리고 자기는 여전히 침상에 누워 있는 것이 아닌가? 탁자 위에는 붉은 등이 켜져 있었고, 창밖에는 밝은 달이 비치고 있었다. 그것은 여전히 화려하게 수놓인 비단에 둘러싸인 번화한 세계였다. 정신을 차리고 가만히 생각해 보니 방금 전에 겪었던 일은 한바탕의 긴 꿈이었던 것이다. 온몸은 식은땀으로 흠뻑 젖어 있었지만 속은 어쩐지 후련해진 것 같았다. 다시 곰곰이 생각해 보니 실로 어찌할 수 없는 일이었으므로 보옥은 그저 긴 한숨만 내쉴 뿐이었다.

보차는 대옥이 죽었다는 것을 진작부터 알고 있었다. 그러나 가모가 보옥에게 알렸다가는 병이 더해져서 고치기 어려울까 봐 누구든 일체 보옥에게는 알리지 말라고 하였으므로 입을 다물고 있었던 것이다. 보차는 속으로 보옥의 병이 실은 대옥 때문에 난 것이며 옥을 잃은 것은 부차적인 것임을 잘 알고 있었다. 그래서 이 기회에 바른대로 알려줘서 미련을 단념하고 정신을 돌아오게 한다면 병을 고칠 수 있다고 믿었다.

가모와 왕부인은 보차의 심산을 알지 못했기 때문에 그녀가 경솔하게 행동했다고 여기며 퍽 못마땅해 하였다. 그러다가 나중에 보옥이 정신을 차리게 되자 그제야 안심하고 즉시 사람을 바깥 서재로 보내 필의원을 불러다가 진맥하게 하였다.

그 의원은 맥을 짚어 보더니 의아해하며 말했다.

"그것 참 이상하군요. 이번엔 맥이 가라앉아 고요하고 정신도 안정되어 있으며 울기도 없어졌습니다. 내일 제가 지어드린 약을 쓰신다면 쾌차하실 듯싶습니다."

의원이 돌아가자 모두들 안심하고 각자 자기 처소로 돌아갔다.

습인은 당초에 보차가 알리지 말아야 할 것을 알렸다고 몹시 원망스럽게 생각했지만 겉으로 드러낼 수 없어서 그저 잠자코 있었다. 그러나 앵아는 남들이 안 보는 사이에 보차를 원망했다.

"아씨께서 너무 성급하셨어요."

"네가 뭘 안다고 그러느냐? 어쨌든 내게도 생각이 있어서 그런 거야."

보차는 남들이 뭐라고 하든 말든 전혀 개의치 않고 다만 보옥의 병을 살피다가, 병의 원인이 여기다 싶어서 바로 거기에다 살그머니 침을 꽂은 것이었다.

그러는 가운데 보옥은 점차 정신이 안정되기 시작했다. 비록 이따금 대옥이 생각나서 정신이 다시 흐려지곤 하였지만, 그럴 때마다 습인이 늘 따뜻하게 위로해 주곤 하였다.

"대감님께서는 보차 아가씨는 인품이 넉넉하고 훌륭한 반면, 대옥 아가씨는 성품이 괴팍해서 오래 살지 못할까 봐 그렇게 정하신 거예요. 노마님께서는 병중에 있는 도련님이 너무 충격을 받을까 봐 설안이를 불러다가 속이신 거고요."

보옥은 끝내 가슴이 쓰라려서 눈물만 비 오듯 흘렸다. 죽고 싶은 마음이 태산 같았지만 꿈속에서 들은 말이 생각나고 또 할머님과 어머님이 노여워하실 것을 생각하면 그럴 수도 없는 일이었다. 그러면서 또 한편으로는 대옥이 이미 고인이 된 바에는 보차가 제일가는 인물이라는 생각도 들어서 '금석金石의 인연'이 운명처럼 믿어지기도 하였다. 그러다 보니 마음도 한층 안정되어 가는 것 같았다.

보차는 보옥의 그러한 모습을 보고 이제는 더 이상 큰일이 없겠다 싶어서 안심하였다. 그녀는 매일 가모와 왕부인에게 며느리로서의 예를 다한 뒤 갖은 방법으로 보옥의 우울증을 풀어주려고 애를 썼다. 보옥은 비록 자주 자리에서 일어나 있을 수는 없었지만 보차가 언제나 침상머리에 앉아 있는 것을 보면 지병이 또 도지려고 하는 것을 어찌할 수 없었다. 그럴 때마다 보차는 늘 바른 말로 그를 타이르며 위로했다.

"몸조리를 잘하시는 것이 무엇보다도 중요해요. 우리 두 사람이 이미 부부의 인연을 맺었으니 이젠 늘 함께 해야 한답니다."

보옥은 비록 마음에 썩 내키지는 않았지만 낮으로는 가모와 왕부인, 그리고 설부인 등이 번갈아 가며 찾아와서 지켜주고, 밤으로는 보차가 혼자 잠자리에 들고 가모가 시중들 사람을 보내 주었으므로 그런대로 마음을 잡고 정양할 수 있게 되었다. 게다가 보차의 따뜻하고 유순한 태도를 보고 있노라면 대옥을 사랑하던 마음이 차츰 보차에게로 옮겨지기도 하였다. 그러나 그것은 뒷날의 일이다.

한편 보옥이 결혼하던 날 대옥은 대낮부터 벌써 혼수상태에 빠져서 겨우 실낱같은 숨이 붙어 있을 뿐이었다. 그런 모습을 곁에서 지켜보는 이환과 자견은 서럽게 목 놓아 울고만 있었다. 그러다가 저녁나절이 되면서 대옥은 좀 나아지는가 싶더니 눈을 사르르 뜨면서 무언가 마실 것을 찾는 것 같았다. 이때는 이미 설안이 가모에게 불려간 뒤라 자견과 이환만이 곁을 지키고 있었다.

자견은 황급히 계원탕에 배즙을 타서 한 종지 가져다가 작은 은수저로 두세 모금 입 안에 떠 넣어 주었다. 대옥은 다시 눈을 감고 한동안 가만히 있었다. 가슴속이 밝은 것 같기도 하고 어두운 것 같기도 하였다. 이때 이환은 대옥이 조금 정신이 드는 것을 보고 그것이 임종 직전의 평온임을 알아 차렸다. 그녀는 이런 상태가 얼마간은 유지되리라 생각하여 도향촌으로 돌아가서 잠시 볼일을 보았다.

대옥이 눈을 뜨고 보니 곁에는 자견과 유모 그리고 몇몇 어린 시녀들밖에 없었다. 대옥은 한 손으로 자견의 손을 잡으며 가까스로 입을 열었다.

"난 이제 아무래도 안 되겠어. 넌 나를 위해 몇 해 동안 정성을 다해 줬어. 언제까지나 너와 함께 지낼 수 있기를 바랐는데 내가 그만 이렇게 ….”

대옥은 하던 말을 더 이상 잇지 못하고 숨을 몰아쉬더니 눈을 감고 가만히 있었다. 자견은 대옥이 자기의 손을 붙잡은 채 놓지 않는 것을 보고 자기도 꼼짝 않고 곁에 붙어 있었다. 그녀는 대옥의 기색이 낮보다 퍽 좋아진 것 같았으므로 나을 가망이 있다고 기대했는데, 뜻밖에도 대옥으로부터 그런 말을 듣고 보니 그 희망도 절반쯤은 없어지는 것 같았다.

한참 있다가 대옥이 다시 입을 열었다.

“자견아, 이곳에는 내 육친이라곤 없구나. 내 몸은 깨끗하니까 네가 부디 어른들께 말씀드려서 내가 죽으면 날 고향으로 보내도록 해주렴.”

여기까지 말하던 대옥은 다시 눈을 감고 더 이상 아무 말도 하지 않았다. 자견의 손을 잡고 있던 대옥의 손이 점점 꼭 쥐어지는가 싶더니 숨을 헐떡이며 몰아쉬는 것이었다. 그러면서 내쉬는 숨은 크고 들이쉬는 숨은 작아지더니 그 간격도 이미 점점 짧아져 가고 있었다.

자견은 다급해져서 얼른 이환을 부르러 사람을 보내려고 하는데 마침 탐춘이 왔다. 자견은 탐춘을 보자 낮은 소리로 울먹였다.

“셋째 아가씨, 우리 아가씨 좀 봐주세요.”

그러면서 그녀는 눈물을 비 오듯 흘렸다. 탐춘이 다가와서 대옥의 손을 잡아보니 손은 이미 싸늘하게 식어 있었고 눈의 초점까지도 풀려 있었다. 탐춘과 자견은 흐느끼면서 어린 시녀들에게 물을 떠오게 해서 대옥의 몸을 씻겨주는데 이환이 허둥지둥 뛰어들어 왔다. 세 사람은 바라만 볼 뿐 서로 말을 건네고 어쩌고 할 경황이 없었다. 겨우 몸을 다 씻겨주고 났을 때 별안간 대옥이 허공을 향해 있는 힘을 다해 처절하게 소리를 질렀다.

“보옥이! 보옥이! 어쩌면 그렇게도….”

대옥은 ‘그렇게도’ 까지 말하고는 온몸에 식은땀을 죽 흘리더니 더 이상 말을 잇지 못하였다. 자견이 황급히 대옥을 안아 일으켰으나 땀이 점점 더 흐르더니 마침내 몸이 싸늘하게 식어갔다. 탐춘과 이환은 서둘러 시녀들을 시켜 대옥의 머리를 빗기고 수의를 입혔다. 그러자 대옥은 마침내 두 눈을 한 번 부릅뜨더니 영영 숨을 거두고 말았다.

아아! 그야말로,

한 가닥 가녀린 아름다운 혼백은
바람 따라 사라지고, 香魂一縷隨風散,
수심어린 그 마음 삼경의 꿈길에 멀어지누나! 愁緖三更入夢遙!

대옥이 숨을 거둔 시각은 보옥이 보차와 혼례를 올리던 바로 그때였다. 자견 등은 모두 대성통곡하기 시작했다. 이환과 탐춘은 그녀의 사랑스럽던 평소의 모습을 떠올리니, 오늘의 처지가 더욱 가엽게 느껴져서 가슴이 찢어지듯 구슬프게 통곡하였다. 그러나 소상관이 신혼부부의 신방과는 멀리 떨어져 있었으므로 그곳에서는 아무 소리도 들리지 않았다.

그녀들이 한참을 이렇게 통곡하고 나자 어딘가 멀리서 음악소리가 들려왔다. 모두들 귀를 기울여 들어보았으나 이번에는 아무 소리도 들리지 않았다. 탐춘과 이환이 밖으로 나가 다시 귀를 기울여 보았으나 대나무 끝이 바람에 흔들리고 달그림자가 담장에 어른거릴 뿐, 주위는 처량하고 쓸쓸하기만 하였지 아무런 기척도 없었다. 이윽고 임지효댁을 불러다 대옥의 시신을 안치해 놓고 사람들에게 고인의 시신을 지키게 한 다음, 이튿날 날이 밝자 희봉에게 대옥의 죽음을 알렸다.

희봉은 가모와 왕부인 등이 정신없이 바쁜 데다가 가정이 임지로 길을 떠났으며 또한 보옥의 병이 심해져서 더욱 멍청해져 있는 판에, 대옥의 불길한 소식을 전했다가는 가모와 왕부인이 수심과 고통에 휩싸여 병이라도 날지 모르겠다는 생각이 들었다. 그래서 자기 혼자 대관원으로 갈 수밖에 없었다.

소상관에 이르자 희봉도 터져 나오는 울음을 참을 수가 없었다. 한참 울고 난 희봉은 이환과 탐춘을 만나 모든 일이 다 준비된 것을 알자 원망 섞인 어조로 말했다.

"수고 많았어요. 그렇지만 왜 아까 제게 알려주지 않았어요? 그 바람에 얼마나 당황했는지 몰라요."

이에 탐춘이 대꾸했다.

"아까는 아버님을 전송하는 중이었는데 어떻게 그런 얘기를 할 수 있었겠어요?"

"그래도 두 분이 대옥일 불쌍하게 여겨서 보살펴 주고 있으니 다행이에요. 그럼 저는 건너가서 저쪽의 딱한 사람을 돌봐줘야겠어요. 그런데 이 일은 정말 난처하군요. 오늘 말씀을 안 드리자니 그래서는 안 되겠고, 그렇다고 말씀을 드리자니 할머님께서 슬픔을 견뎌내실지 걱정이에요."

"형편을 봐서 여쭐 만할 때 여쭙도록 하는 게 좋겠어요."

이환의 말에 희봉은 고개를 끄덕이며 급히 돌아갔다.

희봉이 다시 보옥의 방으로 돌아와 보니 보옥의 병이 크게 문제될 것이 없겠다는 의원의 말을 듣고 가모와 왕부인이 얼마간 안심하고 있었다. 그래서 희봉은 보옥이 모르게 가만가만 대옥의 일을 아뢰었다. 가모와 왕부인은 그 소식을 듣고 모두 소스라치게 놀랐다. 가모는 눈물을 줄줄 흘리면서 말했다.

"내가 그 아이를 죽인 거나 다름없어! 그렇지만 그 애의 마음이 너무 모진 것도 사실이야."

그러면서 가모는 당장 대관원으로 달려가서 그녀를 위해 울어주고 싶었으나, 한편으로는 보옥이 걱정되어 이러지도 저러지도 못하였다.

왕부인 등은 슬픔을 억누르며 건너가지 마시라고 가모를 말렸다.
"무엇보다도 어머님의 옥체가 중요하십니다."
가모는 하는 수 없이 왕부인 혼자만 가보라고 하면서 말했다.
"나를 대신해서 그 애의 영전에 이렇게 고해다오. '내가 결코 무정해서 너를 전송하지 못하는 것이 아니라 단지 같은 손주라도 멀고 가까움이 있기 때문에 그런 것이다. 너는 나의 외손녀로서 두말할 것도 없이 가까운 사이지만 보옥이와 비교하면 아무래도 보옥이가 너보다 더 가깝지 않겠느냐? 만일 보옥에게 무슨 일이라도 생기는 날에는 내가 무슨 낯으로 그 애 아범을 대하겠느냐?' 이렇게 말이지."
가모는 그러면서 또 흐느껴 울기 시작했다. 그러자 왕부인이 가모를 위로했다.
"대옥인 어머님께서 제일 귀여워하시던 아이지만 사람의 수명이란 하늘이 정해주는 것이니 어쩔 수 없습니다. 이제는 이미 이 세상 사람이 아니니까 더 이상 어떻게 마음을 써줄 수 없는 일이 아니겠어요? 그러니 장례나마 상등으로 치러서 보내주는 수밖에 없어요. 그런다면 첫째로는 다소라도 우리의 정성을 표시할 수 있게 되고, 둘째로는 보옥의 고모님과 대옥의 혼령에게도 얼마간의 위로가 될 수 있을 겁니다."
여기까지 듣던 가모는 더욱 서럽게 흐느껴 울었다. 희봉은 노인이 너무 슬퍼하는 것이 걱정되었다. 그래서 보옥의 정신이 아직 맑지 못한 점을 이용하여 가만히 사람을 시켜 가모에게 거짓말을 하게 했다.
"보옥 도련님이 노마님을 찾고 계세요."
가모는 그 말을 듣고서야 비로소 눈물을 거두며 말했다.
"또 무슨 일이 생긴 게 아니냐?"
그 물음에 희봉이 웃으면서 대답했다.
"무슨 일이 있어서 그러는 건 아니고요, 그저 할머님이 보고 싶어서 그러는 것 같아요."

가모는 서둘러 진주의 부축을 받으며 일어섰고 희봉도 그 뒤를 따랐다. 도중에 그들은 저쪽에서 걸어오는 왕부인을 만났다. 왕부인이 가모에게 소상관의 사정을 일일이 아뢰자 가모는 또다시 애통하여 가슴이 미어지는 것만 같았다. 그러나 지금은 보옥에게로 가는 길이었기 때문에 억지로 눈물을 참고 슬픔에 겨운 목소리로 말했다.

"그렇다면 난 그리로 건너가지 않을 테니 너희가 알아서 처리하도록 해라. 내 눈으로 직접 그 애를 보게 되면 견딜 수 없을 것 같구나. 그러니 너희가 장례나 후하게 치러주려무나."

왕부인과 희봉이 일일이 대답하자, 가모는 그제야 보옥의 처소로 향했다. 보옥의 처소에 당도하자 가모는 보옥에게 물었다.

"그래, 왜 나를 찾았느냐?"

그러자 보옥이 히죽이 웃으면서 말했다.

"어젯밤에 대옥 누이가 저한테 왔었어요. 그런데 대옥이가 강남으로 가겠다고 하잖아요. 제 생각에 여기는 아무도 대옥이를 붙들어 둘 사람이 없는 것 같아요. 그러니 할머님께서 대옥이를 붙들어 주세요."

"오냐, 그렇게 할 테니 걱정하지 마라."

가모가 그렇게 대답하자 습인은 보옥을 부축해서 침상에 눕혔다.

보옥의 방을 나와 가모는 보차가 있는 곳으로 향했다. 그때 보차는 아직 아흐레 만의 근친을 하지 않은 상태여서 사람들을 만날 때마다 수줍어하는 기색이 역력했다. 이날도 보차는 가모의 얼굴이 온통 눈물 자국으로 뒤덮여 있는 것을 보고 말없이 차를 따라 올렸다. 그러자 가모는 그녀더러 곁에 와 앉으라고 하였다.

보차는 조심스럽게 앉으며 그제야 입을 뗐다.

"대옥이 몹시 앓고 있다고 들었는데, 좀 차도가 있는지요?"

가모는 그 말을 듣고 눈물을 비 오듯 흘리며 말했다.

"얘야, 내 너한테만 알려줄 테니 절대로 보옥이에게 말해서는 안 된다. 그동안 대옥이 때문에 너도 마음고생이 꽤나 많았을 거다. 네가 이제 우리 집 며느리가 되었으니 알려주마. 대옥이가 죽은 지 벌써 이삼일이나 되었다. 보옥이 너를 신부로 맞아들이던 바로 그 시각에 숨을 거뒀지 뭐냐. 지금 보옥이 앓고 있는 저 병도 실은 그 애 때문이라고 할 수 있지. 너희는 전에 대관원에서 함께 살았으니 물론 잘 알고 있을 테지만 말이다."

보차의 얼굴이 금방 빨개졌다. 그러나 대옥의 죽음을 생각하자 자기도 모르게 눈물이 주르르 흘러내렸다. 가모는 잠시 더 이야기를 나누다가 돌아갔다. 이로부터 보차는 이 생각 저 생각 끝에 마침내 한 가지 방법을 생각해냈다. 그러나 그 방법을 함부로 쓸 수도 없는 노릇이어서 아흐레 만의 근친을 다녀온 후에서야 그 방법을 생각해 낸 것이었다. 그랬더니 과연 보옥의 병이 눈에 띄게 좋아져서 이제는 사람들이 그전처럼 말 한마디에도 신경 쓸 필요가 없게 되었다.

보옥은 비록 병세가 하루하루 좋아지고는 있었으나 대옥에 대한 그리움만은 좀처럼 풀 방법이 없었으므로, 한사코 자기가 직접 조문 가서 곡을 하겠노라고 고집을 부렸다. 가모는 보옥의 병이 아직 뿌리가 채 뽑히지 않은 것을 잘 알고 있었기 때문에 그런 쓸데없는 생각일랑 하지 말라고 타일렀다. 그러나 보옥의 마음속 괴로움은 쉽사리 가시지 않았으므로 병이 나아졌다 심해졌다를 반복하였다. 그 병이 마음에서 생긴 것이란 것을 잘 알고 있는 의원이 울적한 심사를 풀어 준 다음 약을 쓰고 조리해야만 차도가 있을 거라고 말하자, 그 말을 들은 보옥은 당장 소상관으로 가겠다고 나섰다. 가모는 하는 수 없이 하인들을 시켜 대나무 의자를 가져다가 보옥을 부축해서 앉힌 다음, 자신이 왕부인과 함께 앞장을 섰다.

소상관에 들어선 가모는 대옥의 영구를 보자 숨이 넘어갈 정도로 울어댔다. 그러자 희봉이 등이 곁에서 갖은 말로 가모를 달랬다. 왕부인도 한참 곡을 하였다. 이환은 가모와 왕부인을 안으로 모셔 쉬게 했지만 자기도 흐르는 눈물을 주체하지 못하였다.

대옥의 방에 들어선 보옥은 지난날 자기가 앓기 전에 늘 이곳을 드나들던 때의 일을 떠올렸다. 그런데 지금 이 방의 주인은 죽고 없다는 생각이 들자 그만 참지 못하고 목 놓아 통곡하는 것이었다. 대옥과는 여태까지 얼마나 다정한 사이였던가? 그런데 이제 와서 사별하고 보니 어찌 가슴이 터질 만큼 슬프지 않겠는가! 모두들 보옥이 병을 앓고 난 직후라서 너무 상심해서는 안 된다고 달래보았지만, 보옥은 이미 정신을 잃을 정도로 몹시 슬프게 울어대고 있었다. 그런 보옥을 사람들이 부축해 일으켜서 잠시나마 쉬도록 했다. 같이 따라 온 보차 등도 모두 구슬프게 통곡하였다.

그러자 보옥은 꼭 자견을 만나서 대옥이 죽으면서 무슨 말을 했는지 물어봐야겠다고 고집을 부렸다. 자견은 무정한 보옥을 원망하고 있었지만, 보옥이 이렇게까지 통곡하는 것을 보고 마음이 조금 누그러졌다. 게다가 가모와 왕부인이 모두 있는 자리였으므로 마음같이 보옥에게 냉담하게 굴 수도 없는 노릇이었다. 그래서 자견은 대옥의 병이 도졌던 일로부터 손수건과 시고詩稿를 불태웠던 일, 그리고 임종할 때 했던 말들을 하나도 빠짐없이 보옥에게 들려주었다. 그러자 보옥은 또다시 목 놓아 통곡했다.

탐춘은 이 기회에 대옥이 자신의 유해를 강남으로 보내달라던 유언을 어른들께 아뢰었다. 그 말을 들은 가모와 왕부인은 또다시 울음을 터뜨렸다. 다행스럽게도 희봉이 좋은 말로 위로한 덕분에 모두들 마음을 가라앉히자, 희봉은 가모 등에게 돌아가시자고 권했다. 그러나 보옥은 좀처럼 그 자리를 떠나려고 하지 않았으므로 가모가 야단을 치다시피 해서 억지로 보옥을 제 방으로 돌려보냈다.

가모는 워낙 연세가 많은 노인인지라 보옥이 병나기 시작하면서부터 밤낮없이 근심에서 벗어나지 못했던 데다가, 오늘 또 대옥으로 인해 너무 상심한 탓으로 머리가 어지럽고 온몸에 열까지 났다. 가모는 비록 보옥이 걱정되기는 하였지만 더는 견딜 수가 없어서 자기 방으로 돌아와 잠자리에 들었다. 왕부인은 마음의 고통을 도저히 참을 수가 없었다. 그래서 곧바로 자기 방으로 돌아가면서 습인을 도와 보옥의 시중을 들라고 채운을 보내며 이렇게 당부했다.

"만일 보옥이가 계속 비통해 하거든 속히 내게 알리도록 해라."

보차는 보옥이 슬픔을 그렇게 쉽사리 떨쳐버릴 수 없음을 알았으므로 타이를 생각을 하지 않고 빗대어 비꼬기만 하였다. 보옥은 보차가 언짢게 생각할까 봐 눈물을 삼키고 마음을 진정시켰다. 그렇게 하룻밤을 지내고 나니 보옥은 퍽 안정되었다. 이튿날 아침 모두들 보옥의 문병을 가보니, 보옥은 기가 쇠하고 몸이 약해지기는 하였지만 마음의 병은 얼마간 나아진 것 같았다. 그래서 조심스럽게 조리시켰더니 점점 좋아지기 시작했다. 가모는 다행히 앓아눕지 않았으나 왕부인의 가슴앓이는 아직 다 낫지 않았다. 그날 설부인도 문병 왔다가 보옥의 정신이 어느 정도 맑아진 것을 보고는 마음을 놓고 그곳에 당분간 머물기로 하였다.

어느 날 가모는 특별히 설부인을 청해서 이런 의논을 하였다.

"보옥의 목숨을 건진 것은 순전히 사돈마님 덕분입니다. 지금 같아서는 별일 없을 것 같습니다. 다만 댁의 따님 마음고생이 이만저만이 아니에요. 그동안 보옥이도 백일 동안이나 조섭해서 이전처럼 회복되었고 원비마마의 국상도 벗게 되었으니, 이제 그 애들을 합방시키는 것이 좋을 것 같아요. 그러니 그쪽에서 가장 좋은 길일을 택해 주셨으면 합니다."

"노마님 생각이 지당하신 터에 저한테까지 의논하실 일이 뭐 있겠습니까? 보차는 비록 타고나기가 우둔하지만 사리만은 꽤 밝은 아이입니다. 그 애의 성정에 대해서는 노마님께서도 평소부터 잘 아시질 않습니까? 어쨌든 저 애들 부부간에 화목하기만 하다면 앞으로 노마님께서도 근심을 더실 것이고 저희 언니도 위안받을 것이며, 저 또한 마음을 놓을 수 있을 것입니다. 그러니 날짜는 노마님께서 정해 주십시오. 그런데 이 일을 친척들에게 알려야 하겠는지요?"

"이건 보옥이와 댁의 따님에게는 태어난 이후 첫째가는 대사이지요. 게다가 이런저런 곡절을 겪고 나서 이제야 겨우 한숨 돌리게 되었으니 모두들 며칠 동안 떠들썩하게 지냈으면 좋겠어요. 친척들을 모두 청하도록 합시다. 그렇게 한다면 첫째로는 이전에 청하지 못한 빚을 갚을 수도 있으려니와 둘째로는 우리 모두가 축배를 들며 잔치를 벌인다면 그동안 이 늙은이가 마음 졸인 보람도 있질 않겠어요?"

설부인은 이 말을 듣고 더없이 기뻐하며 혼수준비 얘기를 꺼냈다. 그러자 가모가 고개를 내저었다.

"우린 친척 간에 혼인한 거니까 그런 건 필요 없다는 생각입니다. 늘 쓰는 물건만 해도 그 애들 방에 가득한 걸요. 그러니까 보차가 갖고 싶은 것이 있다면 그것만 해서 보내주시면 어떻겠습니까? 제가 보기에 보차는 제 외손녀처럼 쓸데없는 생각이 많은 애가 아닌 것 같아요. 그 애가 명이 짧았던 것도 그 때문이지요."

가모가 이렇게 말하자 설부인도 눈물을 주르르 흘렸다. 그때 마침 희봉이 웃으며 들어왔다.

"할머님과 고모님께선 또 무슨 생각들을 하고 계세요?"

"방금 할머님과 대옥 아가씨 얘기를 하면서 슬퍼하고 있었단다."

그러자 희봉이 웃으면서 말했다.

"할머님이랑 고모님께서는 이제 그만들 슬퍼하세요. 제가 방금 우스운 얘기를 듣고 왔는데 두 분께 말씀드릴 테니 들어보세요."

그러자 가모가 눈물을 닦으면서 미소를 지으며 말했다.

"넌 또 누구 흉을 보려는 것이냐? 자, 그럼 나하고 고모님한테 말해 보렴. 그러나 우스운 얘기가 아니면 널 가만 두지 않을 테다."

그런데 희봉은 입을 열기도 전에 먼저 두 손으로 시늉을 해보이며 자지러질듯 웃는 것이 아닌가? 그녀가 무슨 이야기를 했는지 알고 싶으면 다음 회를 보시라.

守官箴惡奴因破例
閱邸報老舅自擔驚

【제99회】

아전의 횡포

지방관청 흉악한 아전 멋대로 법을 어기고
관보에 난 설반 소식 이모부를 놀라게 하네

守官箴惡奴同破例 閱邸報老舅自擔驚

희봉은 가모와 설부인이 대옥으로 인해 상심해 있는 것을 보고 말했다.

"제가 할머님과 고모님께 우스운 이야기를 하나 들려 드릴게요."

그러면서 입을 채 열기도 전에 한바탕 웃고 나더니 말하기 시작했다.

"할머님이랑 고모님께서는 어디서 생긴 우스운 얘기일 것 같으세요? 그건 다름 아닌 우리 집 신랑 신부 얘기랍니다."

"그 애들이 어쨌다는 건데?"

가모가 묻자 희봉은 손짓으로 흉내를 내가며 수선을 떨었다.

"한 사람이 이렇게 앉으니까 한 사람은 이렇게 서고, 그러다가 한 사람이 이렇게 돌아앉으니까 한 사람은 또 이렇게 돌아서질 않겠어요? 그 담에 한 사람이 또…."

여기까지 말하니까 가모는 벌써 폭소를 터뜨렸다.

"말조심하려무나. 그 애들이니 망정이지 그렇지 않으면 남한테 원한을 사기 십상이란 말이야."

설부인도 웃으면서 말했다.

"흉내는 그만 내고 어서 속 시원하게 말해 보렴."

희봉은 그제야 본격적으로 얘기하기 시작했다.

"방금 제가 보옥 도련님 방에 갔더니 사람들이 왁자하게 웃는 소리가 들리는 게 아니겠어요? 그래서 무슨 일인가 하고 창문 틈으로 안을 들여다보니까 보차 동생은 구들 가장자리에 걸터앉아 있고 보옥 도련님은 바닥에 서 있는데, 보옥 도련님이 보차 동생의 소매를 잡아당기며, '보차 누나, 누난 왜 한마디도 안 하는 거야? 누나가 말만 해주면 내 병이 다 나을 것만 같은데' 하면서 통사정하는 거예요. 그런데 보차 동생은 그저 고개를 돌리고 몸을 피하려고만 하지 뭐예요. 그러자 이번에는 보옥 도련님이 두 손을 모아 공손하게 절을 하더니 앞으로 다가와 보차 동생의 옷자락을 잡아당기는 게 아니겠어요? 그 통에 기겁한 보차 동생이 옷을 휙 낚아채는 바람에, 오랜 병 끝이라 다리에 힘이 빠진 보옥 도련님이 그만 보차 동생의 품에 가서 엎어지고 말았어요. 그러니까 보차 동생은 얼굴이 홍당무가 되어 가지고 '당신은 왜 이렇게 점점 더 점잖지 못해가는 거예요?'라고 하면서 핀잔을 주질 않겠어요?"

여기까지 듣고 가모와 설부인이 웃음을 터뜨리자 희봉이 다시 말을 이었다.

"그러자 보옥 도련님이 일어나며 웃으면서 말하기를 '내가 넘어진 덕분에 겨우 누나가 말을 하게 됐네'라고 하는 거예요."

이번에는 설부인이 한마디 하였다.

"그건 보차가 잘못하는 거로구나. 그만한 일에 얼굴을 붉힐 건 뭐람! 이미 부부가 된 이상 농담쯤 하는 거야 예사로운 일이 아니겠느냐? 그 애는 아직 련이 서방님과 네가 사이좋게 지내는 모습을 보지 못한 게로구나."

희봉은 얼굴을 붉히며 웃으면서 말했다.

"아이 참, 고모님도 그게 무슨 말씀이세요? 전 고모님께서 심심해하실까 봐 일부러 재미있는 얘기를 해드린 건데, 고모님은 도리어 저를 놀리시는군요."

가모도 웃으면서 한마디 했다.

"그래야 좋은 거다. 부부간은 물론 화목해야 하지만 그런 가운데도 분별이 있어야 하는 법이거든. 내가 보차를 귀여워하는 것도 바로 그런 얌전함 때문이야. 그나저나 난 보옥이 여전히 멍청하게 있을까 봐 걱정이었는데, 얘기를 듣고 보니 이전보다는 정신이 꽤 맑아진 모양이구나. 얘길 좀더 해보아라. 재미있는 얘기가 또 없느냐?"

"이제 내일 보옥 도련님이 보차 동생과 합방해서 고모님이 외손자를 안아 보시게 되면 그때 가선 재미있는 얘기가 더 많질 않겠어요?"

그러자 가모가 소리 내어 웃으면서 희봉을 보고 말했다.

"요런 원숭이 같은 것을 봤나! 내가 사돈댁과 여기서 대옥이 생각을 하고 있을 때 네가 우리의 기분을 풀어주기 위해 우스운 얘기를 한 건 좋다만, 그런 부끄러움도 모르는 이야기는 왜 또 한단 말이냐? 넌 방금 우리더러 대옥이 생각을 하지 말라고 했지? 그렇지만 너도 너무 까불지 마라. 대옥이가 너에게 원한을 품고 있을 테니 앞으로 넌 혼자서 대관원에 안 가는 게 좋겠다. 잘못하다간 그 애가 너를 끌고 갈지도 모르니까 말이야."

"모르시는 말씀이세요. 대옥 아가씨는 절 원망하지 않아요. 임종할 때 이를 악물며 보옥 도련님을 원망했다고 하던걸요."

가모와 설부인은 그 말을 듣고도 그저 농담인 줄로만 알고 별로 개의치 않았다.

"쓸데없는 소리 그만 하고 어서 밖에다 좋은 날을 받아오라고 해서 보옥에게 신방을 차려 주도록 해라."

희봉은 길일을 택하여 새로 주연을 베풀고 극단까지 불러다 손님을 청해 잔치를 벌였다. 이 얘기는 여기서 그만 하도록 하겠다.

한편 보옥은 비록 병이 얼마간 나았다고는 하지만 보차가 가끔 기분 좋게 책을 펴들고 그 내용을 화제 삼아 이야기할라 치면, 주위에서 늘 보던 것만 어느 정도 기억할 뿐 총기가 이전보다 훨씬 못하였다. 보옥이 자신조차 왜 그런지 알 수 없었으나, 보차는 통령보옥을 잃어서 그렇게 된 것임을 잘 알고 있었다. 그러나 습인은 수시로 보옥에게 타박을 주었다.

"서방님의 이전의 그 총명함은 다 어디로 간 거예요? 지난날의 나쁜 버릇이나 다 잊으셨으면 좋으련만 어찌 된 영문인지 그런 습성은 고스란히 남아 있고 정작 밝아야 할 사리에는 더욱 어두워지신 것 같아요."

그런 말을 듣고도 보옥은 화내기는커녕 그저 히죽히죽 웃기만 하였다. 때때로 보옥은 제 마음대로 날뛰기도 하였지만 그럴 때마다 보차가 타일렀기 때문에 모든 일이 그런 대로 수습되곤 하였다. 그 덕에 습인은 별로 잔소리 할 필요 없이 오로지 보옥의 시중에만 신경을 쏟았다. 다른 시녀들도 평소부터 보차의 정숙함과 온화함을 모두 우러러 봤던 터라 마음속으로부터 복종하여 거스르는 일이 없었다.

그런데 보옥이만은 도무지 가만히 있지 못하고 나다니기를 좋아하는 편이라 노상 대관원으로 놀러 나가려고 하였다. 그러나 가모는 보옥이 대관원으로 놀러가는 걸 허락하지 않았다. 한편으로는 보옥이 감기라도 걸릴까 봐 염려되었기 때문이고, 다른 한편으로는 대옥의 영구를 이미 성 밖의 암자에 안치해 두었지만 주인 잃은 소상관만은 옛 모습 그대로 남아 있었으므로, 보옥이 그것을 보고 슬픈 생각에 사로잡혀서 병이 도질까봐 걱정되었기 때문이었다.

게다가 함께 있었던 친척 자매들도 모두 대관원을 떠나 제각기 흩어져 있는 형편이었다. 보금은 이미 설부인의 처소로 옮겨갔으며, 상운도 사후史侯가 귀경했기 때문에 그 댁에서 데려갔을 뿐만 아니라, 시집갈 날짜까지 받아 놓고 있었으므로 자주 올 수가 없었다. 다만 보옥이 장가들던 날과 축하주를 마시던 날, 이렇게 두 번 왔을 뿐인데 그것도 가모의 방에서 자고 갔던 것이다. 상운은 보옥이 이미 혼인한 몸이고 자기도 곧 시집갈 사람이라는 것을 생각해서 보옥을 만나도 이전처럼 익살을 부리거나 농을 걸려고 하지 않았다. 설사 가끔 온다 하더라도 보차하고만 이야기를 나눌 뿐, 보옥에게는 그저 문안 인사만 할 따름이었다. 또한 수연은 영춘이 시집가고 난 후 형부인에게로 옮겨가 있었고, 이씨네 자매들도 밖에 나가 따로 살면서 이따금 이부인과 함께 오더라도 마님들과 자매들한테 문안 인사만 드리고 이환의 처소로 가서 하루이틀 지낸 다음 이내 돌아가곤 했다. 그러므로 원내에는 이환, 탐춘, 석춘만이 있을 뿐이었다.

가모는 이환 등도 대관원에서 나오게 할 생각이었으나, 원비가 붕어한 후 집안에 여러 가지 일들이 연달아 일어났기 때문에 미처 그럴 겨를이 없었다. 그러다가 날씨가 하루하루 더워지고 보니 원내가 그래도 지낼 만하므로 가을에나 이사시키기로 마음먹었다. 그러나 이는 뒷날의 일이므로 이 이야기는 잠시 그만 하기로 하겠다.

한편 가정은 경성에서 초빙한 막우幕友들과 함께 길을 재촉하여 드디어 임지인 본성에 도착했다. 그는 먼저 상사에게 부임인사를 하고 나서 즉시 관인과 사무를 인계받은 다음, 자기 소속 주현의 곡식창고들을 조사하기 시작했다. 가정은 그때까지 경성에서만 벼슬살이를 했기 때문에 낭중〔郎中: 중앙의 부서〕 같은 사무에만 익숙할 뿐이었다. 외지에 나가 근무한 적도 있기는 하지만 그 직책이 학차學差[1]였기 때문에 여러 가지 실제적으로 대처해야 하는 일과는 거리가 멀었다. 그러므로 지방의 주현에서 양곡을 에누리해서 받는 방법으로 백성들의 재물을 갈취하는 폐단이 있다는 것을 비록 들어서 알고는 있지만 자기가 직접 겪어본 일은 없었다. 오로지 좋은 관리가 되어보려는 의욕에 차 있던 가정은 막료들과 상의하여 그런 폐단을 엄금했을 뿐만 아니라 만약 조사해서 그것을 위반한 사실이 발각되면 가차 없이 엄벌에 처한다는 명령을 내렸다. 그러자 그가 부임한 시초부터 서리들이 겁을 집어먹고 갖은 방법으로 아첨을 해왔지만 고집불통인 가정은 끝내 그들을 물리쳤다.

가정의 밑에서 일했던 집안 하인들로 말하자면 경성에서는 월비 이외에 따로 생기는 돈이라고는 한 푼도 없었으므로 어서 상전이 외지로 부임해 나갔으면 하고 목이 빠지게 기다렸었다. 그러던 차에 그 소원이 이루어져서 상전이 지방관으로 나가게 되자, 이제 지방으로 가면 한 밑천 단단하게 장만할 수 있으리라 믿고 떠나기 전에 돈을 빌려서 번지르르하게 옷을 해 입는 등 겉치레를 하였다. 그러면서 내심 지방으로 따라가기만 하면 돈은 얼마든지 긁어모을 수 있을 거라고 생각했던 것이다.

그런데 이 대감님은 어찌나 고지식하고 고집이 센지 미주알고주알 조사를 해대고, 주현에서 보낸 선물은 일체 받지 않는 것이었다. 그러자 문지기나 문서를 맡아보는 하급관리들은 속으로 이런 생각을 하게 되었다.

'앞으로 반달만 더 이렇게 지내다간 지금 입고 있는 옷도 저당 잡혀야 할 판이다. 빌려 쓴 돈을 갚으라는 독촉도 심해질 텐데 이를 어쩌면 좋단 말인가? 눈앞에 번쩍번쩍하는 은전이 굴러다니는데도 손댈 수가 없으니 복장이 터질 노릇이구나.'

장수長隨[2]들도 이렇게 투덜거렸다.

---

1 지방의 교육행정을 담당하는 관리.

"당신네들이야 밑천을 들이고 온 게 아니니까 그래도 괜찮은 편이오. 우리네야말로 억울해서 죽을 지경이지. 적지 않은 돈을 먹이고 겨우 이런 자리 하나 얻은 건데, 온 지 한 달이 넘도록 땡전 한 푼 구경하지 못했으니 말이오. 이런 상전 밑에서는 본전도 챙기기 어려울 듯하니, 우리는 내일 모조리 사표를 내고 돌아가야겠소."

다음 날 그들은 아닌 게 아니라 모두 사표를 냈다. 그러나 그들의 속셈을 모르는 가정은 호통을 쳤다.

"너희가 원해서 왔으니까 가는 것도 마음대로 해라. 여기가 마음에 들지 않는다면 모두들 좋을 대로 할 수밖에."

그들은 투덜투덜 불평을 늘어놓으며 모두 떠나버렸다. 남은 것은 경성에서 따라온 하인들뿐이었는데, 그들도 모여서 머리를 맞대고 방법을 강구하였다.

"떠날 수 있는 사람들은 다 떠났지만 우리는 그럴 수도 없으니 무슨 대책을 강구해야 하질 않겠어?"

그 가운데 문지기 일을 맡아보는 이십아李十兒라는 사내가 앞으로 나서며 말했다.

"에그, 이런 멍청한 것들 같으니라고! 왜 그렇게 안달복달하고들 난리야? 난 그 장長뭔지 하는 치들이 있었기 때문에 그냥 잠자코 있었던 거라고. 그놈들이 배를 곯다 못해 모두 내뺐으니, 이제 이 이십아 나리가 수완을 좀 발휘해 봐야겠군. 우리 상전이 꼼짝없이 내 말을 듣게 될 테니 두고 봐. 그런데 한 가지 조건이 있어. 너희가 마음을 합쳐줘야 한다는 거지. 그렇게만 한다면 우리 모두 돈푼깨나 장만해서 집으로 돌아갈 수 있을 테지만, 만일 내 말대로 따르지 않는다면 나도 상관하지 않겠어. 어떻게 되든지 간에 난 너희보다 잘 견뎌낼 수 있거든."

---

2 관리를 따라다니면서 시중드는 시종이나 하인.

이십아의 말에 모두들 아우성을 쳤다.

"이십아 나리! 제발 사정 좀 봐줘. 대감님께서도 자네 말이라면 믿어 주시는 터이니까. 만일 자네가 나서지 않으면 우린 모두 죽고 말 거야."

"그런데 내가 앞장을 섰으니 그 덕에 내 몫이 좀 크다고 해서 저만 많이 가졌다고 불평해선 안 돼. 집안싸움 했다가는 우리 모두 재미없을 테니까 말이야."

"그건 염려 마. 절대로 그런 일은 없을 거야. 설사 얼마 손에 넣지 못한다손 치더라도 제 주머니에서 생돈 나가는 것보단 낫질 않겠어?"

그런 얘기들을 하고 있는데 양곡을 관리하는 서기가 와서 주이周二영감을 찾았다. 이십아는 의자에 앉아서 한쪽 다리를 꼰 채 허리를 꼿꼿이 펴고는 거만스럽게 물었다.

"그 사람은 왜 찾는 거요?"

그 서기는 두 손을 드리우고 헤헤거리면서 말했다.

"대감님께서 이곳에 부임하신 지 한 달이 넘었습니다만 이곳 주현의 나리들은 대감님의 고시가 너무 엄한 것을 보고, 말씀드리지는 못한 채 아직까지도 창고를 열지 않고 있는 형편입니다. 이러다가 만일 운송기한을 넘기게 되면 여러 나리분들은 여기 오신 보람이 없게 되질 않겠습니까?"

이십아가 말을 받았다.

"그따위 말 같지 않은 소릴랑 집어 치우시오. 우리 대감님은 심지가 굳은 분이라 한 번 어떻게 한다고 작정하시면 끝까지 그렇게 하시는 분이오. 그렇지 않아도 요 이삼일 째 공문을 보내서 상납할 곡물을 독촉하려고 하셨는데, 내가 며칠만 연기하는 게 좋겠다고 말씀드려서 아직 내려 보내지 않았던 거요. 그런데 우리 주이 나리는 왜 찾는 거요?"

"다름이 아니라 그 독촉장에 관해 알아보려고 했던 겁니다."

"갈수록 점점 더 맹랑한 소리만 하는군그래. 내가 방금 독촉장 소리를 하니까 그 말을 받아서 얼버무리려고 하는 걸 누가 모를 줄 알아? 무슨 용건인진 모르겠지만 어리석은 수작은 안 부리는 게 좋을걸. 그렇지 않으면 내가 대감님께 고해바쳐서 매를 때려 쫓아버리게 할 테니까."

"이래봬도 전 3대째 이 아문에서 일을 봐온 사람입니다. 밖에서도 그럭저럭 체면이 서 있고 집안 형편도 그런 대로 지낼 만합니다. 그런 만큼 정직하게 일해서 대감님이 영전해 가실 때까지 섬긴다면 얼마든지 살아갈 수 있답니다. 그날그날 쌀을 팔아 연명하는 자들과는 다른 사람입니다."

그는 이렇게 말하고 나서 안에다 대고 소리를 질렀다.

"주이 나리, 전 그만 돌아갑니다."

그러자 이십아는 얼른 일어나면서 만면에 웃음을 띠고 말했다.

"어이구, 이 사람아! 농담도 못 한단 말인가? 그만한 말에 뭘 그리 화를 낸단 말이오."

"제가 발끈한 게 아니라 더 이상 무슨 말을 했다가는 주이 나리의 청렴함에 손상을 입힐 것 같아서 그런 겁니다."

이십아는 한 걸음 다가서며 그의 손을 잡아끌었다.

"방금 전에는 실례가 많았습니다. 성함이 어떻게 되시는지요?"

"말씀 낮추십시오. 저의 성은 첨詹이고 이름은 외자로 회會라고 합니다. 어릴 적에 경성에서 몇 해 굴러먹은 적이 있지요."

"아, 첨 선생이셨군요! 선생의 성함은 익히 들어서 잘 알고 있습니다. 사실 우리 사이가 형제나 다름없으니, 할 말이 있거든 이따 저녁때 다시 와서 같이 이야기나 나눠 봅시다."

"이십아 나리의 수완이 대단하다는 걸 누가 모르겠습니까? 나리가 조금 전에 그렇게 을러대시는 바람에 전 그만 모골이 송연했답니다."

그러면서 그들은 웃으면서 헤어졌고, 그날 밤 다시 만나 밤늦도록 무엇인가 속닥거렸다. 이튿날 이십아는 간밤에 의논한 일을 가지고 가정의 의중을 떠보다가 호된 꾸지람만 들었다.

그로부터 하루가 지난 다음 날, 가정이 누군가를 방문하려고 안에서 행차준비를 하라는 분부를 내렸더니 밖에서 대답하는 소리가 들렸다. 잠시 후 출발하기 위해 차비를 하라고 벌써 세 번이나 알렸는데도 정청에서는 누구 하나 명을 받아 북을 치는 이가 없었다. 그래서 겨우 한 사람을 찾아다가 북을 치게 했다. 그 소리를 듣고 가정이 난각暖閣에서 걸어나와 보니, 행차 시에 비키라고 소리치며 길을 인도하는 아전이 단 한 사람밖에 없었다. 그런데도 가정은 그 까닭을 묻지 않고 섬돌 아래서 가마를 타고 교군들이 오기만을 기다렸다. 한참이나 지나서야 교군들이 와서 마침내 아문을 나서기는 했으나, 폭죽소리는 겨우 한 발밖에 나지 않았으며 취고정吹鼓亭[3]의 악수樂手도 단 두 사람만 남아서 하나가 북을 치고 다른 하나가 나팔을 불고 있을 뿐이었다. 그 꼴을 보고 가정으로서는 화를 내지 않을 수 없었다.

"지금까진 그런대로 잘하더니 오늘은 어째서 이 모양으로 빠진 놈들이 많은 게냐?"

가정이 이렇게 꾸짖고 나서 가마를 모시고 앞에 가는 행렬을 바라보니, 저 혼자 쑥 하니 앞서 걷는 놈이 있는가 하면 뒤로 처져서 어슬렁거리는 놈이 있는 등 참으로 가관이었다.

꾹 참고 간신히 방문을 마치고 돌아온 가정은 제때 번을 들지 않는 자들을 매로 다스리겠다고 선포하였다. 그랬더니 어떤 놈은 모자가 없어서 못 왔다고 하고, 어떤 놈은 관복을 저당 잡혀서 못 왔다고 하며, 또 어떤 놈은 사흘이나 굶어서 가마를 멜 힘이 없어서 못 왔다고 하는 것이었다. 가정은 화가 치밀어서 한두 놈에게 매를 안겼지만 이내 거두고

3 관아의 정문 앞에 세워진 누각으로, 관리가 출입할 때 북을 치고 나팔을 부는 곳이다.

말았다. 그 다음 날 주방 일을 맡아보는 자가 찾아와서 돈을 달라고 하기에 가정은 자기가 가져온 돈에서 내주었다.

그러나 그 후부터는 만사가 어느 것 하나 마음대로 되는 일이 없었으므로 경성에 있을 때와는 비교도 안 될 만큼 불편했다. 그래서 가정은 하는 수 없이 이십아를 불러서 물었다.

"나를 따라온 놈들이 왜 갑자기 저렇게 변했느냐? 네가 앞으로 잘 좀 단속하도록 해라. 그런데 경성에서 가져온 돈도 벌써 바닥이 났고, 번고〔藩庫: 성고(省庫)〕에서 나오는 봉급을 기다리자면 아직 멀었으니 누군가를 경성으로 보내서 돈을 더 가져와야겠다."

그러자 이십아가 아뢰었다.

"소인이 어느 하룬들 그놈들을 타이르지 않은 날이 있었겠습니까? 그런데 어찌 된 영문인지 다들 힘이 빠져 있는 꼴이 저로서도 어떻게 해야 할지 모르겠습니다. 방금 나리께서 경성 가서 돈을 가져오라고 하셨는데 대체 얼마나 가져와야 할까요? 듣자니 절도사 대감님 아문에서 요며칠 새 생신잔치가 있는 모양입니다. 그래서 다른 부府나 도都의 대감님들께선 너나 할 것 없이 몇 천금 몇 만금씩 돈을 들여 축하예물을 보내셨다는데, 우린 얼마쯤 보내야 할까요?"

"아니, 그런 일이라면 왜 진작 나한테 말하지 않았느냐?"

"대감님께선 무슨 일에나 밝으신 분이십니다. 그런데 저희들은 이곳에 온 지 얼마 되지 않은 데다가 다른 대감님들과는 별로 왕래가 없는 형편이니 누가 그런 소식을 알려주려 하겠습니까? 알려 주기는커녕 오히려 대감님께서 가시지 않기를 몹시 바라고 있을 겁니다. 그래야 대감님을 그 좋은 자리에서 밀어낼 수 있으니까요."

"허튼 소리 작작 해라! 내 벼슬자리는 황상께서 직접 내려주신 건데, 절도사에게 생신선물을 안 보냈다고 해서 이 자리에서 밀어낼 수 있을 것 같으냐?"

이십아는 빙긋이 웃으며 말했다.

"지당한 말씀입니다. 그렇지만 여긴 경성에서 멀리 떨어져 있는 관계로 모든 일은 절도사 나리께서 상주하게 되어 있으므로 그 나리께서 좋다고 상주하면 좋은 게 되는 거고, 좋지 않다고 상주하면 좋지 않게 되는 거지요. 설사 나중에 사실이 밝혀진다 하더라도 때는 이미 늦습니다. 그런데 지금 경성에 계시는 노마님이나 마님들께서는 어느 한 분인들 대감님께서 외지에서 훌륭한 치적 쌓으시기를 바라지 않는 분이 계시겠습니까?"

가정은 듣고 보니 이십아의 말이 일리가 있는 것 같았다.

"그렇다면 네게 좀 물어보자꾸나. 네가 나에게 이런 이야기를 해주는 이유가 대체 무엇이냐?"

"실은 소인도 말씀드릴 엄두를 못 내고 있었습니다만, 대감님께서 물으시는데 소인이 말씀 올리지 않는다면 제가 양심 없는 놈이 될 것이고요, 그렇다고 해서 말씀드리자니 대감님께서 벼락같이 화를 내실 게 뻔한데 어찌하오리까?"

"그거야 네 말이 이치에 맞느냐 아니냐에 달렸겠지."

"저 문서 일을 하는 하급관리나 잡일을 하는 아속들은 모두 돈을 써서 이 양도의 아문에 일자리를 얻은 것입니다. 그러니 그들이 어떻게 돈 벌 궁리들을 안 하겠어요? 모두들 집안 식구들을 먹여 살려야 하니까요. 그런 사정이고 보니 대감님께서 이곳에 부임하여 나라를 위해 큰 힘을 쏟으시기도 전에 남들의 비난부터 듣게 생겼습니다."

"그래, 항간에서는 무슨 말들이 떠돌고 있느냐?"

"백성들이 이런 말들을 하고 있습니다. '새로 부임한 나리의 시달이 엄하면 엄할수록 그건 자기가 돈을 더 긁어모으려는 심산이야. 주와 현의 관리들이 겁을 집어먹고 뒤꽁무니로 돈을 무더기로 갖다 바칠 테니까 말이야'라고 말이에요. 이번에 양곡을 거둘 때도 아문에서 공포하기를 새로 부임하신 나리께서 법으로 엄하게 명을 내려 절대로 돈을 받을 수 없다고 했지만 그것이 오히려 일을 어렵게 만들었지 뭡니까. 백성들의 처지에서 보면 차라리 돈 몇 푼을 쓰더라도 그 일을 한시라도 빨리 끝내기를 원하거든요. 그렇기 때문에 그들은 나리를 칭송하기는커녕 오히려 민정에 어두운 분이라고 원망하고 있단 말씀입니다. 저희 집안 대인께서는 나리와 가장 절친하게 지내시는 분이 아니십니까? 그분께서는 벼슬길에 오르신 지 몇 해 안 되셨지만 지금 벌써 제일 높은 자리까지 오르시질 않으셨습니까? 그게 다 그분께서 세상 물정을 잘 알고 계시므로 일을 윗사람에게나 아랫사람에게나 모두 좋도록 처리하시기 때문입지요."

가정은 이 말을 듣더니 벌컥 화를 냈다.

"뭐라고? 그럼 내가 세상물정을 모른단 말이냐? 윗사람한테나 아랫사람한테 다 잘 보이기 위해서 그럼 날더러 고양이와 쥐가 함께 지내듯이 그런 자들하고 잘 어울리라는 말이냐?"

"전 오로지 나리를 위하는 마음에서 하나도 숨김없이 말씀드린 것입니다. 만약 나리께서 앞으로도 계속 지금처럼 하시다가 공명도 이루지 못하시고 명성도 남기지 못하시게 되면, 그때 가서는 이런 말씀을 아뢰지 않은 양심 없는 놈이라고 소인을 나무라실 겁니다."

"그럼 네 생각에는 내가 어떻게 하면 좋겠느냐?"

"별로 어려운 것도 아닙니다. 나리께선 아직 연세도 있으시고, 궁중에서도 뒤를 봐주고 계실 뿐만 아니라 노마님께서도 아직 정정하시니 이런 때 자기 생각을 좀 해두시기만 하면 됩니다. 그러지 않았다가는 한 해도 채 못 가서 나리 댁의 재산을 모두 가져다가 바닥내고 말 것입니다. 그러고도 윗사람이나 아랫사람들한테서는 원망만 들으실 거고요. 나리께서 지방관으로 계시는 만큼 돈을 엄청나게 모아서 호사하신다고 말이지요. 그렇게 되는 날에는 한두 가지 어려운 일이 생겼다 해도 누가 나리를 도우려고 하겠습니까? 그때 가선 일을 수습하려 해도 할 수 없고 후회해도 소용없게 될 것입니다."

"그럼 나더러 탐관오리가 되란 말이냐? 그랬다가는 내 목숨을 잃는 것은 고사하고 조상님의 공훈까지 더럽히게 될 것이 분명하다."

"현명하신 대감님, 대감님께서는 몇 해 전에 죄를 저지른 몇 분의 나리들을 보지 못하셨습니까? 그 몇 분들께서는 대감님과도 친분이 두터웠던 분들로, 대감님께서도 늘 그분들이 청렴한 관리라고 칭찬하지 않으셨습니까? 그런데 오늘날 그분들의 명성은 다 어디로 갔습니까? 반대로 지금 계시는 친척 몇 분은 나리께서 줄곧 좋지 못한 사람들이라고 말씀하셨지만 그들은 모두 높은 자리로 영전되거나 좋은 자리로 옮기질 않았습니까? 그러니 만사를 요령 있게 하셔야 한다는 말씀입니다. 백성들도 보살펴 주셔야 하지만 관리들도 돌봐줘야 한다는 걸 아셔야 합니다. 만일 대감님 뜻대로 하셔서 주와 현의 관리들이 큰 돈푼깨나 만질 수 없게 된다면, 지방의 공무를 누가 보려고 하겠습니까? 그러니 대감님께서는 겉으로 계속 청렴하다는 명성을 유지하시기만 하면 되고요, 내부의 자질구레한 일들은 소인에게 맡겨 주십시오. 결코 대감님 위신에 손상되는 일은 하지 않겠습니다. 하인으로 상전을 섬기는 이상 충성을 다하겠습니다."

가정은 이십아의 장황한 말을 듣고도 어떻게 해야 할지 마음을 정하지 못하였다.

"나도 내 목숨을 부지해야겠다! 그러니 너희가 무슨 짓을 꾸미든 나와는 상관없는 일이다."

가정은 그렇게 한마디 하고는 안으로 들어가 버렸다.

그러자 이십아는 권세를 마구 휘두르면서 안팎으로 짜고 가정을 속여 가며 일을 처리하기 시작했는데, 겉으로 보기에는 빈틈이 없는 것 같고 하나하나 마음에 들게 하는 것 같았다. 그런 까닭에 가정은 그를 의심하지 않았을 뿐만 아니라 오히려 몹시 신임하기까지 하였다. 그러다 보니 몇 군데서 비리를 고발하는 소장이 올라갔지만 상부에서는 가정이 워낙 정직하고 충실한 사람이란 것을 잘 알고 있는 터라 조사하려 들지도 않았다.

그러나 막료들만은 사리가 밝은 사람들이었으므로 일이 이와 같이 돌아가는 것을 보고 가정에게 충고하였다. 하지만 가정이 곧이들으려고 하지 않았기 때문에 어떤 이는 사표를 내고 돌아갔고, 어떤 이는 남아서 가정과 뜻을 맞춰가며 그럭저럭 지냈다. 아무튼 이렇게 해서 양곡 수송만은 별다른 어려움 없이 무사히 끝낼 수 있었다.

하루는 가정이 별다른 용무도 없고 해서 서재에서 책을 읽고 있는데 공문을 맡아보는 아전이 편지 한 통을 가져왔다. 관아에서 쓰는 봉투의 겉봉에는 '해문海門방면 진수총제鎭守總制로부터 보내는 공문. 강서양도 아문江西糧道衙文 귀중'이라고 쓰여 있었다. 가정이 그것을 받아서 뜯어보니 다음과 같았다.

> 귀하와 소생은 같은 금릉태생인 동향으로 인연이 깊은 사이옵니다. 지난해 내직으로 옮겨 경성에 있을 때는 항상 귀하와 가까이에서 지내게 되는 기쁨을 누렸습니다. 뿐만 아니라 귀하의 각별한 사랑을 입어 제 자식의 혼약을 허락하신 일은 지금도 그 덕을 흠모하여 잊을 수가 없습니다. 그런데 그 후 소생이 연해지역으로 전근되었기에 감히 청혼하지 못했사옵고 마음으로만 그저 인연이 없음을 한탄하였나이다. 그러던 중 천만다행으로 귀하께서 멀리 이곳으로 부임하셨기에 저로서는 평생의 소원을 이루게 되었습니다. 귀하의 영전을 우선 글월을 올려 축하드리옵나이다. 귀하의 부임으로 인하여 변방의 군영에도 영광이 넘치고 무인들은 이마에 손을 얹고 감격해하고 있나이다. 비록 바다를 격해 있다고는 하나 귀하의 은덕은 저희들에게도 미치고 있사옵니다. 바라옵건대 비천한 신분이라 내치지 마시고 사돈의 인연을 맺어 주신다면 영광이겠사옵니다. 부족하나마 제 자식 놈이 귀하의 청안(青眼: 사랑이 어린 눈길)에 드셨고, 저 또한 영애令愛의 덕

행을 오래전부터 우러러왔습니다. 그러니 전날의 언약을 이행해 주신다면 즉시 중매인을 보내도록 하겠습니다. 길은 비록 멀지만 수로가 통하오니, 백 대의 수레로 따님을 영접할 순 없지만 삼가 선주仙舟를 띄워 놓고 기다리겠나이다. 이에 간단한 글월로 영전하심을 축하드리오며 아울러 소생의 청을 들어주시기를 앙망하옵나이다. 회답주시기를 간절히 기다리고 있겠습니다.

세제世弟 주경周琼 올림

가정은 편지를 다 읽고 나서 생각에 잠겼다.

'자식들의 인연이란 따로 정해져 있는가 보다. 지난해 그 사람이 경성에서 벼슬살이를 하게 되었을 때, 우린 한고향사람이라 친밀하게 지냈지. 게다가 그 사람의 아들이 잘생긴 것을 보고 어느 좌석에선가 그런 얘기를 꺼낸 적이 있었지만, 확실하게 말한 것도 아니었고 그 후로는 그 집과 더 이상 아무 얘기도 오가지 않았었다. 그러다가 그 사람이 연해지방으로 전근되어 갔으므로 더구나 말이 없었는데, 뜻밖에도 내가 이곳으로 영전하여 오자 편지로 그 일을 물어온 것이로구나. 내가 보기엔 그 집이라면 문벌도 상당하고 탐춘이와도 잘 어울릴 것 같다. 그러나 내가 가족들을 데리고 온 것이 아니므로 편지로 의논할 수밖에 없겠구나.'

가정이 그런 생각들을 하고 있을 때 문지기가 문서 한 장을 들고 들어왔다. 그것은 성의 관아에서 의논할 일이 있으니 출두하라는 내용이었다. 가정은 곧바로 차비를 하여 성의 관아로 가서 절도사의 분부를 기다렸다.

어느 날 가정은 관청에 나가 한가롭게 앉아 있으면서 탁자 위에 많은 관보가 쌓여 있는 것을 보고 하나하나 들춰보다 형부에서 올려 보낸 공문에 눈길이 갔다. 그 공문은 '사건의 진상을 다음과 같이 보고함. 조사에 의하면 금릉의 상인 설반은 …'이라고 시작되고 있었다. 가정은 설반의 이름을 보고 소스라치게 놀라지 않을 수 없었다.

"이거 큰일 났군! 이 사건이 벌써 상주되어 있었단 말인가?"

다시 정신을 가다듬고 읽어보니 그것은 '설반이 장삼을 때려죽이고도 증인들을 매수하고 결탁해서 마치 실수로 죽인 것처럼 허위로 날조한 사건'이라고 쓰여 있었다. 이를 본 가정은 탁자를 내리치며 소리쳤다.

"이젠 끝장이로구나!"

그러면서 계속 아래를 읽어 내려갔다.

경영절도사가 보낸 공문에 의하면 사건의 진상은 다음과 같습니다. '설반은 금릉 태생으로 태평현太平縣을 지나던 길에 이씨 성을 가진 이의 주막에 투숙하였다. 그 주막의 심부름꾼인 장삼과는 평소 모르는 사이였는데, 설반이 주막집 주인에게 술상을 차려달라고 하여 태평현에 살고 있는 오량이라는 사람을 청해 술을 마시면서 심부름꾼인 장삼에게 술을 가져오라고 하였다. 그런데 가져온 술이 맛이 없다면서 설반은 술을 바꿔 달라고 하였으나 장삼은 그 술은 이미 판 술이기 때문에 바꿔줄 수가 없다고 하였다. 설반은 그의 불손한 태도에 화가 나서 그의 얼굴에 술을 끼얹으려고 한 것이 손에 너무 힘이 들어간 나머지 공교롭게도 마침 고개를 숙이고 젓가락을 주우려던 장삼의 정수리를 술사발로 잘못 내리쳐서 그 바람에 장삼은 머리가 깨져 피를 콸콸 쏟더니 죽고 말았다. 주막집 주인 이씨는 급히 달려가서 살려내려 했으나 이미 때는 늦었으므로 이 사실을 바로 장삼의 모친에게 알렸다. 장삼의 모친 장왕씨張王氏가 현장에 달려와 보니 아들이 이미 죽어있었으므로, 이 사실을 즉시 지보地保에게 알리고 현의 아문에 고발하였다. 전임 지현이 그 사건을 심리해 보니 검시인이 한 치 세 푼의 골절과 옆구리의 상처를 빼놓고 보고하지 않았으므로 그것을 상세히 기입하여 부府에다 재심을 청구했다. 우리가 보는 바에 의하면 설반은 술을 끼얹으려다 실수로 술사발을 잘못 던져서 장삼을 죽게 한 것이 확실하므로, 설반이 과실로 인해 살인죄를 저질렀기에 투살죄鬪殺罪에 따른 벌금형에 처하는 것이 타당하다고 본다.' 이렇게 쓰여 있었습니다.

그러나 신 등이 자세히 검토해 본 바에 의하면 범인과 증인 및 피해자 친척들의 진술이 앞뒤가 잘 맞지 않으며, 또한 《투살율鬪殺律》의 주석에 의한다 하더라도 '서로 다투는 것을 투鬪라 하고 서로 때리는 것을 구毆라 한다. 서로 싸운 사실이 전혀 없이 우연히 죽였을 때만 과실치사죄로 판정할 수 있다'라고 되어 있으므로 경영절도사에게 다시 진상을 조사시켜 타당한 보고서를 올리게 함이 가하다고 생각됩니다. 금번에 경영절도사가 올린 보고에 의한다 하더라도 설반은 장삼이 술을 바꿔주지 않는다고 해서 취중에 장삼의 오른손을 잡고 먼저 그의 옆구리를 치자, 얻어맞은 장삼이 욕을 했기 때문에 술사발을 내던져 장삼의 정수리에 깊은 상처를 낸 탓에 장삼의 머리뼈가 부서지고 골이 터져 즉사했다고 되어 있습니다. 그러므로 장삼의 죽음은 어디까지나 설반이 술사발을 내던져 입은 상처가 심해서 초래된 것입니다. 그러니 설반을 마땅히 살인범으로 단죄하여 《투살율》에 의거하여 교수형의 판결을 내려 가을의 재심 때까지 옥에 가두도록 하고, 오량은 장형杖刑과 노역형勞役刑에 처함이 마땅하다고 생각됩니다. 그리고 부실하게 심판한 부, 주, 현의 장관들에 대해서도 마땅히….

문서는 여기까지 쓰여 있었으며 그 아래에는 '차고미완〔此稿未完: 이 글이 끝나지 않았음〕'이라는 주가 달려 있었다. 가정은 설부인의 부탁을 받고 지현에게 이 일을 잘 봐달라고 청탁한 적이 있었다. 그런데 만일 상주한 결과로 칙지가 내려 재심리를 하게 된다면 자기에게도 화가 미칠 것이므로 여간 마음이 불안한 것이 아니었다. 그래서 곧바로 다음 것도 들춰보았으나 그것은 다른 내용이었다. 하는 수 없이 그는 관보를 이리저리 다 뒤져보았으나 그 내용에 관한 기록은 더 이상 눈에 띄지 않았다. 그러자 불길한 생각이 점점 엄습해오면서 두려움이 더욱 커져만 갔다.

그렇게 한창 안절부절못하고 있는데 이십아가 들어와서 아뢰었다.

"대감님, 어서 관청으로 나가 보셔야겠습니다. 절도사 나리의 관청에서 벌써 이고二鼓까지 쳤는 걸요."

그러나 멍하니 있던 가정의 귀에는 아무 소리도 들리지 않았다. 그러자 이십아가 다시 한 번 여쭈었다. 그러나 가정은 혼자 중얼거리고 있을 뿐이었다.

"이 일을 어쩌면 좋단 말인가?"

눈치 빠른 이십아가 물었다.

"대감님께서는 무슨 걱정이라도 있으신지요?"

가정은 관보에서 읽은 내용을 이십아에게 이야기해 주었다. 그러자 이십아는 대수롭지 않게 말하는 것이었다.

"대감님, 그런 일이라면 안심하십시오. 만약 형부에서 그렇게 처결한다면 오히려 설반 서방님한테는 더 잘된 일입니다. 소인이 경성에 있을 적에 들은 얘기로는 설반 서방님은 주막에서 술한 여자들을 데리고 노시다가, 취해서 난동을 부리던 끝에 주막집 심부름꾼을 이유 없이 때려죽인 적이 있다던데요. 그렇지만 제가 듣기로는 설반 서방님은 그 일을 지현에게 부탁했을 뿐만 아니라 가련 서방님한테도 부탁해서 각 관아에 많은 돈을 먹였더니 일이 무사히 처리되어 뜻대로 보고서가 올라가게 되었다는 겁니다. 그런데 어떻게 형부에서만은 그것이 통하지 않았는지 모르겠습니다. 설사 지금 이 일이 잘못된다손 치더라도 관리들이란 서로 감싸주기 마련이니까 그 지현은 기껏해야 부실하게 심리했다는 이유로 면직처분이나 받겠지요. 설마 자기가 돈을 받아먹고 청탁을 들어줬다고 말할 리가 있겠습니까? 그러니 대감님께서는 너무 걱정하지 마십시오. 소인이 자세한 내막을 더 알아보겠습니다. 그보다도 지금은 상사의 명령이나 어기지 말도록 하십시오."

"너희가 뭘 안다고 그러느냐? 그 지현이 정말로 청탁을 들어줬기 때문에 관직을 잃게 된다면 이 일을 어쩌면 좋단 말이냐? 게다가 그 일로 죄까지 덮어쓸지도 모르는 일이다."

"지금 그 일을 생각해봤자 아무 소용없습니다. 밖에선 사람들이 아까부터 대감님을 기다리고 있으니 어서 나가보십시오."

가정은 절도사가 무슨 일로 부르는지 알 수가 없었다. 무슨 일인지 알고 싶으면 다음 회를 보시라.

破好事
香菱結諼恩
悲遠嫁寶玉
感離情

【제100회】

천리타향 시집가는 탐춘

향릉의 방해에 하금계의 원망 깊고
탐춘의 출가에 보옥의 슬픔 하염없네

破好事香菱結深恨 悲遠嫁寶玉感離情

가정이 절도사를 만나러 간 지 한참이 지나도 나오질 않자 밖에서는 무슨 일인가 하고 의론이 분분했다. 이십아도 밖에서 두루 알아보았지만 아무것도 알아내지 못하자, 관보에 쓰여 있던 그 골칫거리가 생각나서 마음이 조마조마했다. 그러다가 가정이 나온다는 소리가 들려왔으므로 급히 달려가서 영접하였다. 가정의 뒤를 따르던 이십아는 집에 도착할 때까지 참고 있을 수가 없어서 주위에 아무도 없는 틈을 타서 가정에게 물었다.

"대감님, 안에 들어가서 그처럼 오래 계셨는데, 무슨 중요한 일이라도 있으셨습니까?"

"별일 아니었다. 알고 보니 진해총제가 절도사 대감의 친척이었더구나. 그 총제가 절도사 대감에게 편지를 보내서 나를 잘 돌봐주라고 부탁한 모양이야. 그래서 그분이 내게 친절한 말씀을 건네려고 부르신 것 같다. 그러면서 절도사 대감께서 '우리도 이제 친척간이 된 셈이요'라고 하시더구나."

가정이 웃으면서 이렇게 말하자 이십아는 속으로 여간 기쁜 것이 아니었다. 기쁜 나머지 제법 담까지 커진 이십아는 주제넘게도 가정에게 이 혼사를 허락하라고 극력 권하기까지 하였다. 가정은 설반의 일이 도대체 무엇 때문에 잘못되었는지 생각해보았지만 경성에서 멀리 떨어져 있는 지방관으로서는 소식을 제때 접할 수 없었으므로 어떻게 손을 써 볼 도리가 없었다. 그래서 가정은 자기 관아로 돌아오자마자 집안 하인을 경성으로 보내 사정을 알아오게 하였다. 그리고 그 김에 총제가 청혼해 온 사실을 가모에게 말씀드리고, 만약 찬성하신다면 탐춘을 자신의 임지로 보내도록 하라고 하였다. 집안 하인은 가정의 명을 받들고 경성으로 와서 왕부인에게 혼사를 아뢰고 나서, 이부에 가서 알아보니 가정에 대해서는 아무런 문책이 없고 단지 잠시 태평현을 맡았던 지현만이 면직되어 있었다. 그래서 즉시 편지를 띄워 가정을 안심시킨 연후에 자기는 경성에 더 머물면서 소식을 기다렸다.

한편 설부인은 설반의 살인사건 때문에 여러 관아에 얼마나 많은 돈을 먹였는지 모른다. 그 덕분에 설반은 겨우 과실치사의 죄목으로 판정되었던 것이다. 그래서 설부인은 전당포를 팔아 벌금에 충당하려고 하였다. 그런데 뜻밖에도 형부에서 그 판결을 기각하였던 것이다. 그동안 남에게 청탁하여 많은 돈을 썼건만 아무런 보람도 없이 원래대로 살인죄의 판결이 내렸으므로, 설반은 감옥에 갇힌 채 가을에 있을 재심을 기다리지 않으면 안 되게 되었다. 그러자 설부인은 화도 나고 자식이 불쌍하기도 해서 밤낮없이 눈물로 세월을 보냈으며, 보차가 자주 건너와서 그런 어머니를 위로했다.

"오빠 본래 복이 없어요. 조상의 가업을 이만큼 물려받았으면 곱게 들어앉아서 착실히 지키며 지냈어야 옳아요. 남방에 있을 적부터 이미 말씽이 이만저만이 아니었죠. 향릉의 일만 하더라도 그게 어디 할 짓이었습니까? 친척들의 세도에 의지하고 엄청나게 많은 돈을 쓴 덕분에 남의 집 공자만 공연히 맞아죽은 셈이 되었지요. 그랬으면 오빠는 나쁜 행실을 고쳐서 올바른 사람이 되어 어머님을 잘 모셨어야 마땅해요. 그런데 경성에 와서도 여전히 그 모양이었죠. 어머니께서는 오빠 때문에 얼마나 많이 속을 썩으시고, 또 얼마나 많이 눈물을 흘리셨어요? 오빠를 장가들인 것도 모두가 단란하게 지내보자고 했던 것인데, 팔자가 그래서 그런지 맞아들인 올케마저 하필이면 저 모양이어서 오빠가 집을 뛰쳐나간 게 아니고 뭐겠어요. 속담에 '원수는 외나무다리에서 만난다'는 말이 있는데 정말 그런가 봐요. 집 나간 지 며칠 안 되서 또 살인사건을 저질렀으니 말예요. 어머니와 둘째 오빠는 할 만큼 다 했다고 생각해요. 돈을 쓴 것은 둘째 치고라도 어머니께서는 얼마나 여러 번 남들 앞에 무릎을 꿇고 통사정을 하셨어요? 어쩔 수 없이 이렇게 될 수밖에 없다면 그것 역시 자업자득이라고 해야 하겠지요. 대체로 아이를 낳아서 기르는 건 늙어서 의지할 데가 있기를 바라서 그러는 것 아니겠어요? 오두막에 사는 가난뱅이들도 어떻게 해서든지 밥 한 그릇 벌어다가 부모님을 봉양하는데, 물려받은 그 많은 재산을 다 탕진한 것도 모자라서 늙으신 어머님을 울고불고 눈물로 세월을 보내게 하다니 도대체 말이 됩니까? 제가 할 말은 아니지만 오빠의 저런 행동을 보면 자식이 아니라 그야말로 원수라니까요. 그런데도 어머니께서는 아직 그걸 깨닫지 못하시고 낮부터 밤까지 우시고, 또 밤부터 낮까지 우시면서 올케한테까지 시달림을 받고 계시질 않아요. 저도 자주 와서 위로의 말씀이라도 해드릴 수 있는 형편이 아닌데, 어머니께서 이렇게 지내시는 걸 보면 전 한시도 마음을 놓을 수가 없답니다. 우리 그이만 해도 정신이 멍해 있으면서도 제가 친정에 가는 건 아주 싫어해요. 저번에 아버님께서 사람을 보내 전갈하시기를, 무심코 관보를 보시다가 오빠의 일이 적혀 있기에 크게 놀라셨답니다. 그래서 사람을 보내 어떻게 손을 좀 써보라고 하셨답니다.

오빠가 저지른 일로 인해 얼마나 많은 사람들이 걱정하고 있는 줄 아세요? 제가 아직은 어머니 곁에 있는 거나 마찬가지여서 다행이지만, 만일 고향을 떠나 먼 곳에 있으면서 이런 소식을 들었다면 어머니 걱정에 아마 죽고 말았을 거예요. 그러니 어머니 부디 마음을 강하게 잡수세요. 그리고 오빠가 아직 살아있을 때 각처의 장부를 알아보도록 하세요. 우리가 남에게 빌려준 것이 얼마이며, 우리가 갚아야 하는 것이 얼마인지 이전에 일했던 점원들을 불러다 계산해 본 다음 아직 남아 있는 돈이 얼마나 되는지 알아두셔야 해요."

보차의 말에 설부인은 울면서 말했다.

"요즈음은 네 오빠의 일 때문에 통 정신이 없었구나. 네가 와도 나를 위로해주거나 그렇지 않으면 내가 오빠에 관한 관아의 일만 의논하곤 해서 다른 얘기는 미처 하지 못했어. 넌 아직 잘 모르고 있겠지만 경성에서 우리가 지니고 있던 관상官商의 명성도 이미 많이 퇴색하였고, 전당포 두 개도 벌써 다른 사람의 손에 넘어갔는데 거기서 받은 돈도 이미 다 써버렸다. 그런데다가 또 한 곳의 전당포는 집사가 도망쳐 버리는 바람에 수천 냥의 손해를 입은 채 현재 재판 중에 있단다. 네 둘째 오라비가 날마다 밖에 나가 빚 독촉을 하고 있지만 경성에서 날린 돈만 해도 수만 냥에 이르는 것 같구나. 그래서 하는 수 없이 남방의 공동 전당포에 넣은 돈을 빼오고 또 집을 팔아야만 될 것 같다. 그런데 이틀 전에 또 이런 터무니없는 소식을 들었단다. 남방의 그 공동 전당포마저 거덜이 나서 채권자들한테 몰수를 당했다는구나. 만일 그게 사실이라면 이 어미의 목숨도 더 이상 부지할 수가 없을 것 같아."

그러면서 설부인은 또다시 대성통곡하기 시작하였다. 그러자 보차도 울면서 어머니를 위로했다.

"돈에 관한 일이라면 어머니께서 걱정하신들 무슨 소용이 있겠어요. 그래도 둘째 오빠가 우리를 위해 애쓰고 있잖아요. 그런데 괘씸한 것은 저 점원들이에요. 우리 집 형편이 기우는 것을 보고 제각기 자기 살 길을 찾아가는 건 그렇다손 치더라도, 듣자하니 남들과 짜고서 우리를 등쳐먹으려는 술책을 꾀하는 놈들도 있다는군요. 그것만 보더라도 오빠가 그만한 나이에 사귀었다는 사람들이라곤 술친구들뿐이어서, 어려운 일이 닥쳐도 아무도 도와주는 이가 없다는 걸 알 수 있어요. 어머니께서 정말로 저를 사랑하신다면 부디 제 말씀을 들어주세요. 어머니같이 연세 드신 분은 무엇보다도 스스로 건강에 유념하셔야 해요. 어머니께서 여생 동안 헐벗고 굶주리기야 하시겠어요. 집에 있는 옷가지나 세간들은 그저 올케가 하자는 대로 내버려두세요. 다른 방법이 없으니까요. 그리고 하인이나 할멈들도 보아하니 여기 남아있을 마음이 없는 것 같으니, 가겠다는 사람들은 다 내보내도록 하세요. 그러나 향릉이만은 줄곧 고생만 해왔으니 어머니 곁에 두도록 하세요. 만일 어머니께서 부족한 것이 있다 하더라도 제게 있다면 가져다 드릴 테니 염려하지 마시구요. 우리 그이도 안 된다고 하지는 않을 거예요. 습인도 마음이 곧고 착한 사람이에요. 오빠의 일을 듣고는 어머니의 처지를 생각하며 울기까지 하던 걸요. 우리 그이한테는 아직 아무 일 없다고 했으니 크게 염려할 필요는 없지만, 만약 알게 되는 날에는 굉장히 놀랄 거예요."

설부인은 보차의 말이 채 끝나기도 전에 그녀의 말을 가로챘다.

"얘야, 절대로 네 남편에게 말하면 안 된다. 그 사람은 대옥이 때문에 하마터면 죽을 뻔했다가 이제 겨우 나아졌는데, 다시 이 일로 충격을 받는다면 네게 괴로움이 더해질 뿐만 아니라 나도 점점 더 의지할 데가 없어질 테니 말이다."

"저 역시 그렇게 생각하고 있었기에 그 사람한테는 아무 말도 하지 않았던 거예요."

이런 이야기를 하고 있는데 금계가 바깥방으로 뛰어 들어와서 울고 불고 악쓰는 소리가 들려왔다.

"난 이제 살기도 싫어! 서방은 이제 살 가망이 없어. 이렇게 된 바에야 한바탕 소란이라도 피워보자구. 다 같이 처형장에 달려가서 목숨 걸고 한 번 해보잔 말이야."

그러면서 그녀는 칸막이 판자에다 머리를 마구 짓찧는 바람에 머리카락이 마구 흐트러져서 산발이 되었다. 그 꼴을 본 설부인은 너무도 화가 나서 두 눈을 부릅뜨고 노려볼 뿐 아무 말도 할 수가 없었다. 그렇지만 보차는 올케언니, 올케언니 해가며 금계를 어르고 달랬다. 그러자 금계는 보차를 보고 빈정거렸다.

"아이고 시누님! 시누님은 이제 전과는 비교도 안 될 만큼 처지가 달라졌지요. 시누님 내외분은 찰떡같이 달라붙어 화목하게 지내지만, 나는 이제 외톨이가 되었으니 체면은 차려 뭐 하겠어요?"

그리고는 친정으로 가겠다면서 거리로 뛰쳐나가려고 하였다. 다행히 사람들이 많았기 때문에 여럿이서 붙잡고 한참 동안 말린 끝에 겨우 진정시킬 수 있었다. 보금은 얼마나 놀랐던지 그런 일이 있은 다음부터 다시는 금계를 상대하려 들지 않았다.

그러나 설과가 집에 있기만 하면 금계는 얼굴에 분칠을 하고 연지를 찍고 눈썹과 귀밑머리를 그리는 등 요염하게 단장을 하였다. 그리고는 시도 때도 없이 설과의 방 앞을 지나치면서 일부러 기침을 한다거나 설과가 방 안에 있다는 것을 뻔히 알면서도 방에다 대고 안에 있는 사람이 누구냐고 묻곤 하였다. 그러다가 때로 설과와 마주치기라도 하면 갖은 교태와 아양을 부려가며 어떻게 지내느냐고 살뜰하게 묻는가 하면, 방긋방긋 웃다가는 금세 토라지곤 하였다. 그럴 때마다 시녀들은 못 본 척하며 얼른 몸을 숨겼다.

그래도 금계는 전혀 그런 눈치를 못 채고 오로지 설과의 마음을 사로

잡아야만 보섬의 계책을 제대로 쓸 수 있다는 생각에만 골몰하였다. 그러나 설과는 그런 금계를 피하려고 애썼고, 그러다가 어쩔 수 없이 마주치게 되면 마지못해 상냥하게 대하곤 하였다. 그녀가 억지를 부리며 못살게 굴까 봐 두려웠기 때문이었다. 그러면 금계는 설과도 자기가 좋아서 그러는 줄만 알고 한층 정욕에 들떠서 볼수록 좋아지고 생각할수록 몸이 달아서 설과의 본심을 알아차리지 못했다. 다만 한 가지 마음에 걸리는 것은 설과가 무슨 물건이든 모두 향릉에게 건사하게 한다는 것이었다. 옷을 깁거나 빠는 것도 향릉에게만 맡겼으며, 두 사람이 우연히 만나 이야기하다가도 자기만 나타나면 황급히 피해버리는 것이 여간 질투가 나는 것이 아니었다. 설과에게 강짜를 부려보고도 싶었으나 차마 그러지는 못하고 그 대신 그 분풀이를 몽땅 향릉에게 쏟아 부었다. 그러나 설과의 눈 밖에 나면 큰일이었으므로 드러내 놓고 향릉을 못살게 굴 수도 없는 노릇이었다.

그러던 어느 날 보섬이 들어오더니 킥킥거리면서 금계를 보고 말했다.

"아씨, 둘째 도련님은 만나셨나요?"

"아니, 못 만났어."

"둘째 도련님은 겉으로는 점잔을 빼지만 실은 믿을 수 없답니다. 우리가 지난번에 술을 갖다 드렸을 땐 술 마실 줄 모른다고 하더니만, 방금 마님 방에 들어가는 걸 보니까 얼굴이 벌겋게 상기되어 있고 술 냄새가 폴폴 나는 게 아니겠어요? 아씨께서 못 믿으시겠다면 도련님이 돌아오실 때를 기다려 우리 대문 앞에 서 있다가 저쪽에서 걸어오거들랑 불러 세워서 한 번 물어 보세요. 뭐라고 그러나 보게요."

그 소리를 들은 금계는 화가 머리끝까지 치밀어 올랐다.

"그 사람이 언제 나올지 어떻게 알아? 그리고 그렇게 무정한 사람한테 물어봐서 뭐 하겠어?"

"아씨께서도 참 답답하시네요. 저쪽에서 좋게 대답하면 우리도 곱게 대해 주고, 저쪽에서 언짢게 나오면 우리도 거기에 따라 태도를 달리하면 되질 않겠어요?"

금계는 그 말이 일리가 있다고 생각되어 보섬에게 그가 언제 나오는지 지켜보라고 일렀다. 금계는 경대를 열고 얼굴을 비춰보며 입술연지를 고쳐 바른 다음 꽃무늬가 있는 손수건을 들고 밖으로 나가려고 하였다. 그러다가 무엇인가 잊은 것이 있는 듯한데 생각이 나질 않아서 머뭇거리고 있자니 밖에서 보섬이 묻는 소리가 들려왔다.

"에그, 도련님, 오늘은 기분이 아주 좋으신가 봐요? 어디서 그렇게 술을 드셨어요?"

금계는 그 소리가 자기더러 나오라는 신호임을 알아차리고 부리나케 발을 걷고 밖으로 나왔다. 밖에서는 설과가 보섬이에게 대꾸하고 있었다.

"오늘이 장 노인의 생일이어서 그 집에 갔었거든. 모두들 하도 권하는 바람에 반 잔쯤 마신 건데 아직까지 얼굴이 달아오르네."

설과의 말이 채 끝나기도 전에 금계가 말을 가로막았다.

"어떤 양반한테는 남의 집 술이 자기 집 술보다 맛있을 법도 하지요."

설과는 금계가 비꼬는 말에 얼굴이 더욱 빨개지며 얼른 다가와 웃으면서 말했다.

"형수님, 무슨 말씀을 그렇게 하세요?"

보섬은 그들 두 사람이 말을 주고받기 시작하자 냉큼 안으로 피해 들어갔다. 금계는 처음에는 일부러 화를 내는 체하면서 설과에게 몇 마디 싫은 소리를 해줄 생각이었다. 그런데 그가 두 볼이 발그레해가지고 눈동자에 겸연쩍은 빛을 띠며 몸 둘 바를 몰라 하자, 안됐다는 마음이 들면서 비아냥거리려던 생각이 저 멀리 자바국으로 달아나 버리는 것이었다. 그래서 미소까지 띠면서 말을 건넸다.

"그렇다면 도련님께서는 술을 억지로 권해서 마셔줬다는 거예요?"

"무슨 말씀이세요? 제가 어디 술 마실 줄 아는 사람인가요?"

"하긴 술은 마시지 않는 게 좋아요. 술 마시고 행패부리는 형님보다야 낫고말고요. 얼마 후면 도련님도 새색시를 맞을 텐데, 나처럼 생과부를 만들어서 외로운 신세가 되게 해서야 쓰나요!"

그렇게 말하는 금계의 두 눈은 이미 게슴츠레해졌고 두 볼도 벌겋게 달아올라 있었다. 설과는 금계가 말하는 것이 점점 수상쩍어지는 것 같아서 그 자리를 피하려고 하였다. 하지만 이내 눈치챈 금계가 그를 가만히 놔둘 리 없었다. 금계는 성큼 앞으로 다가서더니 설과의 손을 덥석 잡는 것이었다. 그러자 설과는 화들짝 놀라며 손을 뿌리치려고 하였다.

"형수님, 이게 무슨 짓입니까?"

그러면서 설과는 온몸을 부들부들 떨었다. 금계는 부끄러움도 없이 낯빛 하나 변하지 않고 설과를 잡아끌었다.

"어쨌든 안으로 좀 들어가요. 내가 도련님한테 중요하게 할 얘기가 있거든요."

그렇게 두 사람이 실랑이를 벌이고 있을 때 갑자기 누군가가 뒤에서 다급하게 소리를 쳤다.

"아씨, 향릉이가 와요."

금계가 깜짝 놀라 고개를 돌려보니 그것은 보섬이었다. 보섬은 두 사람이 무슨 수작을 하나 보려고 발을 걷고 엿보던 중에 저쪽에서 향릉이 다가오는 것을 보고 얼른 금계에게 알려준 것이었다. 금계는 놀란 나머지 잡았던 설과의 손을 놔버렸고, 그 틈에 설과는 줄행랑을 쳤다.

향릉은 아무 생각 없이 걸어오다가 별안간 보섬이 소리를 지르는 바람에 비로소 금계가 저쪽에서 설과의 손을 잡고 안으로 끌어들이려고 안간힘을 쓰는 것을 보게 되었던 것이다. 깜짝 놀란 향릉은 마구 뛰는 가슴을 안고 얼른 오던 길로 되돌아갔다. 금계는 놀라기도 하고 화가 나기도 한 채 닭 쫓던 개 지붕 쳐다보는 격으로 설과의 뒷모습만 멍하니 바라보고 서 있었다. 한참 동안 멍하니 서 있던 금계는 흥이 깨져서 이를 갈며 자기 방으로 돌아갔다. 이 일이 있은 후부터 금계는 향릉에 대한 원한이 골수에 사무쳤다. 그러나 향릉으로서는 보금에게 가려고 막 중문을 지나다가 그런 장면을 우연히 보게 되었으므로 질겁하며 되돌아 간 죄밖에는 없었던 것이었다.

이날 보차는 가모의 방에서 왕부인이 가모에게 탐춘의 혼사에 대해 말씀드리는 것을 들었다.

"동향사람이라면 더욱 좋질 않겠느냐? 그런데 왜 아범이 그 집 자제가 우리 집에 다녀갔다는 얘기를 하지 않았을까?"

가모가 그렇게 묻자 왕부인이 대답했다.

"저희들도 몰랐어요."

"좋기는 좋다만 거리가 너무 멀구나. 아범이 그곳에 있는 동안은 괜찮겠지만 장차 다른 곳으로 전근이라도 가게 되는 날에는 그 애 혼자 외톨이가 되지 않겠느냐?"

"양쪽 집안이 모두 벼슬을 살고 있는 터이니까 꼭 그렇다고는 말할 수 없는 일이에요. 저쪽에서 경성으로 전임될지도 모르는 일이고, 혹 그렇게 되지 않는다 하더라도 떨어진 잎이 뿌리로 돌아오듯 결국 고향으로 돌아오게 될 수 있지 않겠어요? 더구나 대감께서 그곳에서 벼슬살이를 하고 계시는 마당에 윗분으로부터 그런 말씀까지 들으셨다는데 어떻게 안 된다는 말씀을 하실 수 있겠어요? 제 생각엔 대감께서 이미 마음을 정하신 것 같아요. 다만 독단으로 처리할 수 없기에 사람을 보내서 어머님의 의향을 들어보려는 것 같아요."

"너희들 생각이 그렇다면 더 말할 게 없지. 그렇지만 탐춘이 이번에 멀리 가게 되면 2년이나 3년 안에 다시 돌아올 수 있을지 알 수 없잖니.

만일 그보다 더 시일이 걸린다면 난 다시 그 애 얼굴을 볼 수 없을 것 같구나."

그러면서 가모는 주르르 눈물을 흘렸다. 왕부인이 곁에서 그런 가모를 위로했다.

"계집애들이란 자라면 남의 집으로 시집가기 마련이 아니겠어요? 아무리 한고향 사람이라 할지라도 벼슬살이를 하지 않는다면 모를까 벼슬살이를 하는 이상 한 곳에서만 살 수는 없는 노릇이지요. 그저 애들이 행복하게 지내기만 한다면 더 바랄 것이 뭐 있겠어요. 다른 사람은 그만 두고라도 영춘인 가까운 곳에 시집갔지만 걸핏하면 남편한테 두들겨 맞기나 하고, 어떤 때는 심지어 밥까지 굶는다질 않아요. 그래서 우리가 뭘 좀 보내주기도 하지만 그 애는 손도 대보지 못하는 모양이에요. 듣자니 요사이는 더 심해져서 친정에도 보내주질 않는다나 봐요. 내외간에 다투기만 하면 우리가 저희 집 돈을 갖다 썼다면서 행패를 부린대요. 그러니 가엽게도 그 애는 어느 하루인들 편할 날이 있겠어요? 얼마 전에 제가 하도 그 애 일이 걱정 돼서 사람을 보내 알아보았더니 그 앤 곁방에 숨어서 나와 보려고 하지도 않더래요. 그래서 할멈들이 억지로 문을 열고 들어가 보니 우리 집 애가 글쎄 그렇게 추운 날 낡은 옷 몇 벌만 걸치고 있더라지 뭐예요. 그러면서 눈물을 흘리며 할멈들에게 '집으로 돌아가거든 내가 이렇게 고생하고 있다는 말은 절대로 하지 말아줘요. 이것도 다 내가 타고난 팔자 때문이 아니겠어요. 그리고 앞으로는 옷이나 물건 같은 것을 일체 보내지 말라고 여쭤줘요. 그런 걸 보내줘도 내 손에 들어오지 않을 뿐만 아니라 도리어 그것 때문에 매만 맞게 되요. 제가 집에다 말해서 그런 걸 보냈다고 하면서 말이지요'라고 하더랍니다. 그러니 어머님, 생각 좀 해보세요. 가까운 곳에 있으면 직접 볼 수 있어서 좋지만 만일 잘 지내지 못한다면 더욱 마음이 아프질 않겠어요? 게다가 큰집 형님도 아는 체하지 않고 큰 대감님께서도 나서질 않으시니, 지금 영춘의 신세는 우리 집에서 부리는 삼등 시녀들보다도 못한 형편이에요.

탐춘이로 말하자면 제가 낳은 자식은 아니지만 대감께서 친히 사위될 사람을 보고 마음에 들었기에 허락하셨을 것이므로, 어머님께서도 그렇게 생각하시고 좋은 날을 받아 대감 임지로 사람을 몇 명 넉넉하게 보내는 것이 좋겠어요. 그 뒤의 일은 대감이 알아서 처리하실 테니까요."

"아범이 그렇게 하기로 한 이상 차비를 잘 갖춰서 먼 길 떠나는 날을 받아 보내도록 해라. 그러면 또 큰일 한 가지가 해결되는 셈이 아니겠니."

왕부인이 가모의 말대로 하겠노라고 대답했다.

옆에서 두 사람의 이야기를 듣고 있던 보차는 말을 할 수는 없었지만 속으로는 여간 쓸쓸한 생각이 드는 게 아니었다.

'이 집 자매들 가운데 가장 뛰어난 사람이 탐춘이었는데, 이제 그녀마저 먼 곳으로 시집가게 되었구나. 이렇게 이 집 식구들은 나날이 줄어들기만 하는구나.'

이윽고 왕부인이 가모에게 인사하고 몸을 일으키자 보차도 따라 나와 전송하고는 그 길로 자기 방으로 돌아왔다. 그러나 보옥에게는 아무 말도 하지 않았다. 하지만 습인이 혼자 일하는 것을 보고 그녀에게는 방금 들은 얘기를 해주었다. 습인도 그 이야기를 듣고 무척 슬퍼하였다.

한편 탐춘의 혼삿말을 들은 조이랑은 오히려 기뻐하며 속으로 이렇게 생각하였다.

'그 계집앤 평소에 말도 못하게 나를 업신여겼어. 내가 언제 어미대접을 받은 적이 있기나 한가? 제가 부리는 시녀만큼도 대접해주지 않았는걸. 게다가 윗사람에게 알랑거리면서 다른 사람만 두둔하질 않았던

가. 그런 게 앞을 막고 있으니 우리 환이도 기를 펴지 못했던 거야. 이제 대감님께서 그년을 임지로 데려간다니까 속이 다 시원하지 뭐야! 그년한테 효도받기는 아예 글러먹었으니, 그럴 바엔 그년도 영춘이처럼 고생이나 실컷 했으면 원이 없겠다.'

속으로 이렇게 생각하면서 조이랑은 축하한답시고 탐춘을 찾아갔다.

"아가씨, 지체 높은 사람이 된다면서요? 새신랑한테 가면 여기보다 물론 더 나을 거예요. 아가씨도 그걸 원하겠죠? 내가 아가씰 낳아드렸지만 지금까지 아가씨의 덕은 조금도 보질 못했어요. 설사 내게 열에 일곱쯤 잘못이 있었다손 치더라도 셋쯤은 좋은 점도 있었을 테니, 이렇게 떠나더라도 나를 까맣게 잊지는 말아줘요."

탐춘은 듣고 보니 얼토당토않은 말이었으므로 고개를 숙인 채 하던 일만 계속할 뿐, 대꾸 한마디 하지 않았다. 탐춘이 상대도 해주지 않자 조이랑은 골이 잔뜩 나서 돌아가 버렸다.

한편 탐춘은 화가 나기도 하고 쓴웃음이 나기도 하며 한편으로는 구슬퍼지기도 해서 저 혼자 눈물을 흘렸다. 한참을 그렇게 앉아 있다가 울적한 마음으로 보옥을 찾아갔다. 보옥은 탐춘을 보자 다짜고짜 물었다.

"탐춘 누이, 듣자니 대옥이가 죽을 때 곁에 있었다면서? 그리고 대옥이가 임종할 때 멀리서 음악소리가 들려왔다면서? 그게 정말이라면 대옥이는 무슨 내력이 있는 사람이 아니었을까?"

탐춘이 웃으며 대답했다.

"그건 오빠의 상상일 거예요. 하지만 그날 밤 좀 이상하기는 했어요. 보통사람들 집에서 울리는 음악소리 같지는 않았으니까요. 그러고 보면 오빠 말이 맞는지도 몰라요."

보옥은 탐춘의 말을 듣고 더욱 자기의 생각이 맞을 거라고 여겼다. 게다가 전날 자기의 넋이 비몽사몽간을 헤맬 때 어떤 사람이 나타나서 대옥은 살아서는 인간같지 않고 죽어서는 귀신같지 않다고 했던 말이 떠올라, 그녀는 틀림없이 하늘에서 잠시 인간세계로 내려온 선녀일 거라고 생각했다. 그러다가 문득 어느 해인가 무대에서 본 항아의 날아갈 듯 고운 모습이 떠올랐다. 그 모습은 정말로 풍취가 있었다는 생각이 들었다. 조금 뒤에 탐춘이 돌아가자 보옥은 자견을 오라고 해야겠다는 생각이 들어서 가모에게 말씀드리고 그녀를 불러왔다.

자견은 오고 싶지 않았으나 가모와 왕부인의 명령이었으므로 건너오지 않을 수 없었다. 그러나 보옥의 앞에 와서는 말 한마디 없이 한숨만 쉬고 있을 뿐이었다. 보옥은 남들이 없는 데서 가만히 자견의 손을 잡고 나지막한 소리로 숨을 죽여 가며 대옥에 관한 일을 물어보려고 하였지만, 그녀는 끝내 고분고분하게 대답해 주지 않았다. 보차는 속으로 자견에겐 충성스런 마음이 있다고 생각하여 그녀를 나무라지 않았다. 설안은 비록 보옥이 혼례를 치르던 날 한 몫 단단히 해주기는 했지만 보차가 보기에는 그 속을 알 수 없었다. 그래서 가모와 왕부인에게 말씀드려서 머슴 하나와 짝 지어 살림을 차려주었다. 그리고 대옥의 유모 왕할멈은 장차 대옥의 영구를 강남으로 보낼 때 딸려 보낼 생각으로 그대로 남겨 두었으며, 앵가 등의 어린 시녀들은 원래대로 가모의 시중을 들게 했다.

보옥은 그렇지 않아도 대옥을 잊지 못하던 차에 지금 이렇게 대옥이 밑에 있던 사람들까지 뿔뿔이 흩어지는 것을 보자 마음이 더욱 우울해졌다. 울적한 마음을 달랠 길이 없던 보옥은 문득 대옥의 죽음이 그렇게 깨끗했던 것을 보면 대옥은 필시 인간세계를 떠나서 신선세계로 갔음이 틀림없다는 생각이 들어서 기분이 다시 좋아지기 시작했다.

그런데 뜻밖에도 습인과 보차가 탐춘의 혼사이야기 하는 것을 듣게 되자 그만 와하고 울음을 터뜨리며 구들 위로 쓰러졌다. 깜짝 놀란 보차와 습인은 급히 달려와 보옥을 안아 일으켰다.

"아니, 왜 그러세요?"

보옥은 우느라고 목이 메어 바로 대답을 하지 못하다가, 한참 만에 진정하고 입을 열었다.

"이렇게는 더 이상 못살겠어. 자매들이 하나 둘 모두 떠나잖아! 대옥이는 신선이 되어 가버렸고, 큰누나는 벌써 저 세상 사람이 되질 않았어? 큰누나는 매일 함께 지내지 않았으니까 그렇다고 치고, 영춘 누나는 그 못돼먹은 인간한테 시집가더니 이번에는 또 탐춘이가 먼 곳으로 시집가서 다시는 볼 수 없게 되었지 뭐야. 상운이도 어디로 시집갈지 알 수 없는 노릇이고, 보금에겐 시집갈 곳이 정해져 있는 거구. 이렇게 누나하고 동생들이 하나도 남지 않고 모두 떠나버리면 나 혼자 남아서 뭘 하겠어?"

습인이 그 소리를 듣고 이런 말 저런 말로 보옥을 위로했다. 그러자 보차가 손을 저으며 습인을 말렸다.

"위로해 줄 필요 없어. 내가 좀 물어볼 게 있어."

그러면서 보차는 보옥에게 물었다.

"당신 생각에 여러 자매들이 모두 늙어 죽을 때까지 이 집에서 당신 친구나 해주고 있으면서 자기의 종신대사 따위는 신경도 쓰지 말았으면 좋겠어요? 만약 다른 사람들이라면 혹시 달리 생각해 볼 수도 있겠지만요. 당신의 누님이나 누이동생들 가운데 아직 멀리 시집간 분이 없잖아요. 그렇게 되었다 하더라도 아버님께서 정하신 일을 당신이 무슨 수로 막을 수 있겠어요? 당신은 이 세상에서 누님과 누이동생들을 사랑하는 이가 당신 하나뿐이라고 생각하세요? 세상 사람들이 모두 당신과 같이 생각한다면 우선 저부터도 당신 곁에 와 있을 수 없질 않겠어요? 대체로 사람이 공부하는 것은 세상의 도리를 알고자 함인데 당신은 어째서 점점 더 어리석은 사람이 되어 가는지 모르겠어요. 정 그러실 생각이라면 저와 습인은 각자 다른 곳으로 가버릴 테니 당신 누님과 누이동생들을 모조리 청해다 당신만 모시고 있게 하세요."

보옥은 그 말을 듣고 두 손으로 보차와 습인을 붙잡고 말했다.

"나도 알아. 하지만 왜 이렇게 빨리 헤어져야 하는가 말이야. 내가 죽어서 재로 변한 다음에 헤어져도 늦지 않을 텐데."

그러자 습인은 손으로 보옥의 입을 막았다.

"또 그런 말도 안 되는 소릴 하시네요. 요 며칠 서방님께서 몸이 좀 좋아지셨기에 아씨께서도 겨우 밥술을 뜨고 계시는데, 또다시 그 일로 병이 도지신다면 저도 이젠 상관하지 않겠어요."

보옥은 차츰 두 사람 말이 모두 옳다는 생각이 들기는 했으나 마음속으로는 어찌하면 좋을지 몰랐다. 그래서 다음과 같이 한마디 하였다.

"나도 다 알고 있어. 그렇지만 가슴속이 하도 답답해서 그랬던 거야."

보차는 그러는 보옥을 더 이상 상대해 주지 않고 가만히 습인을 시켜 보옥에게 정심환定心丸을 먹이도록 해서 마음을 진정시킨 다음 천천히 설득하기로 했다. 습인은 탐춘을 찾아가서 떠날 때 작별 인사하러 오지 말아 달라는 말을 하려고 하였다. 그러나 보차가 이를 말렸다.

"아니야, 그렇게까지 걱정할 필요 없어. 앞으로 며칠 안정하고 나서 정신이 맑아지면 남매간에 몇 마디라도 더 나누게 해야 하질 않겠어. 더군다나 셋째 아가씨는 아주 영리한 사람이라 겉으로만 그러는 사람들과는 달리 틀림없이 서방님을 잘 타일러서 앞으로는 그런 일이 없도록 할 거야."

이런 이야기를 나누고 있는데 가모가 원앙을 보내와서, 보옥의 병이 도진 걸 알고 습인에게 보옥이 허튼 생각하지 않도록 잘 위로하라고 일렀다. 습인 등은 그렇게 하겠다고 대답했으며 원앙은 잠시 앉아 있다가 바로 돌아갔다.

가모는 멀리 시집가는 탐춘을 생각해서 혼수를 죄다 장만해 주지는 못할망정 우선 소용이 되는 물건들이나마 갖춰 줘야겠다고 마음먹었다. 그래서 희봉을 불러다 가정의 의향을 자세히 이야기해 준 다음 즉시 차비를 하도록 시켰다. 희봉은 알았다고 대답했는데, 어떻게 차비를 해주었는지 알고 싶으면 다음 회를 보시라.

(제 6권 〈다시 돌이 되어〉로 계속)

등장인물

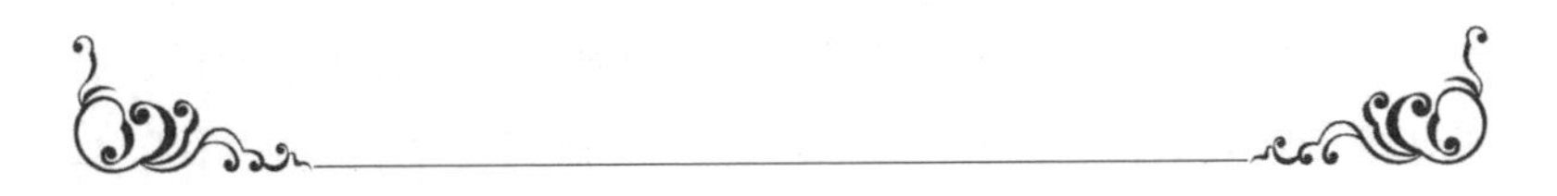

가교저(賈巧姐)　가련과 왕희봉의 딸로 금릉십이차 중 한 명이다. 처음에는 대저大姐로 불리다가 유노파가 교저라는 이름을 지어준 후로 교저로 불린다. 가부賈府가 몰락한 뒤, 가운, 가환 등이 몰래 팔아버리려고 하나 유노파의 도움으로 위기를 벗어난다. [6]

가련(賈璉)　가사의 장남이고 왕희봉의 남편이다. 임기응변에 능한 편이지만 재주나 영리함이 왕희봉보다 훨씬 못하다. 글공부는 멀리하면서 여인들과 어울려 다니는 데만 관심을 가지며, 왕희봉 몰래 우이저를 첩으로 들였다가 들통 나 곤욕을 치르기도 한다. 희봉이 죽자 시녀였던 평아를 아내로 맞이한다. [2]

가모(賈母)　가씨 집안의 최고 어른으로 가대선의 부인이다. 금릉의 귀족 사후가史侯家의 딸로 사태군史太君이라 부르기도 한다. 가보옥의 조모이고 임대옥의 외조모이다. 적손자인 가보옥을 끔찍이 총애하고 귀하게 여긴다. 가부가 번성하던 시기의 부와 영예의 향유자이다. [2]

가보옥(賈寶玉)　입에 옥을 물고 태어나 이름을 보옥이라고 한다. 영국부의 적손으로 가정과 왕부인 사이에서 난 아들이다. 임대옥과는 고종사촌지간이고 설보차와는 이종사촌지간이다. 귀족가문의 자제이지만 자유분방하고 전통적인 예교에 반하는 행동을 일삼는다. 괴팍한 성격과

* 〔 〕 안의 숫자는 해당 인물이 처음 나오는 회를 뜻한다.

독특한 정신세계를 지닌 인물이기도 하다. 목석전맹木石前盟의 임대옥과 결혼하기를 원하지만 가모와 왕희봉의 계략으로 설보차와 결혼하게 된다. 인생무상을 느낀 가보옥은 과거장에서 사라지고 훗날 나루터에서 가정을 만나지만 목례만 남긴 채 스님과 도사와 함께 눈 덮인 광야로 사라진다. [2]

가석춘(賈惜春) 가경의 딸이고 가진의 누이로 금릉십이차 중 한 명이다. 가보옥과는 사촌지간이고 가부賈府의 네 자매 중 가장 어리다. 회화繪畵에 소질이 뛰어나다. 평소 수월암水月庵의 어린 비구니 지능과 자주 어울렸는데 훗날 가부가 몰락한 뒤 비구니가 된다. [2]

가영춘(賈迎春) 가사의 딸이고 가련의 이복누이로 금릉십이차 중 한 명이다. 성격이 유약하고 순종적이며 모든 일에 대해 묵묵히 방관자적인 태도를 취하는 인물이다. 포악하고 탐욕스러운 손소조에게 시집 가 온갖 핍박을 당하다가 결국 1년 만에 죽는다. [2]

가원춘(賈元春) 가정의 장녀로 여사女史가 되어 입궁하였다가 현덕비賢德妃로 책봉된다. 금릉십이차 중 한 명이다. 가원춘이 귀비貴妃가 되면서 가부의 영화로움은 극에 달한다. 하지만 병으로 요절하게 되고 원춘의 죽음과 함께 가부 역시 몰락의 길을 걷게 된다. [2]

가정(賈政) 가대선과 가모의 차남으로 영국부의 모든 일들은 가정을 중심으로 이루어진다. 가보옥의 부친으로 아들에게 매우 엄격한 아버지이다. 전통적 유교의 가치관을 대표하는 인물로 자유분방하고 격식에 얽매이는 것을 싫어하는 가보옥에 대해 늘 불만을 느낀다. [2]

가진(賈珍) 녕국부 가경의 아들로 세상일에는 관심이 없고 풍류에만 빠져 산다. 며느리인 진가경과 부정한 일을 저지르고 이 일로 진가경은 자살한다. 처제인 우이저와 우삼저에게도 음탕한 마음을 품는다. [2]

가탐춘(賈探春) 가정의 차녀로 금릉십이차 중 한 명이다. 생모는 조이랑이다. 적극적이고 활달한 성격에 가씨 자매 중 재능이 가장 비범하지만 서출이라는 지위와 몰락해 가는 집안 때문에 재능과 포부를 제대로 펼치지 못한다. 청명절淸明節에 바닷가 멀리 시집가 쓸쓸하게 살아간다. [2]

가환(賈環) 가정의 첩인 조이랑의 아들로 탐춘의 친동생이자 가보옥의 이복형제이다. 교활하고 잔인한 성품으로 보옥을 미워해 얼굴에 화상을 입히고 금천의 자살을 보옥 탓이라고 모함한다. 후에 가운과 함께 교저를 몰래 변방으로 팔아넘기려는 계략을 꾸민다. [2]

묘옥(妙玉) 농취암櫳翠庵에 거주하는 비구니로 금릉십이차 중 한 명이다. 귀족가문 출신이어서 성격이 고상하면서도 괴팍한 면이 있다. 세속과 잘 어울리지 않았으나 가보옥에게는 은근한 정을 느낀다. 후에 가부에 침입한 도적떼에게 겁탈당하고 어디론가 끌려가 사라지는 불행한 운명을 맞는다. [17]

반우안(潘又安) 사기의 고종사촌으로 어려서부터 사기와 깊은 정을 나누어 서로 혼인하기로 약속한다. 대관원大觀園의 문지기 할멈들을 매수하여 사기와 밀회를 나누다가 원앙에게 발각된다. 사기가 집안의 반대로 반우안과 결혼 못하게 되어 자살하자 반우안도 따라서 자살한다. [71]

사기(司棋) 가영춘의 시녀로 강직한 성격의 소유자이다. 고종사촌 반우안과 대관원에서 밀회를 하다가 원앙에게 들킨다. 대관원이 수색당할 때, 거처에서 반우안의 물건과 편지가 발견되어 쫓겨난다. 어머니로부터 반우안과의 결혼을 승낙 받지 못하자 벽에 머리를 부딪쳐 자살한다. [7]

사대저(傻大姐) 가모의 방에서 막일하는 시녀로 뚱뚱하고 우둔하여 '바보 아가씨'라는 뜻인 사대저로 불린다. 대관원에서 놀다가 수춘낭繡春囊을 발견하는데 이 일이 대관원 수색 사건의 발단이 된다. 또 가보옥이 설보차에게 장가들 것이라고 임대옥에게 발설한다. [73]

사상운(史湘雲) 가모의 질녀로 금릉십이차 중 한 명이다. 임대옥과 마찬가지로 일찍이 부모를 여의고 남의 집에 얹혀사는 신세이나 천성적으로 호방하고 쾌활한 성격 덕분에 처지를 비관하거나 상념에 젖는 일이 거의 없다. 후에 위약란과 결혼하나 행복한 삶을 누리지는 못한다. [19]

설반(薛蟠) 설보차의 오빠이다. 하금계의 남편이고 향릉을 첩으로 맞는다. 귀족자제임에도 불구하고 무지하고 저속한 인물이다. 향릉을 첩으로 사면서 사람을 때려죽인다. 후에 또다시 살인 사건에 연루되어 잡혀 들어가지만 결국 사면 받아 석방되고 잘못을 뉘우친다. [3]

설보금(薛寶琴) 설부인의 질녀이다. 용모가 빼어나고 재능과 식견이 뛰어나 설보차와 견주어도 손색이 없을 정도이다. 부친이 사망한 후, 가부에 잠시 머물면서 대관원의 여인들과 함께 시부詩賦를 지으며 어울려 지낸다. 후에 매한림의 아들과 결혼한다. [49]

설보차(薛寶釵) 설부인의 딸이고 설반의 여동생으로 금릉십이차 중 한 명이다. 왕부인의 질녀로 가보옥과는 이종사촌지간이다. 온유돈후溫柔敦厚하고 인정에 밝은 성품으로 유교의 전형적인 여인상이라 할 수 있다. 금옥양연金玉良緣의 연분으로 가보옥과 결혼하지만 가보옥이 출가하면서 독수공방하는 신세가 된다. [4]

설안(雪雁) 임대옥이 데리고 온 몸종으로 가보옥의 결혼 소식을 잘못 전하는 바람에 임대옥이 식음을 전폐하여 거의 죽음 직전까지 가기도 하였다. 왕희봉의 계략으로 가보옥의 결혼식에서 신부 측 시중을 들게 되고 이를 본 가보옥은 임대옥과 결혼하는 것인 줄 알고 속아서 예식을 치르게 된다. [3]

왕부인(王夫人) 가정의 처이자 가보옥의 모친이다. 설부인의 언니이고 왕자등의 여동생이다. 영국부에서 가씨賈氏, 왕씨王氏, 설씨薛氏 가문을 연결하는 인물이다. 하나밖에 없는 아들인 가보옥을 지나치게 보

호하고 걱정한다. [2]

왕희봉(王熙鳳) 가련의 처로 금릉십이차 중 한 명이다. 왕부인의 질녀이니 가보옥에게는 사촌누이이자 형수가 된다. 아름다운 외모에 남성적인 기질을 가진 인물이다. 재치와 유머 감각이 매우 뛰어나고 사무처리 능력 또한 탁월하여 가부의 안팎을 장악한다. 권모술수에 능하고 자신의 이익을 위해서라면 수단과 방법을 가리지 않아 고리대금을 놓고 사람의 목숨을 해치기도 한다. [3]

원앙(鴛鴦) 가모의 시녀로 가모의 두터운 신임을 받는 인물이다. 대대로 노비 집안의 자식이지만 강직하고 신의가 있다. 가사가 첩으로 데려가려고 하자 머리를 자르겠다고 하며 저항한다. 가모가 죽자 따라서 목을 매 자살한다. [20]

이환(李紈) 가보옥의 형인 가주의 처이고 가란의 모친으로 금릉십이차 중 한 명이다. 일찍이 청상과부가 되어 목석같은 마음으로 살지만 말년에 아들 가란이 공을 세워 높은 지위에 오르자 여복을 누리게 된다. [4]

임대옥(林黛玉) 가모의 외손녀이고 가보옥의 고종사촌동생으로 금릉십이차 중 한 명이다. 일찍 부모를 여의고 이러한 처지 때문에 늘 비애와 상실감에 젖어 산다. 병약하고 감수성이 예민하여 감정의 기복이 심하다. 미모와 재능이 남다르고 가보옥의 정신세계를 가장 잘 이해하는 인물이다. 가보옥과는 목석전맹木石前盟으로 맺어진 사이이지만 두 사람의 사랑은 비극적인 결말을 맞게 된다. 아무것도 모르는 가보옥이 속아서 설보차와 결혼하는 날, 임대옥은 홀로 쓸쓸하게 죽는다. [2]

자견(紫鵑) 앵가鸚哥라고도 한다. 원래는 가모의 시녀였으나 임대옥이 영국부로 들어오면서 가모가 임대옥의 시녀로 보낸다. 임대옥을 진심으로 대하여 서로 친자매 같이 지낸다. 임대옥이 죽은 뒤, 가보옥의 시녀가 되지만 후에 가석춘을 따라 출가한다. [8]

조이랑(趙姨娘) 가정의 첩으로 가탐춘과 가환의 모친이다. 첩이라는 이유로 사람들로부터 천대받는 것에 대해 원한을 품고 살아간다. 마도파를 시켜 가보옥과 왕희봉을 음해하려는 계책을 세우기도 한다. 가모의 영구를 철함사鐵檻寺에 모신 뒤 돌연 병사한다. [2]

평아(平兒) 왕희봉의 시녀이자 가련의 첩이다. 신중하고 사려 깊으며 주인에게 충심을 다해 왕희봉의 신뢰와 총애를 받는다. 가련과 왕희봉 사이에서 일어나는 일을 세심하게 보살피고 사단을 없애는 역할을 한다. 왕희봉이 죽은 뒤 가련의 정실부인이 된다. [6]

하금계(夏金桂) 계화 밭을 독점한 대부호의 딸로 설반의 처이다. 어려서부터 귀하게 자라서인지 제멋대로이고 성격도 포악하다. 시어머니 설부인과 시누이 설보차와의 관계도 좋지 않고 늘 집안의 분란을 일으킨다. 향릉을 질투하여 독살하려다가 자신이 독을 마시고 죽는다. [79]

향릉(香菱) 진사은의 딸로 본명은 진영련이다. 원소절元宵節에 하인의 등에 업혀 등 구경을 나갔다가 납치된다. 우여곡절 끝에 설반에게 팔려와 이름을 향릉으로 바꾼다. 설반의 정실부인 하금계가 향릉을 학대하고 독살하려다 도리어 죽게 되고 향릉은 정실부인이 된다. 아이를 낳다가 난산으로 죽는다. [1]

형수연(邢岫烟) 형부인의 질녀로 부친을 따라 서울에 왔다가 형부인에게 맡겨진다. 가영춘의 처소에서 함께 지내게 되는데 온화하면서 단아한 모습 때문에 대관원 사람들이 모두 아낀다. 특히 묘옥과의 관계가 돈독하다. 후에 설보금의 오빠인 설과에게 시집간다. [49]

화습인(花襲人) 가보옥의 시녀이다. 원래는 가모의 시녀로 본명은 진주珍珠이다. 가보옥과 운우지정雲雨之情을 함께 나눈 관계로 가보옥을 극진하게 보살펴주는 인물이다. 가보옥이 출가한 후 수절하려고 하나 후에 장옥함에게 시집간다. [3]

대관원의 구조

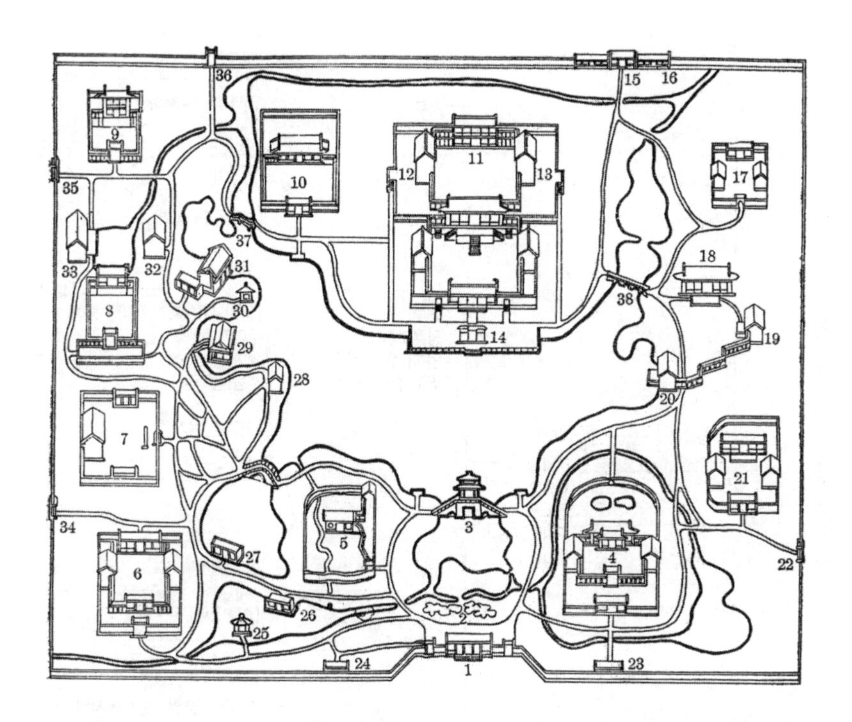

1 정문 2 곡경통유 3 심방정 4 이홍원 5 소상관 6 추상재 7 도향촌 8 난향오 9 자릉주
10 형무원 11 대관루 12 함방각 13 철금각 14 성친별서패방 15 후문 16 주방 17 절 18 가음당 19 철벽당
20 요정관 21 농취암 22 각문 23 숙직방 24 의사청 25 적취정 26 유엽저 27 행엽저 28 노설엄 29 우향사
30 모란정 31 파초오 32 홍향포 33 유음당 34 각문 35 각문 36 후각문 37 판교 38 심방갑교

*양내제(楊乃濟)의 대관원 모형도 (《홍루몽연구집간》 제3집, 상해고적출판사, 1980)를 따랐음.

홍루몽 인물 관계도

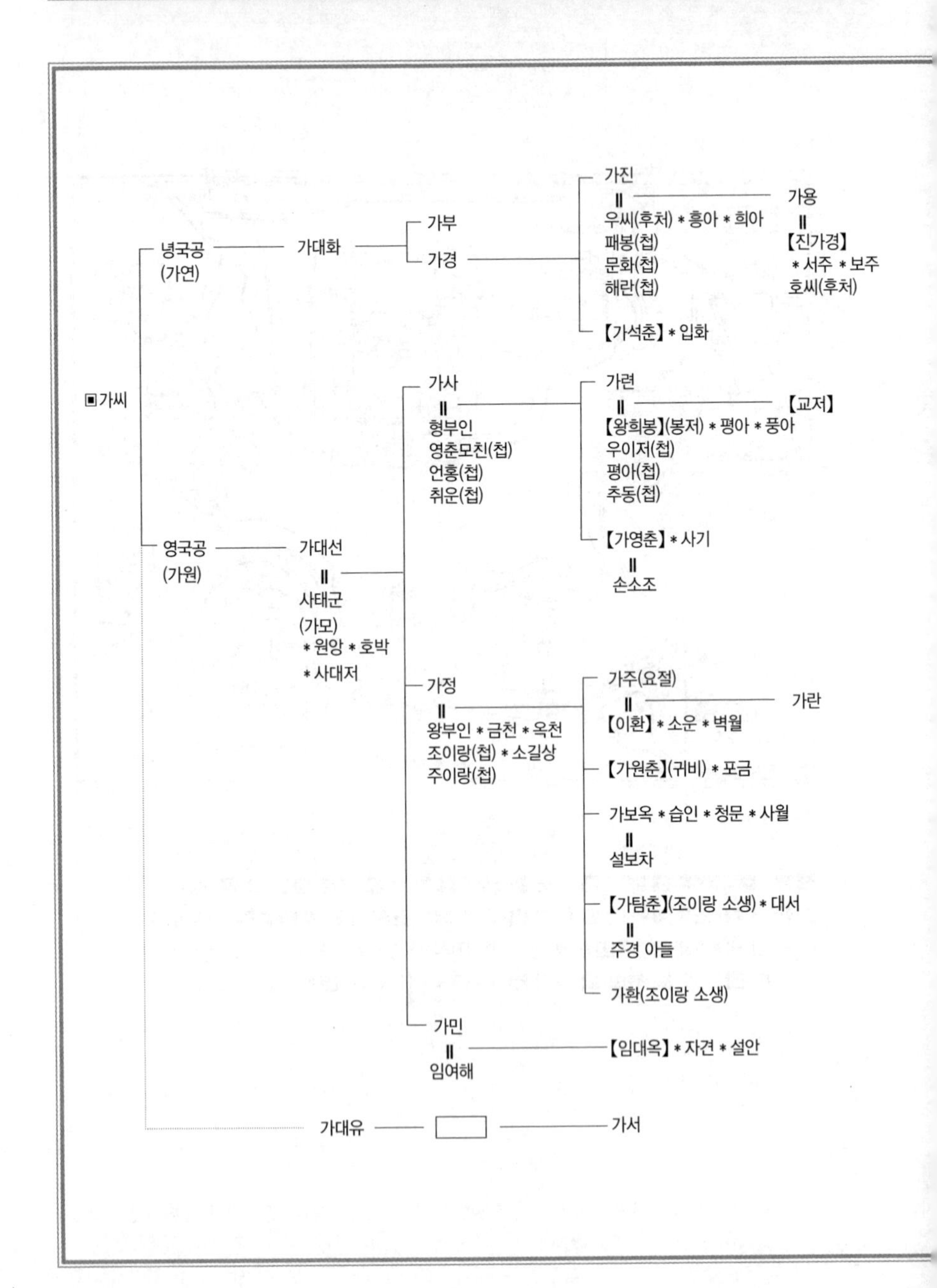

▣가씨
녕국공
(가연)
가대화
가부
가경
가진
우씨(후처) * 홍아 * 희아
패봉(첩)
문화(첩)
해란(첩)
가용
【진가경】
* 서주 * 보주
호씨(후처)
【가석춘】 * 입화
영국공
(가원)
가대선
사태군
(가모)
* 원앙 * 호박
* 사대저
가사
형부인
영춘모친(첩)
언홍(첩)
취운(첩)
가련
【왕희봉】(봉저) * 평아 * 풍아
우이저(첩)
평아(첩)
추동(첩)
【교저】
【가영춘】 * 사기
손소조
가정
왕부인 * 금천 * 옥천
조이랑(첩) * 소길상
주이랑(첩)
가주(요절)
【이환】 * 소운 * 벽월
가란
【가원춘】(귀비) * 포금
가보옥 * 습인 * 청문 * 사월
설보차
【가탐춘】(조이랑 소생) * 대서
주경 아들
가환(조이랑 소생)
가민
임여해
【임대옥】 * 자견 * 설안
가대유
가서

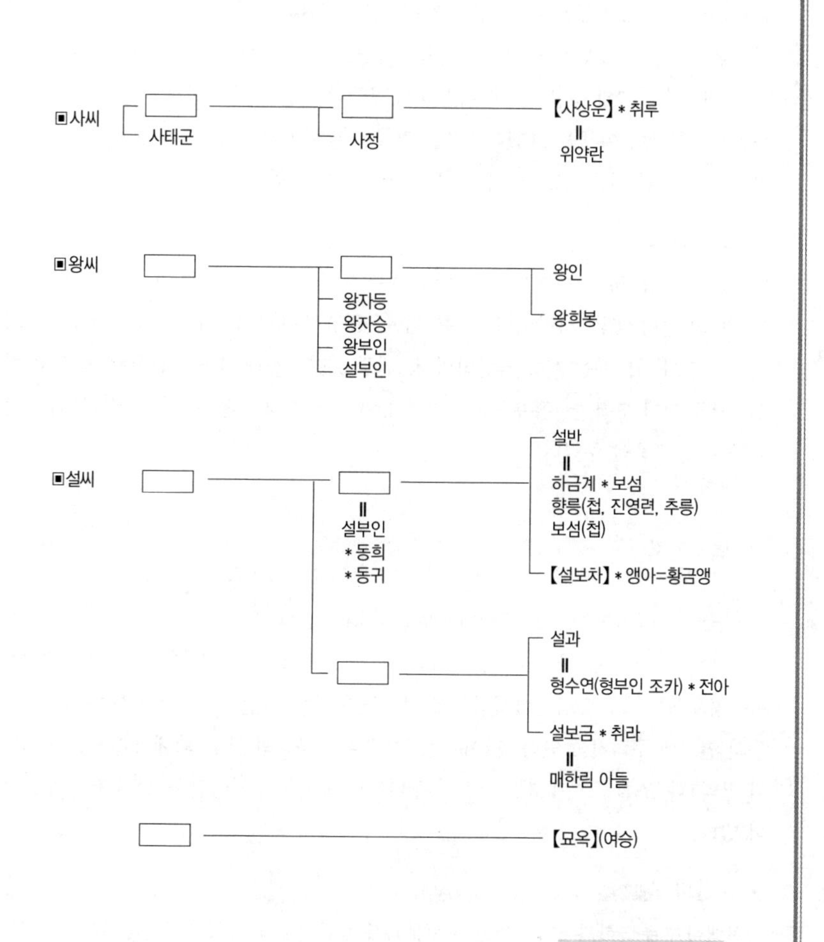

▣사씨
사태군
사정
【사상운】*취루
‖
위약란
▣왕씨
왕자등
왕자승
왕부인
설부인
왕인
왕희봉
▣설씨
‖
설부인
*동희
*동귀
설반
‖
하금계 *보섬
향릉(첩, 진영련, 추릉)
보섬(첩)
【설보차】*앵아=황금앵
설과
‖
형수연(형부인 조카) *전아
설보금 *취라
‖
매한림 아들
【묘옥】(여승)
▣ 사대가문
▭ 성명미상
‖ 배우자 관계
【 】 금릉십이차
* 주요 시녀

저자약력

• 조설근 曹雪芹

조설근(약 1715~1763)은 본명이 점(霑), 호를 근포(芹圃), 근계거사(芹溪居士), 몽완(夢阮) 등으로 부르며, 남경의 강녕직조(江寧織造)에서 귀공자로 태어나 부귀영화를 누렸으나 소년시절 가문이 몰락, 북경으로 이주하여 불우한 생활을 하였다. 만년에는 북경 교외 향산(香山) 아래에서 빈궁한 생활 속에 그림과 시를 즐기며《홍루몽》의 창작에 여생을 보냈다. 다른 저술은 남아있지 않고 그의 생전에는《석두기》(石頭記)란 이름으로 필사본 80회가 전해지고 있었다.

• 고악 高鶚

고악(1763~1815)은 자를 난서(蘭墅), 호를 홍루외사(紅樓外史)라고 했으며, 요동(遼東)의 철령(鐵嶺)사람이다. 건륭 53년(1788) 향시에 합격하여 거인(擧人)이 되었으나 진사 시험에는 계속 낙방하였다. 건륭 56년(1791) 친구인 정위원(程偉元)의 부탁으로 그가 수집한《홍루몽》후반부 30여 회를 수정 보완하여 활자본 120회를 간행하는 데 도움을 주었다.

역자약력

• 최용철 崔溶澈 choe0419@korea.ac.kr

고려대학교 중어중문학과 교수. 고려대 중문과를 졸업하고 국립타이완(臺灣) 대학에서《홍루몽》연구로 석・박사학위를 취득했다. 중국고전소설과 동아시아 비교문학 등의 연구에 주력하고 있다. 박사논문 "청대 홍루몽학의 연구" 외에《홍루몽의 전파와 번역》과 "조설근 가세고", "구운기에 나타난 홍루몽의 영향연구" 등의 저서와 논문이 있다.

• 고민희 高旼喜 miniko@hallym.ac.kr

한림대학교 중국학과 교수. 고려대 중문과를 졸업하고 동 대학에서《홍루몽》연구로 석・박사학위를 취득했으며,《홍루몽》의 사상성 및《홍루몽》연구사 등에 관심을 기울이고 있다. 박사논문 "홍루몽의 현실비판적 의의 연구" 외에 "홍루몽에 나타난 휴머니즘 연구", "중국 신문학운동 초기의 홍루몽 평가에 관한 고찰" 등의 논문이 있다.